Une enfant à protéger

Obscures menaces

Un troublant témoignage

MARIE FERRARELLA

Une enfant à protéger

éditions Harlequin

Titre original : IN BROAD DAYLIGHT

Traduction française de VANESSA AUCANOT

Ce roman a déjà été publié en février 2006

Photos de couverture

Mère & fille : © MASTERFILE/ROYALTY FREE DIVISION
Paysage : © ROYALTY FREE/PHOTODISC

Réalisation graphique couverture : V. ROCH

83-85, boulevard Vincent-Auriol 75646 PARIS CEDEX 13.

Service Lectrices — Tél. : 01 45 82 47 47
www.harlequin.fr

ISBN 978-2-2808-2020-2 — ISSN 1950-2753

1

Les affaires de kidnapping étaient ce que l'inspecteur Dax Cavanaugh détestait le plus au monde.

En effet, rien n'était plus horrible à ses yeux que la disparition brutale et soudaine d'un être cher, qui plongeait son entourage dans un état d'impuissance totale.

Cette situation, il la connaissait bien, pour l'avoir vécue lorsque sa tante Rose avait disparu. Tout comme lui, son oncle Andrew et le reste de sa famille avaient vécu un véritable enfer, et quinze ans s'étaient écoulés avant qu'ils n'obtiennent enfin des réponses à leurs questions.

Ne rien savoir, voilà ce qui constituait la véritable torture.

En arrivant devant la prestigieuse école privée Harwood, il eut la plus grande difficulté à trouver un endroit où se garer. On se serait cru à dix minutes du début de la Grande Parade annuelle. Deux camions de pompiers et une ambulance bloquaient totalement l'accès à la pelouse, où les forces de l'ordre se déployaient tandis que les secouristes déballaient leur matériel.

— On y est ! s'exclama Nathan Brown, le coéquipier de Dax.

— Oui, et apparemment nous sommes les derniers.

Tout en grommelant, l'inspecteur se gara tant bien que mal sur le petit parking, à côté d'une vieille Mercedes. Après avoir coupé le moteur, il descendit du véhicule, en faisant claquer la portière derrière lui.

Sociable et ouvert, l'aîné des fils de Brian Cavanaugh, le commissaire du département des forces de l'ordre d'Aurora, en Californie, était réputé pour son bon caractère. Mais dès qu'une nouvelle affaire de kidnapping se présentait, particulièrement s'il s'agissait d'un enfant, comme cela semblait être le cas cette fois-ci, son humeur s'en trouvait affectée au plus haut point.

Il jeta un coup d'œil par-dessus son épaule pour s'assurer que son coéquipier se trouvait bien derrière lui. Nathan faisait au moins deux têtes de moins que Dax et ne manquait jamais une bonne occasion de se moquer des échasses qui servaient de jambes à son partenaire. Celui-ci le lui rendait bien en lui adressant quelques commentaires au sujet de ses membres boudinés.

Mais en cet instant précis, une fillette de six ans avait sans doute disparu, et aucun d'eux n'avait le cœur à plaisanter.

Dax s'efforçait néanmoins de rester optimiste. Il parcourut des yeux les environs, prenant la mesure du désordre qui régnait à l'extérieur du bâtiment.

En plus des véhicules, des enfants en uniforme, tirés à quatre épingles, avaient envahi la pelouse, sous le regard attentif de leurs professeurs. Partout régnaient le bruit et la confusion. Cependant, Dax remarqua que les pompiers semblaient battre en retraite, tandis que les secouristes s'affairaient à ranger leur matériel. En passant devant l'ambulance, il constata également qu'il n'y avait aucun blessé à l'intérieur, ce qui le laissa quelque peu perplexe.

S'agissait-il d'une fausse alerte ?

Il huma l'air. Pas la moindre odeur de fumée.

— C'est comme s'ils s'étaient tous préparés pour une soirée costumée et que la fête venait d'être annulée, commenta-t-il en observant une équipe de pompiers occupés à ranger la lance à incendie dont ils n'avaient apparemment pas eu besoin.

Nathan jeta un regard en direction du bâtiment de quatre étages qui abritait l'école.

— Ils ont mis le paquet pour un simple exercice d'évacuation, railla-t-il.

— Je ne crois pas qu'il s'agissait de ça, répondit Dax.

Les enfants, en effet, semblaient plus excités qu'effrayés. Ayant encore en tête le souvenir de ses mornes journées d'école, il réalisa qu'un feu, même minime, aurait été plus que bienvenu pour rompre son ennui. L'enseignement lui étant toujours apparu comme une contrainte, il lui avait fallu attendre ses dernières années de lycée pour enfin y trouver un certain plaisir.

Mais cette école était réservée aux gosses de riches, pas aux personnes comme lui, songea Dax tandis que Nathan et lui se frayaient un chemin à travers le petit attroupement.

Dans sa famille, la véritable richesse résidait dans l'amour inconditionnel qu'ils se vouaient les uns aux autres, à toute heure du jour et de la nuit. Contrairement à l'argent, ils n'en avaient jamais manqué.

Lui non plus, malgré le fait qu'il était plutôt du genre enfant terrible, donnant des cheveux gris à sa défunte mère bien avant l'heure, pensa-t-il avec tendresse.

— A ton avis, combien ça coûte d'envoyer son gamin ici ? demanda Nathan, élevant la voix pour se faire entendre au milieu du brouhaha qui l'entourait.

Il était père de trois enfants, tous âgés de moins de douze ans.

Dax se mit à rire sèchement à la question naïve de son coéquipier.

— Plus que ce que toi et moi gagnons en une année, mon vieux.

Nathan soupira en hochant la tête. Certains des grands pontes de l'industrie avaient été élèves dans cette école, fondée cinquante ans auparavant par le grand-père de l'actuel directeur. Et à en croire la rumeur, quelques sénateurs étaient également sortis de ces murs.

— Si tu veux mon avis, le système public n'est pas aussi mauvais qu'il en a l'air, fit remarquer Dax. Toi et moi, on est passés par là et on a plutôt bien tourné. Tout du moins l'un d'entre nous.

Soudain, Nathan s'arrêta net, visiblement en alerte. Il venait de repérer la personne qu'ils recherchaient.

— A 9 heures, annonça-t-il en joignant un signe de la tête à ses paroles. Ça pourrait bien être le type qui dirige cet endroit.

Dax avait déjà bifurqué dans sa direction.

— On appelle ça un directeur, Brown, dit Dax avec un petit sourire en coin.

Nathan soupira tout en essayant d'égaler l'allure de Dax tandis que celui-ci allongeait sa foulée.

— Bon sang ! aboya-t-il, à cause des enfants qui grouillaient partout autour de lui. Va moins vite !

Dax se fendit d'un sourire jusqu'aux deux oreilles. Grand, large d'épaules et la taille svelte, malgré le fait qu'il ne franchissait pratiquement jamais les portes de la salle de sport, il avait hérité les yeux vert émeraude de sa mère ainsi que les cheveux noirs, le sourire et les traits burinés de son père.

Au grand dam de son partenaire, les femmes n'avaient d'yeux que pour lui, qui était tout aussi doué pour les conquérir que pour les laisser tomber. Avec la vie instable qu'il menait, s'engager à long terme lui semblait bien trop contraignant et donc inenvisageable.

Qui plus est, il menait une existence relativement agréable et prenait du bon temps. Il n'était donc pas franchement prêt à vouloir mettre un terme à cet aspect de sa vie. Si le poids de la solitude se faisait trop lourd, eh bien il pouvait toujours se tourner vers ses frères et sœur, ainsi que ses cousins.

— Tu penses que l'enlèvement est également une fausse alerte, comme pour le feu ? lui demanda Nathan en plongeant la main dans sa poche à la recherche de son carnet.

— Je ne crois pas, non, répondit Dax en secouant la tête.

Les enseignants semblaient trop inquiets et préoccupés. Cela allait bien au-delà du simple fait de ne pas perdre de vue leurs élèves jusqu'à ce qu'ils regagnent leurs classes respectives.

Juste avant qu'il n'arrive à la hauteur du directeur — un homme imposant que ses cheveux gris acier faisaient paraître plus vieux que son âge — une jeune femme apparut dans son champ de vision.

Dès l'instant où il l'aperçut, Dax fut comme captivé par son regard.

Il en oublia même presque de respirer l'espace d'une seconde, tant sa beauté était renversante. Elle était aussi belle que les filles qui faisaient les couvertures des magazines. Le genre de beauté irréelle, impossible à obtenir sans une bonne couche de poudre et de maquillage.

Or, le visage de la jeune femme aux cheveux blond doré était dépourvu de tout artifice.

Tandis qu'il reprenait peu à peu son souffle, il sentit son pouls s'accélérer comme cela se produisait chaque fois qu'il se trouvait confronté à une question de vie ou de mort. Excepté qu'en cet instant, ce n'était absolument pas le cas. La beauté de la jeune femme, réelle ou non, ne devait rien changer au fait qu'elle se trouvait sur le lieu d'un crime éventuel, se rappela-t-il.

Une petite fille manquait à l'appel et il devait garder tout son professionnalisme pour faire correctement son travail.

— Monsieur Harwood ?

La voix grave de Dax transperça le vacarme.

Matthew Harwood, une expression inquiète de circonstance sur le visage, détourna le regard de la jeune femme avec qui il s'entretenait.

— Oui, que puis-je faire pour vous ? s'enquit-il d'une voix lasse mais circonspecte.

— Je me présente : inspecteur Cavanaugh, et voici l'inspecteur Brown, ajouta-t-il en faisant un signe de la tête en direction de son coéquipier.

S'efforçant d'ignorer la jeune femme qui se tenait à la gauche d'Harwood, il alla droit au but.

— Vous avez signalé la disparition d'une de vos élèves ?

— Non, c'est moi, intervint la sublime créature qui lui avait coupé le souffle quelques instants plus tôt, avant qu'Harwood n'ait le temps de dire un mot. Elle se prénomme Annie Tyler et je suis son institutrice.

Ce qui la plaçait automatiquement tout en haut de la liste des personnes à interroger. Il venait de gagner le gros lot au pire moment qui soit, songea-t-il. Alors qu'il ne pouvait pas se permettre de se laisser déconcentrer par quoi que ce soit, il se retrouvait face à la pire des distractions à laquelle il ait jamais eu affaire.

Hochant la tête à l'annonce de cette information, il jeta un coup d'œil autour de lui.

— Y a-t-il un endroit où nous pourrions parler plus tranquillement ? s'enquit-il.

Comme s'il avait anticipé sa requête, M. Harwood faisait déjà un signe de la main en direction d'une autre institutrice pour réclamer son aide.

— Madame Miller, pourriez-vous vous occuper de la classe de madame York ?

Madame York.

Une femme mariée.

La déception se déversa sur lui de manière inattendue. Mais après tout, peut-être était-ce mieux ainsi. Car il ne pouvait pas se permettre qu'une relation amoureuse vienne entraver son travail. Il adorait être flic, et ce qu'il aimait par-dessus tout, c'était l'idée de se sentir utile. Sans parler de cette satisfaction intense qu'il ressentait chaque fois qu'une affaire était résolue ou qu'un coupable se retrouvait derrière les barreaux.

Ou bien qu'un enfant était retrouvé, pensa-t-il. Ce qui requérait une attention exclusive sur sa mission.

Néanmoins, il baissa machinalement les yeux sur la main gauche de la jeune femme.

Elle ne portait aucune bague à son annulaire.

Etait-elle veuve ? Divorcée ?

« Ce n'est pas ton problème », murmura la petite voix intérieure qui l'accompagnait depuis plusieurs années maintenant.

Mme Millerétait une femme bien en chair dont le visage

souriant trahissait tout de même son inquiétude tandis qu'elle approchait en direction de la jeune femme blonde.

— Je suis persuadée que nous allons très vite la retrouver.

Nous. Comme s'ils avaient en quelque sorte égaré l'enfant. La petite fille avait-elle un penchant pour ce genre de farces ? Prenait-elle un malin plaisir à disparaître de la vue des gens, pour pouvoir mieux observer de sa cachette le chahut qui s'ensuivait ? Cherchait-elle simplement à attirer l'attention ? Ce cas de figure était de plus en plus fréquent ces derniers temps, les parents de la majorité de ces enfants étant pratiquement toujours absents du domicile familial.

— Excusez-moi, vous êtes… ? demanda Nathan à la jeune femme blonde avant que Dax n'ait eu le temps de le faire.

— Brenda York, répondit-elle en lui tendant la main.

En la serrant à son tour, Dax remarqua qu'elle était glacée. Etait-ce dû à son inquiétude ? Etait-elle effrayée ?

— J'enseigne en CP.

Son institutrice de CP à lui s'appelait Mme Flack. C'était une petite femme boulotte, aux cheveux roux, qui avait une prédilection pour les blouses informes et les chaussures marron foncé, et qui sentait la menthe à cause des pastilles qu'elle passait son temps à sucer, alors qu'elle interdisait injustement à ses élèves de faire de même. Si Mme Flack avait ressemblé davantage, même de loin, à Brenda York, il n'aurait sans doute pas attendu d'être au lycée pour apprécier l'école.

— Par ici, dit Harwood en indiquant l'entrée principale d'un geste de la main.

Tandis que le dernier camion de pompiers s'éloignait derrière eux, le brouhaha qui avait commencé avant leur arrivée s'évanouissait peu à peu dans l'air chaud du mois de mai. Dax fut stupéfait par la rapidité avec laquelle l'ordre fut rétabli. Chaque élève semblait conscient qu'il était temps de retourner au monde qu'il avait délaissé pendant un bref laps de temps. L'excitation engendrée par le feu, réel ou imaginaire, s'était entièrement dissipée. Les instituteurs étaient de toute évidence parvenus à empêcher que la nouvelle du possible enlèvement ne se répande et n'arrive jusqu'aux oreilles d'un des enfants.

Dax jeta un coup d'œil par-dessus son épaule, observant les élèves se mettre en rangs serrés avant d'avancer au pas en direction du bâtiment.

Des murmures étouffés se propagèrent dans l'air, sans doute à cause de leur présence, à Nathan et à lui.

Au moment où il se retourna, ses yeux croisèrent accidentellement ceux de Brenda. Comme transpercé jusqu'au plus profond de son âme par son regard bleu cristallin, intense et brillant, il sentit comme un choc électrique lui traverser le corps.

Elle baissa les yeux et détourna la tête, laissant à Dax une sensation de déchirement.

Derrière lui, Nathan se hissa sur la pointe des pieds et lui murmura à l'oreille :

— Chaque chose en son temps, mon ami.

Ce qui lui valut un regard noir de la part de son coéquipier.

A l'intérieur du bâtiment, les sols étaient d'une brillance extrême. Le prix payé par les parents pour une année de scolarité était sans doute à l'origine d'autant de précautions. Des portes de bois bien entretenues se dressaient de chaque côté du couloir principal, telles des sentinelles montant la garde depuis la nuit des temps.

Le directeur les fit entrer dans une pièce sombre dont les murs étaient recouverts de livres du sol au plafond, laissant à peine la possibilité aux deux fenêtres de faire passer un peu de lumière. Sans parler de la porte qui réclamait timidement une place au milieu des immenses bibliothèques de bois massif.

Une fois la porte refermée derrière eux, tout bruit du monde extérieur cessa d'exister. Seuls les souffles de leurs respirations respectives subsistèrent.

« Plutôt intimidant comme endroit ! » se dit Dax. Et qui devait filer une peur bleue aux élèves chaque fois qu'ils y étaient convoqués. Il échangea un regard avec Nathan et devina que la même pensée traversait l'esprit de son partenaire.

Au lieu de rester debout à leur côté, le directeur prit place derrière son imposant bureau. Dax ne sut pas vraiment quoi penser de cette attitude. Cherchait-il à affirmer sa position ? Une chose était certaine, il s'agissait manifestement d'un jeu de pouvoir.

L'institutrice, nota-t-il, resta près de lui et de son partenaire. Là encore, il ne fut pas sûr de bien comprendre ses intentions. Etait-ce une manière de rejoindre les rangs ? Ou d'infiltrer l'ennemi ?

Troublé par son parfum de jasmin — ou de gardénia ; il était incapable de faire la différence, n'étant pas un grand expert en matière de fleurs —, Dax regrettait, pour la première fois de sa vie, de ne pas avoir un rhume ou une quelconque allergie pour bloquer son odorat. Cela n'allait pas être facile pour lui de se concentrer avec cette odeur aguichante qui venait lui chatouiller les narines.

Sans parler du charme indéniable qui se dégageait de la jeune institutrice.

Brenda York semblait inquiète, remarqua-t-il. Etait-ce une attitude normale de sa part, étant donné les circonstances ? Ou bien cela cachait-il autre chose ? A ce stade de l'enquête, il n'avait pas encore suffisamment de données pour répondre à cette question, et ne pouvait pas non plus se fier à son instinct, quelque peu influencé par les sentiments contradictoires qui se bousculaient en son for intérieur.

L'un des inconvénients majeurs du mode de vie qu'il avait choisi était l'impossibilité d'avoir une vision simple des choses. A ses yeux, tout avait toujours deux facettes et plusieurs couches qu'il fallait soulever une à une pour découvrir chaque parcelle de vérité.

Harwood se racla la gorge, prêt à répondre à toutes les questions nécessaires. Mais pour l'instant, Dax était beaucoup plus intéressé par ce que Brenda York avait à dire.

— Est-ce vous qui avez constaté la disparition de la fillette en premier ? l'interrogea-t-il en se tournant vers elle, coupant ainsi le directeur dans son élan.

Brenda n'arrivait toujours pas à croire que tout ceci était bien réel. C'était comme un horrible cauchemar dont elle aurait voulu pouvoir se réveiller.

« Du calme ! Ce n'est pas en perdant ton sang-froid que tu réussiras à aider Annie. »

Ses ongles s'enfonçant dans les paumes de ses poings fermés, elle se força à les ouvrir et à se détendre un peu.

— Oui.

Ce simple mot sonnait comme une véritable torture pour elle, nota Dax. Jouait-elle la comédie ? Ou était-elle vraiment sincère ? Pour l'heure, il décida de lui laisser le bénéfice du doute et poursuivit son interrogatoire. Du coin de l'œil, il aperçut Nathan en train de sortir son carnet de sa poche. Son partenaire écrivait absolument tout, car selon lui il n'y avait pas de meilleure méthode pour garder une trace de chaque détail de l'enquête. Dax, lui, enregistrait tout dans sa tête. Il avait depuis toujours cette capacité à aller fouiller dans les moindres recoins de son esprit pour en ressortir le fait précis dont il avait besoin chaque fois que c'était nécessaire.

Il scruta le visage de la jeune institutrice, à la recherche d'un quelconque signe révélateur de ce qu'elle pensait et de ce qu'elle ressentait vraiment.

— Etes-vous certaine qu'elle a réellement disparu ? Je veux dire, elle s'est peut-être tout simplement éloignée vers un autre groupe d'enfants. J'ai remarqué qu'il régnait une certaine agitation à notre arrivée et…

Cette fois-ci, ce fut au tour d'Harwood de le couper en plein élan.

— La discipline est une des premières choses que nous enseignons à nos élèves à leur entrée ici, s'empressa-t-il d'informer Dax. Ils ne se dispersent pas à droite et à gauche comme bon leur semble.

L'homme se sentait-il offensé par les critiques portées à l'encontre de ses élèves, ou se préoccupait-il plus du fait que l'intervention de la police puisse sérieusement causer du tort à son établissement ? Difficile à dire.

— Sans doute, mais un enfant reste un enfant, poursuivit Dax en haussant les épaules négligemment. Avec tout ce bruit et cette agitation autour d'eux, les pompiers, les camions, les ambulances…

— L'ambulance, corrigea Harwood machinalement. Il n'y en avait qu'une.

Dax l'observa un instant. Cet homme était décidément très pointilleux. Une chance pour lui que ses parents n'aient pas eu suffisamment d'argent pour l'envoyer dans une école privée !

— Vous avez raison, reconnut-il. Il n'empêche qu'avec toute cette confusion, elle aurait très bien pu échapper à votre surveillance l'espace d'un instant et en profiter pour aller retrouver une de ses amies.

Si seulement c'était vrai, pensa Brenda. « Si seulement. »

Malheureusement, elle avait fouillé les environs, interrogeant chaque enfant susceptible d'avoir aperçu Annie, en vain. Chaque fois, elle avait reçu pour toute réponse un signe négatif de la tête. La fillette, relativement timide et qui lui rappelait tant l'enfant qu'elle avait été, demeurait introuvable.

— Tout le problème est là, lui expliqua Brenda, la voix devenant un peu plus ferme au fur et à mesure qu'elle parlait. Annie n'a pas vraiment d'amis.

Tandis qu'elle prononçait ces mots, une lueur de souffrance apparut dans ses yeux. Dax ne put s'empêcher de se demander si c'était sincère ou s'il avait affaire à une excellente actrice. Ce ne serait pas la première fois qu'un kidnappeur essayait de le berner.

Et jusqu'à preuve du contraire, il devait considérer Brenda York comme une personne susceptible d'être impliquée dans l'enlèvement, si c'était bien de cela qu'il s'agissait. Après tout, la dernière fois qu'Annie Tyler avait été vue, elle était sous sa surveillance.

Dax jeta un coup d'œil à Nathan et croisa les bras devant

lui. Un long silence s'ensuivit. Le temps, lui avait enseigné son père au début de sa carrière, était à la fois un ami et un ennemi. Plus les heures s'écoulaient et moins les chances de retrouver un enfant disparu étaient grandes. Mais d'un autre côté, si le coupable s'avérait ne pas être un criminel endurci et qu'on lui laissait suffisamment de temps, il avait tendance à faire ou à dire quelque chose l'incriminant.

L'inspecteur observa longuement la jeune femme blonde se tenant devant lui, essayant de faire abstraction de sa magnifique silhouette élégamment mise en valeur par son tailleur couleur lavande. Il lui indiqua une chaise où s'asseoir mais elle déclina son offre d'un signe de la tête, préférant manifestement rester debout.

Il changea de place afin de pouvoir observer aisément à la fois l'institutrice et le directeur.

— Très bien, madame York, pouvez-vous nous dire avec exactitude ce qui s'est passé, en commençant par le début, avant l'arrivée des pompiers ?

Ses yeux se posèrent un instant sur sa poitrine qui se soulevait tandis qu'elle prenait une profonde inspiration. Il tenta de se ressaisir et s'efforça de reporter son attention sur son visage.

— Prenez tout votre temps, lui conseilla-t-il avec douceur. Et surtout, n'omettez aucun détail.

2

Son esprit était complètement embrouillé. Toutes ses pensées ne formaient qu'un seul bloc. Pourtant, Brenda allait devoir s'évertuer à les démêler, afin de réussir à remettre dans l'ordre les événements survenus au cours de la dernière heure.

Comme elle tardait à répondre, Dax lui lança une autre question à brûle-pourpoint. La patience, lorsqu'il était en pleine enquête, n'était pas son fort. Les rares fois où on lui avait demandé d'effectuer une surveillance, il avait été incapable de rester tranquillement assis dans sa voiture plus de cinq minutes.

— Parlez-moi de l'incendie, lui intima-t-il en la clouant sur place d'un regard. Y avait-il réellement le feu ?

Même si l'absence d'odeur de fumée en entrant dans le bâtiment était évidente, l'alarme ne s'était tout de même pas déclenchée par l'opération du Saint-Esprit.

Le directeur de l'établissement se redressa derrière son bureau pour venir à la rescousse de la jeune institutrice.

— Oui, l'incendie était réel. Mais il était de petite envergure.

Il jeta un coup d'œil en direction de Brenda avant d'ajouter :

— D'après le chef des pompiers, quelques papiers ont pris feu dans une corbeille. Un extincteur a suffi pour en venir à bout.

Dax échangea un regard avec Nathan. Les corbeilles à papier ne s'enflammaient pas sans raison.

— Je pense qu'il a vraisemblablement été déclenché délibérément.

Il posa un instant les yeux sur l'institutrice avant de reporter son attention sur le directeur.

— N'y aurait-il pas parmi vos élèves un pyromane en herbe ou tout simplement un enfant un peu trop fasciné par les allumettes, par hasard ?

Brenda écarquilla les yeux à l'énoncé d'une telle hypothèse.

— Bien sûr que non ! s'écria-t-elle d'un ton brusque.

Certains de ses élèves cherchaient effectivement à attirer l'attention pour compenser celle qu'ils n'obtenaient pas chez eux, et il leur arrivait occasionnellement de faire une bêtise pour se faire remarquer, mais jamais rien de ce genre. Ils n'avaient pas un comportement différent de celui de n'importe quels autres enfants de six ans.

Harwood bafouillait d'indignation.

— Vraiment, je vous assure que mon établissement…

Dax fit cesser toute protestation d'un geste de la main.

— Je ne faisais que poser une question.

En réalité, il l'avait fait délibérément pour observer leurs réactions respectives.

Autant la jeune femme se montrait protectrice, autant le directeur semblait plus préoccupé par la réputation de son école que par le bien-être des élèves.

— Une autre personne aurait-elle pu déclencher le feu ?

Nathan haussa un sourcil, levant les yeux de ses notes.

— Tu crois qu'il aurait pu s'agir d'une diversion ?

Dax acquiesça.

La même pensée avait également traversé l'esprit de Brenda au moment où elle avait surpris la conversation entre Matthew Harwood et le chef des pompiers, qui expliquait que le feu avait pris dans une corbeille à papier. Une diversion pour détourner l'attention de tout le monde pendant que le kidnappeur enlevait Annie Tyler.

Cette seule pensée la rongeait de l'intérieur. Elle s'en

voulait terriblement de ne pas s'être rendu compte que quelque chose clochait. Même si elle n'avait pas la moindre raison de soupçonner quoi que ce soit, son instinct aurait dû lui mettre la puce à l'oreille.

— Il faut que je vous dise une chose, déclara-t-elle à Dax, consciente qu'il finirait de toute façon par le découvrir. Le feu s'est déclaré dans *ma* corbeille à papier.

Son élève, sa corbeille à papier. Dax regarda la jeune femme avec un intérêt plus prononcé. Ça semblait trop facile. D'un autre côté, la plupart des criminels n'étaient pas les brillants génies que l'on croisait fréquemment dans les films d'action et autres thrillers.

Bien que désireux d'en finir au plus vite, il décida de procéder étape par étape.

Se postant face à l'institutrice et bloquant de son dos le champ de vision d'Harwood, il poursuivit son interrogatoire :

— Vous trouviez-vous dans la pièce à ce moment-là ?

Devinant parfaitement ce qu'il avait en tête, Brenda prit une brève inspiration et secoua la tête.

— Non. Les élèves et moi faisions visiter les locaux à M. et Mme Kingsley…

Tandis qu'il enregistrait cette nouvelle information, l'inspecteur plissa légèrement les yeux.

— Qui donc ?

— Les parents d'un futur élève potentiel, intervint Harwood, se déplaçant afin que Dax puisse le voir.

L'homme ne semblait pas franchement ravi d'être ignoré.

— On fait ça tout le temps.

Vraiment ? D'après son souvenir, les enseignants étaient bien trop heureux de pouvoir s'échapper de leur classe pendant quelques minutes, laissant l'élève le plus sérieux en charge de la surveiller en leur absence.

— Vous faites déplacer une classe entière, chaque fois ? demanda Dax, incrédule.

— Nous souhaitons montrer aux parents à quel point nos

élèves sont bien élevés, expliqua Harwood. Ils font notre fierté.

L'inspecteur paraissait toujours dubitatif. Brenda sentit une pointe de ressentiment grandir en elle. Même s'il ne faisait que son travail, elle ne pouvait s'empêcher de penser qu'il perdait un temps précieux à vérifier des détails sans importance.

— Chacun à son tour, les élèves parlent aux parents des différentes activités que l'établissement propose, à savoir tout ce que les écoles publiques excluent de leurs programmes : un groupe de théâtre, une salle de dessin, etc., intervint-elle.

Le visage de Dax demeura impassible. Décidément, l'inspecteur Brown lui était beaucoup plus sympathique, songea-t-elle. Au moins semblait-il un peu compatissant.

— Et où Annie se trouvait-elle durant tout ce temps ? reprit l'inspecteur, visiblement soupçonneux.

Dans son esprit, Brenda revoyait très bien la petite fille. Elle avait été la première du groupe à prendre la parole et puis, au fur et à mesure de la visite, elle s'était mise en retrait, derrière tous ses camarades. Les étrangers avaient toujours cet effet-là sur elle, la rendant encore plus timide qu'elle ne l'était déjà.

— A l'arrière du groupe.

— Et vous n'avez pas tenté de la faire passer devant ? poursuivit-il, inflexible.

Elle crut déceler des soupçons dans sa voix. La croyait-il réellement capable de faire du mal aux enfants, et plus particulièrement à Annie ? Pour quel genre de monstre la prenait-il ? Tiraillée par la culpabilité, elle dut fournir un gros effort pour ravaler sa colère.

— J'étais justement sur le point de le faire lorsque l'alarme s'est déclenchée.

— Et que s'est-il passé ensuite ?

Elle avait entendu la sonnerie au moment même où la classe quittait la salle de dessin. Un sentiment de panique s'était alors immédiatement emparé d'elle, à l'idée terrible qu'un feu puisse se répandre à travers toute l'école. Effrayée depuis toujours par l'idée qu'une telle chose se produise, c'était elle qui avait suggéré à Matthew qu'ils doublent les exercices d'évacuation d'incendie.

— Je me suis dépêchée de faire sortir tous mes élèves du bâtiment.

Dax se rapprocha d'elle, envahissant délibérément son espace pour se faire plus pressant.

— Vous n'avez pas pris le temps de les compter ?

— Non, pas avant que nous ne soyons tous dehors, admit-elle.

Tandis que son sentiment de culpabilité grandissait de plus en plus, Brenda sentait que ses nerfs commençaient à lâcher. Elle aurait dû garder Annie auprès d'elle. La fillette avait enfin commencé à s'ouvrir un peu et à faire des progrès, avant qu'au cours des derniers jours il n'y ait eu une rechute dont elle n'avait pas réussi à découvrir la cause, malgré tous ses efforts.

Elle n'avait pas voulu trop la pousser et voilà qu'à présent elle avait disparu.

Brenda releva le menton comme pour signifier silencieusement à l'inspecteur qu'elle était prête à relever tous les défis qu'il mettrait sur sa route.

Sa sœur avait la même attitude, songea Dax. Juste avant de lui passer un savon.

Nathan leva une nouvelle fois les yeux de ses notes.

— Lorsque vous avez constaté qu'elle manquait à l'appel, qu'avez-vous fait ?

Il n'y avait eu aucune hésitation de sa part.

— Je suis retournée en courant dans l'école.

Comme s'il ressentait le besoin de se porter garant des actions de son employée, Harwood ne put s'empêcher d'intervenir :

— L'un des pompiers a tenté de l'arrêter mais elle a réussi à le contourner.

— Vous êtes une femme très courageuse ! s'exclama Nathan en lui adressant un sourire, avant de replonger le nez dans son carnet.

Entêtée aurait été un mot plus approprié, pensa Dax. C'était un trait de caractère qu'il connaissait bien. Sa famille, et plus particulièrement la descendance féminine, en détenait le brevet d'invention.

Brenda ne releva pas le compliment. Le courage n'avait rien à voir avec ça.

— Je n'avais aucune idée de l'endroit où se situait le feu ni de son étendue. J'étais simplement inquiète à l'idée qu'Annie ait pu retourner dans la classe.

En voyant le regard interrogateur du grand inspecteur, elle s'expliqua sans attendre sa question :

— Elle garde un animal en peluche dans son bureau, un lapin.

Il lui avait fallu plus d'une semaine avant de réussir à amener Annie à lui parler du lapin. Son père le lui avait offert et elle s'y accrochait chaque fois qu'il lui manquait et qu'elle voulait sentir sa présence.

— J'ai pensé qu'elle avait peut-être fait demi-tour pour aller le récupérer.

— Mais ce n'était pas le cas ? enchaîna Dax, les yeux rivés sur son visage.

Brenda secoua la tête.

— La classe était déserte.

— Et le lapin ? Etait-il à sa place ?

La question la prit par surprise.

— J'avoue ne pas avoir pensé à vérifier.

Elle ne s'était pas vraiment attardée dans la pièce après avoir constaté qu'il n'y avait aucune trace d'Annie. Un pompier se trouvait là, il venait tout juste d'éteindre le feu et il y avait de l'eau partout.

— Pourquoi, est-ce important ?

A ce niveau de l'enquête, jusqu'à ce que toute piste soit écartée, chaque détail comptait.

— Possible. Si l'animal ne se trouve pas dans le bureau, on peut en déduire deux choses : soit Annie l'a pris, soit quelqu'un qui connaissait son attachement envers ce lapin s'en est servi pour l'amener à le suivre.

Il s'interrompit un moment tandis que ses paroles faisaient

leur effet, s'efforçant de ne pas laisser la détresse qu'il lisait dans les yeux de la jeune institutrice l'affecter. Eprouver de la compassion, ou quelque autre sentiment, était un luxe qu'il ne pouvait pas se permettre. Rien ne devait venir se mettre en travers de sa route et porter atteinte à l'objectivité de son jugement.

— Où se trouvent les Kingsley, à présent ? reprit-il.

Harwood se chargea de répondre à la question.

— Ils sont partis peu après que l'alarme se soit déclenchée, tout de suite après l'évacuation du bâtiment, en disant qu'ils reviendraient lorsque les choses seraient plus calmes.

Ce dont l'homme doutait fortement, à en juger par le ton de sa voix, nota Dax.

Son regard passa tour à tour de Brenda à Harwood.

— Et ils sont partis ensemble ?

— Oui, répondit le directeur.

Dax se retourna vers la jeune femme.

— Sont-ils tout le temps restés ensemble ?

Brenda réfléchit un instant mais son esprit était encore trop embrouillé. Certains événements étaient nets, tandis que d'autres s'étant déroulés presque au même moment étaient confus.

— Je crois, avança-t-elle en se mordant la lèvre, furieuse contre elle-même de se sentir si incertaine. Je n'en suis pas sûre, ajouta-t-elle en le regardant d'un air impuissant.

L'expression du visage de Dax demeura inflexible.

— Réfléchissez, la pressa-t-il.

Cette fois, le doute n'était plus possible. Il la soupçonnait réellement. Mais pourquoi ? Parce que le feu s'était déclaré dans sa classe ? Parce que Annie était son élève ? Ou bien parce qu'il appartenait à cette catégorie de flics enthousiastes et naïfs prêts à tout pour élucider une enquête, même à faire condamner un innocent ?

Elle refusait de le laisser continuer plus longtemps. S'il la soupçonnait, il allait forcément mal interpréter ses propos et cela ne pourrait que faire obstacle aux recherches.

Refoulant toutes les émotions qui se bousculaient furieusement en elle, Brenda leva la tête et le regarda droit dans les yeux.

— Insinuez-vous que j'ai quelque chose à voir dans tout cela ?

Dax saisit la perche qu'elle lui tendait dans l'espoir de pouvoir enfin y voir plus clair.

— A vous de me le dire.

Penser qu'il avait des soupçons à son sujet était une chose, le voir l'admettre ouvertement en était une autre. Cette réalité la transperça comme un coup de couteau, soulevant en elle un sentiment d'indignation et faisant bouillonner son sang dans ses veines.

— Bien sûr que non ! Je ne ferais jamais…

D'un geste de la main, il la fit taire. Il n'avait pas de temps à perdre avec une comédie. Pour l'heure, il se contenterait de la croire innocente.

— Poursuivons.

Dax se tourna vers Harwood, dont le visage avait pratiquement viré au gris. Il craignait probablement que l'affaire ne fasse la une des journaux le lendemain matin. Avoir un professeur impliqué dans l'enlèvement d'une élève, voilà qui ne serait pas du meilleur effet pour la réputation de son établissement, songea l'inspecteur.

— Et vous êtes certain qu'elle n'est vraiment nulle part dans les environs. Quelqu'un s'est-il chargé de vérifier les autres classes ?

Bonté divine, ses soupçons l'avaient-ils rendu sourd ? pensa Brenda.

— Je m'en suis déjà occupée…, commença-t-elle d'un ton irrité. C'est à la suite de mon inspection que la police a été appelée.

— Mais vous n'avez certainement pas regardé partout, fit gentiment remarquer Nathan.

Les souvenirs de ses années d'écolier turbulent revinrent à l'esprit de Dax. Chaque école regorgeait de vestiaires, de placards et de sous-sols, et cet établissement n'échappait certainement pas à la règle. Tous ces endroits constituaient des cachettes idéales, il était bien placé pour le savoir. C'était dans un vestiaire, au cours de son année de CM2, qu'il avait volé un baiser à la jolie Amanda Jackson. Son premier baiser.

Brenda soupira lentement.

— Non, vous avez raison, concéda-t-elle.

— Vous savez, nous veillons à ce que nos classes ne comptent pas plus d'un certain nombre d'élèves. Si l'un d'entre eux ne se trouvait pas dans la bonne salle, l'enseignant s'en rendrait compte immédiatement, souligna Harwood.

— De plus, Annie ne ferait jamais une chose pareille, se sentit obligée d'ajouter Brenda, prenant la défense de la fillette. Elle commençait tout juste à sortir de sa coquille, elle ne s'enfuirait pas délibérément, et n'irait pas se cacher.

— Sa coquille ?

Dax laissa le mot suspendu dans l'air, attendant de l'institutrice qu'elle lui donne plus de détails.

« Oh Annie, j'espère que tu n'as pas trop peur. » Brenda luttait pour ne pas laisser son empathie prendre le dessus. L'idée de savoir la fillette complètement terrorisée la rendait malade.

— Annie était… est, s'empressa-t-elle de rectifier, terriblement timide et anxieuse. Elle est fille unique. Son père, Simon Tyler, est réalisateur et sa mère, Rebecca Allen-Tyler est, ou plutôt était, actrice. Officiellement, elle ne tourne plus, mais elle est toujours partie à droite à gauche, loin d'Annie. Ils le sont tous les deux, en général.

D'après ce que la fillette lui avait confié ce matin même, Simon était en Europe, sur le tournage d'un nouveau film, et sa mère se trouvait quelque part à New York, à faire du shopping ou en visite chez des amis.

Dax ne connaissait pas grand-chose au cinéma. Il laissait ça aux cinéphiles passionnés de sa famille. En revanche, alors que le nom de la mère ne lui disait rien, il n'en était pas de même pour celui du père. Simon Tyler était cité chaque fois que l'on mentionnait l'un des succès du box-office de ces dix dernières années. Son nom était toujours associé aux affaires les plus lucratives.

— Dans ce cas, qui s'occupe d'elle ? demanda-t-il à Brenda, puisqu'elle semblait être experte sur ce sujet.

Le visage d'Annie, avec son grand regard triste, apparut un instant devant les yeux de la jeune femme.

— La femme de ménage, la majeure partie du temps, lui répondit-elle.

Dax l'étudia de nouveau, essayant de faire abstraction de son incroyable beauté pour la considérer comme une partie intégrante du scénario.

— Vous semblez en savoir beaucoup à propos de cette enfant. Vous intéressez-vous autant à chacun de vos élèves ?

La suspicion refaisait son apparition. Même s'il ne faisait que son travail, elle commençait à détester la manière de procéder de cet inspecteur.

— C'est le cas, en effet. Mais avec Annie, c'est différent. Elle est spéciale.

— Comment ça ? la pressa doucement Dax.

— Elle est très intelligente, intervint une fois de plus Harwood.

— Aussi intelligente que le Docteur Doogie ? lança Nathan tout en tournant la page de son carnet.

Dax lança un regard à son coéquipier, comme si celui-ci venait de se mettre à parler une langue étrangère.

— Qui ça ?

Nathan lui adressa un large sourire condescendant. Il était incollable en séries télé.

— Je t'expliquerai dans la voiture, promit-il à Dax.

— Tout ce que je peux vous dire, c'est qu'elle est extrêmement douée.

Brenda se retint d'ajouter que, sur de nombreux plans, elle se reconnaissait en cette petite fille. Annie se sentait délaissée par ses parents et c'était également un sentiment qu'elle avait ressenti au cours de son enfance. Excepté que dans son cas, c'était un père abusif, tant physiquement que verbalement, qui avait été la cause du gouffre qui s'était créé entre ses parents et elle.

Sa mère n'avait jamais rien fait pour la protéger du caractère explosif de son père. En rentrant à la maison, deux jours avant ses neuf ans, Brenda avait trouvé une lettre de sa mère dans la cuisine, dans laquelle elle disait qu'elle ne pouvait supporter la situation plus longtemps et qu'elle partait à la recherche d'une vie meilleure.

Même après toutes ces années, ce souvenir la faisait encore frissonner chaque fois qu'elle y repensait. Lorsqu'elle avait montré la lettre à son père, celui-ci n'avait eu d'autre réaction que de la frapper.

A dix-huit ans, elle avait suivi les traces de sa mère et quitté la maison définitivement, après avoir épousé Wade York, non pas par amour mais parce qu'il représentait tout ce que son père n'était pas. A la longue, elle avait fini par réaliser que c'était loin d'être suffisant. Après avoir essayé pendant sept ans de faire durer leur mariage, Wade et elle avaient fini par s'éloigner l'un de l'autre.

Mais le sentiment d'isolement n'était pas la seule chose que la fillette timide et renfermée aux cheveux blond doré et elle avaient en commun. Annie avait passé des tests d'intelligence et obtenu un score égalant presque celui des génies, le niveau que Brenda avait elle-même atteint plusieurs années auparavant. Dans son cas, personne ne l'avait encouragée à utiliser son potentiel ; aucun enseignant n'avait remarqué sa différence. C'était seule qu'elle avait dû la découvrir. Elle avait alors pris l'initiative de s'inscrire à l'université pendant que son époux, militaire de carrière, voyageait d'un bout à l'autre du globe.

Brenda était déterminée à faire en sorte que les choses se passent différemment pour Annie.

Sauf que, pour l'instant, elle avait disparu. Par sa faute. Car elle avait manqué à ses engagements.

Dax se dirigea vers la porte du bureau.

— Pourquoi ne pas nous conduire dans votre classe, madame York ? suggéra-t-il.

— Si vous voulez.

Elle redressa les épaules et passa devant lui pour lui montrer le chemin.

Une fois dans le couloir, Harwood vint rapidement se placer à sa hauteur.

— Personne ne vous tient pour responsable de ce qui arrive, Brenda, lui dit-il à voix basse.

La colère qu'elle éprouvait, à la fois contre l'inspecteur impertinent et elle-même, s'atténua légèrement. Matthew Harwood avait toujours fait preuve d'une extrême gentillesse à son égard.

Il aurait même été prêt à jouer un rôle plus important dans sa vie si elle lui en avait laissé l'opportunité.

Malheureusement, malgré le fait que Matthew était directeur d'une école et bardé de diplômes alors que Wade s'était enrôlé dans la marine avant même d'avoir terminé le lycée, aux yeux de Brenda, les deux hommes se ressemblaient beaucoup trop. Qu'il soit son employeur lui donnait une bonne excuse pour le tenir à distance tout en faisant preuve de gentillesse à son égard afin d'arrondir les angles. Harwood était un homme sensible et pétri de bonnes intentions, mais pour l'instant, elle voulait se prouver qu'elle était capable de réussir à s'en sortir seule.

Car si elle n'était pas suffisamment forte pour un, comment pourrait-elle jamais espérer l'être pour deux ?

Arrivée devant la porte de sa classe, elle marqua un temps d'arrêt avant d'en tourner la poignée. Même si elle était de dos, Dax décelait toute la tension qui se dégageait d'elle. Etait-ce dû à l'appréhension ? Ou bien à la culpabilité ? Il était encore trop tôt pour le dire.

La pièce était vide.

Les élèves avaient été temporairement installés dans la bibliothèque jusqu'à ce que l'odeur de fumée puisse être totalement éradiquée.

Comme s'ils avaient eu la même idée, Dax et Nathan se

dirigèrent directement vers la corbeille à papier qui se trouvait près du bureau.

Au bout de quelques secondes, Brenda décida de les rejoindre. Elle n'en revenait toujours pas que le feu se soit déclaré ici. Comment une telle chose avait-elle pu se produire alors qu'elle faisait toujours preuve d'une extrême prudence ? Le récipient métallique était complètement noirci, tout comme le côté du bureau qui était le plus proche de la corbeille.

— On dirait que c'est le seul endroit que le feu a endommagé, observa Harwood.

Nathan jeta un coup d'œil autour de lui et hocha la tête.

— Une chance !

— Je ne pense pas que cela ait quelque chose à voir avec la chance, répliqua Dax en levant les yeux vers Brenda. Quelle que soit la personne qui a fait ça, elle a agi après que l'alarme se soit déclenchée.

Pourquoi la regardait-il ainsi ? S'attendait-il à la voir tomber à genoux et tout avouer ?

— Comment pouvez-vous en être aussi sûr ? demanda-t-elle.

— Parce qu'il a fallu moins de dix minutes aux pompiers pour arriver ici. Durant cet intervalle, le feu aurait largement eu le temps de se propager à travers toute la pièce. Mais ce ne fut pas le cas car, lorsque le feu s'est déclaré, l'alarme était déjà déclenchée et les pompiers en route. Quelqu'un voulait manifestement s'assurer qu'il n'y aurait aucun blessé.

Dax s'interrompit un instant.

— Y a-t-il des allumettes dans votre classe ? reprit-il.

— A dire vrai, oui, admit-elle, légèrement embarrassée.

Dax réfléchit un instant. Premièrement, il était interdit de fumer dans le bâtiment. Deuxièmement, elle n'avait pas l'air d'une fumeuse. Il n'avait remarqué aucune tache de nicotine entre son index et son majeur, et ses dents étaient d'une blancheur éclatante.

— Pour quelle raison ? demanda-t-il alors.

— Eh bien, en ce moment, nous travaillons sur un projet de

science, expliqua-t-elle en indiquant du doigt un grand cône en papier mâché posé au milieu d'une table, à l'autre bout de la pièce. Les enfants et moi construisons un volcan.

Plutôt plausible, pensa-t-il en hochant la tête.

— Puis-je voir les allumettes ?

Au bord de la crise de nerfs, elle ouvrit le tiroir du haut de son bureau et plongea la main à l'intérieur. Elle hésitait entre être furieuse ou commencer à chercher un bon avocat. Soudain, elle s'arrêta net.

— Mais… C'est impossible… La boîte en métal dans laquelle je les garde n'est plus là.

Dax se contenta de hocher la tête en silence, mais à présent il n'y avait plus aucun doute possible : il la croyait plus impliquée dans toute cette histoire qu'elle ne voulait l'admettre. Un examen approfondi de sa vie ne ferait que le convaincre davantage. Veuve depuis peu, ses finances n'étaient pas au meilleur de leur forme. Il en déduirait sans doute qu'elle avait décidé d'arrondir ses fins de mois en réclamant une rançon en échange d'Annie.

Cette horrible pensée la fit frissonner. La nausée qu'elle s'efforçait de refouler menaçait de prendre le dessus.

Elle poussa un soupir las tandis qu'elle refermait le tiroir en le faisant claquer plus fort qu'elle n'en avait l'intention.

— Ecoutez, vous n'avez qu'à me faire passer au détecteur de mensonges.

Les coupables ne se portaient généralement pas volontaires pour ce genre de choses, à moins d'être vraiment très doués, pensa Dax. En effet, la machine n'était pas infaillible et quelques ratés s'étaient déjà produits. Néanmoins, il décida que ce n'était pas nécessaire… pour l'instant.

— C'est inutile, déclara-t-il.

Mais elle persista.

— J'aimerais juste faire disparaître cette expression de votre regard et réussir à vous faire comprendre à quel point je tiens à Annie Tyler, peut-être parce que personne d'autre ne semble s'intéresser à elle. Vous savez, c'est une merveilleuse petite fille à qui la vie n'a pas vraiment fait de cadeau depuis sa venue au monde.

Afin de tester sa réaction, il décida de jouer l'avocat du diable.

— Pourtant, avoir des parents qui peuvent vous acheter tout ce que vous désirez me semble plutôt être une chose appréciable.

— Ils peuvent tout lui offrir sauf leur temps, fit-elle calmement remarquer.

Dax la regarda avec un intérêt nouveau. Pourquoi n'y avait-il pas songé plus tôt ? Certains ravisseurs n'agissaient pas toujours dans le but d'obtenir une rançon mais parce qu'ils étaient persuadés de sauver l'enfant d'une existence malheureuse.

— Vous pensez sans doute être en mesure de lui offrir une vie meilleure.

— J'en suis persuadée…

Elle s'interrompit brusquement.

— Mais je n'ai pas enlevé Annie. Pour rien au monde je ne lui ferais subir un tel traumatisme. De plus, j'étais visible de tous, tout le temps, souligna-t-elle.

Néanmoins, cela ne constituait en rien un alibi certain.

— Le mot « complice », ça vous dit quelque chose ?

Brenda commençait à en avoir assez.

— Inspecteur Cavanaugh, j'insiste pour passer au détecteur de mensonges.

— Nous vous organiserons ça, décida Dax avant de se tourner vers Harwood. Pour l'heure, j'aimerais m'entretenir avec les autres enseignants pour savoir s'ils ont vu quoi que ce soit. Et je souhaiterais également avoir les coordonnées des parents à qui Mme York a fait faire la visite de l'établissement.

— Bien sûr, se hâta d'accepter Harwood. Les informations se trouvent dans mon bureau. Je vais vous les chercher immédiatement. Pendant ce temps, Mme York vous conduira auprès des autres enseignants.

En cet instant, pensa Dax, elle donnait plutôt l'impression d'avoir envie de lui arracher la tête.

3

Tandis qu'à sa gauche un enseignant trapu au visage souriant faisait sortir un groupe d'élèves de CE1 de la salle de dessin, réquisitionnée pour la conduite des interrogatoires, Nathan, appuyé contre le bureau, observait attentivement Brenda York.

— Tu la suspectes vraiment ? demanda-t-il à son coéquipier.

Dax posa son regard sur l'institutrice qui se trouvait à l'autre bout de la pièce, occupée à réconforter un garçonnet inquiet. Elle parvint à lui arracher un sourire timide avant qu'il ne quitte la salle. « Elle sait y faire pour mettre les gens à l'aise et gagner leur confiance », pensa-t-il.

S'y prenait-elle de la même façon pour les tenir à sa merci ?

Il jeta un coup d'œil vers son coéquipier.

— Dois-je te rappeler que nous sommes censés suspecter tout le monde ?

— Je sais bien, mais elle semble tellement inquiète ! répliqua-t-il en haussant légèrement les épaules.

Dax esquissa un sourire.

— De toute façon, tu perds toute objectivité dès qu'il s'agit d'une blonde. Cette femme a accès aux moindres recoins de l'établissement, ajouta-t-il en se tournant vers lui. Et de son propre aveu, elle connaît la petite fille comme personne, ce qui signifie qu'elle n'aurait eu aucun mal à l'obliger à la suivre.

— Mais quel serait son mobile ? poursuivit Nathan en fronçant les sourcils et en secouant la tête, dubitatif.

Troublé par la démarche ondoyante et gracieuse de la jeune institutrice, Dax marqua une pause avant de répondre à son partenaire. Elle semblait si sûre d'elle et était pourtant si féminine !

Il enfonça ses mains dans ses poches et chassa rapidement cette pensée de son esprit, revenant à la réalité de la situation.

— L'argent, certainement. La plupart des gens n'en ont jamais assez.

— Donc, j'ai raison, tu la suspectes vraiment.

Dax haussa les épaules. Il n'avait pas besoin de dire tout haut ce qu'il pensait tout bas. C'était ainsi que sa relation avec Nathan, basée sur une confiance mutuelle, fonctionnait.

— Si je suivais mon instinct, je te répondrais non, mais les années m'ont appris à attendre avant de porter un jugement définitif.

Tandis qu'il regardait la jeune femme s'arrêter pour réconforter l'un des derniers enfants de la file, Nathan soupira.

— Si j'étais célibataire, mon instinct me murmurerait un millier de choses mais sûrement pas l'abstinence.

Dax éclata de rire mais se retint de faire un quelconque commentaire. Précisément parce que, intérieurement, la même pensée le tiraillait. Il ressentait une profonde attirance pour cette femme et devait user de toutes ses facultés mentales pour ne pas se laisser submerger par son envie de donner libre cours à ce que son instinct lui dictait. Faire son devoir au mieux et être un bon flic étaient les choses qui importaient le plus en cet instant précis.

Malgré tout, il n'était pas sûr de pouvoir réussir à occulter ce sentiment, qui allait bien au-delà d'un intense désir sexuel, grandissait en lui et devenait de plus en plus obsédant, au point qu'il éprouvait les plus grandes difficultés à se concentrer. Il s'agissait d'une véritable torture pour lui car il avait pleinement conscience que ça ne le mènerait nulle part. Premièrement, parce qu'elle était un élément primordial du dossier. Et deuxièmement, car elle était mariée.

Mais elle était aussi humaine. L'espace d'une seconde, juste avant que son visage ne se referme, il put y apercevoir toute la tension qui bouillonnait en son for intérieur.

Abandonnant Nathan, il traversa la pièce pour la rejoindre.

— Vous avez l'air épuisé, vous devriez faire une pause.

La voix de l'inspecteur derrière elle la fit sursauter. Brenda s'était autorisée à laisser son esprit vagabonder pendant quelques secondes. Et les scénarios les plus horribles étaient immédiatement venus envahir ses pensées. Reprenant le contrôle de ses émotions, elle se retourna face à lui.

— Ça n'aidera pas Annie.

La sincérité se dégageant de sa voix parvint à traverser l'armure en acier dont il s'entourait à chaque nouvelle mission et à s'infiltrer au plus profond de lui-même. Elle était impressionnante, il devait bien l'admettre. Toute autre personne dans sa position se serait empressée de rentrer chez elle, loin de la police et de ses investigations. Mais pas elle. Une seule et unique chose la préoccupait : retrouver la fillette.

— Vous savez, au sujet du détecteur de mensonges…, commença-t-il.

Brenda releva le menton en plissant légèrement les yeux, comme si elle rassemblait ses forces pour faire face à une nouvelle confrontation.

— C'est quand vous voulez, inspecteur.

Quand il voulait.

S'il en avait eu le luxe, il se serait autorisé les pensées les plus folles et aurait imaginé les fantasmes les plus extravagants. Hélas, c'était impossible. Il avait une enquête à mener et une enfant à retrouver.

Dax plongea son regard dans le sien et la détermination, empreinte de compassion, qu'il lut dans ses yeux le conforta davantage dans sa décision.

— Nous nous en passerons, annonça-t-il. Le département n'apprécie pas vraiment qu'on lui fasse perdre son temps.

Cela signifiait-il qu'il la rayait définitivement de la liste des suspects, ou bien était-ce un jeu pour lui ? Penser qu'il la soupçonnait d'être impliquée dans l'enlèvement la mettait hors d'elle. Peu importait qu'il ne fasse que son travail.

— Vous acceptez donc enfin de croire que je n'ai rien à voir avec tout cela ? s'enquit Brenda en mesurant lentement le poids de ses paroles.

En agissant de la sorte, il avait pleinement conscience de franchir certaines limites mais, après tout, s'il ne pouvait pas se fier à son instinct, que lui restait-il ? A cet instant, il devait admettre qu'il partageait le même sentiment que Nathan : Brenda York n'était pas le ravisseur qu'il recherchait.

Dax soutint longuement son regard et une étrange sensation s'éveilla en lui, causant un moment d'hésitation. Répondre à sa question reviendrait à prendre un engagement, d'une certaine manière, et agir de la sorte le conduirait inévitablement à une forme de confinement, chose qu'il détestait plus que tout.

Il éluda donc sa question et préféra changer de sujet.

— Vous nous avez été d'une aide très précieuse avec les enfants.

Grâce à elle, ces derniers avaient en effet gardé leur calme, et Nathan et lui avaient ainsi pu leur poser toutes les questions nécessaires au sujet d'éventuels faits inhabituels. Malgré la confusion de quelques récits, aucun d'eux n'avait débouché sur une piste sérieuse. Néanmoins, cela permettait tout de même d'avancer que les ravisseurs n'agissaient pas en amateurs et que leur acte était prémédité.

— Personnellement, je n'ai jamais su y faire avec les enfants, ajouta-t-il, mal à l'aise à cause du silence qui s'était installé.

— Vous n'avez pas d'enfants ?

Si cela n'avait tenu qu'à sa défunte mère, il serait marié et père d'une demi-douzaine de marmots depuis bien longtemps. En toute honnêteté, il devait admettre que lui faire plaisir avait toujours été l'unique raison le poussant à envisager de se marier un jour. Il avait d'ailleurs bien failli commettre cette fatale erreur une fois. Heureusement, réalisant à quel point il regretterait cette décision, il s'était rétracté juste avant le jour J.

— Je ne suis pas marié, répondit Dax en secouant la tête.

— Ça ne répond pas à la question, rétorqua Brenda d'un air amusé.

L'inspecteur se fendit d'un large sourire. Décidément, quelle vivacité d'esprit !

— Non, je n'en ai pas, reprit-il. Et vous ?

— Non, moi non plus, dit-elle après une pause de plusieurs secondes, comme si elle hésitait sur la réponse à formuler.

D'un signe de la tête, elle désigna le dernier élève qui franchissait la porte.

— Mes enfants, ce sont eux.

Curieusement, Dax avait le sentiment qu'elle s'apprêtait à lui dire autre chose avant de s'être finalement ravisée. Mais là encore, son instinct de flic n'était sans doute pas étranger à cette sensation et il se faisait peut-être des idées.

— Grande famille ! s'exclama-t-il.

Elle haussa vaguement les épaules, une expression de nostalgie se dessinant furtivement sur son visage.

— J'en ai toujours rêvé.

En baissant les yeux vers sa main gauche, il se demanda de nouveau pourquoi elle ne portait pas d'alliance.

— Et qu'en pense votre mari ?

Sa question la fit se raidir légèrement. C'était un sujet sensible. Le temps n'avait pas encore fait son œuvre et Brenda ressentait toujours une vive émotion chaque fois qu'elle songeait à Wade, même si elle n'avait jamais été réellement amoureuse de lui. En fait, cette absence de sentiments ne faisait qu'empirer les choses. Elle ne pouvait s'empêcher de se faire des reproches et de penser qu'il aurait mérité de partager sa vie avec une personne l'aimant véritablement.

Mal à l'aise, elle détourna le regard. Les questions de l'inspecteur Cavanaugh remuaient plus de choses en elle qu'elle ne pouvait le supporter en cet instant.

— Mon mari est mort.

Confus, Dax eut un instant l'impression qu'il venait de briser en mille morceaux un édifice fragile.

— Oh, je suis désolé.

— Oui, moi aussi. Wade était quelqu'un de bien. Il a été tué dans un horrible accident au cours de manœuvres.

Elle le regarda, mesurant ses paroles, les distribuant lentement, au compte-gouttes, après les avoir mûrement réfléchies. Une telle circonspection n'était pas dans ses habitudes. En général, elle était très ouverte. C'était une liberté qu'elle avait pleinement adoptée après avoir quitté le domicile paternel. Mais avec ce policier, elle ne pouvait s'empêcher de se tenir sur ses gardes.

— Il était marine.

Nerveuse et pressée de changer de sujet, elle se déplaça légèrement sur le côté.

— C'était le dernier élève, dit-elle. Désirez-vous interroger quelqu'un d'autre ?

Dès l'arrivée des renforts, plusieurs policiers en uniforme étaient partis fouiller le bâtiment de fond en comble, de même que les abords de l'établissement. Mais il n'y avait toujours aucun signe de la fillette disparue. Ni la moindre piste. Annie Tyler semblait s'être volatilisée comme par magie.

Ajouté à cela, le numéro de téléphone du couple, que le directeur lui avait fourni, s'était révélé être faux. Mais ce n'était pas vraiment une surprise. Dax s'y attendait.

Certains jours, il détestait avoir raison.

— Non, j'en ai terminé avec les interrogatoires pour le moment. Excepté en ce qui vous concerne.

Un soupçon de lassitude apparut dans le regard de l'institutrice. A quoi s'attendait-elle ?

— Pourriez-vous me fournir une description du couple ? demanda Dax.

Regardant tour à tour la jeune femme et Harwood, il espérait que l'un d'entre eux avait retenu suffisamment d'informations pour créer un portrait-robot à peu près correct. Au fil des années, il avait constaté que la majorité des gens n'étaient pas doués pour se souvenir des détails.

— Je peux même faire mieux que ça, lui proposa Brenda en s'emparant d'un carnet et d'un crayon de papier finement taillé. Je peux vous les dessiner.

Faire venir un portraitiste afin de constituer un portrait-robot à l'aide des détails qu'ils pourraient fournir devait être l'étape suivante. Après avoir échangé un regard avec Nathan, dont les yeux reflétaient une vive admiration, Dax se tourna de nouveau vers la jeune femme.

— Vraiment ?

— Dessiner est un de mes passe-temps favoris, lui expliqua-t-elle. Ça m'aide à me détendre.

Et ces derniers jours, songea-t-elle, se détendre n'était pas chose facile. Elle avait des décisions à prendre et devait faire face à certains événements, qui plus est dans un laps de temps relativement court, ce qui ne manquait pas d'ajouter à son stress.

— Génial ! s'exclama Dax. On peut toujours essayer.

Tandis que Brenda s'asseyait à une table et s'attelait à la tâche, l'inspecteur se tourna vers Harwood.

— Il me faudrait l'adresse de la petite fille afin d'avertir ses parents.

Dax avait retardé cette échéance au maximum, espérant contre toute attente retrouver l'enfant sans avoir à alarmer inutilement les parents. Il était en effet conscient de l'épreuve que cela représenterait pour eux, ayant lui-même assisté au désarroi de ses propres parents lorsque son frère Troy s'était perdu dans les bois, au cours d'une randonnée entre amis. Malgré le fait qu'il avait quinze ans à l'époque et qu'il ne s'agissait pas d'un enlèvement, cela avait tout de même été une véritable torture. Alors, dans un cas comme celui auquel il avait affaire en ce moment, il n'était pas difficile d'imaginer que la réaction des parents serait encore plus terrible. « Disparu » était sans doute le mot le plus évocateur de souffrance du dictionnaire.

Ayant à l'évidence anticipé la requête de Dax, Harwood

sortit de sa poche un morceau de papier sur lequel étaient notés l'adresse et le numéro de téléphone des Tyler, et le lui tendit.

— Le père d'Annie se trouve en Europe. Et sa mère à New York, je crois, en visite chez des amis.

Brenda leva les yeux de l'image qui commençait à prendre forme sous son crayon.

— Je les ai déjà contactés par téléphone, informa-t-elle Dax. Sa mère va essayer d'attraper le premier vol en partance et son père fera le voyage en jet privé. Mais aucun d'eux ne sera là avant plusieurs heures.

Une fois de plus, elle l'avait devancé. Cette jolie blonde était décidément pleine de surprises, songea-t-il.

— Et si jamais les kidnappeurs téléphonent pour demander une rançon…

Elle y avait également pensé.

— Une certaine Martha Danridge, la femme de ménage qui est à leur service depuis plusieurs années, se trouve chez eux en ce moment. J'ai expliqué à la mère d'Annie qu'il serait sans doute bon de lui fournir des instructions précises au sujet de ce qu'elle doit dire en cas d'appel des ravisseurs.

Nathan secoua la tête tout en regardant la jeune femme, les yeux brillants d'admiration.

— Si un jour vous décidez de laisser tomber l'enseignement, madame York, nous pourrions certainement faire bon usage d'une personne telle que vous dans la police.

— Ce n'est vraiment pas grand-chose, répondit Brenda en souriant, rejetant le compliment avec grâce.

La lucidité dont elle faisait preuve plaisait à Dax. Cette femme n'avait rien à voir avec celles qu'il avait l'habitude de fréquenter. Ses conquêtes d'un soir avaient plutôt l'esprit futile et, dans un sens, il devait bien reconnaître que c'était un choix volontaire de sa part. De cette façon, il n'était pas tenté d'aller plus loin qu'une simple aventure passagère avec aucune d'elles et ne risquait pas de prendre le moindre engagement.

Se plaçant derrière Brenda, il observa par-dessus son épaule le croquis qu'elle était en train de terminer. Il s'agissait d'une femme au visage creux et aux traits légèrement prononcés qui invitaient à la méfiance.

— Vous avez un sacré coup de crayon.

Brenda leva les yeux vers lui.

— Je vous avais prévenu.

— C'est vrai… Vous connaissez la femme de ménage des Tyler ?

— Seulement de vue.

Un jour, elle s'était rendue à leur domicile afin de s'entretenir avec les parents d'Annie au sujet de leur fille. Martha Danridge était venue lui ouvrir et l'avait conduite jusqu'à Mme Tyler. Comme toujours, le père de la fillette était absent. Quant à sa mère, ayant complètement oublié le rendez-vous, elle s'apprêtait à partir elle aussi. L'entrevue avait donc dû être écourtée par la force des choses. Rebecca Allen-Tyler l'avait remerciée de sa préoccupation et renvoyée de la même manière qu'elle l'aurait fait avec un serveur lui ayant apporté la mauvaise commande.

Ce jour-là, la compassion qu'éprouvait Brenda pour son élève s'était encore amplifiée, quand elle avait compris quel genre de mère cette femme devait être pour son enfant. Si elle la traitait avec autant d'impatience et de désintérêt qu'elle venait de le faire avec elle, la fillette devait être très malheureuse. Les personnes comme Rebecca Allen-Tyler, avait-elle pensé, ne méritaient pas d'avoir une petite fille aussi sensible et brillante qu'Annie.

— Ce sera suffisant, lui dit-il.

— De quoi me parlez-vous ? demanda-t-elle sans comprendre où il voulait en venir.

Dax avait dans l'idée qu'elle pourrait sans doute lui faire gagner un temps précieux en arrondissant les angles auprès de la femme de ménage, afin qu'ils puissent en arriver directement aux faits. Les insignes de policier avaient tendance à faire paniquer les gens et la situation était déjà suffisamment stressante pour ne pas en rajouter. Ayant constaté par lui-même avec quelle efficacité elle était parvenue à calmer deux professeurs au bord de la crise de nerfs et des enfants anxieux, il ne doutait pas de la nécessité de sa présence apaisante.

— J'aimerais que vous nous accompagniez, lui expliqua-t-il, sentant le regard perplexe de Nathan rivé sur lui. Vous terminerez le deuxième croquis en route.

Brenda acquiesça en esquissant un demi-sourire. Elle souhaitait vivement se rendre utile. Etre brusquement mise de côté pendant que les détectives poursuivaient leur enquête l'aurait rendue folle.

— Entendu, donnez-moi juste une minute, le temps de récupérer mes affaires dans ma classe. Je vous rejoins dehors.

Dax lui donna son accord d'un hochement de tête et elle quitta rapidement la pièce.

En ouvrant la porte, elle se figea soudain. La classe tout entière semblait pointer du doigt sa négligence.

« Je te retrouverai Annie, je te le promets », se dit-elle silencieusement.

Après avoir sorti son sac du dernier tiroir de son bureau, elle se retourna et sursauta, le souffle court, en apercevant Harwood derrière elle.

— Désolé, s'excusa-t-il. Je n'avais pas l'intention de vous faire peur.

— Ce n'est rien, nous sommes tous plus ou moins nerveux en ce moment.

Comme elle se dirigeait vers la porte, il la saisit par le bras et la retint quelques instants. Elle le regarda d'un air perplexe.

— Je veux juste que vous sachiez que je ne pense pas une seule seconde que vous avez quoi que ce soit à voir dans tout ceci.

Il s'interrompit, cherchant ses mots, et Brenda remarqua une mince ligne de transpiration au-dessus de sa lèvre supérieure. Pour lui non plus la situation ne devait pas être évidente. Cette école était toute sa vie et que sa réputation soit compromise de cette façon devait être une véritable humiliation.

— Et je ne vous tiens en aucun cas pour responsable.

A une époque où les gens se hâtaient de désigner un coupable afin de détourner l'attention d'eux et de la reporter sur quelqu'un d'autre, elle lui était reconnaissante de prendre le temps de la rassurer. Il n'avait pas idée de l'état précaire dans lequel elle se trouvait actuellement.

— Merci.

Harwood prit sa main dans les siennes et fit un vague signe de la tête en direction de l'entrée de l'école, indiquant implicitement la présence des deux détectives qui l'attendaient à l'extérieur.

— Est-ce que vous vous en sentez capable ? De vous rendre au domicile d'Annie, je veux dire. Parce que, dans le cas contraire, je peux très bien vous raccompagner chez vous. Personne ne vous en tiendra rigueur.

Rentrer chez elle, comme si c'était possible ! Comment pourrait-elle trouver une once de quiétude avant que la fillette ne soit retrouvée saine et sauve ?

Tout doucement, Brenda libéra sa main de la sienne.

— Ne vous en faites pas, Matthew, tout ira bien, lui assura-t-elle. Je tiens absolument à faire tout ce qui est en mon pouvoir pour aider.

Il soupira et hocha la tête.

— Evidemment. C'est notre désir à tous. N'hésitez pas à m'appeler et à me faire savoir s'il y a quoi que ce soit que je puisse faire pour les Tyler, ajouta-t-il tandis qu'il l'accompagnait dans le hall.

— Comptez sur moi, promit-elle avant de se hâter en direction des immenses doubles portes d'entrée du bâtiment.

A l'extérieur, Dax et Nathan l'attendaient près de la voiture. Contrairement au moment de leur arrivée, il ne restait que quelques véhicules sur le parking. Un à un, tous les enseignants avaient été renvoyés chez eux, de même que les élèves, une fois leur interrogatoire terminé. Seules les deux voitures de patrouille garées discrètement à l'autre bout du parc de stationnement indiquaient que quelque chose d'anormal s'était produit.

Las d'attendre une explication qui n'arrivait pas, Nathan se décida finalement à interroger son coéquipier.

— Tu sais ce que tu fais au moins ? Si sensationnelle soit-elle, ça ne me paraît pas très orthodoxe de demander à l'institutrice de la fillette de nous accompagner.

— Qu'elle soit sensationnelle ou non n'a rien à voir dans tout ça et je suis d'accord avec toi, ça n'est pas très orthodoxe, c'est même pire que ça, rectifia Dax. Mais je sens qu'elle pourrait nous être utile. D'une part, elle semble connaître la fillette sur le bout des doigts, et d'autre part, elle réussit à calmer les gens comme personne.

Ce qui était loin d'être son fort, ajouta-t-il en son for intérieur. En apprenant pourquoi la police se trouvait sur les lieux, une des enseignantes avait frôlé la crise d'hystérie. Sans Brenda, il n'aurait jamais réussi à obtenir sa déposition. Certes, celle-ci ne s'était pas avérée concluante, la femme n'ayant rien remarqué d'anormal, mais dans le cas contraire il aurait été fortement redevable envers la jeune institutrice.

De plus, son instinct lui soufflait de garder cette femme à portée de main. Il n'était pas vraiment certain d'en connaître la raison mais, avec le temps, il avait appris à se fier à son intuition et n'allait pas changer maintenant.

En apercevant Brenda, Dax se redressa. Une petite brise étouffante agitait les extrémités de ses cheveux, qui dépassaient du chignon qu'elle avait noué à la va-vite.

« Bon sang, elle est divine ! » ne put-il s'empêcher de penser.

Vingt-cinq minutes plus tard, Martha Danridge, toute tremblante, les faisait entrer dans ce qu'il convenait d'appeler un manoir. Le bâtiment de trois étages, complété par des écuries, un court de tennis et deux piscines, se situait au sommet d'une colline, au bout d'une longue route sinueuse. La première fois qu'elle l'avait vu, Brenda avait immédiatement songé aux châteaux que l'on trouve dans les contes de fées. Et à Annie qui se retrouvait malgré elle dans le rôle de la princesse solitaire.

Bien que pressée car elle devait s'en aller, Rebecca Allen-Tyler avait néanmoins pris le temps de lui expliquer qu'il s'agissait d'un véritable château, rebâti pierre par pierre, selon le modèle d'un monument basé en Irlande dont elle était tombée amoureuse pendant sa lune de miel.

Pourtant, l'endroit ne devait pas lui être si cher à en juger par le peu de temps que le roi et la reine daignaient y passer en compagnie de leur princesse de fille.

La femme de ménage sembla à peine capable d'enregistrer leurs noms tandis que Dax se présentait et introduisait Nathan et Brenda.

— Et vous connaissez déjà l'institutrice d'Annie, Brenda York.

— Oui, en effet.

Son accent anglais prononcé était en désaccord avec l'expression de nervosité qui se lisait sur son visage livide.

— Mme Tyler n'est pas là, annonça-t-elle en triturant le rebord de son tablier d'une main tout en refermant la porte d'entrée de l'autre.

— Mais elle vous a téléphoné, n'est-ce pas ? demanda Brenda.

— Oui.

Le regard embué de larmes, Martha Danridge semblait sur le point de s'effondrer. Elle se couvrit la bouche des deux mains afin de réprimer un sanglot et marqua une pause de quelques minutes, le temps de se reprendre.

— Comment une chose aussi horrible a-t-elle pu arriver ? La pauvre petite, elle doit être morte de peur.

Brenda glissa un bras autour des épaules de la vieille femme, lui offrant un réconfort silencieux. Elle savait exactement ce qu'elle pouvait ressentir. La même pensée ne cessait de traverser et retraverser son esprit depuis qu'elle avait constaté la disparition d'Annie, au moment où elle avait fait sortir sa classe de l'école. Frissonnante, elle avait immédiatement compris que quelque chose venait de se passer.

— Le plus important c'est de garder à l'esprit que nous

allons la retrouver, dit-elle à la femme de ménage tandis qu'elle sanglotait dans son mouchoir.

C'est alors que la sonnette de la porte d'entrée retentit. Sur le qui-vive, Brenda releva subitement la tête.

— Ce sont certainement les techniciens, expliqua Dax.

Il les avait contactés pendant que Nathan et lui attendaient Brenda.

Faisant signe à la femme de ménage de ne pas se déranger, Nathan se chargea d'aller ouvrir la porte. Deux hommes et une femme, munis tous trois de grands sacs noirs, entrèrent.

Dax s'approcha de la femme de ménage.

— Nous allons devoir placer des micros sur toutes les lignes téléphoniques, annonça-t-il.

— Oui, bien sûr, murmura-t-elle, la voix cassée.

Elle ne parvenait pas à s'arrêter de trembler, nota Brenda en passant de nouveau un bras autour de ses frêles épaules et en les pressant légèrement.

— Pourquoi n'iriez-vous pas leur indiquer l'emplacement des téléphones ? suggéra-t-elle doucement.

Telle une marionnette dont on venait d'actionner le fil, Martha hocha lentement la tête.

Alors qu'elle s'apprêtait à quitter le vestibule, Dax vint se placer devant elle.

— Vous n'avez encore reçu aucun appel de rançon, n'est-ce pas ?

— Non.

Elle déglutit avec difficulté, la panique s'insinuant de nouveau dans ses yeux, tandis que son regard passait d'un détective à l'autre, avant de se poser sur Brenda.

— Enfin, je ne pense pas. J'étais sortie faire quelques courses et je suis rentrée il y a peu de temps. C'est à ce moment-là que Mme Tyler a appelé. Mais il n'y a aucun message sur le répondeur, ajouta-t-elle comme pour minimiser l'importance de son absence.

Dax n'était pas sûr de savoir si la femme était naïve ou bien simplement confuse à cause de la situation.

— En général, les ravisseurs ne laissent pas de messages sur les répondeurs.

— Oh.

Comme si on venait de la réprimander, elle s'empressa de chercher Brenda du regard pour l'implorer de lui venir en aide.

— Vous avez la présentation du numéro, n'est-ce pas ? demanda cette dernière.

Cette supposition semblait plus que probable. Un couple aussi puissant que les parents d'Annie devait forcément avoir recours à ce service pour éviter les gens à qui ils ne voulaient pas parler.

Une fois encore, Martha se contenta d'acquiescer. Ayant aperçu un téléphone dans le salon, Brenda se dirigea vers celui-ci. Elle consulta la liste des appels mais un seul avait été enregistré au cours des trois dernières heures. Il s'agissait vraisemblablement du coup de téléphone de la mère d'Annie, appelant de New York pour laisser ses instructions à la femme de ménage.

Brenda regarda Dax et secoua la tête.

— Allez-y, installez les micros, ordonna-t-il en se tournant vers l'équipe de techniciens. Les ravisseurs pourraient se manifester d'une minute à l'autre.

A peine eut-il fini de prononcer ces paroles que la sonnerie du téléphone retentit.

Tout le monde se figea.

4

Le regard rivé sur le téléphone blanc, Martha dévisageait l'appareil comme s'il s'agissait d'un horrible serpent, enroulé sur lui-même et immobile, qui attendait le moment propice pour lui sauter dessus. Les yeux écarquillés, elle se tourna vers Dax.

— Oh, mon Dieu, ça sonne ! Que dois-je faire ?

La peur résonnait dans sa voix.

N'ayant plus le temps de mettre le téléphone sur écoute, ils devraient se résoudre à espérer que cet appel ne soit pas le dernier.

— Décrochez, lui ordonna Dax.

La femme de ménage se mit à trembler des pieds à la tête.

— Je n'y arriverai pas, répondit-elle d'une voix étranglée. Je vous en prie, ne m'obligez pas à faire ça.

Nerveuse et impatiente, Brenda regarda tour à tour les deux inspecteurs.

— Et si jamais je ne disais pas ce qu'il faut ? Si quelque chose arrivait à cette enfant par ma faute, je ne pourrais jamais me le pardonner…, ajouta Martha.

Dax eut du mal à dissimuler son exaspération. Les secondes s'égrainaient à une allure folle et le téléphone continuait de sonner.

— Ecoutez, madame…

Impuissante et terrifiée à l'idée que l'opportunité d'entrer en contact avec les ravisseurs leur glisse entre les doigts, Brenda saisit brusquement le combiné.

— Résidence Tyler, annonça-t-elle en priant pour que son imitation de l'accent anglais de Martha soit à peu près crédible.

Surpris, Dax se tourna vers elle. Intimement convaincu que le ravisseur s'attendait à entendre une voix féminine à l'autre bout du fil, il s'apprêtait à lui demander de répondre au téléphone, mais elle l'avait devancé. Une fois de plus. Il admirait le sang-froid dont cette femme faisait preuve.

Croisant son regard, il lui indiqua de faire parler le ravisseur le plus longtemps possible. Plus la conversation durerait, plus elle aurait une chance, si minime soit-elle, de repérer un indice, un bruit de fond, qui les aiderait à localiser l'endroit où Annie Tyler était retenue prisonnière.

Comme si son estomac allait se soulever d'un instant à l'autre, Brenda lutta de toutes ses forces pour se ressaisir. Ce qu'elle ressentait était bien pire que les nausées matinales qu'elle avait eues au cours des dernières semaines.

Se concentrant sur le kidnappeur, elle tenta tant bien que mal de faire abstraction des six paires d'yeux braquées sur elle.

Les techniciens et les deux inspecteurs s'étaient rassemblés en demi-cercle autour d'elle, tendant l'oreille afin de réussir à capter une bribe de l'autre partie de la conversation. Serrant le combiné entre ses deux mains, elle l'écarta légèrement de son oreille.

Dès les premiers mots de son interlocuteur, elle comprit qu'elle n'avait pas la moindre chance de reconnaître sa voix. Il aurait tout aussi bien pu s'agir d'un homme que d'une femme. L'appareil de synthèse vocale que le ravisseur utilisait provoquait des vibrations irritantes qui donnaient l'impression que les mots étaient soufflés à travers un harmonica.

— Nous détenons la petite fille. Nous ne lui avons fait aucun mal.

« Espèce de pourriture ! » Brenda lutta pour s'empêcher de lui cracher à travers l'appareil toute la rancœur qu'elle ressentait.

— Et nous souhaitons qu'il en reste ainsi, dit-elle à son interlocuteur, ne sachant pas d'où elle parvenait à extraire ces mots tant son esprit semblait vide. Qu'attendez-vous de nous ?

Il y eut une pause à l'autre bout du téléphone, comme si le ravisseur prenait le temps de savourer cet instant. Brenda sentait la tension s'accentuer au fur et à mesure que les secondes défilaient.

— Dis aux Tyler que nous leur rendrons leur fille en échange de deux millions de dollars. Ils ne devraient pas avoir trop de mal à réunir une telle somme.

Dax s'approcha soudain de Nathan et, faisant fi des protestations de son coéquipier, plongea la main à l'intérieur de sa veste pour en ressortir son carnet et son stylo.

Il griffonna quelque chose à la va-vite, puis tendit le carnet à Brenda.

Les yeux plissés, elle essaya de déchiffrer ses pattes de mouche pratiquement illisibles, tandis que la voix métallique continuait à bourdonner contre son oreille. En lui lançant un regard exaspéré, elle tenta de combler les blancs du mieux qu'elle put.

— Nous voulons une preuve nous assurant que la petite est toujours en vie, dit Brenda, les yeux rivés sur Dax.

Ce dernier hocha la tête pour lui signifier que c'était exactement ce qu'il voulait lui faire dire et l'encouragea du regard à poursuivre.

— Nous voulons une photo d'Annie tenant le journal d'aujourd'hui dans ses mains.

Cette fois-ci, le silence fut remplacé par la colère.

— Pour qui tu te prends, espèce de garce ? Ce n'est pas toi qui décides des règles du jeu mais nous, c'est clair ?

Consciente que cela ne ferait que conférer encore plus de pouvoir au ravisseur, elle réprima son désir de le supplier de ne pas faire de mal à Annie et de la relâcher. Au lieu de cela, elle réitéra sa requête en redoublant de vigueur.

— Il nous faut une preuve.

Comme aucune réponse ne lui parvenait, elle leva les yeux vers Dax en quête de nouvelles instructions. Avec horreur, elle le vit la saisir par le poignet et la forcer à raccrocher.

— Mais qu'est-ce que vous faites ? s'écria-t-elle, stupéfaite et furieuse, en le dévisageant.

— Le ravisseur allait vous raccrocher au nez.

Elle n'arrivait pas à croire ce qu'il était en train de dire.

— Alors il valait mieux que ce soit moi qui aie le dernier mot, c'est bien ça ? s'emporta-t-elle en élevant la voix.

La méthode n'était pas infaillible mais des règles avaient besoin d'être établies, pensa Dax.

— Nous ne devons pas lui donner l'impression qu'il a toutes les cartes en main, sinon cela ne fera que diminuer nos chances de récupérer la fillette, même si nous lui remettons l'argent.

— Si ? répéta-t-elle en écho. Vous ne comptez pas vous plier à ses exigences ? Il ne s'agit pas d'une statistique, ici, inspecteur, mais de la vie d'une petite fille. Nous n'avons pas d'autre choix que de faire ce qu'il nous demande.

Elle le fixa un instant en plissant les yeux d'un air accusateur avant de reporter son attention sur le téléphone.

— A condition, bien évidemment, qu'il rappelle.

— Il le fera, assura-t-il sans toutefois être entièrement convaincu de ce qu'il avançait.

Aucune des autres personnes présentes n'osa le contredire, pas même Nathan, même s'il était évident qu'il n'approuvait pas le geste de son coéquipier.

La minute et demie qui suivit passa comme au ralenti.

C'est alors que la sonnerie du téléphone retentit de nouveau.

Même si elle espérait cet appel, Brenda ne put s'empêcher de sursauter. A la fois soulagée et vacillante, elle se saisit vivement du combiné et le plaqua contre son oreille.

— Allô ?

Dax se tenait tout près d'elle, tirant sur sa main pour décoller légèrement le téléphone de son oreille afin de pouvoir écouter la conversation. Brenda résista à son envie de l'en empêcher.

— Ne refais plus jamais ça, espèce de garce !

Une rage à peine contenue résonnait dans la voix du ravisseur.

— Ou bien tu entendras le bruit de la balle qui lui transpercera le crâne. Compris ?

Sa gorge était si sèche qu'elle n'arrivait même plus à déglutir. Elle sentait vibrer en elle chaque battement de son cœur.

— Tu auras ta photo, lui annonça finalement la voix métallique. Je rappellerai demain pour te dire où tu peux la trouver.

— Demain ?

La pensée terrible qu'Annie allait être obligée de passer la nuit entière prisonnière quelque part, effrayée et sans doute persuadée que personne ne se souciait d'elle et ne viendrait la chercher, traversa l'esprit de Brenda.

— Pourquoi pas aujourd'hui ? insista-t-elle.

— Parce que j'en ai décidé ainsi, décréta le kidnappeur avant de raccrocher subitement.

— Allô ? Allô ?

Impuissante, elle leva les yeux vers Dax.

Très doucement, l'inspecteur lui ôta le combiné des mains et le replaça sur son socle.

— Vous avez été parfaite, lui dit-il.

Voyant qu'elle était sur le point de s'écrouler, il enroula un bras autour de ses épaules pour la soutenir. A son contact, la jeune femme se raidit instantanément.

— Vous devriez peut-être vous asseoir, proposa-t-il.

Brenda haussa les épaules pour se libérer de son étreinte.

— Non. Ce que je veux, c'est retrouver Annie.

— Je sais. C'est ce que nous voulons tous.

Luttant pour ne pas laisser éclater sa frustration, Dax se passa une main sur le visage. Même s'il avait pu entendre toute la conversation téléphonique, le fait qu'elle se trouve plus près de l'écouteur lui avait peut-être permis d'entendre un détail lui ayant échappé.

— Avez-vous remarqué un bruit de fond particulier, n'importe quoi ?

Elle secoua la tête.

— J'avais l'impression de parler au jumeau démoniaque d'ET. Je ne pourrais même pas vous dire s'il s'agissait d'un homme ou d'une femme. En revanche, j'ai noté qu'il changeait sans arrêt de pronom. Plusieurs fois, il a remplacé « je » par « nous ». Ça signifie qu'ils doivent au moins être deux.

L'inspecteur hocha la tête. Cela ne faisait que renforcer un peu plus ses doutes : le faux couple s'étant rendu à l'école et les ravisseurs de la fillette étaient vraisemblablement les mêmes personnes. Si seulement l'académie Harwood avait été dotée d'un système de caméras de surveillance, cela leur aurait sans doute permis de gagner un temps précieux. Hélas, malgré tout le prestige de l'école, leur système de sécurité était plus que déplorable. Le directeur allait certainement s'empresser de rectifier cela, en espérant que cette affaire ne lui cause pas un préjudice trop important. De toute évidence, à la suite de cet enlèvement, plusieurs parents décideraient de retirer leurs enfants de l'établissement.

Il observa un instant Brenda. Contrairement à la femme de ménage, elle n'avait pas perdu son calme un seul instant. Pourtant, ça n'avait pas dû être facile pour elle.

— Je vous félicite, c'était bien vu, votre imitation.

— J'ai pensé qu'ils devaient savoir que les Tyler avaient une femme de ménage anglaise.

En admettant ce fait à voix haute, elle se rendit compte que, inconsciemment, elle partageait l'idée de l'inspecteur selon laquelle une personne s'était apparemment donné beaucoup de mal pour comploter cet enlèvement. Une lueur s'alluma dans son regard tandis que son cerveau enregistrait l'information. Le ravisseur n'avait demandé à parler à aucun des deux parents.

— Le kidnappeur semblait savoir qu'aucun des parents d'Annie ne se trouvait ici.

Dax hocha la tête.

— Ils n'ont rien laissé au hasard. L'enlèvement était prémédité et extrêmement bien planifié.

Cette pensée la fit frissonner. L'avait-on également observée ? Et si oui, depuis combien de temps ? Quelqu'un avait-il surveillé sa classe ? Une immense baie vitrée recouvrait la majeure partie de l'un des murs de la salle, il était donc très facile de voir tout ce qui s'y passait.

— Vous savez, dit-elle à Dax en voyant Nathan ranger son carnet dans sa poche, vous devriez faire quelque chose pour votre écriture. Elle est illisible.

Ce n'était pas la première fois qu'on le lui faisait remarquer. Sa sœur, Janelle, lui avait dit un jour que ses notes donnaient l'impression d'avoir été écrites par une araignée dont les pattes auraient été trempées dans de l'encre.

— Vous avez pourtant réussi à me comprendre, pas vrai ?

— Uniquement parce que je suis une spécialiste des gribouillis, répondit-elle dans un éclat de rire.

Dax reporta son attention sur la femme de ménage. En voyant son regard posé sur elle, celle-ci tenta de se lever du sofa, en vain.

— Avez-vous remarqué des étrangers ici, dernièrement ? l'interrogea-t-il en s'accroupissant devant elle.

— Mme Tyler fait refaire le pavillon des invités, répondit-elle instantanément.

Donc n'importe qui aurait pu se trouver sur les lieux sans avoir à se justifier, se faisant passer pour un plombier, un électricien, ou bien encore un plâtrier.

Dax secoua la tête.

— Ça signifie un nombre important d'allées et venues.

Il se retourna vers Brenda.

— Où sont vos croquis ?

Elle avait fini le second durant le trajet jusqu'au domicile des Tyler.

— Dans la voiture, l'informa-t-elle.

— Je m'en charge, annonça Nathan en se dirigeant vers la porte.

— Non, je ne peux vraiment rien affirmer avec certitude.

Martha secouait la tête en regardant tour à tour les deux portraits que Dax tenait devant elle. Son regard s'attarda sur celui de l'homme.

— Lui peut-être, mais..., hésita-t-elle en levant les yeux vers Dax, impuissante. C'est difficile de ne pas tous les confondre. Il y a toujours un tas d'ouvriers ici. Mme Tyler fait sans arrêt faire des travaux.

— Oui, je connais bien le problème, marmonna Nathan, rassemblant les deux croquis.

L'enquête piétinait et Brenda ne pouvait s'empêcher de ressentir un léger découragement l'envahir.

— Et maintenant, que fait-on ? s'enquit-elle en se tournant vers l'inspecteur Cavanaugh.

Son regard témoignait de toute l'énergie qu'elle avait encore à revendre. Il savait parfaitement ce qu'elle devait ressentir. Son désir de retrouver la fillette était si fort que la lente progression des investigations ne faisait que le renforcer.

— Pour l'instant, plusieurs officiers et moi-même allons quadriller le secteur de l'école au cas où quelqu'un aurait vu quelque chose.

Il adressa un regard à son coéquipier.

— Nathan, vois si on peut faire diffuser les croquis sur les chaînes d'infos locales...

En entendant sa suggestion, la femme de ménage eut un sursaut. Elle se leva d'un bond, l'air horrifié.

— Il ne faut surtout pas alerter les médias. M. Tyler déteste voir sa vie privée étalée dans les journaux.

Autant Dax était sensible à l'angoisse que pouvaient éprouver des parents, autant il n'avait que faire des exigences d'un réalisateur d'Hollywood plein aux as.

— Je crains que M. Tyler n'ait pas vraiment son mot à dire à ce sujet, répondit-il à la femme de ménage d'un ton cassant. Vous savez, madame Danridge, ajouta-t-il d'une voix plus douce en voyant la peur encore imprégnée sur son visage, le public s'avère parfois d'une aide incroyable. Une personne aurait très bien pu apercevoir un fait inhabituel.

A présent, il n'y avait plus une minute à perdre. Il se tourna vers son coéquipier.

— Nathan, il faudrait que tu fasses bloquer des lignes de téléphone au commissariat pour cette affaire. Les premiers appels ne vont pas tarder à arriver.

— Est-ce que tu veux détacher une équipe spéciale ? s'enquit-il en ressortant son carnet.

— Oui, répondit Dax avec désinvolture.

Alors qu'il s'apprêtait à sortir de la maison, Brenda vint soudain se placer devant lui.

— En quoi puis-je me rendre utile ?

Stupéfait, il l'observa un instant. Il aurait cru qu'à présent elle n'aurait eu qu'une seule envie : rentrer chez elle.

— Vous avez déjà fait beaucoup.

Au ton de sa voix, elle devina qu'il s'apprêtait à la congédier. C'était bien la dernière chose au monde qu'elle souhaitait entendre.

— En quoi puis-je me rendre utile ? réitéra-t-elle.

Il jeta un coup d'œil en direction du technicien occupé à mettre sur écoute le téléphone dont Brenda venait de se servir, dans l'espoir que lorsque le ravisseur rappellerait ils puissent localiser l'appel. S'ils y parvenaient, Dax doutait que cela les mène à un autre endroit qu'à une cabine téléphonique publique, mais il fallait tenter le tout pour le tout. La chance serait peut-être au rendez-vous.

La jolie blonde était toujours plantée devant lui, attendant sa réponse.

— Pourquoi ne pas rester ici et parler aux Tyler lorsqu'ils arriveront ? suggéra-t-il.

Il était déjà prévu qu'un membre de l'unité spéciale s'en

charge, mais voir un visage familier serait certainement réconfortant, particulièrement s'il s'agissait d'une personne présente à l'école au moment des faits et capable de leur expliquer la situation dans les moindres détails.

Elle avait vu juste : il était bel et bien en train de la mettre sur la touche.

— Mme Tyler n'arrivera pas avant plusieurs heures, et son mari ne rentrera probablement que demain matin.

La contournant, il poursuivit son chemin vers la porte d'entrée.

N'avait-il pas conscience de l'aide précieuse qu'elle pouvait lui apporter, étant donné tout ce qu'elle savait au sujet d'Annie ? D'un pas rapide, elle lui barra de nouveau la route.

— Et je fais quoi en attendant ?

— Vous n'avez qu'à prier, lui répondit-il en plaçant les mains sur ses épaules afin de l'écarter pour pouvoir sortir.

Brenda était à bout de nerfs.

Comme l'avait suggéré l'ennuyeux et impertinent inspecteur Cavanaugh, elle était restée à la résidence des Tyler pour attendre l'arrivée de la mère d'Annie. Elle avait secrètement espéré que le ravisseur change d'avis et rappelle.

Mais il n'en avait rien fait.

Tentant de contenir sa frustration et de se changer les idées, elle avait engagé la conversation avec le policier de garde.

Et exactement sept heures après que Brenda lui eut téléphoné, la mère d'Annie s'engouffra dans la maison, une fois qu'elle eut pu franchir le barrage de journalistes qui l'entourait. La nouvelle du kidnapping ainsi que le croquis des deux ravisseurs avaient en effet été diffusés au cours de tous les bulletins d'informations du soir. Du véritable pain bénit pour ces reporters à l'affût du moindre scoop.

Brenda rassembla son courage pour affronter l'ex-star de cinéma. A sa décharge, il fallait tout de même reconnaître que la mère d'Annie semblait vraiment très inquiète. Son garde du corps personnel, bâti comme un champion de body-building, montait la garde telle une imposante sentinelle devant l'entrée principale.

— Comment avez-vous pu laisser une telle chose se produire ? hurla Rebecca au moment où elle la reconnut.

— Madame Tyler, je suis sincèrement désolée..., commença Brenda.

— Désolée ? Connaissez-vous au moins le sens de ce mot ? Croyez-moi, vous aurez une bonne raison d'être désolée et de regretter d'être venue au monde lorsque Simon et moi lancerons des poursuites à votre encontre pour ce que vous avez fait.

Brenda lui avait tout raconté en détail lors de leur conversation téléphonique mais, apparemment, sa colère avait eu tout le loisir de se décupler au fil des centaines de kilomètres qu'elle venait de parcourir. Néanmoins, elle n'excusait pas les propos qui venaient de sortir de sa bouche.

— Sauf votre respect, madame Tyler, nous pensions qu'il y avait le feu à l'intérieur de l'établissement. Et s'il s'agissait de ma fille, ma principale préoccupation ne serait pas d'attaquer en justice qui que ce soit mais plutôt de remuer ciel et terre pour la retrouver.

— Comment osez-vous ? hurla Rebecca Allen-Tyler. Vous ne manquez vraiment pas de culot !

Brenda se tourna vers l'officier de patrouille qui se tenait à ses côtés.

— Je crois que je ferais mieux de rentrer.

Elle s'apprêtait à partir lorsque l'officier l'interpella brusquement.

— Attendez, je dois vous reconduire jusqu'à votre voiture. Ordre de l'inspecteur Cavanaugh.

Son véhicule était toujours garé sur le parking de l'école. Ça lui éviterait donc d'avoir à appeler un taxi.

— Il pense à tout, votre inspecteur.

L'officier lui adressa un sourire furtif.

Une fois qu'ils eurent franchi la foule de journalistes qui campaient devant la porte, le trajet jusqu'à l'école fut relativement rapide. Il ne restait plus que sa voiture sur le parking. Danvers, l'officier, se gara juste à côté.

La nuit était tombée et l'air était curieusement chargé d'humidité. Cette soirée de mai avait un parfum d'irréel. En fait, c'était même toute cette journée qui semblait irréelle.

— Si vous voulez, je peux vous escorter jusqu'à votre domicile, proposa Danvers tandis qu'elle ouvrait la portière de sa voiture.

— Merci, mais tout ira bien, lui assura-t-elle en secouant la tête.

En s'installant derrière son volant, elle repensa un instant à la scène qu'ils venaient de laisser derrière eux et ajouta :

— Si vous voulez mon avis, votre partenaire ne serait pas contre un peu d'aide avec Mme Tyler. Vous feriez mieux d'y retourner.

— Vous avez raison, soupira Danvers, vraisemblablement peu enchanté à cette idée.

Tandis qu'il s'éloignait, Brenda mit le contact. Mais, au moment de sortir du parking, elle changea d'avis et fit demi-tour pour retourner se garer sur l'emplacement qu'elle venait de quitter.

La nuit promettait d'être très longue et elle doutait sincèrement de parvenir à trouver une once de sommeil. Tant qu'à rester éveillée, autant se rendre utile.

Il fallait qu'elle fasse quelque chose pour aider Annie. N'importe quoi.

Elle descendit de voiture et se dirigea lentement vers l'école.

La nuit était étrangement silencieuse. Le son de ses talons heurtant le bitume résonnait dans ses oreilles, rendant l'atmosphère encore un peu plus surréelle.

Le ruban jaune de la police était tendu en travers de l'entrée principale. Elle hésita un instant à se baisser et passer en dessous, puis décida finalement d'utiliser la porte de service.

C'était d'ailleurs sans doute ainsi que le ravisseur avait

procédé, songea-t-elle. Excepté que, dans son cas, elle en possédait la clé.

— Tiens bon, Annie, murmura-t-elle dans la nuit noire. Tu seras bientôt chez toi.

Le contraire était inenvisageable.

— Que faites-vous ici ?

Brenda poussa un cri en faisant volte-face. Elle faillit tomber de sa chaise et se cogna le genou contre son bureau. Une tension extrême la parcourut de part en part tandis qu'elle posait la main contre son cœur qui battait à tout rompre.

Elle était pourtant persuadée que le bâtiment était désert.

Le regard rivé sur Dax qui se tenait dans l'embrasure de la porte, elle demeura un instant silencieuse, le temps de reprendre son souffle.

— Quel cri ! commenta l'inspecteur en s'approchant d'elle. Ça va, votre genou ? s'enquit-il en faisant un signe de la tête en direction de sa jambe.

Certes, c'était un peu douloureux et elle aurait probablement un bleu, mais il n'y avait pas de quoi en faire toute une histoire.

— Ça ira, assura-t-elle en haussant les épaules nonchalamment.

« Dès que mon cœur cessera de battre aussi fort », ajouta-t-elle intérieurement, préférant ne pas faire part de ce commentaire peu approprié au séduisant inspecteur qui se trouvait devant elle.

« Que fait-elle ici ? » se demanda-t-il pour sa part. Etait-elle plus impliquée qu'il ne le croyait ?

— Il y a du ruban jaune devant la porte principale, fit-il remarquer.

— J'ai vu.

Le ruban était intact, ce qui signifiait qu'elle avait probablement utilisé la porte de service, se dit-il.

— Ça veut dire que c'est le lieu d'un crime et que personne n'est censé s'y trouver.

Elle en était pleinement consciente, mais il n'y avait pas d'autre endroit où trouver tous les outils dont elle avait besoin afin de pouvoir fabriquer des affiches avec la photo d'Annie.

Assise devant un ordinateur dernier cri, elle indiqua l'imprimante du doigt. Un paquet d'affiches en couleur était entassé sur le côté.

— Je voulais imprimer ça afin d'en distribuer dans les environs. Or, l'école possède le meilleur équipement qui soit.

— Vous avez une photo d'Annie ?

— Je photographie toujours ma classe au cours de l'année. J'aime avoir des souvenirs.

Elle se garda bien d'ajouter que ces clichés, en plus des courbes de progrès qu'elle traçait pour chaque élève, lui permettait d'éprouver la sensation d'avoir une famille, celle dont elle avait douloureusement manqué au cours de sa propre vie.

Dax se saisit de l'une des affiches. On aurait dit un travail réalisé par un professionnel.

— Je suis impressionné.

— M. Harwood pense que les élèves méritent ce qu'il y a de mieux, expliqua-t-elle, croyant qu'il faisait référence au matériel informatique.

— Je parlais de l'affiche.

Il la reposa sur le haut de la pile.

— Beau travail.

Elle haussa les épaules.

— Ce n'est pas très compliqué une fois que vous avez saisi la technique.

Comment une femme avec une allure comme la sienne pouvait-elle autant se déprécier ? Chaque fois qu'il lui faisait un compliment, elle le rejetait.

— Que faites-vous ici ? reprit Brenda en appuyant de nouveau sur le bouton de l'imprimante.

— Je passais par là et j'ai vu de la lumière.

A dire vrai, il était venu vérifier si elle avait récupéré sa voiture. En apercevant de la lumière à travers la fenêtre du deuxième étage, il avait décidé de venir jeter un œil.

— Et vous vous êtes dit que les ravisseurs étaient peut-être revenus sur le lieu du crime ? s'enquit-elle, perplexe.

— En fait, répondit-il en s'appuyant contre le bureau et en baissant les yeux vers elle, je ne savais pas quoi penser.

Il aurait tout aussi bien pu en dire autant à son sujet, songea-t-il. Chaque fois qu'il prenait une décision concernant Brenda York, un nouvel événement venait tout remettre en question.

— J'essaie de ne pas tirer de conclusions hâtives tant que je ne possède pas de preuves.

L'instant était si sérieux qu'il ressentit le besoin de détendre un peu l'atmosphère et lui adressa un large sourire.

Ayant soudain l'impression que la chaleur était montée d'un cran dans la pièce, Brenda s'éloigna légèrement de lui.

— Qu'a donné le quadrillage du secteur ?

— Rien pour l'instant, dit-il en tentant de faire abstraction du parfum enivrant de l'institutrice, qui était toujours aussi fort qu'au moment où il l'avait rencontrée. Nous avons lancé une alerte Ambre, annonça-t-il en se dirigeant vers l'imprimante.

Depuis quelques années maintenant, c'était devenu la procédure courante chaque fois qu'un enfant était porté disparu. Des descriptions de la petite fille apparaissaient maintenant à une fréquence régulière sur les enseignes en bordure de routes à travers tout l'Etat. Huit heures s'étant déjà écoulées, le ravisseur avait largement eu le temps de parcourir une assez longue distance.

— Oui, j'ai entendu, fit-elle en indiquant d'un signe de la tête la radio allumée sur le bureau.

Après l'avoir laissée à la résidence des Tyler, Dax n'avait pas cessé un seul instant de penser à Brenda. Son image, tel un parfum entêtant, avait persisté de manière obsédante dans son esprit. Lorsqu'il était retourné là-bas — où il s'était entretenu de longues minutes avec la mère de la fillette, en pleurs — Danvers l'avait informé l'avoir déposée devant l'école.

Lorsqu'il avait aperçu sa voiture sur le parking, une certaine perplexité s'était emparée de lui et lui avait un instant fait douter de sa décision de l'écarter définitivement de la liste des suspects.

— Comment vous sentez-vous ? demanda-t-il soudain.

Brenda soupira. Peut-être était-ce dû à la fatigue, ou alors à son inquiétude, mais pour la première fois de sa vie, elle ne masqua pas ses sentiments derrière sa carapace.

— Pas très bien, à vrai dire.

5

En l'observant plus attentivement, Dax aperçut des signes évidents de fatigue sur son visage pâle.

Malgré le désir qu'il éprouvait de lui caresser la joue, comme pour lui redonner des couleurs, il n'en fit rien.

L'enlèvement d'Annie l'avait, selon toute vraisemblance, terriblement affectée. A moins qu'elle ne soit meilleure actrice qu'il ne l'aurait cru.

— Est-ce que tout s'est bien passé avec Mme Tyler ? s'enquit-il.

— Pas vraiment, non.

Brenda aurait voulu se montrer charitable envers elle mais ce n'était pas chose facile. Les sourcils froncés, elle s'éloigna du bureau tandis qu'elle se remémorait leur entrevue au manoir.

— D'après elle, l'école et moi plus particulièrement sommes responsables de ce qui est arrivé, expliqua-t-elle avec un soupir, tout en se passant une main dans les cheveux. A l'heure qu'il est, elle doit déjà être au téléphone avec son avocat à discuter du procès qu'elle compte m'intenter.

Debout près du bureau, Dax repensa aux quelques mots qu'il avait échangés avec l'actrice. Le peu de temps qu'il avait passé en sa compagnie lui avait suffi à se forger sa propre opinion, qui rejoignait en tout point celle de Brenda.

— Vous êtes sérieuse ?

— Ce sont les derniers mots que m'a adressés Rebecca Allen-Tyler, assura-t-elle en hochant la tête. Qu'elle allait me coller ses avocats sur le dos.

Etait-ce pour cette raison que Brenda était aussi livide ? L'idée de devoir affronter un procès lui faisait-elle peur ?

— Si j'étais vous, je ne m'inquiéterais pas pour ça, lui dit-il.

Ce n'était pas du tout le cas. A dire vrai, elle se souciait peu de ce qu'on pouvait lui enlever.

— Oh, mais je ne suis pas inquiète. Ennuyée, tout au plus, mais pas inquiète… Pas pour elle en tout cas, ajouta-t-elle en pensant à Annie.

— Ennuyée ? Pour quelle raison ? s'étonna Dax, pas vraiment certain de savoir où elle voulait en venir.

Malgré tous ses efforts pour réprimer la colère qu'elle sentait monter en elle, elle n'y parvint pas, incapable d'oublier le regard triste de son élève chaque fois qu'elle avait tenté de l'amener à se confier au sujet de sa mère.

— Vous voulez savoir pourquoi ? Tout simplement parce que cette femme est prête à attaquer en justice la terre entière à cause de l'enlèvement de sa fille alors qu'elle est toujours occupée ou partie en voyage je ne sais où et qu'elle n'est même pas fichue de lui consacrer ne serait-ce qu'un quart d'heure, explosa-t-elle. Pourquoi sa préoccupation première n'est-elle pas plutôt de tout faire pour la retrouver ? Pourquoi ne se remet-elle pas plus en question et ne s'interroge-t-elle pas sur sa propre attitude vis-à-vis d'Annie, parce que jusqu'à présent, on ne peut pas vraiment dire qu'elle se soit comportée comme la mère la plus formidable du monde !

A chaque parole qu'elle prononçait, sa colère s'intensifiait.

— Un jour, alors que j'étais allée la voir pour m'entretenir avec elle au sujet de sa fille, elle n'a rien trouvé de mieux que de me renvoyer comme une vulgaire domestique car elle était pressée et devait s'en aller. Et ce, après avoir déjà annulé je ne sais combien de rendez-vous. Si l'on devait décerner le prix de la mère idéale, je ne proposerais certainement pas Rebecca Allen-Tyler comme candidate au titre, conclut-elle en s'efforçant de recouvrer son calme.

— Et qu'en est-il du père ?

Lorsque Dax avait quitté la résidence, Simon Tyler n'était pas encore arrivé.

— Il est encore pire que sa femme, répondit Brenda avec un geste de dépit.

En prononçant ces mots, elle mesura soudain à quel point tout ça était tragique et combien il aurait été facile de l'éviter.

— Quand je pense qu'Annie est en adoration devant eux ! Ça me rend malade de les regarder ignorer une petite fille aussi merveilleuse !

Dax remarqua que ses joues avaient repris quelques couleurs, ce qui la rendait encore plus séduisante.

— On dirait que le sort de cette enfant vous tient vraiment à cœur, observa-t-il.

— Effectivement, dit-elle avec un soupir. C'est plus fort que moi, je ne supporte pas de voir un enfant subir une situation aussi injuste. Ils ont si peu de temps pour profiter de leur innocence que rien ne devrait venir la gâcher, poursuivit-elle en remettant l'imprimante en marche.

— N'en avez-vous pas suffisamment profité ?

Brenda releva la tête, prise au dépourvu par sa question.

— Je vous demande pardon ?

— Lorsque vous étiez enfant, n'en avez-vous pas suffisamment profité ? répéta-t-il.

Comme elle continuait à le regarder d'un air perplexe, il expliqua la raison de sa question.

— Vous semblez parler d'expérience.

En guise de réponse, elle se leva et s'immobilisa devant l'imprimante en lui tournant le dos. De toute évidence, il avait touché un point sensible, se dit-il.

— Parlez-moi de votre enfance.

Haussant vaguement les épaules, elle s'en voulut d'en avoir dit autant. C'était son grand problème, songea-t-elle. Elle se confiait toujours trop rapidement. On aurait pourtant pu croire qu'après avoir été abandonnée par sa mère et avoir subi les reproches incessants de son père, elle aurait appris à faire preuve d'un peu plus de méfiance et de retenue. Même Wade ne lui avait jamais vraiment prêté une oreille attentive lorsqu'elle avait essayé de lui parler, de l'amener à partager ses sentiments.

Durant toute sa vie, les gens autour d'elle avaient fini tôt ou tard par la décevoir. A l'exception des enfants.

— Je ne m'en souviens pas vraiment, murmura-t-elle en remettant du papier dans le bac de l'imprimante. Ça fait déjà un bail.

Malgré sa tentative pour le décourager, il eut le sentiment qu'elle avait besoin de parler et insista.

— Je vous en prie, vous avez quoi, vingt-deux ans ?

— Vingt-six.

Comme elle persistait à lui tourner le dos, Dax contourna l'imprimante et vint se mettre face à elle.

— Je suis impressionné, vous êtes plutôt bien conservée pour votre âge.

Elle éclata alors de rire et le son mélodieux, semblable à celui d'un carillon, de sa voix se propagea dans la pièce.

— Vous devriez faire ça plus souvent, lui dit-il doucement.

Elle s'arrêta d'empiler les affiches.

— Quoi donc ?

— Rire.

Ses pensées revinrent à Annie.

— Le moment ne s'y prête pas vraiment.

Mourant d'envie de poser la main sur son épaule pour lui transmettre un peu de réconfort, mieux qu'il ne pourrait le faire avec des mots, il retint néanmoins son geste.

— Ne vous en faites pas, nous allons la retrouver.

Les lèvres de Brenda se courbèrent légèrement. Tristement. Elle aurait tant voulu pouvoir le croire ! Mais elle n'était pas dupe du monde qui l'entourait.

— Vous semblez si sûr de vous.

— C'est le seul moyen d'avancer.

Durant plusieurs secondes, elle le dévisagea et réalisa

qu'il pensait sincèrement chacune de ses paroles. L'idée que l'homme chargé de l'enquête soit aussi certain de l'issue de l'affaire la réconfortait quelque peu. Jamais elle n'aurait cru un flic capable d'un tel optimisme.

— Je parie que vous avez eu une enfance très heureuse.

— C'est effectivement le cas.

Elle n'eut aucun mal à l'imaginer enfant. Vif, sociable, il devait sans aucun doute focaliser l'attention sur lui partout où il allait.

— Je suis sûre que vous faisiez la fierté de votre mère.

Il était plutôt la cause de bon nombre de ses cheveux gris, se dit-il.

— Je n'en sais trop rien. Nous étions si nombreux qu'il n'y avait pas vraiment de favori.

Etant fille unique, elle s'était imaginé qu'il l'était lui aussi.

— A partir de combien est-ce trop nombreux ? poursuivit-elle.

Dax marqua une pause, faisant le compte dans sa tête.

— Onze, moi inclus.

Brenda en resta bouche bée.

— Votre mère a eu onze enfants ?

Elle mesura à cet instant toute la chance qu'elle avait de pouvoir retrouver son appartement silencieux chaque soir. Etre responsable d'autant d'enfants vingt-quatre heures sur vingt-quatre devait finir par rendre fou.

— La pauvre. Elle ne devait pas avoir une seule minute à elle…

Dax l'interrompit d'un geste de la main en éclatant de rire.

— En fait, après quatre enfants, ma mère a expliqué à mon père que s'il en voulait d'autres, il n'avait qu'à trouver le moyen de les faire lui-même parce qu'elle ne repasserait pas une nouvelle fois par la case nausées matinales.

Les nausées matinales.

Voilà un désagrément avec lequel elle était devenue très

familière ces derniers temps, songea Brenda. La mère de Dax avait eu beaucoup de chance d'avoir un homme à ses côtés qui désirait avoir des enfants avec elle et qui était là pour l'épauler. Chaque fois qu'elle avait tenté d'aborder le sujet avec Wade, il s'était défilé, comme s'il ne voulait pas en entendre parler. Elle avait appris la mort de Wade et sa grossesse, toutes deux accidentelles, le même jour.

Ils étaient séparés depuis presque quatre mois lorsqu'il était venu la trouver en lui demandant de bien vouloir donner une nouvelle chance à leur mariage. Se sentant si coupable de l'avoir épousé uniquement pour fuir le domicile parental, elle avait l'impression de lui être redevable de quelque chose et avait alors accepté de refaire une tentative.

Ayant obtenu trois jours de permission, il l'avait emmenée à San Diego où ils avaient séjourné dans un petit bed & breakfast à deux pas de la plage.

A la fin du week-end, rien n'était résolu. Wade était retourné à sa vie et elle à la sienne, et leur avenir commun était toujours aussi incertain.

Dès les premiers jours, elle avait été malade. Mais elle était si angoissée à l'idée que ses soupçons ne soient justifiés qu'elle avait refusé de faire un test de grossesse, espérant qu'en les ignorant, ses nausées finiraient par disparaître.

Hélas, ça n'avait pas été le cas et à présent, un petit être grandissait en elle. Un être qu'elle promettait d'aimer et de protéger comme personne ne l'avait jamais fait pour elle. Et comme elle n'avait pas su le faire pour Annie.

Brenda regarda Dax.

— Dans ce cas, pourquoi onze ?

— Mes cousins sont venus vivre chez nous.

Bon nombre d'entre eux travaillaient également au sein de la police d'Aurora. Son oncle Andrew avait autrefois été le préfet de police de la ville avant de prendre sa retraite, et son père Brian était l'actuel commissaire.

Brenda prit un instant pour se représenter la situation.

— Je suis sûre que vous êtes tous très proches.

Il crut déceler un brin de mélancolie dans sa voix.

— Parfois trop, lui confia-t-il. Il y a toujours quelqu'un pour regarder par-dessus votre épaule.

— Ou pour s'inquiéter pour vous, rétorqua-t-elle.

Comme il ne la corrigea pas, elle comprit qu'elle avait visé juste. Elle se demanda quel effet cela pouvait bien faire d'avoir toujours quelqu'un vers qui se tourner dans les moments difficiles.

— Vous n'avez pas idée de la chance que vous avez.

Le sourire de Dax s'agrandit.

— Croyez-moi, si j'ai le malheur de l'oublier, il y a toujours quelqu'un près de moi pour me le rappeler.

Enfant, il avait toujours considéré ça comme un inconvénient.

— Quand je faisais quelque chose de travers, on ne me laissait jamais rien passer, poursuivit-il. Il y avait toujours quelqu'un pour voir ou apprendre ce que j'avais fait, et ça finissait inévitablement par arriver jusqu'aux oreilles de mes parents.

En entendant toute la tendresse qui se dégageait de sa voix, une pointe de regret fit irruption en elle. Elle aurait donné n'importe quoi pour être à sa place.

— Et vos parents, vous en êtes proches également ?

En dehors des quelques typiques années de rébellion qu'il avait vécues à l'adolescence, chaque fois que Dax avait eu besoin de son père, celui-ci avait toujours répondu présent.

— Oui, je crois, avec mon père en tout cas. Ma mère est morte il y a un peu plus de cinq ans.

— Oh, je suis désolée. Mais au moins, vous avez eu la chance de l'avoir à vos côtés durant toutes ces années.

Au ton de sa voix, il comprit que l'absence d'une mère était une chose qu'ils avaient en commun.

— Quand la vôtre est-elle morte ?

Brenda leva les yeux vers lui, hésitante, se demandant si elle ne ferait pas mieux de changer de sujet, avant de se raviser. Après tout, il lui avait offert un aperçu de sa vie, il aurait été malvenu de mettre fin à la conversation aussi brusquement. Et puis tout ça remontait à tant d'années qu'elle avait dépassé toute cette souffrance, à présent, se dit-elle. Ou du moins, c'est ce dont elle essayait de se convaincre.

— En fait, elle a quitté la maison.

Tout commençait à prendre sens. Voilà pourquoi Brenda prenait tant à cœur le manque d'amour maternel de Rebecca Allen-Tyler. Parce qu'elle s'identifiait à Annie.

Il repensa tout à coup à sa tante Rose. Sortie faire une promenade un beau jour, elle n'était jamais rentrée et avait été portée disparue pendant quinze ans. Durant tout ce temps, Dax et le reste de sa famille avaient fini par croire qu'elle était morte. A l'exception de son oncle. Et il s'avéra des années plus tard qu'il était le seul à avoir raison. Elle était devenue amnésique après un accident et n'avait donc tout simplement pas été en mesure de donner de ses nouvelles à qui que ce soit.

— Est-elle partie du jour au lendemain, sur un coup de tête ? l'invita-t-il doucement à poursuivre.

— A dire vrai, répondit Brenda après un instant de réflexion, elle planifiait probablement son départ depuis un bon moment. Vous savez, mon père n'était pas exactement l'homme le plus facile à vivre de la terre. Elle a simplement fini par ne plus pouvoir le supporter. Moi non plus, je ne le supportais plus, mais j'étais bien trop jeune pour faire mes valises et m'en aller. Je n'avais que neuf ans à l'époque, ajouta-t-elle en voyant son regard interrogateur.

— Beaucoup d'enfants fuguent à cet âge. Même plus jeunes.

Tout une pile de dossiers en faisaient état au commissariat.

Il marquait un point. Parfois, elle s'asseyait dans l'obscurité de sa chambre après une confrontation particulièrement rude avec son père et restait des heures à sangloter, cherchant désespérément un moyen d'échapper à sa vie. Mais elle n'avait personne vers qui se tourner.

— Peut-être que je réfléchissais trop, reprit-elle tout en

rassemblant les différents paquets d'affiches. L'idée de vivre dans la rue ne m'enchantait vraiment pas. Qui plus est, je continuais d'espérer qu'un jour mon père se réveillerait et aurait une révélation…

En y repensant, ça semblait complètement fou. Elle aurait dû savoir que ça n'arriverait jamais.

— Qu'il comprendrait quelle petite fille incroyable j'étais et qu'il apprécierait tout l'amour que j'avais à lui offrir.

Même si ces événements appartenaient au passé et qu'il ne pouvait plus rien y changer, Dax sentit son instinct protecteur refaire surface ainsi qu'une envie irrésistible d'attirer Brenda contre lui et de la réconforter.

— Mais ça ne s'est pas produit.

— Hélas, non, dit-elle dans un souffle en se retournant face à lui.

Elle n'en revenait pas de tout ce qu'elle venait de lui confier. Ils se connaissaient à peine et elle avait déjà partagé plus de choses avec lui qu'elle ne l'avait jamais fait avec Wade.

— Alors, combien vous dois-je pour la séance, docteur ?

— Les cent premières heures sont offertes, répondit-il en souriant.

— Est-ce que vos frères et sœurs, ou bien vos cousins, viennent souvent vous parler de leurs problèmes ?

Il ne semblait pas vraiment être le genre de personne à donner des conseils. Et pourtant, elle venait de lui confier ce qu'elle gardait enfoui au fond d'elle depuis toutes ces années, se rappela-t-elle.

— Nous nous tournons les uns vers les autres chaque fois que l'exige la situation. Je crois que c'est un peu comme avoir son propre groupe de soutien, déclara-t-il.

Il ne l'avait jamais envisagé sous cet angle auparavant mais c'était vrai. Personne dans sa famille ne s'était jamais senti réellement seul, pas même son cousin Patrick, pensa-t-il. Et pourtant sa sœur, Patience, et lui avaient tous deux eu une enfance très agitée. Son oncle Mike, leur père, s'était toujours senti inférieur face à la réussite de ses frères Andrew et Brian, et il avait reporté toute sa frustration sur sa famille, passant ses soirées à boire un peu trop, se montrant dur envers eux et cherchant du réconfort dans les bras d'autres femmes.

Le père de Dax et son oncle Andrew, ce dernier particulièrement, avaient fait leur possible pour faciliter les choses aux enfants de Mike et leur offrir un foyer aussi sûr que possible. Du genre optimiste, Patience avait été une enfant facile à vivre. Patrick, au contraire, était devenu un véritable défi en grandissant.

Néanmoins, les choses avaient bien tourné et Patrick était à présent marié et sur le point de devenir père pour la première fois.

En y repensant, Dax reconnut qu'il avait vraiment de la chance. Ils en avaient tous. Un simple roulement de dés et le destin aurait pu lui attribuer la vie de cette femme qui se tenait à ses côtés.

Malgré tout, Brenda semblait s'en être plutôt bien sortie. Elle était devenue une femme intelligente, sensible et passionnée.

Ce tempérament ajoutait un charme particulier à sa beauté et était sans nul doute la principale cause de son excitation grandissante.

— Alors, y a-t-il quelqu'un dans votre vie en ce moment ? l'interrogea-t-il en se rapprochant d'elle.

Brenda acquiesça. Il se sentit soudain anéanti, comme s'il venait de perdre la chose la plus importante à ses yeux. Ridicule ! se dit-il. Que lui arrivait-il pour qu'il se mette dans un tel état ?

— Plusieurs même, développa-t-elle.

Dax sentit l'espoir renaître en lui.

— Vous voulez parler de vos élèves ?

Elle sourit et, pour la première fois, il vit une lueur briller dans ses yeux, faisant redoubler le désir qui menaçait de le submerger complètement.

— En effet, répondit-elle.

— Je faisais allusion à quelqu'un d'un peu plus âgé.

A son arrivée, il avait cru remarquer qu'Harwood et elle étaient plutôt proches.

— Comme le directeur, par exemple…

Elle écarquilla les yeux devant une telle suggestion.

— Matthew ? Grand Dieu, non. C'est un homme très gentil, c'est vrai, mais…

Pourtant, la manière dont cet homme se comportait envers elle l'avait amené à penser qu'ils avaient ou avaient eu une relation.

— Eh bien apparemment, il serait prêt à se montrer encore plus gentil si vous lui en laissiez l'opportunité.

Etait-ce donc si évident ? Brenda ressentit soudain le besoin de protéger l'homme qui lui avait offert un travail alors que personne d'autre ne voulait d'elle. En effet, il lui manquait encore quelques UV pour obtenir son diplôme d'enseignante lorsqu'elle s'était présentée à l'académie Harwood et, malgré tout, il lui avait proposé un poste, lui permettant de travailler pendant qu'elle étudiait pour préparer son examen.

— Lui et moi n'avons pas ce genre de relation, je ne mélange pas vie privée et vie professionnelle, insista-t-elle. Ça ne fait que compliquer les choses.

Rien de ce que Dax ressentait en cet instant n'était simple. C'était même tout l'inverse. Lui aussi avait toujours pris soin de ne pas traverser la ligne de non-retour, et de ne pas mélanger ses vies privée et professionnelle.

Seulement, les pensées qui se bousculaient dans sa tête à ce moment-là franchissaient définitivement toutes les limites.

— Il se fait tard, dit-il soudain en indiquant l'imprimante d'un signe de la tête.

L'appareil était à l'arrêt depuis plusieurs minutes.

— Est-ce que vous avez terminé ?

— Pour aujourd'hui, oui.

D'après ses calculs, elle disposait à présent d'une centaine d'affiches. Elle prit deux boîtes en carton et y déposa les feuillets. C'était un bon début.

— Parfait.

Dax s'empara des deux boîtes après les avoir empilées l'une sur l'autre.

— Je vous accompagne jusqu'à votre voiture, annonça-t-il.

Depuis qu'il l'avait rejointe dans le bureau, elle ne pouvait s'empêcher d'éprouver la sensation qu'il lui cachait quelque chose. Etait-il réellement venu ici pour la raison qu'il lui avait donnée ou bien avait-il autre chose en tête ?

— Vous n'êtes pas obligé.

Il se tenait déjà dans l'encadrement de la porte, attendant qu'elle le rejoigne.

— Je n'ai rien de plus important à faire pour l'instant.

Après avoir éteint l'ordinateur et l'imprimante, elle prit son sac et s'avança vers lui.

— Dites plutôt que vous craignez que je ne passe toute la nuit ici.

— Sans doute, répondit-il en refermant la porte du bureau derrière elle.

La nuit était chaude et musquée, comme un avant-goût de l'été qui approchait.

La pleine lune brillait au-dessus du parking, projetant une mare de lumière sur l'asphalte et éclairant leur chemin bien plus que les deux lampadaires situés à l'autre bout du trottoir.

Comme deux étrangers se tenant compagnie, les voitures de l'inspecteur et de Brenda étaient garées côte à côte. Dax observa Brenda longuement tandis qu'elle ouvrait la portière côté passager et lui indiquait de déposer les deux boîtes remplies d'affiches sur le siège.

— La prochaine fois, verrouillez les portières, la réprimanda-t-il tout en s'exécutant.

— J'ai dû oublier.

Elle se garda bien de lui dire qu'elle ne le faisait généralement jamais, d'une part parce qu'elle trouvait ça plus pratique et d'autre part parce qu'elle n'était pas vraiment inquiète quant à un vol éventuel de son véhicule.

— Vous savez, c'est une vieille voiture. Je ne vois pas qui aurait envie de me la prendre.

Brenda referma la portière puis contourna le véhicule pour se diriger vers le côté conducteur.

Elle souleva les cheveux de sa nuque, priant pour qu'une petite brise légère vienne la rafraîchir, mais en vain.

— Bien, merci de ne pas m'avoir mise derrière les barreaux.

— Pourquoi l'aurais-je fait ? s'étonna-t-il, confus, trop occupé à contempler l'inclinaison délicate de son cou.

— Parce que je suis entrée dans l'école sans tenir compte du ruban jaune.

Il lui adressa un large sourire, tentant vainement de revenir à des pensées plus raisonnables.

— Que ça ne devienne pas une habitude !

— Ça n'arrivera plus, je vous le promets, monsieur l'inspecteur.

Elle ouvrit la portière et eut une légère hésitation.

— Qu'y a-t-il ? demanda Dax.

Brenda se mordit la lèvre avant de se lancer.

— Eh bien, étant donné que le ravisseur a dit qu'il rappellerait demain, je pensais qu'il vaudrait peut-être mieux que je sois présente.

Dax n'eut aucun mal à deviner où elle voulait en venir. Comme elle s'était fait passer pour la femme de chambre, elle pensait sans doute qu'ils pourraient encore avoir besoin d'elle. Excepté que ce qui était arrivé était uniquement dû au fait qu'aucun des Tyler n'était là pour prendre l'appel. Or, la situation avait changé depuis.

— Mme Tyler voudra probablement s'en charger, fit-il remarquer.

Même si c'était vrai et qu'elle ne serait pas franchement la bienvenue, elle voulait être présente. La seule pensée d'être exclue et de ne pas savoir ce qui se passait lui était trop insupportable.

— Vous avez raison. C'est juste que je…

— Veux être là, termina-t-il. Vous pourriez toujours passer déposer ces affiches demain, suggéra-t-il en les indiquant d'un signe de la tête. Ça vous servira de laissez-passer pour entrer dans la maison.

Brenda imaginait très bien Mme Tyler lui arracher les boîtes des mains et lui fermer la porte au nez.

— Mais qu'est-ce que je ferai ensuite ? demanda-t-elle.

— Peut-être que nous aurons de la chance et que le ravisseur appellera pendant que vous êtes là.

— Et si ce n'est pas le cas ?

Il baissa les yeux et sourit.

— Je verrai ce que je peux faire.

En voyant la lueur de gratitude briller dans le regard de Brenda, il sentit le désir, contre lequel il luttait de toutes ses forces depuis un bon moment déjà, s'intensifier un peu plus.

— Merci.

— Tout le plaisir est pour moi.

Et c'est alors que, avant même de réaliser l'ampleur de son geste, avant de pouvoir se raisonner, ou bien de rejeter la faute sur la nuit chaude et les longues heures de travail qui l'empêchaient de penser avec lucidité, Dax saisit son doux visage entre ses deux mains.

Leurs regards se rencontrèrent.

Ses bonnes résolutions, ou du moins ce qu'il en restait, s'évanouirent dans l'obscurité.

Il se pencha lentement vers elle et posa ses lèvres contre les siennes.

6

Prise au dépourvu, Brenda mit quelques secondes à se ressaisir.

L'effet de surprise se dissipant, elle se rendit compte qu'en réalité elle s'était préparée à ce moment. Comme si elle savait qu'il arriverait tôt ou tard. Comme si, depuis leur rencontre, elle avait retenu son souffle jusqu'à ce qu'il se produise.

En un éclair, elle lui enroula les bras autour du cou et se serra contre lui, s'abandonnant au goût de ses lèvres et à l'intensité de son baiser.

Portant le poids de son secret, elle ne s'était jamais sentie aussi désespérément seule que ces derniers jours et avait plus que besoin de ressentir cette chaleur et ce contact humain, même si ça ne devait durer qu'un instant. C'était à la fois réconfortant et enivrant. En alerte, chaque parcelle de son corps absorbait les sensations qui la traversaient de part en part.

Les yeux fermés, Brenda laissa échapper un gémissement tandis que le baiser s'intensifiait et la capturait entièrement.

Le son résonna en écho dans la tête de Dax. Surpris de s'être ainsi laissé aller à franchir ses limites et à donner libre cours à son désir, il l'était tout autant devant la force avec laquelle son geste avait été accueilli. En fait, il ne savait pas vraiment s'il s'attendait à ce qu'elle le gifle ou bien à ce qu'elle reste de marbre.

Etonnamment, elle n'avait pas hésité à s'abandonner dans ses bras et avait même avancé sa propre offensive, inversant les rôles et faisant de lui son prisonnier.

La chaleur du corps de Brenda et le contact de ses courbes

délicates rendaient encore plus difficilement supportable son désir. Bon sang, qu'était-il en train de faire ?

S'écartant légèrement d'elle tant qu'il en possédait encore la force, Dax posa les yeux sur la jeune femme, qui était à présent blottie dans ses bras.

Tentant de faire abstraction de la multitude de pensées qui se bousculaient dans son esprit confus, il chercha les mots adéquats pour s'excuser.

Après l'avoir libérée de son étreinte, il fit quelques pas en arrière afin que leurs deux corps ne soient plus en contact, permettant à une petite brise nocturne de venir s'infiltrer entre eux.

— Je suis désolé. Je ne sais pas ce qui m'a pris, je crois que la fatigue commence à me jouer des tours…

Brenda sourit en secouant la tête. Elle ne voulait pas de ses excuses. Il n'imaginait pas à quel point elle avait besoin de ce baiser et de sentir pendant un précieux instant qu'elle était séduisante.

Ce n'était pas pour autant qu'elle en oubliait que cela ne mènerait nulle part.

— Vous n'embrassez pas franchement comme une personne au bord de l'épuisement, dit-elle d'un ton amusé.

Elle ne semblait pas en colère. Plus incroyable encore, elle n'avait même pas l'air surprise. Avait-elle senti ce baiser arriver ? Avec un effort, il rassembla ses pensées. Puisqu'elle n'était pas offensée, il valait mieux rapidement mettre un terme à ce tête-à-tête avant que les choses n'empirent.

Dax détourna les yeux en direction de la voiture.

— Vous êtes certaine de pouvoir conduire ?

Il battait en retraite, pensa-t-elle. Ça valait sans doute mieux, même si elle aurait préféré que ce baiser ne se termine jamais. Elle aurait alors pu s'oublier dans les bras de ce séduisant inspecteur l'espace d'une nuit et ne plus penser à rien qu'à cet homme en train de lui faire l'amour.

Bonté divine, à elle aussi la fatigue jouait des tours. Elle s'efforça de ne pas éclater de rire et de se ressaisir.

— Vous avez beau me faire tourner la tête, inspecteur Cavanaugh, ce n'est tout de même pas à ce point-là, le taquina-t-elle en lui adressant un sourire furtif. Ne vous en faites pas, ça ira, lui assura-t-elle.

Tandis qu'elle s'éloignait en voiture, les yeux rivés sur le rétroviseur et l'homme qui la regardait partir dans la nuit, Brenda se sentit hésitante. Elle tremblait de tout son être.

Elle prit une profonde inspiration. Tout ceci n'était que la conséquence de l'état émotionnel dans lequel elle se trouvait ces derniers temps, tenta-t-elle de se convaincre. En elle, un véritable cataclysme semblait s'être produit, pas seulement à cause de l'enlèvement d'Annie, mais principalement parce qu'elle était enceinte et rendue sensible à la moindre des émotions.

Tenant le volant fermement de ses deux mains, elle fixa les yeux droit devant elle. Vingt minutes plus tard, la tête emplie de pensées et de souvenirs, elle se garait sur l'emplacement de parking qui lui était alloué.

Elle se remémora le matin où elle s'était finalement décidée à aller consulter son gynécologue, pour s'entendre dire ce qu'elle savait déjà au fond de son cœur. La réalité de sa grossesse acquise, elle avait eu un mal fou à gérer toutes les implications que cela engendrait.

Même si elle avait toujours adoré les enfants, les seuls avec qui elle était en contact au quotidien rentraient chez eux à la fin de la journée et elle n'avait plus à s'en préoccuper. Le peu de temps qu'elle passait avec eux représentait un énorme investissement émotionnel, mais devoir endosser le rôle de mère, et qui plus est porter l'enfant de Wade, constituait un défi considérable et totalement différent.

Le petit être qui grandissait en elle n'avait rien changé à ses sentiments pour Wade. Elle n'avait jamais été amoureuse de lui et ne le serait jamais, pensa-t-elle en entrant dans son appartement plongé dans la pénombre. Mais à ce moment-là, elle avait dû faire abstraction de ce qu'elle ressentait car elle ne devait plus penser seulement à elle. Un enfant s'apprêtait à venir au monde et il n'était en rien responsable de la situation. Il méritait ce qu'il y avait de mieux, c'est-à-dire un vrai foyer. Pas du genre de celui au sein duquel elle avait vécu, avec pour seule famille un père égoïste et mesquin, s'il pouvait encore prétendre au titre de parent.

Un nœud s'était formé dans son estomac au moment où elle en était arrivée à la conclusion qu'elle devait faire son possible pour redonner une chance à son mariage.

La décision n'avait pas été facile, mais cette solution semblait la seule chose à faire. Pour le bien de chacun. Après tout, au cours du week-end qu'ils avaient passé ensemble, Wade s'était montré très clair sur le fait qu'il désirait toujours partager sa vie avec elle. Et le souhait le plus cher de chaque enfant était d'avoir une famille « normale » : une mère et un père vivant sous le même toit.

Brenda s'arrêta devant le réfrigérateur et en sortit une brique de lait, puis leva la main au-dessus de sa tête et prit un verre dans le placard, évitant de justesse de faire tomber le flacon de vitamines prénatales qu'elle gardait bien en vue afin de ne pas oublier de les prendre chaque matin. Ces derniers temps, c'était comme si son esprit était complètement éparpillé.

Elle avait ressenti la même chose lorsqu'elle avait composé le numéro de la base militaire, cet après-midi-là, pour annoncer à Wade qu'il allait être père. Seulement, avant même d'avoir tapé tous les chiffres, elle avait été interrompue par un coup à la porte.

Deux marines au visage solennel se tenaient là, l'air sincèrement désolés de devoir l'informer que son mari avait péri dans un horrible accident au cours de manœuvres de routine.

A l'annonce de cette nouvelle, le sol avait semblé se dérober sous ses pieds et une sensation de vide immense l'avait envahie. Après avoir remercié les deux officiers d'être venus lui apporter la nouvelle en personne et avoir refermé la porte derrière eux, elle était montée se coucher et n'avait pas quitté son lit pendant deux jours, espérant que le monde viendrait l'engloutir à tout jamais.

En vain.

Au matin du troisième jour, elle s'était finalement glissée hors de son lit et avait repris tant bien que mal le cours de sa vie. Comme toujours, elle avait tenté de ne voir que les points positifs, comme par exemple qu'elle ne serait pas prisonnière d'un mariage sans amour, ou bien encore qu'elle n'aurait pas à faire semblant d'être heureuse alors qu'elle ne l'était pas.

Mais il n'existait pas de mots assez forts pour exprimer la peur qu'elle ressentait à l'idée de devoir élever un enfant toute seule.

Elle n'avait pas encore parlé de sa grossesse à ses collègues, pas même à Harwood. Etant donné sa situation actuelle, elle ne savait pas vraiment comment le leur annoncer et préférait attendre d'avoir un projet qui tenait la route.

Pour l'heure, elle avait choisi de se plonger à corps perdu dans son travail et de se dévouer entièrement à ses élèves, afin de leur faire découvrir de nouveaux horizons et, dans certains cas, comme avec Annie, les aider à s'ouvrir un peu plus au monde qui les entourait.

Seulement ce soir, les rôles avaient été inversés et elle avait délaissé son rôle de professeur pour prendre la place de l'élève, pensa-t-elle en rinçant son verre et en le plaçant dans l'égouttoir à vaisselle.

Ce grand inspecteur brun avec ses jolies fossettes lui avait fait découvrir toute une panoplie de sensations insoupçonnées, lui rappelant à quel point éprouver de nouvelles émotions pouvait être grisant.

C'était même encore plus fort que ça, songea Brenda tandis qu'elle se dirigeait vers sa chambre tout en ôtant ses chaussures. Ça ressemblait pratiquement en tout point à l'idée qu'elle se faisait d'un baiser. Une chose capable de vous soulever de terre.

La première fois que Wade l'avait embrassée, la foudre et l'ivresse qu'elle avait espérées n'étaient jamais arrivées. Elle avait donc fini par croire que ses attentes étaient trop élevées et irréelles, et que de telles réactions ne se produisaient que dans les films et non dans la vraie vie.

Jusqu'à ce soir.

« Arrête, se réprimanda-t-elle fermement, tu te fais des idées ! » L'agitation émotionnelle à laquelle elle était en proie ces derniers temps avait décuplé ce qu'elle avait ressenti. Ce n'était pas réel. Ça ne pouvait pas l'être.

Elle ôta ses vêtements et les jeta sur le dossier d'une chaise, n'ayant pas le courage d'aller les mettre dans le panier à linge sale, puis enfila un vieux short et un T-shirt usé.

Une fois allongée dans son lit, Brenda ferma les yeux et se remémora l'instant où les lèvres de Dax s'étaient posées sur les siennes. La bouche de cet homme mériterait de figurer en première place sur le registre des armes mortelles.

Elle ouvrit de nouveau les yeux et secoua la tête. Ce n'était rien d'autre que le contrecoup de la fatigue et de l'angoisse, tenta-t-elle de se persuader silencieusement. La journée avait été longue et éprouvante. Demain matin, tout redeviendrait normal.

Lorsqu'elle se réveilla, elle était toujours dans le même état émotionnel.

La nuit avait été courte et agitée. Elle n'avait cessé de se tourner et se retourner dans son lit, et le peu de sommeil qu'elle avait réussi à trouver n'avait guère été reposant.

La première chose qui surgit — ou plutôt qui explosa — dans son esprit fut le souvenir de la disparition d'Annie.

Cette pensée resta douloureusement ancrée dans sa tête tandis qu'elle se précipitait sous la douche avant d'enfiler ses vêtements à la hâte. Un sentiment d'urgence se propagea dans chaque parcelle de son être, même si elle n'était pas sûre que sa décision de se rendre chez les Tyler soit une bonne idée. Le jet privé du père d'Annie avait dû atterrir à l'heure qu'il était, et Simon Tyler n'accueillerait probablement pas très bien sa présence, pas plus que la mère de la fillette. C'était quasiment une certitude.

Malgré tout, le ravisseur devait rappeler aujourd'hui et il fallait qu'elle soit présente. Ne serait-ce que pour elle-même et, plus important encore, pour Annie. Peu importait si elle devait se contenter de rester là en silence. Elle songeait même sérieusement à prendre des congés pour consacrer tout son temps à rechercher la fillette.

En posant les yeux sur les boîtes remplies d'affiches qu'elle avait ramenées la veille, elle se rappela la suggestion de Dax de les utiliser comme prétexte pour entrer dans la résidence.

Pourquoi pas, après tout ? Cette idée n'était pas plus mauvaise qu'une autre. Les Tyler ne pourraient pas refuser, d'autant plus qu'ils n'avaient probablement pas encore eu le temps de s'occuper de ces détails. Lorsqu'on était sous le choc d'un événement, il était difficile d'avoir les idées claires et de penser à ce genre de choses.

Après s'être forcée à avaler un toast et une tasse de café — décaféiné, par égard pour le bébé —, Brenda prit les boîtes et se dirigea vers la porte.

Alors qu'elle était pratiquement sortie de l'appartement, elle se rappela soudain qu'elle n'avait pas pris ses vitamines prénatales. Avec un soupir, elle fit demi-tour. Elle n'était pas franchement du genre douillet mais elle voulait s'assurer de faire tout ce qu'il fallait tant qu'elle transportait ce minuscule passager à l'intérieur de son ventre.

En grimaçant, elle but un verre de lait, chose qu'elle détestait depuis qu'elle était toute petite, pour faire passer les vitamines.

— J'espère que tu apprécies tout ce que je fais pour toi, murmura-t-elle en regardant son ventre, juste avant de ramasser de nouveau les boîtes pleines d'affiches.

Moins d'une minute plus tard, elle était en route pour la résidence Tyler.

*
* *

Plusieurs voitures de police étaient stationnées sur la route sinueuse qui menait jusqu'à la résidence. Si elles étaient supposées dissuader les journalistes de s'approcher, on ne pouvait pas franchement dire que c'était d'une efficacité redoutable. Des camions représentant les plus importantes stations locales d'information campaient devant la maison dans l'attente qu'un des protagonistes de ce feuilleton du réel fasse son apparition.

Brenda était rongée par la colère. A première vue, bon nombre de reporters semblaient avoir passé la nuit ici, impatients de récolter un nouveau détail croustillant à jeter à leur public affamé. « Quel cirque ! » pensa-t-elle.

Tandis qu'elle se faufilait au milieu des différents véhicules, à la recherche d'un endroit où se garer, elle aperçut la berline banalisée de Dax.

Durant le trajet depuis son appartement jusqu'ici, elle s'était efforcée de ne pas penser à lui. Ce qui avait inévitablement provoqué l'effet inverse. Sans cesse, elle se répétait que les événements de la nuit dernière n'étaient que la conséquence de son stress et de sa vulnérabilité. Et que de toute façon, les hommes ne se bousculaient pas pour sortir avec une femme enceinte, et qui plus est d'un enfant dont ils n'étaient pas le père.

D'accord, pour l'instant ça ne se voyait pas, mais ça viendrait. Peu à peu.

Son tour de taille avait déjà augmenté de quelques centimètres et à présent que les nausées matinales appartenaient au passé, son corps allait commencer à changer de manière plus évidente. Comment un homme pourrait-il trouver ça séduisant ?

Mais Dax Cavanaugh n'était pas un homme comme les autres, se dit-elle.

Aussitôt, elle se réprimanda silencieusement pour avoir laissé ses pensées s'embrouiller une nouvelle fois. D'accord, il avait mis son univers sens dessus dessous, mais la vie devait reprendre son cours comme après n'importe quel séisme.

— Désolé, vous allez devoir faire demi-tour, madame. L'accès à cette zone est restreint.

Clignant des yeux, elle réalisa qu'elle s'était arrêtée en plein milieu de la route et qu'un policier avait passé la tête par la vitre ouverte côté passager. L'officier, qui semblait perdre patience, croyait probablement qu'elle était journaliste, songea Brenda.

— J'ai parlé au ravisseur hier, furent les premiers mots qui lui vinrent à l'esprit. Je suis l'institutrice d'Annie Tyler, ajouta-t-elle, craignant qu'il ne la prenne pour une folle.

Devant l'air toujours aussi dubitatif du policier, Brenda chercha un moyen de le convaincre. En regardant autour d'elle, ses yeux se posèrent de nouveau sur la voiture de Dax.

— Demandez à l'inspecteur Cavanaugh. Il vous le confirmera.

Pendant une seconde, elle crut qu'il allait refuser et exiger qu'elle s'en aille. Puis il appuya en soupirant sur le bouton de son talkie-walkie, tout en s'éloignant légèrement.

— Attendez ici, ordonna-t-il d'une voix ferme.

Etant donné qu'il s'était placé devant sa voiture, elle voyait mal comment faire autrement.

— Je ne vais nulle part, promit-elle.

Il dit quelques mots dans l'appareil et, au bout de deux minutes, elle vit la porte d'entrée de la résidence s'ouvrir. Tout autour d'elle, une vive agitation se déclencha tandis que la foule des journalistes s'avançait comme un seul homme.

Au lieu de l'un des parents Tyler, ou de leur avocat, ce fut Dax qui émergea du bâtiment tentaculaire. Regardant droit devant lui, il avança en ignorant les journalistes et fonça droit vers le policier. Et vers elle.

De toute évidence, l'officier lui avait fourni leur position à l'avance. Ou bien alors cet homme était doté d'une extraordinaire tête chercheuse aussi troublante que la douceur de ses lèvres.

« Ressaisis-toi », s'exhorta-t-elle.

— C'est bon, Hadley, merci, dit Dax au policier dès qu'il fut suffisamment proche de lui.

Il s'arrêta à côté de la voiture de Brenda et passa la tête à l'intérieur, entouré par un vacarme assourdissant tandis que la horde de journalistes lui hurlait toutes sortes de questions sous le regard bienveillant des caméras en marche, pour être sûr de ne rien rater au cas où il leur ferait part d'une nouvelle excitante.

Dax lui adressa un sourire, et elle sentit son cœur s'arrêter de battre un instant avant de s'emballer à une cadence infernale.

— Je commençais à croire que vous aviez changé d'avis. Garez-vous là-bas, fit-il en lui indiquant un endroit un peu plus éloigné sur la gauche, près de la maison.

Elle hocha la tête puis s'exécuta.

Toute la nuit précédente, après le départ de Brenda, Dax s'était efforcé de ne pas trop penser à elle, se concentrant plutôt sur l'affaire et les éléments dont il disposait jusque-là. Mais, malgré tous ses efforts, ce qu'il avait ressenti se rappelait sans cesse à lui et paralysait son esprit tandis que la scène se répétait avec vivacité devant ses yeux.

Il ne pouvait pas nier le bouleversement que cette femme avait provoqué en lui et il était impatient de jouer la deuxième manche, ne serait-ce que pour s'assurer que ce qu'il avait éprouvé n'était pas seulement dû à son imagination.

Quoi qu'il en soit, pour l'heure, il y avait plus urgent et il fallait qu'il garde toute sa concentration. Il arriva à hauteur de sa voiture au moment où elle en sortait et remarqua qu'elle avait apporté les affiches avec elle.

— Vous avez réussi à vous reposer un peu ? s'enquit-il en lui prenant les boîtes des mains.

— Pas vraiment, admit-elle en évitant d'élever la voix afin de tenir ses propos éloignés des oreilles prédatrices des journalistes.

Comment les gens célèbres supportaient-ils tout ce cirque ?

se demanda-t-elle. Comment Annie y était-elle parvenue les rares fois où ses parents l'avaient autorisée à les accompagner ? Cette petite fille si timide avait dû être terrifiée en voyant ces hommes à un œil envahir son univers.

Dax fit écran avec son corps pour la protéger des caméras pointées dans leur direction.

— Je n'ai pas beaucoup dormi non plus, ajouta-t-il.

Brenda s'arrêta un instant pour l'observer. Que sous-entendait-il par là ? Son insomnie passagère était-elle due à l'enquête ou bien à ce qui s'était passé entre eux ?

Quelle que soit la réponse, il était hors de question qu'elle l'interroge à ce sujet, ne serait-ce que par respect envers Annie et l'épreuve qu'elle était en train de traverser. Elle supposa donc qu'il se référait à l'affaire.

— Vous n'avez pas de nouvel indice ?

Comme il lui indiquait de marcher devant lui jusqu'à la maison, elle réalisa alors qu'il lui servait de protection et lui adressa un sourire reconnaissant.

— Plusieurs centaines d'illuminés ont déjà appelé, l'informa-t-il.

L'avalanche de coups de téléphone n'avait pas mis longtemps à se déclencher.

— Dès qu'une nouvelle affaire passe au journal, ça les attire comme des mouches.

— Mais vous vérifiez tout de même chaque appel, juste au cas où il y aurait une infime parcelle de vérité dans l'un d'eux, pas vrai ?

Il acquiesça d'un air inflexible.

— Exact.

Heureusement, ce n'était pas à lui qu'incombait la tâche de répondre au téléphone, étant donné qu'il était chargé de l'affaire. Il avait déjà effectué ce genre de choses au cours d'autres missions et en était arrivé à la conclusion qu'il détestait rester derrière un bureau et s'occuper de ce qu'il considérait être du travail de seconde zone. Ça le rendait dingue.

Etre sur le terrain et le premier à passer au crible les indices ou les preuves potentielles, voilà ce qu'il aimait par-dessus tout. Diriger les opérations était l'unique chose qui l'intéressait. A ses yeux, il n'y avait rien de mieux.

Voilà une des raisons pour lesquelles il compatissait à la douleur de Brenda York. Il comprenait sa frustration à l'idée d'être tenue à l'écart de l'enquête. Pour l'heure, puisqu'elle était utile, et pouvait s'avérer l'être encore plus, il n'y avait aucune raison de la tenir éloignée de l'affaire.

Après lui avoir ouvert la porte, Dax lui fit signe d'entrer. En passant devant la femme de ménage, Brenda remarqua qu'elle semblait encore plus pâle et apeurée que la veille.

Alors qu'ils se dirigeaient vers le salon, elle entendit des voix — ou plutôt une voix — s'élever. Simon Tyler faisait savoir son profond mécontentement à quiconque se trouvait à sa portée. Il hurlait si fort que c'était un miracle que les murs du manoir ne s'écroulent pas.

— Et que diable faites-vous donc pour la retrouver, je peux le savoir ? demandait Simon à Nathan lorsqu'ils pénétrèrent dans la pièce.

Le coéquipier de Dax semblait extraordinairement calme et imperturbable face à la tempête qui s'abattait sur lui.

— Monsieur Tyler, je vous ai déjà expliqué que nous avons…

— Je n'en ai rien à faire de vos explications, ce que je veux, c'est de l'action, beugla Simon. Je veux qu'on me ramène Annie. J'exige que chaque centimètre carré de cette ville soit fouillé jusqu'à ce que vous retrouviez ma fille, est-ce que c'est bien clair ?

Il était un peu tard pour jouer le rôle du parent inquiet, songea Brenda. « Pourquoi ne pas lui avoir montré que vous teniez autant à elle lorsqu'elle était là ? »

Les mots lui brûlaient la langue.

Mais elle les ravala, consciente qu'elle n'était pas en position de dire quoi que ce soit et que le moment était mal choisi. Néanmoins, elle ne put s'empêcher d'imaginer à quel point Annie aurait été heureuse de sentir, juste pour une fois, que son père se préoccupait réellement de son sort. Evidemment, ça n'aurait rien changé à la situation actuelle, mais ça aurait été d'un grand réconfort pour la fillette.

En regardant Simon Tyler, elle se demanda quelle était réellement sa part d'inquiétude pour sa fille. Il semblait plutôt en colère de s'être fait dérober quelque chose qui lui appartenait.

— Nous sommes déjà en train de faire le nécessaire, monsieur Tyler, l'informa Dax.

Simon fit volte-face dans sa direction et celle de Brenda, plissant les yeux comme s'il essayait de deviner l'identité de cette dernière tandis qu'il la dévisageait vivement.

— Et vous, qui êtes-vous ? demanda-t-il.

Sa femme, qui était allongée sur le sofa, releva la tête du coussin, les yeux injectés de sang.

De toute évidence, Rebecca Allen-Tyler avait passé la nuit à pleurer et Brenda se sentit coupable des critiques qu'elle avait émises à son encontre. Finalement, peut-être que derrière son apparente insouciance, elle tenait réellement à sa fille.

Une fois assise, les mains fermement agrippées au sofa, Rebecca se tourna vers elle et, en l'apercevant, son regard devint soudain accusateur.

— C'est Brianne machin-chose, tu sais, je t'en ai parlé hier. C'est la femme qui a perdu Annie, répondit-elle le visage renfrogné.

7

— Mon nom est Brenda York, rectifia la jeune femme.

Elle n'avait jamais rencontré le père d'Annie auparavant. Ce n'était pourtant pas faute d'avoir essayé.

— Je suis l'institutrice de votre fille, monsieur Tyler.

Simon lui lança un regard noir avant de se tourner vers Dax.

— Que fait cette femme dans ma maison ? demanda-t-il.

— Elle est venue vous apporter des affiches qui pourront peut-être vous aider à retrouver votre fille, expliqua l'inspecteur en déposant les boîtes sur la table basse, puis en ôtant le couvercle de celle du dessus.

— Je chargerai une personne du studio d'en imprimer, rétorqua-t-il d'un ton brusque et méprisant, en daignant à peine jeter un œil au travail de Brenda.

Simon Tyler avait à l'évidence l'habitude de tout diriger en faisant peur aux gens qui l'entouraient pour mieux asseoir sa position. Mais Dax était loin d'être intimidé ou impressionné.

— C'est inutile, monsieur Tyler, celles-ci sont très bien, rétorqua l'inspecteur en s'efforçant de ne pas laisser transparaître sa contrariété.

Le comportement de Dax à son égard était très protecteur, remarqua Brenda avec surprise et admiration. Jamais personne n'avait eu ce genre d'attitude envers elle.

— Qui plus est, Mme York se trouve ici car c'est elle qui a répondu à l'appel du ravisseur hier après-midi.

Simon se retourna vers sa femme. Détestant être pris au dépourvu, il ne put dissimuler son mécontentement.

— Il me semblait pourtant t'avoir entendue dire que c'était Martha qui lui avait parlé.

— Je lui avais demandé de le faire, répondit Rebecca en secouant la tête, l'air perplexe.

Dax coupa court à la conversation avant qu'ils ne s'écartent du sujet.

— Votre femme de ménage craignait de mal faire et c'est donc Mme York, expliqua-t-il en faisant un signe de la tête dans la direction de Brenda, qui s'est fait passer pour elle. Sans sa vivacité d'esprit, nous ne serions pas parvenus à obtenir du ravisseur qu'il nous fournisse la preuve qu'Annie est toujours en vie.

— Une preuve ? répéta Rebecca d'un air hébété, les yeux écarquillés et emplis de peur. Alors, vous croyez qu'il est possible que…

Incapable de terminer sa phrase, elle se couvrit la bouche de ses mains tremblantes et commença à sangloter.

— Oh mon Dieu, Simon, et si elle… Si jamais elle était…

Ses larmes redoublèrent.

Son mari s'approcha alors d'elle et passa un bras autour de ses épaules. Face à la terrible tragédie qui les frappait de plein fouet, le couple fortuné et envié de tous ressemblait soudain à n'importe quels parents ordinaires.

Pensive, Brenda posa son regard sur Dax. Pourquoi avait-il prétendu que l'idée de la photo venait d'elle alors que ce n'était pas le cas ? Essayait-il de faire disparaître l'animosité que les Tyler nourrissaient à son égard ? En son âme et conscience, elle savait pertinemment qu'elle n'était pas le moins du monde responsable de l'enlèvement, mais eux étaient certainement persuadés du contraire.

Il n'empêche qu'en agissant de la sorte, l'inspecteur allait bien au-delà des limites que lui conférait sa position. Tout comme ses propres pensées franchissaient les frontières qu'elle s'était imposées chaque fois que son regard croisait le sien.

— Il doit rappeler aujourd'hui pour nous indiquer le lieu où il aura déposé la photo, s'empressa d'annoncer Brenda, compatissante. Ça signifie donc qu'Annie est toujours en vie.

Assis près de sa femme, Simon lui lança un regard noir.

— Il ? répéta-t-il. Le kidnappeur est un homme ?

— Nous n'en sommes pas certains, intervint Dax. Sa voix était masquée à l'aide d'un appareil de synthèse vocale.

— Est-ce que vous avez une piste, au moins ? insista Simon avec impatience, la mine renfrognée.

— Nous sommes pratiquement sûrs qu'il s'agit d'un couple venu visiter l'école de votre fille hier matin, l'informa Dax.

— Pratiquement sûrs, répéta le réalisateur d'un ton moqueur. Mais en fait, vous n'en savez rien.

Dax s'efforça de ne pas s'emporter. Que des familles de victimes s'en prennent à lui sous le coup de la colère était monnaie courante, seulement ça ne faisait que rendre son travail encore plus difficile.

— L'adresse qu'ils ont fournie au directeur s'est avérée être celle d'un centre de recyclage. Alors, pour l'instant, c'est la piste la plus vraisemblable que nous ayons.

— Et avez-vous une idée de l'endroit où ils se trouvent en ce moment ? reprit le réalisateur, l'air peu convaincu et agacé.

— Malheureusement, non.

— Eh bien, ne restez pas planté là à ne rien faire et trouvez-les ! s'écria Simon en se relevant brusquement et en venant se placer devant Dax. Bougez-vous donc un peu avant que…

C'est alors que la sonnerie du téléphone retentit, coupant court au reste de sa tirade.

Tous se retournèrent et se figèrent, les yeux rivés sur l'appareil.

Simon se précipita pour aller décrocher mais Dax l'arrêta dans son élan en le retenant par le poignet.

— Mais qu'est-ce que… ?

L'inspecteur lui fit signe de patienter puis se tourna vers le technicien installé près du téléphone, attendant que celui-ci mette en marche l'appareil chargé de retracer l'appel. Dès que tout fut en place, il libéra la main de Simon qui bondit immédiatement sur le combiné.

Dax indiqua au réalisateur d'écarter légèrement le téléphone de son oreille afin qu'il puisse entendre la conversation sans appareil intermédiaire. Tenant fermement le combiné de ses deux mains, Simon lui lança un regard noir mais s'exécuta néanmoins.

— Allô ?

— Eh bien, Simon, quel remue-ménage ! Ça passe en boucle sur toutes les chaînes de télé !

A l'autre bout du fil, la voix désincarnée gloussa et résonna dans la pièce à travers le haut-parleur de la machine chargée d'enregistrer la conversation.

— Tout ce cirque médiatique et cette attention ne doivent pas être pour te déplaire. Vous autres, les gens d'Hollywood, vous adorez ça, pas vrai ?

— Où est ma fille, pauvre minable ? s'écria le réalisateur.

— Un peu de patience, Simon, chaque chose en son temps. Je dois avouer que je trouvais ta femme de ménage nettement plus sympathique. Elle savait garder son calme, elle, au moins.

Une longue pause s'ensuivit, comme si le ravisseur hésitait à poursuivre la conversation.

— Est-ce qu'elle est là ? dit-il enfin.

Simon se redressa de toute sa hauteur, donnant l'impression qu'il était immense.

— Vous ne parlerez à personne d'autre qu'à moi ! s'écria-t-il.

— A toi de voir, mais ce sera elle ou personne. Il va falloir apprendre à obéir et à te soumettre, Simon.

Le ton pseudo-amical de la voix disparut soudain.

— Alors, je peux lui parler, oui ou non ?

Dax fit signe à Brenda d'approcher tout en indiquant au réalisateur de lui passer le téléphone. Ce dernier lui lança un regard qui aurait été capable de la transformer en pierre, mais céda finalement et lui jeta le combiné dans les mains.

— Allô ? se hâta-t-elle de dire pour faire savoir au ravisseur qu'elle était prête à l'écouter.

Ce dernier poussa un profond soupir dans l'écouteur.

— Bien, c'est beaucoup mieux. Je déteste les gens en colère, l'informa-t-il. Rien de tel pour me braquer. Ce qui ne serait bon pour personne, n'est-ce pas ?

— Non, en effet.

Du coin de l'œil, elle vit le technicien qui se tenait près de la table l'encourager à faire durer la conversation et à garder l'individu en ligne le plus longtemps possible.

— Au fait, dis-leur d'arrêter de perdre leur temps à essayer de retracer cet appel, annonça-t-il alors, comme s'il savait précisément ce qui se passait. Je ne suis pas un amateur, j'ai pris certaines précautions. D'une part le signal couvre tout le pays, et d'autre part j'appelle d'une cabine téléphonique. Le temps qu'ils localisent l'appel, je serai déjà loin d'ici.

— Je leur transmettrai le message. Maintenant, dites-moi où se trouve la photo.

— Une femme directe. J'adore ça !

Le gloussement métallique résonna dans la tête de la jeune femme, l'obligeant à user de toutes ses forces pour ne pas trembler.

— Vous la trouverez dans les toilettes pour dames au Paradis du Hamburger. Elle est scotchée à l'intérieur d'une des cuvettes.

Cette chaîne de fast-foods était l'une des plus populaires des environs. La ville en comptait au moins une demi-douzaine à sa connaissance, et même probablement plus.

— A quelle adresse ?

— Au coin de Mayflower et Asuza. Je rappellerai.

Sur ces dernières paroles, il mit fin à la communication.

Brenda tendit le téléphone à Dax.

— Vous avez quelque chose ? demanda-t-il au technicien.

— Le signal a été dérouté à travers tout le pays, expliqua ce dernier en posant son casque sur la table. Nous y étions presque, mais…

Il secoua la tête, visiblement dépité.

— Qu'est-ce que ça signifie ? Qu'allez-vous faire maintenant ? s'enquit Simon avec impatience.

Le technicien éjecta la bande audio de la machine et la donna à Dax, qui la confia à son tour à Nathan.

— Pendant que l'inspecteur Brown apporte la bande au labo pour la faire analyser, je vais aller récupérer la photo.

Il se dirigeait déjà vers la porte lorsque Brenda se planta devant lui.

— Laissez-moi vous accompagner. Si jamais le ravisseur surveille le restaurant, il s'attendra probablement à voir arriver la femme de ménage, et toutes les deux nous nous ressemblons un peu, se hâta-t-elle d'ajouter avant qu'il ne puisse refuser.

Le risque était réel, elle le savait, mais le besoin d'être utile était plus fort que tout.

Dax hésita. Faire appel à une femme policier les retarderait car il lui faudrait se changer avant de pouvoir se mettre en route. Or, ils ne pouvaient pas se permettre de perdre du temps. Plus vite ils agiraient, plus vite ils auraient des chances de retrouver la fillette en vie. Dernièrement, le pourcentage d'enfants retrouvés suite à un kidnapping était plutôt élevé, et il avait bien l'intention de tout faire pour qu'il reste inchangé.

— C'est d'accord, céda-t-il en sentant le regard perplexe de Nathan rivé sur lui, à l'autre bout de la pièce. Elle a raison, ajouta-t-il à l'intention de son partenaire.

Nathan leva la main comme s'il était sur le point de le contredire puis se ravisa.

Délaissant sa femme, Simon s'avança rapidement vers lui.

— Et en attendant, que suis-je censé faire ?

— Restez assis près du téléphone au cas où il rappellerait pendant que nous sommes partis récupérer la photo, lui lança Dax par-dessus son épaule tandis qu'il se dirigeait vers la porte d'entrée. J'ai le sentiment que ce type adore tirer les ficelles et regarder les gens sursauter.

« Un peu comme un réalisateur », songea-t-il.

— Il semble prendre un malin plaisir à jouer avec vos nerfs. Connaissez-vous quelqu'un en particulier qui aurait des raisons de vous en vouloir ?

Dans le salon, Rebecca se leva du sofa et s'approcha d'eux tout en s'essuyant les yeux.

— De combien de temps disposez-vous ?

Dax détestait faire des promesses qu'il ne pouvait pas tenir, mais il avait conscience que les parents avaient besoin de se raccrocher à quelque chose dans un moment aussi difficile.

— Les chances de retrouver un enfant kidnappé sain et sauf sont variables…

Rebecca secoua la tête, ses cheveux auburn s'agitant de gauche à droite.

— Non, je voulais dire pour que Simon vous fasse la liste des gens qui lui en veulent. Mon mari étant un homme très puissant dans cette ville, il a de nombreux ennemis.

Fantastique ! pensa Dax. Comme si les choses n'étaient pas déjà assez compliquées. Il se promit cependant de montrer à Simon Tyler les croquis que Brenda avait fait du couple qui avait visité l'école. Peut-être qu'avec un peu de chance, il reconnaîtrait l'un d'eux.

— Il n'aurait pas autant d'ennemis s'il arrêtait de se comporter comme un crétin, lança Dax à Brenda quelques minutes plus tard, tandis qu'ils quittaient le manoir à bord de sa voiture.

Nathan était déjà en route pour le commissariat avec la bande audio. Avec de la chance, le labo parviendrait à détecter quelques bruits de fond susceptibles d'aider à localiser le repaire du kidnappeur.

Brenda sentait l'excitation et l'angoisse monter en elle. Elle priait de toutes ses forces pour que les nausées ne fassent pas leur réapparition.

— Il n'aurait pas autant de quoi ? le fit-elle répéter.

Dax remonta la vitre pour faire cesser le vacarme des questions que leur hurlait la horde de journalistes, escortée de ses caméramans, tandis qu'ils passaient devant eux.

— D'ennemis. Pour un homme de son rang, le nombre d'ennemis témoigne de son pouvoir. Plus il en a, plus il est puissant.

Elle secoua la tête alors qu'ils sortaient de la propriété.

— Je ne comprendrai jamais comment on peut être fier d'avoir une foule de personnes qui vous haïssent.

Dax éclata de rire.

— Certains trouvent que ça leur réussit. En ce qui me concerne, je suis avec vous.

« Je suis avec vous. » Elle savait que c'était fou mais elle aimait le son de ces paroles même si en réalité ça ne voulait absolument rien dire. Il n'était pas vraiment « avec » elle. Ce n'était qu'une façon de parler. Mais pendant un bref instant, elle fit comme s'ils formaient réellement un tout, une unité. D'une certaine façon, pendant la durée de cette affaire, c'était le cas. Aussi longtemps qu'il le lui permettrait, bien sûr.

— D'après moi, la personne au téléphone était définitivement un homme, avança-t-elle.

— Comment pouvez-vous en être aussi certaine ? l'interrogea Dax en se tournant vers elle, tandis qu'ils s'arrêtaient à un feu rouge.

— Il a dit aimer les femmes directes. Ce genre de réplique cavalière est typiquement masculine.

Le feu passa au vert et Dax accéléra.

— Est-ce que c'est le genre de répliques auxquelles vous avez droit en général ?

— Je n'ai jamais vraiment eu droit à aucune réplique d'aucune sorte. Je ne sors pas beaucoup, expliqua-t-elle en le voyant hausser un sourcil, perplexe. Jamais, même.

Son père l'avait surveillée étroitement durant sa scolarité, exigeant qu'elle reste à la maison pour lui préparer ses repas et faire le ménage.

— Il se trouve que je me suis mariée très jeune. Tout de suite après le lycée.

Elle devait donc avoir, quoi ? Dix-huit ans ? C'était bien trop jeune d'après lui. A cet âge, on était encore un enfant, pas tout à fait un adulte.

— Vous deviez être vraiment amoureuse pour vous marier aussi tôt.

Il lui aurait été facile de répondre oui et d'en rester là, mais elle détestait les mensonges, même les plus petits, du genre de ceux avec lesquels elle avait vécu durant la majeure partie de son mariage, en faisant semblant d'être amoureuse. Elle s'était vite rendu compte qu'il y avait une énorme différence entre aimer et être amoureuse.

— Non, répondit-elle. Ce que je voulais vraiment, c'était partir de chez moi.

Et Wade avait été son bon de sortie.

— Mon mari était marine, ce qui pour moi était synonyme de voyages. Ou du moins, c'est ce que je croyais.

Hélas, les choses ne tournent pas toujours comme on l'avait prévu.

— En fin de compte, je ne suis jamais allée nulle part. Wade, par contre, a passé de longs mois à l'étranger, chaque fois dans des endroits où il lui était impossible de m'emmener.

A cette époque, elle avait parfois eu du mal à réaliser qu'elle était réellement mariée. Elle avait beaucoup mûri au cours de ces sept années.

— A quoi occupiez-vous votre temps durant son absence ? s'enquit-il en jetant un coup d'œil dans sa direction.

— J'ai étudié et je me suis cultivée.

Elle esquissa un sourire.

— Et j'ai principalement appris à vivre toute seule.

En observant son profil, buriné et puissant, elle ne put s'empêcher de remarquer qu'il ressemblait plus à un marine que Wade.

— Et à ma grande surprise, j'ai découvert que j'en étais capable.

— Je suis persuadé que vous pourriez réussir à faire tout ce que vous voulez.

Un compliment. Mon Dieu, à quand pouvait bien remonter la dernière fois qu'elle en avait reçu un ? Wade n'était pas du genre à gaspiller son énergie pour ce type de détail et, avant ça, personne n'avait jamais eu une parole gentille à son égard.

— Vous m'auriez été très utile, il y a des années, lorsque je manquais de confiance en moi.

Devant cette remarque, il en conclut que ce n'était désormais plus le cas.

Après avoir bifurqué dans une ruelle étroite, il se gara sur un petit parking donnant sur trois fast-foods. Le Paradis du Hamburger partageait le trottoir avec un restaurant chinois et un restaurant mexicain.

— On y est.

Il ouvrit la porte du fast-food et fit passer Brenda devant lui. L'endroit était pratiquement désert à cette heure de la matinée. Ceux qui venaient y avaler un petit déjeuner rapide étaient déjà tous partis et il s'écoulerait encore plusieurs heures avant que les clients n'arrivent pour déjeuner.

Seule une jeune serveuse, souriante, se trouvait derrière le comptoir, les mains posées sur la caisse enregistreuse.

— Puis-je vous aider ? s'enquit-elle, regardant tour à tour Dax et Brenda.

— Où se trouvent les toilettes pour dames ? se renseigna l'inspecteur.

Se penchant par-dessus la caisse, la jeune fille indiqua du doigt l'autre bout du comptoir.

— A gauche, tout au fond, les informa-t-elle d'un air enjoué.

Brenda se précipitait déjà dans le couloir étroit, laissant Dax derrière elle.

— Bon sang ! Attendez-moi. Je vous rappelle que, de nous deux, c'est moi le flic.

Le cœur battant à tout rompre, elle fit mine de ne pas l'entendre.

— Police, hurla-t-il en arrivant devant la porte des toilettes, au cas où l'endroit serait occupé.

Mais aucune réponse ne lui parvint.

Dax passa devant Brenda. Au moment où ils entrèrent, ils furent agressés par une odeur de désinfectant, la femme de ménage venant de toute évidence de passer. Trois portes étaient alignées. Un panneau « Hors Service » était accroché sur celle du milieu. Lorsqu'il tenta de la pousser avec sa main, celle-ci ne céda pas, ayant apparemment été fermée de l'intérieur. Reculant d'un pas, il essaya d'ouvrir la première, ce qu'il réussit sans aucune difficulté. Il se hâta de soulever le couvercle de la cuvette des toilettes. Rien. Brenda se pressa derrière lui et poussa un profond soupir de déception. Derrière la troisième porte, ils obtinrent le même résultat. Soit le ravisseur jouait avec leurs nerfs, soit la photo se trouvait derrière la porte du milieu.

Dax essaya de nouveau de l'ouvrir mais elle ne bougea pas d'un pouce.

— Je peux me glisser par en dessous, proposa Brenda.

— Restez en arrière, lui ordonna-t-il.

Rassemblant toutes ses forces, il donna un grand coup d'épaule dans la porte qui s'ouvrit à la volée tandis qu'une vive douleur se propageait dans son corps.

Brenda le poussa presque pour passer. Elle retint son souffle et souleva le couvercle de la cuvette avec précaution, craignant sa réaction si jamais elle ne trouvait rien.

Heureusement, ce ne fut pas le cas.

— Oh Dieu merci ! s'exclama-t-elle, soulagée.

Une photo d'Annie, enveloppée dans un sachet en plastique, était scotchée à l'endroit prévu. Dax se hâta de la détacher.

Sur la pointe des pieds, Brenda observa par-dessus son épaule le cliché de la fillette, assise sur un lit, dans une chambre des plus ordinaires. Elle sentit son cœur se serrer dans sa poitrine. « Pauvre enfant ! »

— Elle a l'air terrifiée.

— Etant donné la situation, ça aurait pu être pire.

Annie tenait le journal du matin dans ses mains. Ce qui signifiait qu'à ce moment-là, elle était encore en vie. Soudain, quelque chose attira l'attention de Dax et le poussa à examiner la photo de plus près.

— Je ne savais pas qu'elle portait des lunettes.

— C'est très récent, l'informa Brenda, se rappelant à quel point la fillette avait eu peur, les premiers jours, que les autres élèves se moquent d'elle et lui attribuent toutes sortes de surnoms cruels. Elle est myope, précisa-t-elle en plissant les yeux. Attendez, on dirait qu'il y a un reflet sur ses verres.

C'était précisément ce qui avait attiré l'attention de l'inspecteur.

— On dirait, en effet, mais ce n'est pas plus gros qu'une poussière.

Son excitation refit surface. Voilà quelque chose de concret sur lequel elle allait enfin pouvoir travailler !

— Vous seriez surpris de constater tout ce qu'on peut faire à partir d'une chose aussi minuscule.

— Croyez-vous parvenir à rendre l'image plus précise ?

— Il y a des chances.

Mais tout ce dont elle avait besoin se trouvait à l'école.

— En revanche, je vais devoir de nouveau passer outre le ruban jaune. L'école est le seul endroit à ma connaissance qui dispose de tous les logiciels dernier cri, lui rappela-t-elle.

Elle s'était déjà servie de cette excuse la veille, songea-t-il. Il était loin d'être un génie en informatique et n'avait aucune idée de l'état du matériel dont disposait le commissariat. Cependant, une chose était certaine : les techniciens ne le laisseraient pas rôder autour d'eux et regarder par-dessus leur épaule, alors que Brenda, si.

De toute façon, il ne lui laisserait pas le choix.

— Très bien, allons-y.

Une fois sorti des toilettes, Dax décida de jeter un œil au menu. La même jeune fille se tenait encore derrière le comptoir, toujours aussi désireuse de les servir.

— Avez-vous eu le temps d'avaler quelque chose ce matin ? s'enquit-il en se tournant vers Brenda.

— Un toast brûlé en tout et pour tout.

— Laissez-moi nous commander quelque chose à emporter. La matinée promet d'être très longue.

L'estomac de la jeune femme se mit à gronder en guise de réponse.

— Vous pourriez leur demander s'il est possible d'avoir des frites à cette heure ?

— Des frites pour le petit déjeuner ? s'étonna-t-il en la gratifiant d'un regard curieux.

Elle en avait envie mais refusait d'employer ce terme, beaucoup trop révélateur à son goût.

— J'ai toujours adoré ça, répondit-elle simplement.

Lui aussi, pensa Dax en lui adressant un large sourire.

— Entendu, va pour des frites.

Il se retourna vers la jeune fille et passa la commande.

8

Dax rangea son téléphone portable après avoir raccroché. Il venait de s'entretenir avec Nathan. Le labo n'avait pas encore terminé l'examen de la bande audio et son coéquipier avait promis de le contacter dès qu'il aurait du nouveau. En outre, le nombre d'appels reçus au sujet de la disparition d'Annie avait augmenté et plusieurs officiers vérifiaient en ce moment même différentes pistes plus ou moins vraisemblables.

Avant de faire le point avec son partenaire, Dax avait téléphoné aux Tyler pour leur faire savoir que Brenda et lui avaient récupéré la photo de leur fille, qui était en vie et apparemment en bonne santé.

Le père de la fillette lui avait alors annoncé son intention de lancer un appel télévisé au ravisseur, dans l'après-midi. Peu convaincu que ce soit une bonne idée, Dax avait néanmoins préféré garder son opinion pour lui.

Derrière lui, installée devant l'ordinateur dernier cri de l'académie Harwood, Brenda pianotait activement sur le clavier.

Il traversa la pièce pour la rejoindre. Elle était si intensément concentrée sur l'écran qu'elle ne semblait même pas se rendre compte de sa présence. Après avoir scanné la photo de la fillette, elle avait procédé à un agrandissement afin d'obtenir une vision précise du minuscule reflet qui apparaissait sur le verre de ses lunettes.

Admiratif, Dax se dit qu'il lui aurait probablement fallu des heures pour parvenir ne serait-ce qu'à un quart de ce résultat. L'informatique n'était pas franchement sa tasse de thé. A son entrée dans la police, il avait très vite regretté le bon vieux temps des machines à écrire.

Pendant quelques instants, il observa en silence les doigts de Brenda virevolter avec aisance sur le clavier.

— Vous êtes vraiment douée !

— Hum ?

Perdue dans ses pensées, elle mit une seconde avant d'enregistrer ce qu'il venait de lui dire.

— Oh, je me débrouille.

L'image commençait à prendre forme mais, à force de regarder l'écran, Brenda sentait poindre une horrible migraine.

— Lorsque j'ai posé les yeux sur un ordinateur pour la première fois, j'en suis immédiatement tombée amoureuse, expliqua-t-elle en s'arrêtant un instant pour se masser les tempes. Nous n'en avions pas chez moi. Mon père n'en voyait pas l'utilité puisque ça ne servait ni à cuisiner ni à faire le ménage. Quant à mon mari, il n'a jamais été passionné par les ordinateurs, mais dès que j'ai repris mes études, j'ai décidé qu'il m'en fallait un à tout prix.

Elle sourit en se remémorant cet instant. C'était comme si elle avait ouvert la porte sur un nouveau monde.

— Depuis, je suis avec attention tous les derniers progrès effectués dans ce domaine.

Jetant un coup d'œil à Dax, elle ajouta en arborant un large sourire :

— Au fond, je crois que c'est plus qu'un simple passe-temps. Je me suis découvert une vraie passion pour l'informatique et le défi que ça représente.

Tandis qu'elle se retournait vers l'ordinateur, son dos craqua simultanément à trois endroits différents, et elle sentit la douleur de sa tête se propager le long de sa colonne vertébrale.

Dax la regarda onduler ses épaules. Elle tentait visiblement de se décontracter. En la voyant répéter son geste, il vint se placer derrière elle et commença à la masser. La sentant se raidir instantanément au contact de ses mains, il l'empêcha doucement mais fermement de bouger lorsqu'elle tenta de se lever.

— J'essaie seulement de faire disparaître les nœuds de vos épaules.

Il laissa échapper un petit rire tout en poursuivant son massage.

— J'ai connu des pierres plus détendues que vous.

— Et vous parlez d'expérience, je parie ?

Elle s'efforça de ne pas gémir en prononçant ces paroles. Malgré la douleur qu'il lui infligeait, elle ressentait une certaine relaxation. Et même si la tension ne semblait pas diminuer, le massage de Dax la rendait beaucoup plus supportable.

— A présent, je comprends mieux l'expression « douleur exquise ».

Ses lèvres se courbèrent.

— Je ne suis pas vraiment certain qu'elle se réfère aux massages d'épaules, vous savez.

Puisque Brenda semblait capable de le supporter, il appuya un peu plus fort. Elle grimaça dans un premier temps mais ne se plaignit pas. Cette femme avait un sacré cran et était bien plus forte qu'elle n'en donnait l'impression, songea-t-il. Tout le poids qu'elle portait sur ses épaules expliquait sans doute cet état de tension extrême.

— Je suis surpris que vous ne vous soyez pas encore brisée en mille morceaux.

Considérant les épreuves qu'elle avait traversées au cours de sa vie, elle en était la première surprise. Elle préféra toutefois ne pas partager cette réflexion avec lui. Malgré la magie qui se dégageait des mains de Dax, elle s'efforça de garder le contrôle de ses sens.

— Je crois que c'est mon côté première de la classe qui veut ça, répondit-elle avec un petit sourire.

Il était inutile qu'elle le précise, c'était un aspect de sa personnalité qu'il avait déjà parfaitement cerné.

— De temps en temps, vous devriez essayer de lâcher prise.

La raideur persistait, ne cédant pas d'un pouce.

— Bon sang, j'ai déjà eu affaire à des nœuds résistants par le passé, mais je dois avouer que vous remportez la palme haut la main !

De son côté, elle luttait pour ne pas fermer les yeux et s'abandonner à la sensation incroyablement agréable que son massage lui procurait.

— Est-ce que vous travaillez comme masseur pour arrondir vos fins de mois ?

— Non, mais mes cousins et mes frères viennent me trouver de temps en temps pour que je m'occupe d'eux.

Janelle le surnommait « main de fer » et refusait catégoriquement qu'il la touche, mais Troy et Jared ne juraient que par lui.

— Trop de stress au travail, expliqua-t-il.

Ce n'était pas difficile à imaginer dans une ville comme Aurora, dont le taux de criminalité était assez élevé.

— Mais alors, qui s'occupe de vous ?

La question s'échappa de la bouche de Brenda avant qu'elle n'ait eu le temps de la retenir. Embarrassée, elle se mordit la lèvre inférieure. Il devait probablement croire qu'elle cherchait à se renseigner sur sa vie personnelle.

— Je ne suis jamais tendu.

Comme ce n'était pas tout à fait l'exacte vérité, il se corrigea aussitôt.

— Du moins, pas au point de me transformer en soldat de bois ambulant, plaisanta-t-il.

— Vous n'êtes vraiment jamais stressé ? s'enquit-elle, curieuse.

— Si, ça m'arrive.

Coinçant une petite partie de muscle à l'aide du pouce et de l'index, de chaque côté de son cou, il y exerça une brève pression avant de reprendre son massage. Au bout d'un moment, les nœuds se réduisirent peu à peu.

— C'est impossible de ne pas être stressé quand on fait ce métier.

— Dans ce cas, quel est votre secret ?

Avec un mouvement descendant, il appuya la paume de sa main contre le dos de Brenda qui s'efforça de ne pas pousser un soupir.

— J'utilise d'autres moyens de relaxation.

— Je vois.

Une image de Dax, dans les bras d'une fille sublime aux cheveux noir corbeau, passa tel un éclair devant ses yeux.

— Désolée, murmura-t-elle en remuant, mal à l'aise. Je ne voulais pas me montrer indiscrète.

Réalisant ce qu'elle devait avoir à l'esprit, Dax éclata de rire. Certes, se perdre temporairement dans une relation passagère et sans contrainte était un excellent moyen pour faire disparaître toute la tension qu'il emmagasinait, mais jamais il ne se serait permis d'y faire allusion en sa présence. Pas à ce stade de leur relation, en tout cas. Il n'était même pas certain de la tournure qu'il voulait lui donner. Les sentiments qu'il éprouvait pour Brenda étaient nouveaux pour lui.

De toute façon, ce n'était pas à ce genre de détente qu'il se référait.

— Je fais de la natation et de la musculation régulièrement.

Sans savoir pourquoi, Brenda fut envahie par un sentiment de joie et de soulagement et ne put s'empêcher de sourire.

— Je comprends mieux d'où vient cette force.

— Comment ça ?

Pour s'expliquer, elle passa une main par-dessus son épaule et la plaça sur la sienne.

— Je suis prête à parier que vous parviendriez réellement à pulvériser ces pierres auxquelles vous faisiez allusion.

Il interrompit aussitôt son massage et recula d'un pas.

— Désolé. Pourquoi ne pas m'avoir dit que je vous faisais mal ?

Refusant de lui avouer que la sensation de ses mains posées sur elle était divine, elle préféra lui donner son excuse habituelle.

— Parce que mon père m'a appris à ne jamais me plaindre.

Si elle s'était autorisée à le faire, il l'aurait frappée encore plus fort. Alors elle avait appris à serrer les dents et à supporter en silence, s'évadant dans sa tête vers un lieu éloigné, tout en se promettant de partir dès que la première opportunité se présenterait.

En l'occurrence, il s'était agi de Wade.

— Votre père était-il également militaire ? demanda Dax.

Son mari étant soldat, peut-être avait-elle épousé un homme en uniforme pour faire plaisir à son père.

— Non, seulement une brute épaisse qui ne supportait pas d'entendre pleurer.

Marquant une pause, il fit pivoter la chaise de Brenda pour la regarder dans les yeux.

— Vous arrivait-il de pleurer ?

Etre examinée sous tous les angles était loin de lui plaire mais elle ne trouvait pas les mots pour lui dire de la laisser tranquille. Peut-être en partie parce qu'elle ne voulait pas réellement qu'il le fasse.

— J'ai appris à me retenir.

— Ou bien ?

Son père utilisait toujours les mêmes mots. « Ou bien, je te fouetterai jusqu'au sang. » Ce n'était pas un sujet sur lequel elle voulait se lancer. Ce qui lui était arrivé derrière ces quatre murs où elle avait grandi était une chose dont elle ne parlait jamais. Au début, elle en avait eu envie, au moins une fois, pour se décharger d'un poids. Mais Wade avait toujours refusé de l'écouter, affirmant qu'il valait mieux qu'elle laisse son passé derrière elle puisque le revivre ne lui apporterait rien de bon. Alors elle avait décidé d'enterrer ça une bonne fois pour toutes.

Sauf qu'elle ne le pouvait pas.

Certaines images lui revenaient parfois en rêve, comme celle de son père penché au-dessus d'elle, une ceinture à la main, lui hurlant de se taire pendant qu'il la frappait pour une chose qu'elle avait faite ou oublié de faire.

Ou pour se venger sur elle de ce qu'un autre lui avait fait.

Elle avait alors appris à très vite s'éclipser après lui avoir servi à dîner.

Brenda pinça les lèvres.

— Restons-en là, d'accord ?

Dax la regarda longuement. Cette conversation devenait beaucoup trop sérieuse. Généralement, c'était à ce moment-là qu'il commençait à prendre ses distances. Moins il en savait sur une femme, moins il risquait de se retrouver impliqué dans sa vie. Mais quelque chose d'indéfinissable dans le regard de Brenda l'empêchait d'agir comme il l'avait toujours fait.

— Vous savez, je suis plutôt doué pour écouter.

Se sentant sur le point de dire des choses qu'elle risquait de regretter et d'ouvrir des portes qu'elle souhaitait garder fermées, Brenda se retourna face à l'ordinateur et se remit au travail.

— Et que voulez-vous entendre ? s'enquit-elle en tentant de prendre un ton léger et détaché.

— Tout ce que vous voudrez bien me dire, répondit-il en posant la main sur le dossier de sa chaise, tout près de son cou.

Même s'il ne la connaissait pas depuis longtemps, il avait déjà compris qu'elle était douée pour trouver des moyens de se défiler.

— Tout ce dont vous avez besoin de parler, rectifia-t-il.

Tournant la tête, elle regarda par-dessus son épaule, s'attendant à voir un air séducteur imprimé sur son visage. Mais au lieu de ça, elle aperçut un sourire sincère. Encourageant. Comme s'il pensait réellement chacune de ses paroles et qu'il souhaitait qu'elle accepte son offre.

Les mots étaient enfouis si profondément en elle et depuis si longtemps qu'elle n'était pas certaine de parvenir à les faire remonter à la surface.

— J'en prends note, murmura-t-elle. Merci pour le massage,

en tout cas. Je me sens beaucoup mieux, ajouta-t-elle en tournant la tête de gauche à droite.

— Tant mieux.

Une image de lui en train de masser Brenda de la tête aux pieds se matérialisa soudain dans l'esprit de Dax. De toutes ses forces, il s'empressa de la refouler, prenant tout à coup conscience qu'une chose indéfinissable se passait entre eux. Il n'était pas sûr d'aimer ça, mais, lorsque sa curiosité était piquée au vif — et à cet instant précis, c'était le cas —, il lui était impossible de demeurer indifférent. C'était ce qui faisait de lui un bon flic et le rendait absolument nul dans ses relations avec les femmes, car dès que l'énigme était résolue, il s'empressait de passer à autre chose.

Brenda frappa encore quelques touches sur le clavier, afin de rendre l'image qu'elle avait agrandie plus nette, et finit par arriver à un résultat plutôt satisfaisant. Le point s'était à présent transformé en une silhouette.

Celle d'une femme.

— C'est elle ! s'exclama-t-elle en fixant l'écran.

Dax se pencha par-dessus son épaule, la main posée sur le dossier de sa chaise tandis qu'il dévisageait l'image à peu près distincte.

— Qui ça ?

Brenda sentit son cœur cogner plus fort dans sa poitrine, ne sachant pas réellement si c'était dû au fait qu'elle sentait approcher le moment où ils retrouveraient Annie ou bien parce que Dax se tenait trop près d'elle.

— La femme venue visiter l'école, reprit-elle.

Il retourna la chaise de Brenda face à lui.

— Vous en êtes sûre ? demanda-t-il en la regardant droit dans les yeux.

Elle soupira, tentant d'être aussi sincère que possible.

— Je ne peux pas vous affirmer que je serais capable de faire la différence entre sa sœur jumelle et elle mais, en dehors de ça, il n'y a aucun doute, dit-elle en se remettant face à l'écran de l'ordinateur. Cette femme ressemble définitivement comme deux gouttes d'eau à Mme Kingsley, à qui je faisais visiter l'établissement lorsque le feu s'est déclaré.

C'était suffisant pour lui.

— Vous souvenez-vous si elle est tout le temps restée avec vous ?

Elle secoua la tête.

— Tout ce que je me rappelle, c'est m'être assurée que les enfants sortent au plus vite, répondit-elle avec sincérité. Je ne saurais pas vraiment dire où son mari et elle se trouvaient à ce moment-là, mais je suis presque certaine qu'ils étaient…

Elle écarquilla les yeux, comme si l'image venait de prendre forme devant elle.

— Attendez une seconde… Les toilettes pour dames.

Faisait-elle allusion à celles du fast-food ? Y avait-elle vu quelque chose qui lui avait échappé ?

— Eh bien quoi ?

Il comprit rapidement qu'elle faisait référence à celles de l'école.

— La femme m'a demandé de lui indiquer où elles se trouvaient peu après le début de la visite, et elle s'y est rendue lorsque nous sommes sortis de la salle de musique. Mais elle ne s'est pas absentée longtemps.

En tout cas, pas suffisamment pour éveiller les soupçons.

— Elle nous a rejoints dans la salle de dessin et sur le coup j'avoue ne pas avoir trouvé son comportement bizarre. Nous nous rendions à la bibliothèque lorsque l'alarme s'est déclenchée.

Chaque pièce du puzzle commençait à se mettre en place.

— C'est probablement lorsqu'elle a prétendu se rendre aux toilettes qu'elle a mis le feu, songea-t-il.

Elle fronça les sourcils.

— Avec toute cette agitation, ça m'était complètement sorti de la tête.

Brenda s'en voulait de ne pas s'en être souvenue plus tôt. Pourquoi ce détail ne s'était-il pas manifesté lors de l'interrogatoire au lieu d'être resté enfoui dans les recoins de son esprit ?

— Bon sang, comment ai-je pu oublier un fait aussi important ?

Jusque-là, elle avait fait preuve d'une efficacité remarquable. Dax n'arrivait pas à comprendre pourquoi elle se montrait si dure envers elle-même.

— Inutile de vous culpabiliser, tout ce qui compte, c'est que vous vous en soyez souvenue.

Brenda souffla d'un air exaspéré.

— On ne peut pas dire que ce soit très utile à présent.

— Ça nous permettra d'établir une chronologie précise des événements, fit-il remarquer.

Dax savait combien cela devait lui sembler frustrant mais, dans le monde réel, les choses ne se faisaient pas en un claquement de doigts. Il fallait avancer un pas à la fois.

— Chaque indice, si petit soit-il, nous aide à reconstituer un tout.

— Vous vous fiez également aux prédictions des beignets chinois ?

Dès l'instant où elle prononça ces mots, elle les regretta.

— Désolée, je ne voulais pas me montrer si agressive.

— Ne vous en faites pas. C'est normal, vous avez enduré beaucoup de choses.

Emotionnellement, elle avait l'impression d'être passée dans l'essoreuse d'une machine à laver. Et son attirance pour Dax, sans parler de sa grossesse, n'arrangeait pas vraiment les choses.

— Ce n'est rien comparé à ce que vit Annie.

Même si c'était incontestable, il valait mieux éviter de se torturer l'esprit à essayer d'imaginer ce qui pourrait arriver à la fillette. Ce serait une perte de temps inutile et ça n'aiderait pas à la faire libérer. Ils devaient concentrer leurs efforts uniquement sur leur objectif.

— Pourriez-vous l'imprimer ? demanda-t-il en indiquant de la tête l'agrandissement sur l'écran de l'ordinateur.

— Tout de suite.

Brenda appuya sur des touches du clavier et aussitôt la machine cracha une copie exacte de l'image.

Après s'en être emparé, Dax l'examina un instant. Elle était toujours un peu floue.

— Pourriez-vous la rendre plus nette encore ? s'enquit-il en levant les yeux vers Brenda.

— Pas sans risquer de la transformer très légèrement, expliqua-t-elle en secouant la tête, ce qui rendrait son interprétation subjective.

— Dans ce cas, nous nous contenterons de ça. C'est amplement suffisant pour confirmer notre théorie que le couple est bien l'auteur de l'enlèvement.

Si la femme se tenait là en tant que spectatrice, l'homme avait forcément pris la photo.

Dax vit le doute s'installer sur le visage de Brenda.

— Qu'y a-t-il ?

Etrangement, les choses commençaient à s'assembler. Après le souvenir de cette femme s'éclipsant pendant quelques minutes, un autre détail lui revint à l'esprit.

— Je les ai vus tous les deux une fois sortie du bâtiment. Ils sont venus m'informer qu'ils reviendraient lorsque tout serait redevenu normal, les conditions du moment n'étant pas vraiment idéales pour visiter l'école.

— Vous vous demandez donc comment elle a pu enlever Annie et venir ensuite vous parler avec son mari ? dit-il en devinant le cheminement de ses pensées.

Brenda acquiesça.

— Je ne connais personne qui ait la faculté de se trouver à deux endroits à la fois. Peut-être qu'au milieu de l'agitation ayant suivi le déclenchement de l'alarme et l'arrivée des camions de pompiers, l'un d'eux est parvenu à cacher Annie après l'avoir obligée à le suivre, poursuivit-elle en se mordillant nerveusement la lèvre.

— Pour revenir la chercher plus tard ?

Cette hypothèse ne lui semblait pas très plausible.

— Je croyais pourtant que vous l'aviez cherchée partout.

Contre l'ordre des pompiers, elle s'était effectivement précipitée dans le bâtiment à la recherche d'Annie. Elle avait parcouru tout le premier étage mais n'avait trouvé aucune trace de la fillette. Avec le recul, elle se rendait compte que durant ce temps-là, Annie avait dû être conduite ailleurs.

— Je n'ai peut-être pas suffisamment bien regardé.

Une autre idée lui traversa l'esprit.

— Ou bien alors une autre personne est impliquée, suggéra Dax.

Brenda se leva de sa chaise.

— Vous voulez dire un professeur ?

— Vous avez une meilleure idée ?

Ça semblait logique, excepté que son coéquipier et lui les avaient déjà écartés de la liste des suspects.

— Mais vous les avez déjà tous interrogés.

— Eh bien, nous allons le faire de nouveau.

Ce ne serait pas la première fois qu'un criminel réussirait à passer entre les mailles du filet sans que l'on s'en rende compte.

— De manière plus approfondie cette fois-ci.

L'école était censée rouvrir le lendemain. Reprendre le travail comme si de rien n'était n'allait pas être facile et la présence de la police sur les lieux ne ferait qu'empirer les choses en leur rappelant l'enlèvement d'Annie.

— Ils vont croire que vous les suspectez.

— Et ils auront raison, lui dit-il simplement.

Face à une telle franchise, il vit un air de surprise s'afficher sur le visage de la jeune femme.

— Tout le monde est suspect jusqu'à preuve du contraire.

— Y compris moi ? s'enquit-elle, les lèvres pincées, ressentant le besoin d'être fixée une bonne fois pour toutes.

Dax esquissa un sourire.

— Non.

Même si elle le croyait, il fallait qu'elle sache.

— Pourquoi ça ?

Son sourire s'agrandit un peu plus.

— L'instinct.

Elle avait souvent entendu dire que c'était une chose à laquelle se fiait chaque policier, mais elle avait toujours cru qu'il ne s'agissait que d'une légende parmi tant d'autres.

— Et quel est son taux de réussite ?

Un désir immense de l'embrasser s'empara soudain de Dax. Le moment étant définitivement mal choisi, il enfonça les mains dans ses poches et tenta de se ressaisir.

— Je dirais environ quatre-vingt-dix-sept pour cent.

Il éclata de rire avant de redevenir sérieux.

— Avez-vous envie que je rajoute votre nom à la liste des suspects ?

— Absolument pas.

Même si elle était soulagée qu'il la croie innocente, alors qu'il faisait marche arrière dans ses déductions, le sentiment de culpabilité qu'elle ressentait au plus profond d'elle-même n'avait pas pour autant disparu.

— C'est juste que je me sens tellement responsable de ce qui est arrivé !

Dax plaça les mains sur ses épaules, la maintenant fermement afin qu'elle écoute ce qu'il avait à lui dire sans chercher à se défiler.

— Croyez-moi, vous n'avez rien fait de mal. Redites-moi de combien d'enfants vous deviez vous occuper ?

— Vingt.

Il hocha la tête. Rien qu'avec deux, il aurait été complètement dépassé.

— Vingt enfants qu'il vous fallait faire sortir du bâtiment…

Mission à laquelle elle avait échoué.

— Mais je n'en ai fait sortir que dix-neuf, lui rappela-t-elle.

Il scruta son visage l'espace de quelques secondes.

— Etes-vous toujours aussi déterminée à endosser la responsabilité de tout ?

Brenda haussa les épaules pour se libérer de son emprise et lui tourna le dos, traversant la pièce jusqu'à la fenêtre. La salle d'informatique donnait sur le devant de l'établissement, là où ils s'étaient tous rassemblés pour fuir le prétendu incendie. La pelouse semblait si vide, si déserte à présent.

— Question d'habitude, murmura-t-elle.

Dax réalisa qu'il venait de toucher un point sensible mais ne put se résoudre à faire marche arrière.

— Vous faites référence à votre mari ?

Brenda enroula ses bras autour d'elle. Elle avait froid tout à coup.

— Non, Wade ne m'a jamais fait le moindre reproche. C'était quelqu'un de bien.

Elle n'arrêtait pas de le répéter. Mais qui cherchait-elle réellement à convaincre ? Lui ou bien elle-même ? se demanda Dax.

— Alors qui ? insista-t-il en se rapprochant d'elle. Votre père ?

Le regard de Brenda rencontra le sien dans le reflet de la vitre. Préférant ne pas répondre, elle se força à sourire, se rappelant que le seul moyen de faire face à la disparition d'Annie était de rester optimiste. Elle devait continuer à croire qu'ils allaient retrouver la petite fille. Autrement, elle ne tiendrait jamais.

— Voyons voir, masseur, philosophe, psychologue…

Elle se tourna face à lui.

— Quoi d'autre ?

— Flic, lança-t-il. C'est ce que je suis avant tout.

Quels que soient les sentiments que cette femme suscitait en lui, il allait devoir les mettre de côté. Car pour l'instant, retrouver Annie Tyler était sa priorité absolue.

— Allons apporter ceci aux Tyler, suggéra-t-il en s'emparant de l'image que Brenda avait imprimée. Je pense que ça leur fera le plus grand bien.

— Très bonne idée.

Elle ôta la photo du scanner et éteignit l'ordinateur.

Puis ils sortirent rapidement du bâtiment, sans se rendre compte que quelqu'un les regardait nerveusement s'éloigner depuis la fenêtre du troisième étage.

9

— Si vous entendez ce message, je vous en supplie, rendez-moi mon bébé. Faites-nous connaître vos exigences et nous vous donnerons ce que vous désirez. Tout ce qui nous importe, c'est de retrouver Annie.

Rebecca Allen-Tyler faisait ce qu'elle savait faire le mieux : jouer avec les caméras et émouvoir son public. Excepté que cette fois-ci, la représentation n'était destinée qu'à deux personnes, assises devant leur poste de télévision, quelque part, en train de savourer leur victoire avec satisfaction.

Brenda recula légèrement et observa les dizaines de journalistes agglutinés en cercle autour de l'immense table jonchée de micros derrière laquelle avaient pris place Simon et Rebecca. La conférence de presse avait été décidée moins de trois heures auparavant et tous les reporters avaient été rassemblés à l'intérieur de la résidence d'où était effectuée la retransmission.

Elle parcourut l'assemblée du regard. Chaque visage affichait un air compatissant. Au fond d'elle, elle se demandait si c'était une bonne idée que les Tyler décident de supplier les ravisseurs. Ces derniers n'attendaient sans doute que ça.

Mais comment blâmer Rebecca ? A sa place, elle aurait probablement agi de la même manière. Et puis qui sait, si les kidnappeurs avaient un cœur, cette intervention le leur rappellerait peut-être.

— Vous croyez qu'il en résultera quelque chose de positif ? demanda-t-elle à Dax en jetant un coup d'œil dans sa direction.

Etant opposé à cette initiative depuis le début, il n'était pas très bien placé pour répondre à cette question. De plus, il était trop tard à présent pour empêcher quoi que ce soit.

En retrait, il ne pouvait que se contenter de superviser les opérations.

— Je ne pense pas, non. D'après moi, faire appel à la clémence des ravisseurs, c'est leur donner exactement ce qu'ils attendent : le sentiment d'avoir le pouvoir, le contrôle de la situation.

Il fronça les sourcils et se pencha pour lui murmurer à l'oreille :

— En les implorant de lui rendre sa fille, Rebecca Allen-Tyler leur fait savoir qu'elle est prête à payer le prix qu'il faudra. S'ils sont animés par un sentiment de vengeance ou bien par le désir de les dominer, elle et son mari, ils doivent éprouver une grande satisfaction en ce moment.

— Pas s'ils veulent que ce soit Simon qui les supplie.

Assis aux côtés de sa femme, le père d'Annie avait le visage grave et l'air hagard. Il ne s'était pas exprimé, laissant à son épouse le soin de s'en charger.

Dax n'eut aucun mal à imaginer ce qui pouvait traverser l'esprit des kidnappeurs.

— Voir Tyler dans un tel état de désespoir doit amplement suffire à flatter leur ego.

Un bruit attira soudain leur attention. Interrompant sa femme, Simon avait approché l'un des micros afin d'intervenir. Sa colère était plus que palpable.

— Appelez-nous, nom d'un chien. Arrêtez de jouer avec nos nerfs et avec ma fille. Dites-nous simplement combien vous voulez et nous vous apporterons votre foutu fric.

Sa frustration et son impatience étaient clairement visibles. Les flashes crépitaient et toutes les caméras étaient braquées sur lui afin de ne rien rater de la scène.

Le réalisateur avait manifestement du mal à contenir son inquiétude plus longtemps.

Dax secoua la tête.

— Et voilà, à présent les ravisseurs ont ce qu'ils souhaitaient.

Brenda préférait ne pas penser de cette façon.

— Mais s'ils s'intéressent à l'argent…

— Oh, mais je ne doute pas qu'ils en aient après la fortune de Tyler, lui assura-t-il. Cependant, ils recherchent également le côté dramatique.

Tandis que Simon explosait sous l'œil des caméras, Dax attira Brenda en arrière, loin du cœur de la tempête.

— N'oubliez pas que nous sommes en Californie. Dans cet Etat, une personne sur deux garde un scénario dont il est l'auteur ou bien un book rempli de photos dans le premier tiroir de son bureau en attendant son quart d'heure de gloire.

— Pas moi, railla-t-elle.

Son innocence le fit sourire. Pour une femme aussi indépendante, elle faisait parfois preuve d'une certaine naïveté. Et il devait bien avouer qu'elle ne cessait de le surprendre.

— J'ai dit une personne sur deux.

Faisant mine de compter, Brenda pointa un doigt vers elle, avant de le retourner vers lui.

— Vous ?

Comme il ne chercha pas à le nier, elle comprit qu'il faisait effectivement référence à lui.

— Laissez-moi deviner, poursuivit-elle en l'observant longuement, la tête penchée sur le côté. Vous avez écrit un scénario ?

— Disons que je rassemble des idées dans le but d'en écrire un, un jour, expliqua-t-il.

Un sourire passa furtivement sur ses lèvres.

— Mais je préfère garder ça pour moi.

Il n'en avait jamais parlé à personne, pas même à son cousin Shaw qu'il considérait pourtant comme son meilleur ami. Avec Brenda, c'était différent. Après tout, elle ne faisait pas vraiment partie de sa vie, tout du moins pas de manière permanente, elle ne risquait donc pas de passer son temps à le taquiner comme ses frères ou bien ses cousins ne manqueraient pas de le faire.

Nathan ne s'en priverait pas lui non plus s'il savait, pensa-t-il en esquissant un sourire. Pour son coéquipier, l'écriture se résumait à la signature de son chèque de paie chaque semaine.

Décidément, on ne pouvait jamais savoir à quoi s'attendre avec les hommes, pensa Brenda. Dax Cavanaugh était bien la dernière personne qu'elle aurait imaginée capable de rester assise pendant des heures à travailler sur un scénario.

— Mes lèvres sont scellées, promit-elle.

Comme pour s'en assurer, le regard de Dax glissa irrésistiblement vers sa bouche. Le souvenir des événements de la nuit dernière lui revint immédiatement à l'esprit et il sentit monter en lui une excitation face à laquelle il ne pouvait s'empêcher de culpabiliser étant donné la situation. Déplacé ou non, son désir de l'embrasser de nouveau était indéniable.

— Je compte sur vous pour qu'elles le restent, lui chuchota-t-il.

Devant eux, la vague de journalistes déferla rapidement vers l'avant, créant une certaine agitation qui risquait de faire déraper la situation. Il s'avérait donc urgent de mettre fin à la conférence de presse.

Reprenant son rôle officiel, Dax s'avança et indiqua aux reporters de reculer d'un geste de la main.

— Très bien, tout le monde, maintenant que vous avez votre histoire et vos enregistrements, je vais vous demander de sortir afin que nous puissions poursuivre notre travail.

Comme un seul homme, les journalistes retrouvèrent leur concentration et se tournèrent vers Dax. Des questions fusèrent alors de toute part.

— Avez-vous progressé dans votre enquête ?

Il refusait de répondre, sachant pertinemment que, quoi qu'il dise, ses propos seraient édulcorés et déformés.

— Est-ce vrai qu'Annie aurait été aperçue à Taos, au Nouveau-Mexique ?

— Nous sommes actuellement en train de le vérifier, dit-il

en faisant signe à l'officier au fond de la pièce de faire évacuer tout le monde par la porte de devant.

— Soupçonnez-vous l'un des professeurs ? lui cria l'un des journalistes.

— Nous devons encore procéder à quelques interrogatoires, expliqua Dax.

— Et qu'en est-il de l'institutrice de la fillette ? A-t-elle été écartée de tout soupçon ? demanda un autre.

Bien que lui tournant le dos, il sentit que Brenda avait les yeux rivés sur lui.

— Oui, c'est le cas.

— Et le directeur ?

— Nous vous tiendrons informés dès que nous aurons de nouveaux éléments, promit-il.

Les efforts combinés de trois policiers parvinrent à faire sortir le groupe de reporters et Dax referma la porte derrière eux.

Simon et Rebecca n'avaient pas quitté le salon, tous deux tremblants et blottis dans les bras l'un de l'autre afin de s'apporter un peu de réconfort.

— Vous n'auriez pas dû faire ça, lança-t-il à l'encontre de Simon tandis qu'il s'approchait de lui.

Son visage pâle s'assombrissant, le réalisateur monta immédiatement sur ses grands chevaux.

— Je n'allais tout de même pas rester là, à ne rien faire.

Cet homme ne comprenait-il pas ? A en croire Nathan, c'était pourtant quelqu'un d'intelligent. Il avait prétendument fini major de sa promotion à l'université de Californie du Sud. Ne lui avait-on donc pas appris à faire preuve de bon sens là-bas ?

— C'est exactement ce qu'il attend de vous, monsieur Tyler, lui expliqua Dax en s'efforçant de ne pas s'emporter. Que vous restiez assis près du téléphone à vous agiter en attendant qu'il sonne.

— Mais pourquoi ? demanda Rebecca d'une voix empreinte de désespoir. Plus vite il appellera, plus vite il aura son argent.

— Il ne s'agit pas toujours que d'argent. Même en cas de demande de rançon. Parfois, c'est uniquement une question de pouvoir, ajouta-t-il à l'intention de la mère de la fillette pour éviter qu'elle ne se torture l'esprit à imaginer d'autres scénarios plus épouvantables.

— De pouvoir ? répéta-t-elle d'un air perplexe, se tournant vers son mari à la recherche d'une explication.

Dax intervint de nouveau, en s'adressant plus particulièrement à Simon, car il commençait à être persuadé que cet enlèvement n'avait d'autre but que de viser le réalisateur personnellement, non pas parce qu'il était le parent le plus fortuné de Californie, mais parce que le ravisseur souhaitait assouvir une vengeance en plus de lui soutirer de l'argent.

— Vous avez la possibilité d'influencer la carrière des gens qui travaillent sur un film avec vous, dans le bon comme dans le mauvais sens, un peu comme si vous pouviez décider de la vie ou de la mort artistique de ces personnes. Le ravisseur d'Annie a sans doute eu envie d'avoir un aperçu de ce que l'on ressentait dans une telle position. Nous avons peut-être affaire à une personne à qui vous auriez causé du tort, même légèrement, et qui souhaite prendre sa revanche.

Tout en parlant, il avait sorti de sa poche une copie des croquis de Brenda. Il déplia la feuille et la plaça sur la table devant Simon.

— Reconnaissez-vous l'une de ces deux personnes ?

Simon Tyler regarda tour à tour les deux visages puis haussa les épaules avec impatience avant d'envoyer finalement balader les dessins d'un revers de la main, sous le coup de la frustration.

— Ecoutez, je fais ce métier depuis quinze ans. Chaque jour, je croise un nombre incalculable de gens. Comment voulez-vous que je puisse me souvenir de tout le monde ? C'est impossible.

Dax imaginait facilement le tyran que cet homme devait être sur un plateau de tournage : le genre d'individu de qui plus d'une personne rêvait probablement de se venger.

— Vous avez raison, répondit-il d'un ton neutre.

« Et aussi étrange que cela puisse sembler, c'est peut-être justement ça le cœur du problème », songea-t-il.

Le ravisseur cherchait probablement à faire en sorte que Simon se souvienne à jamais de lui et de l'impact qu'il aurait sur sa vie.

En effet, comment oublier la personne qui a kidnappé votre enfant ?

Rangeant les croquis dans sa poche, Dax tourna le dos aux Tyler et commença à se diriger vers la porte d'entrée.

— Où allez-vous ? l'interpella Simon d'un ton autoritaire.

— Je pars procéder à l'interrogatoire de plusieurs enseignants.

Sans avoir besoin de regarder autour de lui, il sentit Brenda venir se placer à ses côtés. En silence, tous deux sortirent de la maison.

— Vous n'avez pas mieux à faire ? lui demanda-t-il une fois à l'extérieur.

Maintenant qu'il l'avait autorisée à participer à l'enquête, même à petite échelle, il était hors de question qu'elle accepte qu'il l'en tienne éloignée. Elle devait parvenir à le convaincre de la laisser l'accompagner.

— Pas pour le moment. Qui plus est, dit-elle pour donner du poids à sa requête, vous aurez besoin d'un visage amical à vos côtés pendant que vous les interrogez de nouveau.

« Amical » n'était pas le terme qu'il aurait choisi pour décrire son visage en cet instant. « Séduisant » et « magnifique » auraient été deux mots plus appropriés. Dax croisa les bras devant lui.

— Et votre visage se porte-t-il volontaire ?

Voyant qu'il était sur le point d'accepter qu'elle l'accompagne, elle se détendit légèrement.

— Comme je vous l'ai dit, il n'a rien d'autre de prévu pour l'instant.

Il fit un signe de la tête en direction de sa voiture. Les

journalistes, avait-il remarqué, avançaient à vive allure dans leur direction.

— Grimpez vite avant que les requins ne se jettent sur nous.

Sans se faire prier deux fois, Brenda prit place dans le véhicule.

L'académie Harwood employait dix-sept professeurs, quatorze titulaires et trois suppléants, auxquels il fallait ajouter la bibliothécaire qui y travaillait depuis son ouverture, cinquante ans plus tôt.

— J'ai été embauchée à Harwood tout de suite après l'obtention de mon diplôme universitaire, leur raconta Amanda Brooks avec fierté, en réapparaissant dans son minuscule salon dont les murs étaient recouverts de bibelots.

Elle déposa sur la table basse le plateau qu'elle avait ramené de la cuisine et leur tendit à chacun un grand verre de limonade, avant de se servir à son tour. Avec un soupir de satisfaction, elle s'installa en face d'eux dans un fauteuil confortable, quoique légèrement déformé. L'un de ses trois chiens entra et vint poser la tête sur ses pieds.

— Je ne reçois pas beaucoup de visites, leur confia-t-elle en baissant les yeux vers l'animal. Ils sont du genre timide en présence des gens. Vanille et Chocolat se sont cachés dans la chambre, mais Caramel est le plus curieux des trois.

La vieille femme marqua une pause pour lui donner une caresse, puis releva la tête vers ses invités.

— Rien de tel ne s'est jamais produit à l'école auparavant. Enfin…

Elle se pencha en avant, comme si elle s'apprêtait à leur révéler un lourd secret.

— Au début des années soixante, une institutrice a dû donner sa démission. Vous comprenez, elle était enceinte, mais n'était pas mariée et vivait seule.

Amanda secoua ses cheveux teints en blond en signe de

désapprobation silencieuse. Il était difficile de savoir si ses reproches se portaient sur l'enseignante ou bien sur la discrimination dont elle avait été victime.

— Néanmoins, en dehors de ça, reprit-elle, il n'y a jamais eu le moindre scandale. Jusqu'à maintenant.

Elle soupira avant d'avaler une autre gorgée de limonade.

— Je me demande quelles conséquences ça aura sur les inscriptions.

— Avez-vous constaté quelque chose d'inhabituel hier ? la pressa Dax.

Amanda se redressa, droite comme un piquet, et le dévisagea de ses yeux bleus brillants, derrière ses lunettes.

— Un incendie me paraît être une chose plutôt inhabituelle, vous ne trouvez pas ?

— Mais ce n'en était pas vraiment un, lui rappela-t-il gentiment. Une personne s'est contentée de mettre le feu à la corbeille à papier de Mme York.

— Peu importe son envergure, un incendie reste un incendie.

D'un air guindé, elle remua sa limonade avant d'ajouter :

— En dehors de ça, je ne me rappelle rien d'anormal. J'étais trop occupée à faire sortir tous les enfants de la bibliothèque et à sauver Edna.

— Edna ?

C'était la première fois que l'inspecteur entendait ce nom. S'agissait-il d'un élève particulier ? Il regarda tour à tour la bibliothécaire et Brenda dans l'attente d'une explication.

Amanda semblant sur le point de lui donner la version longue, Brenda intervint.

— C'est le nom qu'Amanda donne à la première édition d'un volume de poèmes…

— Ecrit par Edna St Vincent Millet. Un cadeau de ma part à l'école pour fêter mes vingt-cinq ans au sein de l'établissement, ajouta la vieille femme avec une certaine fierté. Je l'ai déniché dans une petite boutique de livres d'occasion à Londres. Mon mari m'y avait emmenée pour notre seconde lune de miel. Il est mort il y a deux ans, au printemps. A l'époque, Vanille et Chocolat sont restés terrés sous le lit pendant des jours. Je ne sais pas ce que j'aurais fait sans Caramel…

Cette conversation ne les mènerait nulle part, comprit Dax. La vieille femme avait simplement besoin de parler. N'ayant hélas pas le temps de rester là à l'écouter, il reposa son verre et se leva.

Amanda s'interrompit.

— Vous partez déjà ?

La déception transparaissait clairement dans sa voix. Elle se leva à son tour, réveillant Caramel qui se mit à japper brièvement pour lui aussi faire entendre son mécontentement, avant de retourner se coucher.

Dax prit son air le plus désolé.

— Malheureusement, il me reste encore beaucoup de gens à voir.

— Je comprends très bien. Ne jamais rien faire à moitié a toujours été ma devise. L'école sera bien rouverte demain, n'est-ce pas ? s'enquit-elle, une lueur d'espoir au fond des yeux, en les raccompagnant jusqu'à la porte d'entrée.

L'équipe scientifique ayant terminé l'examen de la scène du crime, le ruban jaune devant l'entrée principale serait retiré dans la soirée.

— Oui, lui confirma-t-il.

Amanda hocha la tête, satisfaite.

— Tant mieux, je n'aime pas rester trop longtemps inoccupée. Ça me rend paresseuse.

Elle attrapa Brenda par le bras avant qu'elle ne sorte. Cette dernière lui adressa un regard perplexe.

— C'est un jeune homme charmant, murmura la vieille femme avant de lui faire un clin d'œil en refermant la porte.

Dax se retourna vers l'institutrice tandis qu'elle se hâtait de le rejoindre.

— Que voulait-elle ?

Brenda se fendit d'un large sourire. Parfois Amanda donnait l'impression de ne pas être très futée, mais elle commençait à la soupçonner de faire ça uniquement par jeu. En fin de compte, elle était aussi vive d'esprit que n'importe lequel des plus jeunes enseignants de l'école.

— Elle trouve que vous êtes, je cite, « un jeune homme charmant ».

Dax éclata de rire en ouvrant sa portière.

— Je trouve aussi. La plupart du temps, en tout cas, ajouta-t-il en lui lançant un regard par-dessus le toit du véhicule.

Brenda sentit un frisson courir le long de sa colonne vertébrale.

— Inspecteur Cavanaugh, seriez-vous en train de flirter avec moi ? lui demanda-t-elle, à la fois étonnée et amusée.

Il fit mine de réfléchir.

— Je ne sais pas. Possible, répondit-il en montant dans la voiture.

Brenda fit de même. Une fois à l'intérieur, elle dut se pincer les lèvres pour empêcher son sourire de se propager à tout son visage.

Ce jour-là, ils virent dix autres enseignants et Dax dut rapidement se rendre compte qu'il n'apprendrait rien de nouveau. Plus important encore, son instinct lui disait qu'il avançait dans la mauvaise direction.

Les professeurs, toutes des femmes, lui apparurent dévouées et désireuses de faire tout le nécessaire pour aider à faire progresser l'enquête. Mais aucune d'elles n'avait vu quoi que ce soit. Et personne n'était capable de dire avec certitude où se trouvait le fameux couple après que l'alarme s'était déclenchée.

D'ordinaire, il aurait eu le sentiment que le temps commençait à manquer à la fois pour l'enquête et pour l'enfant kidnappée. Mais si sa théorie au sujet de l'ego surdimensionné du ravisseur se révélait exacte, ça serait peut-être suffisant pour leur laisser une marge supplémentaire.

Il jeta un œil à sa montre tandis qu'ils quittaient la maison de la dernière enseignante. Il commençait à se faire tard.

— Attendez une minute, dit-il à Brenda tandis qu'elle s'apprêtait à remonter en voiture.

Au lieu de lui fournir une explication, il sortit son téléphone portable et composa un numéro. Elle écouta en silence tandis qu'il s'informait de la situation chez les Tyler auprès de l'officier qu'il avait laissé de garde.

— Alors ? s'enquit-elle dès qu'il eut raccroché, en observant son visage éclairé par la lumière du lampadaire.

— Il n'a pas rappelé, répondit-il en secouant la tête.

Contrarié et frustré, Dax enfonça son téléphone dans sa poche.

— On dirait que le ravisseur cherche à tester les limites de Tyler pour voir jusqu'à quand il tiendra avant de craquer.

Il monta en voiture et attacha sa ceinture de sécurité.

— Ou bien il a changé d'avis au sujet de l'argent.

— Mais leur fortune est estimée à plusieurs milliards de dollars, répliqua Brenda en prenant rapidement place dans le véhicule, faisant claquer la portière un peu trop brusquement. Si vous aviez la possibilité d'en obtenir un peu, feriez-vous marche arrière ?

En voyant le regard étonné de Dax, elle se hâta de s'expliquer.

— Je veux dire, si vous étiez à la place du ravisseur.

Il n'y avait pas si longtemps, son cousin Patrick avait été sous le coup d'une enquête des Affaires internes à cause de ses fréquentations, et si la femme chargée de l'investigation n'avait pas été convaincue de son innocence, qui sait ce qui aurait pu se passer ? Les soupçons étaient un sujet délicat avec quoi chacun devait vivre.

— Non, répondit-il fermement. Mais je commencerais à devenir nerveux et à m'interroger sur la manière dont je vais m'y prendre pour m'enfuir avec, sans me faire prendre. Beaucoup de regards seront rivés sur ce sac rempli d'argent au moment où il sera déposé, fit-il remarquer.

— Ce type se croit peut-être plus malin que la police. Il se prend sans doute pour une sorte de génie du crime. Mais vous savez ce qu'on dit, « l'orgueil précède la chute ».

Elle marquait un point. Plus d'un criminel avait été arrêté après avoir commis un faux pas parce qu'il sous-estimait la police et surestimait sa propre ingéniosité.

— Ça n'est pas impossible, concéda-t-il.

Sa montre indiquait 9 heures. L'atmosphère à la résidence des Tyler devant être particulièrement tendue, il valait mieux ne pas y retourner ce soir.

— Vous avez faim ? s'enquit-il.

En dehors des frites qu'ils avaient avalées au petit déjeuner, ils s'étaient arrêtés à un *drive-in* pour acheter quelques sandwichs au déjeuner. Mais il semblait s'être écoulé une éternité depuis.

En guise de réponse, l'estomac de Brenda se mit à gargouiller. Depuis la fin des nausées matinales, elle avait enfin retrouvé son appétit. Avant de tomber enceinte, elle avait la chance d'avoir un bon métabolisme lui permettant de manger tout ce dont elle avait envie sans jamais prendre un gramme. Elle se demandait si sa grossesse allait changer ça.

— J'avalerais bien un petit quelque chose, admit-elle en posant la main sur son ventre.

« Ou bien un cheval entier à en juger par le bruit de votre estomac », pensa Dax en arborant un large sourire.

— Moi aussi. Que diriez-vous d'aller quelque part où nous n'aurons pas à nous pencher au-dessus d'un comptoir en métal pour passer la commande ?

Elle hocha la tête tout en affichant un grand sourire.

— Vous voulez dire un vrai restaurant ? Ça me paraît une très bonne idée.

« A moi aussi », pensa Dax en mettant le moteur en marche.

10

— Dites-m'en plus sur votre scénario, lui demanda Brenda entre deux bouchées de la succulente *quesadilla* au poulet qui mettait ses papilles gustatives dans tous leurs états.

Dax l'observa un instant. Son appétit faisait plaisir à voir.

— Comme je vous l'ai expliqué, je me contente simplement de rassembler quelques idées.

Pourquoi demeurait-il aussi évasif ? s'interrogea-t-elle en levant les yeux vers lui. Avait-elle trouvé son point faible ? Jamais elle n'aurait imaginé qu'un homme apparemment aussi sûr de lui en ait un.

— Vous avez donc bel et bien l'intention d'en écrire un.

— Un jour, sans doute, répondit-il avec quelques réserves. Lorsque j'aurai des cheveux gris et que mes patrons m'auront mis sur la touche car ils ne voudront plus me laisser jouer.

Brenda marqua une pause, le temps d'avaler une gorgée de soda, avant de poursuivre :

— Est-ce de cette façon que vous considérez votre métier ? Comme un jeu ?

Ne voulant pas lui donner l'impression qu'il prenait le crime à la légère, il se hâta d'apporter quelques explications.

— Je veux dire être à l'intérieur du jeu plutôt qu'à l'extérieur. La vie est un jeu qui peut s'avérer être très sérieux.

Elle plissa les yeux tandis qu'elle absorbait ses paroles.

— C'est donc ça votre vision de l'existence ?

Dax haussa les épaules. Selon lui, il ne fallait jamais prendre les choses *trop* au sérieux au risque qu'elles vous paralysent.

— Tout dépend du point de vue de chacun mais au bout

du compte, on en revient toujours au même : d'un côté vous avez les gagnants et de l'autre les perdants.

— Et que faites-vous des gens qui ont simplement une vie heureuse et sans histoires ?

— Ce sont eux les gagnants.

— Je vois.

Brenda repensa longuement à ce qu'il venait de dire tout en savourant son plat.

— Vous êtes la personne la plus philosophe que j'aie jamais rencontrée, lui lança-t-elle en souriant.

Dax secoua la tête. Cette étiquette ne lui correspondait pas vraiment. Les philosophes passaient leur temps à s'engager dans des discussions sans fin qui ne menaient jamais nulle part, alors qu'il ne faisait qu'exprimer sa façon de penser.

— Je m'efforce simplement d'avoir une attitude saine, rien de plus.

Elle éclata de rire. Il était bien plus profond qu'il n'en avait l'air.

— J'aimerais beaucoup que vous me montriez vos notes un jour.

Dax fit mine de réfléchir, puis haussa les épaules d'un air désinvolte avant de se remettre à manger.

— Bien sûr, pourquoi pas ? Dès que toute cette histoire sera terminée.

« Dès que toute cette histoire sera terminée. »

Cela signifiait-il qu'il souhaitait la revoir une fois l'enquête résolue, alors qu'ils n'auraient plus aucune raison de se côtoyer ? Ou faisait-il simplement preuve de politesse, en lui lançant une réplique à la légère comme le faisaient les gens qui ne savent pas quoi dire ?

L'expression de son visage était impénétrable et Brenda était bien trop épuisée pour parvenir à une conclusion raisonnable ce soir-là. Néanmoins, l'idée qu'il ait envie de la revoir lui était agréable.

— Je trouve très éprouvant nerveusement que le ravisseur n'ait pas rappelé après que nous avons récupéré la photo, dit-elle en changeant de sujet, revenant à leur principale préoccupation.

Elle se mordilla la lèvre inférieure, pesant chacune de ses paroles en tentant de ne pas laisser transparaître son inquiétude.

— Vous croyez qu'il s'est passé quelque chose ?

— Je vous mentirais en vous disant non, fit-il en avalant une bouchée de pain.

Brenda ne voulait pas qu'il emploie un ton mesuré avec elle. Elle voulait qu'il lui fournisse une vraie réponse.

— Mais vous, qu'en pensez-vous ? insista-t-elle.

— Mon sentiment est que le ravisseur prend un réel plaisir à torturer Tyler.

Ça pourrait être pire. En tout cas, c'est ce que Brenda s'efforcerait de garder à l'esprit. Elle avait besoin de pouvoir se raccrocher à autre chose qu'à ses propres prières pour réussir à garder son optimisme.

— Pourquoi en êtes-vous aussi sûr ?

— Parce que, dans le cas contraire, il aurait déjà indiqué à quel endroit déposer l'argent.

Remarquant que Brenda avait terminé sa boisson, il leva la main et interpella la serveuse à qui il indiqua du doigt le verre vide. La jeune femme hocha la tête et s'éloigna rapidement.

— La plupart des kidnappeurs — s'ils n'ont pas de motivations perverses ou s'ils ne sont pas en mal d'enfants — veulent que tout se termine le plus tôt possible. S'emparer de l'argent est tout ce qui leur importe.

La serveuse s'approcha de leur table et déposa un verre plein devant Brenda avant de reprendre celui qui était vide et de repartir vaquer à ses occupations.

— Mais alors, si c'est après Simon qu'il en a, vous croyez…

Les mots refusèrent de sortir de sa bouche. S'efforçant de contenir son émotion, elle fit une nouvelle tentative.

— Pensez-vous qu'il rendra Annie à sa famille ?

Une vive inquiétude résonnait dans la voix de la jeune femme et ses yeux s'emplirent soudain de larmes. Instinctivement, Dax lui aurait dit non, tout en sachant qu'elle ne s'attendait pas vraiment à une autre réponse. Après tout, la vengeance ultime à l'encontre de Tyler serait de ramasser l'argent et de quand même tuer la fillette.

Mais Brenda ne lui demandait pas de confirmer ses craintes. Elle l'implorait silencieusement de lui donner un espoir auquel se raccrocher.

— La plupart des gens ne cherchent pas à tuer à tout prix, lui répondit-il en restant délibérément vague. Particulièrement lorsqu'il s'agit d'une petite fille sans défense.

Brenda baissa les yeux vers son verre, fixant les gouttes d'humidité qui ruisselaient sur la paroi.

Il était parti d'un cas particulier pour arriver à une généralité. Elle savait qu'elle devrait s'en contenter, tout en continuant à espérer qu'un miracle se produise, car elle n'obtiendrait pas mieux de sa part.

— Sans doute, murmura-t-elle en hochant la tête.

Tandis qu'elle terminait son verre, Dax regarda l'assiette vide de Brenda. Il ne restait même pas un brin de persil. Elle devait certainement avoir plus faim qu'il ne le pensait.

— Vous désirez autre chose ?

Elle secoua la tête. C'était le premier vrai repas qu'elle parvenait à avaler depuis la fin de ses nausées matinales. La sensation d'avoir l'estomac plein sans craindre que tout ne soit régurgité dans l'heure suivante était très agréable.

Néanmoins, une boule subsistait dans sa gorge étant donné la situation dans laquelle elle se trouvait : son élève avait disparu, elle éprouvait des sentiments troublants pour l'homme assis en face d'elle, et attendait un enfant dont elle n'avait parlé à personne.

Ses nerfs semblaient sur le point de craquer.

Elle s'efforça de concentrer toute son attention sur la question qu'il venait de lui poser.

— Non, ça ira. Merci, répondit-elle en prenant une profonde inspiration.

Elle avait mangé bien plus qu'elle n'aurait dû et se sentait légèrement ballonnée. Bientôt, pensa-t-elle avec regret, c'est son ventre qui ressemblerait à un ballon.

— Je crois que je ferais bien de rentrer.

Dax hocha la tête et se retourna une nouvelle fois vers la serveuse pour réclamer l'addition.

Lorsqu'ils arrivèrent devant chez elle, Brenda sut qu'elle n'avait pas envie de rester seule. La fatigue avait complètement disparu et avait été remplacée par un sursaut d'énergie lui laissant entrevoir qu'elle ne parviendrait pas à trouver le sommeil. La nuit serait très vraisemblablement agitée et elle ne pourrait s'empêcher de penser à Annie tout en imaginant les pires scénarios.

— Voulez-vous entrer une minute ? proposa-t-elle à Dax en levant les yeux vers lui après avoir sorti sa clé de son sac.

Une partie de son visage était baignée par la lumière du lampadaire situé à quelques mètres de là, tandis que l'autre moitié demeurait masquée par l'obscurité, ce qui la rendait encore plus séduisante.

Au fond de lui, Dax savait qu'accepter ne serait pas une très bonne idée. Dès qu'il aurait franchi la porte de son appartement, les limites qu'il s'était fixées seraient bien vite oubliées, ça ne faisait pas le moindre doute.

Il le sentait au plus profond de lui et le lisait très clairement dans les yeux de Brenda.

Demeurant immobile un instant, il songea à prétexter qu'il était tard et qu'ils avaient tous deux grand besoin de se reposer.

— Je ne crois pas que je réussirai à dormir, lança-t-elle soudain, comme si elle avait lu dans ses pensées.

— Et vous préféreriez que je vous ennuie à mourir en vous parlant de mes projets de scénario ? la taquina-t-il.

Brenda ne put s'empêcher de sourire. Pour une raison indéfinissable, lorsqu'elle se trouvait près de lui, elle se sentait en sécurité. Sa présence réussissait à tenir éloignées les horribles pensées qui menaçaient de l'envahir.

— Non.

Elle releva la tête et le regarda droit dans les yeux.

— Je ne veux pas rester seule ce soir.

Cet aveu sincère eut raison des dernières réticences de Dax, qui se décida finalement à la suivre à l'intérieur.

Dès l'instant où la porte se referma et où elle se retourna vers lui, le rythme fut lancé.

Prenant son visage entre ses deux mains, Dax se pencha vers elle et l'embrassa. Lentement au début, savourant le goût de ses lèvres, tout en lui laissant la possibilité de faire marche arrière au cas où elle retrouverait ses esprits. Parce que, à l'évidence, il ne retrouverait pas les siens. Le sentiment qu'elle avait engendré à l'intérieur de lui le possédait complètement, de la même manière qu'il voulait qu'elle lui appartienne.

Au lieu de résister et de reculer, Brenda se laissa aller contre lui, enroulant ses bras autour de son cou et s'abandonnant silencieusement à son étreinte.

Il ne lui en fallut pas plus.

La suite des événements se déroula comme si elle avait été orchestrée par une main invisible appartenant à une force supérieure.

Le baiser s'intensifia, les transportant tous deux hors de ce monde inconfortable où chacun cherchait à fuir sa solitude. Dax sentit chaque parcelle de son être s'enflammer instantanément. Il l'attira plus près de lui, se délectant de la douceur de sa peau et de la façon dont son corps se fondait dans le sien.

C'était comme si tout ce qui était en train de se passer l'attendait depuis longtemps. Il ne savait pas sur quoi cette soirée déboucherait. Peut-être lui ferait-elle entrevoir que quelque chose entre eux était possible, ou peut-être ne serait-elle qu'un bref aperçu de ce qu'il n'aurait jamais. Mais au plus profond de son âme il savait, depuis qu'il avait embrassé Brenda la nuit précédente, que cet instant-là arriverait.

Jamais il n'avait vécu de moment aussi proche de la perfection que celui-ci.

Il resserra son étreinte autour de la taille de la jeune femme tandis que son désir remontait à la surface de manière fulgurante, exigeant d'être assouvi sur-le-champ. S'efforçant de le tenir à distance, il lutta pour reprendre le dessus et ralentir sous l'impulsion de la petite voix qui lui murmurait qu'avec cette femme, c'était différent. Et il n'y avait effectivement aucune comparaison possible avec les petites aventures sympathiques qu'il avait connues par le passé. Incapable d'expliquer pourquoi ou comment, il n'était sûr que d'une seule chose : il allait en profiter aussi longtemps que possible.

Avait-elle perdu l'esprit ?

Cette question vint frapper Brenda de plein fouet. Spontanément, elle aurait répondu oui. Pour une multitude de raisons : sa grossesse pour commencer, puis le fait qu'elle connaissait à peine cet homme, et enfin parce que ça ne lui ressemblait pas d'agir de la sorte. Mais elle n'était plus sûre de rien. En dehors de Wade, elle n'avait jamais connu aucun autre homme. Ce n'était tout simplement pas son genre de passer d'une aventure à une autre.

Pourtant, elle avait bel et bien pris l'initiative d'inviter Dax chez elle. En elle. Et elle ne semblait pas disposée à l'arrêter.

De toute façon, elle en aurait été bien incapable.

Le désir qu'elle éprouvait pour lui était beaucoup trop puissant. Une décharge d'électricité la traversa, chassant les ombres qui l'habitaient.

Elle se sentait vide de l'intérieur depuis si longtemps ! Le sentiment que quelque chose manquait à sa vie était présent depuis bien avant l'enlèvement d'Annie. En épousant Wade, elle avait été persuadée que ce manque serait comblé et que son univers serait enfin complet.

Mais, au contraire, elle n'avait fait qu'ajouter de la déception au vide qu'elle ressentait déjà.

Evidemment, après s'être mariée, elle n'avait plus eu à subir les maltraitances de son père, mais le sentiment d'abandon avait persisté. Malgré la présence de cet homme dormant à son côté les rares fois où il n'était pas envoyé en mission, son sentiment d'extrême solitude ne s'était jamais atténué.

Jusqu'à ce soir.

Pour la première fois de sa vie, elle ne se sentait plus seule. Elle se moquait bien de savoir si c'était dû à sa vulnérabilité ou bien si elle avait réellement perdu l'esprit. Quelles que soient les raisons qui les avaient réunis ce soir, elle ne voulait pas les connaître. Elle n'était plus en mesure de réfléchir avec lucidité et cherchait uniquement à vivre pleinement les sensations qui traversaient à toute allure chaque parcelle de son corps, la consumant tout entière.

Plus rien ni personne n'existait en dehors de cet homme à la bouche magique et aux mains ensorcelantes, qui semblaient savoir avec précision où la toucher, où la caresser. Son corps, tel un instrument de musique laissé à l'abandon, avait repris vie et interprétait à présent la plus merveilleuse des mélodies.

Lentement et tendrement, Dax lui avait ôté ses vêtements un à un, libérant son corps mais également son âme. Et même si ce moment ne devait pas durer, Brenda voulait profiter de chaque seconde.

Elle laissa échapper un gémissement tandis qu'il couvrait de baisers son visage puis son cou, avant de descendre sur sa poitrine qui se soulevait chaque fois que ses lèvres y laissaient leur marque.

A son tour, Brenda lui ôta rapidement ses vêtements, arrachant un bouton de sa chemise dans son impatience.

— Désolée, murmura-t-elle, les lèvres collées contre sa peau.

D'une main, Dax attira son visage au niveau du sien et s'empara de sa bouche.

— Ma sœur m'arrangera ça, lui murmura-t-il.

Elle perçut de l'excitation dans sa voix et sentit la douceur de ses mains posées sur elle. Son corps tout entier vibrait d'appréhension, tandis que son esprit ne pouvait s'empêcher de la mettre en garde face à la déception qui allait suivre.

Elle le savait d'expérience, même si elle était animée par le désir et que la partie la plus intime de son corps était déjà prête à le recevoir.

Faire l'amour avec Wade n'avait jamais suscité en elle une telle excitation. Qui plus est, il finissait toujours par atteindre l'extase au moment où elle commençait seulement à la sentir arriver. Et pas une fois elle n'était parvenue à cette jouissance dont elle avait si souvent entendu parler.

Rassemblant son courage pour anticiper la déception à laquelle elle était habituée, elle se mit néanmoins à prier de toutes ses forces pour que, cette fois-ci, ce soit différent.

Dax l'allongea sur le sol. Brûlante de désir, elle sentait ses doigts se promener avec habileté sur son corps et s'approprier chaque nouvel endroit qu'ils découvraient.

Le souffle lui manquait. Remontant le long de ses cuisses, les lèvres de Dax lancèrent l'assaut avant qu'il n'enfonce ses doigts en elle. Brenda se tendit comme un arc. Doucement, il se mit à la caresser, éveillant une à une chaque parcelle de son être.

Elle s'agrippa à ses épaules pour avoir un point d'ancrage. Et soudain, des étoiles déferlèrent en trombe dans sa tête, s'infiltrant dans son sang. Se cambrant à l'extrême contre sa main, elle atteignit le cœur du plaisir qu'il avait créé et poussa un cri face à l'orgasme fulgurant qui s'emparait d'elle.

Désespérément, elle tenta de retenir l'instant, craignant de le laisser s'échapper et de ne jamais plus ressentir ses incroyables effets.

Brusquement, elle ouvrit les yeux tandis qu'elle sentait le souffle chaud de Dax descendre le long de son ventre. Au bout de quelques instants, ses doigts cédèrent la place à sa langue. D'indescriptibles sensations s'emparèrent alors de Brenda et elle voulut pousser un cri, mais celui-ci resta prisonnier dans sa gorge.

En attente.

Puis le plaisir refit son apparition, s'emparant d'elle. Sous le poids de son intensité croissante, elle enfonça ses doigts dans le dos de Dax jusqu'à ce que son excitation s'atténue. Etourdie et tremblante, enveloppée dans une béatitude qu'elle n'avait jamais ressentie auparavant, elle s'efforça de retrouver ses esprits. Lorsqu'elle ouvrit les yeux, Dax s'était glissé au-dessus d'elle, plaçant son visage au niveau du sien. Un sourire énigmatique était affiché sur ses lèvres et un air impénétrable se reflétait dans son regard.

Après quelques secondes, il lui écarta les cuisses et s'enfonça en elle. L'esprit vidé de toute pensée, elle n'écoutait plus que les sensations délicieuses qui la martelaient. Soulevant légèrement les hanches, elle souda son corps au sien pour mieux suivre la cadence qu'il avait instaurée. Elle fit ce qu'elle put pour suivre son rythme puis, guidée par l'impatience de son corps, elle reprit lentement sa quête de jouissance.

Soudain, une nouvelle explosion se produisit en elle et l'enveloppa de toute sa force. A cet instant elle sut que, pour la première fois, elle venait d'atteindre l'extase.

Qu'ils l'avaient atteinte ensemble.

La tension dans son corps s'atténua et elle se détendit enfin, accueillant le poids de Dax contre elle, avec le sentiment indescriptible de ne faire qu'un avec lui. Un immense sentiment de paix prit possession d'elle, contrastant fortement avec son cœur qui, elle en était certaine, allait exploser d'un instant à l'autre. Puis elle sentit sa bouche contre son cou et se rendit compte qu'il souriait.

Au bout d'un instant, Dax releva la tête et planta son regard dans le sien tout en balayant ses cheveux en arrière avant de venir caresser son visage. Ils étaient tous deux moites. Mais d'une certaine façon, il trouvait ça incroyablement sexy.

Tout autant qu'elle.

Le sourire affiché sur ses lèvres se reflétait également dans ses yeux.

— Est-ce que je t'ai dit à quel point je trouvais ton appartement sympathique ?

Elle éclata de rire, un rire léger, sans rime ni raison, mais qui lui procura une fabuleuse sensation de bien-être.

— Je ne crois pas, non.

— Je l'adore, reprit-il en souriant de plus belle.

De nouveau, Brenda se sentit faiblir, envahie par le désir intense de le sentir encore une fois en elle, même si l'épuisement menaçait de la submerger.

— Tant mieux. Moi aussi, dit-elle en avançant les lèvres.

L'invitation étant trop tentante pour pouvoir y résister, Dax pressa sa bouche contre la sienne. Et tout le processus redémarra une nouvelle fois.

Il passa la nuit entière avec elle.

A chacune de ses tentatives pour partir, elle avait trouvé un stratagème pour le retenir, se blottissant contre lui, murmurant son nom de sa voix la plus sensuelle, ou bien l'enivrant de son doux parfum. Au bout du compte, il avait fini par s'avouer vaincu.

Après lui avoir fait l'amour à deux reprises, il l'avait longuement regardée dormir, ce qu'il n'avait jamais fait avec aucune autre femme.

Voilà pourquoi, en son for intérieur, il savait qu'une chose indéfinissable était en train de se passer. Il n'aimait pas s'embarquer dans l'inconnu sans d'abord s'assurer qu'il maîtrisait parfaitement la situation, et pourtant, il n'arrivait pas à trouver au fond de son cœur les ressources nécessaires pour s'éloigner d'elle. Pas encore, en tout cas.

Il s'efforçait toujours de retrouver ses bonnes résolutions lorsqu'il finit par s'endormir.

L'*Ouverture 1812* de Tchaïkovski tira Dax de son sommeil. En ouvrant les yeux, il lui fallut un moment pour réaliser qu'il ne se trouvait ni dans son lit, ni dans une position douloureuse et inconfortable en planque dans une voiture, mais allongé près de Brenda.

Au bout d'une seconde, il réalisa enfin que son portable sonnait. Il se tourna vers la table de chevet, sur laquelle il avait eu la présence d'esprit de poser son téléphone lorsqu'il s'était finalement rendu compte qu'il ne rentrerait pas chez lui.

L'objet bleu foncé, en mode vibreur en plus de la sonnerie, se déplaçait lentement vers le bord et il s'en saisit juste à temps, avant qu'il ne tombe sur le sol.

— Cavanaugh.

Près de lui, Brenda remua légèrement. En se retournant, il remarqua que le drap, en partie descendu, laissait entrevoir l'un de ses seins, et il sentit le désir se raviver intensément en lui.

— Tu ferais bien de rappliquer ici, Dax, et d'amener l'institutrice avec toi, lui dit son coéquipier à l'autre bout de l'appareil.

Il se redressa et se passa une main dans les cheveux, comme pour ramener de l'ordre dans son cerveau encore endormi. Les premiers rayons du soleil filtraient à travers le store mais son esprit ne s'était pas encore mis en marche.

— Nathan ? Que s'est-il passé ?

— Le ravisseur vient d'appeler et il ne veut parler qu'à elle. Il a dit qu'il retéléphonerait plus tard. Les parents de la fillette sont dans tous leurs états.

Il essaie définitivement de pousser Tyler à bout, songea Dax.

— Quand doit-il rappeler ? s'enquit-il en se frottant le visage.

— Il ne l'a pas précisé mais tu ferais mieux de venir aussi vite que possible. Si jamais l'institutrice n'est pas là au moment où il téléphone, ce n'est pas certain qu'il nous laissera une troisième chance. Comment savoir ce que ce cinglé a dans la tête ?

— Tu as raison.

Après avoir raccroché, Dax se retourna vers Brenda et

l'observa un instant. Son excitation ne s'était pas atténuée. Avec ses yeux emplis de sommeil et ses cheveux décoiffés, elle était bien plus belle que n'importe quelle femme tout droit sortie d'un institut de beauté.

Loin de faiblir, le désir qu'il éprouvait à son égard s'intensifiait au fil des minutes, comme si son appétit n'avait pas été rassasié la nuit d'avant. C'était une sensation nouvelle pour lui et il ne savait pas vraiment comment s'en accommoder, d'autant que le temps imparti ne lui permettait pas de creuser la question pour l'instant. Ils devaient se mettre en route sans tarder.

— C'était mon coéquipier. Le ravisseur vient de contacter les Tyler.

Les yeux rivés sur Dax, Brenda redoutait qu'il lui annonce une terrible nouvelle.

— Et qu'a-t-il dit ? s'enquit-elle en se redressant, tenant le drap fermement serré sur sa poitrine.

— Il refuse de parler à quelqu'un d'autre qu'à toi, l'informa-t-il en tentant de réprimer son désir de la découvrir pour pouvoir admirer son corps magnifique.

Dax vit un léger sourire courber ses lèvres et sentit monter en lui l'envie irrésistible de les embrasser pour en sentir le goût de nouveau. Pour vérifier si elles étaient aussi douces qu'elles en avaient l'air. « Nom d'un chien, ressaisis-toi mon vieux », s'exhorta-t-il.

— J'ai toujours eu le chic pour attirer les hommes de la pire espèce, murmura-t-elle en se levant, le drap enroulé autour d'elle telle une toge romaine.

Tandis qu'il la regardait ramasser ses vêtements puis se ruer dans la salle de bains, il ne put s'empêcher de se demander si elle le rangeait lui aussi dans cette catégorie.

11

— Tyler doit être hors de lui, fit remarquer Brenda.

Autour d'eux, le monde commençait tout juste à s'éveiller. Le trafic matinal était encore à son minimum et les rues pratiquement désertes tandis qu'ils fonçaient vers la résidence du réalisateur.

— C'est vraisemblablement ce que recherchent les ravisseurs.

Brenda fronça les sourcils et repoussa de la main ses cheveux décoiffés à cause du vent s'infiltrant par la vitre baissée.

— On pourrait croire que le kidnapping de sa fille aurait suffi à le mettre dans cet état, reprit-elle.

L'amour de cet homme pour Annie aurait effectivement dû rendre tout le reste dérisoire. Mais pour Simon Tyler, seul le pouvoir avait de l'importance. C'était le pilier sur lequel son ego et son assurance reposaient. Lui enlever ça représentait la pire des offenses et lui était bien plus insupportable que de se voir prendre de l'argent ou même sa fille.

Brenda s'agita sur son siège. Durant les dix minutes qu'il lui avait fallu pour se préparer, elle avait réussi à passer un coup de téléphone à l'école et avait laissé un message à Matthew l'informant qu'elle ne viendrait pas travailler aujourd'hui. Harwood avait plusieurs professeurs remplaçants en réserve, ça ne poserait donc pas de problème. Et puis même si l'école devait rouvrir ce matin, les enfants ne seraient probablement pas tous présents.

Elle tourna la tête vers Dax, se demandant s'il avait appris des faits nouveaux dont il aurait omis de lui faire part.

— Est-ce qu'on en sait plus au sujet du couple venu visiter l'école ?

Il secoua la tête.

— Tout comme l'adresse et le numéro de téléphone qu'ils ont donnés à Harwood, leur nom était bidon. Et jusque-là toutes les pistes récoltées suite à la diffusion de tes croquis à la télévision n'ont mené nulle part.

Comme elle frissonnait, elle se frictionna les bras.

— Ça ne veut pas dire que nous n'obtiendrons rien de valable.

— Non, c'est juste, acquiesça-t-il en jetant un coup d'œil vers elle. Tu as froid ?

Elle secoua la tête. Ce n'était rien qu'une couverture ou un pull supplémentaire pouvaient combattre.

— J'imagine à quel point Annie doit être terrifiée, ne sachant pas ce qui va lui arriver.

Brenda aurait tout donné pour pouvoir serrer la fillette dans ses bras et la réconforter.

— Annie est très intelligente pour son âge. Elle a probablement déjà réfléchi à ce qui pourrait se passer.

La fillette n'avait que six ans, et même si Dax n'était pas un expert en matière d'enfants, elle lui semblait un peu jeune pour tenir ce genre de raisonnement.

— Tu la surestimes beaucoup, tu ne trouves pas ? Je sais que la plupart des gens pensent que les enfants sont dotés d'un instinct naturel, mais…

Brenda réalisa qu'il ne comprenait pas ce à quoi elle faisait allusion.

— A son entrée à l'école, Annie a passé des tests d'intelligence et a obtenu un score excellent, lui expliqua-t-elle. Tout juste supérieur d'un point au mien.

Dax lui adressa un regard curieux.

Sans le vouloir, elle avait laissé ce dernier détail lui échapper. Ça ne serait jamais arrivé si elle ne s'était pas sentie si préoccupée, confuse et coupable. Pas seulement pour n'avoir pas su protéger Annie mais également au sujet de la nuit dernière, même si faire l'amour avec Dax avait été incroyable et bien au-delà de tout ce qu'elle aurait imaginé possible.

Pour la première fois de sa vie, elle avait senti jaillir en elle ce plaisir intense et merveilleux qu'elle n'avait jamais réussi à atteindre. Jusqu'à présent. Ce facteur qui faisait qu'une femme était attirée par un homme et vice versa. Mais elle portait l'enfant d'un autre et, même si elle n'avait jamais été amoureuse de Wade, elle ne pouvait nier se sentir déloyale envers lui d'avoir fait l'amour avec un autre homme. Il n'était mort que depuis un peu plus de trois mois.

Et pire encore, elle n'aurait jamais dû laisser les choses aller aussi loin sans mettre Dax au courant de sa grossesse. Au fond d'elle, elle était consciente de ne pas lui en avoir parlé parce qu'elle craignait qu'en lui avouant son secret, toutes ses chances de vivre quelque chose avec lui soient anéanties.

D'un autre côté, comment pouvait-elle être certaine qu'il y avait plus entre eux que cet extraordinaire interlude qu'ils avaient partagé ? Il ne lui avait pas exactement déclaré son amour éternel hier soir. Des hommes et des femmes faisaient l'amour tout le temps sans pour autant éprouver des sentiments l'un pour l'autre. Qu'elle ait senti la terre trembler la nuit dernière ne signifiait pas qu'il avait éprouvé la même chose.

Aujourd'hui était un autre jour. Elle devait tenter de voir les choses avec lucidité.

Dax repensa à ce qu'elle venait de dire. Elle était donc dotée d'une grande intelligence en plus de son extrême beauté. Même s'il s'en doutait un peu, c'était une première pour lui. Les femmes qu'il fréquentait avaient généralement un QI à peine plus élevé que la taille de leur robe. Finalement, cet élément était peut-être ce qui manquait à ses autres relations pour pouvoir durer.

La route étant dégagée devant lui, il donna un coup d'accélérateur.

— Je te trouve bien silencieuse, tout à coup. Est-ce typique des génies ?

Elle rougit. Pas un instant elle n'avait eu l'intention de

l'informer de ses capacités intellectuelles. En général, les hommes se sentaient mal à l'aise en compagnie d'une femme à l'intelligence hors norme. Pourtant, ça ne semblait pas être son cas, remarqua-t-elle en l'observant à la dérobée. Soulagée, elle se détendit un peu.

— Je suis inquiète, avoua-t-elle, désireuse de changer de sujet.

— Oui, moi aussi.

Mais il ne se préoccupait pas de la même chose qu'elle. Ce qu'il craignait, c'était que la déception habituelle qui se produisait toujours rapidement une fois qu'il avait atteint son but — à savoir coucher avec la femme qui lui avait tapé dans l'œil — n'arrive pas. Car dans ce cas-là, il se retrouverait à jouer un tout nouveau jeu, sur un terrain inconnu, sans savoir à quoi s'attendre ensuite. Et si tel était le cas, comment pourrait-il y être préparé ?

Le souvenir de la nuit dernière flottait dans l'esprit de chacun même s'ils faisaient tous deux mine du contraire.

Le téléphone sonna tandis qu'ils entraient chez les Tyler. De la main, Nathan fit signe à Brenda d'approcher.

Elle se précipita dans le salon mais Simon s'empara du combiné avant qu'elle ne puisse l'atteindre.

— Allô, vociféra-t-il dans l'écouteur.

Ce simple mot sonna plus comme une exigence que comme une parole accueillante.

— Elle est là ? s'enquit son interlocuteur à l'autre bout du fil.

Malgré le son métallique, Dax aurait pu jurer avoir entendu une note de jubilation dans la voix du ravisseur.

— Ta femme de ménage, elle est là ? réitéra-t-il.

Dax fronça les sourcils, le visage sombre.

Simon écarta vivement le téléphone de son oreille et le tendit à Brenda.

— Allô, dit-elle, le cœur battant à tout rompre.

— Bien, je vois que ce cher Simon réussit à faire preuve de sensibilité. C'est plutôt rare chez lui.

Même si elle savait qu'elle devait faire durer la conversation le plus longtemps possible afin que le technicien puisse localiser l'appel, elle ne pensait qu'à faire libérer la fillette.

— Où se trouve Annie ?

— Un peu de patience, ma chère, chaque chose en son temps. Tu sais, la première fois, j'ai demandé deux millions de dollars mais je commence à me dire que ça fait peu, tu ne trouves pas ? Particulièrement pour un homme comme Simon.

Le ton de sa voix devint tout à coup impersonnel.

— Alors, finalement, j'ai décidé d'augmenter la mise. Je veux cinq millions de dollars en billets non marqués et dont les numéros de série ne se suivent pas. L'argent devra être placé dans deux sacs noirs sans poudre prête à exploser et à tacher l'argent au moment où je les ouvrirai. Et tu les déposeras au parc Mulberry.

Il s'interrompit un instant.

— Tu sais où se situe la réserve d'oiseaux ?

Brenda mit quelques secondes avant de se représenter l'endroit.

— Oui.

— Bien. Mets les sacs sous le banc du milieu, face à la réserve. Apporte-les toi-même. A 14 heures précises.

Il n'avait toujours rien dit au sujet de la fillette.

— Et pour Annie ? s'écria-t-elle, sentant le regard hagard de Rebecca Allen-Tyler fixé sur elle, observant chacun de ses mouvements.

Finalement, elle avait peut-être mal jugé cette femme. Mais quelle horreur, se dit Brenda, que sa fille ait dû subir une telle épreuve pour qu'elle comprenne à quel point elle était importante à ses yeux !

Le ravisseur éclata de rire. La jeune femme crispa sa main autour du téléphone, serrant le combiné aussi fort que s'il s'agissait de la gorge de l'individu.

— Ne t'inquiète pas. Ses parents la reverront très bientôt.

Elle leva les yeux vers Dax. Si le marché se déroulait dans ces conditions, il y avait de fortes chances pour qu'ils ne retrouvent jamais la petite fille.

— Non, on vous donne l'argent si vous nous rendez Annie, insista-t-elle.

— Ma parole, Tyler commence à déteindre sur toi. Quel dommage ! Néanmoins, je te rappelle que c'est moi et moi seul qui prends les décisions.

— Mais…

Comme une allumette que l'on viendrait de craquer, l'homme à l'autre bout du fil perdit patience et s'emporta violemment.

— Ecoute moi bien. Fais exactement ce que je te dis ou bien elle mourra, c'est clair ? Lorsque j'aurai mon argent, j'appellerai pour indiquer l'endroit où elle se trouve, pas avant.

Puis il raccrocha et empêcha ainsi Brenda d'émettre la moindre objection. Tandis qu'elle reposait le téléphone sur son socle, elle regarda Dax, luttant pour ne pas se laisser envahir par un sentiment d'échec.

— Ce salaud m'a raccroché au nez.

Dax se tourna vers le technicien installé près du téléphone.

— Vous avez quelque chose ?

L'homme secoua la tête en observant le tracé du signal sur le moniteur. Il leur aurait fallu quelques minutes de plus pour parvenir à le localiser.

— Ce type s'amuse avec nous. Il sait parfaitement à quel moment mettre fin à la communication pour ne pas se faire repérer. Son jeu, ses règles. Croyez-vous pouvoir rassembler cinq millions de dollars d'ici 14 heures ? s'enquit-il en se retournant vers Simon.

L'argent n'était pas franchement un problème pour lui. Impuissant, le réalisateur enfonça ses mains dans les poches de son pantalon haute couture.

— J'ai prévenu ma banque, elle se tient prête.

Ivre de colère, il fit volte-face et se dirigea vers son bureau.

— Je vais aller leur dire de combien j'ai besoin.

L'homme en parlait comme s'il s'agissait de vulgaire monnaie, pensa Dax. Il n'avait aucun mal à comprendre pourquoi le ravisseur cherchait à l'humilier. Et, si c'était réellement le cas, traiter Simon comme un sous-fifre inutile semblait l'unique moyen d'y parvenir.

Dax hocha la tête à l'annonce de cette information.

— Dites-leur de faire apporter l'argent ici le plus vite possible.

Il se tourna ensuite vers son coéquipier.

— Je vais de ce pas demander à une femme de l'équipe de se tenir prête pour aller déposer les sacs…, le devança Nathan avant qu'il ne lui donne ses instructions.

Brenda se posta alors dans le champ de vision de Dax.

— Mais il veut que ce soit moi qui m'en charge.

Il réprima un soupir. Les sentiments de la jeune femme à l'égard de la fillette ou bien ce qu'il ressentait à propos des événements de la nuit passée ne devaient pas entrer en jeu et fausser sa réflexion de quelque manière que ce soit. Brenda n'était pas préparée pour ce genre de mission.

— Le fait est qu'il ne sait pas à quoi ressemble la personne à qui il a parlé au téléphone. Il sait en revanche à quoi ressemble Mme York de l'académie d'Harwood, fit-il remarquer. S'il te voit là-bas, il pourrait filer avant même d'avoir récupéré les sacs.

Sa voix s'adoucit.

— Nous ne pouvons pas nous permettre le moindre faux pas, Brenda. Et crois-moi, ce n'est pas quelque chose que tu voudrais avoir sur la conscience jusqu'à la fin de ta vie.

— Je t'en prie, j'ai vraiment besoin d'aller là-bas.

Dax sortit son portable afin d'appeler du renfort et mettre en place un dispositif de surveillance en postant sur place des agents en civil. Le parc Mulberry étant le plus fréquenté de la ville, l'échantillon de population représenté était varié, ce qui leur offrait pas mal de possibilités.

— C'est d'accord, tu peux m'accompagner, mais rien d'autre, annonça-t-il à Brenda, incapable de trouver les ressources nécessaires dans son cœur pour lui dire non.

Au fond de la pièce, il aperçut Simon dans son bureau, au téléphone avec sa banque, donnant l'ordre de préparer l'argent. Les ravisseurs devaient être plutôt contents d'eux, songea Dax. Tout le monde, y compris Tyler, était sur la sellette.

Mais serait-ce suffisant ? Et les ravisseurs finiraient-ils réellement par relâcher Annie ?

Préférant ne pas penser à ça, il se concentra sur l'unique chose qui comptait : remettre les pièces du puzzle en place.

— Combien de ces personnes font partie de la police ? murmura Brenda en remuant à peine les lèvres.

Il était 13 h 55, et Dax et elle étaient assis sur un banc, dans le parc, suffisamment proches de l'endroit où l'argent devait être déposé pour être en mesure de l'atteindre rapidement en cas de besoin. En civil, ils jouaient le rôle d'un jeune couple d'amoureux.

Dans n'importe quelle autre circonstance, il n'aurait pas été difficile pour Brenda d'entrer pleinement dans son rôle. Mais en cet instant, son corps tout entier était tendu, rongé par l'appréhension.

L'équipe s'était mise rapidement en position une fois le signal donné. S'il ne les connaissait pas personnellement, Dax aurait eu du mal à différencier les officiers de la population.

Il esquissa un large sourire.

— Devine.

Faisant mine de s'étirer, Brenda jeta un coup d'œil autour d'elle. La scène semblait parfaitement naturelle. Deux grands-mères en pleine discussion surveillaient du regard le bac à sable dans lequel jouait un groupe d'enfants. Deux skaters, leur planche sous le bras, se disputaient un peu plus loin tandis qu'un homme d'affaires, allongé sur un banc près d'eux, faisait un somme. D'autres personnes se tenaient près de la réserve à admirer les oiseaux. L'une d'elles avait même une encyclopédie dans les mains et s'amusait à répertorier les différentes espèces.

Elle secoua la tête avant de se tourner face à lui.

— J'abandonne. Alors, combien ?

Parce que le rôle l'exigeait, Dax posa les mains de chaque côté de son visage et l'embrassa, ne quittant pas des yeux la scène qui se déroulait derrière elle. Il dut faire preuve d'une immense concentration pour ne pas se laisser distraire par le goût de ses lèvres.

— Ce sont tous des flics, lui répondit-il enfin.

Stupéfaite, elle regarda à son extrême gauche. Un homme, vêtu d'une combinaison bleu marine et poussant un chariot devant lui, s'arrêta un instant pour donner un coup de balai.

— Même l'éboueur ?

— Surtout lui, répondit Dax en souriant. C'est Nathan.

Même si elle en mourait d'envie, Brenda se retint de le dévisager pour ne pas risquer de compromettre sa couverture.

— On n'y voit vraiment que du feu.

— C'est le but recherché, murmura-t-il.

Sur le point de l'embrasser de nouveau, Dax fut alerté par un homme à vélo se dirigeant vers eux. Vêtu d'un uniforme en fibre synthétique noir et blanc et d'un casque, l'individu devait avoir la vingtaine et ne différait aucunement de la plupart des cyclistes, excepté qu'il fonçait droit vers le banc sous lequel se trouvaient les deux sacs remplis d'argent.

Dax prit un instant pour ajuster son col et le relever au niveau de sa bouche.

— Que tout le monde se tienne prêt, on dirait que le spectacle va bientôt commencer, murmura-t-il dans le minuscule micro épinglé au revers de sa chemise.

Ralentissant à peine en arrivant près du banc, le cycliste attrapa les deux sacs noirs et fit aussitôt demi-tour, repartant dans la direction par laquelle il était arrivé.

Personne ne fit le moindre mouvement ni ne se précipita à sa poursuite. N'avaient-ils donc pas entendu Dax ? se demanda Brenda. Lui aussi demeurait d'ailleurs immobile, comme si de rien n'était, tandis que l'individu prenait la fuite.

Elle se leva instantanément et il dut la retenir par le bras pour l'empêcher de lui courir après.

— Pourquoi restes-tu là sans rien faire ?

— Parce que nous voulons qu'il nous conduise jusqu'au kidnappeur. Il semble évident que ce type n'est qu'un larbin. Notre ravisseur a de toute évidence élaboré un plan bien précis, Brenda.

Il se leva et l'entraîna vers sa voiture, garée à quelques mètres de là.

— Le suspect se déplace, informa-t-il les autres officiers dans son micro.

Ces derniers abandonnèrent rapidement leur rôle et foncèrent vers leurs véhicules.

— Ne t'inquiète pas, lui assura-t-il. Des hommes sont postés à l'extérieur du parc, prêts à le prendre en filature.

Comme pour confirmer l'information qu'il venait de donner, son scanner émit un bip.

— Apparemment, il se rend à la gare routière, les informa-t-on par radio.

— Et nous aussi, annonça-t-il à Brenda en mettant le moteur en marche.

Ils laissèrent au cycliste une large avance, le temps que celui-ci dépose les sacs dans une consigne située à l'autre bout de la gare. A peine commençait-il à s'éloigner, clé en main, que Dax donna le signal.

— On dirait que ça va prendre plus de temps que prévu, les gars. Attrapez-le.

Dès qu'il eut prononcé ces paroles, il se précipita vers lui, suivi de Brenda, et l'endroit fut rapidement envahi d'officiers de police en civil encerclant le cycliste en brandissant leur insigne.

Le jeune homme parut complètement abasourdi. Ses yeux s'agrandirent comme deux soucoupes lorsqu'il aperçut les badges et les armes de service braquées sur lui. Malgré son incrédulité, il leva les mains en l'air en signe de reddition.

— Hé, qu'est-ce qui se passe ? s'écria-t-il. C'est une blague ?

Les mains toujours au-dessus de la tête, il regarda autour de lui comme s'il s'attendait à voir un ou plusieurs de ses amis sortir de leur cachette d'un air triomphant en éclatant de rire.

— Si c'est une blague, intervint Dax, vous pourriez bien en arriver à souhaiter ne jamais être né.

Son arme toujours pointée sur le cycliste, il fit un signe à deux officiers.

— Vous deux, restez ici et gardez un œil sur la consigne. Les autres, vous venez avec moi.

Il croisa le regard de Brenda et hocha la tête en réponse à sa question silencieuse, l'autorisant à l'accompagner au poste.

— Mais je n'ai rien fait de mal, protesta le cycliste, se débattant avec les menottes qui lui avaient été passées aux poignets. Vous commettez une erreur.

— Nous verrons bien, promit Dax avec détermination en sortant de la gare.

Le cycliste, pratiquement au bord de la crise de nerfs, s'accrochait à l'histoire qu'il leur avait fournie dès son arrivée dans la salle d'interrogatoire. Les yeux rivés sur Dax, il répétait sans cesse les mêmes mots, non pas comme s'il avait appris par cœur son alibi mais comme s'il était terrifié à l'idée d'être condamné pour une chose qu'il n'avait pas faite.

— Un type dans un bar a proposé de me filer deux cents dollars si j'allais récupérer deux sacs pour lui et que je les déposais dans une consigne à la gare. Comme je suis au chômage en ce moment, j'ai accepté.

Il prit une brève inspiration.

— Et non, reprit-il avant que les inspecteurs présents dans la pièce ne lui posent de nouveau la question, je ne sais rien sur lui. Je ne l'avais jamais vu avant ce jour-là. Il m'a donné l'argent, puis il est parti.

Dax le regarda d'un air sceptique.

— Et il vous a fait confiance ?

L'individu, répondant au nom de John Michael Powell et n'ayant aucun antécédent judiciaire, haussa les épaules.

— Je dois avoir la tête d'un type honnête.

Dax se pencha vers Powell, plaçant son visage à peine à quelques centimètres du sien.

— Et un cerveau qui ne fonctionne pas très bien. Comment saviez-vous que ce que vous transportiez n'était pas de la drogue ?

Le cycliste fixa les yeux droit devant lui.

— Je n'en savais rien.

Puis il regarda tour à tour les deux autres hommes présents dans la pièce.

— Ecoutez, je ne suis coupable que d'une seule chose, c'est d'être stupide. Je ne comprends vraiment pas ce qui se passe.

Exaspéré, Dax glissa devant lui l'un des croquis de Brenda.

— Est-ce que le type du bar ressemblait à ça ?

Soulagé qu'on daigne enfin le croire, Powell étudia longuement le dessin avant de relever les yeux, hésitant.

— Ça lui ressemble plus ou moins. Excepté qu'il avait une moustache et qu'il parlait bizarrement. Comme s'il avait une sorte d'accent. Par contre, je serais bien incapable de vous dire avec certitude de quel pays. La France, peut-être ?

Il regarda tour à tour les inspecteurs avec espoir, comme pour essayer de deviner s'il fournissait les bonnes réponses, celles qui le feraient libérer.

Le kidnappeur avait peut-être utilisé un déguisement, songea Dax en regardant une nouvelle fois le croquis. Ce qui signifiait également qu'il pouvait très bien se trouver n'importe où dans la gare en même temps qu'eux, à les observer sans risquer de se faire repérer. Une angoisse monta en lui.

— Est-ce que je peux m'en aller, maintenant ? l'implora Powell. Je vous ai dit tout ce que je savais.

— Nous aimerions vous garder encore un peu, répondit Dax en ramassant sa veste sur le dossier de la chaise. Je retourne à la gare routière, annonça-t-il à Nathan, toujours vêtu de la combinaison bleu marine d'éboueur fournie par la municipalité. Au fait, ça te va super bien, plaisanta-t-il en faisant référence à son déguisement.

Nathan marmonna quelque chose d'inintelligible entre ses dents et Dax s'éloigna rapidement.

Brenda avait assisté à toute la scène de l'autre côté d'une vitre sans tain. Dès qu'elle vit Dax quitter la salle d'interrogatoire, elle se précipita dans le couloir et le rattrapa en deux enjambées.

— Où vas-tu ?

Il aurait dû se douter qu'elle n'allait pas lui permettre de la laisser en dehors de l'affaire à ce niveau de l'enquête. Et si la chance était avec eux et qu'ils appréhendaient le kidnappeur — les deux officiers postés à la gare n'ayant pas téléphoné pour prévenir qu'une personne était venue récupérer le contenu de la consigne —, il voulait qu'elle soit présente pour calmer la fillette. Il ne restait plus qu'à prier pour que, pour une fois, tout se passe bien.

Comme à son habitude, il préférait être positif et ignorer la crainte qui lui tenaillait le ventre.

— Je retourne à la gare routière, lui répondit-il. Une intuition.

Brenda allongea le pas pour se maintenir à sa hauteur.

— A quel sujet ?

Il songea un instant à ne rien lui dire avant de finalement se raviser.

— J'espère me tromper mais j'ai le sentiment que notre

ravisseur aurait pu se trouver là-bas et nous observer pendant que nous surveillions son messager.

— Et alors ?

— Eh bien, dit-il en appuyant sur le bouton pour appeler l'ascenseur, il y a eu une sacrée agitation lorsque nous avons appréhendé le type qu'il avait envoyé.

Brenda essaya de ne pas perdre son optimisme.

— Mais tu as laissé deux officiers là-bas. Ils étaient censés ne pas quitter la consigne des yeux !

Ça ne changeait rien à ce qu'il pressentait.

— Oui, mais durant un bref laps de temps, personne ne regardait rien d'autre que Powell. Si le kidnappeur est aussi doué que je le pense, c'était amplement suffisant pour lui permettre de faire ce qu'il avait à faire.

Brenda monta dans l'ascenseur avec lui et prit une profonde inspiration.

— Pour une fois, j'espère que ton instinct se trompe.

— Moi aussi, lui dit-il avec détermination tandis que les portes se refermaient. Moi aussi.

12

Brenda regarda le casier de consigne par-dessus l'épaule de Dax. L'espace qui se présentait à sa vue était aussi grand que le trou au creux de son ventre.

Autour d'eux, le vacarme de la gare routière n'était plus qu'un bruit sourd d'arrière-plan.

Dax avait persuadé le directeur de la gare d'ouvrir la consigne et tous se tenaient à présent devant elle à constater que les sacs noirs déposés par Powell avaient disparu. Son instinct ne s'était pas trompé : le ravisseur avait profité de la confusion passagère créée par l'arrestation du cycliste pour s'enfuir avec l'argent.

Les deux officiers en civil qu'il avait chargés de surveiller le casier haussèrent les épaules d'un air désespéré.

— Personne ne s'en est approché, je vous le jure, assura le plus jeune des deux.

Le second officier à ses côtés hocha la tête en signe de confirmation.

— Nous n'avons pas quitté la consigne des yeux et nous n'avons vu personne l'ouvrir.

— Les sacs ne se sont pourtant pas envolés tout seuls, aboya Dax en laissant éclater sa colère.

Il se tourna vers le directeur, un petit homme chauve avec une fine moustache et un grand nez.

— Possédez-vous un dispositif de surveillance vidéo ?

— Nous n'avons que deux caméras, l'informa-t-il en les lui indiquant du doigt. Une près du guichet et l'autre près des consignes.

— Je veux voir l'enregistrement effectué par celle située près des consignes.

— Suivez-moi.

Le directeur les conduisit dans une petite pièce étroite tout juste capable d'accueillir Dax, les deux officiers, et Brenda, en plus de l'homme assis devant les deux moniteurs.

Dax lança un regard en direction de Brenda mais comprit à l'expression de son visage qu'elle ne bougerait pas de sa place. N'insistant pas, il reporta son attention sur le directeur.

— Remontez jusqu'à 14 heures et laissez défiler la vidéo à partir de là.

Au bout de quelques secondes, Dax obtint la confirmation de ses craintes. Les yeux rivés sur l'image, l'un des officiers qui se trouvaient à côté de lui jura entre ses dents. A l'écran, pendant que la police encerclait Powell, un homme de taille moyenne, vêtu d'une veste à l'effigie des Giants de San Francisco et d'une casquette de base-ball assortie recouvrant ses yeux, ouvrait la consigne et en retirait les deux sacs d'argent avant de la refermer et de s'éloigner rapidement, sortant de l'angle de la caméra.

Brenda regarda le compteur situé en bas à droite de l'image.

— Il lui a fallu moins de soixante secondes pour agir. Et maintenant ? s'enquit-elle en regardant Dax.

Il soupira. Bon sang, il aurait tellement voulu avoir tort ! Juste pour une fois, il aurait tant aimé que les choses se passent autrement.

— Je vais aller informer les Tyler que le type qui a enlevé leur fille nous a filé entre les doigts.

Elle compatissait à sa douleur. A leur douleur à tous. Il était facile de voir à l'expression de leurs visages à quel point ils s'étaient impliqués personnellement dans cette enquête. Comment ne pas l'être ?

— Et c'est tout ? insista-t-elle.

Dax avait l'impression de se heurter à un mur. Une pause

aurait été la bienvenue, mais ce n'était hélas pas pour tout de suite.

— Nous allons suivre les pistes recueillies au téléphone et prier pour qu'un miracle se produise. Mais le ravisseur vient de prendre une sérieuse longueur d'avance sur nous.

Il se tourna vers le directeur de la gare.

— Avez-vous une imprimante ? Je veux une photo de ce type.

Il allait la faire circuler pour voir si quelqu'un se souvenait avoir vu l'individu à l'heure en question. Peut-être obtiendrait-il une description, même vague, de son véhicule.

Le directeur se hâta d'accéder à sa requête.

Dès qu'il fut en possession du document, Dax le tendit aux deux officiers et leur donna ses instructions : quadriller le périmètre et interroger les gens présents dans et aux alentours de la gare. Il ne pouvait rien faire de plus pour l'instant.

En ce qui le concernait, une tâche bien plus dure l'attendait. Ce n'était pas aussi terrible que d'annoncer à une famille la mort de l'un des leurs, mais presque.

Après avoir remercié le directeur, il laissa ses hommes et quitta la gare. A l'extérieur, l'air était chaud et humide, ce qui n'arrangea pas son humeur.

Une fois près de la voiture, il s'arrêta un instant et se tourna vers Brenda. Il ne voulait pas l'impliquer davantage dans cette affaire.

— Je ferais mieux de te déposer d'abord chez toi.

Sur le point d'ouvrir la portière côté passager, Brenda interrompit son geste.

— Mais tu ne viens pas de dire que tu te rendais chez les Tyler ?

Dax acquiesça, un air sinistre sur le visage.

— Oui, mais tu n'as pas à endurer ça avec moi. Surtout si tu peux l'éviter.

Leurs regards se croisèrent. Ses yeux semblèrent le transpercer jusqu'au plus profond de lui.

— Mais toi, tu y es obligé, répondit-elle.

Haussant les épaules négligemment, il s'efforça de masquer sa crainte. Il donnerait tout pour ne pas avoir à le faire.

— C'est mon boulot.

Malgré tout, elle refusait de le laisser affronter ça seul. Etrangement, elle ressentait le besoin de le protéger. En général, elle n'éprouvait ça qu'avec les enfants. Un demi-sourire se forma sur ses lèvres. Le grand flic costaud qu'il était apprécierait-il d'entendre ça ?

— Tu pourrais avoir besoin de soutien.

Un petit remontant et une amnésie temporaire lui auraient été plus utiles. Mais les Cavanaugh n'avaient pas le droit de faire preuve de lâcheté ni même de l'envisager. Ça ne se faisait pas, tout simplement.

Il observa Brenda un moment.

— Je croyais que tu n'aimais pas les Tyler.

— C'est le cas, mais personne ne devrait subir ce genre d'épreuve seul.

— Ce n'est pas moi qui te contredirai à ce sujet.

Dax monta en voiture. Incapable d'expliquer pourquoi, il se sentait étrangement réconforté à l'idée d'avoir Brenda à ses côtés lorsqu'il annoncerait la nouvelle aux Tyler.

Les choses se passèrent comme il s'y attendait.

Simon tempêta contre l'incompétence de la police, menaçant de poursuivre en justice tous les gens qui en faisaient partie de près ou de loin, tandis que la mère d'Annie demeura silencieuse avant de finalement éclater en sanglots.

Malgré la compassion qu'il éprouvait à son égard, Dax ne parvint pas à trouver les mots appropriés pour lui apporter un peu de réconfort. Il n'avait jamais été très doué pour ça.

Brenda s'approcha alors de Rebecca Allen-Tyler et passa un bras autour de ses épaules. Dax lui était reconnaissant d'avoir eu le cran de l'accompagner en sachant comment les choses risquaient de se dérouler. Cette femme était assurément une battante.

— Ce n'est qu'un léger contretemps, dit-elle à Rebecca. Ce genre d'affaire ne se règle jamais sans à-coups et il faut continuer d'y croire. Le pourcentage d'enfants retrouvés a considérablement augmenté au cours des dernières années.

Réfléchissant à tout ce qu'elle croyait susceptible de l'aider, Brenda tentait de lui fournir un espoir auquel elle puisse se raccrocher jusqu'à ce que tout soit enfin terminé.

— Et puis Annie est très courageuse. Elle saura garder son sang-froid et trouver un moyen de s'échapper s'il en existe un.

Rebecca releva la tête, le visage baigné de larmes et recouvert de traces de maquillage. Pour une fois, la star ne se préoccupait pas le moins du monde de son apparence.

— Vous la connaissez bien ? lui demanda-t-elle d'une voix suppliante en la regardant droit dans les yeux.

De toute évidence, elle attendait de Brenda qu'elle lui dise que tout irait bien, et que sa fille survivrait à cette épreuve et rentrerait bientôt chez elle.

Elle hocha la tête.

— Les enseignants ne sont pas censés faire de préférence entre les élèves, mais Annie est ma favorite.

Tandis qu'elle parlait, elle luttait pour tenir éloignée sa propre peur. Y céder ne leur ferait de bien ni à l'une ni à l'autre.

— C'est une enfant formidable, capable de faire tout ce dont elle a envie.

Rebecca pinça les lèvres, un autre sanglot menaçant d'exploser.

— Je la connais à peine. Tout ce que je sais d'elle c'est qu'elle est petite et effacée.

Brenda sourit avec tendresse en pensant à la fillette. Sa taille était inversement proportionnelle à sa grandeur d'âme.

— Elle n'est pas si effacée que ça. C'est juste un air qu'elle se donne pour éviter d'attirer l'attention. Au cours des derniers mois, elle a commencé à s'épanouir.

— Mais, comme toujours, j'étais trop occupée pour le voir.

Rebecca saisit le bras de Brenda.

— Je veux avoir une chance de la connaître.

Un sanglot accompagna ses paroles.

— Vous l'aurez, je vous le promets, lui répondit l'institutrice, impuissante.

— Eh bien, faites quelque chose pour que ça arrive, lui lança Simon d'un ton brusque.

Le visage rouge écarlate, il faisait les cent pas dans la pièce, furieux. L'imperturbable pilier d'Hollywood avait cédé la place à un homme que son armée de fans et de détracteurs n'aurait pas reconnu.

— Arrêtez de faire des promesses en l'air, cria-t-il en lui adressant un regard noir. N'allez pas vous imaginer que j'ai oublié que ce qui arrive est votre faute. Vous auriez dû faire plus attention à ma fille.

Brenda relâcha Rebecca et s'écarta d'elle, la colère couvant dans ses yeux tandis qu'elle soutenait le regard de Simon. Il lui fallut user de toutes ses ressources pour ne pas lui dire ce qu'elle avait sur le cœur.

— Peut-être auriez-vous dû le faire également.

Simon semblait sur le point de la frapper.

— Je peux savoir ce que c'est censé supposer ?

Dax se glissa entre eux deux.

— Ça signifie que vous devriez vous calmer, monsieur Tyler, intervint-il d'une voix froide en l'invitant à reculer. Je vais charger mon coéquipier de rester avec vous au cas où le ravisseur rappellerait ce soir.

Privé de cible, Simon fulminait.

— Et elle ? s'enquit-il en pointant brusquement l'index en direction de Brenda. Il voudra certainement lui parler.

— Le problème est déjà réglé, lui assura Dax.

Il avait demandé au technicien de mettre en place un transfert d'appel afin que tous les coups de téléphone entrants puissent arriver sur le portable de Brenda si elle ne se trouvait pas chez les Tyler à ce moment-là.

Au fond de lui, il doutait que le ravisseur les contacte de

nouveau. Mais dans le cas contraire, il ne voulait courir aucun risque. Prenant Brenda par le bras, il la fit sortir de la résidence avant que quoi que ce soit d'autre puisse être ajouté.

— Tu vas bien ? lui demanda-t-il dès qu'ils furent dans la voiture.

Pendant qu'elle se débattait silencieusement avec sa ceinture de sécurité, elle réalisa qu'elle s'était complètement laissé envahir par la colère, et s'interrompit une seconde pour prendre une profonde inspiration.

— Oui, pourquoi ?

— Tyler n'y est pas allé de main morte avec toi.

A la seconde où il prononça ces mots, elle se sentit retrouver un second souffle.

— Oh ça ! s'exclama-t-elle en haussant les épaules. Ne t'en fais pas, j'ai connu bien pire.

Après avoir mis le moteur en marche, Dax descendit la longue allée sinueuse en marche arrière.

— On croise beaucoup de parents en colère à Harwood ?

— Non.

Elle secoua la tête, se remémorant son passé, surprise par la tristesse qui l'envahit soudain. Cela faisait longtemps qu'elle n'avait pas ressenti cela en repensant à son enfance. L'enlèvement d'Annie avait tout ramené à la surface avec une précision saisissante.

— Je n'en connais qu'un. Mon père.

Elle haussa les épaules, faisant mine de prendre ça à la légère.

— Il était en permanence furieux contre le monde entier et j'en étais sa représentante.

Une fois en bas de la pente, Dax s'engagea sur la route principale.

— Est-ce qu'il te frappait ?

Elle était sur le point de le nier, mais à quoi bon ? Cela faisait partie intégrante d'elle et, heureusement, c'était du passé.

— Parfois.

— Où étaient les services sociaux pour l'enfance ? l'interrogea-t-il en lui jetant un rapide coup d'œil.

— En train de s'occuper d'autres enfants, répondit Brenda avec esprit, avant de décider qu'il méritait mieux que cette réponse. Pour qu'ils soient au courant, il aurait fallu que quelqu'un les appelle.

Dax ne saisissait pas pourquoi on ne l'aurait pas fait.

— Personne ne remarquait les traces de coups ? insista-t-il.

— Mon père était particulièrement doué pour me frapper seulement là où l'on pouvait le dissimuler.

— Et l'hôpital ?

Les médecins des urgences avaient en effet le devoir de signaler tout fait suspect lorsqu'il s'agissait d'enfants.

C'était incroyablement gentil de sa part et émouvant de s'inquiéter pour la petite fille qu'elle avait été, se dit Brenda. Même si la sensation qu'elle éprouvait à cet instant était certainement décuplée par ses hormones, elle était bien réelle.

— Je n'ai jamais eu aucune fracture, alors je n'ai pas eu à m'y rendre. Qui plus est, il m'a fait plus de mal verbalement que physiquement.

Elle soupira, se remémorant les jours qui avaient suivi le départ de sa mère. Après avoir rejeté la faute sur elle, il avait presque réussi à lui faire croire qu'elle était responsable de ce qui était arrivé.

— Il savait vraiment s'y prendre pour rabaisser une personne.

Dax arrêta la voiture près d'un lampadaire au sommet de la colline et l'observa un instant. C'était comme si elle parlait du passé de quelqu'un d'autre.

— Tu ne sembles pas pour autant te détester.

Un demi-sourire se forma sur les lèvres de la jeune femme.

— C'est parce que j'ai appris à m'aimer, même si ce n'était pas son cas. Et puis je m'étais fait la promesse de ne pas devenir une personne amère, incapable de trouver des réponses à ses questions ailleurs qu'au fond d'une bouteille.

Avec un père alcoolique qui la maltraitait physiquement et verbalement, ce n'était pas étonnant qu'elle ait pris la fuite avec le premier homme lui ayant demandé de l'épouser. Il se surprit à regretter de ne pas être celui qui l'avait sauvée.

— Tu es une femme remarquable, tu sais ?

Le sourire de Brenda s'agrandit, le captivant totalement.

— Je n'ai rien fait d'extraordinaire en dehors de survivre au quotidien, lui dit-elle tandis qu'il redémarrait.

— Brenda York, croyez-moi, vous êtes bien plus extraordinaire que vous ne l'imaginez.

Le son de sa voix lui fit venir des frissons de désir.

Elle était attirée par lui et commençait peu à peu à croire qu'il y avait peut-être une chance pour que les choses fonctionnent entre eux à long terme. Que lui, Dax Cavanaugh, était l'homme qu'elle recherchait depuis toujours. Le prince sur son beau cheval blanc se révélait finalement être un flic conduisant une voiture bleue, mais ce genre de détail ne comptait pas. Ce qui importait, c'était qu'il la faisait se sentir comme elle en avait toujours rêvé : grisée par l'excitation, forte et merveilleusement bien.

Mais comment réagirait-il en apprenant qu'elle était enceinte ? En supposant déjà qu'il éprouve la même chose qu'elle.

Ce qui représentait un énorme point d'interrogation, se rappela-t-elle.

Brenda tenta en vain de chasser cette pensée de son esprit. Tout ceci était éphémère, se répéta-t-elle silencieusement. Ce serait terminé avant qu'elle n'ait eu le temps de dire ouf.

Mais en attendant…

Elle voulait savourer ces instants, en profiter autant que possible. Parce que c'était assurément sa dernière chance. Jusqu'à ce que Dax entre dans sa vie, elle avait presque cessé de croire qu'il était possible d'éprouver de telles sensations. Même si leur relation ne durait pas, il lui resterait au moins des souvenirs.

— Tu as faim ? lui demanda-t-il soudain.

Revenant à la réalité, elle tenta de se concentrer et hocha la tête, ravie de pouvoir changer de sujet et revenir à quelque chose de plus agréable.

— Une pizza, ça te dit ? proposa-t-elle.

Il était sur le point de lui faire la même suggestion.

— Terminé les envies de frites ? la taquina-t-il.

Elle le regarda vivement, surprise qu'il ait utilisé ce terme.

— Oui, répondit-elle d'un ton amusé. Maintenant, j'ai envie de pizza.

— Entendu.

Tandis qu'il s'enfonçait dans le trafic de début de soirée, il ralentit. Sortant son téléphone portable de sa poche, il appela les deux officiers qu'il avait laissés à la gare. Comme il s'y attendait, ils n'avaient rien de nouveau ou de positif à signaler. Personne dans les environs ne se rappelait avoir vu un homme correspondant au signalement du ravisseur, il n'y avait donc aucune chance d'obtenir une description du véhicule lui ayant servi à prendre la fuite.

Contenant sa frustration, Dax indiqua aux deux officiers de retourner au commissariat au cas où certains appels reçus fourniraient de nouveaux éléments sur lesquels travailler. Il ne se faisait pas beaucoup d'illusions à ce sujet non plus, mais on ne pouvait être sûr de rien. Certaines des affaires les plus importantes avaient été résolues par hasard, à cause d'un détail n'ayant aucun rapport avec l'enquête. Les pièces du puzzle se trouvaient quelque part, il devait seulement les retrouver et les replacer dans le bon ordre.

A ce stade de l'enquête, il se trouvait dans une impasse et avait le sentiment désagréable qu'un élément manquait, qu'une pièce ne concordait pas avec le reste, mais il n'arrivait pas à voir les faits sous un angle différent.

Voilà pourquoi il avait grand besoin de recharger ses batteries et nul doute qu'un bon dîner y contribuerait.

Dax prit la direction d'un restaurant des environs réputé

pour ses pizzas. Après s'être garé sur le parking, il marqua une pause, puis coupa le moteur et se retourna vers Brenda.

— A emporter ?

Manger ici serait plus sûr. Elle serait en mesure de contenir l'excitation qu'elle sentait monter en elle chaque fois qu'elle se retrouvait seule avec lui. Mais elle ne voulait pas se sentir en sécurité. Pas ce soir. Elle avait bien trop envie de lui, beaucoup plus que d'une pizza.

— A emporter, répondit-elle en souriant.

Quarante-cinq minutes plus tard, ils étaient dans son appartement, assis sur le sol, le carton contenant la pizza chaude installé entre eux. Ils en avaient avalé une partie avant que d'autres appétits ne se réveillent et n'éloignent pour de bon leur envie de manger.

Comme il la prenait dans ses bras, Dax réalisa qu'il avait attendu ce moment depuis l'instant où il s'était réveillé à ses côtés. Malgré l'enquête qui devait passer en priorité, il n'avait cessé de penser à elle et à lui faire l'amour tout au long de la journée. Encore une première pour lui.

Sain, vigoureux, Dax savait toujours comment mettre en suspens ce qui ne se rapportait pas à l'enquête en cours chaque fois qu'il travaillait. Jusqu'à présent, tout était parfaitement compartimenté. Ce genre de pensées et de besoins n'envahissaient jamais son environnement professionnel.

Excepté que ce n'était désormais plus le cas. Aujourd'hui, ils y étaient entrés tel César marchant sur Rome.

Il ne désirait plus qu'être avec Brenda de toutes les manières possibles et lui faire l'amour jusqu'à en perdre le souffle.

Peut-être même plus que ça encore.

— Je ne connais pas de meilleure façon de servir la pizza, dit-il en en savourant le goût sur la bouche de Brenda.

Il se lécha les lèvres avant de passer sa langue sur les siennes de nouveau.

Le cœur de la jeune femme cognait dans sa poitrine. Le baiser passionné qu'ils avaient échangé l'avait presque fait chavirer. Son rythme cardiaque s'était accéléré et toutes les pensées qui ne se rapportaient pas à lui avaient été effacées. Elle en voulait encore, et tout son être le lui criait silencieusement.

Sentant l'excitation se propager en elle, elle lui adressa un sourire en enroulant les bras autour de son cou.

— Tu en veux encore ? s'enquit-elle avant de presser sa bouche contre la sienne.

Elle perçut l'impatience dans son corps et le désir qui s'emparait de lui instantanément. Tandis qu'une sensation identique grandissait en elle, son corps frémit d'appréhension, s'échauffant de la même manière au moment où il plaqua les mains sur son dos et l'attira contre lui.

Une ardeur, empreinte de peur, s'empara d'elle.

Et si la dernière fois n'avait été qu'une anomalie ? Et si ça ne s'était produit que parce qu'elle était vulnérable et avait besoin d'être désirée ?

Tandis qu'elle s'inquiétait, elle sentit Dax faire opérer sa magie, et ses craintes disparurent peu à peu. Au fond de son cœur, elle *savait* qu'il ne la décevrait pas.

Cet homme était un magicien, usant de ses mains et de sa bouche pour lui jeter des sorts, ajoutant la touche finale en collant son corps contre le sien.

L'impatience grandissait en elle.

Puis l'ardeur se fit plus pressante. Dès l'instant où il commença à la dévêtir, elle fit sortir sa chemise de son pantalon et commença à en défaire les boutons. Durant tout ce temps, leurs bouches demeurèrent soudées l'une à l'autre et lorsqu'elles se séparèrent, Brenda se hâta de rétablir la connexion.

La tête lui tournait mais elle aimait ça.

Elle aimait Dax.

Cette pensée résonna un instant dans son esprit avant qu'elle ne la fasse disparaître, effrayée à l'idée de ce que ça pourrait signifier. Et de l'endroit où ça risquait de la conduire.

Il valait mieux vivre l'instant présent.

Sous ses caresses, elle se sentait belle, semblable à une œuvre d'art qui n'aurait été créée que pour lui.

Elle savait que tout ceci n'était qu'illusion mais, avec lui, elle se sentait aimée et même si ça ne durait que l'espace d'une minuscule éternité, elle voulait s'y raccrocher.

A cet instant, toutes les sensations effrénées qui traversaient son corps à vive allure s'intensifièrent. C'était comme si la nuit dernière n'avait été qu'une répétition et que le grand soir était enfin arrivé.

Le spectacle allait commencer.

Elle pouvait à peine reprendre son souffle et pourtant, elle en redemandait, impatiente, tandis que Dax la faisait passer d'un orgasme à un autre, de toutes les manières possibles.

Dax découvrit des endroits insoupçonnés sur le côté de son cou, au creux de son coude ou bien encore le long de son ventre. Les explosions se succédaient à n'en plus finir, l'emprisonnant et lui faisant monter les larmes aux yeux, tout en la faisant osciller entre douleur et extase.

La prochaine fois, se promit-elle, elle mettrait son corps sens dessus dessous, comme il était en train de le faire avec le sien. Son univers serait si ébranlé qu'il ressemblerait à un feu d'artifice. La principale préoccupation de Dax était toujours de lui procurer du plaisir et c'était une des raisons pour lesquelles elle l'aimait tant. Et si jamais c'était la dernière fois ? murmurait une petite voix dans sa tête. Et si jamais ils ne faisaient plus jamais l'amour ensemble ?

Cette pensée et la peur qui l'accompagnait la submergèrent.

Rassemblant toutes ses forces, Brenda intervertit soudain leurs positions. La surprise qu'elle lut sur le visage de Dax valut amplement l'effort surhumain qu'il lui avait fallu déployer pour y parvenir.

Depuis le début, il avait à peine pensé à son propre plaisir. Par deux fois il avait voulu la pénétrer et atteindre avec elle la jouissance ultime, mais il s'était retenu, cherchant d'abord à la contenter, tentant d'effacer de son esprit le souvenir de tous les autres hommes avec qui elle avait été, tout comme elle avait effacé toutes les autres femmes du sien. Il ne savait pas où ça le conduisait et se répétait de prendre les choses comme elles venaient mais, dans son cœur, Dax savait que c'était différent. Qu'elle n'était pas comme les autres. Qu'elle avait de l'importance à ses yeux.

Il s'agrippa à ses hanches tandis qu'elle ajustait sa position sur lui, puis retint un cri au moment où elle commençait à les entraîner tous deux dans un rythme intemporel.

— Tu es si jolie, Brenda, murmura-t-il en plongeant les mains dans ses cheveux et en l'attirant contre lui.

Il voulait sentir le goût de ses lèvres sur les siennes quand la jouissance ultime arriverait.

Lorsqu'elle se produisit, il réalisa qu'il ne voulait pas que ça se termine. Il désirait plus que tout garder Brenda à ses côtés, pour toujours.

Malgré la peur qui s'insinua en lui au moment où il en prit pleinement conscience, il sut intérieurement qu'il ne s'était jamais senti aussi bien.

Et que c'était la même chose pour elle.

13

Aussi loin qu'il s'en souvienne, en excluant les crises passagères, Dax avait toujours été heureux. Chez lui c'était naturel, tout comme l'optimisme dont la majeure partie de sa famille, proche et éloignée, semblait avoir hérité.

Mais jamais, jusqu'à aujourd'hui, il n'aurait cru pouvoir être *aussi* heureux.

C'était comme s'il rayonnait de l'intérieur, avec force et fureur, tandis que des vagues de chaleur déferlaient en lui sans prévenir et qu'il ne pouvait rien faire d'autre que s'incliner devant elles, sans savoir quand la prochaine allait arriver. Ne contrôlant rien, il n'avait ni le pouvoir de démarrer quoi que ce soit ni celui de l'arrêter. Il ne pouvait qu'en profiter et ne s'en priva pas.

Il refit l'amour à Brenda avec toute la passion et la tendresse dont il était capable.

Une fois son euphorie dissipée, Dax décida de se lever plutôt que de céder à l'immense tentation de passer la nuit à ses côtés, à la tenir blottie dans ses bras. Ce fut d'autant plus dur qu'il n'était pas forcé de s'en aller, n'ayant reçu aucun appel du commissariat.

Une satisfaction indolente se répandit à travers son corps tandis que l'odeur tentatrice des cheveux de Brenda pénétrait tous ses sens. Dax enfonça ses doigts dans le matelas et fit un effort pour s'asseoir. Il fallait qu'il se lève avant que sa résolution ne devienne aussi consistante qu'un fruit éclaté abandonné au soleil.

— Ne t'en va pas, murmura-t-elle en enroulant ses doigts autour de son bras, le prenant par surprise.

Dax eut un petit rire et se pencha pour déposer un baiser sur le sommet de sa tête.

— Je croyais que tu dormais.

Elle poussa un soupir.

— Je ne faisais que somnoler.

Relevant les yeux vers lui, elle lui adressa un sourire et il sentit une autre salve de chaleur lui transpercer les veines.

— Je reprenais des forces pour le prochain round.

Cette fois-ci, le rire de Dax se fit plus bruyant tandis qu'il secouait la tête, étonné.

— Tu me surestimes beaucoup trop !

Prenant une profonde inspiration, elle tenta de s'extirper du délicieux état de demi-sommeil dans lequel elle se trouvait. La chaleur du corps de Dax, suscitant en elle à la fois de l'excitation et une sensation apaisante, était encore perceptible contre ses joues bien qu'il se soit levé.

— Je ne crois pas non, répliqua-t-elle en arborant un large sourire, les yeux scintillants.

Saisissant Brenda par les épaules, il se pencha au-dessus d'elle et effleura légèrement ses lèvres, résistant à l'envie de l'embrasser plus intensément de peur de ne plus réussir à partir.

— Je suis sûr que tu avais prévu tout ce qui est arrivé ce soir.

Elle se redressa et s'appuya sur un coude, essayant de ne pas se laisser distraire par la vue de son corps nu. Il fallait qu'il comprenne qu'elle n'avait pas cherché à orchestrer ce qui s'était passé entre eux.

— Absolument pas.

Le ton de sa voix était si sérieux qu'il s'arrêta et la regarda par-dessus son épaule.

— Alors tu es aussi surprise que je le suis.

Inconsciemment, elle passa la langue sur sa bouche, la

saveur des lèvres de Dax y étant toujours présente, et sentit l'excitation s'éveiller de nouveau en elle.

— Complètement.

— Génial.

Revenant sur ses pas, Dax l'embrassa encore une fois, furtivement, puis se releva.

En le voyant prendre la direction opposée à la salle de bains, Brenda s'assit brusquement, un air sérieux sur le visage.

— Où vas-tu ?

— Récupérer mes vêtements, lui dit-il. Je dois retourner au commissariat.

Il était pratiquement 23 heures. Elle avait espéré qu'il passerait toute la nuit avec elle, comme la première fois.

— Tu as reçu un appel ?

Elle ne se souvenait pas s'être assoupie après qu'ils aient fait l'amour mais, si c'était le cas, ça expliquerait qu'elle n'ait pas entendu la sonnerie du téléphone.

— Non, lui cria-t-il du salon.

Ses vêtements étaient éparpillés çà et là sur le sol, à côté de ceux de Brenda.

— Je veux seulement reprendre le dossier depuis le début, pour vérifier que je ne suis pas passé à côté d'un détail, lui expliqua-t-il en s'habillant rapidement. Mais tu m'as complètement épuisé. J'ai besoin d'énergie, dit-il en se dirigeant vers la cuisine. Où est-ce que tu ranges les filtres à café ?

Du café. C'était la première chose à laquelle elle pensait lorsqu'elle avait besoin de recharger ses batteries. Brenda se leva à son tour. L'idée qu'ils aient des points communs lui plaisait, même s'il ne s'agissait que de détails infimes.

— Dans le placard au-dessus de l'évier, lui répondit-elle en enfilant des sous-vêtements propres et un jean. Si tu me laisses une seconde, je pourrais t'en préparer.

Comme il ne lui répondait pas, elle se demanda s'il l'avait entendue.

— Dax ?

Elle boutonnait son chemisier lorsqu'elle se remémora les

indications qu'elle lui avait fournies. « Le placard au-dessus de l'évier. »

C'était là qu'elle rangeait les vitamines prénatales que lui avait prescrites son médecin parce qu'elle avait besoin de fer. Elle arriva dans la cuisine avant que ses pensées n'aient eu le temps de se former complètement.

Dès qu'elle vit Dax, de dos, elle comprit qu'il était trop tard. Elle sentit un trou immense se former au creux de son ventre tandis qu'il se retournait face à elle, le flacon à la main et le regard sans expression.

— Qu'est-ce que c'est ?

Le ton de sa voix était extrêmement calme.

Un frisson la parcourut tandis qu'elle cherchait à se convaincre que tout irait bien et qu'elle réussirait à lui faire comprendre.

Même si une petite voix dans sa tête lui criait le contraire.

Incapable de bouger et de respirer, elle resta figée sur place à le dévisager.

— Des vitamines prénatales, parvint-elle finalement à articuler.

C'était ce qui était écrit sur le flacon. Mais Dax ne pouvait se résoudre à le croire. Il s'y refusait.

— A qui sont-elles ?

Elle aurait très bien pu lui mentir, inventer n'importe quelle histoire. S'il y avait bien un moment où mentir s'avérait nécessaire, c'était maintenant. Mais elle avait déjà commis un péché d'omission en ne le mettant pas au courant pour le bébé et ne pouvait pas se permettre d'aggraver davantage la situation.

Prenant une longue inspiration, elle s'efforça de faire ralentir son rythme cardiaque.

— A moi.

Dax regarda la date sur le flacon. La prescription remontait à moins d'un mois.

— Tu es enceinte ?

— Oui.

Le mot lui brûla la gorge alors qu'elle sentait les larmes lui monter aux yeux devant l'appréhension de ce qui allait suivre.

La réponse de Brenda percuta Dax de plein fouet, tel un camion lui fonçant dessus à toute allure. Elle était enceinte. Il lui avait fait l'amour et, durant tout ce temps, elle portait l'enfant d'un autre.

— Pourquoi ne m'as-tu rien dit ? demanda-t-il, parvenant à peine à contenir sa colère.

Son silence au sujet du bébé le stupéfiait encore plus que le fait qu'elle soit enceinte. Parce que ça détruisait son illusion qu'un lien particulier, une chose belle et unique, s'était créé entre eux. A présent, comment pouvait-il encore croire que c'était possible alors qu'elle lui avait dissimulé un fait aussi important ? A l'évidence, elle n'avait pas confiance en lui.

Brenda ne bougea pas de l'endroit où elle se tenait. Ce ne fut qu'au prix d'une énorme détermination qu'elle parvint à ne pas s'effondrer. Il aurait suffi qu'elle fasse un pas et elle aurait fondu en larmes.

— Je ne savais pas comment te l'annoncer.

Le visage de Dax se durcit.

— C'est très simple, lui répondit-il froidement. Tu aurais pu me regarder dans les yeux et me dire : « Dax, il faut que je te révèle une petite chose avant de m'envoyer en l'air avec toi : je suis enceinte. »

Elle se crispa devant l'image froide et insensible qu'il venait de dépeindre.

— Je craignais qu'en apprenant ma grossesse tu n'aies plus envie de faire l'amour avec moi.

Empli de colère, il n'était plus capable de raisonner correctement. De rage, il jeta le flacon qui vint rebondir sur le comptoir puis tomba dans l'évier sans s'ouvrir.

— Alors tu ne m'as rien dit parce que tu étais en manque ?

— Arrête, fit-elle avec brusquerie et colère.

Vainement, elle tenta de construire un mur autour d'elle afin qu'il ne puisse pas la blesser. Mais il était trop tard.

— Tu parles de ce qui s'est passé comme d'une chose minable alors que ça ne l'était pas… Pas pour moi en tout cas.

Il éclata de rire avec flegme et la regarda en plissant les yeux. Comment pouvait-il croire un seul mot de ce qu'elle lui disait ?

— J'oubliais, la terre a tremblé.

— Oui, effectivement, cria-t-elle.

Elle laissa sa propre colère lui éclater au visage. Comment osait-il douter de ce qu'elle avait ressenti ?

— Je n'ai jamais connu d'autre homme que mon mari, alors on ne peut pas dire que j'ai beaucoup d'expérience. J'étais persuadée qu'il n'existait rien de plus que ce que j'avais avec Wade. Et j'ai découvert que c'était faux.

Elle luttait à présent pour retenir ses larmes. Il fallait qu'il comprenne, il le *fallait* à tout prix.

— Tu m'as montré qu'il y avait beaucoup plus. Je savais que ça n'était pas aussi spécial pour toi que ça l'était pour moi, alors je me disais que ça ne ferait aucune différence que tu saches ou non que j'étais enceinte.

Elle pensait que ce qu'ils avaient vécu n'était rien de spécial pour lui. Eh bien, il ne pouvait plus vraiment dire le contraire à présent, n'est-ce pas ? Pas sans avoir l'air d'être plus idiot qu'il ne l'était déjà en tout cas.

— Que je comprenne bien, reprit-il froidement, en faisant mine d'être confus. Si tu croyais que ça n'aurait aucune importance pour moi que tu sois enceinte, pourquoi me l'avoir caché ?

Tout était si embrouillé dans sa tête que Brenda ne savait pas par où commencer pour démêler tout ça. Elle pinça les lèvres. Elle n'avait aucune réponse à lui fournir.

Et il ne savait pas quoi lui dire. Après avoir ramassé sa veste sur le tapis du salon, il quitta l'appartement sans dire un mot, en claquant la porte derrière lui.

Brenda se couvrit la bouche de ses deux mains. Lentement, elle s'effondra sur le sol et éclata en sanglots.

*
* *

Dax réalisa qu'il avait roulé jusqu'à la maison de son père au moment où il s'arrêta dans l'allée. Lorsqu'il regarda autour de lui, il secoua la tête. C'était comme si une sorte de dispositif avait été programmé à l'intérieur de la voiture, sinon à l'intérieur de lui, pour retrouver automatiquement le chemin qui menait jusqu'ici.

Pendant un moment, il resta à l'intérieur du véhicule, laissant le moteur tourner et tentant de comprendre comment il avait pu être aussi bête.

Comment avait-il pu autant s'attacher à une femme en si peu de temps ? Ça ne lui ressemblait pas, ce n'était pas sa manière d'opérer. Jusque-là, sa vie amoureuse n'était faite que de brèves aventures sans attaches. Tout fonctionnait tellement bien ainsi, que lui avait-il pris de vouloir compliquer les choses ?

Car il l'avait fait et ce sans jamais en avoir eu l'intention. Quand sa garde s'était-elle baissée ? Pourquoi ne s'était-il pas rendu compte de ce qui se passait ?

Bon sang, il était allé droit dans le mur sans même s'en rendre compte !

— Tu comptes entrer ou bien rester assis là sans bouger en laissant le moteur tourner jusqu'à ce que la voiture se vide de son essence ? L'argent te brûle les poches, mon garçon ? Ils te payent trop, ces derniers temps ?

Dax leva les yeux et aperçut son père, la tête passée par la vitre baissée côté passager.

Au bout d'un instant, Brian Cavanaugh prit la décision à la place de son fils. Contournant la voiture, il vint ouvrir sa portière et l'invita à descendre.

— Allez, entre une minute, je viens de préparer du café et comme d'habitude, j'en ai trop fait.

Un sourire contrit était affiché sur ses lèvres. Cinq ans s'étaient écoulés depuis l'enterrement et il continuait à préparer du café pour la défunte mère de Dax, s'attendant à la voir arriver d'une minute à l'autre. La cuisine s'était avérée être son domaine plutôt que celui de la femme qu'il avait épousée.

— Tu me connais, je déteste gâcher, insista-t-il.

Dax esquissa un sourire. Le café avait été l'élément déclencheur des événements qui l'avaient amené jusqu'ici et pourtant il n'en avait toujours pas avalé une seule goutte. Il hocha la tête et sortit de la voiture.

Parler à quelqu'un, garder l'esprit occupé jusqu'à ce qu'il puisse se ressaisir valait mieux que de rester assis à broyer du noir. C'était sans aucun doute la raison pour laquelle il avait inconsciemment roulé jusqu'ici.

Il suivit son père à l'intérieur de la maison, qui gardait encore les traces des ravages que ses frères, sa sœur et lui, avaient causés il n'y avait pas si longtemps que cela. Plusieurs couches de peinture dissimulaient les empreintes de doigts qui avaient fini par recouvrir généreusement les murs malgré tous les efforts de la mère de Dax pour que ça n'arrive pas.

Combien de couches de peinture devrait-il appliquer pour masquer la souffrance et la colère qu'il ressentait en cet instant ?

Rapidement, il chassa cette pensée de son esprit. Ou, du moins, il tenta de le faire.

Une fois dans la cuisine, Brian se dirigea vers la cafetière et sortit deux tasses d'un placard. Il vivait seul maintenant que le dernier de ses enfants était parti et, comme son frère, il détestait ça. Rien ne lui faisait plus plaisir que la visite d'un ou de plusieurs d'entre eux, même s'il les voyait pratiquement tous les jours au commissariat.

Il jeta un œil à l'aîné de sa progéniture.

— Ça concerne l'enquête ?

Il était à des millions de kilomètres de la vérité.

— Quoi ? demanda Dax en clignant des yeux.

Brian hocha la tête, le regard rivé sur lui.

— A quoi est dû cet air sur ton visage ? Tu sembles perdu dans tes pensées. C'est à propos de l'affaire Tyler ?

— Oui.

Puis, parce qu'en dehors des mensonges anodins qui ponctuaient l'enfance de chaque être humain, il n'avait jamais menti à son père, il rectifia sa réponse.

— En fait, non.

Se retournant avec la cafetière dans les mains, Brian observa son fils et reconnut cette expression qui lui était si familière. C'était la même que celle que le miroir lui avait renvoyée lorsqu'il s'était disputé pour la première fois avec sa défunte femme.

— Oh, je vois.

Son père était intelligent, ce n'était pas un secret. Et Dax en était fier. Mais lorsqu'il cherchait à se montrer plus malin que lui au sujet de sa vie privée, c'était une autre histoire. Dax se crispa et se plaça immédiatement sur la défensive, comme si ses erreurs devaient être jalousement gardées au lieu d'être torpillées dans l'océan.

— Tu vois quoi ?

Brian esquissa un sourire.

— Je ne suis pas devenu commissaire à cause de mon physique, mon garçon.

Il secoua la tête tout en remplissant deux tasses de café noir comme l'encre. Plus il était fort, mieux c'était. Il ne faisait pas confiance à un café à travers lequel on pouvait voir le fond de la tasse.

— Je commençais à croire que je ne vivrais pas assez vieux pour voir ce jour, murmura-t-il tandis qu'il reposait la cafetière sur le brûleur.

— Pour voir quel jour ? s'enquit Dax, toujours sur ses gardes.

Son père s'installa sur un tabouret à côté de lui au comptoir du bar américain.

— Le jour où mon fils finirait par tomber amoureux.

La tasse près de sa bouche, Dax la reposa sans avaler une seule gorgée. Son père était à la fois trop proche et complètement éloigné du sujet.

— Mais de quoi tu parles ?

— De l'expression que je vois sur ton visage, répondit-il doucement. C'est celle qu'a un homme lorsqu'il s'est disputé avec la femme qu'il aime. Des ennuis, mon fils ? lui demanda-t-il en tentant d'adopter un ton désinvolte.

— Aucun, papa, répliqua Dax avec une détermination farouche.

— Quel que soit le problème, ça s'arrangera, répondit Brian en lui mettant la main sur l'épaule.

Son visage se fit plus sérieux.

— Fais juste en sorte de ne pas tout gâcher.

Dax serra les dents. Voilà qui lui apprendrait à rouler sans faire attention à ce qu'il faisait. Son intention première était de se rendre au commissariat ; atterrir devant la maison de son père n'avait été que pur accident.

— Il n'y a aucune femme, papa.

Brian fit mine de jouer l'innocent.

— Ah non ?

— Non.

Son père savait lire en lui, songea Dax, qui n'était finalement pas si ennuyé que ça. Il se demandait si c'était un don que l'on possédait dès la naissance ou bien une chose qui se développait en ayant des enfants.

Il fléchit légèrement.

— Je l'ai rencontrée il y a quelques jours à peine, expliqua-t-il.

Un sourire entendu se dessina sur le visage de Brian.

— Le temps n'a aucune importance, mon fils. J'ai su une heure après avoir rencontré ta mère que je l'épouserais ou bien que je vivrais seul pour le restant de ma vie.

Encore un conte de fées. Eh bien, il avait passé l'âge.

— Les gens ne sont pas tous comme toi.

Brian inclina la tête.

— Non, mais ils sont plus nombreux que tu ne le crois.

Il pressa l'épaule de son fils pour le réconforter.

— Quel que soit le problème, tu le régleras. J'ai foi en toi. Tu as la tête sur les épaules, Dax, tu l'as toujours eue.

Tout en avalant une longue gorgée de café, il regretta de ne pas avoir la même confiance en lui. Au moment où le liquide atterrit dans son estomac, il se retourna vers son père, les yeux légèrement embués de larmes.

— Bonté divine, papa, qu'est-ce que c'est que ça ? On dirait de la boue bouillie.

— Ma mixture spéciale, annonça Brian, rayonnant de fierté. Je te ressers ?

Dax poussa sa tasse en avant sur le comptoir.

— Volontiers.

Brenda se passa une main dans les cheveux. Elle ne se sentait vraiment pas en forme, ayant passé la nuit entière à essayer de dormir sans y parvenir complètement.

Bien que trop épuisée pour aller travailler, elle n'était pas en état de rester chez elle, seule avec ses pensées. Et même si elle en mourait d'envie, il lui était impossible de se rendre chez les Tyler.

Simon lui avait bien fait comprendre qu'il ne voulait pas d'elle là-bas, et après les récents événements, Dax ne supporterait vraisemblablement pas non plus sa présence. Même si le ravisseur avait exigé de ne parler qu'à elle, elle doutait fortement que l'un ou l'autre la contacte en cas de nouvel appel téléphonique. De toute façon, l'individu avait obtenu ce qu'il désirait, il était donc quasiment improbable qu'il se manifeste.

Préférant ne pas prendre de risques inutiles, elle s'assura néanmoins que son téléphone portable était allumé en le rangeant dans son sac.

Elle se doucha rapidement, s'habilla et quitta l'appartement. Ce fut seulement une fois en route pour l'école qu'elle se rendit compte qu'elle avait oublié de prendre ses vitamines prénatales. Si seulement elle les avait conservées dans son armoire à pharmacie au lieu de les avoir rangées dans le placard de la cuisine, pensa-t-elle avec regret, Dax ne les aurait jamais trouvées.

Mais c'était probablement mieux ainsi, tenta-t-elle de se convaincre. Le mensonge n'était pas une bonne base pour construire une relation. Même si, à présent, il ne restait plus rien à construire.

Elle s'efforça de focaliser son esprit sur son travail et se souvint que, lorsqu'elle avait appelé Matthew pour lui dire qu'elle ne viendrait pas hier, elle l'avait également informé qu'elle serait absente aujourd'hui. Il avait sûrement fait appel à quelqu'un pour la remplacer. Mais les changements de dernière minute n'étaient pas impossibles, n'est-ce pas ? Elle en avait eu la preuve au cours des jours qui venaient de s'écouler.

« Assez ! » s'ordonna-t-elle silencieusement, mettant la radio en marche pour noyer ses pensées. Elle ne pouvait pas se permettre de songer à ça maintenant, sinon elle risquait de s'effondrer. La seule manière de tenir le coup durant cette journée était de ne penser à rien et uniquement d'agir. Le pilotage automatique était une chose à laquelle elle avait souvent eu recours dans sa vie. La dernière fois remontait au jour où elle avait appris qu'elle était veuve et enceinte en moins d'une heure.

« Ce qui ne nous tue pas nous rend plus fort », disait le vieil adage.

Mais en toute honnêteté, elle ne se sentait pas particulièrement forte en cet instant.

Après avoir frappé un coup à la porte de Matthew Harwood, elle passa la tête par l'entrebâillement.

— Bonjour.

Celui-ci parut surpris de la voir.

— Je ne pensais pas que vous viendriez travailler. Du nouveau ?

« Oui, je suis tombée amoureuse et je me suis fait plaquer en moins d'une semaine », mourait-elle d'envie de crier.

— Non, lui répondit-elle. La police tente toujours de trouver des pistes.

Il était extrêmement pâle, ce qui ne lui ressemblait pas. D'ordinaire si posé et à l'aise dans toutes les situations, il paraissait avoir été sérieusement ébranlé par l'enlèvement d'Annie.

— Je sais que j'avais dit que je ne viendrais pas aujourd'hui, mais j'ai pensé que je pourrais peut-être vous être utile ici.

— Bien sûr, fit-il en hochant la tête. Je suis ravi de votre retour. Vous avez manqué aux enfants.

Et c'était réciproque, pensa-t-elle. Ils étaient ce qui lui permettait de garder son équilibre et, en ce moment, elle en avait désespérément besoin.

En entrant dans sa classe, elle fit un signe de la tête à la remplaçante.

— Non restez, insista-t-elle auprès de cette dernière tandis qu'elle rassemblait silencieusement ses affaires. Votre aide me sera très utile aujourd'hui.

Immédiatement, les enfants vinrent l'entourer, abandonnant leur place et la bombardant de questions. Pour une fois, elle les autorisa à faire preuve d'un certain désordre. Indirectement, ils avaient eux aussi subi une épreuve difficile. Les psychologues se tenaient d'ailleurs toujours prêts à intervenir en cas de besoin.

— Ils ont trouvé Annie ? lui demanda une petite rouquine avec empressement.

Plus que tout au monde, elle aurait voulu pouvoir lui répondre oui.

— Non, pas encore. Mais bientôt.

— Les méchants l'ont emmenée ? voulut savoir un autre élève.

— Mais non, Tommy, répondit dans la foulée Alicia, la plus bavarde de la classe. M. Harwood les aurait empêchés.

Brenda sourit.

C'était merveilleux d'avoir une telle foi, d'être jeune et de se sentir si protégé.

— M. Harwood ne voulait pas qu'ils l'emmènent mais il n'était pas là pour les arrêter, Alicia.

La fillette fronça les sourcils.

— Pourquoi pas ? C'est lui qui a éloigné Annie du groupe.

Brenda sentit sa poitrine se serrer. Elle se souvenait avoir entendu Matthew dire aux policiers qu'il n'avait pas vu Annie le jour de l'enlèvement.

En s'efforçant de ne pas effrayer la petite fille, Brenda se tourna vers elle et s'accroupit à sa hauteur.

— Quand ça, Alicia ? Réfléchis bien attentivement. Quand M. Harwood a-t-il éloigné Annie du groupe ?

Alicia releva le menton.

— J'ai pas besoin de réfléchir attentivement. Je m'en souviens bien. C'était quand l'alarme a sonné.

14

Une multitude de pensées traversa l'esprit de Brenda. Les yeux rivés sur Alicia, elle n'arrivait pas à en croire ses oreilles. La fillette faisait forcément erreur. Matthew Harwood était dévoué à son école. Il adorait les enfants. C'était toute sa vie. Jamais il ne pourrait se rendre complice d'un acte aussi odieux qu'un enlèvement.

Mais si Alicia disait vrai, pourquoi avait-il menti à la police en prétendant ne pas avoir vu Annie ce jour-là ?

Brenda s'efforça de ne pas se montrer trop insistante. Elle ne voulait pas inquiéter son élève, même si celle-ci était plutôt du genre intrépide. Cette qualité l'avait d'ailleurs encouragée à la faire se rapprocher d'Annie pour qu'un peu de son courage déteigne sur cette dernière.

— Alicia, en es-tu absolument certaine ? l'interrogea-t-elle de nouveau en soutenant le regard de la fillette. Tu confonds peut-être avec un autre moment de la journée.

Autour d'elle, les enfants écoutaient avec la plus grande attention. Alicia se montra catégorique. Elle hocha la tête si fort que ses jolies boucles blondes s'agitèrent autour de ses frêles épaules.

— C'était après la sonnerie de l'alarme, quand on courait pour sortir de la salle de dessin. Annie était derrière moi et je me suis retournée pour lui prendre la main… comme vous m'aviez dit, lui rappela-t-elle.

— Oui, je m'en souviens.

Brenda se força à sourire, bien que sous le choc, et l'encouragea à poursuivre. Si c'était vrai, alors Matthew était assurément impliqué dans cette affaire d'une manière ou d'une autre.

— Alicia, pourquoi n'en as-tu pas parlé avant ?

Elle parut surprise par cette question.

— Personne ne m'a demandé si M. Harwood était avec elle !

Très juste, songea Brenda.

Déterminée à découvrir la vérité, elle décida d'aller immédiatement s'entretenir avec le directeur. En se relevant, elle lança un regard à la remplaçante, aussi confuse qu'elle face à la situation. Elle n'avait malheureusement pas le temps de lui fournir la moindre explication et n'était même pas certaine d'en avoir une satisfaisante. Pour l'heure, elle devait agir au plus vite.

— Pourriez-vous vous occuper de la classe, s'il vous plaît, Cathy ? lui demanda-t-elle en se dirigeant vers la porte.

— Bien sûr.

— Oh non ! s'exclamèrent en chœur dix-neuf petites voix en signe de protestation.

Brenda se retourna face à ses élèves visiblement déçus. Ils n'avaient pas idée de leur chance. Après tout, n'importe lequel d'entre eux aurait pu être kidnappé à la place d'Annie.

— Je reviens tout de suite, leur promit-elle.

A mi-chemin dans le couloir qui menait au bureau d'Harwood, elle s'arrêta brusquement. Même si elle mourait d'envie de se confronter avec le directeur afin d'obtenir une explication plausible au sujet de ce que lui avait appris Alicia, elle pensa qu'elle ne devait pas se précipiter. Se rendre immédiatement dans son bureau avec cette information détruirait l'effet de surprise.

« Si tant est que cela puisse avoir une quelconque utilité », pensa-t-elle.

En son for intérieur, elle savait qu'une seule solution s'offrait à elle : appeler Dax.

Sentant soudain ses forces l'abandonner, elle se persuada avec un effort évident qu'elle ne pouvait pas se permettre de flancher. Pas maintenant. Pas quand la vie d'Annie était en jeu.

Elle fit demi-tour et se dirigea rapidement vers la salle de repos.

A cette heure de la matinée, l'immense pièce — dans laquelle se trouvait un écran de télévision géant offert par Simon Tyler et son épouse — était vide. Elle ne voulait pas prendre le risque que quiconque surprenne sa conversation.

Tandis qu'elle composait le numéro de Dax, elle sentit son estomac se nouer. Comme la sonnerie retentissait contre son oreille, elle compta jusqu'à dix dans sa tête pour tenter de se maîtriser. Ses nerfs n'étaient malheureusement pas très coopératifs.

Puis elle entendit la voix grave de Dax résonner dans l'écouteur :

— Cavanaugh.

Les mots se bousculèrent dans sa tête. Elle aurait voulu lui dire tant de choses. « Pourquoi es-tu parti comme ça ? Pourquoi n'es-tu pas revenu ? Pourquoi refuses-tu de me parler ? » Tant bien que mal, elle enfouit ses interrogations au fin fond de son esprit. Ce n'était pas le bon moment. Ça ne le serait peut-être jamais.

— Dax, je crois que tu devrais venir à l'école.

Il y eut un silence à l'autre bout du fil et elle crut un instant que la communication avait été coupée.

— Dax, tu es toujours là ? C'est moi, Brenda, il faut que…

— J'ai entendu.

Sa voix était distante et il pesait chacun de ses mots. Le malaise que ressentait Brenda était si immense qu'il menaçait de l'engloutir. Malgré tout, ses sentiments et la fin brutale de leur relation importaient peu face à l'urgence de la situation.

— Ecoute-moi, reprit-elle d'un ton déterminé. D'après l'une de mes élèves, Harwood a écarté Annie du groupe juste avant que nous ne quittions le bâtiment pendant l'incendie. Or, je l'ai entendu te dire qu'il ne l'avait pas vue ce matin-là.

— Et cette enfant a-t-elle l'imagination plutôt fertile ?

— Ses parents sont des scientifiques. Elle est aussi pragmatique qu'une enfant de six ans peut l'être. Sans doute même plus.

— Où es-tu ?

— A l'école. J'ai préféré venir travailler pour ne pas…

Elle s'interrompit juste à temps. Il était hors de question qu'elle lui avoue dans quel état elle se trouvait.

Dax ne lui posa aucune question. Malgré la discussion qu'il avait eue avec son père, il n'était pas encore prêt à évoquer leur relation et les événements de la veille. Son unique certitude était de ne pas vouloir que les choses se terminent ainsi entre eux. Mais ils devraient remettre les explications à plus tard.

— En as-tu parlé à Harwood ?

— Non, pas encore.

— Ne le fais pas.

Elle crut entendre un soupçon d'approbation dans sa voix, mais peut-être était-ce dû à son imagination.

— J'arrive tout de suite.

Puis il raccrocha, laissant le son de la tonalité résonner dans l'oreille de la jeune femme.

Brenda était assise sur les marches à l'attendre lorsque Dax se gara sur le parking quelques minutes plus tard. Il remarqua immédiatement à quel point elle était blême, comme si son univers venait d'être anéanti, et il ne put s'empêcher de penser qu'il savait exactement ce qu'elle pouvait ressentir car il éprouvait la même chose.

Résistant à la tentation de lui faire une quelconque remarque ou bien de caresser son visage comme il en mourait d'envie, il lui demanda directement de le conduire auprès de la fillette.

Il jugea meilleur de l'interroger à l'intérieur de la classe, mais à l'écart des élèves, et demanda donc à la remplaçante de conduire les autres enfants, dont la curiosité était à son maximum, à l'autre bout de la pièce.

— Alicia, je te présente l'inspecteur Cavanaugh, annonça Brenda en la poussant doucement en avant. Il aimerait te poser quelques questions.

— Je me souviens de vous. Vous êtes venu après l'incendie, dit la fillette en levant les yeux vers lui.

Stupéfait par son aplomb, Dax eut immédiatement le sentiment de se trouver face à une adulte plutôt qu'à une petite fille de six ans. A son âge, il ne pensait qu'à jouer avec ses cousins et passait son temps à se salir. Le hobby préféré de cette fillette devait certainement consister à faire des exercices de mathématiques.

— Oui, en effet. Tu serais d'accord pour me répéter ce que tu as raconté à Mme York ?

Alicia fit un mouvement brusque de la tête en soupirant puis répéta les propos qu'elle avait tenus un peu plus tôt.

— Mme York nous faisait sortir de la salle de dessin et Annie était derrière moi. Je me suis retournée et j'ai vu M. Harwood l'emmener en la tenant par la main. Elle souriait.

Elle avait fait son récit d'une traite. Essoufflée, elle s'efforça de reprendre sa respiration.

— C'est bon ? s'enquit-elle en relevant la tête vers l'inspecteur.

Dax acquiesça.

— C'est bon, répéta-t-il en lui adressant un sourire. Merci, Alice.

— Alicia, rectifia cette dernière avec une moue indignée.

Brenda s'agenouilla à la hauteur de la fillette.

— Il n'est pas doué pour se rappeler des noms, lui confia-t-elle en regardant Dax. Tu peux aller rejoindre les autres maintenant.

Sans se faire prier, Alicia se précipita vers ses camarades pour savoir ce qu'elle avait manqué.

*
* *

Matthew Harwood sursauta en voyant Dax et Brenda entrer dans son bureau. S'il n'avait pas été assis, l'homme se serait assurément écroulé sur le sol. Il semblait visiblement secoué de les voir débarquer sans prévenir.

Dax avait demandé à la secrétaire de ne pas les annoncer. On pouvait apprendre beaucoup d'une personne en la prenant au dépourvu.

— Inspecteur Cavanaugh, l'accueillit-il nerveusement. Du nouveau ?

Sans perdre de temps en bavardages inutiles, Dax alla droit au but, en gardant difficilement son calme.

— J'aimerais savoir pourquoi vous m'avez menti.

Harwood devint encore plus pâle qu'il ne l'était déjà.

— Je vous demande pardon ?

Brenda ne put se retenir plus longtemps.

— Alicia Marx nous a dit qu'elle vous avait vu emmener Annie dans la direction opposée à celle de l'entrée lorsque nous procédions à l'évacuation des enfants à cause de l'alarme incendie.

— Vous prétendiez pourtant ne pas l'avoir vue ce matin-là, ajouta Dax, le visage impassible.

La respiration d'Harwood devint saccadée.

— Je me suis trompé. Avec tout ce qui s'est passé, je devais avoir l'esprit embrouillé.

Dax n'avait pas besoin d'un instinct aiguisé pour savoir que cet homme mentait. L'état dans lequel il se trouvait en témoignait clairement.

— Eh bien, remettez de l'ordre dans vos idées, ordonna-t-il.

Les yeux marron d'Harwood se posèrent tour à tour sur Dax et Brenda. C'était comme si la remarque involontaire d'Alicia était la goutte d'eau qui avait fait déborder le vase, accablant l'individu qui était déjà sur le point de craquer.

Il s'effondra soudain devant eux, enfouissant la tête entre ses mains tout en luttant pour ne pas éclater en sanglots. Son univers, déjà fissuré, volait à présent en éclats devant lui.

Lorsqu'il releva la tête, il les supplia de son regard affolé de faire preuve d'un peu de compréhension.

— Ils n'étaient pas supposés lui faire du mal. Elle ne devait pas courir le moindre danger.

Dax dut se retenir pour ne pas se jeter sur lui.

— Alors vous l'avez réellement emmenée ?

— Non, ce sont eux, s'écria Harwood. Je n'ai fait que l'éloigner des autres élèves en lui faisant croire que je connaissais un raccourci. Puis je lui ai dit d'attendre dans le gymnase jusqu'à ce qu'ils viennent la chercher.

— Ils ? demanda Dax.

— Les Jamison, Jim et Chloé. C'est ainsi qu'ils s'appellent. Kingsley était un nom d'emprunt, expliqua-t-il en se tournant vers Brenda.

— C'est ce qu'ils ont voulu vous faire croire, reprit Dax d'un ton glacial.

Il doutait sincèrement que le couple ait utilisé son véritable nom. Les ravisseurs ressemblaient de plus en plus à des professionnels ayant approché Harwood uniquement dans le but d'utiliser ses relations pour se faire de l'argent.

Le directeur joignit les mains, les yeux rivés sur son bureau.

— Je ne sais pas comment ça a pu arriver. Je vous en prie, vous devez me croire, ce n'était pas censé se passer ainsi.

— Pourquoi ne pas tout nous raconter depuis le début ? le pressa Dax. Et soyez bref.

Chaque minute passée ici était du temps de perdu pour retrouver Annie. Il priait simplement pour qu'il ne soit pas déjà trop tard.

Honteux de ce qu'il avait fait et conscient que la raison l'ayant conduit à cet acte désespéré n'était pas une excuse, Harwood baissa de nouveau la tête.

— L'école connaît des difficultés financières depuis un certain temps. Je… Je n'ai pas été suffisamment vigilant en ce qui concerne les dépenses.

« C'est peu dire », songea Dax.

— En un mot, vous avez dilapidé tout l'argent à la roulette, le coupa-t-il.

Harwood acquiesça, l'air surpris. Il s'était montré extrêmement prudent. Personne n'était censé être au courant.

— Comment le savez-vous ?

— J'ai effectué quelques recherches sur vous.

Il travaillait d'ailleurs sur cette piste lorsqu'il avait reçu l'appel de Brenda. Quand il se trouvait face à une impasse, il avait appris à approcher le problème sous un angle différent. En l'occurrence, Harwood.

— Vous crouliez sous les dettes.

Stupéfaite, Brenda ne put que se contenter de le regarder en silence. Des rumeurs selon lesquelles l'école allait devoir faire des restrictions avaient circulé mais jamais elle ne se serait doutée que c'était parce que Harwood était dépendant au jeu. Personne n'était au courant qu'il fréquentait les casinos.

Tandis qu'il passait aux aveux, il parut vieillir de dix ans en une seconde.

— L'école allait devoir fermer ses portes et j'étais au bord de la faillite. Les huissiers s'apprêtaient à saisir ma maison… J'étais désespéré.

Dax poussa doucement l'homme à poursuivre.

— Comment avez-vous connu les Jamison ?

Harwood prit une profonde inspiration.

— Je les ai rencontrés à Tahoe. Au César Palace.

Il humecta ses lèvres, s'efforçant de faire cesser ses tremblements.

— Ce soir-là, j'avais été incroyablement malchanceux, j'avais perdu plus que je ne pouvais me le permettre. J'étais assis au bar, en train de réfléchir à ce que j'allais pouvoir faire, et j'avais beaucoup bu, admit-il avec regret. Ce couple s'est assis à côté de moi et a engagé la conversation. Ils étaient très sympathiques, ils disaient qu'ils savaient ce que c'était que d'être dans une mauvaise passe. Nous avons discuté un moment puis je leur ai parlé de l'école. On aurait dit qu'ils la connaissaient. De fil en aiguille, je ne sais plus vraiment à quel moment ça s'est passé, mais Jim a expliqué qu'il avait une solution qui pourrait tous nous aider.

— Comme par hasard, fit Dax d'un air sévère en se penchant au-dessus de lui. Qui a eu l'idée d'enlever Annie et de demander une rançon ?

Matthew se passa une main sur le visage, s'efforçant de se remémorer précisément les événements de cette nuit confuse.

— Jim, se souvint-il enfin. D'après lui, la fille d'un réalisateur de grande renommée comme Tyler me procurerait tout l'argent dont j'avais besoin pour éponger mes dettes et renflouer les caisses de l'école.

Dax regarda Brenda. Sa théorie était bonne. C'était ce que son instinct lui dictait depuis le début et ça ne le réjouissait pas vraiment. Il aurait nettement préféré avoir tort.

— Ils se sont joués de vous, Harwood.

La confusion plissa le visage de ce dernier, creusant un peu plus ses rides.

— Comment ça ?

— Vous ne vous êtes pas rencontrés par hasard, c'était prémédité, intervint Brenda.

Comment avait-il pu risquer la vie d'une enfant pour étouffer ses propres erreurs ? Ecœurée, elle aurait voulu se jeter sur lui et le frapper de toutes ses forces.

— L'inspecteur Cavanaugh avait l'intuition qu'il s'agissait d'un plan mis au point pour se venger de Simon Tyler tout en lui soutirant de l'argent.

— Je… Je ne sais pas quoi dire. Je suis tellement désolé.

— Ce n'est pas suffisant, Harwood ! s'exclama Dax d'un ton brusque. Quand devez-vous entrer en contact avec eux ?

— J'étais censé le faire la nuit dernière, répondit-il en essayant vainement de ne pas bafouiller. Dès qu'ils auraient récupéré l'argent.

Harwood ressemblait à un homme face à son propre peloton d'exécution.

— Mais ? demanda Dax.

Le directeur était au bord des larmes.

— Je n'arrive pas à les joindre. Personne ne répond au téléphone. Je suis passé là-bas ce matin mais ils n'y sont pas.

Dax échangea un regard avec Brenda. Ça ne lui disait rien qui vaille.

— De quel endroit parlez-vous ?

Il plongea la main dans sa poche et en ressortit un papier froissé sur lequel étaient inscrits le nom et l'adresse d'un motel. Juste en dessous se trouvait le numéro de portable que « Jim » lui avait donné.

— Ils devaient rester là-bas jusqu'à ce que tout soit terminé avant de retourner à Los Angeles d'où ils sont originaires.

Voilà un élément qui pouvait se révéler important, pensa Dax. Même s'il doutait de pouvoir obtenir une réponse fructueuse, il décida de tenter le tout pour le tout. Parfois, même les criminels les plus intelligents faisaient les choses les plus stupides.

— Vous ont-ils donné leur adresse à Los Angeles ?

Harwood secoua la tête tandis que la culpabilité s'imprégnait sur les traits de son visage.

— Je n'ai pas pensé à la leur demander.

— Elle aurait probablement été fausse, de toute façon, fit remarquer Brenda.

— Possible, acquiesça Dax.

— Il faut absolument que vous compreniez pourquoi j'ai agi ainsi, insista Harwood, au bord de l'hystérie.

Une nouvelle fois, il s'adressa en premier lieu à Brenda avant de se tourner vers l'inspecteur.

— J'étais désespéré. J'allais perdre l'école, ma maison, tout ce que je possédais.

Dax lui lança un regard glacial.

— Si vous voulez mon avis, vous avez déjà tout perdu.

Sans ajouter un mot, il lui tourna le dos et sortit son téléphone pour demander à un officier de venir chercher le directeur pour le conduire au commissariat.

Ce dernier se tourna vers Brenda, la suppliant de lui accorder son pardon. Comme elle commençait à s'éloigner, il la retint par le bras.

— J'étais désespéré, insista-t-il d'une voix tremblante.

— Et dans quel état croyez-vous qu'Annie se trouve en ce moment ? En admettant qu'elle soit toujours en vie, lui cria-t-elle.

Ecœurée, elle agita le bras pour se libérer de son emprise.

— Ce n'est qu'une enfant, Matthew. Comment avez-vous pu ?

— Je ne sais pas, je m'en veux tellement.

Il enfouit la tête dans ses mains et éclata en sanglots.

Dax rangea son téléphone et les rejoignit.

— Quelqu'un sera là dans cinq minutes pour vous emmener au commissariat, annonça-t-il au directeur. Vous êtes en état d'arrestation.

D'une voix neutre, il commença à lui réciter ses droits mais Harwood semblait à peine écouter.

Ne voulant pas attendre l'arrivée de l'officier, Dax menotta le directeur à son siège.

— Voilà qui vous empêchera de filer.

Au même instant, un bruit de sirène se fit entendre au loin. L'air déterminé, Dax sortit du bureau.

Un pas derrière lui, Brenda le suivit sous le regard ébahi de la secrétaire.

— Où vas-tu ? s'enquit-elle.

— Au motel, l'informa-t-il en lui montrant le papier qu'Harwood lui avait donné. Qui sait, nous pourrions avoir de la chance.

Les croquis de Brenda se trouvaient encore dans sa poche. S'il les montrait au gérant, celui-ci se rappellerait peut-être avoir vu l'un des deux suspects.

Plongé dans ses pensées, il lui fallut une minute pour se rendre compte que Brenda avait allongé sa foulée et se tenait à présent à ses côtés.

— Où crois-tu aller comme ça ?

— Je viens avec toi, répondit-elle sans hésiter.

— C'est hors de question.

— Tu peux protester autant que tu voudras, tu ne te débarrasseras pas de moi.

Sans un regard pour elle, il sortit de l'école. Un officier se garait au même instant sur le parking. Une fois sorti du véhicule, il grimpa les marches quatre à quatre.

— Le directeur se trouve dans son bureau. Il est menotté à sa chaise, expliqua Dax en lui tendant les clés. Vous me les rendrez plus tard.

Puis il poursuivit son chemin.

Brenda le suivit, refusant d'être mise sur la touche.

— Ecoute, je t'ai donné un sacré tuyau. J'aurais pu interroger Harwood moi-même mais je ne l'ai pas fait. Je t'ai appelé d'abord. Tu me dois une faveur.

Arrivé à la voiture, il ouvrit sa portière à la volée, puis dévisagea longuement Brenda par-dessus le toit du véhicule avant de finalement hausser les épaules. Peut-être que mettre leurs idées en commun pendant le trajet s'avérerait utile. Sa seule certitude était qu'il n'avait pas de temps à perdre à se disputer avec elle.

— Monte.

Satisfaite, Brenda s'exécuta rapidement avant qu'il ne change d'avis.

— Passe-moi le papier que Matthew t'a donné, celui avec le numéro de portable, lui demanda Brenda, une fois en route.

Il plongea la main dans la poche intérieure de sa veste et le lui tendit tandis qu'ils traversaient une intersection.

— Harwood a déjà dit que personne ne répondait.

Elle sortit son téléphone, composant le numéro en prenant garde à ne pas se tromper dans les chiffres soigneusement notés sur la feuille. Comment un homme aussi gentil, circonspect et réfléchi que Matthew Harwood pouvait-il gâcher sa vie à ce point ? C'était insensé.

— Ça ne peut pas faire de mal d'essayer de nouveau, pas vrai ? Qui sait, l'un d'eux pourrait décrocher sans réfléchir et si c'est le cas, tu pourras localiser le signal.

— Il faudrait d'abord que je contacte le commissariat pour qu'ils puissent remonter à la source de là-bas. Sans matériel, je ne peux rien faire.

L'idée de Brenda était boiteuse mais il appréciait ses efforts.

— La bonne nouvelle, c'est qu'ils pourront suivre le signal grâce au transmetteur sans fil.

Brenda fronça les sourcils. S'ils devaient appeler le commissariat d'abord, il était inutile d'essayer d'obtenir quelqu'un en ligne pour l'instant. Elle s'apprêtait à raccrocher lorsqu'elle entendit soudain une voix à l'autre bout du fil.

Echangeant un regard avec Dax, elle remit l'écouteur contre son oreille.

— Allô ?

— Allô ? Dieu ? C'est toi ?

La voix était râpeuse. Elle n'avait rien à voir avec celle de l'homme se trouvant dans sa classe quelques jours plus tôt.

— Qui est-ce ? questionna-t-elle.

— Jake. Jake le Prophète. Tu ne me reconnais pas, Dieu ? C'est pourtant toi qui m'as envoyé ici.

Décidée à tenter le tout pour le tout, elle demanda :

— C'est où ici ?

Il y eut une longue pause, comme si l'homme au téléphone regardait autour de lui dans le but de trouver un point de repère.

— Katella quelque chose… Je n'arrive pas très bien à lire. Tu n'as qu'à regarder en bas et voir par toi-même. Faut que j'y aille.

Puis il raccrocha.

Avec frustration, Brenda rangea son téléphone.

— Alors ? s'enquit Dax en jetant un coup d'œil vers elle.

— D'après les propos étranges que je viens d'entendre, je pense que les ravisseurs se sont débarrassés du téléphone et qu'un SDF l'a récupéré. Il a dit s'appeler Jake le Prophète et se trouver près de Katella. Il est apparemment persuadé que Dieu utilise un téléphone portable.

Un demi-sourire se forma sur les lèvres de Dax.

— Qui sait ? murmura-t-il en prenant un raccourci qui menait au motel.

L'établissement était situé dans un quartier mal famé de la ville où les gens marchaient tête baissée et évitaient à tout prix de se mêler de la vie de leur voisin. L'endroit n'avait pas été choisi par hasard, pensa Dax en se garant sur le parking accidenté.

Lorsqu'il présenta les deux croquis au gérant du motel — qui de toute évidence n'appréciait guère la police, à en juger par la façon dont il avait regardé l'insigne — celui-ci prétendit ne reconnaître aucune des deux personnes jusqu'à ce qu'il soit menacé de faire obstruction à la justice.

Ce qui lui délia rapidement la langue.

— Oui, ils étaient là mais ils ont réglé leur note et sont partis.

— Etaient-ils accompagnés d'une petite fille ? demanda Brenda avec impatience en lui montrant la photo d'Annie.

L'homme secoua la tête sans même y jeter un œil.

— Je n'ai vu aucune fillette. Ces gens sont des arnaqueurs de première, ajouta-t-il en lançant un regard accusateur à Dax.

Ce dernier voulut en savoir plus. Chaque indice, même minime, pouvait se révéler important.

— Vous voulez dire qu'ils n'ont pas payé ? s'enquit-il.

Laissant échapper un juron, le gérant éclata de rire.

— Oh si, ils l'ont fait. Avec une carte de crédit. Excepté que le paiement a été refusé ce matin. J'ai effectué une vérification concernant la validité de la carte à leur arrivée mais l'idiot qui était de service hier soir a oublié de recontrôler au moment de leur départ. Ce matin, lorsque je l'ai fait, j'ai appris que le compte bancaire avait été clôturé.

— Donnez-moi le numéro de la société de cartes de crédit, ordonna Dax en tendant la main.

Brenda l'observa tandis qu'il sortait son téléphone de sa poche.

— Où cela va-t-il mener ?

— Tu verras.

Après avoir décliné son identité et fourni son matricule à l'employée se trouvant au bout du fil, il fut informé sur les raisons du rejet de paiement. La veille, on avait signalé le vol de la carte de crédit.

— Bon, écoutez-moi très attentivement. J'ai besoin que vous leviez l'opposition pendant quelques heures, expliqua-t-il à son interlocutrice. Nous pensons que les auteurs du vol ont kidnappé une petite fille. Pour le moment, cette carte est la seule piste que nous possédons pour retrouver leur trace. Avec un peu de chance, ils vont tenter de s'en servir de nouveau et bientôt. Appelez-moi à l'instant où ils le feront.

Il lui donna son numéro de portable puis raccrocha.

— Et maintenant, que fait-on ? s'enquit Brenda.

La partie la plus difficile allait commencer.

— On attend.

15

Dax et Brenda retournèrent à la voiture.

— Tu veux aller boire un café quelque part ? proposa-t-il.

Gagnée par une tension extrême, non seulement à cause de la situation d'Annie, mais également à cause de Dax, elle tenta de toutes ses forces de la repousser.

— Pourquoi pas ? De toute façon, cela ne servirait à rien de rester ici.

Ils s'arrêtèrent dans un petit restaurant situé à moins de trois kilomètres du motel. La matinée était ensoleillée et une légère brume, humide et chaude, descendait sur la ville.

Après s'être emparé des deux cafés qu'il avait commandés, Dax se tourna face à Brenda.

— Tu préfères rester à l'intérieur ?

Sentant qu'elle avait besoin d'espace, elle lui indiqua une petite table en terrasse, abritée par un parasol, à quelques pas de l'entrée.

— Nous serons mieux dehors.

Elle jeta un œil en direction de la veste de Dax, où il gardait son téléphone portable.

— La réception sera meilleure.

C'était une piètre excuse mais elle n'avait pas trouvé mieux.

— Entendu.

Dax poussa la porte de l'épaule et s'effaça pour la laisser passer.

A sa grande surprise, lorsqu'il lui avait demandé ce qu'elle désirait boire, elle avait choisi un décaféiné. Lorsqu'elle en avala une première gorgée, il vit une horrible grimace se former sur son visage.

— C'est si mauvais que ça ?

Brenda reposa son gobelet sur la table et le regarda avec dégoût.

— C'est encore pire que du jus de chaussettes.

De son côté, il avait commandé un double expresso, le seul moyen efficace pour que son attention ne se relâche pas d'un pouce. Pour lui, boire du café qui ne contenait pas de caféine ne rimait à rien.

— Tu dois éviter la caféine ?

Elle haussa vaguement les épaules.

— Les médecins n'arrêtent pas de changer d'avis sur le sujet. J'imagine que deux précautions valent mieux qu'une.

Elle s'interrompit pour boire une autre gorgée, encore pire que la première, et se raidit pour réprimer un frisson.

— De toute façon, c'est temporaire.

Tandis que Dax laissait son expresso se déverser dans son corps, il entra dans le vif du sujet.

— Tu aurais dû être honnête avec moi, tu sais.

Elle leva les yeux vers lui et, comme chaque fois, il sentit son estomac se nouer.

— Je plaide coupable, Votre Honneur.

Sans qu'il sache pourquoi, une certaine impatience s'empara de lui, et il dut user de toutes ses forces pour l'endiguer.

— Pourquoi ne m'avoir rien dit ?

Brenda repoussa son gobelet. Nerveuse, elle faillit le renverser mais le rattrapa juste à temps.

— Et comment étais-je censée amener le sujet dans la conversation ? « Quel est ton genre de landau préféré, Dax ? Au fait, j'oubliais, je suis enceinte. »

— Non, répondit-il en réussissant à peine à ne pas s'emporter. Mais tu aurais dû dire quelque chose.

Il marqua une pause pour se ressaisir en l'observant attentivement. Bien qu'elle lui ait menti, le désir qu'il éprouvait pour elle ne s'était pas amoindri.

— L'enfant est de Wade ?

Elle jeta un coup d'œil dans sa direction et comprit à l'expression de son visage qu'il ne cherchait pas à l'insulter. Comme n'importe quel flic, il ne faisait que rassembler des faits.

— As-tu vraiment besoin de le demander ?

Il soupira. Depuis quand la vie, *sa* vie, était-elle aussi incroyablement compliquée ?

— Je crois que non. Etait-il au courant ?

Brenda secoua la tête.

— Non, j'ai découvert que j'étais veuve et enceinte le même jour. A quelques heures d'intervalle à peine, ajouta-t-elle doucement.

La tristesse qui était enfouie en elle luttait pour prendre le dessus mais elle refusait de la laisser faire.

— Ecoute, je n'ai tout simplement pas trouvé la bonne manière de te l'annoncer sans donner l'impression de supposer que cette… cette chose, fit-elle sans réussir à trouver le terme adéquat, entre nous, devenait une vraie relation et allait nous mener quelque part.

Dax l'écoutait attentivement, sans la quitter des yeux. Il comprit alors que, pour la première fois de sa vie, il souhaitait réellement que cette histoire dure, qu'elle le mène jusqu'à l'autel et bien au-delà.

Mais il ne pouvait pas mettre à nu ses sentiments sans qu'elle lui fasse un signe lui indiquant qu'elle éprouvait la même chose à son égard.

— Veux-tu que ça devienne sérieux ? se décida-t-il finalement à lui demander.

« Oui, j'en meurs d'envie ! »

Les mots flottaient dans sa tête, suppliant qu'on les laisse sortir. Mais elle avait trop peur de se ridiculiser. Il l'avait déjà rejetée une fois. Que se passerait-il si, après avoir eu tous les faits étalés devant lui, il lui avouait ne pas ressentir pour elle ce qu'elle éprouvait pour lui ? Elle refusait de souffrir de nouveau. La nuit dernière lui avait suffi.

— Et toi ? répondit-elle d'une voix neutre.

Comme il demeurait silencieux, elle comprit qu'il n'attendait rien de leur relation et ne faisait que poser la question afin d'être fixé sur ses intentions et non pas parce qu'il souhaitait y répondre à son tour.

Les larmes lui montant aux yeux, elle reprit son gobelet pour se donner une contenance et but une nouvelle gorgée, prête à tout pour ne pas se laisser submerger par la tristesse qui s'infiltrait en elle.

— Brenda…

Tandis qu'il tendait la main vers elle, son téléphone portable sonna. Dax réagit au quart de tour. Il colla l'appareil contre son oreille sous les yeux écarquillés et pleins d'espoir de Brenda.

— Cavanaugh. Attendez une seconde, répétez-moi l'adresse.

Il attrapa une serviette en papier, puis fouilla ses poches à la recherche d'un stylo. Elle s'empressa d'en sortir un de son sac et le lui tendit. Il la remercia d'un signe de tête puis nota l'adresse que lui énonçait la personne au bout du fil. Une chance pour eux : les criminels finissaient toujours par commettre une erreur.

— Merci. S'ils l'utilisent de nouveau, prévenez-moi. C'était la société de cartes de crédit, expliqua-t-il en raccrochant. Les ravisseurs viennent d'utiliser la carte. On a une adresse.

Brenda se leva rapidement, traversée par une décharge d'adrénaline.

— Où est-ce ?

— Une station-service, à trente kilomètres d'ici.

Sans terminer son expresso, il se dirigea vers sa voiture.

— Peut-être avait-il une vieille affaire à régler, spécula-t-il.

Brenda se crispa.

— J'espère juste que cette « vieille affaire » n'était pas Annie.

Refusant de laisser son esprit être envahi par d'horribles scénarios, elle monta rapidement dans la voiture.

Une fois à l'intérieur du véhicule, Dax reprit son téléphone pour alerter Nathan des derniers développements de l'affaire et lui donner l'adresse de la station-service où les suspects avaient été aperçus pour la dernière fois.

— Je veux que cinq personnes se déploient dans le périmètre, ordonna-t-il tandis qu'ils sortaient du parking. S'il reste des copies des croquis ou bien des affiches avec une photo d'Annie, prends-les avec toi.

Il raccrocha et rangea son téléphone en jetant un œil vers Brenda.

— Que fais-tu ?

— Je prie pour que tout se passe bien.

— Moi aussi, dit-il en fixant la route.

Le pompiste de la station-service reconnut l'homme du croquis après quelques hésitations et hochements de tête, et uniquement après que Brenda ait ajouté une moustache sur le dessin.

— Oui, il était là. Mais il était seul.

— Ce qui signifie, reprit Dax en se tournant vers Nathan, arrivé sur les lieux à peine quelques minutes plus tôt, qu'il a laissé sa complice et la fillette quelque part, vraisemblablement dans un motel.

Son coéquipier fronça les sourcils tout en jetant un coup d'œil en direction de Brenda.

— Ou bien il s'est séparé des deux, fit-il remarquer en prenant soin d'utiliser un terme modéré pour tenter d'épargner les sentiments de cette dernière.

— Espérons qu'il s'agit plutôt de la première solution, dit Dax.

S'éloignant du pompiste, il se mit à réfléchir à toute vitesse.

— Il me faut une liste des motels des environs. La photo

d'Annie ayant été étalée dans tous les journaux et à la télévision, il ne risque pas de l'emmener dans un palace.

A compter qu'elle soit encore avec les ravisseurs, pensa Brenda en se précipitant derrière eux.

Dax s'apprêtait à interroger un troisième gérant de motel lorsque son portable sonna de nouveau. A bout de forces, Brenda croisa immédiatement les doigts tandis qu'il prenait l'appel.

La conversation fut brève.

— Je dois avoir un bon karma, murmura-t-il avant de raccrocher.

— Qu'y a-t-il ?

— C'était la société de cartes de crédit. L'employée vient de m'informer que la carte a été utilisée au motel de l'Oiseau Bleu, il y a environ quinze minutes.

— Mais c'est ici ! s'exclama Brenda en levant les yeux et en lisant l'inscription sur l'enseigne usée du motel où ils se trouvaient.

— Bingo.

Dax se mit à pianoter frénétiquement sur le clavier de son téléphone pour rappeler ses officiers. La cible venait enfin d'être localisée.

Deux minutes plus tard, il se dirigeait vers le bureau, aux murs poussiéreux, du gérant.

— Bonjour, qu'est-ce que je peux faire pour vous ?

Vêtu d'un T-shirt à l'effigie d'un groupe de rock, le jeune homme derrière le comptoir avait tout juste vingt ans. Sur son visage maigre, il exhibait ce qu'il espérait probablement faire passer pour un bouc.

— Il ne me reste plus que quelques chambres de libres, annonça-t-il. A cette époque de l'année, c'est plutôt chargé.

Dax sortit son insigne, ce qui fit pâlir l'employé de manière spectaculaire et lui coupa presque la respiration.

— J'ai fait quelque chose de mal ?

— Non. Pourquoi croyez-vous une chose pareille ? s'étonna Dax.

Plusieurs éventualités lui passèrent par la tête. Ce gamin était-il d'une façon ou d'une autre impliqué dans l'enlèvement ?

Les yeux rivés sur son bureau, le jeune homme semblait pris au piège.

— Je n'ai fait qu'ajouter dix pour cent au prix de la chambre, rien d'autre, je vous le jure. Le type semblait avoir les moyens de payer. Mais je les lui rendrai et je ne le referai plus, promit-il en hochant la tête, l'air sincèrement désolé.

Tour à tour, son regard se posa sur Brenda puis sur Dax.

— Mince alors, comment vous l'avez su ?

Cherchant à obtenir la coopération du jeune homme, Dax décida de continuer à le faire marcher, ayant appris qu'en laissant parler une personne suffisamment longtemps, on finissait toujours par en tirer quelque chose.

— Les flics sont au courant de tout.

Il mit la main dans sa poche et en ressortit les croquis.

— Ces deux personnes ont-elles pris une chambre ici ?

L'air terrifié, l'employé examina les deux portraits.

— Possible. J'ai du mal à me rappeler des visages. Mais la moustache me semble familière et si vous foncez les cheveux de la femme…

Des déguisements. Exactement ce à quoi Dax s'attendait.

— Quelle chambre leur avez-vous donnée ?

— La 120. Pourquoi, ils ont des ennuis eux aussi ?

Brenda s'avança vers le comptoir.

— Est-ce qu'une petite fille les accompagnait ?

— Non, répondit-il en secouant la tête, agitant ses cheveux longs de gauche à droite.

A ces mots, la jeune femme sentit son cœur se serrer. Cela signifiait-il que… ?

— Oh, mon Dieu, Dax.

Sans dire un mot, ce dernier se contenta de furtivement presser sa main pour la rassurer, même s'il était loin de se sentir confiant. Etant donné que le couple avait son argent, la petite fille ne leur était plus d'aucune utilité. Ils auraient très bien pu se débarrasser d'elle à n'importe quel moment, ce qui les classerait alors dans une toute nouvelle catégorie.

Celle des meurtriers.

— Vous avez les clés ? demanda-t-il.

L'employé tomba presque de sa chaise tandis qu'il fouillait dans une grande boîte rectangulaire. D'une main tremblante, il lui tendit le double de celles de la chambre.

Nathan et les autres n'étaient pas encore arrivés mais Dax pressentait qu'il ne pouvait pas se permettre d'attendre plus longtemps. Chaque seconde comptait dans ce genre de situation.

Conscient également que Brenda refuserait de rester dans la voiture, il décida de l'utiliser.

— Tu vas te faire passer pour la femme de chambre et leur dire que tu leur apportes des serviettes propres, lui ordonna-t-il tandis qu'ils traversaient à la hâte la cour remplie de mauvaises herbes. Dès que la porte s'ouvrira, écarte-toi et reste à l'extérieur. Compris ? s'enquit-il en la fixant vivement du regard.

— Compris, répéta-t-elle.

Annie devait se trouver avec eux, il le fallait. Les gens ne tuaient pas des fillettes de sang-froid, s'efforça-t-elle de se convaincre.

Une fois devant la chambre 120, Dax sortit son arme de service et lui fit signe.

Elle frappa un coup à la porte puis répéta l'opération, n'ayant pas obtenu de réponse.

— Oui ? demanda une voix grave à l'intérieur de la pièce.

— C'est la femme de chambre, monsieur. Je vous apporte des serviettes.

— Nous n'en avons pas besoin. Laissez-nous tranquilles.

Elle échangea un regard avec Dax puis insista.

— S'il vous plaît, monsieur, je dois faire mon travail. Le gérant me renverra si je ne vous les donne pas.

— C'est bon, passe-les-moi tes fichues serviettes, grommela l'homme en ouvrant.

En un éclair, il se retrouva nez à nez avec le canon d'un pistolet.

— Tire-toi, Chloé, hurla-t-il en tentant de refermer la porte.

Dax parvint à l'en empêcher.

— On ne bouge plus, ordonna-t-il. Vous êtes en état d'arrestation.

Le son des sirènes approchantes se mélangea aux cris.

— Où est-elle ? hurla Brenda à la femme blonde en entrant derrière Dax. Où est Annie ?

En voyant qu'elle demeurait silencieuse, Brenda s'avança, comme si elle s'apprêtait à lui faire avouer la vérité de force.

— Je vous ai demandé où se trouvait Annie. Répondez-moi ou bien je vous jure que je…

— Madame York ? Madame York ! appela une petite voix étouffée en provenance de la penderie.

Immédiatement, Brenda s'écarta de la femme et se précipita en direction des cris. Derrière elle, elle entendit vaguement la police faire irruption dans la pièce et arrêter le deuxième ravisseur.

En ouvrant la porte de la penderie, elle sentit son cœur se soulever dans sa poitrine et tomba à genoux. Annie était ligotée, avec un bandeau sur les yeux. Il y avait également un bâillon près de sa bouche, qu'elle avait apparemment réussi à ôter.

De ses mains tremblantes, elle libéra la petite fille, qui cligna des yeux à cause de la lumière, et la serra fort contre elle, luttant pour ne pas se mettre à pleurer.

— Oh, Annie, tu vas bien ? C'est fini, ma chérie. Tu vas rentrer chez toi.

La fillette ne dit pas un mot, le visage baigné de larmes, et s'accrocha à son institutrice de toutes ses forces, enroulant ses bras et ses jambes autour d'elle.

Brenda resta à genoux à déposer des baisers sur le sommet de sa tête tout en lui murmurant des paroles apaisantes et rassurantes. Elle sentit alors la main de Dax se poser sur son épaule tandis qu'elle s'évertuait à calmer Annie.

Simon Tyler ne trouva pas de mots assez forts pour exprimer son immense gratitude. A la surprise générale, il fondit en larmes aux côtés de sa femme lorsque Dax et Brenda lui ramenèrent sa fille au manoir.

Dès qu'il se fut ressaisi, il décida, dans un grand élan de générosité, de faire un don au département de la police.

— Ainsi vous pourrez vous acheter des ordinateurs dernier cri et des logiciels tels que celui ayant aidé à retrouver Annie, expliqua-t-il en remettant un chèque à Dax et en adressant un signe de tête en direction de Brenda.

— Nous en ferons bon usage, promit Dax.

Il se sentait à la fois épuisé et tendu mais l'enquête était enfin terminée. Nathan avait conduit les deux suspects au poste afin de les incarcérer. Matthew Harwood était déjà en cellule.

— Pourquoi ne pas les laisser un peu tranquilles maintenant ? suggéra-t-il à Brenda en indiquant les Tyler du doigt.

Elle acquiesça en silence.

— On dirait que tout est bien qui finit bien. Les cris de joie ont remplacé les pleurs, observa-t-il tandis qu'ils quittaient la résidence.

Puis il la regarda, les yeux pleins d'admiration.

— En parlant de cris, je t'ai trouvée très féroce au motel. Je croyais pourtant t'avoir demandé de rester en arrière une fois la porte ouverte.

Il n'arrivait même pas à faire semblant d'être furieux. A sa place, il aurait fait la même chose.

— Désolée, ça m'était sorti de l'esprit.

Elle se sentait fatiguée et vidée mais soulagée. Malgré tout, elle ne parvenait pas à être pleinement enthousiaste, incapable d'oublier que c'était la dernière fois qu'ils se voyaient. Cette idée lui était insupportable.

— Tu peux me déposer ? Ma voiture est toujours sur le parking de l'école.

Elle éclata alors de rire, même si le cœur n'y était pas vraiment.

En la prenant par le bras, il la conduisit jusqu'à son véhicule.

— Qu'y a-t-il de si drôle ?

— Rien, si ce n'est que c'est probablement la dernière fois que ma voiture sera garée là-bas.

La tristesse s'insinua en elle. Au cours de ses trois années au sein de l'école, elle avait appris à l'aimer.

— Sans Matthew pour la diriger, l'école va fermer. Et moi, je vais me retrouver au chômage.

Etait-ce l'unique raison de la tristesse qu'il détectait chez elle ?

— Je ne me ferais pas de souci si j'étais toi.

Elle le regarda, tentant de comprendre ce qu'il sous-entendait par là.

— Pourquoi ?

— J'ai le sentiment que, dès que l'équipement informatique payé grâce à la donation de Simon arrivera au commissariat, le département aura besoin d'engager quelqu'un pour nous enseigner à nous autres incultes comment s'en servir. Quand ils auront vu de quoi tu es capable, ils te confieront d'autres tâches plus compliquées et, au bout du compte, ils ne pourront plus se passer de toi. Crois-moi, si j'étais toi, j'attendrais avant de me mettre à chercher un nouveau travail.

Ses paroles, nota-t-il, la réconfortèrent quelque peu. Elle se passa inconsciemment la main sur le ventre. Un geste décidément très courant chez les femmes enceintes, constata-t-il.

Dax lui ouvrit la portière puis la referma après qu'elle se fut installée à l'intérieur de la voiture. Il contourna le véhicule et prit place derrière le volant.

« C'est maintenant ou jamais », pensa-t-il.

Il mit les clés sur le contact puis se tourna vers elle.

— A présent que l'enquête est terminée, il me semble que, toi et moi, nous avons une affaire à régler.

— Vraiment ?

— Oui. Lorsque nous étions au restaurant, tu m'as posé une question.

Elle s'en souvenait parfaitement mais était persuadée qu'il y avait déjà répondu par son silence.

— J'ai fait ça ?

— Toute cette agitation t'a-t-elle fait perdre la mémoire ?

Il en doutait sincèrement. Cette femme était trop intelligente pour ça. Essayait-elle alors de lui dire de manière peu subtile de laisser tomber ? De toute façon, c'était trop tard, il ne pouvait plus reculer. Son instinct, qui le poussait habituellement à rester sur ses gardes, ne faisait plus le poids face au désir qu'il éprouvait pour elle et qui le consumait entièrement. Il n'avait plus aucun doute sur le fait qu'il avait besoin d'elle.

— Tu m'as demandé si je souhaitais que notre relation devienne sérieuse.

Il marqua une pause, attendant qu'elle dise quelque chose. Comme elle demeurait silencieuse, il s'efforça de faire sortir de sa bouche les mots qu'il retenait prisonniers en lui.

— La réponse est oui.

Brenda sentit son pouls s'accélérer.

— D'après toi, notre histoire pourrait déboucher sur une vraie relation ?

Précautionneusement, il fit un nouveau pas le long de la corde raide. En dessous de lui, le vide était immense mais il n'avait pas le choix. Il devait lui faire savoir ce qu'il ressentait. Dans l'espoir qu'elle éprouve la même chose elle aussi.

— Tout est possible.

« Ne te fais pas trop d'illusions, tu sais bien à quel point tu es déçue lorsque les choses ne se passent pas comme tu l'avais espéré. La vie n'est pas un conte de fées. »

— Continue, le poussa-t-elle en prenant une profonde inspiration.

— Je sais qu'entre nous ça peut marcher, je suis prêt à parier tout ce que j'ai.

Elle secoua la tête.

— Moi aussi j'y ai cru, et pourtant je t'ai perdu.

Il prit sa main dans la sienne. Ses doigts étaient glacés. Etait-elle nerveuse ? Ça le rassurait un peu car lui l'était incroyablement.

— C'est faux, affirma-t-il. Ecoute, je ne sais pas vraiment comment te dire ça, alors je vais simplement me jeter à l'eau.

Même si elle ne croyait plus aux contes de fées depuis longtemps, Brenda tenta de se raccrocher de toutes ses forces à ses rêves d'adolescente.

— Je t'écoute.

Tel un plongeur sur le point de sauter dans l'eau glaciale, il rassembla son courage. Puis il s'élança.

— Je t'aime et je veux t'épouser.

Ses paroles la percutèrent tel un train lancé à toute vitesse. Elle le dévisagea, se demandant si elle avait bien entendu. L'esprit pouvait parfois vous jouer de drôles de tours.

— Pourquoi ai-je le sentiment que tu viens juste de me lire mes droits ?

— Le seul qui m'intéresse pour l'instant, c'est celui que tu as de répondre non.

Dax chercha son regard.

— Et j'espère vraiment que tu ne l'utiliseras pas.

Brenda esquissa un sourire et il sentit immédiatement son cœur se réchauffer.

— Pourquoi dirais-je non alors que tout en moi crie oui ? Tu ne l'as peut-être pas remarqué, mais moi aussi je t'aime, espèce d'idiot.

— J'adore quand tu me dis des trucs sexy.

La douceur de son sourire l'enveloppa entièrement, comme

la première fois où il lui avait fait l'amour. En son for intérieur, il savait que cette sensation ne disparaîtrait jamais.

Et cela lui convenait parfaitement, pensa-t-il en posant ses lèvres contre les siennes.

Épilogue

Infirmière depuis presque trente ans, Faye Walker travaillait au service maternité de l'Hôpital général d'Aurora. Avant ce jour-là, elle n'avait assisté qu'une seule fois à un attroupement de membres d'une même famille aussi important que celui présent actuellement dans la salle d'attente.

C'était il y a moins de trois mois, lorsque Maggi Cavanaugh avait mis au monde une magnifique petite fille, pour la plus grande joie de l'inspecteur Patrick Cavanaugh.

L'histoire semblait se répéter de nouveau. Le scénario était identique mais les joueurs différents.

Dans la pièce, il ne restait pas un siège de libre et on ne pouvait pratiquement plus entrer tant il y avait de monde.

Faye Walker s'éclaircit la gorge. Immédiatement, tous s'avancèrent vers elle. Avec sa grande taille et sa corpulence, elle n'eut qu'à lever la main pour les empêcher de l'assaillir de questions.

— Deux, annonça-t-elle en brandissant l'index et le majeur devant la foule de frères, de sœurs, de pères, de cousins, d'oncles, de tantes et de conjoints qui se tenait devant elle. Les visites se feront par deux, pas plus, prévint-elle.

Troy commença à s'avancer lorsque Jared l'arrêta.

— Papa et Janelle iront en premier, décréta-t-il en se tournant vers son plus jeune frère, prenant la décision pour tout le monde.

Troy, qui était depuis toujours le plus impatient de la famille, inclina la tête et se replaça dans le groupe.

— Mais je suis le prochain, répliqua-t-il, déçu.

Derrière l'infirmière, Janelle et son père se glissèrent silencieusement dans la salle d'accouchement où, quelques minutes plus tôt, Brenda avait traversé avec douleur l'épreuve de donner la vie à un petit être.

— Vous avez l'air en forme, mon enfant, lui dit Brian.

Mollement, elle lui adressa un sourire de remerciement.

— Je ne me suis jamais sentie mieux, murmura-t-elle.

Près de sa femme, Dax semblait plus soulagé qu'elle. Brian savait précisément ce qu'il avait pu ressentir. La naissance demeurait un miracle de la vie mais certains miracles viraient parfois au cauchemar. A chacun des accouchements de son épouse, il avait retenu sa respiration, priant pour que tout se passe bien. Se trouver ici, à attendre la naissance de son premier petit-enfant, avait fait remonter tous ses souvenirs à la surface.

— Comment s'appelle-t-elle ? demanda Janelle en admirant le petit être soigneusement emmitouflé dans une couverture rose et blanche et niché au creux des bras de Brenda.

— Elizabeth. Elizabeth York Cavanaugh, annonça Dax. Nous avons décidé de lui donner le nom de maman.

— Elle est magnifique, dit Janelle, les larmes aux yeux.

— Pourquoi ne le serait-elle pas ? demanda Dax en posant la main sur l'épaule de sa sœur. C'est une Cavanaugh, pas vrai ?

Il croisa le regard empli de gratitude de son père. Ça n'avait pas d'importance que cette enfant n'ait pas son sang ; elle avait son cœur à présent.

Mlle Elizabeth York Cavanaugh faisait partie de la famille et, finalement, rien d'autre ne comptait.

CARLA CASSIDY

Obscures menaces

éditions Harlequin

Titre original : IMMINENT DANGER

Traduction française de CATHERINE BERTHET

Ce roman a déjà été publié en avril 2001

83-85, boulevard Vincent-Auriol, 75646 PARIS CEDEX 13.
Service Lectrices — Tél. : 01 45 82 47 47
www.harlequin.fr

1

Ils ne lui avaient pas dit qu'elle était aveugle.

Par la fenêtre du salon, Jesse Wilder vit la voiture beige s'arrêter devant chez lui. Le conducteur aida une femme à en descendre et lui tendit une canne blanche.

Jesse fronça les sourcils. Une non-voyante. Cela allait bigrement compliquer les choses. Elles l'étaient déjà suffisamment comme cela.

Le couple approcha et Jesse les observa attentivement. L'homme, c'était Kent Keller, le marshal qui avait tout arrangé avec Bob Sanford. Quant à la femme, il ignorait son nom et on ne le lui révélerait sans doute jamais.

Cela faisait huit ans qu'il travaillait dans la police, quatre ans qu'il était shérif à Mustang, dans le Montana. Jamais encore il n'avait été mêlé à une affaire pareille… jusqu'à ce que Bob Sanford lui ait demandé son aide.

Les yeux étrécis, il examina la femme qui avançait en tapant le bord du trottoir du bout de sa canne. Difficile de discerner ses traits. Son visage était dissimulé par d'immenses lunettes noires et par les mèches brunes que la brise de fin d'été rabattait sur ses joues.

La mission de Jesse consisterait à protéger cette femme pendant une à deux semaines. Il s'éloigna de la fenêtre quelques secondes avant que le marshal frappe à la porte.

— Shérif Wilder ? Je suis le marshal Keller, dit l'homme aux cheveux gris et au visage sévère.

Jesse lui serra la main et soutint sans broncher son regard glacial.

— Entrez, dit-il en s'effaçant pour les laisser passer.

Tandis qu'il refermait la porte, Keller guida la jeune femme vers le canapé. Le marshal prit place à côté d'elle et Jesse s'assit sur une chaise, face à eux. Il attendit patiemment. Keller, il le savait, ne lui dirait que le strict nécessaire.

— Shérif Wilder, cette jeune femme se nomme…

— Cécilia. Cécilia Webster.

La voix de la jeune femme était douce, à peine audible. Jesse comprit instantanément, à sa façon de le prononcer, que ce nom n'était pas réellement le sien.

— Enchanté. Vous n'avez pas eu de mal à trouver, j'espère ?

— Aucun problème, répliqua Keller sans donner la moindre précision sur la durée de leur voyage.

— Etiez-vous déjà venue dans le Montana, mademoiselle Webster ?

— Non.

— Aimeriez-vous boire quelque chose ? Manger, peut-être ? suggéra Jesse.

— Non, merci, dit Keller.

Un silence pesant et inconfortable s'installa. Keller désigna la porte d'un signe de tête.

— Accompagnez-moi jusqu'à la voiture. Vous prendrez les affaires de Mlle Webster, car il faut que je reparte sur-le-champ. Je vous recontacterai, Cécilia, ajouta-t-il en se levant.

Elle hocha la tête et se renfonça dans son siège, les bras croisés. Jesse suivit Keller à l'extérieur. Le marshal demeura silencieux jusqu'à ce qu'ils aient atteint la voiture.

— Nous pensions que l'enquête serait bouclée en deux semaines, mais apparemment les choses traînent en longueur. Cela fait un mois qu'elle est trimbalée de motel en motel et ce n'est pas bon pour son moral. Il vaut mieux qu'elle ait un lieu de résidence fixe.

— Pourquoi ne pas avoir fait appel à l'Unité de protection des témoins ?

— Parce que les gens contre lesquels elle doit témoigner

auraient pu obtenir des renseignements par cette filière. Nous avons décidé de contourner le système pour lui trouver un abri sûr.

— Mais pourquoi *moi* ?

Cette question hantait Jesse depuis qu'il avait reçu le coup de téléphone de Sanford. Pour la première fois, l'ombre d'un sourire effleura les lèvres de Keller.

— Mustang n'est pas exactement une métropole. Je ne connais personne qui ait entendu parler de ce bled.

— Ne dites pas cela à ses habitants, ils seraient vexés, rétorqua Jesse d'un ton sec.

Keller rabattit la porte du coffre et regarda Jesse droit dans les yeux.

— Nous vous avons choisi pour plusieurs raisons. La ville est petite, votre dossier est excellent et vous n'avez pas de famille.

De toute évidence, Keller n'avait jamais vécu dans un village, songea Jesse avec un demi-sourire. Ici, chacun considérait que le voisin faisait partie de sa famille !

— Nous savons aussi que vous n'avez pas de femme dans votre vie.

Le sourire de Jesse s'effaça. Il se demanda ce qu'ils savaient de plus sur sa vie privée.

— D'autre part, poursuivit Keller, Sanford nous a dit que vous aviez une dette envers lui et que vous ne lui refuseriez pas ce service.

Bob Sanford avait été le mentor de Jesse à l'Académie de police. Sans sa patience et ses encouragements, Jesse ne serait pas arrivé au bout de ce terrible entraînement.

— Y a-t-il quelque chose de spécial que je dois savoir ?

— Continuez à travailler comme d'habitude, évitez de casser votre routine ordinaire. Si on vous pose des questions, vous n'aurez qu'à dire que Cécilia est votre petite amie. En fait, votre rôle sera celui d'un baby-sitter.

Keller se dirigea vers la portière avant et l'ouvrit.

— Vous ne devriez pas avoir de problème. Nous ne sommes

que trois à connaître son lieu de résidence. Néanmoins, ne perdez pas de vue qu'elle est témoin à charge dans une enquête importante et qu'elle risque sa vie. Ne faites confiance à personne.

Keller se glissa au volant et mit le contact.

— Je suis sûr que tout se passera bien.

Des douzaines de questions tourbillonnèrent dans la tête de Jesse.

— Et si j'ai besoin de vous contacter ?

— C'est impossible.

Keller claqua la portière et démarra. Jesse regarda la voiture disparaître dans un virage. Puis il se retourna et fixa la maison de style ranch qu'il habitait. Pendant plusieurs jours, il allait devoir la partager avec un témoin capital dont la vie était menacée. Comment une aveugle avait-elle pu être témoin de quoi que ce soit ? Une nuée de questions déferla dans son esprit mais il savait qu'il n'obtiendrait jamais de réponses. Keller lui avait dit exactement ce qu'il devait savoir. Rien de plus, rien de moins.

Il trouva Cécilia assise à l'endroit où ils l'avaient laissée, les yeux toujours dissimulés derrière ses lunettes.

Etait-elle aveugle de naissance ? Ou bien avait-elle perdu la vue à la suite d'un accident ? Très loin, tout au fond de lui, un souvenir douloureux refit surface. Mais il le repoussa, comme il l'avait déjà fait des centaines de fois dans le passé.

— Shérif Wilder ?

Il décela une vague de panique dans la voix de la jeune femme.

— Oui, c'est moi, répondit-il en posant les valises. Vous devriez m'appeler Jesse. Keller a suggéré que je vous fasse passer pour ma petite amie.

— Vous voilà bien loti, déclara-t-elle avec amertume.

— Je peux vous offrir quelque chose à boire ? Vous avez faim ? s'enquit-il, ne sachant quoi dire.

— Non merci. Si je dois me faire passer pour votre petite

amie, nous devrions peut-être inventer une histoire vous ne croyez pas ?

Jesse se rassit face à elle. Ses lunettes noires le gênaient. Il ne s'était jamais rendu compte à quel point il était important de voir les yeux de son interlocuteur.

Fronçant les sourcils, il réfléchit rapidement.

— Il y a deux mois, j'ai pris une semaine de vacances pour faire du camping. Nous pourrions dire que nous nous sommes rencontrés à cette occasion.

— Je n'ai jamais campé, répliqua-t-elle. Et qui pourrait croire que j'étais partie seule dresser ma tente dans la nature ?

Impossible de la contredire sur ce point, admit Jesse.

— J'aurais pu vous rencontrer dans un café, sur le chemin du retour ?

— Ah oui ? Et je faisais quoi, dans ce café ? J'étais serveuse ? Cuisinière ?

— Je ne sais pas, moi ! Vous pourriez essayer de m'aider, répondit Jesse, soudain irrité.

Les joues de Cécilia s'empourprèrent. Elle ôta ses lunettes, révélant de grands yeux verts ourlés d'épais cils noirs.

— Je vous prie de m'excuser, dit-elle. Je suis plus fatiguée que je ne le pensais. Vous devriez me montrer ma chambre. Nous réglerons tous ces détails plus tard.

Jesse regretta aussitôt de s'être emporté. Il remarqua que des cercles sombres soulignaient les yeux de Cécilia et que son visage était d'une pâleur de cire. Elle semblait exténuée.

— Bien sûr. Je vais porter vos bagages dans la chambre puis je reviendrai vous chercher.

Cécilia le remercia. Pour la première fois depuis qu'il habitait cette maison, il fut content que la chambre d'amis ne contienne qu'un ameublement sommaire. Un lit, une commode, une table de chevet. La jeune femme n'aurait pas trop de mal à s'y retrouver.

Quand il retourna dans le salon, il vit qu'elle s'était levée et avait repris sa canne. Jesse lui prit le bras, un peu mal à l'aise.

— Venez. Il y a un long couloir. Votre chambre est la deuxième sur la gauche. La porte de la salle de bains est juste à côté.

Elle se raidit à son contact. Sa tension et sa nervosité étaient presque palpables.

Et quoi de plus normal ? se dit Jesse. On serait nerveux à moins. Le seul fait d'être aveugle était difficile. En outre, elle se savait en danger. Et elle venait juste d'atterrir chez un total inconnu, dans une ville où elle n'avait jamais mis les pieds.

— Le lit est juste en face de la porte. La coiffeuse sur la gauche, le dressing à droite, expliqua-t-il en la guidant dans la chambre. Il y a une table de chevet à gauche du lit. J'ai posé vos valises dans le dressing.

Il hésita un moment, puis demanda :

— Voulez-vous que je vous aide à défaire vos bagages ?

— Non, merci. Je me débrouillerai.

Elle s'exprima avec froideur, comme si sa question l'avait irritée, et fit un pas de côté pour se dégager.

— Eh bien, je vous laisse, dit-il. Préférez-vous que la porte soit ouverte ou fermée ?

— Fermée.

Jesse retourna dans le salon. Campé devant la fenêtre, il s'absorba dans ses réflexions. Cécilia était aveugle, très belle et piquante comme un cactus. Il ignorait ce qui lui était arrivé, dans quelle affaire elle était impliquée. Difficile de lui jeter la pierre à cause de sa mauvaise humeur !

Il frotta ses mains sur son jean et s'aperçut qu'elles étaient moites de sueur. Il avait pour mission de protéger une non-voyante. Etait-ce une sorte de vengeance de la destinée ?

Une fois de plus, le même souvenir lointain revint le hanter. Il revécut les événements qui s'étaient déroulés au cours de cette nuit-là. Les phares de sa voiture éclairant le long ruban noir de la route... le mouvement du volant au moment où il perdait le contrôle du véhicule... le tronc d'arbre noueux qui se rapprochait inexorablement... et... Jesse étouffa une exclamation et repoussa ses souvenirs. Il se détourna de la fenêtre.

Une semaine. Deux, tout au plus. Et elle repartirait. Il pouvait bien veiller sur elle pendant deux semaines, sans repenser au passé. Sans penser à l'homme dont il avait saccagé la vie sur une route verglacée, treize ans auparavant.

Sept pas de la porte jusqu'au bord du lit. Cinq pas du lit à la coiffeuse. Quatre du lit au placard. Son univers se limitait à une question de pas. Elle se laissa tomber sur le lit et murmura :

— Je m'appelle Allison Welch. Allison Welch. Allison Welch.

Elle se répéta ces paroles comme un mantra. Allison Welch ne devait pas cesser d'exister. Allison Welch était une femme brillante à qui la vie souriait. Elle était décoratrice d'intérieur et sa boutique connaissait un succès grandissant à Chicago. Elle possédait un magnifique appartement dont les fenêtres offraient une vue imprenable sur le lac Michigan. Sa vie sociale était intense et elle entretenait une relation d'affection avec sa sœur et le mari de celle-ci.

Un sanglot lui échappa et elle plaqua une main devant sa bouche, pour le contenir. Elle ne voulait plus penser à Alicia, à John, à cette horrible nuit. Si elle laissait encore ces images défiler dans son esprit, elle perdrait la raison.

Défaire ses bagages, se concentrer sur le moment présent. Si elle songeait au passé, elle serait submergée de chagrin. Et si elle tentait d'anticiper l'avenir, la peur et le désespoir l'étoufferaient.

Quatre pas jusqu'au placard. Elle trouva ses valises posées à même le sol et porta la plus grosse sur le lit, où elle l'ouvrit.

Les vêtements avaient tous été achetés par une femme policière lorsque Allison était sortie de l'hôpital, le mois précédent. Une robe, deux jeans, un pantalon habillé, des T-shirts et des pulls. Tous étaient de couleur bleue afin qu'il lui soit plus facile de s'habiller. La valise plus petite contenait ses affaires de toilette, de la lingerie, une chemise de nuit et une robe de chambre. Lorsqu'elle eut tout rangé, elle s'assit au bord du lit. Au moins, elle resterait plus de trois jours au même endroit.

Le mois passé s'était écoulé à travers une succession de motels. Elle n'avait jamais eu le temps d'apprendre à se mouvoir dans une chambre sans se cogner dans les meubles.

Elle songea à son hôte. Jesse Wilder. Tout ce qu'elle savait de lui, c'était qu'il était shérif à Mustang dans le Montana.

Enfin, ce n'était pas vraiment *tout*. Elle savait aussi qu'il avait une voix grave et douce comme du velours. Et lorsqu'il l'avait guidée jusqu'à sa chambre, elle avait eu l'impression qu'il était grand. Il émanait de lui un parfum frais et agréable, des effluves de savon mêlés à ceux d'une eau de toilette un peu poivrée.

Elle ignorait son âge. A quoi ressemblait-il ? Pouvait-on lui faire confiance ? Kent Keller et Bob Sanford ne l'auraient pas emmenée chez lui si ce n'était pas le cas.

Elle fronça les sourcils en songeant aux deux policiers auxquels elle avait confié sa vie depuis un mois. Bob Sanford avait dû faire preuve de beaucoup de patience et de douceur avant qu'elle ne consente à raconter ce qu'elle avait vu depuis sa cachette dans le placard.

Quand les médecins avaient accepté de lui laisser quitter l'hôpital, Sanford l'avait confiée à Keller. C'est alors qu'avait commencé le périple qui, de chambre d'hôtel en chambre d'hôtel, l'avait conduite jusqu'ici.

Elle ôta ses lunettes, les posa sur la table de chevet et s'allongea sur le lit en s'étirant. La courtepointe chauffée par le soleil sentait la poudre à laver. De toute évidence, le shérif Wilder avait fait un grand nettoyage en prévision de son arrivée.

Des larmes chaudes et douloureuses perlèrent sous ses paupières quand elle pensa à ce qu'elle avait perdu. Tout. Elle avait tout perdu. Et elle aurait accepté de gaieté de cœur de rester aveugle le restant de ses jours si cela avait pu ressusciter John et Alicia.

Impossible…, songea-t-elle en plissant les paupières. John et Alicia étaient morts. Assassinés, chez eux. Aucun sacrifice de sa part, aucun marché avec le diable ne les ramènerait à la vie. Tout ce qu'elle pouvait espérer, c'était que les meurtriers soient retrouvés et condamnés.

Elle refoula ses larmes, refusant pour la millième fois de s'abandonner au chagrin. Le mot vengeance avait pris pour elle tout son sens, il était devenu sa raison d'être, son but ultime. Les coupables devaient être punis.

C'était cette pensée qui l'avait empêchée de sombrer dans le désespoir, de renoncer à la vie. Il fallait qu'elle survive... pour que les responsables de la mort d'Alicia et de John paient leur forfait.

Elle roula sur le côté, dirigeant son visage vers la fenêtre pour sentir sur elle la chaleur des rayons de soleil. A présent, elle était Cécilia Webster, aveugle, vingt-six ans, originaire de Cleveland dans l'Ohio. Cette fausse identité était censée la protéger. Mais depuis quatre semaines elle ne s'était encore jamais sentie en sécurité.

Plus que deux semaines, lui avait promis Keller. Dans deux semaines, l'enquête serait terminée, les assassins derrière les barreaux. Alors, elle pourrait retrouver sa vraie vie. Ou du moins, les lambeaux qui en restaient.

Elle ferma les yeux, avec l'espoir de trouver dans le sommeil un semblant de paix... à condition que les cauchemars qui l'assaillaient si souvent l'épargnent pour cette fois.

Jesse consulta sa montre pour la troisième fois. Son invitée était enfermée dans sa chambre depuis trois heures. Un silence total régnait dans la maison.

Pendant qu'elle dormait, il avait préparé le dîner : des hamburgers-frites. Ce n'était pas très raffiné, mais c'était simple et facile à manger.

Il était plus de 18 heures. Devait-il aller l'éveiller ? Il hésitait à la tirer d'un sommeil sans doute réparateur. Mieux valait la laisser tranquille. Elle se réveillerait quand elle aurait faim. Il n'avait plus qu'à attendre.

Jesse prit un soda dans le réfrigérateur, en avala une longue gorgée et alla se camper devant la fenêtre. Il avait appelé le bureau un peu plus tôt pour avertir Vic, un de ses adjoints, qu'il avait besoin de deux jours de congé. Malgré les conseils de Keller le poussant à poursuivre sa routine habituelle, il hésitait à laisser une femme aveugle seule dans un environnement qu'elle ne connaissait pas.

Afin de rendre son histoire crédible, il avait dit à Vic qu'une amie lui avait rendu visite à l'improviste.

L'enquête sur Casanova était au point mort, aucun élément nouveau n'étant apparu. Vic lui avait affirmé qu'il se débrouillerait avec les trois autres adjoints et Jesse avait raccroché, rassuré. Il se savait entouré de gens compétents.

Il se détourna de la fenêtre et consulta encore une fois sa montre. A cet instant précis, un hurlement déchira le silence.

Jesse se figea. Le cri provenait de la chambre d'amis. Un flot d'adrénaline se déversa dans ses veines. Il posa le soda sur la table et prit le revolver qu'il avait laissé dans son holster, suspendu à une patère. Brandissant l'arme devant lui, il avança prudemment dans le couloir.

Quelqu'un avait-il déjà réussi à retrouver la trace de Cécilia ? Avait-il pénétré dans sa chambre ? Bon sang ! Keller aurait dû le prévenir ! Il ne pensait pas que le danger était aussi imminent !

Jesse s'arrêta devant la porte fermée et écouta. Rien. Aucun bruit.

Etait-elle morte ? Allait-il trouver son corps sans vie, gisant en travers du lit ? Si quelqu'un était entré par la fenêtre, elle ne s'en était probablement pas rendu compte. Elle n'avait compris qu'elle n'était plus seule qu'à l'instant où un bras s'était enroulé autour de sa gorge, ou lorsqu'une lame froide s'était posée sur son cou.

Jesse tourna la poignée sans bruit. L'entraînement lui avait appris à refréner ses élans. Il fallait agir lentement, avec prudence. Le battant pivota et il entra dans la chambre, revolver au poing.

Rien.

La pièce était vide. La courtepointe était froissée et l'oreiller portait encore l'empreinte de la tête de Cécilia. Mais la fenêtre était fermée et le rideau tiré. Tout semblait en ordre… seule Cécilia Webster manquait.

Un nouveau flot d'adrénaline surgit dans ses veines quand il entendit un léger bruit provenant du dressing. La porte du placard était entrouverte, mais la lumière du soir n'était pas suffisante pour en éclairer l'intérieur, qui restait plongé dans l'ombre.

Sans lâcher son arme, Jesse ouvrit complètement la porte. Cécilia était là.

Son bras retomba et il murmura un juron entre ses dents. La jeune femme était recroquevillée dans un coin, les yeux fermés, les joues striées de larmes. Quel enfer avait-elle vécu ? Quelle terrible épreuve avait bien pu la mettre dans un tel état de fragilité nerveuse ?

Et bon sang, que venait-il faire dans cette histoire ?

2

A travers la porte à claire-voie du placard, elle vit les deux hommes faire irruption dans la maison, revolver au poing.

— Hé ! s'exclama John. Que voulez-vous ?

Horrifiée, Allison vit sa sœur et son beau-frère reculer.

— Ne faites pas…

La voix de John fut couverte par le vacarme des coups de feu.

Elle en entendit claquer six, comme des mini-explosions, pas assez retentissantes cependant pour alerter le voisinage. Les balles transpercèrent John et Alicia.

John tomba en avant et s'effondra comme un chêne brisé par la hache du bûcheron. Alicia fut projetée en arrière par l'impact et s'abattit contre la porte du placard. Une balle pénétra dans le mur, juste au-dessus de la tête d'Allison. Du sang gicla par les claires-voies et aspergea le visage de la jeune femme.

Une main plaquée sur sa bouche, Allison tenta d'étouffer un cri de terreur incrédule. Non… Mon Dieu, non ! Ce n'était pas possible. Cela n'avait pas de sens.

Elle lutta contre l'élan qui la poussait à courir vers sa sœur pour lui porter secours. Quelque part, tout au fond d'elle-même, un instinct de survie lui dictait de rester tapie dans sa cachette. Silencieuse. S'ils la découvraient, ils la tueraient aussi. Il ne fallait pas qu'elle meure. Il fallait qu'elle vive, pour raconter ce qui s'était passé…

— Cécilia.

La voix lui parvint de très loin… comme quelque chose

qui ne la concernait pas. Elle crispa les paupières, serra plus encore la main sur sa bouche.

Du sang. Il y avait trop de sang. Le sang d'Alicia sur son visage. Mon Dieu, pourquoi ? Pourquoi ?

— Cécilia ! répéta la voix d'homme avec insistance.

Elle se pelotonna au fond du placard, plaqua son dos contre le mur comme pour s'échapper. Une claque sur la joue la tira brusquement de son cauchemar et la ramena à la réalité. En une seconde, elle se rappela qu'elle n'était plus chez John et Alicia. Elle se trouvait dans le Montana. A Mustang.

— Shérif Wilder ? chuchota-t-elle, hésitante.

— Jesse, rectifia-t-il. Je suis là.

Une main virile, large, tiède, se referma sur celle de la jeune femme. Elle se sentit rassurée. De son autre main, elle agrippa les vêtements du shérif.

— Je suis dans le placard, n'est-ce pas ? s'enquit-elle d'une voix lasse, découragée.

— Oui. Sortons de là, vous voulez bien ?

Ce cauchemar était revenu la hanter. Ce n'était pas vraiment un cauchemar. Plutôt la sinistre répétition des événements traumatisants qu'elle avait vécus. Et comme d'habitude, elle s'était réfugiée dans le placard.

Quand cela cesserait-il ? Redeviendrait-elle *normale* un jour ? Le shérif la ramena dans la chambre. Tout en dégageant sa main avec une pointe de regret, elle s'enquit :

— Comment avez-vous compris où j'étais ?

— Je vous ai entendue crier.

— Je suis désolée. Je dormais et j'ai fait un cauchemar.

Elle croisa les bras et se tint les épaules.

— Keller ne vous avait pas prévenu ?

— Il ne m'a pas dit grand-chose, répondit Jesse d'un ton sec. Vous vous sentez mieux ?

Elle soupira.

— Je me sens ridicule. Mortifiée. Mais à part cela, ça va.

— Ne vous en faites pas. Ça arrive à tout le monde de faire des cauchemars.

Elle ne répondit pas, mais songea que tout le monde n'allait pas se réfugier au fond d'un placard au milieu de son sommeil.

— Vous avez faim ? Le dîner est prêt.

Le dîner. L'idée d'un dîner normal la réconforta un peu.

— Oui. Je voudrais simplement me rafraîchir avant.

— Bien sûr. Je vais vous attendre dans le salon, puis je vous emmènerai dans la cuisine.

Elle hocha la tête et se laissa guider jusqu'à la porte de la salle de bains. Cette dépendance… c'était terrible. Elle s'aspergea le visage d'eau fraîche et demeura un instant les yeux fixés vers l'endroit où se trouvait probablement le miroir. Elle se concentra, essayant désespérément de voir quelque chose. Une lueur… Elle aurait tellement voulu *voir*. Mais l'obscurité demeura impénétrable. Elle eut l'impression d'avoir absorbé la nuit, de n'être plus elle-même qu'une masse noire.

Comme c'était étrange… dans cette obscurité totale, au plus profond du sommeil et dans une maison inconnue, elle était parvenue à dénicher le placard. S'y était-elle rendue à tâtons ? Ou bien sa vue lui avait-elle été restituée provisoirement, pendant son rêve ?

Elle se détourna du lavabo, trouva une serviette-éponge pour sécher ses mains et son visage et sortit. Elle avança à pas prudents le long du couloir et étouffa une exclamation de terreur lorsqu'une main se posa sur son coude.

— Désolé, je ne voulais pas vous faire peur, dit Jesse.

— Ce n'est rien. J'ai été surprise.

Elle se détendit et se laissa guider à travers le salon moquetté. Quand ses pieds touchèrent le carrelage, elle sut qu'ils venaient d'entrer dans la cuisine.

— J'espère que vous aimez les hamburgers, dit Jesse en la faisant asseoir.

Elle acquiesça d'un signe de tête et repéra à tâtons ses couverts et son verre. Il y eut des bruits de vaisselle, puis elle comprit que Jesse venait de poser une assiette devant elle.

— Merci.

— Vous voulez des frites ?

— Bien sûr.

En réalité, elle était impatiente que le repas se termine. Le fait de s'asseoir à table était devenu une vraie torture depuis qu'elle avait perdu la vue. Ils mangèrent en silence, ne sachant trop quoi se dire.

— Parlez-moi de Mustang, suggéra-t-elle au bout d'un instant pour détendre l'atmosphère.

— Il n'y a pas grand-chose à dire. C'est une petite ville bien tranquille, idéale pour les enfants et les vieilles personnes.

— Mais cet endroit vous plaît ?

— Oui. Mustang est une petite ville avec un grand cœur. Je l'ai quittée quelques années pour aller à l'Académie de police, mais j'y suis toujours resté attaché.

— Vous avez de la famille ?

Au moment où les mots franchirent ses lèvres, elle ressentit le poids immense de la perte qu'elle venait de subir. Elle ne pourrait plus jamais partager ses joies et ses peines avec sa sœur, ne la serrerait plus jamais contre son cœur avec tendresse.

— Non, dit Jesse. Mon père est mort il y a trois ans dans un accident de voiture et ma mère l'a suivi quelques mois plus tard. Le médecin a dit qu'elle avait eu une crise cardiaque, mais je crois qu'elle a été emportée par le chagrin.

Jesse se racla la gorge, comme si cette confession l'avait mis mal à l'aise.

— Mais tous les gens de Mustang considèrent que je fais partie de leur famille. Ici, les gens sont toujours prêts à vous aider et chacun sait tout de la vie de son voisin.

— Dans ce cas, nous ferions mieux de mettre au point notre histoire. L'idée de dire que nous nous sommes rencontrés dans un camping ne me plaît pas. Je n'y connais rien.

— Vous n'avez jamais campé ? Même pas avec l'école ?

— Jamais. Mon expérience se limite à une tente fabriquée à l'aide d'un drap dans ma chambre, avec ma sœur.

Une foule de souvenirs assaillit la jeune femme et le chagrin lui serra la gorge.

— Cécilia ?

La voix de Jesse la ramena brusquement à la réalité.

— Finalement votre idée n'est pas mauvaise, déclara-t-elle tout à coup. Nous dirons que je campais avec ma sœur. Personne ne me posera de questions trop précises sur la façon de monter une tente, j'imagine.

— J'en doute. Nous raconterons que depuis nous n'avons cessé de nous téléphoner.

— Donc, c'est officiel maintenant. Vous avez une petite amie.

Elle grignota une dernière bouchée de hamburger et tourna le visage vers l'endroit où se trouvait Jesse.

— Les gens ne trouveront pas bizarre que vous soyez tombé amoureux d'une aveugle ?

— Ce qu'ils trouveront bizarre, c'est que je sois tombé amoureux, tout simplement.

Elle perçut de l'amusement dans le ton de sa voix et demanda, intriguée :

— Et pourquoi cela ?

— Je suis le célibataire le plus coriace de Mustang. Toutes les mères essayent sans succès de me jeter leur fille dans les bras.

— Vous devez être très séduisant, fit remarquer Allison.

Jesse éclata de rire. Il avait un rire merveilleux, grave, sonore. Une vague de chaleur enroba la jeune femme et chassa momentanément le chagrin qui lui glaçait le cœur.

— Non, pas spécialement séduisant, répondit-il. Mais je fais partie des quelques célibataires jeunes et présentables de Mustang. En outre, vous savez ce qu'on dit sur le prestige de l'uniforme…

Les hommes en uniforme. Soudain, le sang d'Allison se glaça de nouveau. John et Alicia portaient les uniformes bleus de la police. Ils adoraient leur travail dans le secteur de Templeton, à Chicago. Elle revit les insignes épinglés sur leurs chemises bleues… un symbole de sécurité. Et pourtant ce souvenir éveillait en elle une angoisse insupportable. Elle s'obligea à chasser cette pensée et se concentra sur l'homme assis face à elle.

— Quel âge avez-vous ?

— Votre mère ne vous a pas appris qu'il était impoli de questionner les gens sur leur âge ? répondit-il en riant.

— Ma mère m'a dit que, si je voulais savoir quelque chose, je devais le demander.

— Une femme intelligente, madame votre mère. Je vais avoir trente ans.

— Pourquoi n'êtes-vous pas marié ? Je croyais que dans les petites villes les gens se mariaient jeunes.

— Les relations avec les femmes sont trop compliquées. Mon travail et ma maison me suffisent.

Allison sourit.

— Pas étonnant qu'on vous trouve intéressant ! Rien de tel qu'un célibataire endurci pour attirer les jeunes femmes.

Elle entendit la chaise de Jesse glisser et comprit qu'il s'était levé.

— Désolée de ne pas pouvoir vous aider pour la vaisselle.

— Ne vous en faites pas pour ça.

— Je ne suis pas vraiment aveugle, vous savez.

Il y eut un long silence, puis Jesse demanda, éberlué :

— Que voulez-vous dire ? Vous faites semblant ?

— Non. Ma cécité est bien réelle, mais elle est d'origine psychosomatique. Les médecins appellent cela de l'hystérie, expliqua-t-elle avec une irritation évidente.

Elle n'aurait pas dû aborder ce sujet, se reprocha-t-elle intérieurement. Elle allait passer pour une idiote… ou pour une folle.

— Est-elle survenue en même temps que les événements à cause desquels vous êtes sous protection judiciaire ? demanda Jesse doucement.

Elle opina.

— Je suis aveugle depuis un mois. D'après les médecins je peux recouvrer la vue d'un moment à l'autre.

Les médecins avaient aussi dit que sa vue pouvait *ne pas revenir*. Mais elle refusait d'envisager cette éventualité. Comme Jesse demeurait silencieux, elle poursuivit :

— Je préfère que vous soyez au courant, car je n'ai pas encore eu le temps de m'adapter à ma nouvelle condition. Nous ne dirons à personne que non seulement vous êtes tombé amoureux d'une aveugle, mais qu'en plus elle est un peu cinglée, conclut-elle avec amertume.

Il y eut un autre long silence.

— Vous ne devriez pas vous apitoyer sur vous-même.

Les paroles de Jesse flottèrent un moment dans le silence. Comment avait-il eu l'audace de lui parler ainsi ? se demanda-t-elle, stupéfaite. Que savait-il de sa vie, de ce qui lui était arrivé ? Une bouffée de colère envahit la jeune femme et elle se leva.

— Comment osez-vous ! cria-t-elle en fixant sur lui ses grands yeux vides. Vous n'avez pas tout perdu, *vous !* Vous n'avez pas la moindre idée de ce que j'ai subi ! Et… de ce que j'endure à présent.

Au fond, elle savait que sa réaction était disproportionnée. Mais la colère qui éclatait maintenant couvait depuis des semaines. Très exactement, depuis le soir où sa vie avait volé en éclats sous les coups de feu. Impossible de contenir plus longtemps la fureur qui la consumait. Elle lui laissa libre cours.

— Vous, vous avez votre petite vie tranquille dans votre jolie petite ville ! cria-t-elle d'une voix stridente. Moi, j'ai perdu ma famille, ma carrière, mes yeux ! Excusez-moi si je me laisse un peu aller à m'apitoyer. Je crois que j'en ai le droit. Mais puisque ça vous gêne, j'irai ressasser mon chagrin dans ma chambre.

Elle aurait tellement voulu réussir sa sortie ! Mais elle heurta le coin de la table en se levant, puis se cogna au chambranle. Heureusement, Jesse ne fit pas mine de l'aider. Il avait compris d'instinct qu'il valait mieux la laisser à sa colère, même si cela devait lui coûter quelques bleus.

*
* *

Jesse cligna des paupières en l'entendant buter contre la table du salon, puis contre un fauteuil. Quelques secondes plus tard, la porte de la chambre claqua. Il soupira tout en passant une main dans ses cheveux. Il regrettait de lui avoir parlé ainsi, mais de toute évidence ce n'était pas le moment d'aller lui présenter des excuses.

Sa famille. Elle avait perdu sa famille. Un mari ? Des enfants ? Jesse songea au chagrin insurmontable qu'avait éprouvé sa mère quand son père était mort. C'était à cause de cela qu'il avait choisi de vivre seul. L'amour commençait toujours par des promesses, mais au bout il y avait invariablement la souffrance.

Tout en débarrassant les restes du dîner il réfléchit aux quelques renseignements que Cécilia lui avait donnés sur elle. Il n'était pas très avancé. Mais elle avait raison sur un point : il ignorait ce qui lui était arrivé et par conséquent il n'avait pas le droit de la juger.

Quand la cuisine fut nettoyée, il alla dans le salon. D'ordinaire il se détendait en regardant la télévision, mais ce soir il n'osa pas l'allumer, par délicatesse envers Cécilia qui ne pouvait pas la regarder.

Comment Paul passait-il ses soirées ? Que faisait-il de toutes ces heures d'obscurité ? Cette interrogation lui traversa l'esprit et le troubla. Il y avait déjà des années que Jesse avait décidé de sortir de la vie de son meilleur ami. Sa présence ne servait qu'à lui rappeler sans cesse la tragédie qu'il avait subie.

Il maudit intérieurement Bob Sanford pour lui avoir confié cette mission. Et Cécilia Webster pour avoir fait resurgir des souvenirs qu'il s'efforçait de refouler.

Désœuvré, il se mit à arpenter le salon en songeant à Cécilia. Une cécité psychosomatique. Il n'en avait jamais entendu parler jusque-là. Mais l'esprit humain était si complexe… Il se figea en entendant la porte de la chambre d'amis s'ouvrir.

— Jesse ?

— Je suis là.

Cécilia pénétra dans le salon, se dirigea lentement vers le canapé et s'assit.

— Je vous dois des excuses, dit-elle en croisant les mains sur ses genoux.

— Non, c'est le contraire.

Jesse s'assit en face d'elle et reprit :

— Vous avez raison, je n'ai pas le droit de vous juger. J'ignore ce qui vous est arrivé et ça ne me regarde pas. Je suis là pour assurer votre sécurité, un point c'est tout.

— Comme vous voudrez. Alors d'accord, vous me devez des excuses, dit-elle avec un petit sourire. Je les accepte, mais seulement à condition que vous acceptiez les miennes.

— Marché conclu.

Elle était jolie. Et encore plus jolie lorsqu'un sourire éclairait son visage. Une sensation de plaisir déferla dans le cœur de Jesse.

— Dites-moi… comment les gens passent-ils leurs soirées à Mustang ?

Jesse haussa les épaules, puis se rappela qu'elle ne pouvait voir son geste.

— Nous n'avons pas de cinéma, pas de bowling, pas de galerie commerciale. Les sorties sont assez limitées.

Tout en parlant, il observait les traits de son interlocutrice. Malgré les cauchemars qui l'avaient assaillie, le sommeil avait gommé les cercles sombres sous ses yeux. Elle avait de longs cils noirs et fournis, la peau la plus fine qu'il ait jamais vue et un minuscule grain de beauté au coin des lèvres.

— Jesse ?

Il se rendit compte qu'il avait cessé de parler pour la regarder.

— Je réfléchissais, répondit-il, confus. A Mustang, la plupart des gens s'asseyent sous leur véranda le soir, pour bavarder entre voisins. Quelques-uns se retrouvent au café pour prendre le dessert et échanger des potins.

— Une vie très différente de… de ce que j'ai connu jusque-là.

Elle changea de position sur le canapé et Jesse perçut les effluves de son parfum léger et fleuri. De toute évidence elle ne lui faisait pas assez confiance encore pour lui avouer quelle ville contenait les secrets de sa vie, où s'étaient déroulés les événements qui l'avaient menée ici.

— Et que font les jeunes gens de Mustang pour se distraire ?

— Il y a un club de jeunes, mais la plupart préfèrent se retrouver près de la rivière, en dehors de la ville. Il y a un grand chêne là-bas, qu'on appelle l'arbre des amoureux. La légende dit que si vous embrassez une fille sous cet arbre son cœur vous appartiendra pour toujours.

— Avez-vous déjà embrassé une fille sous l'arbre ? s'enquit Cécilia en souriant.

— Non. L'idée d'un amour éternel m'effrayait tant que ça m'ôtait même l'envie de voler un baiser. En ce moment l'accès de l'arbre des amoureux est interdit, ajouta-t-il avec un froncement de sourcils.

— Pourquoi cela ?

Jesse se leva. C'était le délit le plus ahurissant auquel il ait été confronté depuis qu'il était shérif à Mustang.

— Il y a deux semaines une femme a été kidnappée dans sa chambre au milieu de la nuit, dit-il en arpentant le salon. On l'a ligotée, bâillonnée et on lui a bandé les yeux. Puis son ravisseur l'a emmenée jusqu'au vieux chêne. Il l'a embrassée et l'a abandonnée là-bas. C'est un couple de jeunes gens qui l'a découverte.

— C'est horrible ! On ne lui avait pas fait de mal ?

— Physiquement, non. Mais elle a été traumatisée.

Jesse se rendit compte que Cécilia ne parvenait pas à le localiser dans la pièce. Aussi revint-il s'asseoir dans son fauteuil avant d'enchaîner :

— Tout d'abord nous avons pensé que c'était une mauvaise plaisanterie. Un gamin qui avait fait un pari avec des copains.

Et puis, la semaine dernière, une autre femme célibataire du village a été enlevée.

— Vous pensez toujours que les coupables sont des gosses ?

— Non. Si on s'était attaqué à des adolescentes j'aurais pu croire que c'était une histoire de gamins. Mais les femmes qui ont été agressées avaient vingt-six et vingt-huit ans.

— Ce n'était pas le moment de vous confier la garde d'une aveugle, constata-t-elle d'un ton égal.

Il n'y avait pas la moindre trace d'amertume dans sa voix, cette fois.

— Je n'avais pas de raison de vous raconter tout ça, dit Jesse. Mais vous en auriez entendu parler de toute façon par quelqu'un d'autre. L'intrépide journaliste de Mustang a décidé de prendre la situation en main et de décrire les actions de Casanova de long en large dans ses colonnes.

L'estomac de Jesse se contracta douloureusement à la pensée de Millicent Creighton. En temps ordinaire, celle-ci se contentait d'agacer tout le monde en colportant des potins. Mais dernièrement elle était devenue carrément insupportable. Par deux fois déjà, il l'avait attrapée en train de rôder autour du vieux chêne, à la recherche d'improbables indices pour éclaircir l'affaire du « dément qui terrorisait Mustang ». Jesse l'avait menacée de la jeter en prison s'il la surprenait encore là-bas.

— Casanova… c'est ainsi que vous l'avez surnommé ?

— C'est notre bien-aimée journaliste, Millicent Creighton, qui l'a baptisé ainsi.

Cécilia soupira et tortilla une fine mèche de cheveux entre ses doigts. Jesse remarqua que sa main tremblait.

— Il n'existe aucun endroit en ce monde où l'on soit parfaitement en sécurité, n'est-ce pas ? Vous vous croyez à l'abri chez vous, mais rien n'est sûr. Même dans votre propre lit, vous n'êtes pas certain d'être protégé…

Ses grands yeux verts s'assombrirent, comme hantés par un cauchemar.

— Dites-moi que je suis en sécurité ici, Jesse. J'ai besoin de savoir que je ne crains rien… au moins momentanément.

Jesse contempla son visage creusé par l'angoisse. Il aurait voulu pouvoir la rassurer, lui affirmer que cette maison était un sanctuaire de paix. Mais il ne pouvait lui faire de fausses promesses. Il ignorait tout de sa situation, du danger qui la menaçait, et il ne voulait pas mentir.

Son expression angoissée le bouleversa. Et il fut irrité par sa propre réaction. Il ne voulait pas s'impliquer dans le drame qui touchait Cécilia, il ne voulait même pas connaître son histoire, les circonstances qui l'avaient menée jusqu'ici. Il avait une mission à accomplir, rien de plus, rien de moins. Dans deux semaines elle serait repartie chez elle.

— Mon travail consiste à vous protéger, dit-il.

Et cela s'arrêtait là. Ce n'était pas à lui de l'aider à surmonter sa cécité ou les pertes qu'elle avait subies.

Il connaissait ses responsabilités vis-à-vis de Cécilia. C'était clair. Mais il ne parvenait pas à chasser l'idée qu'il devait être prudent… très prudent… s'il ne voulait pas voir cette femme prendre trop de place dans sa vie.

3

Allison fut éveillée par un rayon de soleil jouant sur son visage. Elle demeura immobile un instant, imaginant que lorsqu'elle ouvrirait les yeux elle serait éblouie par la brillante clarté qui pénétrait dans sa chambre.

Qui aurait dit qu'un jour la brûlure du plein soleil lui manquerait ?

Elle s'étira paresseusement et s'avoua qu'elle avait bien dormi malgré la nouveauté du lieu. Aucun cauchemar n'était venu la hanter, nul rêve n'avait troublé son sommeil. Le souvenir de la conversation qu'elle avait eue la veille avec Jesse lui revint à l'esprit. Elle aurait voulu qu'il la rassure, qu'il lui affirme qu'elle était en sécurité à Mustang, mais il n'avait pu lui offrir de certitude absolue.

Songeuse, Allison fronça les sourcils. En fait, elle avait attendu bien plus que cela de la part du shérif. Ce qu'elle aurait aimé qu'il lui dise, c'était qu'elle guérirait un jour de sa cécité, que les criminels seraient arrêtés, qu'elle parviendrait à reconstruire sa vie et même à surmonter le chagrin qui l'accablait depuis la mort de John et d'Alicia. En somme, elle aurait voulu qu'il lui promette l'impossible.

Elle ouvrit les yeux et éprouva un bref moment de déception. L'obscurité, encore et toujours. Ce qui lui faisait peur c'était que, les jours passant, elle en vînt à n'espérer rien d'autre.

Elle commençait à accepter son état. C'était horrible.

Irritée par le cours que prenaient ses pensées, elle se leva et enfila sa robe de chambre avant de se diriger vers la salle de bains.

Elle allait poser la main sur la poignée lorsque la porte s'ouvrit à la volée. Déséquilibrée, elle trébucha en avant.

Jesse poussa une exclamation et la retint par les épaules. Les mains de la jeune femme se posèrent sur sa large poitrine nue.

Son parfum masculin, entêtant, mélange de savon, de crème à raser et d'eau de toilette poivrée l'enivra. Du bout des doigts elle perçut la tiédeur de sa peau et la force de ses muscles.

Pendant une fraction de seconde une folle pensée l'envahit : nicher sa tête au creux de cette épaule solide, sentir ces muscles puissants jouer sous sa joue, percevoir les battements de ce cœur tandis que des bras virils l'enlaçaient.

Elle recula en vacillant et retira ses mains comme si elle venait de se brûler à une flamme dévorante.

Les mains de Jesse demeurèrent rivées sur ses épaules et elle eut l'impression qu'il lui communiquait la chaleur de son corps.

— Ça va ? demanda-t-il d'une voix étouffée, avant de la relâcher brusquement.

— Très bien. J'ai seulement perdu l'équilibre.

Elle sentit ses joues s'enflammer et resserra les pans de la robe devant elle en espérant qu'elle n'était pas indécente.

— Je vais retourner dans ma chambre…, balbutia-t-elle.

— Non. J'ai fini, je vous laisse la place. Qu'aimeriez-vous que je prépare pour le petit déjeuner ?

— Une tasse de café me suffira, je n'ai pas d'appétit le matin.

— Dommage. Je suis le roi de l'omelette.

— Eh bien… une petite, alors. Si j'ai le droit de changer d'avis, ajouta-t-elle avec un sourire.

— Vous ne seriez pas une femme si vous ne le faisiez pas, répondit-il en riant.

Il hésita, puis ajouta :

— Aurez-vous besoin d'aide pour aller jusqu'à la cuisine ?

— Je me débrouillerai.

Quelques secondes plus tard, tandis que la douche tiède se répandait sur son corps, elle songea à ses propres paroles. « Je me débrouillerai. » Peut-être était-il temps d'apprendre à se débrouiller réellement… de s'adapter au mauvais tour que le destin venait de lui jouer.

Elle pourrait apprendre le braille, acheter un ordinateur parlant. Il existait un tas de petits gadgets destinés aux non-voyants.

Non ! Tout son être se révolta soudain. Comme si le fait d'accepter sa cécité éloignait définitivement tout espoir de guérison. Elle ne voulait pas s'adapter ! Non. Elle voulait voir. Elle voulait retrouver sa vraie vie.

Elle dirigea son visage vers le jet et balaya ces pensées. Le souvenir de ses mains posées sur la poitrine de Jesse lui revint à l'esprit. Une vague de chaleur se répandit dans son corps.

Si seulement elle avait eu le temps d'explorer les contours de ces muscles, cette peau douce et tiède… Elle aurait pu se faire une idée, essayer d'imaginer à quoi ressemblait le shérif.

Plongée dans cette réflexion elle ferma le robinet et saisit sa serviette. Elle regagna sa chambre enveloppée dans sa robe de chambre, revêtit un jean et un T-shirt.

Tout en se brossant les cheveux, elle songea à sa réaction à l'égard de Jesse. Ce serait trop facile, de se laisser aller à fantasmer sur lui. Il était son protecteur et son seul contact avec le monde extérieur. Alors que Keller s'était montré froid et distant, il émanait de Jesse une chaleur troublante.

Cependant, elle ne devait pas oublier que, pour lui, elle ne représentait qu'une mission. Rien de plus. Du reste, se dit-elle avec une pointe d'amertume, quel homme sensé accepterait de se charger d'une aveugle ? Une aveugle que certains flics de Templeton auraient voulu voir morte !

Tout ce que sa mère lui avait dit et répété au sujet de l'indépendance d'une femme défila dans son esprit. Avoir besoin d'un homme était un signe de faiblesse. C'était exclu. Une femme ne devait compter que sur elle-même. Il fallait être folle pour accepter d'être prise en charge par un homme.

Allison passa une main dans ses cheveux pour remettre ses boucles en ordre. Espérant qu'elle était présentable, elle décida qu'il était temps d'aller prendre une tasse de café.

Lorsqu'elle passa le seuil de la cuisine, elle fut accueillie par un délicieux arôme de café frais qui se mêlait à l'odeur du bacon en train de cuire.

— Ça sent bon ! déclara-t-elle en s'asseyant à la même place que la veille.

— Un peu de café ?

Il lui sembla que la voix de Jesse lui parvenait de la droite.

— Oui, s'il vous plaît.

— Vous prenez de la crème ? Du sucre ?

— Non, je le préfère noir.

Elle entendit le bruit d'une tasse qu'on posait sur la table.

— Merci, dit-elle en refermant les doigts sur un mug de céramique.

— L'omelette sera prête dans quelques minutes. Vous avez bien dormi ?

— Comme un bébé. Et vous ?

— Je dors toujours comme un bébé.

Elle avala une gorgée de café. Un rayon de soleil lui réchauffa le dos.

— Il fait beau aujourd'hui, non ?

— En effet. Comment… comment l'avez-vous deviné ? s'enquit-il avec une surprise évidente.

Elle sourit.

— Tout simplement parce qu'il doit y avoir une grande fenêtre derrière moi. Je sens les rayons du soleil sur ma peau.

— Il fait toujours beau à Mustang en cette saison.

Jesse déposa une assiette devant elle. Elle entendit le raclement d'une chaise sur le sol et sut qu'il venait de s'asseoir face à elle.

— A vous entendre, on pourrait croire que Mustang est un paradis, une sorte de Camelot.

— C'est un paradis, confirma-t-il avec une pointe d'amusement dans la voix. Mon Camelot à moi.

La jeune femme émit un rire cristallin.

— Qui aurait cru qu'un shérif du Montana connaissait Camelot ?

— Nous avons monté cette pièce à l'école, l'année où j'ai passé le bac. Chaque élève était tenu d'y jouer un rôle.

— Vraiment ? Et qui étiez-vous ? Le roi Arthur ? Lancelot ?

— Rien de si prestigieux. J'étais un chevalier de la Table ronde et je n'avais pas une seule ligne de texte à prononcer.

— Vous avez dû bien vous amuser…, observa la jeune femme avec mélancolie. Je n'ai jamais pu participer aux activités théâtrales de l'école.

— Pourquoi ?

Elle fit une pause en songeant à ses années d'adolescence.

— Ma mère pensait que les activités extrascolaires ne représentaient qu'une perte de temps. Pour elle, l'école était uniquement le moyen d'accéder à une carrière lucrative. Pendant les vacances, ma sœur et moi étions obligées de travailler pour payer nos études universitaires. Nous n'avions pas le temps de sortir.

— C'est triste.

— Oui, reconnut-elle doucement. Mais je comprends ses motivations à présent. Elle avait tout juste vingt ans quand mon père nous a abandonnées. Elle s'est retrouvée seule, sans profession, avec deux bébés à élever.

— Vous n'avez pas connu votre père ?

— Non. Je ne me souviens même pas de lui, je n'avais qu'un an lorsqu'il est parti.

Elle s'interrompit pour avaler une gorgée de café, puis reprit :

— Ma mère s'est démenée pour passer un diplôme de comptabilité tout en travaillant. Lorsque ma sœur et moi fûmes en âge d'aller au lycée, elle avait sa propre affaire et quatre personnes travaillaient sous ses ordres. Mais ses années de galère l'avaient marquée et elle voulait être sûre que nous ne traverserions jamais le même genre d'expérience. Il fallait que nous soyons parfaitement indépendantes.

Elle eut un petit rire amer avant d'ajouter :

— Grâce au ciel elle n'est plus là pour me voir à présent. Sur le plan de l'indépendance, on fait mieux !

— Ne soyez pas trop dure envers vous-même, dit Jesse avec douceur.

Allison esquissa un sourire forcé.

— Sinon vous me renverrez encore dans ma chambre parce que je me suis apitoyée sur mon sort ?

Il posa une main sur la sienne. Ce contact, pour léger qu'il fût, apporta à la jeune femme chaleur et réconfort. Elle avait rencontré peu de compassion au cours de ce dernier mois. Le personnel de l'hôpital s'était montré efficace, les policiers froids et exigeants.

Le geste réconfortant de Jesse vint à bout de son sang-froid en un clin d'œil. Elle crispa les doigts sur ceux de son compagnon.

— Ils les ont tués, murmura-t-elle d'une voix rauque. Ils ont tué ma sœur et mon beau-frère, alors que j'étais cachée dans un placard.

Des larmes brûlantes lui piquèrent les paupières, mais elle parvint à les refouler alors même que l'horrible scène se déroulait une fois de plus dans sa tête.

— Je n'ai pas pu les aider. J'ai assisté à tout, impuissante.

Elle se rappela le râle que sa sœur avait poussé avant de mourir, elle revit le sang qui inondait son visage et sa chemise. L'étreinte de Jesse se resserra légèrement sur sa main. Elle sentit une multitude d'émotions tourbillonner dans son cœur. Enfin, tout se brisa à l'intérieur d'elle-même et un long sanglot lui déchira la poitrine. Le chagrin se mêla à un sentiment plus confus… la culpabilité d'être toujours vivante.

Pendant des semaines elle avait refoulé ces émotions,

préférant se concentrer sur la perte de sa vue plutôt que sur le chagrin d'avoir perdu sa famille. Et maintenant la peine la transperçait comme une flèche brûlante.

Elle se rendit compte que Jesse avait retiré sa main. Quelque part, tout au fond d'elle-même, elle eut conscience de s'être donnée en spectacle. Mais elle ne pouvait pas plus mettre un frein à son chagrin que changer le cours du destin.

Depuis qu'il était shérif, Jesse s'était trouvé confronté à bien des situations. Il avait dû affronter, entre autres, des ivrognes armés, un adolescent qui avait attaqué une banque, un chien enragé… Mais rien ne l'avait préparé aux larmes de Cécilia.

Désemparé, conscient qu'aucune parole ne pourrait dissiper l'angoisse de la jeune femme, il la regarda donner libre cours à son chagrin.

Lorsque les sanglots de Cécilia se firent plus rauques, plus profonds, il se leva, la prit par les épaules et l'attira vers lui. Elle se lova aussitôt contre lui, lui enlaçant le cou, nichant le visage contre son torse robuste. Ses sanglots redoublèrent.

Jesse lui tapota le dos, mais il lui fut difficile d'ignorer les effluves enivrants de son parfum et le contact de son corps pressé si intimement contre le sien.

— Tout va bien, murmura-t-il. Vous ne risquez plus rien à présent.

Il perçut les battements affolés du cœur de Cécilia, et continua de la rassurer à mi-voix tout en lui caressant le dos.

Enfin les sanglots s'apaisèrent, mais elle se cramponnait toujours à lui comme si sa vie en dépendait. Jesse sentit les battements de son cœur reprendre peu à peu un rythme normal. Elle cessa de pleurer, sans toutefois chercher à quitter l'étreinte de ses bras.

Puis elle leva la tête vers lui comme pour le regarder. Ses longs cils noirs encore embués de larmes soulignaient la beauté de ses yeux.

— Merci, chuchota-t-elle d'une voix un peu tremblante. Cette crise se préparait déjà depuis quelque temps.

— Les larmes font du bien. Voulez-vous parler encore ?

Jesse espéra qu'elle allait s'écarter de lui, car il sentait son propre corps réagir à ce contact délicieux. Mais elle demeura blottie contre lui, le ventre pressé contre le sien.

— Oui, mais d'abord... j'aimerais savoir à quoi vous ressemblez.

Tout en faisant cette déclaration, elle posa les deux mains sur le visage de son compagnon.

— Vous permettez ?

Avant qu'il ait pu répondre, elle promena les doigts sur son front, son nez, ses yeux. Lentement elle explora les contours de son visage, provoquant chez Jesse un véritable volcan intérieur.

— De quelle couleur sont vos yeux ? s'enquit-elle.

Il sentit son souffle tiède sur lui et s'aperçut que son propre cœur battait la chamade.

— Bleus.

Cécilia hocha la tête et continua d'explorer méthodiquement ses traits. Lorsque ses doigts se posèrent sur les lèvres de Jesse il fut tenté d'ouvrir la bouche pour les mordiller. Il poussa un soupir de soulagement quand elle glissa vers sa chevelure.

— Mes cheveux sont noirs, dit-il avant qu'elle ait eu le temps de poser la question.

— Merci.

Cécilia se décida enfin à reculer d'un pas.

— Désolée d'avoir gâché votre petit déjeuner.

— Vous n'avez rien gâché, j'avais fini. Vous voulez me parler encore ? Vous n'êtes pas obligée de le faire, ajouta-t-il précipitamment. Je comprendrais que vous ne me fassiez pas confiance.

La jeune femme ébaucha un sourire.

— Si je ne peux pas avoir confiance en vous, alors je suis perdue ! J'aimerais que vous sachiez ce qui m'est arrivé. Je crois que... j'ai besoin d'en parler.

— Allons dans le salon, suggéra-t-il.

Là, il pourrait se tenir un peu à distance, ne plus respirer son doux parfum. Cela lui permettrait de prendre du recul.

Cécilia s'assit dans le canapé et Jesse s'installa dans un fauteuil, face à elle. Il vit les émotions s'inscrire sur son visage tandis qu'elle se massait les tempes, se préparant à revivre avec lui les instants fatidiques qui avaient détruit sa vie.

— Je passais souvent la soirée avec Alicia, ma sœur, et John, son mari.

Cécilia posa les mains sur ses genoux et croisa les doigts. Elle était si tendue que ses phalanges étaient blanches.

— Ce soir-là n'était pas différent des autres. Sauf que… au lieu de me rendre chez eux avec ma voiture, j'avais pris un taxi.

— Pourquoi ? demanda Jesse en retrouvant sa curiosité de policier.

— J'étais fatiguée. Alicia avait l'intention de préparer des daiquiris et je ne voulais pas conduire après avoir bu.

Elle fronça les sourcils et crispa les doigts encore davantage.

— Si seulement j'avais pris ma voiture. Si seulement elle avait été garée devant…

Les paroles moururent sur ses lèvres.

— Ne pensez pas à cela, dit doucement Jesse.

Cécilia hocha la tête et reprit :

— J'étais arrivée depuis quelques minutes lorsque nous entendîmes une voiture remonter l'allée. John jeta un coup d'œil par la fenêtre et m'ordonna d'aller me cacher dans le dressing. En temps normal j'aurais protesté, mais il y avait quelque chose de bizarre dans le ton de sa voix. J'obéis sans discuter. John et Alicia étaient officiers de police et John était souvent chargé de missions d'infiltration. J'ai pensé qu'il ne voulait pas qu'on me voie.

Cécilia décroisa les doigts et se leva, soudain incapable de tenir en place. Jesse se pencha en avant et tira à lui la table du salon afin d'éviter à la jeune femme de se cogner.

— Deux hommes sont apparus à la porte d'entrée. Quand je les ai vus j'ai bien failli sortir de ma cachette, car c'étaient des policiers.

Elle repoussa de son front une mèche brune. Jesse remarqua que sa main tremblait.

— Mais avant que j'aie pu ouvrir la porte du dressing, ils tirèrent sur John et Alicia.

Sa voix se fit un peu plus aiguë. Elle s'immobilisa et inspira profondément comme pour maîtriser l'émotion qui lui serrait la gorge. Jesse se rendit compte qu'il retenait sa respiration. Deux flics tués par deux autres flics. Rien d'étonnant à ce que Bob Sanford et Kent Keller aient décidé de cacher la jeune femme. C'était une sale affaire.

— Apparemment, j'ai perdu connaissance. Quand je suis revenue à moi j'étais dans une chambre d'hôpital… et aveugle. C'est alors que Bob Sanford est venu me voir pour tout m'expliquer. John et Alicia travaillaient pour les Affaires internes. Ils enquêtaient sur un groupe de policiers corrompus.

— De toute évidence, ces derniers ont eu vent de l'affaire et ils ont décidé de descendre John et Alicia, conclut Jesse.

— En effet. Maintenant John et Alicia sont morts et Sanford espère que je vais recouvrer la vue afin d'identifier les assassins.

— Vous pourriez les reconnaître ?

Cécilia se laissa retomber dans le canapé.

— Oh, oui. Leurs visages sont gravés dans mon esprit. Malheureusement, je suis aveugle.

— Que se passera-t-il si vous ne recouvrez pas la vue ?

La jeune femme tressaillit puis redressa les épaules.

— Je refuse de considérer cette éventualité.

Les paroles furent prononcées d'un ton ferme, cependant Jesse décela une peur sous-jacente chez Cécilia. Il décida de laisser tomber ce sujet.

— Vous avez parlé d'un *groupe* de policiers impliqués dans l'affaire. Savez-vous au nombre de combien ils sont ?

— D'après Bob Sanford il y en a huit. Les Huit Renégats,

c'est le nom qu'ils se sont donné. Personne ne connaît leur identité. Il semble qu'un certain nombre d'entre eux sont sur mes traces pour me supprimer.

— Ne vous inquiétez pas, mademoiselle. Le shérif de Mustang saura se débarrasser de ce groupe de desperados, énonça Jesse en imitant la voix de John Wayne.

Il fut récompensé par un petit rire.

— Nous sommes loin de Chicago, reprit Cécilia. Personne ne me retrouvera ici.

Jesse fronça les sourcils. Il n'en était pas aussi sûr. Les flics de ce genre n'avaient aucun mal à obtenir les renseignements dont ils avaient besoin. Trois personnes savaient où Cécilia se trouvait… cela en faisait déjà deux de trop. Il ne serait tranquille que lorsqu'il saurait que les huit ripoux avaient été arrêtés.

— Voulez-vous savoir mon vrai nom ? demanda-t-elle.

— Non, ne me le dites pas. Je risquerais de l'utiliser par inadvertance devant une tierce personne. Il vaut mieux que vous restiez pour moi Cécilia Webster.

— D'accord.

Jesse crut détecter une pointe de déception dans sa réponse.

— Que faisiez-vous avant que tout ceci arrive ? s'enquit-il.

Elle sourit et parut se détendre.

— De la décoration d'intérieur.

— Dans ce cas, je suis content que vous ne voyiez pas mon salon, bougonna Jesse. Ça vous donnerait sans doute des cauchemars.

— Vraiment ? Quelle est la couleur dominante ?

Tout en posant la question elle se pencha en avant, et il vit ses traits s'animer tout à coup. Il haussa les épaules et jeta un bref coup d'œil autour de lui.

— Le canapé est marron et orange, la moquette beige, le fauteuil rose. Je ne crois pas qu'une des couleurs domine.

— Un canapé orange et un fauteuil rose ? répéta-t-elle avec une grimace d'écœurement. Pour la première fois depuis un mois, je suis contente de ne pas pouvoir regarder autour de moi !

Son visage brillait d'animation et Jesse sentit une flèche de désir le traverser.

— Dès que j'aurai recouvré la vue et que tout sera rentré dans l'ordre, poursuivit-elle, je reviendrai à Mustang pour décorer votre maison.

— Marché conclu, dit Jesse, bien qu'il ne crût pas une seconde à cette promesse.

Mustang n'était pour elle qu'une cachette provisoire. Lorsqu'elle aurait retrouvé sa vie normale à Chicago, elle ne regarderait pas en arrière. Mustang et son shérif ne seraient plus pour elle qu'un mauvais souvenir. Une sorte de cauchemar dont elle ne voudrait même plus entendre parler.

4

Le shérif Jesse Wilder lui avait menti.

Assise dans le canapé, Allison écouta les bruits de vaisselle qui lui parvenaient de la cuisine. Il avait prétendu ne pas être séduisant. Or, l'exploration de son visage lui avait révélé qu'il en allait tout autrement.

Son visage était mince, avec des pommettes hautes, un nez droit. Il avait de longs cils et elle imaginait aisément ses yeux bleus ourlés de noir. Sa bouche était douce, très douce… et elle aurait aimé sentir ces lèvres pressées contre les siennes.

Elle sourit et se renfonça dans son siège. Dans la cuisine, Jesse sifflotait en travaillant. Allison imagina les mèches noires retombant sur son front tandis qu'il se penchait sur la vaisselle. Ses cheveux étaient épais, soyeux et un peu trop longs.

En mettant toutes ces idées bout à bout, on obtenait comme résultat l'image d'un très bel homme. Un célibataire endurci, avait-il dit. Du reste, ce détail n'intéressait pas Allison. Elle avait sa vie à Chicago et comptait bien y retourner bientôt.

— Une autre tasse de café ? proposa Jesse depuis la cuisine.

— Non, merci.

Elle l'entendit pénétrer dans le salon et sourit dans sa direction.

— Nous pourrions déjeuner au restaurant, en ville, dit-il en s'asseyant dans le fauteuil.

— Vous croyez que c'est une bonne idée ?

A la pensée de cette sortie, Allison sentit son estomac se contracter d'angoisse.

— Keller m'a recommandé de ne rien changer à ma routine et de dire à tout le monde que vous êtes ma petite amie. Les gens vont se poser des questions si vous restez enfermée ici. Ils trouveront ça bizarre. En outre, si un étranger montre le bout de son nez nous le saurons, ajouta-t-il avec un soupir. Rien ne se produit dans le village sans provoquer les remarques des uns et des autres.

Allison se mit à rire. Son angoisse se dissipa quelque peu. Il fallait bien qu'elle s'en remette à Jesse pour sa sécurité, puisqu'il était policier et connaissait parfaitement la ville et ses habitants.

— Parfait, nous déjeunerons dehors.

Des coups se firent entendre à la porte d'entrée et Allison tressaillit. Jesse alla regarder par la fenêtre.

— N'ayez pas peur, ce n'est que mon adjoint, dit-il en allant ouvrir la porte. Salut, Vic. Que se passe-t-il ?

— Jesse, il y en a eu une autre ! annonça la voix forte de l'adjoint.

— Bon sang ! Qui est-ce ?

— Maggie Watson. Elle ne va pas bien du tout. Elle s'est enfermée chez elle et refuse de nous laisser entrer.

— A-t-elle été blessée ? demanda Jesse avec inquiétude.

— Personne ne le sait. C'est Amanda Creighton qui nous a alertés. Elles avaient rendez-vous au café ce matin mais Maggie n'est pas venue. Alors, Amanda s'est rendue chez elle.

L'adjoint s'interrompit pour reprendre sa respiration, puis enchaîna :

— Maggie n'a pas voulu lui ouvrir, elle lui a seulement dit à travers la porte qu'elle avait été attaquée par Casanova. J'ignore ce qui lui est arrivé au juste, mais elle paraît terrorisée.

— Retourne au bureau, je vais chez Maggie, déclara Jesse d'un ton bref. Essaie de joindre Shelly, Maggie acceptera peut-être plus facilement de parler à une femme.

— Shelly est partie rendre visite à ses parents ce matin. A l'heure qu'il est, elle est loin !

Allison entendit Vic repartir.

— Ne vous souciez pas de moi, Jesse, dit-elle. Faites ce que vous avez à faire.

— Je n'ose pas vous laisser. Et si… vous veniez avec moi ? suggéra-t-il après une hésitation. Je préfère vous savoir dans la voiture plutôt que seule à la maison.

— D'accord.

Allison se leva et suivit le shérif jusqu'à la voiture.

— Qui est Maggie ? s'enquit-elle quand elle fut confortablement installée sur le siège passager.

— Elle a vingt-huit ans et travaille comme serveuse au Round-Up, un bar des environs de la ville.

Allison hocha la tête et se carra dans le fauteuil.

— Votre voiture est neuve.

— Comment le savez-vous ? demanda Jesse, stupéfait.

— A cause de l'odeur. Elle sent le neuf. J'ai remarqué que, depuis que j'ai perdu la vue, mon sens olfactif s'est développé. Un phénomène de compensation, sans doute.

— J'espère que Maggie a fait fonctionner le sien pendant qu'elle était avec Casanova. Nous sommes arrivés, précisa-t-il en s'arrêtant. Je vais voir si je peux la faire sortir de chez elle. Ne bougez pas.

Allison entendit la portière se refermer avec un claquement sec. Elle descendit sa vitre. Les parfums d'été de la campagne lui parvinrent, ainsi que la voix douce et insistante de Jesse :

— Maggie ! Ouvre-moi, je veux te parler !

— Non ! Je ne veux parler à personne. Laisse-moi tranquille, lança la jeune femme par une fenêtre entrouverte.

— C'est impossible. Il faut que tu me dises ce qui s'est passé et que je fasse un rapport.

— Je ne veux rien te raconter, je veux être seule ! répliqua Maggie en haussant le ton. Je ne veux pas qu'on me voie, je me sens trop laide et trop sale ! Va-t'en !

Allison fronça les sourcils, réfléchit quelques secondes, puis sur une impulsion ouvrit la portière.

— Jesse ? cria-t-elle en faisant un pas à l'extérieur.

Aussitôt elle entendit les pas du shérif se dirigeant vers elle.

— Elle refuse de me laisser entrer. Quelque chose ne va pas. Ça s'est passé différemment avec les deux autres.

— Que voulez-vous dire ?

— Les deux premières victimes étaient bouleversées, effrayées, mais pas à ce point. J'ai un mauvais pressentiment.

— Je peux essayer de lui parler. Elle me laissera peut-être entrer.

— Pourquoi le ferait-elle ? Elle ne vous connaît même pas.

— Justement, c'est sans doute pour cette raison qu'elle acceptera de se confier à moi. En tout cas, ça vaut la peine d'essayer, non ?

— D'accord, allez-y, dit Jesse en soupirant.

Il prit la main d'Allison et la guida vers la maison.

— Il y a trois marches pour monter sur le perron.

Elle gravit les trois marches en lui tenant le bras. Elle avait une conscience aiguë du contact de sa main sur son avant-bras, du parfum envoûtant de son eau de toilette.

— La porte est à trois pas maintenant, dit-il en la lâchant.

Allison prit une inspiration, franchit les trois pas et frappa à la porte.

— Maggie ? Je m'appelle Cécilia Webster, je suis une amie de Jesse. Puis-je entrer ?

— Allez-vous-en. Laissez-moi seule.

Les inflexions de la jeune femme trahissaient une telle détresse qu'Allison sentit son cœur se serrer. Elle savait ce que devait ressentir Maggie. C'était le même sentiment de dégoût de soi, de désespoir, qu'elle avait éprouvé lorsque John et Alicia avaient été tués. Et qu'elle éprouvait encore chaque matin quand elle s'éveillait et reprenait conscience de sa cécité.

— Maggie, si vous me laissez entrer je ne pourrai pas vous regarder. Je suis aveugle.

Un long silence accueillit ces paroles. Allison retint son

souffle. Le silence se prolongea, de plus en plus pesant. Enfin, Jesse s'approcha et tapota le bras d'Allison pour lui faire comprendre de laisser tomber. Mais tout à coup la voix de Maggie brisa le silence.

— Vous vous moquez de moi ?

— Non, dit Jesse. Cécilia est aveugle.

Nouveau silence. Le cœur d'Allison battait à se rompre. Elle eut l'impression de percevoir la douleur et l'humiliation de la femme qui se cachait derrière la porte. Puis le bruit métallique de la serrure retentit.

— Cécilia peut entrer, marmonna Maggie. Mais personne d'autre…

Les doigts de Jesse se pressèrent sur le bras d'Allison tandis qu'il lui chuchotait :

— Il faut que je lui parle. Persuadez-la de me laisser la voir.

Allison fit un signe de tête, tourna la poignée et entrouvrit légèrement la porte.

— Maggie ? Aidez-moi, dit-elle en tendant la main devant elle.

Il lui sembla qu'une éternité s'écoulait. Enfin, des doigts glacés et tremblants agrippèrent les siens.

— Allons nous asseoir sur le canapé, suggéra Maggie.

Allison se laissa guider à l'intérieur. Elle compta cinq pas jusqu'au canapé. Quand elles furent assises, Maggie lui lâcha la main et le silence s'installa de nouveau.

— Voulez-vous me raconter ce qui s'est passé ? demanda doucement Allison.

Pour toute réponse, la femme poussa un long sanglot. Emue, Allison tendit les bras et lui entoura les épaules. La première réaction de Maggie fut de se raidir. Mais un autre sanglot eut raison de sa résistance, elle s'effondra dans les bras d'Allison et se mit à pleurer.

Allison la tint enlacée pendant plusieurs minutes, l'apaisant par des paroles réconfortantes. Quand les pleurs de la jeune femme semblèrent se tarir, elle murmura :

— Maggie, il faut que vous me disiez ce qui s'est passé.

Maggie fut parcourue d'un long frisson. Elle se redressa et se dégagea.

— Quelqu'un est entré dans ma chambre au milieu de la nuit. Il m'a attaché les poignets, m'a mis un bâillon et un bandeau sur les yeux, puis il m'a hissée sur son épaule.

La voix de Maggie était à peine audible, la jeune femme ne se maîtrisait qu'à grand-peine.

— Maggie, avant de m'en dire davantage, ne pourriez-vous faire entrer Jesse ? Il faut qu'il entende votre témoignage pour pouvoir arrêter le coupable.

— D'accord, marmonna Maggie.

Elle réprima un nouveau sanglot et ajouta :

— Mais seulement Jesse. Personne d'autre.

Allison se leva et franchit prudemment les cinq pas qui la séparaient de la porte. Elle ouvrit et trébucha contre Jesse.

— Vous pouvez entrer, chuchota-t-elle en lui prenant la main. Mais soyez compréhensif. Elle est très fragile.

Jesse lui serra la main.

— Merci, Cécilia.

Dans le salon, Maggie pleurait doucement. Allison retourna s'asseoir près d'elle et Jesse resta debout. Quand il commença à poser ses questions, Allison prit la main de Maggie pour l'encourager. Elle s'émerveilla de la patience, de la douceur et de la compassion dont il fit preuve envers la victime.

Jamais encore elle ne s'était sentie aussi attirée par un homme. Etait-ce parce que non content d'être séduisant, il était aussi excessivement gentil ? Ou bien tout simplement parce qu'il représentait pour elle la sécurité dans un monde hostile ?

Sa réaction était-elle unique, inéluctable ? Ou bien aurait-elle été attirée par n'importe qui d'autre sachant lui témoigner un peu d'affection pendant ces moments difficiles ?

Après tout, si elle était restée quelques jours de plus en compagnie de Keller, peut-être aurait-elle fini par fantasmer sur lui aussi ? La pensée de cet homme froid et distant lui fit froncer les sourcils. Non, impossible.

Cependant, pas question de se laisser aller à rêver de Jesse. En ce moment elle vivait en marge de la réalité. Même le nom qu'on lui donnait était faux. Cela, elle ne devait pas l'oublier. Ce qui se passait à Mustang n'avait pas le moindre rapport avec sa *vraie vie* qui se trouvait à Chicago.

Elle fit un effort pour reporter son attention sur la conversation entre Jesse et Maggie.

— Que s'est-il passé quand vous êtes arrivés à l'arbre ? demanda Jesse.

— Il m'a posée sur le sol… et m'a embrassée… et… et…

La voix de la jeune femme se brisa et elle se mit à sangloter.

Allison lui pressa la main pour l'encourager. Maggie lui serra alors les doigts si fort qu'une légère douleur se répandit dans son poignet.

— Il… il a ôté les liens qui retenaient mes chevilles… et… et il… il m'a violée.

Jesse étouffa une exclamation. Allison se sentit assommée par le choc. Casanova avait franchi un pas. Il ne se contentait plus d'embrasser ses victimes, il les violait !

Il était près de 7 heures quand Jesse franchit le seuil du café en compagnie de Cécilia. Accablé de fatigue, il guida la jeune femme vers un box au fond de la salle.

La journée avait été longue et éprouvante. Après avoir pris la déposition de Maggie, il l'avait conduite à l'hôpital où elle avait été prise en charge par les médecins et les psychologues. Puis il avait téléphoné à Amanda Creighton, la meilleure amie de Maggie, afin que la jeune femme ne reste pas seule chez elle après ces épreuves. Enfin, il avait pu se rendre sur le lieu du crime toujours accompagné par Cécilia.

Pendant que la jeune femme l'attendait dans la voiture, il avait cherché d'éventuels indices. Mais Casanova était malin. Assez malin en tout cas pour ne rien laisser derrière lui permettant de l'identifier : pas d'empreintes, pas de fragments de vêtements accrochés aux buissons, pas de mégots de cigarettes. Rien.

La seule chose dont Jesse disposait, c'était le ruban adhésif dont l'homme s'était servi pour lier les mains de ses victimes. Un ruban adhésif ordinaire, vendu dans tous les magasins du pays. Sans grand espoir, Jesse l'avait envoyé au laboratoire pour le faire analyser. Il savait qu'on n'y découvrirait pas d'empreintes : Maggie et les deux autres victimes étaient certaines que leur agresseur portait des gants.

Jesse déploya la carte du restaurant et jeta un coup d'œil à Cécilia.

— Ce soir, il y a du rôti de bœuf accompagné de légumes braisés.

— Ce sera parfait, répondit-elle sans enthousiasme.

L'un comme l'autre n'avait aucun appétit, bien qu'ils n'aient rien avalé depuis le petit déjeuner. Jesse passa leur commande, se renversa dans le fauteuil de cuir et poussa un soupir de lassitude.

— La journée a été longue, fit remarquer Cécilia.

— Oui. Longue et fatigante.

Il se pencha en avant et observa longuement sa compagne. Celle-ci paraissait aussi exténuée que lui. Son visage était pâle et une minuscule ride creusait son front.

Il se rappela leur rencontre à la porte de la salle de bains, le matin même. Sur le moment il s'était senti gêné, car il n'était vêtu que d'un caleçon. Puis il s'était rappelé qu'elle ne voyait pas et il s'était détendu.

En revanche, lui l'avait regardée à loisir. Il avait remarqué ses cheveux emmêlés, ses yeux encore lourds de sommeil. Elle portait une chemise bleu pâle sur laquelle elle avait jeté une robe de chambre assortie. Il avait senti la chaleur de sa peau sous le tissu frais. Elle était jolie, attirante, sexy en diable.

L'espace d'un instant, il s'était dit qu'il serait agréable de s'éveiller chaque matin à côté d'elle. Cette idée avait surgi dans son esprit alors qu'il ne s'y attendait pas et il s'était empressé de la chasser. Il ne voulait pas de femme. Il ne voulait personne dans sa vie.

— Jesse ?

— Je suis là. Je réfléchissais.

S'était-elle doutée qu'il la dévisageait ? Fixant son regard sur la table, il repensa aux événements de la journée.

— Je ne sais pas ce que j'aurais fait sans vous. Maggie n'aurait jamais accepté de parler si vous n'aviez pas été là.

— Je suis contente d'avoir pu vous aider.

— Maggie s'est littéralement cramponnée à vous.

— Elle a sans doute deviné que je comprenais sa souffrance, car j'ai moi-même été victime de violence.

— Peut-être. Mais je pense aussi que ce qui a provoqué sa confiance, c'est votre bonté naturelle. Si vous ne recouvrez pas la vue, vous pourrez trouver un job dans les œuvres sociales.

La ride qui creusait le front de la jeune femme s'accentua.

— Je compte bien recouvrer la vue et reprendre mon travail de décoratrice.

Sa voix tremblait légèrement comme si elle avait peur d'envisager une autre éventualité. Et Paul, comment avait-il réagi quand il était devenu aveugle ? Avait-il refusé d'accepter son sort ?

Jesse repoussa ces pensées par trop dérangeantes. Il avait suffisamment de problèmes en tête, inutile de faire resurgir des histoires anciennes.

Trish, la jeune serveuse, approcha avec leurs consommations.

— Un café pour le shérif Wilder et un thé glacé pour son amie, annonça-t-elle en déposant les tasses.

— Merci, Trish.

Jesse enveloppa le mug chaud de ses mains, comme si cette chaleur pouvait redonner de la vigueur à ses membres fatigués.

— Amanda Creighton a l'air d'une gentille fille, fit remarquer Cécilia.

— Oui, elle est super et elle restera avec Maggie tant que celle-ci aura besoin d'elle. Cette ville est pleine de gens formidables qui savent se soutenir en cas de problème.

Une vague de frustration le submergea quand il songea à toutes les jeunes femmes de Mustang qu'il était incapable de protéger. Cécilia tendit la main et manqua renverser sa tasse de café.

— Oh, désolée ! dit-elle en rougissant. Je cherchais votre main.

— La voici.

Elle serra les doigts sur ceux du shérif.

— Vous n'êtes pas responsable, Jesse. Ce type est un malade.

— C'est vrai. Mais j'aurais dû prendre les deux premiers incidents plus au sérieux.

— Vous ne pouviez pas savoir que Casanova en viendrait au viol. Cela n'a rien à voir avec ce qui s'est passé les premières fois.

— C'est bien ce qui m'inquiète, dit Jesse en retirant sa main. Pour moi il y a deux possibilités. Soit Casanova s'est transformé en criminel soit nous avons affaire à un *copycat*.

— Quelqu'un qui l'imite et veut se faire passer pour lui ?

— C'est possible, admit Jesse à contrecœur.

Cela signifiait qu'il n'y avait pas *un* malade, mais *deux*, menaçant les femmes de Mustang.

— Grâce à Millicent Creighton, mère d'Amanda et intrépide reporter, les détails des deux premières agressions ont figuré dans les journaux locaux. Rien de plus facile pour un criminel de reproduire la façon d'opérer de Casanova pour commettre son forfait.

Jesse s'interrompit en voyant Trish approcher de la table avec leurs assiettes. Quand elle se fut éloignée, il soupira lourdement et marmonna :

— Laissons tomber ce sujet et mangeons.

Cécilia hocha la tête, et pendant quelques minutes ils mangèrent en silence. Jesse l'observa à la dérobée tandis qu'elle repérait ses couverts et portait prudemment une bouchée à ses lèvres.

Au cours de la journée il n'avait pas eu le temps de penser à la cécité de la jeune femme. Il l'avait vue soutenir Maggie, lui insuffler le courage de témoigner. Pendant toutes ces heures, elle s'était comportée avec calme et assurance. Mais maintenant, à travers ces gestes anodins accomplis avec tant de difficulté, il prenait conscience de sa vulnérabilité : elle était totalement dépendante de lui.

Ils se remirent à parler, échangeant des propos au sujet du temps, des équipes de base-ball, des lycées. Mais quel que soit le sujet de conversation Jesse ne pouvait cesser de penser à Casanova et à la menace que cet homme représentait pour la population de Mustang.

— Je devrais essayer de joindre Keller pour qu'il vous change de lieu de résidence, dit-il en passant nerveusement une main dans ses cheveux. Comment diable pourrais-je assurer votre sécurité alors que je ne parviens même pas à protéger les femmes du village ?

— Jesse…

Cécilia tendit la main et chercha celle de Jesse.

— Même si vous appelez Keller je ne repartirai pas avec lui, déclara-t-elle en crispant les doigts sur les siens.

Jesse sentit une vague de chaleur se répandre dans son corps.

— Jesse, répéta-t-elle en se penchant par-dessus la table. J'ai confiance en vous. Je sais que vous arrêterez Casanova et que vous me protégerez des gens qui me veulent du mal.

— Shérif Wilder ! L'homme que je cherchais !

La stridente voix de femme fit tressaillir Jesse. Il se redressa et lâcha la main de Cécilia en étouffant un grognement de contrariété.

— Bonsoir, Millicent.

Comme toujours, Millicent était coiffée d'un de ses affreux

chapeaux qu'elle fabriquait elle-même. Jesse essaya de se concentrer sur son visage rond et d'ignorer son impossible couvre-chef orné de pétunias.

— Je sors de chez Maggie Watson, poursuivit Millicent, le visage rose d'excitation. Apparemment il y a un fou à Mustang ! Il faut absolument que mes lecteurs sachent ce que tu comptes faire.

— Dis-leur que nous faisons notre possible pour assurer leur sécurité mais qu'ils doivent néanmoins prendre quelques précautions.

Jesse marqua une pause et Millicent en profita pour fouiller dans son sac à la recherche d'un crayon et d'un bloc-notes.

— Vas-y, ordonna-t-elle enfin.

Jesse esquissa une grimace et s'exécuta.

— Il faut veiller à ce que portes et fenêtres soient fermées jour et nuit. Les femmes seules devraient demander l'hospitalité à des amis tant que cette affaire n'est pas résolue.

— Merci, s'exclama Millicent en rangeant son bloc-notes. Et maintenant que ceci est réglé, je veux que tu me présentes ta fiancée.

— Ma…

Avant qu'il ait pu protester, Millicent agrippa la main de Cécilia.

— Vous êtes Cécilia Webster. On ne parle que de vous en ville depuis que vous êtes arrivée. Tout le monde est tellement content que vous ayez réussi à capturer le cœur de Jesse ! C'est un soulagement de voir son vilain museau adouci par l'amour !

— Son vilain museau ? répéta Cécilia. C'est donc vrai, que l'amour est aveugle !

Millicent éclata bruyamment de rire.

— Non seulement elle est belle, mais elle a le sens de l'humour ! Alors, vous avez fixé une date ?

Jesse eut l'impression de recevoir un choc sur la tête. Le contrôle de la situation lui échappait.

— Une date ? répéta-t-il, hagard.

— Tout le monde veut le savoir ! C'est exactement ce qu'il faut pour faire oublier à tous cette affreuse histoire de Casanova. Alors dis-moi Jesse, quand aura lieu le mariage ?

5

— Mais nous ne sommes…

— Nous n'avons pas…

Les protestations de Jesse et d'Allison eurent autant d'effet qu'un seau d'eau sur une dune de sable. L'enthousiasme de Millicent ne fut pas terni le moins du monde.

— Ma chérie, il faudra demander à Marissa Crocket de préparer les corbeilles de fleurs, elle fait des choses somptueuses. Et Virginia Washington s'occupera du buffet. Elle n'est pas jeune et ne connaît que des recettes ultra-classiques, mais elle cuisine divinement bien et elle ne vous ruinera pas. Septembre serait le mois idéal et cela nous laisserait le temps de tout prévoir.

Millicent s'interrompit pour reprendre sa respiration et Jesse en profita pour prendre la parole.

— Du calme, Millicent ! Nous n'avons pas encore fixé de… date.

Allison comprit que la situation leur échappait. En l'espace d'une journée, elle était passée du statut de « petite amie » à celui de fiancée. Mais elle ne dit pas un mot, laissant à Jesse la responsabilité de calmer la journaliste déchaînée.

— Je mettrai une annonce dans le carnet rose, poursuivit cette dernière. J'imagine déjà l'ambiance d'automne. Cécilia sera splendide…

— D'accord. Disons le 25 septembre. Cela te convient, ma chérie ? demanda Jesse d'une voix dans laquelle perçait l'irritation.

— Bien sûr, dit Allison en cachant du mieux possible sa stupéfaction.

— Magnifique ! s'exclama Millicent en lui serrant la main. Et maintenant il faut que je retourne à la rédaction pour écrire mon article. Shérif, je vous recontacterai au sujet de ces odieuses agressions.

— Elle est partie, dit Jesse au bout de quelques instants.

— Est-elle toujours aussi... euh...

— Fouineuse ? Irritante ? Exaspérante ? Oui. Des pétunias sur la tête... je n'arrive pas à le croire !

— Pardon ? dit Allison en fronçant les sourcils.

— Millicent porte des chapeaux extravagants, expliqua Jesse en riant. Elle les confectionne elle-même. Celui qu'elle portait aujourd'hui était surmonté d'un bouquet de pétunias frais.

— Oh, je comprends pourquoi elle sentait le terreau ! s'exclama Allison en éclatant de rire.

Elle recouvra brusquement son sérieux en songeant au mensonge compliqué dans lequel ils s'étaient embarqués.

— En plus de tous vos soucis, vous voilà avec un mariage à organiser.

— J'ai préféré céder. C'était la seule façon de se débarrasser de Millicent.

— Et quand je partirai, qui de nous deux aura pris l'initiative de la rupture ? Je parle de notre fausse idylle, bien entendu.

— C'est moi qui aurai le cœur brisé, répondit-il d'une voix un peu plus grave qu'à l'ordinaire. C'est fou... préparer un faux mariage, une fausse rupture, un faux chagrin d'amour... J'aurais dû dire à Millicent de se mêler de ses affaires.

Allison demeura silencieuse. Pauvre Jesse, il se trouvait embarqué malgré lui dans une drôle d'histoire ! On lui imposait sous son toit une femme aveugle qu'il devait protéger en la faisant passer pour sa petite amie. Et maintenant il se retrouvait fiancé à une non-voyante avec un mariage prévu dans à peine sept semaines.

— Jesse, quand je serai partie, vous n'aurez qu'à expliquer

la vérité aux gens du village. Inutile de faire semblant d'avoir le cœur brisé.

Pour la centième fois de la journée elle se dit qu'elle aurait aimé voir son visage, l'expression de ses yeux. C'était si difficile de comprendre quelqu'un quand on n'avait que la voix pour se guider !

— Nous verrons, répliqua-t-il d'un ton sec. Nous pouvons partir ?

— Oui.

Elle se leva et attendit qu'il lui prenne le bras pour la guider. L'idée de quitter le village, de laisser Jesse avec un chagrin d'amour, l'avait déprimée. Ridicule ! Tout cela n'était qu'une comédie, après tout.

— Fatiguée ? s'enquit-il lorsqu'ils furent assis dans la voiture.

— Un peu.

— Si cela ne vous ennuie pas, j'aimerais passer au bureau pour y prendre des dossiers.

— Faites ce que vous avez à faire. Je me laisse conduire.

Elle s'enfonça dans le fauteuil. A l'odeur du plastique neuf se mêlait le parfum subtil et un peu épicé de Jesse. Un parfum qui l'emplissait d'une étrange langueur, qui lui donnait l'envie de nouer les bras autour de sa nuque, de sentir son souffle sur le visage, de toucher les muscles puissants de sa poitrine.

Elle lutta contre ce désir et entrouvrit la vitre. L'air de la nuit, chargé du parfum des fleurs et des buissons sauvages, l'enveloppa. Aucun bruit ne lui parvenait de la rue.

Brusquement, elle se rappela qu'elle était loin, très loin de chez elle. L'endroit où elle vivait était plein de hurlements de sirènes, de Klaxon, de cris. Une cacophonie incessante qui emplissait la ville et la rendait vivante.

Son paradis à elle, c'était un petit appartement de deux pièces décoré dans des tons pastel. Un endroit un peu trop silencieux où elle se sentait parfois seule…

Allison fronça les sourcils à cette pensée. Elle n'avait jamais songé à elle comme à une personne solitaire. Mais maintenant, en repensant aux fréquentes visites qu'elle rendait à John et Alicia, il lui parut évident que la solitude lui pesait depuis longtemps.

Elle se ressaisit et chassa cette idée. Ces pensées déprimantes l'assaillaient parce qu'elle était loin de chez elle et de son travail. Dès qu'elle aurait recouvré la vue et qu'elle serait rentrée à Chicago, ces sentiments bizarres disparaîtraient.

— Vous pouvez venir avec moi, proposa Jesse en arrêtant la voiture. Je vous présenterai officiellement à Vic et aux autres adjoints.

La jeune femme acquiesça. Elle passa une main dans ses cheveux et retint Jesse par la manche avant qu'il ne descendît de voiture.

— Je suis présentable ? Je n'ai pas de tache sur le nez, ou quelque chose comme ça ?

Pendant un instant l'air fut chargé de tension. Jesse se pencha vers sa compagne, si près qu'elle sentit son souffle. Il posa un doigt sur le bout de son nez, le fit glisser sur sa joue et murmura :

— Non, pas la moindre tache en vue.

Allison sentit une vague chaude déferler dans sa poitrine. Jesse se redressa brusquement et elle entendit sa portière s'ouvrir puis se refermer avec un bruit sec. Elle reprit lentement son souffle. Jesse soupçonnait-il le trouble qu'il faisait surgir au moindre contact de sa main ? Il fallait espérer que non.

Quand il vint lui ouvrir sa portière elle s'était déjà ressaisie. Elle essaya d'ignorer la chaleur de sa main lorsqu'il lui prit le bras.

Leur entrée dans le bureau fut saluée par des exclamations qui désorientèrent Allison. Elle crispa les doigts sur le bras de Jesse pour regagner un peu d'assurance.

— Les gars, j'aimerais vous présenter Cécilia Webster. Cécilia, à votre gauche, Rita Smith, ma secrétaire. Et juste en face de vous, Sam Black, un de mes adjoints.

Les voix de Rita et de Sam résonnèrent.

— Bonjour, Cécilia. Heureux de faire votre connaissance.

— Et assis derrière mon bureau, en train de manger un morceau de pizza, ce qui lui est formellement interdit par son nutritionniste, voici mon bras droit Vic Taylor.

— Un *tout petit* morceau de pizza !

Allison reconnut la voix profonde qu'elle avait entendue le matin même chez Jesse. Elle lâcha le bras de son compagnon, un peu plus à l'aise maintenant qu'elle connaissait les occupants de la pièce.

— On m'a dit qu'il y avait du mariage dans l'air, fit remarquer Rita. Septembre est le mois idéal pour une cérémonie.

— Jesse m'avait prévenue que les nouvelles allaient vite à Mustang ! s'exclama Allison, stupéfaite. Nous avons fixé la date il y a à peine quelques heures.

— La rédaction du *Mustang Monitor* est juste à côté, expliqua Jesse.

— Cette peste de Millie est passée il y a quelques minutes pour nous communiquer les derniers cancans, ajouta Sam.

— Au fait, je ne vous l'avais pas dit. Cécilia est la nièce de Millicent.

Les paroles de Jesse furent accueillies par un silence de mort. Il se mit à rire, de ce rire sonore qui bouleversait tellement Allison. Si son visage était aussi séduisant que sa voix, cet homme était une merveille !

— Je vous ai bien eus.

Il y eut des rires de soulagement, puis la conversation s'orienta vers des sujets plus préoccupants.

— Quelle est ton opinion sur l'agression de Maggie ? On a affaire à un *copycat* ou bien ce type a soudain perdu la tête ?

— Il est trop tôt pour le dire. Il nous faudrait plus d'indices.

— Moi je crois que c'est un *copycat*, annonça Vic. C'est la faute des journaux, ils ont publié trop d'informations après les premières agressions.

— Ouais, approuva Sam. Ils ont carrément fourni un mode d'emploi.

— Peut-être, enchaîna Jesse. Mais nous ne sommes pas encore près de savoir si Casanova est dangereux ou si c'est un autre type qui terrorise la ville. Nous savons que les agressions ont toujours lieu entre minuit et 1 heure du matin. A partir de ce soir, je veux qu'une patrouille passe à proximité de l'arbre toutes les demi-heures, toute la nuit. Réunion pour tout le monde demain matin à 7 h 30. Nous ferons le point. Rita, essaie de joindre Shelly et demande-lui d'être chez moi à 7 heures du matin. C'est tout, dit-il en posant une main sur l'épaule d'Allison. Rentrons.

Allison hocha la tête et se leva.

Quelques minutes plus tard, ils étaient installés dans la voiture de Jesse. Allison était accablée de fatigue et elle savait que la tension était pire encore pour Jesse. Celui-ci était sans doute persuadé que toute la responsabilité de cette affaire reposait sur ses épaules.

— J'aimerais pouvoir vous aider, dit-elle doucement.

— Vous ne pouvez pas faire grand-chose. Il faut que je réinterroge les deux premières victimes pour voir si ces affaires sont vraiment reliées entre elles, dit-il en soupirant.

— Si l'arbre est surveillé il n'y aura sans doute pas d'autre agression.

— Ce n'est pas sûr. L'agresseur emmènera peut-être ses victimes ailleurs, tout simplement.

— Quelle est votre conviction profonde ? Nous avons affaire au même homme ou à un imitateur ?

— Je n'ai qu'une conviction : j'aurai probablement un ulcère à l'estomac avant que cette enquête ne soit bouclée.

Il soupira de nouveau, profondément. Allison lutta contre l'élan qui la poussait à se pencher vers lui et à nouer les bras autour de son cou pour le réconforter. Elle ne pouvait l'aider en aucune manière. Jesse la protégeait, lui offrait un asile et elle n'avait rien à lui donner en retour.

— Nous sommes arrivés.

Il coupa le contact mais ne fit pas mine de descendre. Encore une fois, il soupira et s'adossa au fauteuil.

— A partir de demain une femme policier restera avec vous pendant que je suis au bureau.

— Oh non, Jesse. Vous ne pouvez pas faire ça.

— Si.

— Mais ce n'est pas nécessaire ! Vous avez besoin de toute votre équipe pour débusquer Casanova. Je peux rester seule à la maison.

— Vous êtes aveugle, Cécilia.

Les mots, pourtant prononcés d'un ton neutre et monocorde, transpercèrent la jeune femme.

— Il faut que je me concentre sur l'affaire Casanova. Alors, ne me mettez pas de bâtons dans les roues ! Je n'aurai pas l'esprit libre pour réfléchir si je suis inquiet pour vous. A partir de demain, quelqu'un restera avec vous pendant mon absence. Fin de la discussion.

Il descendit de voiture et claqua la portière. Allison ouvrit de son côté mais elle dut attendre Jesse pour qu'il l'aide à se diriger. Elle aurait voulu de tout son cœur franchir seule ces quelques mètres.

Mais Jesse venait de lui rappeler clairement ses limites. Et il venait aussi de lui rappeler, sans mâcher ses mots, qu'elle ne représentait pour lui qu'une responsabilité de plus.

Elle ferait mieux de ne pas l'oublier.

— Viens, Jesse. Il faut rentrer, dit Paul d'un ton inquiet. Il est tard et le temps va se gâter.

— Dans un moment, hurla Jesse pour dominer le vacarme de la musique.

C'était la soirée la plus réussie de l'année.

Soudain, la scène changea. Il n'y avait plus de musique. Jesse et Paul étaient en voiture, Jesse conduisait. Paul avait raison, ils auraient dû partir plus tôt. Des grêlons rebondissaient sur les vitres de la voiture, la route était déserte.

Jesse savait qu'il rêvait. Il essaya de repousser le cauchemar, il voulait se réveiller avant la fin… l'horrible fin. Le ruban brillant de la route verglacée se déroula devant ses yeux et il vit l'arbre surgir loin devant lui… un arbre noueux, rabougri, qui se rapprochait… se rapprochait…

Il s'assit sur son lit en étouffant un cri. Son cœur battait à tout rompre, son corps était couvert de sueur.

Enfin, il laissa échapper un soupir de soulagement. Le cauchemar s'était dissipé, il ne se trouvait plus dans cette voiture qui le menait à la catastrophe, mais dans sa chambre. Dans son lit.

Il savait d'expérience que ce genre de cauchemar laissait place à une insomnie persistante. Aussi, il se leva et enfila son jean. Il prit sur la table de chevet les dossiers qu'il avait ramenés du bureau et sortit de la chambre.

En passant devant la porte de Cécilia il éprouva un vague sentiment de culpabilité. Il s'était montré dur envers elle. Il s'était vengé sur elle de toutes les frustrations de la journée. Et pourtant ce qu'il avait dit était vrai, il ne pouvait pas se permettre de la laisser seule et de s'inquiéter à son sujet.

Parvenu dans la cuisine, il alluma, prit un soda et posa ses dossiers sur la table. Puis il avala une longue gorgée de soda, attendant doucement que les battements de son cœur aient repris un rythme normal.

Il y avait des années qu'il ne faisait plus ce cauchemar et il avait cru que le passé était enfin loin derrière lui. Mais la présence de Cécilia avait fait tout resurgir : la souffrance… la culpabilité.

Non, pas la culpabilité, protesta-t-il intérieurement. Pourquoi se serait-il senti coupable ? Ce n'était qu'un accident, un mauvais coup du destin. Mais une petite voix retentit dans sa tête et le nargua : « Tu t'es enfui. Tu as laissé tomber Paul quand tu t'es rendu compte qu'il resterait aveugle toute sa vie. Tu t'es comporté comme un lâche. »

— Non, murmura-t-il.

Non, il ne s'était pas enfui. Il avait disparu de la vie de Paul, de peur que sa présence ne rende les choses plus difficiles pour son ami. Il avait fait ce qu'il fallait.

Jesse passa une main dans ses cheveux, ouvrit le dossier posé devant lui et essaya de se concentrer sur sa lecture.

Il n'aurait su dire depuis combien de temps il était là lorsqu'un bruit lui fit lever la tête. Cécilia se tenait sur le seuil.

— Jesse ?

— Oui, je suis là. Assis devant la table.

Elle était très belle, aussi belle que le matin de son arrivée. Avec sa chemise bleu pâle, ses cheveux bruns un peu emmêlés, elle paraissait terriblement vulnérable… et elle n'en avait que plus de charme.

— Vous ne pouviez pas dormir ? demanda-t-elle en s'asseyant en face de lui.

Il remarqua que le bleu de sa chemise mettait en valeur la nuance verte de ses yeux.

— J'ai trop de choses en tête, dit-il en jetant un coup d'œil aux dossiers étalés devant lui.

— Quelle heure est-il ?

— Presque 1 heure. Pourquoi ne dormez-vous pas ?

Elle haussa les épaules. Dans le mouvement, les pans de sa robe de chambre s'écartèrent et Jesse aperçut sa peau blanche et délicate juste au-dessus des seins.

Une flèche de désir le frappa et son cœur se gonfla soudain.

— Que faites-vous ? s'enquit-elle.

— Je relis les rapports pour essayer de trouver des indices qui m'auraient échappé.

— Et vous en avez trouvé ?

— Non. Je suis trop fatigué pour réfléchir.

Il eut une seconde d'hésitation, puis ajouta :

— Je suis désolé si je me suis montré un peu brusque… dans la voiture.

Elle esquissa un geste de la main, comme pour balayer ses excuses.

— Ce n'est rien. Vous avez une enquête sur les bras et je

ne veux pas être un poids pour vous. Si vous préférez que quelqu'un me tienne compagnie, c'est très bien.

— Merci de votre compréhension.

Il examina la jeune femme longuement avant de demander de but en blanc :

— Quel effet ça fait… d'être aveugle ?

La question lui avait échappé. Mais au moment où les mots franchirent ses lèvres, il se rendit compte qu'il *avait besoin* de savoir.

— Je ne pense pas qu'on puisse l'expliquer. Il faut faire l'expérience, dit-elle. Eteignez la lumière.

Jesse hésita, regrettant déjà l'impulsion qui l'avait poussé à poser cette question. Tout cela c'était à cause de ce cauchemar qui avait ramené à la surface le souvenir de Paul… son ami d'autrefois.

— Qu'y a-t-il, shérif ? Vous avez peur du noir ? lança-t-elle avec une pointe de défi.

— Bien sûr que non, répliqua-t-il sèchement.

Il se leva et abaissa l'interrupteur. Il ne lui fallut que quelques secondes pour s'habituer à l'obscurité. La voix douce de Cécilia s'éleva dans l'ombre :

— Dites-moi ce que vous voyez.

— Je vois des ombres. Une lueur autour de la fenêtre, les rayons de la lune sur le mur.

— Alors vous n'êtes pas encore aveugle.

Il vit Cécilia se lever et s'approcher de lui. Un rayon de lune argenté l'enveloppa et il fut frappé par sa beauté. Les battements de son cœur s'accélérèrent et il eut l'impression que l'air s'alourdissait, l'empêchant de respirer.

Elle s'arrêta à un pas de lui et tendit la main.

— Venez avec moi.

Il lui donna la main et se laissa conduire à travers le hall et le salon jusqu'à la chambre de la jeune femme. Son cœur battait de plus en plus fort. Où voulait-elle en venir ?

Quand elle ouvrit la porte du dressing, il comprit ce qu'elle avait en tête.

— Bienvenue chez moi, dit-elle en refermant la porte du réduit derrière eux.

A l'intérieur, l'obscurité était totale.

— Asseyons-nous, dit-elle.

Elle l'attira sur le sol. Il se recroquevilla, le dos au mur et les genoux ramenés devant lui. Le corps de Cécilia le touchait et il respirait les effluves fleuris de son parfum.

Ce n'était pas aussi terrifiant qu'il l'avait imaginé. En fait, l'obscurité contenait quelque chose d'étrangement apaisant. Cécilia mit un peu de distance entre eux, de façon à ce qu'il n'y ait aucun point de contact les reliant. En un instant, Jesse eut l'impression que l'obscurité se faisait plus profonde et il se sentit désorienté. La sensation d'apaisement se dissipa, laissant place à une solitude poignante.

Une vague de panique l'envahit, une panique telle qu'il n'en avait jamais éprouvée jusqu'alors. Il était sur le point de se lever pour ouvrir la porte, faire de la lumière, quand la main de Cécilia se posa sur la sienne. L'angoisse de Jesse s'éloigna.

— Je ne peux pas vous dire ce qu'éprouvent les autres, dit-elle. Moi, au début, j'ai eu très peur. Et cela m'arrive encore quelquefois. Mais tout n'est pas négatif.

— Vraiment ? s'exclama Jesse, incrédule.

Cécilia retira sa main, mais elle demeura pressée contre lui, lui procurant un contact rassurant.

— On trouve une certaine paix dans l'obscurité. Comme vous n'êtes pas distrait par les images visuelles, cela vous laisse le temps de réfléchir. Il est plus facile de se concentrer sur certaines sensations, sur des détails qui vous auraient échappé autrement.

Jesse comprit parfaitement ce qu'elle voulait dire. En ce moment, par exemple, il avait une conscience aiguë de la douceur de son corps et son parfum l'enivrait.

Une image revenait sans cesse devant ses yeux : celle du visage de Cécilia avec ses cheveux sombres et emmêlés, ses yeux verts, la soie souple de ses vêtements qui laissait deviner les courbes harmonieuses de son corps.

L'obscurité régnant dans le dressing avait fait naître entre eux une telle intimité que l'espace d'un instant il fut tenté de lui parler de Paul, de l'accident, de la souffrance qui le hantait.

Il repoussa cette tentation et se leva.

— Il est tard. Nous devrions être au lit.

Cette phrase anodine prit soudain pour lui un double sens et il sentit son visage s'enflammer.

Il ouvrit la porte du dressing, prit la main de la jeune femme et la tira vers lui. Elle se releva vivement. Trop vivement. Alors, sans réfléchir, il pressa les lèvres sur la bouche rose et sensuelle de Cécilia.

6

Allison éprouva un bref moment de surprise. Mais, tandis que les lèvres de Jesse se pressaient sur les siennes, elle se rendit compte qu'elle avait profondément désiré ce baiser.

Elle noua les bras autour du cou de Jesse et entrouvrit la bouche pour lui livrer passage. Ses doigts caressèrent sa nuque virile, s'attardant sur ses boucles soyeuses.

Avec un gémissement, Jesse resserra son étreinte et prolongea son baiser. Il but avec avidité à ses lèvres, lui communiquant son désir. Depuis un mois, Allison se sentait perdue dans une obscurité profonde, mais soudain le baiser de Jesse, la chaleur de ses bras, la vigueur de son corps, firent naître en elle l'impression d'un retour à la lumière. Une lumière intérieure, qui valait bien la lumière du jour.

Hélas, il interrompit leur baiser avec une brusquerie qui brisa cette fragile impression de bien-être — comme si quelqu'un venait de nouveau de souffler la flamme de sa vie.

— Désolé, dit-il d'une voix rauque. Je me suis comporté de façon stupide. En principe j'ai le bon sens de ne pas mêler le travail et le plaisir.

Allison eut la sensation que l'obscurité s'épaississait autour d'elle, exactement comme avant. Elle trouva pourtant le courage de murmurer :

— Ne vous en faites pas. Nous mettrons cela sur le compte de la fatigue et de la pénombre.

— Bien. Je… suis content que vous compreniez. Bonne nuit.

Elle sut, aussi précisément que si elle avait pu le voir, à quel moment il quitta la pièce, laissant le vide derrière lui. Pendant un instant elle demeura parfaitement immobile, essayant de retenir sur ses lèvres la chaleur du baiser, de ne pas laisser s'échapper de son corps le contact du corps de Jesse. Mais toutes ces sensations — autant de repères avec l'extérieur et la vie — se liquéfièrent dans le silence et la solitude du noir. Angoissée, épuisée, aussi, Allison ôta sa robe de chambre et se mit au lit.

Elle n'arrivait pas à comprendre pourquoi Jesse l'avait embrassée. Mais ce qui lui semblait encore plus incompréhensible, c'était d'avoir été autant bouleversée par ce baiser.

Elle songea à une liaison qu'elle avait eue plusieurs années auparavant. Roger avait été son premier client. Peu de temps après qu'elle avait commencé à décorer son appartement, ils étaient sortis ensemble. Roger lui avait déclaré qu'il l'aimait et il s'était mis à essayer de tout changer en elle. Leur relation avait duré six mois. Durant ces six mois, pas un des baisers de Roger ne l'avait troublée comme celui qu'elle venait d'échanger avec Jesse. Ce soir, Jesse aurait pu l'emporter dans son lit et lui faire l'amour sans qu'elle trouve la force de protester. En fait, elle l'aurait même encouragé à la toucher, à l'embrasser, à se fondre en elle, s'il lui en avait laissé la possibilité et le temps…

Et puis ensuite ? Que se serait-il passé ? se dit-elle. Jesse était un célibataire endurci, il n'avait que faire d'une épouse et d'une famille. Alors une aveugle… Et qui traversait une crise terrible, vivait dans l'insécurité et l'attente de retrouver la vie normale… Ce séjour à Mustang n'était qu'une parenthèse forcée. Bientôt la parenthèse serait refermée et Allison retournerait à Chicago, son Camelot à elle.

Maudite obscurité ! Quand reverrait-elle la lumière ? Le médecin lui avait dit que sa vue ne reviendrait — si elle devait revenir — que lorsqu'elle se sentirait de nouveau en sécurité. Et si les assassins de John et Alicia n'étaient jamais arrêtés ? Si elle devait vivre le restant de ses jours avec une menace planant sur sa tête ? Cela signifiait-il qu'elle ne recouvrerait jamais la vue ?

Allison lutta contre le sentiment de panique qui l'envahit. Pour l'instant elle était en sécurité, ici, avec Jesse ; sa vue pouvait donc revenir à tout instant. En revanche, elle ne devait pas faire de folie. Il fallait qu'elle se ménage, qu'elle épargne sa résistance nerveuse. Et chercher à conquérir le cœur de Jesse ne l'y aiderait pas.

Quand elle s'éveilla, Allison devina instantanément qu'il était plus tard que d'habitude. Les rayons de soleil qui jouaient sur le lit étaient chauds, comme par une fin de matinée. Elle s'habilla à la hâte, donna un coup de brosse à ses cheveux et se précipita dans la salle de bains.

— Jesse ? appela-t-elle quelques minutes plus tard en entrant dans le salon.

— Il n'est pas là ! répondit une voix de femme. Il est parti au bureau il y a un moment.

— Vous êtes Shelly ?

— C'est cela. Je suis le shérif adjoint Shelly Wattsman. Et vous, vous êtes Cécilia, la veinarde qui a réussi à capturer le cœur de notre shérif. Vous voulez une tasse de café ?

— Volontiers.

Les deux femmes se dirigèrent vers la cuisine et Allison s'assit à sa place habituelle pour boire son café.

— Je suis désolée de vous obliger à jouer les baby-sitters, dit-elle lorsque Shelly s'assit en face d'elle.

— Pas de problème ! s'exclama Shelly en riant. Voulez-vous savoir à quoi je ressemble ?

— D'accord, répondit Allison, un peu étonnée.

— Cheveux blonds, yeux bleus, un mètre soixante-quinze, cinquante kilos et quatre-vingt-dix de tour de poitrine... Bon, O.K., ce n'est pas ça du tout. Vous aviez deviné ? J'ai les cheveux bruns et frisés naturellement — quelle horreur ! —, les yeux marron, je mesure un mètre soixante-cinq, je pèse cinquante-cinq kilos dont la plus grande partie est située au niveau des hanches.

— Ravie de vous connaître, Shelly.

— Moi aussi. Alors, comment trouvez-vous notre petite ville ?

Allison avala une gorgée de café avant de répondre :

— Je peux difficilement me prononcer sur sa beauté, bien que Jesse m'assure qu'elle est très pittoresque. Les gens que j'ai rencontrés m'ont semblé très sympas.

— Je suis née ici et j'y ai toujours vécu. Je n'en partirais pour rien au monde. Cependant je conçois que les personnes qui viennent d'une grande ville éprouvent un choc. Ici, le moindre de vos mouvements est connu de la ville entière en moins d'un quart d'heure.

Allison se mit à rire, oubliant la mélancolie qui la pourchassait depuis les événements de la veille. Ou plutôt, *l'événement*. Le baiser de Jesse.

— Jesse m'a dit que vous l'aviez beaucoup aidé hier, avec Maggie.

Allison haussa légèrement les épaules.

— J'ai fait ce qu'aurait fait n'importe qui. Je l'ai soutenue.

— Pauvre Maggie.

— Qu'en pensez-vous ? Avons-nous affaire à un seul homme, ou l'agresseur de Maggie était-il un imitateur ?

— Je n'en sais rien. Sale affaire, en tout cas. Difficile de croire que quelqu'un dans notre petite ville a commis ces agressions. Mais nous l'attraperons. La ville est petite, mais nous avons une bonne équipe de policiers.

— Parlez-moi des autres adjoints.

Allison était enchantée de cette conversation entre femmes, après des semaines de solitude forcée.

— Eh bien, il y a Burt Ramsay, quarante-cinq ans, marié, deux gosses. Un type gentil, discret. Et puis il y a Vic Taylor. Vic est une sorte de gros nounours, éternellement au régime.

Il essaye en vain de trouver une fille qui le prendra au sérieux. Et enfin, Sam Black.

Shelly marqua une pause. Allison l'entendit boire une gorgée de café.

— Sam est beau comme un dieu. Un vrai séducteur. Et vaniteux comme un pou.

— Mais il vous plaît, fit remarquer Allison.

Il y eut une longue pause et Shelly soupira.

— Je suis folle de lui mais il n'en saura rien. Je ne lui donnerai pas cette satisfaction !

— Et Jesse ? Depuis combien de temps le connaissez-vous ?

Allison se dit que c'était ridicule, que cet homme ne faisait que passer dans sa vie. Mais le souvenir de son baiser lui brûlait encore les lèvres. Elle voulait le connaître sous un autre angle, avoir l'opinion de quelqu'un d'autre.

— Je suis allée à l'école avec lui.

— Est-ce qu'il est beau ? s'enquit Allison en rougissant.

Shelly se mit à rire.

— Oui, Jesse est très beau. Personnellement, je préfère les blonds. Mais Jesse a toujours été le chéri de ces dames. Du moins avant l'accident. Après, son caractère a totalement changé.

— L'accident ? répéta Allison en se penchant en avant.

— Oui, l'accident de voiture. Il ne vous en a pas parlé ?

— Peut-être, mais… je ne m'en souviens pas.

— S'il vous en avait parlé vous n'auriez pas oublié. Il a été traumatisé.

— Racontez-moi tout, dit Allison avec un sourire contraint. Vous savez comment sont les hommes. Ils ont tellement de mal à se confier !

— Nous étions au lycée, en dernière année, quand Susan Maxwell a donné une grande soirée chez elle. Jesse et Paul s'y sont rendus ensemble et sur le trajet du retour le mauvais temps s'est déclaré.

— Paul ?

— Paul Burke. C'était le meilleur ami de Jesse, un surdoué. Il était beau, jouait dans la meilleure équipe de football et avait obtenu toutes sortes de bourses d'études.

— Et ils ont eu un accident en revenant de cette soirée, conclut Allison.

— Oui. La voiture a heurté un arbre. Jesse s'en est bien sorti, mais Paul a été éjecté à travers le pare-brise. Il a été blessé gravement au visage et est resté aveugle.

Aveugle. Maintenant Allison comprenait pourquoi Jesse avait voulu savoir ce que c'était d'être plongé dans une éternelle obscurité. Quand il lui avait posé la question elle s'était imaginé qu'il s'intéressait à elle. Mais ce n'était pas cela du tout…

— Que s'est-il passé ensuite ?

— Paul a séjourné quelque temps à l'hôpital, puis sa famille est partie s'installer à Grange City, une petite ville située à trente kilomètres d'ici.

— Et Jesse ?

— Jesse a changé après cette nuit-là. Il a continué à être aimable, gentil. Mais il y a quelque chose de différent chez lui, une distance par rapport au monde.

— Comment cela s'est-il passé entre Paul et lui ?

— Jesse n'a plus jamais prononcé le nom de Paul. Pour autant que je sache ils ne se sont pas revus. D'après moi, Jesse n'a pas supporté le handicap de son ami.

Shelly eut un rire un peu gêné et ajouta :

— Quoi qu'il en soit, il a surmonté cette angoisse quand il vous a rencontrée.

Peut-être, songea Allison. Plus vraisemblablement, la douceur de Jesse, sa gentillesse, son désir de la protéger n'étaient que le résultat d'un traumatisme qu'il n'avait jamais surmonté.

Si elle avait recouvré la vue à cet instant, si elle avait pu se débrouiller seule, elle se serait enfuie. Elle aurait fui loin de cet homme qui venait d'éveiller en elle des émotions tout à la fois fabuleuses et effrayantes.

Elle aurait fui cet homme qui, en l'espace de deux jours,

lui avait fait prendre conscience de la solitude dans laquelle elle avait toujours vécu.

Il lui était impossible de deviner ce que la vie tenait en réserve pour elle.

Tout ce qu'elle savait, c'est qu'après ce séjour chez le shérif Jesse Wilder à Mustang, Montana, elle ne serait plus jamais la même.

Ce maudit baiser. Assis devant son bureau Jesse buvait son café, mais il avait encore sur les lèvres le goût du baiser de Cécilia. Cela n'aurait pas dû se produire. D'ailleurs il ne savait pas au juste comment ça s'était produit. Il était assis dans l'obscurité du dressing avec Cécilia... et tout à coup il l'avait embrassée.

Il n'aurait su dire à qui il en voulait le plus. A Cécilia, ou à lui-même ? Avec un grognement de contrariété il s'efforça de reporter son attention sur les rapports étalés devant lui.

Trois femmes... A première vue, toutes trois victimes de Casanova. Toutes trois étaient allées au lycée avec Jesse, il les considérait comme des amies. Et il ne savait comment mettre la main sur l'homme qui leur avait fait du mal.

Il avait été incapable de protéger ces trois femmes. Et voilà que le destin plaçait sous sa responsabilité une non-voyante qui avait une équipe de policiers ripoux à ses trousses ! Quelle ironie !

Vic entra dans le commissariat avec les repas qu'ils avaient commandés au café tout proche. L'adjoint ouvrit la boîte qui contenait sa commande : une énorme tranche de steak accompagnée de purée de pommes de terre.

— Toujours au régime à ce que je vois ? lança Jesse d'un ton taquin.

Le visage de Vic s'empourpra.

— Vas-y, moque-toi de moi. Je sais que je n'ai aucune volonté.

Jesse fut surpris par le ton acerbe de son adjoint. La perpétuelle bonne humeur de Vic était pourtant légendaire.

— Je voulais seulement te taquiner, Vic. Que t'arrive-t-il ?

— Désolé, marmonna Vic dont le teint vira carrément au rouge brique. Je suis écœuré par ce qui est arrivé à Maggie, voilà.

— Nous le sommes tous.

Les deux hommes mangèrent un moment en silence.

— Tu sais, je suis sorti avec elle quand nous étions au lycée, dit Vic brusquement.

— Oui, maintenant que tu m'en parles, je crois m'en souvenir.

Vic hocha la tête. Une ride profonde creusait son front.

— Elle a toujours été très gentille. Ça me rend malade de penser qu'on lui a fait ça.

— Tu es aussi sorti avec Kathy, fit remarquer Jesse en soulevant le dossier de la première victime.

— Une seule fois, juste avant de passer le bac. Et je suis également sorti avec Krista.

Vic esquissa un sourire piteux.

— J'ai dû sortir au moins une fois avec toutes les filles de l'école. Toi, au moins, tu n'as plus à te faire de souci de ce côté. Cécilia est vraiment adorable, je ne comprends pas que tu ne m'en aies jamais parlé avant.

Il prononça ces mots d'un ton un peu blessé. Jesse fronça les sourcils, pensif. Il savait qu'il ne devait faire confiance à personne. Mais avec Cécilia à protéger et le cas Casanova à éclaircir, il avait vraiment besoin d'aide. Et s'il ne pouvait avoir confiance en Vic, son adjoint et son ami d'enfance, à qui donc pourrait-il se fier ?

— Je ne devrais pas te le dire, mais… je vais avoir besoin de toi dans les semaines qui viennent. Voilà…

Et il expliqua à Vic la raison qui avait conduit Cécilia à Mustang.

— Alors toi et elle… vous n'allez pas vous marier ? demanda Vic quand Jesse eut terminé.

— Nous nous connaissons à peine. Elle se trouve ici pour des raisons de sécurité et nous avons pensé que sa présence s'expliquerait plus facilement si nous faisions semblant d'être fiancés.

— Pauvre Cécilia.

— Oui, elle a subi une dure épreuve. Mais tu as bien compris ce que je viens de dire, n'est-ce pas ? ajouta Jesse d'un ton sévère. C'est strictement confidentiel.

— Bien sûr, Jesse. Tu sais que je ne suis pas du genre à faire des commérages.

— C'est pour cette raison que je t'ai mis dans le secret.

Vic hocha la tête, visiblement content de la confiance que Jesse lui accordait. Les deux hommes se remirent à manger. Jesse ne cessait de réfléchir aux trois agressions.

Normalement, dans un cas comme celui-ci, il était important de comparer les vies des trois victimes afin de découvrir un point commun expliquant que l'agresseur les ait connues toutes les trois.

Mais dans une ville comme Mustang ce genre de recherche était sans espoir. Les trois femmes allaient probablement chez le même coiffeur, postaient leur courrier dans le même bureau de poste, faisaient leurs achats dans les mêmes magasins, prenaient un verre dans les mêmes bars. Et, comme elles étaient toutes les trois célibataires, il y avait toutes les chances pour qu'elles soient sorties avec les mêmes hommes.

— Maggie ne sortait pas avec un gars ces derniers temps ? demanda-t-il tout à coup.

Vic hocha la tête et avala une grosse bouchée de purée, avant de confirmer :

— Burt Landry, un cow-boy qui travaille pour Cameron Gallagher. Mais j'ai entendu dire qu'ils avaient rompu il y a une quinzaine de jours.

Jesse se leva et jeta l'emballage en carton de son repas dans la corbeille à papier.

— Je vais faire un tour chez Gallagher et bavarder avec Landry. Il faut savoir s'il a des alibis pour les nuits où ont eu lieu les agressions.

— Tu crois qu'il a quelque chose à voir là-dedans ? s'enquit Vic dont le regard s'éclaira.

— Je n'en sais rien, Vic. Mais il ne faut rien laisser de côté. Je serai de retour dans deux heures. Appelle Sam et demande-lui de nous retrouver ici à 4 heures.

Quand il quitta Mustang, Jesse ouvrit la vitre de la voiture pour laisser pénétrer dans l'habitacle les parfums de cette fin d'été. L'air était chargé de la senteur des prés et des fleurs sauvages et cela évoquait irrésistiblement pour lui le souvenir de Cécilia. La jeune femme était toujours environnée d'un parfum fleuri.

Maudit baiser. Et maudite bonne femme ! Elle s'était pressée contre son corps, éveillant chez lui un désir insensé, alors qu'ils savaient pertinemment que toute relation à long terme était impossible.

Comment aurait-il pu s'engager avec elle dans une aventure de quelques jours, tout en sachant qu'une fois sa vue revenue elle repartirait chez elle, dans un autre Etat, pour y retrouver une vie riche et intéressante ?

Jesse était parvenu à éviter toute liaison depuis assez longtemps. Quand il était devenu shérif, il avait compris qu'il valait mieux ne pas sortir avec les femmes du village. Il ne voulait pas que sa vie privée soit exposée, qu'on colporte des ragots sur lui.

Dire qu'en ce moment-même les habitants de Mustang parlaient du couple qu'il formait avec Cécilia et de leur prochain mariage ! Quelle barbe, cette Millicent Creighton ! Elle s'était arrangée pour les obliger à fixer la date d'une cérémonie alors qu'ils n'avaient nullement l'intention de se marier.

Jesse soupira et s'engagea sur le domaine des Gallagher. Chaque chose en son temps. Quand le moment serait venu, que Cécilia serait repartie chez elle, il ferait semblant d'avoir le cœur brisé et jouerait la comédie aux habitants de Mustang.

Repoussant toute pensée concernant Cécilia Webster, il descendit de voiture. Il fallait qu'il cesse de songer à cette femme. Il avait d'autres chats à fouetter. A quoi bon se polariser sur une femme qui dans une ou deux semaines aurait totalement disparu de sa vie ?

Il était plus de 5 heures lorsque Jesse gravit d'un pas pesant les marches du perron. Il fut étonné, en entrant chez lui, d'être accueilli par une délicieuse odeur de viande rôtie.

Shelly avait certainement préparé le repas. Il faudrait qu'il lui dise que ce n'était pas nécessaire.

Mais quand il pénétra dans la cuisine il vit, à sa grande surprise, que Shelly était assise devant la table, tandis que Cécilia tournait une sauce dans une casserole.

— Jesse ?

Cécilia posa sa cuillère et s'avança vers lui d'un pas dansant. Son visage était illuminé par une lueur nouvelle. Les cernes sombres qui hier encore soulignaient ses yeux avaient disparu et ses joues avaient un éclat inhabituel.

— J'ai fait la cuisine ! annonça-t-elle avec fierté. Shelly ne m'a pas aidée.

Shelly confirma d'un signe de tête.

— Et maintenant je vous laisse, dit-elle en se levant pour sortir. Demain même heure, Jesse ?

Jesse opina en silence. Shelly fit un petit signe de la main et disparut.

— J'ai préparé le repas entièrement seule.

Jesse ne répondit pas, il en était incapable. L'émotion lui nouait la gorge. Cécilia était si belle, si radieuse. Et sa fierté était tellement émouvante.

— Jesse ? s'enquit-elle avec un froncement de sourcils inquiet. Tout va bien ?

— Naturellement. Ça sent très bon.

— J'ai fait un rôti, de la salade et du maïs. Désolée, je

n'ai pas réussi à peler les pommes de terre. J'espère que vous pourrez vous en passer.

— Des pommes de terre ? Je pense bien. D'ailleurs, je n'aime pas ça, s'entendit-il répondre.

Le visage de Cécilia se détendit et une fois de plus un sourire l'illumina.

— Bien. Asseyez-vous et détendez-vous pendant que je mets la table.

Jesse fit un signe de tête, puis se rappela qu'elle ne pouvait le voir.

— Voulez-vous que je vous aide ?

— Non, je tiens à le faire seule.

Il accepta, un peu à contrecœur, et s'assit. Les gestes de la jeune femme étaient méthodiques, mesurés. Elle parvint à poser le rôti sur un plat, puis sur la table. En quelques minutes tout fut prêt et elle s'assit en face de Jesse.

— Tout est bien ? s'enquit-elle avec un sourire.

— Formidable.

Et c'était vrai. Le rôti était cuit à la perfection, la salade appétissante. Mais Jesse avait du mal à s'intéresser à la nourriture. Toute son attention se reportait sur Cécilia. Depuis son arrivée, il l'avait vue tour à tour agressive, en colère, belliqueuse, terrifiée, en proie au chagrin. Mais jusqu'à présent il ne l'avait encore jamais vue aussi fière et heureuse. Elle était belle. Ensorcelante. Tout à coup il crut sentir de nouveau le goût de sa bouche sur la sienne.

Alors, il baissa les yeux sur son assiette. Il avait intérêt à contrôler ses émotions. S'il ne gardait pas ses distances il finirait par avoir bel et bien le cœur brisé lorsque Cécilia quitterait sa maison et sortirait de sa vie.

7

Allison avait décidé de ne pas questionner Jesse au sujet de Paul. D'une part cela ne la regardait pas, et d'autre part Jesse aurait pu en vouloir à Shelly de lui avoir révélé cet épisode de sa vie personnelle. Or, Allison aimait beaucoup Shelly.

Depuis cinq jours elles passaient leurs journées ensemble et, par bonheur, Shelly aimait bavarder.

Elle parlait de Mustang, de ses habitants, de sa vie sentimentale trop vide, de son béguin pour Sam Black, de ses quatre frères et sœurs.

Shelly ne paraissait pas s'apercevoir qu'Allison parlait très peu d'elle-même. Mais Allison devait surveiller chacune de ses paroles. Elle n'oubliait jamais qu'elle jouait un rôle à Mustang : le rôle de « fiancée de Jesse ».

La compagnie de Shelly lui remit en tête les heures qu'elle avait passées avec sa sœur à discuter chiffons, garçons, mariage. Et le souvenir d'Alicia et de son mari, pour agréable qu'il fût, fit en même temps resurgir sa peine.

Quand elle s'éveilla tôt le samedi matin et approcha de la cuisine, elle était en proie à un stress terrible.

Elle avait ouvert les yeux avec l'espoir, comme chaque matin, qu'elle allait voir les rayons de soleil filtrer par la fenêtre, voir la chambre où elle dormait depuis une semaine. Mais en une fraction de seconde l'espoir s'était effondré.

A l'instant où elle franchit le seuil de la cuisine, elle sut que ce n'était pas Shelly qui préparait le café.

— Jesse ?

— Oui. Comment savez-vous que c'est moi ?

— Votre odeur est différente, dit-elle d'un ton bref.

Pas question d'en dire davantage. Pas question de lui révéler qu'elle aurait reconnu entre mille ce parfum masculin, à la fois frais et épicé, qui l'enivrait. Elle se laissa tomber sur une chaise.

— Pourquoi êtes-vous resté à la maison ? Vous avez résolu le cas Casanova ?

— J'en suis loin. Votre café est devant vous, dit-il en s'asseyant à son tour. Je n'ai aucune piste nouvelle, aucun indice. Pour l'instant l'enquête n'aboutit nulle part.

Il marmonna ces mots d'une voix où perçait la frustration, puis ajouta :

— Oh, j'ai failli oublier. J'ai un cadeau pour vous.

— Un cadeau ?

Le cœur d'Allison fit un bond. Jesse lui avait acheté un cadeau ?

— Oui, de la part de Vic.

Une vague de déception balaya immédiatement la joie d'Allison, laissant place à une soudaine irritation. Pourquoi Jesse lui aurait-il fait un cadeau ? Elle n'était rien pour lui.

Il se leva, traversa la cuisine et revint s'asseoir au bout de quelques secondes.

— Donnez votre main, ordonna-t-il.

Elle obéit et éprouva un léger choc lorsqu'il lui prit les doigts pour déposer un objet au creux de sa paume. Il retira immédiatement sa main, privant brusquement Allison de la chaleur de ce contact.

La jeune femme promena les doigts sur l'objet. C'était un savon et elle reconnut le parfum mentholé qu'elle avait senti les deux fois qu'elle avait approché Vic.

— Il a la forme d'un poisson ! annonça-t-elle, enchantée d'avoir identifié les contours de l'objet.

— Oui. Vic sculpte des barres de savon et vend ces objets dans des foires d'artisanat.

— C'est gentil d'avoir pensé à moi, dit-elle, touchée par cette attention.

Elle posa la savonnette sur la table et saisit sa tasse de café. Son irritation resurgit à la pensée de devoir passer une journée supplémentaire confinée dans cette maison.

— Vous croyez que vous résoudrez le cas Casanova en restant ici pour veiller sur moi ? lança-t-elle d'un ton grincheux.

— Non. Mais je me suis dit qu'une journée de congé me permettrait de prendre un peu de distance et d'objectivité, répondit Jesse avec une patience qui agaça la jeune femme.

Depuis le soir où il l'avait embrassée il faisait preuve d'une politesse exagérée. En fait ils s'étaient très peu vus depuis ce jour-là. Jesse partait travailler à l'aube et ne rentrait que le soir, après 20 heures.

— C'est la même prison, mais avec un geôlier différent, dit Allison en avalant une gorgée de café.

Jesse ne répondit pas tout de suite.

— Je ne m'étais pas rendu compte que vous aviez l'impression d'être en prison, fit-il remarquer après quelques secondes.

Allison soupira.

— J'ai cette impression depuis que John et Alicia ont été tués, expliqua-t-elle. Les cellules changent, les geôliers aussi, mais je suis toujours prisonnière.

Elle parvint à esquisser un sourire et ajouta :

— Shelly a quand même été plus agréable que Kent Keller. Il n'articulait jamais une parole.

Jesse demeura silencieux un long moment.

— Nous avons tous deux besoin de casser notre routine, dit-il enfin. Nous pourrions aller camper, qu'en pensez-vous ? Il faudrait partir dans une heure et revenir demain avant midi.

— C'est sérieux ?

L'idée de sortir de la maison était tout à la fois enthousiasmante et angoissante. Elle se déplaçait facilement dans ce territoire maintenant familier, mais un changement serait stimulant.

Cependant, hors de cette maison, elle redeviendrait totalement dépendante de la personne qui l'accompagnait.

— Je suis très sérieux, dit Jesse en se levant. Je crois que c'est exactement ce qu'il nous faut à tous les deux. Moi, je réfléchis mieux quand je suis au grand air, quant à vous cela vous fera des vacances.

Allison perçut l'énergie qui irradiait de ses paroles.

— Alors, ça marche ?

— Et comment ! s'exclama-t-elle avec un petit frisson d'excitation. Que dois-je faire ?

— Restez ici et finissez votre café. Ensuite, vous irez revêtir un jean et un T-shirt. Prenez un pull ou une veste pour le soir. Je m'occupe du reste.

Et sur ces mots, il sortit de la cuisine.

Allison finit son café tout en essayant d'imaginer cette aventure. Jesse allait-il emporter une tente ou bien dormiraient-ils à la belle étoile ? Quoi qu'il en soit, elle ne verrait ni la lune ni les étoiles.

Elle eut une moue furieuse, puis repoussa cette pensée. Non, elle ne voulait pas que la grisaille prenne le dessus, pas question de gâcher cette nouvelle expérience en se mettant à pleurer sur son sort. Un changement de routine lui ferait le plus grand bien. Un peu surexcitée à la perspective de partir, elle finit rapidement son café et retourna dans sa chambre.

Elle déposa la savonnette en forme de poisson sur sa table de chevet et songea à la gentillesse de Vic. Cette sculpture serait sans doute le seul souvenir de Mustang qu'elle ramènerait à Chicago.

Le cœur battant, elle enfila ses vêtements. Une heure plus tard, Jesse et elle étaient prêts à partir. Le siège arrière et le coffre de la voiture étaient chargés de bagages.

— Où allons-nous ? s'enquit Allison quand elle devina qu'ils avaient dépassé les dernières maisons de Mustang.

— Il y a un parc national à une heure d'ici. Les paysages y sont somptueux.

— Il faudra que vous me les décriviez avec précision pour que je puisse les imaginer.

— Les descriptions, ce n'est pas mon fort, avoua-t-il.

Allison sourit.

— Vous apprendrez… pour me faire plaisir.

Elle s'adossa au siège et se détendit. L'air était tiède et les rayons de soleil chauffaient ses bras et son visage.

— Vous alliez camper quand vous étiez petit garçon ? demanda-t-elle avec curiosité.

— Tous les week-ends. Mon père adorait la nature, il m'a appris à l'aimer et à la respecter. Nous partions chaque vendredi jusqu'au dimanche soir.

Allison lui envia ces souvenirs heureux. Elle n'avait pas connu de tels moments de bonheur familial. On ne s'amusait pas tous les jours dans la famille Welch.

— Si quelqu'un m'avait prédit il y a deux mois que j'allais partir dans le Montana et me réjouir à l'idée d'une nuit de camping, je l'aurais traité de fou.

— J'imagine qu'une décoratrice d'intérieur dans une grande ville n'a pas beaucoup de loisirs pour aller rencontrer la nature.

Elle devina qu'il souriait en prononçant ces paroles et ressentit le besoin profond de voir son sourire. Une flèche douloureuse la traversa à l'idée que c'était impossible.

— Que faisiez-vous de vos loisirs ? s'enquit-il.

— Toutes sortes de choses, dit-elle en essayant de se rappeler sa vie à Chicago et les choses qu'elle aimait.

— Quoi, par exemple ?

Sourcils froncés, elle tenta de rassembler ses souvenirs. Il lui semblait que cette vie avait été celle de quelqu'un d'autre.

— J'invitais des clients à dîner, j'allais au théâtre.

— N'aviez-vous pas de hobby ? De choses que vous aimiez faire en dehors de votre travail ?

Un hobby ? songea-t-elle, de plus en plus perplexe. Elle n'avait jamais eu le temps d'en avoir. On lui avait inculqué que c'était une perte de temps.

— La plupart du temps je travaillais. J'adorais mon travail, précisa-t-elle avec une passion qu'elle ne ressentait pas vraiment. Dès que j'aurai recouvré la vue je retournerai à Chicago pour faire ce que j'aime.

Elle s'exprima d'un ton si véhément que Jesse parut déconcerté. Il retomba dans le silence et Allison aussi. Cette discussion l'avait déprimée et elle n'aurait su dire pourquoi. Elle n'était sûre que d'une chose, c'est que pour la première fois depuis son arrivée à Mustang elle ne piaffait pas d'impatience à l'idée de retourner chez elle, à Chicago.

Tout en se débattant avec la tente, Jesse se demanda s'il n'avait pas commis une énorme erreur. Quand il avait suggéré cette escapade, il avait espéré que cela romprait la monotonie pour Cécilia mais aussi que la tension qui persistait entre eux depuis ce fameux baiser se dissiperait.

Il jeta un regard en coin à Cécilia qui était assise sur une souche d'arbre, le visage tourné vers le soleil. Comme si elle avait senti ses yeux fixés sur elle, elle se tourna dans sa direction et sourit d'un air un peu hésitant.

— Vous êtes sûr que je ne peux pas vous aider ?

— Non, merci. J'en ai pour quelques minutes.

En fait, la tente aurait dû être dressée depuis longtemps, mais la présence de Cécilia l'empêchait de se concentrer sur son travail.

Les rayons du soleil matinal embrasaient sa chevelure sombre et éclairaient ses joues de reflets rosés. Son visage relevé mettait en valeur la ligne exquise de son cou et la rondeur de ses seins pressés contre l'étoffe du T-shirt. Ses longues jambes moulées dans un jean étroit le fascinaient.

Eh bien, pour ce qui était de dissiper la tension, c'était plutôt raté ! Bon sang, où diable avait-il eu la tête ? Il avait échangé une maison vaste où chacun avait sa chambre contre une tente minuscule. Grave erreur ! se dit-il en assenant un vigoureux coup de maillet sur un piquet.

Depuis le soir du baiser, Jesse avait deux obsessions en tête. La première était d'arrêter Casanova. La seconde, c'était de faire l'amour à Cécilia.

La première était essentielle, la seconde totalement superflue.

L'arrestation de Casanova serait un bienfait pour le village et une victoire pour lui. Faire l'amour avec Cécilia serait une folie. Et Jesse essayait désespérément d'ignorer la tentation.

— A part dormir sous la tente, que faites-vous quand vous campez ?

— Quelquefois je vais pêcher la truite dans la rivière en contrebas. Mais aujourd'hui je n'ai pas pris mon matériel.

— Vous ne chassez pas, n'est-ce pas ?

Il y avait dans sa question une nuance d'inquiétude qui n'échappa pas à Jesse.

— Non, dit-il en souriant. Et je ne pêche que le poisson que j'ai l'intention de manger.

Il enfonça le dernier piquet avant d'ajouter :

— Je viens ici surtout pour profiter du silence. Je marche, je regarde le coucher du soleil, j'écoute les bruits de la campagne.

— Après cinq jours passés avec Shelly, le bruit de la campagne me changera un peu, avoua Cécilia en souriant.

Jesse se mit à rire.

— En effet. Shelly est bavarde, n'est-ce pas ?

— Oui, mais elle est aussi très gentille. Vous saviez qu'elle avait le béguin pour Sam Black ?

— Pas possible ? s'exclama Jesse, stupéfait. Pauvre petite, elle va avoir le cœur brisé. Sam n'est pas exactement du genre à faire un bon mari.

— Vous seriez étonné si vous saviez quels tours de force une femme amoureuse peut accomplir, rétorqua Cécilia. Du moins, c'est ce qu'on dit, ajouta-t-elle après une hésitation.

Le ton de sa voix était mélancolique, comme si elle désirait plus que tout rencontrer le grand amour, sans jamais y parvenir.

— Vous avez un petit ami à Chicago ? demanda Jesse en finissant de fixer la tente.

Une femme aussi belle et sexy que Cécilia avait forcément un fiancé, ou un petit ami occasionnel. Elle disait avoir perdu sa famille, mais elle n'avait jamais fait allusion à un compagnon.

Les choses auraient été plus faciles pour Jesse s'il avait su qu'elle avait un homme dans sa vie. Alors, il aurait pu mettre le baiser qu'elle lui avait accordé l'autre jour sur le compte d'un traumatisme récent.

— Non, je n'ai personne, avoua-t-elle avec une pointe de tristesse. Je n'ai jamais eu le temps de me consacrer à une relation personnelle.

— Cela changera peut-être quand vous retournerez chez vous. Je vais finir de décharger la voiture, dit-il d'un ton un peu brusque.

L'activité physique, voilà ce qu'il lui fallait. La présence de Cécilia lui faisait trop d'effet et cela le mettait mal à l'aise.

— Voulez-vous que je vous aide ? proposa-t-elle.

— Non, merci.

Il s'éloigna d'un pas rapide. Il dut faire trois voyages pour transporter tout le matériel. Lorsque le campement fut installé, le soleil était très haut dans le ciel et Jesse sentit la faim le torturer.

— Nous pourrions manger rapidement, puis partir faire une randonnée, suggéra-t-il.

— Ça me va.

Il ne leur fallut que quelques minutes pour préparer les sandwichs. Tout en mangeant, Jesse essaya de décrire à Cécilia leur environnement. Et tout à coup il se demanda si quelqu'un faisait parfois la même chose pour Paul. Avait-il une femme près de lui ?

Comme toujours lorsqu'il pensait à Paul, il fut envahi par un sentiment inconfortable. Il savait que quelque chose était resté en suspens entre eux. Et, selon son habitude, il finit par repousser ces pensées dérangeantes.

Il fut soulagé de pouvoir enfin se mettre à marcher. La marche était l'activité qui le détendait le mieux. Toutefois, il n'était encore jamais allé marcher avec une femme aussi belle que Cécilia… et non voyante.

Il lui prit la main pour descendre le long du sentier, veillant à l'éloigner des pierres du chemin et écartant les branches sur leur passage. S'il avait été seul il aurait emprunté un sentier difficile et peu fréquenté, mais avec Cécilia il choisit le chemin le plus large.

Ils avançaient avec une lenteur d'escargots. Au bout de quelques minutes, Cécilia brisa le silence.

— Il vaudrait sans doute mieux que vous me rameniez au campement, dit-elle avec une distincte nuance de frustration. Je vous attendrai.

Jesse s'immobilisa et la regarda.

— Vous voulez vraiment retourner ?

— Non. Mais je vous oblige à ralentir l'allure.

— Ça m'est égal. Cela me permet de voir des choses que je n'avais jamais remarquées.

— Telles que… ?

— Eh bien, je n'avais jamais vu ces fleurs tout le long du chemin.

— De quelle couleur sont-elles ?

— Blanches.

Il s'arrêta et se pencha pour cueillir une fleur qu'il posa délicatement dans la main de sa compagne.

Cécilia fit tourner la tige entre ses doigts, puis passa les pétales contre sa joue. C'était un geste simple, spontané. Pour Jesse, il était chargé de sensualité. Une vague de chaleur se répandit dans son corps.

Cécilia respira le parfum de la fleur et sourit.

— Comme elle sent bon, dit-elle en accrochant la fleur derrière son oreille.

Les pétales se déployèrent harmonieusement contre sa chevelure brune.

Plus ils avançaient et plus Jesse était sensible à la présence de la jeune femme. Son parfum l'enveloppait et il sentait au creux de sa main la douceur de ses doigts. De temps à autre, elle se heurtait à lui sans le vouloir et Jesse avait l'impression que des points d'électricité surgissaient à l'endroit où leurs corps s'étaient trouvés en contact. Il accéléra le pas, regrettant de ne pas pouvoir courir, courir aussi vite que le vent, pour échapper au désir qui le consumait. Cela faisait déjà une semaine qu'il tentait de résister. Il croyait que le fait de sortir de la maison l'aiderait à ignorer l'attraction que Cécilia exerçait sur lui.

— Jesse, pourrions-nous ralentir un peu ? demanda-t-elle au bout de quelques minutes.

Jesse s'arrêta et la regarda. Il vit l'expression de panique sur son visage, la marque rouge laissée sur son bras par une branche qui l'avait accrochée au passage, et s'en voulut terriblement.

— Désolé, marmonna-t-il en posant les doigts sur l'égratignure.

— Ce n'est rien. C'est si effrayant d'aller vite quand on ne voit pas…

Sa poitrine se soulevait rapidement, son visage était enflammé. Jesse se demanda si elle était essoufflée à cause de l'exercice, ou bien si le contact de sa main sur son bras la troublait. Il retira sa main.

— Il y a un ruisseau un peu plus loin, avec un rocher plat où vous pourrez vous asseoir. Nous nous reposerons un moment.

— D'accord.

Il ne leur fallut pas longtemps pour atteindre le rocher qui surplombait légèrement le petit ruisseau sinueux. La roche était juste assez large pour leur permettre de s'asseoir côte à côte sans se toucher, ce qui convenait parfaitement à Jesse. Les branches d'un arbre proche projetaient leur ombre sur eux, mais le rocher conservait la chaleur du soleil. Au-dessous d'eux l'eau gargouillait entre les pierres. Un oiseau se mit à chanter, couvrant un instant le bruit de la brise dans les feuilles.

Peu à peu Jesse se relaxa. Il avait passé nombre d'heures dans sa vie, assis sur ce même rocher, savourant l'isolement, la paix, la tranquillité.

— Cet endroit est joli, n'est-ce pas ?

La voix de Cécilia était douce, comme si elle craignait de briser l'harmonie du lieu et du moment.

— Oui, très joli.

— J'en étais sûre.

— J'aimerais que vous puissiez voir ça… les reflets argentés du soleil sur l'eau, les poissons qui sautent de temps à autre… Il y a une clairière sur l'autre rive. Les animaux viennent sûrement boire de ce côté. Et un peu plus bas il y a encore un massif de fleurs blanches.

Cécilia sourit et posa la main sur celle de Jesse.

— Merci.

— Merci pour quoi ? dit-il.

Avait-elle la moindre idée des réactions qu'elle provoquait en faisant ce simple geste ? Se rendait-elle compte que le corps de Jesse s'enflammait comme une torche chaque fois qu'ils se touchaient ?

— Merci de m'aider à imaginer tout cela.

Elle retira sa main et Jesse reprit sa respiration.

— C'est bizarre, j'étais justement en train de me dire la même chose.

— Comment cela ?

— En vous décrivant cet endroit, j'ai eu l'impression de le voir pour la première fois.

— C'est drôle, dit-elle en ramenant les genoux vers sa poitrine et en nouant les bras autour de ses jambes. En ce moment, je n'ai pas l'impression d'être aveugle. Tous mes autres sens perçoivent ce qui nous entoure et grâce à vous je peux me faire une image précise de l'endroit où nous sommes.

— C'est l'endroit du monde que je préfère, dit Jesse. J'ai passé de longues heures ici, à réfléchir sur la vie et les difficultés qu'elle nous impose. Le fait d'être en pleine nature rendait ces problèmes moins durs à affronter.

Cécilia tendit la main et la posa sur le bras de son compagnon.

— Merci, Jesse.

— Pourquoi me remerciez-vous ?

— Pour m'avoir emmenée camper, pour me permettre de

partager cet endroit avec vous. Et surtout… parce que je me sens en parfaite sécurité lorsque je suis avec vous.

Jesse faillit protester. Il songea qu'ils allaient passer la nuit seuls tous les deux sous sa tente… et il sut qu'il avait commis une erreur. Cécilia n'était pas en sécurité. Pas avec lui.

8

— Je n'avais jamais rien mangé d'aussi bon, dit Allison en finissant le steak et les pommes de terre que Jesse avait fait cuire sur la braise.

— Il n'y a rien de mieux que des aliments cuits au feu de bois.

— Nous avons passé un après-midi merveilleux, ajouta Allison.

Et elle était sincère. Ils étaient restés plusieurs heures assis au bord du ruisseau, parlant de tout et de rien, se taisant aussi parfois. De retour au campement, Allison s'était assise sur un tronc d'arbre tandis que Jesse préparait le repas. Tout en s'affairant, il lui avait raconté des anecdotes sur ses expériences de campeur.

Quand la température se rafraîchit, Allison devina que le soir était tombé. Par bonheur, le feu que Jesse avait allumé diffusait une bienfaisante chaleur. Puis les insectes de la nuit se mirent à s'agiter, emplissant l'air d'un doux murmure. Chicago et sa vie d'autrefois lui parurent alors très loin. Plus rien n'existait en ce monde, que Jesse, elle-même, et la nuit qui les enveloppait lentement.

Tout au long de l'après-midi la présence de Jesse était devenue plus envoûtante. Sa main solide qui tenait la sienne avait fait naître en elle un désir violent.

Elle voulait goûter de nouveau à ses lèvres. C'était stupide et elle le savait. A quoi cela la mènerait-il ? Elle n'avait pas l'intention de rester à Mustang. Et pour quelle raison profonde désirait-elle Jesse ?

Etait-elle réellement amoureuse de lui ? Ou bien était-ce plus compliqué que cela ? Pour elle, il représentait la sécurité dans un monde effrayant, plein de dangers et d'incertitudes.

Confondait-elle désir et gratitude ?

— Avez-vous réfléchi à votre enquête ? s'enquit-elle, aiguillant ses pensées dans une autre direction.

Le soupir que poussa Jesse trahit une profonde frustration. Il vint s'asseoir à côté d'elle. Leurs corps ne se touchaient pas mais ils étaient si proches qu'elle fut troublée malgré elle.

— Rien n'est clair, avoua-t-il. Ce qui m'inquiète, c'est que je connais tout le monde à Mustang. Je n'arrive pas à imaginer un des habitants du village en train de kidnapper ou de violer quelqu'un.

— Se pourrait-il que Casanova soit étranger au village ?

— J'aimerais bien que ce soit le cas, mais franchement je ne le crois pas.

Jesse soupira de nouveau. Allison ressentit le désir de le prendre dans ses bras pour le réconforter.

— Cet homme en savait trop sur ses victimes, reprit-il d'une voix sourde. Il savait comment elles vivaient.

— Répétez-moi tous les détails de l'affaire. Peut-être que quelque chose vous reviendra en esprit. Ou bien je relèverai un détail susceptible de nous aider.

Elle voulait absolument éviter de penser à ce qu'elle ressentait pour Jesse, au désir qui la tenaillait de l'attirer dans la tente pour faire l'amour avec lui.

— Vous êtes sûre que vous voulez réentendre tout ça ?

— Absolument, déclara-t-elle en posant son assiette vide à ses pieds.

Il se mit à parler et elle fit un effort intense pour se concentrer sur son récit. Elle aurait aimé voir son visage au moins un instant. Voir l'étincelle dans son regard, observer ses expressions et, par-dessus tout, découvrir enfin son sourire.

En fin de compte, il était peut-être préférable qu'elle ne connaisse pas ses traits. Ainsi, de retour à Chicago, elle ne conserverait de lui aucun souvenir visuel. Il lui serait plus facile de l'effacer de sa mémoire.

— Depuis que vos adjoints surveillent les alentours de l'arbre, il ne s'est plus rien produit, fit-elle remarquer. C'est encourageant.

— Oui. Mais ce type ne mettra pas longtemps à comprendre que mes adjoints ne peuvent pas passer chaque nuit au pied de l'arbre. Nous n'avons pas assez d'effectifs pour monter la garde vingt-quatre heures sur vingt-quatre. Cela laisse à notre homme un grand nombre d'opportunités pour répéter son forfait.

— Vous m'avez dit que les trois femmes avaient à peu près le même âge. Cela pourrait-il nous mettre sur la voie ?

— Bien sûr. Mais il existe une infinité de possibilités. Peut-être que le criminel ne s'intéresse qu'aux femmes de cet âge. Dans ce cas, ça peut signifier qu'il a le même âge que ses victimes. Mais ça peut aussi signifier mille autres choses. Non, cette indication ne nous aide pas beaucoup.

— Et il n'a laissé aucun indice derrière lui ?

— Aucun. Cependant, si c'est bien Casanova qui a violé Maggie, il a commis sa première erreur. Nous connaissons maintenant son groupe sanguin. Et les tests d'ADN nous aideront à le confondre. Mais pour cela, il faut d'abord l'attraper.

Allison tendit la main, chercha celle de Jesse à tâtons et posa les doigts sur les siens.

— Vous y parviendrez, Jesse. J'ai une immense confiance en vous.

— Merci. Avec ça et un dollar je pourrai peut-être me payer une tasse de café, mais c'est tout, répliqua-t-il avec une pointe d'humour.

Allison relâcha sa main à contrecœur et se tourna vers le feu. Ils demeurèrent silencieux un long moment. Elle imagina sans peine l'obscurité qui les enveloppait peu à peu, les flammes du feu de camp qui projetaient des ombres sur les buissons et se reflétaient sur leurs visages. Il y avait quelque chose de tellement intime dans cette scène.

Personne autour d'eux, pas de regards curieux, pas de mauvaises langues. Ils étaient absolument seuls.

— Comment est la lune, ce soir ?

— Presque pleine, mais pas tout à fait.

— Je suis déçue, dit-elle avec une moue. Mon idée du paradis va avec la pleine lune.

Jesse fit entendre un rire sonore.

— Une pleine lune tous les soirs, ce serait ennuyeux à la longue !

Le silence retomba, brisé seulement par les craquements du feu. Allison respira profondément les délicieuses odeurs de la nuit auxquelles se mêlait le parfum âcre du feu de camp. Il y avait longtemps qu'elle ne s'était pas sentie aussi détendue. Cette journée dans la nature lui avait apporté l'apaisement qui lui manquait depuis des semaines.

— Vous savez ce qui me plaît chez vous ? demanda Jesse tout à coup.

— Non. Quoi ?

— Vous ne vous sentez pas obligée de bavarder pour meubler le silence. C'est une qualité que j'apprécie.

— Quand on mène une vie solitaire, on s'habitue au silence.

Elle fronça les sourcils et rectifia :

— Je ne veux pas dire que je suis solitaire. Mais je passe beaucoup de temps seule.

Un lapsus ? A vrai dire, plus les jours passaient et plus elle considérait sa vie d'autrefois avec objectivité. Et elle se rendait compte que cette vie n'était pas aussi merveilleuse qu'elle l'avait cru. Mais, bonne ou mauvaise, c'était sa vie… une vie que la violence avait saccagée. Quand la retrouverait-elle ?

Elle soupira lourdement et murmura :

— Chaque fois que le téléphone sonne, j'espère que Bob Sanford ou Kent Keller vont m'appeler pour me dire que les policiers corrompus ont été arrêtés et que je peux rentrer chez moi.

— Vous avez hâte de retourner là-bas, n'est-ce pas ?

— Ce n'est pas ça…

Elle tendit les mains vers le feu et expliqua :

— Je ne peux m'empêcher de penser que, lorsque les coupables seront derrière les barreaux, lorsque tout danger aura disparu, ma vue reviendra.

— Vous en êtes sûre ? Et si ça n'arrive pas ?

Ses questions résonnèrent dans le silence.

— Ma vue reviendra, répéta Allison avec force.

Elle refusait d'envisager une autre possibilité. Elle sourit et changea délibérément de sujet :

— Dites-moi ce qui vous plaît en moi, en dehors du fait que je ne meuble pas les silences.

Il rit et changea légèrement de position. Sa cuisse vint se presser contre celle d'Allison.

— Vous êtes comme toutes les femmes : toujours en train d'essayer de soutirer des compliments aux hommes.

— Forcément, ils n'en font jamais spontanément.

Le contact de sa jambe la troublait. Elle aurait aimé qu'il s'écarte et en même temps ne souhaitait pas qu'il le fasse. Il y eut une pause, qui se prolongea assez longtemps.

— J'aime les reflets du feu dans vos cheveux, dit-il en prenant une mèche brune entre ses doigts.

Elle sentit un long frisson lui parcourir le dos. Jesse s'éclaircit la gorge et se leva brusquement.

— Et si nous mangions le dessert ? J'ai apporté de la guimauve pour la faire rôtir sur le feu.

— D'accord, dit-elle, déçue qu'il se soit éloigné. Mais je pense qu'il vaut mieux que je ne me risque pas à essayer. Faisons un marché : vous, vous la faites cuire et, moi, je la mange.

— Marché conclu.

Allison perçut dans sa voix une tension qui faisait écho à la sienne. Elle crut reconnaître son propre désir… Etait-ce possible ? Eprouvait-il la même attirance qu'elle ?

L'espace d'une seconde elle imagina qu'ils faisaient l'amour. Le frisson se mua en frémissement.

— La première guimauve est fondue, annonça-t-il en approchant d'elle. Prête ? Ouvrez la bouche.

Elle obéit et il glissa entre ses lèvres le morceau de guimauve tiède et sucré. Le bout de sa langue rencontra les doigts de Jesse. Ce dernier retira sa main aussi brusquement que si elle l'avait mordu.

Allison sentit une vague chaude déferler en elle. Un sentiment de joie et de victoire l'envahit. Elle ne s'était pas fait d'idées. Ce n'était pas l'effet de son imagination. Lui aussi percevait la force, le magnétisme qui les rapprochait irrésistiblement.

— Je peux en avoir une autre ?

— Bien sûr.

Dans ces simples mots, dans la façon dont il les prononça, elle crut percevoir le désir. Un délicieux frisson d'anticipation l'envahit.

— Voilà, dit-il d'une voix rauque.

Allison ouvrit la bouche et posa la main sur celle de Jesse pour l'empêcher de s'échapper. Sa langue s'attarda sur les doigts virils et elle l'entendit retenir son souffle.

— Cécilia, vous vous aventurez en terrain dangereux.

— Mmm… je l'espère, dit-elle en lui relâchant la main.

Elle se leva, pensant qu'il allait la prendre dans ses bras et l'embrasser. Mais à son immense déception, il recula.

— Je crois qu'il est temps d'aller se coucher, dit-il.

Elle comprit au son de sa voix qu'il était passé de l'autre côté du feu. Le frisson d'anticipation s'évanouit. S'était-elle méprise ? Avait-elle mal interprété sa réaction ? Tout ça parce qu'elle ne le voyait pas !

C'était si difficile d'imaginer les sentiments d'une personne quand on ne voyait pas l'expression de son regard ! Si elle avait pu le regarder dans les yeux, y aurait-elle décelé la flamme du désir… ou une totale indifférence ? Ou pire encore… un sentiment de pitié pour cette pauvre non-voyante qui s'était entichée de lui. Une immense lassitude s'abattit sur elle.

— Oui, oui, je suis très fatiguée, dit-elle.

Elle sursauta en sentant sa main se poser sur son bras, car elle ne l'avait pas entendu approcher.

— Venez, dit-il. Je vais vous installer dans la tente, puis j'éteindrai le feu.

Allison hocha la tête docilement et se laissa guider. Jesse lui lâcha le bras le temps de faire glisser la fermeture Eclair, puis l'aida à se faufiler à l'intérieur.

— Vous pouvez rester seule pendant que je m'occupe du feu ?

— Naturellement.

Elle l'entendit ressortir et rabattre le volet de la tente. Pour la première fois depuis son arrivée à Mustang elle se sentit terriblement seule.

Elle se glissa dans son sac de couchage et se rendit compte aussitôt qu'elle serait plus à l'aise sans son jean. Elle l'enleva, le plia et le déposa près de son oreiller afin de le retrouver sans problème le lendemain matin.

Le sol était dur et inconfortable. Mais ce qui la gênait le plus c'était l'angoisse qui s'était logée au creux de son estomac.

Que lui était-il arrivé ? Comment avait-elle pu se faire de telles idées au sujet de Jesse ?

Allison ferma les yeux et inspira profondément. Mais la flamme qui lui embrasait le cœur ne s'éteignit pas pour autant.

Jesse contempla les braises à peine rougeoyantes qui commençaient à refroidir. Si seulement les sentiments que Cécilia avait éveillés chez lui pouvaient être réduits en cendres aussi facilement ! Il ne savait pas ce qu'il devait faire. On lui avait confié Cécilia, il devait veiller sur sa sécurité et son bien-être. Mais les pensées qui tournoyaient dans sa tête étaient loin d'être honorables ! Elles étaient folles, intenses, merveilleuses.

Il jeta de la terre sur les braises mourantes et s'assit pour regarder la lune. En fait, il cherchait à gagner du temps… à reprendre le contrôle de ses émotions avant de se trouver sous la tente avec Cécilia.

Ses reins s'enflammèrent quand il songea aux lèvres tièdes et humides de la jeune femme sur ses doigts. C'était l'acte le plus sensuel qu'il ait jamais connu et il avait bien failli succomber sur-le-champ à sa passion.

Il avait vu la lueur de désir dans les yeux de Cécilia, avait perçu ce qu'elle éprouvait. Et pourtant il l'avait repoussée, évitant de s'engager dans une zone qu'il estimait dangereuse. Devait-il se considérer comme un héros ou comme un imbécile ?

Lui faire l'amour, était-ce tirer parti de la situation ? La vie de Cécilia venait d'être bouleversée par un drame, elle avait subi des pertes immenses. Mais après tout ils étaient adultes tous les deux.

Et il n'avait pas tenté de la séduire. Bon sang, c'était même plutôt le contraire !

Il se leva, las de remuer ces pensées dans sa tête. Cécilia s'était sans doute endormie maintenant. La passion, l'égarement, étaient oubliés. Il souleva sa lanterne, vérifia une dernière fois que le feu était éteint et se dirigea vers la tente, bien décidé à dormir.

La première chose qu'il remarqua, ce fut le jean de Cécilia plié près du sac de couchage. Aussitôt l'image de ses longues jambes nues se forma dans son esprit. Il trébucha sur son propre sac et marmonna un juron. Cette nuit de camping était bien la plus mauvaise initiative qu'il ait prise depuis longtemps ! Grâce au ciel, Cécilia était endormie et elle lui tournait le dos. Il ne voyait que sa longue chevelure brune se détachant contre la toile rouge du sac de couchage.

Assis sur son sac, il ôta ses bottes, son jean et son T-shirt. Il dormait toujours en caleçon et ce n'était pas aujourd'hui qu'il allait changer ses habitudes. Une fois couché sous son duvet, il éteignit la lampe et fut aussitôt enveloppé par une obscurité profonde.

Cécilia dormait-elle réellement ? Difficile à dire. Comme

elle lui tournait le dos, il ne percevait pas le rythme de sa respiration.

Jesse inspira plusieurs fois pour se détendre. Le parfum de Cécilia avait envahi tout l'habitacle de la tente, éveillant une fois de plus la flamme qui le consumait.

Il n'aurait su dire depuis combien de temps il était allongé ainsi. Peut-être s'était-il endormi brièvement, sans s'en rendre compte ? Tout à coup, Cécilia se mit à gémir. Les gémissements se prolongèrent et il entendit la jeune femme se débattre dans son sac de couchage. Elle faisait un cauchemar.

— Cécilia ?

Elle ne répondit pas et ses gémissements angoissés continuèrent de plus belle.

Jesse s'assit, alluma la lampe et se pencha pour agripper Cécilia par les épaules.

— Cécilia, réveillez-vous ! dit-il en la secouant un peu.

Elle battit des paupières et ouvrit les yeux. Ses pupilles vertes étaient dilatées de peur.

— Jesse ? murmura-t-elle.

— Vous avez fait un cauchemar.

— Oui… je me rappelle.

Des larmes surgirent dans ses yeux.

— J'avais peur, j'étais seule. Tenez-moi contre vous, Jesse, dit-elle en lui passant les bras autour du cou. Je vous en prie. J'ai si peur… si peur du noir.

Sans hésiter, il l'attira contre lui. Cela ne présentait aucun danger, il s'agissait simplement de la réconforter. Ils étaient dans leur sac de couchage et le matériel qui encombrait la tente leur interdisait un contact trop intime.

Cécilia se cramponna à lui, nichant le visage au creux de son cou. Jesse contrôlait parfaitement la situation… jusqu'au moment où il sentit les lèvres de la jeune femme se presser contre sa gorge. Ce seul mouvement eut raison de son stoïcisme.

De la lave en fusion se déversa alors dans ses veines. Il prit la bouche de Cécilia, l'embrassa avec toute la force, toute la fureur qu'il refrénait depuis une semaine.

Elle lui rendit son baiser avec la même ardeur. Ses lèvres s'ouvrirent en une invitation sensuelle, ses mains glissèrent sur les larges épaules de Jesse.

Celui-ci enfouit les doigts dans son opulente chevelure. Ses lèvres roses étaient brûlantes de désir, elles avaient un goût de miel et de guimauve qui l'enivra. Il explora longuement sa bouche, prolongeant le plaisir de ce baiser.

Il voulait se perdre en elle à jamais.

Les sacs de couchage, qu'un instant plus tôt il avait considéré comme des garants de sécurité, se transformèrent en barrières gênantes qui l'empêchaient de toucher la jeune femme à son gré.

Il mit enfin un terme à leur baiser et, recouvrant un semblant de self-control, s'écarta de Cécilia.

— Cécilia, ce n'est pas bien.

— Pourquoi ? s'exclama-t-elle en s'asseyant et en rejetant ses cheveux en arrière. Je veux que tu me tiennes dans tes bras, que tu me fasses l'amour. Nous sommes adultes, Jesse. Et je ne t'ai pas demandé de m'embrasser sous le vieux chêne et de faire des promesses ! Tout ce que je veux, c'est cette nuit.

Et pour mieux ponctuer ses paroles, elle ôta son T-shirt et le jeta sur le sol.

Le souffle coupé, Jesse la dévora du regard. Le soutien-gorge de dentelle fine couvrait à peine ses seins. Sous le tulle transparent, il devina les pointes roses et tendues. Sa réaction fut immédiate, viscérale. D'un geste brusque, il défit la fermeture de son sac de couchage. La jeune femme fit de même, et ils se retrouvèrent tout à coup peau contre peau, leurs jambes entrecroisées, leurs bouches unies de nouveau.

Toute pensée cohérente s'évapora de l'esprit de Jesse. Ce qu'il faisait était bien. Quelque chose, tout au fond de lui, lui soufflait qu'il devait faire l'amour à Cécilia. Maintenant.

— La lumière est-elle allumée ? s'enquit-elle dans un souffle.

— Oui.

— Eteins-la, je t'en prie.

— Mais je veux te voir, protesta Jesse.

— Tu me verras en me touchant… comme moi.

Il n'hésita qu'une seconde, puis se résolut à éteindre. Leurs corps s'étreignirent dans l'obscurité, leurs baisers se firent plus profonds encore.

Les lèvres de Jesse abandonnèrent celles de la jeune femme pour s'aventurer dans son cou. Elle poussa un gémissement rauque lorsqu'il engloba ses seins ronds de ses mains. Ses doigts caressèrent les pointes dures, pressées contre l'étoffe. Cécilia se cambra contre lui, soupirant et gémissant de plaisir. Jesse eut l'impression que son corps allait exploser.

Doucement, se dit-il. Il voulait aller lentement, prendre le temps de savourer chaque instant, chaque sensation. Il voulait donner le plus de plaisir possible à sa compagne avant d'atteindre lui-même le paroxysme du plaisir.

Il laissa sa main glisser sur son ventre plat et s'immobiliser sur le slip de satin. Elle poussa un petit cri quand ses doigts se glissèrent entre la chaleur de ses cuisses pour caresser le cœur de son plaisir. Tout en pressant ses hanches contre lui, elle le caressa à son tour.

Cette caresse intime exacerba leur désir. En quelques secondes, ils ôtèrent les vêtements qui les gênaient, et leurs corps totalement nus se plaquèrent l'un contre l'autre. Tout à coup, Jesse abandonna toute idée de lenteur.

— Cécilia, murmura-t-il en se hissant au-dessus d'elle.

Les jambes de la jeune femme s'ouvrirent pour l'accueillir.

— Allison, murmura-t-elle, haletante. Je t'en prie, appelle-moi Allison.

— Allison, répéta-t-il.

Loin, très loin au fond de lui, une petite voix lui rappela qu'il n'aurait pas dû connaître son vrai nom. Mais il comprenait son besoin de redevenir elle-même, de l'entendre prononcer son nom à ce moment-là.

— Ma douce Allison, chuchota-t-il en pénétrant en elle.

— Oh, Jesse… aime-moi, dit-elle en crispant les mains sur la nuque de son amant.

Il fit exactement ce qu'elle lui demandait. Au début, ses mouvements furent lents. Les yeux fermés, il se laissa envelopper par sa chaleur, par son odeur féminine. Il se perdit en elle.

Ce fut elle alors qui accéléra le rythme, l'attirant plus rapidement et plus profondément en elle. Jesse se rendit compte qu'il prononçait son nom tout bas, s'enivrant de ces sonorités exquises jusqu'à atteindre une jouissance infinie.

Il n'avait aucune idée de ce que le lendemain leur apporterait. Des regrets ? De délicieux souvenirs ? Cela n'avait aucune importance. Rien n'avait d'importance, sinon le fait qu'il était en Allison. Et qu'il ne voulait être nulle part ailleurs.

9

Allison devina que l'aube approchait. Le chant des grillons qui l'avait bercée toute la nuit s'était tu, remplacé par le pépiement des oiseaux saluant la nouvelle journée.

Elle se rendit compte que son corps et celui de Jesse étaient intimement enlacés. Sa tête reposait sur le torse de son compagnon et celui-ci avait posé les mains sur ses hanches. Leurs jambes étaient entrecroisées.

Elle demeura immobile, savourant cette délicieuse sensation. Elle adorait sentir le corps de Jesse contre le sien, respirer son odeur virile. Juste sous son oreille, elle perçut les battements de son cœur et la cadence régulière de sa respiration. Sa peau était tiède et veloutée et la toison qui recouvrait sa poitrine était merveilleusement douce sous la joue d'Allison.

Elle revécut en pensée les caresses et les baisers de la nuit précédente. Chaque détail de cette nuit était gravé dans son esprit. Faire l'amour avec Jesse avait été une expérience encore plus merveilleuse qu'elle ne l'avait espéré. Il s'était montré tout à la fois avide et patient, exigeant et généreux.

Elle se demanda un instant si elle avait trouvé ses caresses plus intenses parce qu'elle était privée de sa vue. Mais elle rejeta cette idée presque aussitôt. Après tout, avec Roger, elle avait toujours fait l'amour dans l'obscurité et les yeux fermés.

Non, il fallait chercher ailleurs la raison de l'intensité incroyable de sa relation avec Jesse. Et Allison refusait de trop s'appesantir sur cette question, de peur de trouver la réponse… Jesse lui avait fait éprouver des choses qu'elle ignorait jusque-là et elle se demandait combien de temps il lui faudrait pour ne plus penser à cette expérience quand elle serait rentrée à Chicago.

Avec le temps, elle oublierait peut-être l'intensité de ces instants. Mais quelque chose lui disait qu'elle n'oublierait jamais tout à fait cette nuit-là. Et Jesse.

Sourcils froncés, elle se demanda si tout ce que sa mère lui avait dit n'était pas faux, en fin de compte. Etait-ce si mal, d'avoir besoin de quelqu'un ?

Alicia s'était inscrite en faux contre les principes de leur mère. Malgré ses sermons sur l'indépendance, elle avait construit avec John une relation harmonieuse, symbiotique, fondée sur les faiblesses et les forces, les désirs et les besoins de chacun. Que pouvait-il y avoir de mieux que cela ?

Les battements du cœur de Jesse changèrent de rythme, s'accélérèrent et il s'éveilla. A ses mouvements, Allison devina le moment précis où il reprit conscience.

Il ne s'aperçut pas qu'elle ne dormait plus. Sa main glissa lentement sur la hanche et sur la cuisse de la jeune femme, en une caresse délicate qui trahissait une nouvelle vague de désir.

Allison aurait aimé continuer à faire semblant de dormir, afin qu'il poursuive ses caresses. Mais cela présentait un réel danger. Voulait-elle donner lieu à un nouveau souvenir qui la hanterait pendant le restant de ses jours ?

Elle se tourna, s'étira comme si elle sortait à peine du sommeil et leva la tête.

— Bonjour.

La main de Jesse s'immobilisa et se retira instantanément. Allison en ressentit un mélange de soulagement et de déception. Ils s'assirent en même temps, se séparèrent.

— Tu veux ton petit déjeuner ? demanda-t-il.

Au son de sa voix, Allison comprit qu'il s'était levé. Elle entendit un bruit de tissu puis le glissement d'une fermeture Eclair. Il avait remis son jean.

— Non, je n'ai pas faim. Jesse, pourrais-tu me donner mes vêtements, s'il te plaît ?

Son visage s'enflamma à la pensée qu'elle dépendait totalement de lui. Jusqu'à maintenant elle ne s'était pas sentie vulnérable. Mais à présent Jesse était habillé, alors qu'elle était nue et n'avait pas la moindre idée de l'endroit où se trouvaient ses vêtements. Il lui faudrait des heures pour leur mettre la main dessus elle-même !

— Bien sûr, dit Jesse en déposant le linge sur ses genoux. Si tu ne veux pas de petit déjeuner, nous allons tout ranger et retourner en ville.

Allison opina d'un signe de tête.

— Je t'attends dehors, ajouta-t-il en ouvrant la tente.

Il sortit d'un pas énergique. Allison poussa un léger soupir et enfila à la hâte slip et soutien-gorge. Apparemment Jesse n'avait pas envie de parler de ce qui s'était passé pendant la nuit.

C'était très bien comme cela. Après tout, qu'y avait-il à dire ? Que c'était bien, merveilleux même, mais que ça ne devait pas se reproduire parce que leur relation était sans avenir ? Elle savait déjà tout cela. A quoi bon en parler ?

Et même si Allison se laissait aller à penser qu'elle pourrait faire sa vie à Mustang, abandonner tout ce qu'elle avait construit à Chicago, il n'en restait pas moins que Jesse méritait mieux qu'une femme dépendante et non voyante.

Et lorsqu'elle aurait recouvré la vue, songerait-elle encore à s'établir à Mustang, ou bien serait-elle impatiente de retrouver sa boutique de Chicago et son ancienne vie ?

Allison décida de mettre un terme à ces rêveries. Elle finit de s'habiller et sortit. L'air du matin était pur et vivifiant, imprégné de l'odeur des pins. Elle inspira longuement.

— Quelle magnifique matinée, dit-elle en se tournant vers l'endroit où Jesse empaquetait leurs affaires.

— Nous aurons de la pluie dans la soirée. Les nuages s'accumulent déjà.

— J'aime la pluie, je l'ai toujours trouvée plutôt apaisante.

Elle s'assit sur le tronc d'arbre abattu, où elle avait passé la plus grande partie de la soirée précédente.

— Je suppose que le meilleur moyen de t'aider, c'est de ne pas me mettre au milieu ?

— Oui. Dès que j'aurai démonté la tente nous partirons.

Allison décela une certaine tension dans sa voix. Il travailla en silence pendant quelques minutes. Regrettait-il ce qui s'était passé ? Les événements d'une nuit prenaient souvent une allure totalement différente le grand jour revenu. Craignait-il qu'elle n'attache plus d'importance que lui à leur aventure ? Avait-il peur qu'elle ne lui demande plus que ce qu'il pouvait donner ?

— Jesse, il ne faut pas t'inquiéter, tu sais.

— M'inquiéter ? répéta-t-il, stupéfait. M'inquiéter pourquoi ?

— Je ne me fais pas d'idées, pour cette nuit. Je ne te demanderai rien.

Elle esquissa un petit rire et reprit :

— Nous avons passé un moment merveilleux, mais nous savons tous les deux qu'il y avait entre nous une telle attirance physique qu'il était impossible d'y résister. Il ne faut pas y accorder plus d'importance que cela. On n'en fera pas une histoire.

Jesse demeura silencieux un long moment. Pour la centième fois au moins, elle regretta de ne pas voir son visage, son expression.

— Eh bien, d'accord, dit-il enfin.

Il se remit à travailler en silence. Allison l'entendit démonter la tente et la plier, ranger les lanternes, replier les sacs de couchage.

— Cette escapade n'a pas eu le résultat que tu escomptais, n'est-ce pas ? demanda-t-elle alors qu'ils se dirigeaient vers la voiture.

— Tu veux dire en ce qui concerne le cas Casanova ?

— Oui.

Jesse ouvrit la portière et elle se glissa sur le siège du passager. Il ne reprit la parole que lorsqu'il fut assis à son tour.

— Non, je n'ai pas résolu le problème, ni même trouvé une

inspiration pour poursuivre l'enquête. Mais je ne m'attendais pas à ce que ça se produise, ajouta-t-il en mettant le moteur en route. Cependant, j'ai l'impression d'avoir les idées plus claires à présent.

— J'espère qu'il n'est rien arrivé la nuit dernière en ton absence.

Les paroles d'Allison résonnèrent dans la tête de Jesse lorsqu'en arrivant chez lui il vit Amanda Creighton qui l'attendait sur le perron.

— Que se passe-t-il, Amanda ? s'enquit-il en aidant Allison à descendre de voiture.

— Il faut que tu parles à Maggie !

La voix un peu aiguë d'Amanda trahissait son anxiété.

— Elle a demandé à Burt Landry de revenir habiter chez elle !

— Je ne comprends pas. Où est le problème ?

— Le problème, c'est que Landry est un salaud et qu'elle avait rompu avec lui il y a quelques semaines. C'était la chose la plus sensée qu'elle ait jamais faite ! Mais ce qui lui est arrivé l'a rendue vulnérable et elle est en train de commettre une grosse bêtise.

— Et que dois-je faire ? L'arrêter pour son manque de jugeote ? rétorqua Jesse sèchement. Dans ce cas, je devrais arrêter la moitié de la ville. A commencer par moi…

Amanda poussa un soupir exaspéré.

— Cécilia, accepteriez-vous de parler à Maggie ? demanda-t-elle en prenant la main d'Allison. Elle a confiance en vous, elle vous admire. Je voudrais qu'elle sache au moins ce qu'elle est en train de faire. Je vous en prie. J'ai tellement peur qu'on lui fasse encore du mal !

— Très bien, déclara Jesse. Nous allons nous rendre chez elle et discuter.

— Merci, dit Amanda en serrant la main d'Allison un peu plus fort.

Quelques minutes plus tard, Jesse et Allison avaient réintégré la voiture.

— Il faut de nombreux talents pour être shérif dans une petite ville, fit remarquer Allison.

— En effet. Nous servons à la fois de policier, de prêtre, de conseiller. Que sais-je encore ?

— Parle-moi de Burt Landry. Pourquoi Amanda l'a-t-elle traité de salaud ?

— Amanda pense que tous les hommes sont des salauds, répliqua Jesse avec un soupçon d'humour. Elle cherche un prince et tout ce qu'elle trouve ici, ce sont des cow-boys.

— Elle n'aime pas les cow-boys ?

— Elle les déteste. Pour en revenir à Landry, c'est un macho et un fanfaron. Il boit trop, parle trop fort et finit tous les week-ends par se trouver mêlé à une bagarre au Round-Up.

— Pas le genre de type qui me ferait rêver, dit Allison. Mais après tout, si Maggie le trouve à son goût c'est son droit.

— Exact. Si j'ai accepté de venir parler à Maggie, c'est uniquement parce que je suis inquiet pour elle. Amanda a raison, elle vient de traverser une terrible épreuve. Et je ne voudrais pas qu'elle s'attire des ennuis à cause de ce traumatisme et de sa fragilité émotionnelle.

Allison tendit la main et la posa sur la cuisse de Jesse. Elle ne fut en contact avec lui qu'un bref instant, mais cela suffit à faire naître une vague chaude dans son cœur.

— Cette ville a de la chance d'avoir un shérif comme toi.

— Je me demande si les habitants seront d'accord avec toi quand ils verront que je n'arrive pas à coincer Casanova.

La voiture ralentit et s'arrêta. Jesse annonça :

— Amanda avait raison. Le vieux pick-up de Burt est garé devant chez Maggie. Apparemment, il emménage ! J'ai fait une enquête sur Landry. Il a des alibis solides pour les trois nuits où les agressions ont eu lieu.

— Dans ce cas nous savons qu'il n'est pas un criminel, dit Allison. Seulement un salaud ordinaire.

Jesse ouvrit la portière en riant et guida Allison jusque chez Maggie.

— Jesse… Cécilia. Comme je suis contente de vous voir ! Entrez.

Maggie prit le bras d'Allison et l'emmena vers le canapé, où elle s'assit avec elle.

— Nous voulions simplement vous dire bonjour en passant.

— Y a-t-il du nouveau ? Avez-vous trouvé qui… ?

Les mots moururent sur les lèvres de la jeune femme.

— Non, Maggie, rien de neuf, répondit Jesse. Mais je te promets que nous l'arrêterons, même si ça doit prendre du temps.

Il y eut un bruit de pas dans l'escalier et quelqu'un entra dans le salon.

— Salut shérif. Bonjour, madame, dit une voix rauque.

— Bonjour, Landry, répondit Jesse d'un ton bref.

— Vous allez arrêter le salopard qui a fait ça à Maggie, j'espère ?

— Je fais tout ce qu'il faut pour ça, répondit Jesse.

— Allons faire un tour dehors, shérif. Ces dames doivent avoir des choses à se raconter. Venez, j'ai de la bière au frais.

Lorsque les hommes furent sortis, Allison agrippa la main de Maggie.

— Dites-moi la vérité, Maggie. Comment allez-vous ?

— Pas trop mal. Parfois je me sens bien, parfois un peu moins. Le pire, c'est la nuit. Je fais des cauchemars.

— Amanda est inquiète pour vous.

— Amanda est une très bonne amie, dit Maggie avec chaleur.

— Elle pense que vous faites une erreur en laissant Burt s'installer chez vous.

— Peut-être.

Maggie retira sa main et soupira lourdement.

— Burt n'est pas facile à vivre. Quand il a trop bu il peut devenir odieux.

— Alors, pourquoi le reprenez-vous chez vous ? demanda doucement Allison.

Il y eut un long silence.

— Avez-vous déjà eu très peur ? Avez-vous déjà eu l'impression que vous aviez besoin de quelqu'un… n'importe qui… pour vous raccrocher à sa présence ?

Maggie reprit la main d'Allison dans la sienne et eut un petit rire nerveux.

— Burt n'est pas une affaire, mais il s'est montré gentil avec moi depuis… depuis le viol que j'ai subi. J'ai besoin de lui… de sa présence. En ce moment.

Elles continuèrent à bavarder, abordant des sujets plus vastes. Mais les paroles de Maggie passaient et repassaient dans la tête d'Allison.

Avez-vous déjà eu l'impression que vous aviez besoin de quelqu'un… n'importe qui…

Cela pouvait-il expliquer l'attirance extraordinaire qu'Allison éprouvait pour Jesse ? Se raccrochait-elle à lui comme elle se serait raccrochée à n'importe qui, parce que sa vie était saccagée, pleine d'incertitudes ?

Avait-elle le droit de reprocher à Maggie d'avoir choisi Burt pour une mauvaise raison, alors qu'elle faisait sans doute la même chose avec Jesse ?

Burt Landry avait déplu à Jesse dès le premier contact. Aujourd'hui, son impression se confirmait.

— Alors, j'y ai dit… eh, ma jolie, viens chez moi cette nuit et tu sauras ce que c'est un homme.

Landry éclata d'un gros rire, jeta sa canette de bière vide et en prit une autre dans la glacière.

— Vous êtes sûr que vous en voulez pas une autre, shérif ?

— Non merci. Je dois partir. Il faut que je passe au poste pour vérifier quelques détails.

— Ouais, ce Casanova vous donne un satané boulot ! Bizarre, hein ? Faut être cinglé pour emmener des filles sous cet arbre et les embrasser. Je trouve ça idiot…

Il avala une longue goulée de bière puis ajouta en hochant la tête :

— Remarquez, cette histoire de récompense va p'têt tout changer.

— Une récompense ? répéta Jesse, figé de stupeur. Quelle récompense ?

— C'était dans le journal, ce matin. Millicent Creighton et ses copines du club offrent mille dollars de récompense à qui fournira un renseignement permettant l'arrestation de Casanova.

Jesse réprima un juron. Formidable ! Ah, vraiment, génial !

— Il faut que j'aille au commissariat, dit-il en se levant pour aller chercher Allison.

Quand il fut dans la voiture avec la jeune femme, il laissa enfin éclater sa fureur.

— Tous les cinglés du pays vont en profiter pour dénoncer leur voisin ! Quelle crétine, cette Millicent ! Je vais passer des jours et des jours à explorer des fausses pistes !

— Elle croyait te rendre service.

— Je sais, Allison, marmonna Jesse en soupirant. Mais cette histoire ne fera que compliquer l'enquête.

Il crispa les doigts sur le volant et jeta un regard de côté à sa compagne. Il venait juste de se rendre compte qu'il l'avait appelée par son vrai nom, ce qui était une erreur.

Elle n'aurait jamais dû lui dire son nom la nuit dernière. Cela ne faisait que rendre les choses encore plus compliquées. Maintenant il faudrait qu'il soit sans arrêt sur ses gardes pour éviter de l'appeler ainsi en public.

— Je vais décharger la voiture, puis je demanderai à Shelly de venir te tenir compagnie. Je vais sans doute passer toute la soirée au commissariat.

Allison opina, l'air distant et préoccupé.

— Maggie allait bien ? demanda-t-il. Cécilia ?

— Quoi ? Oh, oui. Aussi bien que possible. Et pour Burt… elle sait ce qu'elle fait. Elle a besoin de lui en ce moment.

Elle ouvrit sa portière, comme pour mettre fin à la discussion.

Dès qu'ils furent entrés, elle disparut dans la salle de bains pour prendre une douche et Jesse appela le commissariat. Tandis qu'il déchargeait le matériel de camping, les réflexions tournoyaient dans sa tête.

Il avait eu tort de faire l'amour avec Allison. Pendant un moment, ce matin, il s'était inquiété à propos de sa réaction. Mais quand elle lui avait dit qu'ils avaient tout simplement cédé à une attraction physique irrésistible et qu'il ne fallait pas en faire une histoire, il n'avait pas été loin de crier pour protester.

Ce qu'il avait éprouvé n'avait rien de comparable avec une simple satisfaction physique. Dans les bras d'Allison, il avait senti quelque chose s'éveiller dans son âme… un besoin qu'il n'avait encore jamais soupçonné. Des rêves qu'il n'avait jamais cru pouvoir tenir à sa portée…

— C'est idiot, grommela-t-il pour lui-même.

Est-ce que le sexe faisait toujours naître ce genre de pensées ridicules chez les hommes ? Peut-être que l'excès de testostérone avait un effet néfaste sur les cellules grises ?

Quand il eut fini de décharger la voiture, les nuages gris annonciateurs d'orage occupaient tout le ciel. Il entra dans la maison et eut la surprise de trouver Allison dans la cuisine, devant une pile de sandwichs.

— J'ai pensé qu'il valait mieux que tu manges avant de partir au commissariat.

— Merci.

Il s'assit face à elle, touché par sa sollicitude. Il émanait d'elle une odeur fraîche de savon, de shampoing et d'eau de toilette. Ses cheveux bruns, encore humides, étaient brillants et éclairés de reflets. Elle portait un jean et un T-shirt bleus.

— Pourquoi t'habilles-tu toujours en bleu ? demanda-t-il.

— Quand j'ai quitté l'hôpital, une femme policier est allée acheter ce dont j'aurais besoin. Elle s'est dit que ce serait plus facile pour moi si tous mes vêtements étaient de la même couleur.

Elle sourit et une étincelle malicieuse brilla dans son regard.

— Comme ça, je ne ressemble pas à ton salon.

— Mon salon ?

— Oui, tu sais… avec des carreaux violets et des rayures vertes.

Jesse se mit à rire.

— Qu'est-ce que tu dirais alors si tu voyais ma chambre !

— Je préfère ne pas savoir. Ou plutôt… si ! Dis-moi tout.

— La tapisserie est rose et jaune avec d'énormes fleurs. Et en plus elle se décolle !

— Tu n'as pas honte ? Pourquoi ne la changes-tu pas ?

— Je ne sais pas. Elle est horrible, mais… Je passe très peu de temps ici, finalement.

— Mais c'est ta maison ! Tu devrais t'entourer d'un décor que tu aimes.

— Tu parles comme une décoratrice d'intérieur.

— Parce que j'en suis une.

Ces paroles toutes simples rappelèrent à Jesse que, quoi qu'il ait pu ressentir quand il lui avait fait l'amour, il n'était que de passage dans la vie d'Allison.

Et à cet instant, il sut ce qu'il voulait. Avant qu'elle quitte Mustang, avant qu'elle sorte de sa vie, il voulait la voir vêtue de vert. La voir porter un vêtement soyeux, de la même merveilleuse nuance que ses yeux.

Shelly arriva. Jesse se leva et sortit, content de pouvoir s'échapper avant d'avoir dit quelque chose de stupide. Tout en s'éloignant au volant de sa voiture, il songea à ce qu'Allison avait dit au sujet de la maison.

Il n'avait jamais considéré cette maison comme son « foyer ». Un foyer, c'était de la chaleur, un homme et une femme, deux personnes qui voulaient construire l'avenir ensemble. Or il n'avait jamais souhaité fonder un foyer. Sa maison lui suffisait.

C'était un endroit où il pouvait manger, dormir, se laver. Mais soudain, la présence d'Allison avait tout transformé.

Il aimait penser que, lorsqu'il remonterait l'allée du jardin le soir, la lumière du perron serait allumée pour l'accueillir. Et quand il franchirait la porte, s'il avait envie de parler, Allison l'écouterait.

Ses doigts se crispèrent sur le volant, tandis que des images d'Allison défilaient devant ses yeux. Il pouvait encore sentir la douceur de ses lèvres sur les siennes, la chaleur de ses mains sur sa peau. Elle s'était montrée encore plus passionnée, plus généreuse qu'il ne l'avait espéré.

Il savait qu'il avait tort. Et cela le mettait hors de lui. Mais plus il repensait à ces moments de tendresse et d'intimité, plus il avait envie de répéter cette expérience.

10

Debout devant la coiffeuse, Allison se brossait les cheveux avant d'aller se coucher. Bien qu'elle ne puisse plus voir son reflet, elle avait conservé l'habitude de se coiffer tous les soirs en face du miroir.

La soirée s'était étirée longuement, tranquillement. Shelly était déprimée car Sam ne la considérait pas autrement que comme une collègue.

— Le désir, c'est affreux quand ce n'est pas réciproque, avait-elle déclaré avant de sombrer dans une longue bouderie.

Allison ne s'était sentie guère plus bavarde. Elle avait du mal à analyser ses propres sentiments, à démêler les émotions et la raison, le désir et le besoin. Les paroles de Maggie la poursuivaient sans relâche, l'obligeant à réfléchir à ce qu'elle ressentait réellement.

Quand Jesse était rentré, une demi-heure auparavant, elle n'était pas plus avancée et avait décidé d'aller se coucher.

Les sentiments qu'elle éprouvait pour Jesse étaient très confus. Etait-elle tombée amoureuse de lui parce qu'il représentait la sécurité ? Si elle pouvait voir, si elle vivait normalement, éprouverait-elle la même chose pour lui ?

Elle s'immobilisa, la brosse à la main. Elle *était amoureuse* de Jesse. Et comme pour ajouter un poids dramatique à ce constat, le bruit du tonnerre pénétra par la fenêtre ouverte.

Allison se laissa tomber au bord du lit, le cœur battant.

Jesse. Il la faisait rire, il la rassurait, et la nuit dernière il lui avait fait éprouver des sensations encore inconnues. Et elle avait un peu peur… car elle ne savait pas que penser de ses propres sentiments.

Les circonstances étaient trop exceptionnelles pour qu'elle soit certaine de ce qu'elle ressentait. Elle souffrait d'une cécité psychosomatique et elle était à des centaines de kilomètres de chez elle. On l'avait envoyée à Mustang, dans le Montana, pour des raisons de sécurité.

Il y avait tant de turbulences dans sa tête, tant d'émotions contradictoires, tant de souffrance, de chagrin, d'incertitude. Comment savoir, comment déceler la vérité dans tout ça ?

Elle se leva et se dirigea vers la coiffeuse. Au même instant, un bruit lui parvint par la fenêtre ouverte. Elle se figea et son cœur se mit à battre de frayeur.

Des branches craquant sous les pas de quelqu'un… voilà ce qu'elle avait entendu. Et tout à coup elle eut l'impression de ne plus être seule.

— Il y a quelqu'un ? lança-t-elle.

Les buissons craquèrent et elle entendit un grognement. Ce bruit la sortit brutalement de sa stupeur.

Elle ouvrit la porte de sa chambre et poussa un cri de douleur lorsqu'un objet dur vint lui heurter le front et la joue.

— Jesse ! hurla-t-elle.

Il ne lui fallut qu'une seconde pour s'apercevoir qu'en fait, dans sa précipitation, elle s'était cognée à la porte. Jesse surgit dans le couloir.

— Allison, qu'y a-t-il ?

— Il y a quelqu'un devant la fenêtre de ma chambre.

Jesse ne posa pas davantage de questions. Il prit Allison par les épaules et la poussa dans le hall, près de la porte de la salle de bains.

— Reste là. Je vais jeter un coup d'œil.

Ses paroles furent ponctuées par un nouveau roulement de tonnerre, plus retentissant que le précédent.

Allison croisa frileusement les bras sur sa poitrine. La peur enfla, se déploya dans tout son être. L'avaient-ils retrouvée ? Les hommes… les policiers qui avaient tué John et Alicia…

avaient-ils découvert son refuge ? Etaient-ils venus pour la tuer à son tour ?

Où était Jesse ? Pourquoi restait-il absent si longtemps ? Les secondes se transformèrent en minutes angoissantes. Que se passait-il ? Où était Jesse ? Je vous en prie… je vous en prie… faites qu'il ne lui arrive rien…

La peur se mua en terreur lorsque des bribes de souvenirs surgirent en flash. Alicia… John… le bruit de la fusillade. Il ne faut pas qu'ils me trouvent… le placard… je serai en sécurité dans le placard. Ils ne me trouveront pas dans l'obscurité. C'est la meilleure cachette possible…

— Allison. Tout va bien, mon petit.

La voix de Jesse brisa le brouillard qui l'entourait. Sa terreur se dissipa instantanément et Allison se rendit compte qu'elle avait une fois de plus cherché refuge dans le placard de sa chambre. Elle était recroquevillée sur le sol. Sans s'en rendre compte elle était venue se terrer là…

La main de Jesse se posa sur la sienne et elle s'y agrippa, avant de se lever pour sortir de la petite pièce sombre.

Dès qu'elle fut debout, elle se pressa contre Jesse, noua les bras autour de sa taille et se tint contre lui, en attendant que les derniers vestiges de sa terreur l'abandonnent peu à peu.

Elle demeura longtemps la tête blottie contre sa poitrine, réconfortée par son odeur familière, par la chaleur de sa peau.

Le tonnerre se fit de nouveau entendre, annonçant la tempête.

— Tu n'as trouvé personne ? s'enquit-elle, le visage toujours pressé contre le torse nu de son compagnon.

Elle lutta farouchement contre le besoin de poser les lèvres sur sa peau et de laisser le tourbillon du désir les emporter.

— Non, je n'ai rien vu. J'ai cherché dans le jardin, dans celui du voisin et le long de la route.

Allison relâcha son étreinte et recula. La peur céda la place à l'embarras.

— C'est peut-être mon imagination. J'ai cru entendre quelque chose et ce n'était que l'orage.

Jesse lui prit la main et la guida vers le lit. Elle s'assit.

— Ce n'était pas ton imagination, affirma-t-il. Il y avait bien quelqu'un. Le rosier sous ta fenêtre a été piétiné.

— C'est bien ce que j'ai entendu ! Des craquements de branches.

Un frisson glacé lui parcourut le dos à l'idée qu'un inconnu l'avait épiée pendant qu'elle se brossait les cheveux. Etait-il là quand elle s'était changée pour enfiler ses vêtements de nuit ? L'avait-il regardée se déshabiller ?

Seigneur… l'homme avait-il pointé sur elle le canon d'un revolver ? Avait-il pris le temps de viser, pour être sûr de ne pas manquer sa cible ? Ou bien avait-il eu l'intention d'attendre qu'elle s'endorme, afin de se glisser par la fenêtre et de l'étrangler silencieusement ?

— Tu crois qu'ils m'ont trouvée ? Les Huits Renégats de Chicago…, murmura-t-elle d'une voix à peine audible.

Jesse ne répondit pas tout de suite. Elle l'entendit bouger, arpenter la chambre comme un animal en cage.

— Je ne sais pas, finit-il par avouer. Tout ce que je sais, c'est qu'il y avait quelqu'un.

— Nous devrions peut-être appeler Kent Keller ou Bob Sanford. Ils nous diront si quelqu'un est sur ma piste et…

— C'est impossible, déclara Jesse, péremptoire. Ils m'ont dit qu'ils me contacteraient eux-mêmes.

— Mais ce qui s'est passé change tout ! Nous avons le droit de savoir ce qui se passe, si quelqu'un a obtenu des renseignements sur moi. Il faut que je sache s'ils m'ont retrouvée !

Jesse s'assit près d'elle et lui prit la main.

— Allison, si je leur téléphone, mon appel sera enregistré. C'est trop dangereux. Imagine que leur ligne soit sur écoute. Un seul appel de ma part t'exposera au danger.

Allison fut parcourue d'un frémissement glacé.

— Je n'avais pas pensé à cela, admit-elle.

— D'autre part, la personne qui t'a observée par la fenêtre n'a sans doute rien à voir avec ce qui s'est passé à Chicago.

Allison eut un haut-le-corps.

— Casanova ? s'exclama-t-elle.

— Exactement.

Jesse soupira lourdement et proposa :

— Allons grignoter quelque chose dans la cuisine. J'ai l'impression que nous aurons tous les deux du mal à nous endormir.

Avant de quitter la chambre, il ferma la fenêtre et tira les rideaux. Quelques minutes plus tard, ils étaient assis devant un paquet de chips et deux verres de soda. Allison avait la gorge trop serrée pour manger et elle se contenta d'avaler une gorgée de soda pour chasser le goût amer qui s'attardait dans sa bouche. L'idée que quelqu'un l'avait espionnée la glaçait d'effroi.

— C'est affreux de savoir que quelqu'un m'a observée sans que je m'en rende compte, dit-elle, brisant un silence pesant.

— Grâce au ciel tu l'as entendu et tu as eu la présence d'esprit de m'appeler.

La voix de Jesse était grave et tendue. Il devait certainement se demander ce qui se serait passé si elle s'était endormie, la fenêtre ouverte. Allison se posait la même question depuis un moment.

L'inconnu serait-il entré ? Elle ne l'aurait sans doute pas entendu, à cause de l'orage qui tonnait. Qui était cet homme ?

Elle sentit la main de Jesse se poser sur la sienne. Comme s'il avait pu lire dans ses pensées, il dit :

— N'y pense plus.

— Je ne peux pas m'en empêcher.

Elle ne pouvait non plus ignorer le plaisir que lui procurait ce contact avec Jesse. Il lui réchauffait le cœur, balayait sa terreur, lui donnait le sentiment d'être protégée.

Il retira sa main et lui caressa le visage du bout des doigts. Allison tressaillit.

— Qu'est-ce que tu as fait ? s'enquit Jesse. Tu as une écorchure sur la tempe.

— Quand je t'ai appelé, je me suis heurtée à la porte de ma chambre. Ce n'est rien.

Elle fronça les sourcils et ajouta, l'air soucieux :

— Penses-tu que Casanova ait observé ses victimes, avant de les kidnapper ?

— Je n'en sais rien. Aucune d'elles n'a remarqué quoi que ce soit d'exceptionnel le soir où Casanova lui a rendu visite.

— Je crois que si la personne qui m'a regardée par la fenêtre était un des huit policiers corrompus qui me poursuivent, je ne serais pas assise là en train de manger des chips avec toi. Le gars m'aurait tiré dessus et se serait évanoui dans la nuit.

— Je suis de ton avis.

Jesse retira la main de son visage et elle dut lutter contre l'élan qui la poussa à essayer de le retenir.

— Donc cela signifie que c'était bien Casanova. Il me regardait… et attendait que je m'endorme, la fenêtre ouverte.

— Oui, c'est possible. Et si c'était lui, ce type devient de plus en plus audacieux ! répondit Jesse avec une fureur mal contenue. Je suis le shérif, bon sang ! Et officiellement, tu es ma fiancée !

Il se tut quelques instants puis reprit :

— Nous allons peut-être trop vite. Après tout, il ne s'agissait sans doute que de Jed Burnside.

— Jed Burnside ? Qui est-ce ?

— Le voyeur de Mustang. Il a presque soixante-dix ans et prétend que quiconque ne ferme pas ses rideaux invite les passants à regarder chez lui. Je lui dirai deux mots demain.

— Mais si ce n'était pas lui… si c'était vraiment Casanova, nous tenons une chance de l'arrêter, dit Allison en se penchant en avant. S'il s'intéresse à moi, nous devrions le laisser faire.

— Quoi ? Et te faire jouer le rôle d'appât ? Pas question.

A cet instant il y eut un roulement de tonnerre et la pluie commença à taper contre les vitres.

— Jesse, c'est l'occasion ou jamais de lui mettre la main au collet, insista Allison.

Elle avait l'impression de tenir enfin le moyen de rendre à Jesse tout ce qu'il faisait pour elle.

— Nous pourrions faire ça, Jesse. Tendons-lui un piège.

— J'ai dit non, c'est non.

Il recula sa chaise et se leva. Sa voix faisait écho au grondement du tonnerre.

— Je ne peux pas me permettre de prendre de tels risques. Je ne veux pas te mettre en danger. Tu comprends…, reprit-il en se radoucissant. Si ça se passait mal, si tu étais blessée, je ne me le pardonnerais jamais.

Le cœur d'Allison se gonfla de joie. Jesse avait peur pour elle. Elle sentit dans sa voix la tension, la crainte.

— Allison, on t'a placée sous ma protection et je prends cette responsabilité très au sérieux. J'irais contre ma mission si je te mettais en danger délibérément. Je ne le ferai pas.

Ces mots tempérèrent l'émotion de la jeune femme. Naturellement, Jesse avait peur pour elle : comme un baby-sitter à qui on a confié un enfant. C'était son travail de la protéger.

La nuit précédente ils avaient laissé le désir prendre le dessus. Mais Allison ne devait pas oublier quelle place elle tenait exactement dans la vie de Jesse : elle n'était qu'une responsabilité passagère. Rien de plus.

Jesse prit une chips et la grignota, l'esprit préoccupé. Mille pensées tourbillonnaient dans sa tête. Quelqu'un s'était posté sous la fenêtre d'Allison… et il aurait mis sa main au feu qu'il s'agissait de Casanova.

Avant de retrouver Allison blottie dans le dressing, il avait appelé le commissariat pour alerter ses adjoints. A l'heure actuelle ils étaient sûrement en train d'explorer le quartier. Mais Jesse ne se faisait pas d'illusions. Ils ne trouveraient rien.

Il prit une autre chips et évita de laisser son regard s'attarder sur Allison. Celle-ci portait sa chemise de nuit bleue et le peignoir assorti. Le vêtement, qu'elle avait négligé de ceinturer, laissait voir son long cou et la chemise largement décolletée révélait la rondeur de ses seins blancs.

Moins de vingt-quatre heures s'étaient écoulées depuis qu'ils avaient fait l'amour, et déjà Jesse brûlait du désir de recommencer. Il rêvait d'envelopper la jeune femme de ses bras, de l'entendre pousser des gémissements de plaisir, de voir ses yeux s'allumer de passion… de passion pour lui.

Sourcils froncés, il avala une gorgée de soda. L'idée que Casanova pourrait tenter de faire du mal à Allison le mettait hors de lui. Il avait été furieux de voir la souffrance et le traumatisme des trois victimes, furieux de savoir que les femmes de la ville étaient terrorisées. Mais la menace qui pesait maintenant sur Allison donnait à sa colère une nouvelle dimension.

On frappa un coup à la porte. Jesse et Allison sursautèrent.

— Probablement un de mes hommes, grommela Jesse. Ils patrouillent dans le secteur.

Allison le suivit dans le hall d'entrée. Avant d'ouvrir la porte, il se tourna vers elle, resserra les pans de sa robe de chambre et noua la ceinture. Il ne voulait pas que quelqu'un la voie comme il l'avait vue lui, si ravissante avec son décolleté et sa peau crémeuse.

Les joues de la jeune femme se colorèrent un peu et elle balbutia un remerciement.

Vic se tenait sur le perron, dégoulinant de pluie.

— Entre, ordonna Jesse en tirant le gros homme à l'intérieur.

— Un vrai temps de canard, dit Vic en secouant sa veste. Bonsoir, Cécilia.

— Bonsoir Vic, dit Allison avec un sourire chaleureux.

— Tu as vu quelque chose ? intervint Jesse avec brusquerie.

— Non, rien. Nous avons exploré tout le secteur, regardé dans les jardins, fouillé dans les cabanes à outils, en vain.

Jesse soupira.

— Je m'y attendais. Merci d'être sorti par un temps pareil.

— Je ne fais que mon travail, dit Vic avec un haussement d'épaules. Ça va bien, Cécilia ?

— Très bien, Vic. C'est juste un peu bizarre, de savoir que quelqu'un m'observait. A partir de maintenant, ma fenêtre sera toujours fermée et les rideaux tirés.

— En effet, ce serait plus sage. Je m'en vais. Je passais simplement vous dire que je n'avais rien trouvé.

— Merci encore, Vic. A demain, dit Jesse en refermant la porte derrière son adjoint. Il est tard, Allison. Il faudrait aller se coucher.

La jeune femme secoua la tête.

— Je suis trop énervée pour dormir. Je vais rester là un moment, dit-elle en s'asseyant sur le canapé.

— Je reste avec toi.

Il s'installa sur une chaise, face à elle. Ils demeurèrent silencieux un moment, écoutant le bruit de la pluie contre les carreaux.

— Jesse ? Tu veux bien me parler de Paul ?

La question d'Allison le fit tressaillir de surprise.

— Paul ? Comment connais-tu l'existence de Paul ?

— Shelly m'en a parlé.

Jesse sentit une bouffée de colère l'envahir. Pourquoi diable Shelly avait-elle parlé de Paul à Allison ?

Pourquoi ? C'était évident, bien sûr, souffla une petite voix tout au fond de lui.

— Tu veux savoir quoi ? bougonna-t-il.

— Parle-moi de lui… et de toi.

Il n'avait pas envie de faire ce qu'elle lui demandait. Il était fatigué. Et le souvenir de Paul faisait toujours surgir une sorte de mélancolie, une souffrance profonde.

— Il n'y a pas grand-chose à dire. Nous étions amis, nous avons eu un accident, il a quitté la ville et nous ne nous sommes pas revus, débita-t-il d'un ton monocorde.

— Vous vous connaissiez depuis longtemps ? demanda-t-elle,

apparemment inconsciente de rouvrir des blessures encore douloureuses.

Jesse s'adossa à son siège. Des souvenirs oubliés refirent surface.

— Nous nous sommes connus en cinquième et nous sommes restés les meilleurs amis du monde pendant toutes nos études secondaires. Nous étions inséparables. Je l'aimais comme un frère.

Il se tut. Un poids énorme pesait sur sa poitrine.

— Que s'est-il passé le soir de l'accident ?

Les souvenirs se pressèrent dans l'esprit de Jesse. La soirée… la musique… les rires… et puis la nuit noire, le verglas, le choc, la tôle écrasée, les vitres brisées.

— Nous étions invités à une soirée, dit-il en massant du bout des doigts son front soudain douloureux. Au bout de quelques heures, Paul m'a demandé de partir. Le temps avait brusquement tourné et il commençait à neiger.

— Mais tu n'avais pas envie de rentrer, dit-elle doucement.

Jesse lui lança un coup d'œil surpris. Comment savait-elle cela ?

— C'est vrai, reconnut-il. Je flirtais avec Carolina McKenzie et je trouvais qu'il était trop tôt pour partir. L'orage, je m'en fichais complètement. Je me sentais invincible.

— Comme la plupart des adolescents.

— Je suppose.

Il se frotta de nouveau les tempes. Son mal de tête s'accentuait. Il ne voulait pas repenser à cette nuit-là. Et pourtant il avait l'impression de ne plus pouvoir contenir ses souvenirs.

— Nous sommes partis. Au début, les routes n'étaient pas en si mauvais état. Glissantes… mais praticables.

Il marqua une pause, cherchant à prendre un peu de distance, à oublier l'horreur de ce qui s'était passé. Impossible. Le souvenir était aussi vif, aussi terrifiant, que si l'événement avait eu lieu la veille. Il déglutit péniblement avant de poursuivre :

— Nous avions parcouru à peine quelques kilomètres,

quand la tempête redoubla de violence. A l'instant où nous atteignîmes le sommet de la colline, je sus que je ne contrôlais plus la voiture.

Il se leva et se mit à arpenter le salon, incapable de tenir en place.

— J'ai écrasé la pédale de frein, mais en vain. Nous dévalions la colline de plus en plus vite. Je ne pouvais pas changer de direction… je ne pouvais pas ralentir. Je ne contrôlais plus rien, la voiture était entraînée sur le verglas.

Le poids se fit plus pesant sur sa poitrine, il eut du mal à inspirer.

— Nous vîmes l'arbre longtemps à l'avance. Nous savions que nous allions le percuter car nous allions trop vite… beaucoup trop vite.

Les mots s'échappaient maintenant à toute vitesse, comme malgré lui.

— Nous l'avons heurté de plein fouet. J'ai dû m'évanouir un moment. Quand je suis revenu à moi, je vis que le pare-brise avait éclaté et que Paul n'était plus à côté de moi.

Jesse se laissa choir près d'Allison. Ses jambes ne le portaient plus. La jeune femme lui prit les mains et les serra dans les siennes, consciente de l'émotion qui le submergeait.

— Je l'ai retrouvé sous l'arbre. Des branches brisées par le choc recouvraient son corps. J'ai cru qu'il était mort. Son… son visage était couvert de sang. Et ses yeux… il n'avait plus d'yeux.

Allison lui lâcha les mains et le serra dans ses bras. Il ferma les yeux, tout en se demandant vaguement comment, par ce simple geste, elle parvenait à soulager l'immense douleur qui l'habitait.

— C'est un accident, Jesse. Un accident terrible. Mais tu n'es pas responsable.

Il se détacha de son étreinte, stupéfait de l'entendre énoncer quelque chose d'aussi ahurissant.

— Bien sûr que je suis responsable ! protesta-t-il d'une voix étouffée. J'aurais dû partir dès que Paul me l'a demandé, plus tôt dans la soirée. Si nous étions rentrés plus tôt nous n'aurions pas eu d'accident.

— Tu ne peux pas le savoir. Si j'avais invité John et Alicia au restaurant ce soir-là, ils n'auraient pas été assassinés. Si j'avais pris ma voiture au lieu de me rendre chez eux en taxi, les meurtriers ne seraient pas entrés chez eux. Si… si… Il ne faut pas entrer dans ce jeu, Jesse. Tu me l'as dit toi-même.

Elle s'écarta. Il eut l'impression qu'elle le regardait droit dans les yeux et pénétrait jusqu'au fond de son âme.

— Tu ne dois pas éprouver de culpabilité. C'était un accident et tu n'as rien à te reprocher.

Il ne répondit pas. Sur le plan du raisonnement, il savait qu'elle avait raison. Mais il ne pouvait empêcher qu'à certains moments les émotions prennent le dessus et que la culpabilité le dévore. Il laissa échapper un profond soupir.

— C'est la première fois que je parle de cet accident, depuis que j'ai expliqué aux policiers comment il s'était déroulé.

— Que s'est-il passé ensuite, entre Paul et toi ?

Une fois de plus elle lui prit les mains et les tint serrées, comme pour lui insuffler de la force.

— Rien. Le lendemain, quand je suis allé à l'hôpital, ses parents m'attendaient. Ils m'ont dit qu'il valait mieux que je ne le voie pas.

— Cela a dû être terrible pour toi.

Il hocha la tête, mais de nouveau le sentiment de culpabilité resurgit. Car s'il avait souffert de cette attitude, il avait en même temps été soulagé de ne pas devoir affronter Paul et les souffrances qu'il endurait.

— Je n'ai plus jamais revu Paul. Quelque temps après, sa famille est partie s'installer dans une autre ville.

Jesse arracha ses mains à l'étreinte d'Allison et se leva. Il ne se rappelait pas avoir déjà ressenti une telle fatigue.

— Je vais me coucher. Nous avons eu assez d'émotions pour la soirée.

Allison ne broncha pas.

— Vas-y, dit-elle. Eteins les lumières en partant. Je n'ai pas encore envie de dormir.

Jesse l'observa longuement. Il eut l'impression qu'elle avait vu dans son cœur, qu'elle avait deviné son besoin de parler de Paul. Et, en fait, le poids qu'il portait depuis des années semblait s'être allégé.

— Bonne nuit, Allison, dit-il doucement.

Ce qu'il aurait aimé faire en réalité, c'était la prendre par la main, l'amener jusqu'à la chambre et lui faire l'amour. Il voulait sentir son corps s'enrouler autour de lui, s'éveiller en sentant sa chaleur. C'était de la folie et il le savait. Aussi se dirigea-t-il seul vers sa chambre.

Il ôta ses vêtements, éteignit la lumière et se coucha, l'esprit absorbé par le souvenir de Paul. Quand leur amitié avait pris fin, quelque chose en Jesse était mort. Une petite part de lui, celle qui contenait la douceur, la vulnérabilité, la capacité à aimer, avait disparu.

Il avait passé sa vie d'adulte à éviter de devenir trop intime avec quelqu'un, à éviter d'aimer tant il avait peur de perdre l'être auquel il se serait attaché. Il se rendit compte brusquement que sa vie était vide et qu'il ne s'était jamais senti seul… jusqu'à maintenant.

Les yeux fermés il inspira profondément et tenta de chasser ces pensées pour faire place au sommeil qui lui apporterait enfin la paix et l'oubli.

— Jesse ?

Il ouvrit les yeux. L'ombre d'Allison se détachait dans l'embrasure.

— Oui ?

— J'ai peur, dans ma chambre. Est-ce que je peux dormir avec toi ? J'ai… j'ai besoin de toi.

Jesse sentit son cœur se gonfler, prendre toute la place dans sa poitrine. Sans un mot, il se leva, prit la main d'Allison et la conduisit vers le lit. Car lui aussi avait besoin d'elle.

11

Allison préférait ne pas s'interroger sur la nature des émotions qui l'avaient poussée dans le lit de Jesse. Tout ce qu'elle savait c'est qu'elle était là où elle voulait être. Elle avait besoin de Jesse et la réciproque était vraie.

A peine se fut-elle glissée entre les draps que la bouche de Jesse trouva la sienne. Son baiser ardent rendit toute pensée impossible et elle s'abandonna avec passion à son étreinte.

La peur qu'elle avait ressentie à l'idée d'avoir été observée par un inconnu s'évapora dans la chaleur de ce baiser. Quand celui-ci prit fin, ils étaient tous deux hors d'haleine et leur passion était exacerbée. Allison ôta sa chemise, pour être aussi proche que possible de Jesse.

Lorsqu'il la reprit dans ses bras, elle se rendit compte qu'il était nu également et que son désir était évident. Son grand corps viril était chaud, enfiévré. Il reprit ses lèvres et ses mains se posèrent sur les seins nus d'Allison. Ses caresses exquises arrachèrent à la jeune femme des gémissements de plaisir. Ses doigts glissaient sur les pointes dures, les taquinant longuement, les soumettant à une délicieuse torture.

Tout en lui rendant ses baisers, elle promena les doigts sur son visage, devinant ses traits, essayant de les graver dans sa mémoire. Si elle ne devait jamais le voir, du moins le connaîtrait-elle dans son cœur.

Alors que la première fois ils avaient fait l'amour lentement, prenant le temps d'explorer, de caresser, les préliminaires leur parurent tout à coup superflus. Jesse la pénétra d'un puissant coup de reins et elle s'offrit à lui, pressant les mains sur son dos. Ils n'avaient fait l'amour qu'une seule fois ensemble et pourtant elle eut une délicieuse impression de familiarité et se laissa emporter au rythme de sa passion.

Elle sentit son cœur battant, son souffle chaud dans son cou, alors qu'il l'emmenait plus loin, plus loin encore... Toute pensée cohérente se dissipa et elle s'abandonna totalement à son amant.

Elle poussa un cri lorsque les vagues du plaisir déferlèrent. Alors, Jesse murmura son nom et se laissa emporter, lui aussi, dans un océan de jouissance.

Plus tard, alors qu'elle était encore blottie entre ses bras, elle se rendit compte qu'elle n'avait pas à se poser de question : elle était bel et bien amoureuse de Jesse.

Elle savait même à quel moment précis le déclic s'était produit. C'était lorsque Jesse avait noué la ceinture de sa robe de chambre, avant d'ouvrir la porte à Vic. Ce simple geste, empreint de tendresse et de sollicitude, avait suffi à la faire succomber complètement.

Pourtant elle ne savait pas ce qu'elle devait faire. Jesse n'avait pas prononcé de mots d'amour. Rien dans son attitude ne laissait penser qu'il éprouvait pour elle quelque chose de plus qu'une simple attirance sexuelle.

Mais comment analyser ses propres sentiments, alors qu'elle était nichée au creux de ses bras et que son odeur virile imprégnait encore sa peau ? Allison ferma les yeux et s'abandonna au sommeil.

Quand elle s'éveilla, Jesse avait disparu. Elle n'avait aucune idée de l'heure. Mais comme elle se sentait pleinement reposée, elle en conclut que ce devait être le matin. Elle tendit la main et la posa sur l'oreiller de Jesse. Ce dernier était froid. Jesse était donc levé depuis longtemps.

La jeune femme demeura blottie sous les draps qui retenaient encore l'odeur de son amant. Comment pouvait-on ressentir un tel bonheur et souffrir cependant à l'avance du moment où le bonheur s'effondrerait ? se demanda-t-elle. Saisissant l'oreiller, elle le serra contre sa poitrine de toutes ses forces, comme s'il s'agissait de Jesse.

Si elle pouvait le voir, continuerait-elle de l'aimer ? Oui, certainement, décida-t-elle. Car l'amour qu'elle éprouvait pour lui n'avait rien à voir avec son allure physique ou les vêtements qu'il portait.

Mais pour le moment, elle ne pouvait pas le voir. Et sa cécité compliquait tout.

Relâchant l'oreiller, elle se leva et chercha sur le sol les vêtements qu'elle avait ôtés la veille. Elle finit par les trouver sur le montant du lit. Jesse avait dû les placer là avant de partir pour lui faciliter les choses. Une fois de plus, elle sentit son cœur se gonfler de gratitude.

Vêtue de sa robe de chambre, elle traversa le hall pour regagner sa chambre. Une odeur de café frais lui parvint de la cuisine. Shelly l'attendait probablement pour échanger les derniers potins devant une tasse de café. Après une douche rapide, elle enfila un jean, un T-shirt et se dirigea vers la cuisine. Mais au moment où elle en franchit le seuil, elle sut qu'elle s'était trompée. Ce n'était pas Shelly qui l'attendait.

— Vic ? dit-elle après une très légère hésitation.

— Waouh ! Comment avez-vous deviné ? s'exclama l'adjoint, médusé.

Allison sourit et s'assit à la table de cuisine.

— Shelly porte un parfum vanillé. Vous, vous sentez le savon… au fait, je ne vous ai pas encore remercié pour celui que vous m'avez offert.

— Oh, ce n'est rien. Je fais ces sculptures pour passer le temps.

— Vous ne devez plus avoir beaucoup de loisirs depuis que je suis là.

Elle se leva et se dirigea vers le comptoir pour se servir du café.

— Vous avez travaillé tard hier soir et, ce matin, vous êtes sans doute arrivé tôt.

— Ça m'est égal. Je n'ai pas grand-chose dans la vie, à part mon travail.

Il hésita un bref instant et ajouta :

— Jesse m'a tout dit à votre sujet… pourquoi vous êtes ici en réalité.

Allison hocha la tête. Rien d'étonnant à ce que Jesse se soit confié à son adjoint, songea-t-elle en retournant s'asseoir.

— Alors vous savez que nous ne sommes pas fiancés.

— Oui, Jesse m'a expliqué. Vous êtes vraiment courageuse. J'ai beaucoup d'admiration pour ce que vous faites.

— Ce que je fais ?

— Eh bien, vous savez… témoigner contre des policiers corrompus. La plupart des gens refuseraient d'aider la justice. Ils auraient peur.

Allison promena son doigt sur le bord de sa tasse.

— Je n'ai jamais envisagé de me dérober. Malheureusement, mon état ne me permet pas de faire progresser l'enquête.

— Que se passera-t-il si vous ne recouvrez pas la vue avant le procès ?

— Ça ne peut pas arriver.

Allison prononça ces paroles d'un ton ferme. Elle refusait d'envisager une autre possibilité. Elle allait recouvrer la vue… d'un jour à l'autre.

Elle avala un peu de café et sourit à Vic.

— Il y a longtemps que vous connaissez Jesse ?

— Bien sûr. Nous allions à l'école ensemble. Mais nous n'avions pas les mêmes copains. Jesse était champion en foot, en basket. Je n'étais pas bon en sport.

— Vous connaissiez Paul ?

— Paul Burke ? Tout le monde connaissait Paul. C'était le golden boy de Mustang, notre star. Jesse et lui s'entendaient comme larrons en foire. Jusqu'à l'accident.

— Quand Paul a perdu la vue.

— Exactement. Je n'y avais jamais pensé, mais… votre présence c'est une sorte de karma.

— Que voulez-vous dire ?

— C'est comme si le destin vous avait envoyée à Jesse pour l'obliger à penser à Paul. Vous devez me trouver stupide, non ? ajouta-t-il avec un petit rire gêné.

— Non, pas du tout.

En fait, Vic avait touché juste. Apparemment il y avait entre Jesse et Paul une situation en suspens, quelque chose de non résolu.

Toutefois, elle ne désirait pas être le facteur de guérison de Jesse. Elle voulait que Jesse l'aime en dépit de sa cécité et pas *à cause d'elle.*

Elle continua de papoter avec Vic tout en buvant son café. L'adjoint du shérif tenta de la distraire en lui relatant de vieilles enquêtes. Au bout d'un moment la conversation déclina. Allison s'excusa et retourna dans sa chambre.

Quand Kent Keller l'appellerait-il ? se demanda-t-elle en arpentant la chambre. Quand aurait-on besoin d'elle à Chicago ? Quand quitterait-elle Mustang ?

Jesse rentra à midi et Vic put retourner chez lui.

— Il y a une réunion du conseil municipal ce soir, dit Jesse à Allison qui écoutait une émission de télévision. Il faut que j'y aille. J'aimerais que tu m'accompagnes.

— Bien sûr, répliqua-t-elle avec désinvolture. Après tout, il vaut mieux maintenir les apparences… la future épouse s'intègre à la vie sociale, et tout et tout.

Une pointe de sarcasme souligna ses paroles. L'amour qu'elle portait à Jesse était miné par l'idée qu'ils n'avaient pas d'avenir ensemble. Jesse demeura silencieux un moment.

— Tu n'es pas obligée de venir avec moi.

— Je viendrai, déclara Allison, soudain honteuse. Ne fais pas attention, j'ai eu un moment de mauvaise humeur.

— Je te pardonne… à condition que ça ne se renouvelle pas trop souvent, dit-il avec bonne humeur. J'ai un cadeau pour toi.

— Un cadeau ? s'exclama-t-elle en sentant qu'il déposait une grande boîte sur ses genoux.

Elle souleva le couvercle et ses doigts rencontrèrent un tissu froid et soyeux.

— C'est une robe, dit Jesse avant qu'elle ait pu poser la question. J'ai pensé que tu la porterais ce soir.

— Oh, Jesse, je suis sûre qu'elle est très belle. Et je parie qu'elle n'est pas bleue !

— Pari gagné. Elle est verte et j'espère que c'est la bonne taille.

Tout à coup une nouvelle inquiétude naquit dans l'esprit de la jeune femme.

— Jesse, est-ce que tu m'as acheté cela parce que mes autres vêtements sont très moches ?

— Non ! Pas du tout, tu es toujours très jolie. Mais je voulais… je voulais que tu aies quelque chose de vert pour aller avec tes yeux, avoua-t-il. J'ai des coups de fil à passer, nous parlerons plus tard, ajouta-t-il en se levant.

Allison l'entendit se diriger vers la cuisine. Le cœur gonflé de joie, elle fit courir ses doigts sur le tissu. Une robe. Il lui avait acheté une robe assortie à ses yeux.

Etait-ce l'attitude d'un homme qui la considérait comme une charge ? Ou plutôt l'attitude d'un homme accablé de culpabilité et qui se servait d'elle pour évacuer sa souffrance ?

A cette pensée, sa joie se dissipa et son cœur se glaça.

Jesse se cala sur sa chaise inconfortable et essaya de se concentrer sur les paroles d'Elena Richards. Cette dernière évoquait la possibilité d'ériger une statue de bronze dans le parc municipal.

La réunion durait depuis une heure mais Jesse avait des difficultés à suivre les débats. Il ne pouvait détacher ses pensées de l'instant où Allison était sortie de sa chambre revêtue de la robe verte.

Elle était encore plus belle que tout ce qu'il avait imaginé. La robe paraissait avoir été faite pour elle, soulignant la finesse de sa taille et la rondeur de ses seins. L'ourlet s'arrêtait juste au-dessous du genou et cette longueur mettait en valeur ses mollets admirablement galbés.

Mais ce qui était le plus réussi, c'était la couleur. Ce vert éclairait son visage, s'assortissait parfaitement à ses yeux et rehaussait l'éclat de sa chevelure. Dès qu'il avait posé les yeux sur elle, Jesse avait su que ce qu'il ressentait pour elle dépassait de loin le sens du devoir… et même le simple désir.

Il changea de position sur sa chaise. Allison était assise près de lui et il respirait son parfum, sentait la chaleur de son corps à l'endroit où leurs jambes se frôlaient…

Quel enfer ! Il était amoureux d'elle et il n'aimait pas vraiment cela. Il était inquiet… joyeux… nerveux… surexcité. Et par-dessus tout ça, il y avait la menace de voir Allison sortir de sa vie en ne lui laissant que quelques souvenirs. Une robe verte, la chaleur de son corps intimement uni au sien…

Il lança à la jeune femme un regard en coin et son cœur se gonfla d'émotion. Il l'aimait. Mais que représentait-il pour elle ? Elle ne voyait pas, donc n'avait pas la possibilité de retrouver sa vie d'avant. Elle choisirait peut-être de rester à Mustang, ne sachant quoi faire d'autre. Et cela, il ne le voulait pas.

Elle refusait d'accepter sa cécité, refusait d'admettre que cet état pouvait devenir permanent, et donc refusait d'envisager l'avenir.

Un sentiment de frustration vint s'ajouter à ce qu'il ressentait déjà. Qu'Allison décide de quitter Mustang ou d'y rester, il voulait savoir ce qu'elle allait devenir. Quelle vie l'attendait si elle devait rester aveugle ?

Millicent Creighton monta sur le podium et Jesse l'écouta d'une oreille distraite. Finalement la réunion se termina. Jesse et Allison s'approchèrent du buffet et Jesse proposa à la jeune femme un verre de punch. Quand il revint, un verre dans chaque main, Millicent et Marissa Crocket bavardaient avec Allison.

— Qu'est-ce que j'apprends ? s'exclama Millicent. Tu n'as pas encore contacté Marissa pour les bouquets de la cérémonie ? Mon cher, tu ne peux pas attendre la dernière minute ! Le grand jour approche, il faut que tu commences à le préparer.

— Je sais, c'est ma faute, déclara Jesse en tendant son verre à Allison et en souriant à Marissa. Cécilia me tarabuste depuis plusieurs jours, mais j'ai eu trop de travail pour passer à la boutique.

Millicent leva les mains devant elle, l'air horrifié.

— Ah, je t'en prie ! Ne me parle pas de cet homme et de ses horribles forfaits !

Jesse acquiesça d'un hochement de tête. La dernière chose dont il voulait discuter avec Millicent, c'était bien l'enquête sur Casanova !

— Nous passerons vous voir la semaine prochaine, promit-il à Marissa.

Cette dernière s'éclipsa et Millicent reporta son attention sur Allison.

— Ma chère nous avons terriblement besoin de volontaires pour organiser le festival d'automne. Serez-vous des nôtres ?

— Certainement, acquiesça Allison, bien qu'elle sût qu'elle aurait quitté Mustang bien avant la date du festival.

— Merveilleux ! s'exclama Millicent en tirant un carnet de son sac. Voyons… il nous faut quelqu'un pour distribuer les billets d'entrée. Mais cela ne vous conviendra pas. Nous ne pouvons pas vous confier non plus le stand de tir…

— Je ne pense pas, répliqua Allison dont les joues s'empourprèrent un peu.

— Eh bien, je trouverai quelque chose, soyez-en certaine.

Millicent referma son carnet et prit congé.

— Tu te sens bien ? s'enquit Jesse dès que la journaliste eut tourné le dos.

— Très bien. Juste un peu fatiguée.

— Partons, dit-il en lui prenant la main.

Mais avant qu'ils aient pu sortir, ils se retrouvèrent nez à nez avec Vic.

— Wouah ! Ce que vous êtes jolie ! dit ce dernier à Allison.

La jeune femme sourit et son visage s'illumina. Jesse sentit une flamme de désir lui embraser les reins.

— Merci, Vic, dit-elle. Je suis sûre que vous êtes très élégant, vous aussi.

Jesse fut surpris de voir son gros adjoint rougir sous le compliment. Apparemment Vic n'était pas insensible au charme de sa fiancée, songea-t-il avec une pointe d'amusement.

Son amusement retomba brusquement.

Allison *n'était pas* sa fiancée. Et pourquoi Vic ne s'intéresserait-il pas à elle ? Non seulement elle était belle, mais elle était douce et gentille. Quel homme n'aurait pas été fier d'avoir une telle femme dans sa vie ?

Lui, Jesse, aurait été très fier de l'avoir pour compagne. Fronçant les sourcils, il prit le bras de la jeune femme.

— Nous partions, dit-il à Vic.

— Oh, je comprends. Je ne voudrais pas vous retarder. A demain.

Vic se dirigea vers le buffet. Ils firent le trajet de retour en silence. A quoi pensait Allison ? Jesse n'en avait pas la moindre idée. Lui, pour sa part, était en proie à une colère sourde.

Il en voulait à Allison car elle était trop belle et trop intelligente. Exactement le genre de femme dont il pouvait tomber amoureux. Et il s'en voulait à lui-même d'éprouver ce genre de sentiment pour une femme qu'il n'aurait jamais dû considérer autrement que comme un témoin à protéger.

Elle était une femme de passage, rien de plus. Quand Keller appellerait, elle partirait à Chicago. Il ignorait ce que serait alors sa vie si elle ne recouvrait pas la vue. Mais quoi qu'il en soit, elle n'avait jamais laissé entendre qu'elle aimerait demeurer à Mustang.

Ses doigts se crispèrent involontairement sur le volant. De

plus il s'était promis, il y avait bien longtemps de cela, que son cœur ne serait plus jamais vulnérable.

Il valait mieux qu'il garde ses sentiments pour lui, qu'il ne la reprenne plus jamais dans ses bras, qu'il ne goûte plus à ses jolies lèvres. Il était temps de prendre ses distances et de se préparer à la voir sortir de sa vie pour toujours.

Quand ils pénétrèrent dans la maison, le téléphone sonnait. Jesse se précipita.

— Shérif Wilder ? demanda une voix grave et vaguement familière.

— Oui.

Jesse écouta attentivement. Puis, après avoir salué son interlocuteur, il raccrocha.

— C'était Kent Keller, annonça-t-il en se tournant vers Allison. Tout est fini. Ils ont arrêté la bande des Renégats au grand complet.

Allison s'affaissa dans les coussins du canapé.

— Merci, mon Dieu, murmura-t-elle.

— Ce n'est pas tout. Ils n'ont plus besoin de ton témoignage.

— Non ? Pourquoi ?

— Primo, comme tu n'as pas encore recouvré la vue tu ne peux identifier les criminels. Secundo, ton témoignage est inutile car l'un d'eux a tout avoué. On lui a promis l'immunité s'il parlait et il a aussitôt trahi ses complices.

— Alors, tout est fini.

Jesse était content pour elle de ce dénouement. Mais sa joie était tempérée par l'idée que plus rien ne la retenait à Mustang.

— Kent sera là après-demain matin, dès la première heure, pour te ramener chez toi.

— Chez moi, répéta-t-elle sans grand enthousiasme.

Jesse se demanda ce qu'elle pensait. Allait-elle regretter Mustang ? Le regretter, *lui* ?

Et quelle différence cela ferait-il ? lui chuchota une petite voix. Il fallait qu'elle retourne chez elle et qu'elle reprenne sa vie normale.

Dans deux jours elle serait sortie de sa vie. Quelle ironie ! Elle, qui venait de lui insuffler un peu de vie, qui lui avait rendu l'envie d'aimer, allait maintenant lui briser le cœur.

12

« Chez moi. »

Les mots résonnaient encore dans la tête d'Allison le lendemain matin, tandis qu'elle écoutait d'une oreille distraite le bavardage de Shelly. Dans vingt-quatre heures elle serait rentrée chez elle.

Elle retrouverait son appartement vide et silencieux. Une boutique qu'elle n'avait plus la possibilité de faire marcher. Des lieux où elle ne s'était jamais sentie vraiment « chez elle ».

Quand cette maison de Mustang avait-elle commencé à lui apparaître comme son vrai foyer ? Aucune importance. De toute façon, elle ne pouvait pas rester. Elle allait retourner à Chicago avec Kent Keller et tenter de recoller les morceaux de sa vie brisée.

Ce n'était pas une femme comme elle qu'il fallait à Jesse. Il lui fallait une épouse dynamique, qui pourrait se porter volontaire pour organiser une fête. Son visage s'enflamma lorsqu'elle repensa à l'humiliation qu'elle avait éprouvée face à Millicent Creighton. Jamais encore elle ne s'était sentie aussi déplacée, inutile.

Jesse avait besoin d'une femme pour l'aider, pour lui faciliter la vie. Elle, elle ne serait qu'un fardeau supplémentaire.

Une amère déception l'avait encore envahie ce matin en ouvrant les yeux, quand elle s'était trouvée confrontée à l'habituel voile noir. Elle avait cru que la vue lui serait miraculeusement rendue lorsque les assassins seraient arrêtés. Mais rien ne s'était passé.

— Alors, je lui ai dit que ce qu'il lui fallait, c'était une vraie femme. Pas les bimbos avec lesquelles il sort d'habitude, dit Shelly. Ce soir il m'invite à dîner.

Allison essaya de se concentrer sur la voix enjouée de Shelly.

— Je suis contente pour toi. Je sais combien Sam te plaît.

— Oui. Il ne me reste plus qu'à le convaincre que je suis la femme de sa vie.

Allison aurait voulu la mettre en garde, lui conseiller de ne pas coucher avec Sam tant qu'il ne lui avait pas passé la bague au doigt. C'était tellement plus difficile de se séparer de quelqu'un lorsqu'on avait atteint un certain degré d'intimité avec lui ! Dans vingt-quatre heures elle devrait dire adieu à Jesse, songea-t-elle, le cœur serré.

— Tu veux déjeuner ? demanda Shelly. Je peux préparer une salade.

— Non, je n'ai pas faim.

Quand il était parti ce matin, Jesse avait annoncé qu'il rentrerait pour déjeuner. Allison aurait aimé prendre ce dernier repas avec lui.

— Je n'ai pas faim non plus ! déclara Shelly. Je suis trop énervée par la perspective de ce rendez-vous avec Sam.

Allison ne put s'empêcher de penser que Shelly allait lui manquer également. Au fil des jours elles étaient devenues amies. Mais maintenant que sa vie n'était plus en danger, rien ne l'empêchait de se confier vraiment.

— Shelly, mon nom n'est pas Cécilia. En réalité, je m'appelle Allison Welch.

— Que dis-tu ? s'exclama Shelly, abasourdie.

Allison raconta à la jeune femme les circonstances qui l'avaient amenée à Mustang.

— Ton histoire m'a un peu déprimée, avoua Shelly quand Allison eut terminé.

— Déprimée ?

— Oui. Tu pars demain et Chicago est très loin d'ici. Ce qui signifie que nous ne nous reverrons sans doute jamais. J'ai l'impression de perdre une toute nouvelle amie, ajouta-t-elle en prenant la main d'Allison.

Celle-ci serra ses doigts entre les siens, touchée par cet aveu spontané.

— Tu vas me manquer aussi.

— Alors les fiançailles, le mariage avec Jesse, tout ça n'était qu'une ruse ? On devrait vous décerner l'oscar des meilleurs premiers rôles ! Quand je voyais Jesse te couver des yeux, j'aurais juré qu'il était fou amoureux de toi.

Allison eut les larmes aux yeux en entendant cela. Elle se força à rire et s'essuya furtivement les paupières.

— Désolée, dit-elle d'un ton faussement dégagé.

— Oh, mon Dieu ! Toi, tu ne jouais pas la comédie, n'est-ce pas ? Tu étais vraiment amoureuse de lui.

Ce n'était pas une question, mais plutôt une constatation. Les yeux d'Allison se remplirent de larmes.

— Oui, avoua-t-elle dans un murmure.

— Tu le lui as dit ?

Allison secoua la tête.

— Non. Et je n'ai pas l'intention de le faire.

— Pourquoi ? Tu ne penses pas qu'il mérite de savoir ce que tu ressens ?

— Ce n'est pas la peine. Nous n'avons pas d'avenir ensemble. Et puis, pour lui, je n'étais qu'un témoin placé sous sa protection. Il ne m'a jamais laissé entendre que je représentais autre chose.

Shelly poussa un soupir.

— Les hommes sont des salauds. Parfois je me dis que je ferais mieux de rester célibataire. Je deviendrais vieille fille, j'aurais de belles boucles blanc-bleuté et j'adopterais des dizaines de chats.

Allison rit à travers ses larmes. Shelly était la dernière personne qu'on pouvait imaginer « vieille fille » ! Il y avait tant de vitalité et de générosité en elle !

— J'ai l'impression que Sam Black ne se doute pas de ce

qui va lui tomber sur la tête. Dans un an vous serez mariés et vous attendrez un Sam bis !

— Que Dieu t'entende ! s'écria Shelly. Ce serait le bonheur complet !

Elle soupira de nouveau et ajouta :

— Je pense quand même que Jesse devrait savoir ce que tu ressens. Après tout, il est peut-être amoureux aussi sans oser te le dire !

— Ça ne fait rien, murmura Allison d'une voix éteinte. Même s'il m'aime, il ne peut pas envisager de faire sa vie avec moi.

— Il y a quelque chose qui m'échappe. Pourquoi ne pas vivre ensemble, si vous vous aimez ?

— Shelly, je suis *aveugle*. Je ne pourrai jamais être une aide ou un soutien pour Jesse. Seulement un fardeau… Je l'aime trop pour lui demander un tel sacrifice.

— Mais puisque ta cécité est psychosomatique tu peux recouvrer la vue du jour au lendemain, non ? Imagine que tu partes, que tu repousses Jesse, et que brusquement ta vue revienne !

— Et imagine que je reste ici, que je m'accroche à Jesse et que la vue ne me soit jamais rendue ?

Les paroles amères de la jeune femme résonnèrent un moment dans le silence. Shelly allait répondre lorsqu'elles entendirent la porte d'entrée s'ouvrir.

A l'instant même où Jesse pénétra dans la cuisine, Allison perçut sa présence. Elle aurait reconnu entre mille son odeur fraîche et masculine, qui évoquait pour elle la passion, la sécurité, le bonheur. Elle eut l'impression que le shérif emplissait toute la pièce de son énergie.

— Salut, boss, lança Shelly en se levant. Du nouveau ?

— Rien, répliqua-t-il d'une voix tendue.

— Eh bien, je m'en vais. Allison, réfléchis à notre conversation. Je te téléphonerai.

— De quoi parlait-elle ? s'enquit Jesse quand Shelly eut quitté la pièce.

— Oh, de rien. Des histoires de filles, répondit Allison avec une nonchalance étudiée. Que se passe-t-il ?

— Rien.

— Jesse, je sais que quelque chose t'a contrarié. Je le sens à ta voix. Tu as découvert un indice au sujet de Casanova ?

— Hélas, non. Pas de piste, pas d'indice, rien. Nous n'avons plus qu'à attendre qu'il recommence, en espérant que cette fois il commettra une erreur !

Allison fut tentée de lui tendre les bras, de lui offrir un peu de réconfort. Mais elle se ravisa. Dans deux jours, elle ne serait plus là. Dès demain, Kent Keller viendrait la chercher pour l'emmener loin de Mustang.

— Allison, il faut que nous ayons une discussion.

Soudain, Allison eut l'impression qu'il lui avait communiqué sa tension. Elle se raidit.

— D'accord. De quoi veux-tu parler ?

— De nous.

Son cœur fit un bond.

— Qu'as-tu à me dire ?

— Allison, je ne veux pas que tu retournes à Chicago. Reste ici.

Il parla d'une voix précipitée, comme s'il avait peur de ne pas arriver au bout de sa phrase.

— Je veux que tu restes avec moi. Que tu partages ma vie. Epouse-moi, Allison. Je veux que tu sois ma femme, ajouta-t-il en lui prenant la main.

Une flèche brûlante transperça le cœur de la jeune femme. Elle fut partagée entre le bonheur et la souffrance. Pendant un bref instant, elle laissa le bonheur déferler dans son cœur.

Pourtant, tout au fond de sa tête, une petite voix la narguait, instillait le doute et l'incertitude dans son esprit.

Pourquoi voulait-il faire d'elle sa femme ? Pour alléger le sentiment de culpabilité qui l'accablait depuis l'accident de Paul ? Si elle acceptait sa proposition, elle se demanderait toute sa vie ce qui avait poussé Jesse à faire cette demande.

Le bonheur qu'elle avait tout d'abord éprouvé se dissipa, laissant toute la place à l'incertitude.

— Oh, Jesse, murmura-t-elle dans un souffle.

Des larmes lui brûlaient les paupières. Elle lui retira sa main et déclara :

— Je veux retrouver ma vie d'autrefois.

Jesse demeura muet. Le cœur serré, Allison songea à ce qu'il devait penser : qu'elle ne l'aimait pas, qu'elle s'était servie de lui pour lutter contre la solitude…

Cependant, non. Elle ne pouvait le quitter sans qu'il sache la vérité.

Les larmes, qu'elle ne retenait qu'à grand-peine, se mirent à couler librement.

— Je ne peux pas rester, Jesse. Je ne peux pas t'épouser, murmura-t-elle en essuyant ses joues striées de larmes.

— Je ne comprends pas…

— Jesse, je suis aveugle.

— Et alors ? Je le sais. En quoi cela t'empêche-t-il de m'épouser ? lança-t-il d'une voix empreinte de colère et de frustration. Jusqu'à présent, tu refusais d'accepter cette cécité. Et tout à coup, tu te résignes ?

— Qu'essayes-tu de me dire ?

Elle entendit la chaise de Jesse racler le sol. Il se leva et se mit à marcher de long en large.

— Je veux dire que je trouve ça bizarre ! Maintenant tu acceptes d'être aveugle. Alors que pendant tout le temps que nous avons passé ensemble tu refusais d'envisager l'avenir sous cet angle. Que se passera-t-il si tu restes aveugle toute ta vie ?

Il prononça ces derniers mots avec colère. Elle se demanda une fois de plus s'il éprouvait vraiment de l'amour pour elle.

— J'apprendrai à m'adapter.

— Ce n'est pas ce que tu as fait jusqu'à présent. Tu as toujours refusé de considérer cette éventualité.

Elle fut sur le point de se mettre en colère, de le contredire, mais dans le fond elle savait qu'il disait vrai.

— Tiens-toi tranquille, je t'en prie, lança-t-elle d'un ton sec. Je n'arrive pas à situer où tu te trouves.

Elle attendit qu'il se fût assis de nouveau face à elle, puis inspira profondément avant de dire :

— Tu as raison. Je refusais d'admettre que je pouvais rester aveugle. Mais maintenant je reconnais qu'il y a une possibilité que ça se passe ainsi.

— Et pourquoi cela t'empêcherait-il de rester ici… avec moi ? demanda-t-il d'une voix complètement radoucie.

— Tu ne comprends pas ? Si j'accepte je ne saurai jamais si tu m'aimes vraiment ou si tu veux te racheter de ce qui est arrivé à Paul. En t'occupant de moi, tu soulagerais ta conscience.

— Tu as fini de jouer les psychologues amateurs ?

Allison rougit et acquiesça.

— Le vrai problème, c'est que tu as peur de dépendre de quelqu'un. Tu ne t'es jamais dit que tes sentiments pour moi pouvaient paraître suspects ?

— Que veux-tu dire ? demanda Allison, stupéfaite.

S'il y avait une chose dont elle était certaine, c'était bien qu'elle aimait Jesse !

— Peut-être que tu es lâche, que tu as peur d'affronter ta situation. Si tu voyais, peut-être que je ne t'intéresserais pas du tout.

— C'est ridicule, rétorqua-t-elle avec une bouffée de colère. Je sais ce que je ressens pour toi, Jesse Wilder.

Elle se leva. Il fallait qu'elle s'échappe avant de faiblir. Avant de laisser son égoïsme prendre le dessus, avant d'oublier que Jesse était mieux *sans elle* qu'avec elle.

— Il faut se faire une raison, Jesse. Nous ne saurons jamais la vérité. Il vaut mieux couper court et se dire adieu.

Sans attendre sa réponse, elle quitta la cuisine en trébuchant et se précipita dans le hall. Sa chambre… se retrouver seule dans sa chambre et pleurer tout son soûl sur ce qu'elle venait de perdre.

Elle n'était enfermée que depuis quelques secondes lorsque Jesse frappa à sa porte.

— Allison, je dois partir. Shelly arrivera dans quelques minutes. En attendant, je ferme la porte à clé.

— Très bien, répondit-elle derrière le battant.

En réalité elle ne se sentait pas bien du tout. Et ce n'était pas près de s'arranger.

Jesse se dirigea au hasard dans Main Street, l'esprit préoccupé par la petite scène qui s'était déroulée dans la cuisine.

Tout avait commencé par une demande en mariage, l'aveu d'un amour… et s'était terminé par une scène lamentable. Comment cela avait-il pu se produire ? Les doigts crispés sur son volant, il lutta contre le désespoir en songeant à sa vie future, sans Allison.

Bon sang, jusqu'ici il avait pourtant toujours vécu seul. Mais à présent la solitude lui apparaissait comme un enfer.

Quand il s'était éveillé ce matin, en pensant que demain Allison serait partie, son cœur s'était déchiré. Il avait compris à ce moment-là qu'il ne pouvait pas la laisser partir sans lui dire qu'il l'aimait. Il ne se pardonnerait jamais de ne pas avoir au moins essayé de lui proposer un avenir commun.

Jesse poussa un soupir accablé. Il avait essayé… en vain. Allison ne croyait pas à la sincérité de son amour. A cette pensée, ses doigts se crispèrent davantage et une bouffée de colère le traversa. Comment Allison pouvait-elle penser qu'il était tombé amoureux d'elle, poussé par le besoin de racheter son erreur vis-à-vis de Paul ?

« Est-ce possible ? Ton amour pour elle se résume-t-il à cela ? » chuchota une petite voix intérieure. Il était tout prêt à admettre que cet accident l'avait irrémédiablement marqué et que depuis il portait un fardeau de culpabilité. Mais enfin, cela n'avait rien à voir avec ses sentiments pour Allison !

Il ralentit en apercevant la voiture de patrouille conduite par Vic. Après avoir fait signe à son adjoint, il s'arrêta et traversa la rue pour aller le saluer.

— Hé, Jesse ! s'exclama Vic en descendant de son véhicule. Que t'arrive-t-il ? Un problème ?

— Non, tout va bien. J'ai à faire en dehors de la ville et je serai absent toute la soirée. Je voulais simplement que tu transmettes un message à Shelly. Elle va venir chez moi pour veiller sur Allison. Peux-tu l'avertir que je rentrerai tard ?

— Bien sûr.

La curiosité de Vic était évidente, mais Jesse ne lui en dit pas davantage.

— Merci, Vic. A plus tard, lança-t-il en regagnant sa voiture.

Il s'installa au volant mais ne démarra pas tout de suite. En fait, il avait pris sa décision au moment où il avait vu Vic.

Tout à l'heure, il avait traité Allison de lâche. Mais c'était lui le plus lâche des deux, lui qui avait toujours eu peur de retourner en arrière et d'affronter sa responsabilité.

Le moment était venu. Il était temps d'aller voir Paul.

Quelques minutes plus tard, il roulait en direction de Grange City. Tout en conduisant, il observait le paysage et tentait d'en mémoriser les détails afin de le décrire à Allison. Il voulait se rappeler la couleur exacte de la prairie et les nuances vives des fleurs des champs qui la parsemaient.

Et tout à coup, une pensée le frappa. A partir de demain, il ne décrirait plus rien à Allison. Il ne lui servirait plus de regard sur le monde.

Jesse fit un effort pour repousser cette pensée perturbante. Il fallait qu'il se prépare à la rencontre avec Paul. Peut-être aurait-il dû téléphoner d'abord ? Mais dans ce cas, Paul risquait de l'envoyer au diable. Et comment le blâmer ?

Il n'y avait qu'une heure de route jusqu'à Grange City. Quand il eut atteint la ville, il s'arrêta dans une station-service et se fit indiquer le chemin jusqu'à la maison de Paul.

C'était un joli ranch, au jardin égayé par des massifs de fleurs d'automne. Jesse s'arrêta devant l'allée, mais ne descendit pas de voiture tout de suite. Tandis qu'il observait la maison, ses pensées se reportèrent sur Allison.

Avait-elle vu juste ? Etait-il tombé amoureux d'elle afin de soulager le poids qui pesait sur sa conscience depuis qu'il avait tourné le dos à Paul ? Il n'était sûr de rien. Depuis des années il supportait cette culpabilité, la laissait lui ronger le cœur. Cet accident avait changé sa vie aussi radicalement que celle de Paul.

Après avoir pris une longue inspiration pour se donner du courage, il sortit de sa voiture. Il fallait affronter cette épreuve. Et savoir à quoi s'en tenir pour Allison. Cette étape était nécessaire s'il voulait guérir de son passé.

Il avança vers la porte à longues enjambées et appuya sur la sonnette sans s'arrêter pour réfléchir.

Inconsciemment, il s'était attendu à ce qu'un des parents de Paul vienne lui ouvrir. Le choc le cloua sur place lorsque Paul en personne apparut sur le seuil.

Il avait toujours les mêmes cheveux blonds, avec un épi sur le sommet de la tête. Il était un peu plus mince qu'autrefois et portait des lunettes noires. A part cela, il n'avait pas vraiment changé.

— Oui ? demanda-t-il, en appuyant les mains au chambranle.

Un geste que Jesse avait vu faire des dizaines de fois à Allison, pour se situer.

— Paul, dit-il d'une voix un peu tremblante.

Son ami hocha la tête et il le vit hausser les sourcils derrière ses lunettes.

— Jesse ?

— Oui, c'est moi.

Paul se mit à rire, et ce rire fit surgir mille souvenirs heureux dans la tête de Jesse.

— Hé bien, en voilà une surprise ! dit-il en tendant la main. Pourquoi as-tu mis si longtemps à te décider ?

Jesse saisit la main tendue. Et, dans ce simple geste, il sentit le début de sa guérison.

13

Paul et Jesse venaient à peine de s'asseoir dans la cuisine quand la porte d'entrée se rouvrit, livrant passage à une jeune et jolie femme blonde suivie de deux fillettes d'environ cinq ans.

— Papa ! Papa ! crièrent les jumelles en se précipitant vers le fauteuil de Paul.

Celui-ci les accueillit en riant, tandis que Jesse se levait pour aider la jeune femme dont les bras étaient chargés de sacs de provisions.

— Ma chérie, ce jeune homme s'appelle Jesse Wilder, dit Paul. Jesse, la magnifique femme qui se tient devant toi est mon épouse, Ellen.

Jesse sourit et serra la main d'Ellen. Que savait-elle de lui ? De sa relation avec Paul ? Savait-elle que c'était lui qui conduisait le soir de l'accident ? Savait-elle qu'il était responsable ?

— Moi, je m'appelle Mindy ! lança une des fillettes assise sur les genoux de son père.

— Et moi Mandy ! ajouta sa jumelle.

— Enchanté de faire votre connaissance, dit Jesse.

L'amour qui réunissait ces quatre personnes était presque palpable. L'air était comme empli d'ondes positives.

— Jesse, je suggère que nous allions nous asseoir dans le jardin pendant que ces jeunes dames rangent les provisions, dit Paul.

Jesse suivit son ami dans une véranda décorée de plantes vertes. Ils s'assirent dans des fauteuils de rotin garnis de coussins fleuris. Paul sortit des boissons d'un petit réfrigérateur et Jesse avala avec plaisir un soda glacé. Tant de pensées et d'émotions se bousculaient et se déversaient en lui qu'il ne parvenait pas à articuler une parole.

— Tu as l'air en grande forme, Paul, dit-il enfin. Je pensais voir ton père ou ta mère.

— Ils sont partis vivre en Floride et m'ont laissé la maison.

— Tu sembles… heureux.

Paul sourit et ce sourire donna à son visage un aspect juvénile.

— Je le suis. Certains jours, j'ai même l'impression d'être l'homme le plus heureux du monde.

Jesse sentit sa gorge se serrer.

— Je suis content… j'avais besoin de savoir…

Il s'interrompit, se racla la gorge et tenta de recouvrer le contrôle de soi. Mais en vain. Des années de culpabilité, de souffrance, de remords, resurgirent quand il saisit la main de Paul. Cet homme hantait ses rêves, nourrissait ses cauchemars, depuis des années. Il lutta contre les larmes qui lui brûlaient les paupières.

— J'ai souvent pensé à toi…, parvint-il à articuler d'une voix hachée. Je… je suis… désolé, Paul.

Ce dernier lui retira doucement sa main.

— Désolé ? Et pourquoi diable ? C'était un accident, Jesse. Un accident stupide, tragique.

— J'aurais dû partir dès que tu me l'as demandé, protesta Jesse. C'est ma faute si nous nous sommes retrouvés sur cette route, en pleine tempête. C'est ma faute si nous avons eu cet accident.

— Tu es fou. Et pendant toutes ces années tu as porté cette culpabilité ? Bon sang, Jesse, si je suis passé à travers le pare-brise, c'est bien par ma faute ! Trois fois tu m'as demandé de boucler ma ceinture. Et j'ai fait semblant de ne pas t'entendre.

Jesse considéra son ami avec stupeur. Il avait complètement

oublié ce détail. Oublié qu'il avait insisté pour que Paul attache sa ceinture et que ce dernier l'avait envoyé balader !

Paul avait raison. S'il avait eu sa ceinture, il n'aurait pas été éjecté à travers le pare-brise. Ils s'étaient vraiment comportés comme deux gamins idiots, cette nuit-là.

Cependant, Jesse ne se sentit pas absous pour autant.

— Je t'ai laissé tomber, Paul. Je n'ai pas eu le courage d'affronter la situation quand j'ai su que tu avais perdu la vue.

— Des clous ! Tu n'es pas venu parce que ma mère jouait les chiens de garde et empêchait tout le monde de m'approcher. Je connais ma mère, Jesse, poursuivit-il en riant. A ta place, moi aussi j'aurais eu peur d'elle !

— Oui, mais… je me suis senti soulagé quand elle m'a renvoyé, confessa Jesse avec un soupir d'accablement.

Cette pensée l'avait hanté plus que toutes les autres, au cours des années. Le fait d'avoir ressenti du soulagement à l'idée de ne pas être obligé de rencontrer Paul.

Ce dernier soupira également et passa une main dans ses cheveux blonds.

— Pour être honnête, Jesse, j'étais plutôt content que tu ne viennes pas me voir.

— Je te comprends. Tu devais m'en vouloir à mort.

— A toi ? Non. Je n'avais pas de raison de t'en vouloir. J'étais furieux contre le mauvais tour que le destin m'avait joué. Et surtout, je ne voulais pas que mon meilleur ami me voie pleurer comme un bébé.

Les joues de Paul s'empourprèrent.

— Pendant un mois, j'ai été une vraie loque. Je suis content que seuls mes parents m'aient vu dans cet état. C'était moins dur pour moi que si j'avais été obligé de jouer les machos courageux.

— Je pense quand même que j'aurais dû rester avec toi, rétorqua Jesse. Je me suis conduit comme un lâche.

— Tu n'étais qu'un gosse, et moi aussi. Nous n'avions jamais été confrontés à la tragédie. Pour nous, le comble du malheur c'était d'avoir un bouton sur le nez un samedi soir. Nous n'étions pas prêts à affronter un vrai drame.

Paul se mit à rire tout à coup et lança :

— En parlant de drame, tu te rappelles le jour où Buddy a essayé de se teindre les cheveux en noir ?

Jesse éclata de rire à son tour. En l'espace de quelques secondes, ils se retrouvèrent projetés dans le passé, partageant leurs souvenirs de collège. Chacun se rappela une histoire, un moment, et peu à peu Jesse sentit le poids qui pesait sur son cœur disparaître.

Il accepta l'invitation à dîner d'Ellen, peu enclin à mettre un terme à cette visite magique. Car il y avait de la magie dans ces retrouvailles. Au fil de la soirée, Paul et lui s'aperçurent que leur amitié était aussi intacte que s'ils s'étaient quittés la veille.

Paul expliqua qu'il établissait des programmes sur ordinateur, destinés aux non-voyants.

— Dans le fond, cet accident a eu un effet très positif, avoua-t-il. Il m'a obligé à développer mes facultés intellectuelles, alors qu'avant je ne pensais qu'à devenir joueur de football.

Après le dîner, quand les jumelles furent couchées et qu'ils se retrouvèrent entre adultes, Jesse parla de sa vie, de sa profession… et d'Allison.

— Quelle dure épreuve elle a subie ! fit remarquer Ellen quand il eut raconté son histoire.

— Oui, mais elle a du courage, répondit Jesse en souriant à la pensée de la jeune femme. Elle est brillante, drôle, belle et très entêtée.

— Et apparemment tu es fou d'elle, ajouta Paul.

— C'est vrai. Je suis amoureux d'elle.

Jesse inspira violemment, frappé par la vérité des mots qu'il venait de prononcer. Maintenant qu'il était débarrassé du poids de sa culpabilité, son amour pour Allison pouvait s'épanouir pleinement. En fin de compte, la jeune femme s'était trompée, songea-t-il. L'amour qu'il éprouvait pour elle n'avait rien à voir avec l'histoire de Paul et de l'accident. Il l'aimait parce que c'était *elle*.

— Je l'aime comme je n'avais encore jamais aimé, s'exclama-t-il.

— Tu ne nous as pas dit qu'elle partait demain matin ? demanda Ellen.

— Oui.

— Alors, qu'est-ce que tu fais ici ? dit Paul en souriant avec complicité à sa femme. Jesse a toujours été un peu lent avec les femmes, tu sais, Ellen.

Jesse se leva, brusquement impatient de retourner à Mustang, vers Allison.

— Tu as raison. Je ne devrais pas vous quitter si vite, mais il faut que je rentre.

Paul le raccompagna jusqu'à la porte d'entrée.

— Tu m'as manqué, dit-il sur le pas de la porte. Reviens nous voir. Et si tu aimes vraiment Allison, ne la laisse pas s'échapper.

— Merci, Paul. Et ne t'inquiète pas, je reviendrai. La prochaine fois je ne serai pas seul. Du moins, je l'espère.

Sur ces mots, il regagna sa voiture. Les derniers rayons du soleil embrasaient le ciel quand il quitta Grange City. Demain, au point du jour, Allison allait sortir de sa vie.

Il appuya sur la pédale d'accélérateur. Non. Ce n'était pas possible. D'une manière ou d'une autre il parviendrait à la convaincre qu'ils étaient faits l'un pour l'autre.

— Shelly, je t'assure que tu peux partir, dit Allison. C'est l'heure de ton rendez-vous avec Sam. Jesse ne va pas tarder à rentrer, je peux rester seule quelques minutes.

— Impossible, rétorqua Shelly. Jesse me tuerait si je te laissais.

Allison fronça les sourcils, irritée. Elle en avait par-dessus la tête d'être surveillée comme un bébé. Tout ce qu'elle voulait, c'était rester seule pour se préparer à quitter Mustang… et surtout à quitter Jesse.

— Tu pourrais appeler Vic et lui demander de te remplacer, suggéra-t-elle.

Elle était ennuyée à l'idée que Shelly allait manquer son rendez-vous avec Sam, à cause d'elle.

— Peux pas. Vic est de patrouille ce soir.

— Eh bien, dis-lui de venir faire un tour ici pour surveiller la maison. Jesse n'y verra rien à redire. Je t'en prie, Shelly. J'ai besoin d'être un peu seule ce soir.

Elle perçut l'hésitation de Shelly et insista :

— Vic n'a qu'à patrouiller dans le secteur. Avec les fenêtres et les portes fermées, je n'ai rien à craindre. J'expliquerai à Jesse que c'est moi qui t'ai suppliée de partir.

— Bon, d'accord, finit par déclarer Shelly à contrecœur. Mais à condition que Vic surveille la maison.

La jeune adjointe alla téléphoner dans la cuisine et Allison s'enfonça dans les coussins du canapé en soupirant.

Elle avait eu la migraine toute la journée et ça ne s'arrangeait pas. Tout ça à cause des larmes qu'elle avait versées et qui se pressaient encore contre ses paupières.

Elle en avait assez de faire semblant d'aller bien, de bavarder avec Shelly d'un air insouciant. Elle voulait être seule.

— C'est d'accord ! annonça Shelly en rentrant dans le salon. Vic a dit qu'il passerait toutes les quinze minutes jusqu'à ce qu'il voie la voiture de Jesse dans l'allée. Tu es absolument sûre que tu peux rester seule ?

— Certaine, répliqua Allison en se levant.

Maintenant que Shelly avait pris sa décision, elle avait hâte de la voir partir. Allison espéra de tout cœur qu'elle parviendrait à faire la conquête de Sam. Il lui semblait juste que l'une d'elles au moins soit comblée.

— Passe une bonne soirée avec Sam et tâche de le persuader de t'épouser.

Shelly se pencha pour l'embrasser.

— Tu vas me manquer. Tu promets de me faire signe ?

— Promis, déclara Allison.

En réalité c'était un mensonge. Si elle restait en contact avec Shelly, le souvenir de Jesse la hanterait. Le seul moyen de survivre à ce chagrin d'amour, c'était de rompre tous les liens qui l'attachaient à Mustang.

— Ferme la porte à clé derrière moi, ordonna Shelly.

— Ne t'en fais pas.

Allison tourna la clé dans la serrure. Elle se retrouva seule. Le silence de la maison l'enveloppa, faisant écho à celui qui régnait dans son cœur. Avait-elle eu tort de repousser Jesse ?

Aurait-elle vraiment commis une erreur en acceptant son amour ? N'était-ce pas à lui de décider s'il voulait ou non se charger du fardeau que représentait une femme aveugle ?

Il était trop tard pour avoir des regrets. Jesse était sorti et son absence en disait long. Peut-être avait-il voulu prendre du temps pour réfléchir. Et il en était arrivé à la conclusion qu'il ne voulait pas d'elle, que son attirance pour elle s'expliquait par son histoire avec Paul…

Quoi qu'il en soit, il avait de toute évidence l'intention de passer la soirée dehors et de ne rentrer que lorsque Allison serait endormie. Demain matin ils n'auraient que très peu de temps à passer ensemble avant que Keller ne vienne la chercher.

Il fallait qu'elle prépare ses bagages. Elle avait repoussé ce moment tout l'après-midi, puis toute la soirée. Mais il faisait déjà presque nuit et elle ne pouvait reculer davantage.

Elle s'engagea dans le couloir. Mais au lieu de tourner à gauche dans sa chambre, elle s'orienta à l'opposé et se retrouva dans la chambre de Jesse. Son odeur emplissait la pièce et elle s'en enivra. Elle trouva le lit à tâtons, s'y allongea et serra l'oreiller contre sa poitrine. De grosses larmes se mirent à couler sur ses joues, des sanglots secouèrent son corps.

Voilà ce que sa mère avait voulu lui éviter quand elle lui conseillait d'être indépendante, et c'était pour cela qu'elle n'avait jamais recherché un autre amour après la mort de son mari. La perte d'un être aimé ressemblait trop à la mort.

Allison n'aurait su dire combien de temps elle demeura sur

le lit, pleurant les nuits de passion qu'ils ne partageraient pas, les petits matins de pur bonheur qui leur échappaient.

La nuit était déjà bien avancée quand elle se leva pour retourner dans sa chambre. Elle chercha ses valises, les posa sur le lit et y fourra les quelques vêtements qui lui appartenaient. Elle hésita quand elle trouva la robe que Jesse lui avait offerte. Finalement elle décida de l'emporter, sachant que Jesse refuserait de la donner à quelqu'un d'autre.

Lorsque son travail fut terminé, elle ôta ses vêtements et enfila sa chemise de nuit.

L'espace d'un instant elle songea à retourner dans le lit de Jesse. Passer une nuit encore dans ses bras, respirer son odeur, sentir les battements de son cœur, goûter à sa bouche… Elle parvint à repousser cette tentation. Puis elle se glissa dans son lit, ferma les yeux et pria pour que le sommeil vienne vite.

Elle ne dormait pas depuis très longtemps quand un bruit l'éveilla. Elle demeura immobile, l'oreille aux aguets. Jesse venait sans doute de rentrer, se dit-elle en se tournant sur le côté pour se rendormir. La porte de sa chambre craqua, mais elle ne bougea pas. Il venait probablement voir si elle dormait.

Mais elle ne voulait pas lui parler. Ils n'avaient plus rien à se dire, une ultime discussion ne ferait que lui briser le cœur.

Tendue, elle l'entendit approcher du lit. Le parquet craqua sous ses pas et il se figea. Au même moment, elle comprit que ce n'était pas Jesse. C'était un homme plus grand, plus lourd que lui. Et son odeur était différente. Le cœur d'Allison se mit à battre à grands coups. Avant qu'elle ait pu esquisser un geste de défense, deux grosses mains lui appliquèrent du papier collant sur la bouche et lui saisirent les poignets.

Casanova.

Elle lutta pour se libérer, donna des coups de pied, essaya de se dégager, de crier. En vain.

« A l'aide, à l'aide ! Jesse ! »

Criait-elle vraiment ? Ou ne hurlait-elle que dans sa tête ? Elle-même n'en savait rien.

L'homme lui relâcha les poignets et essaya de lui lier les

chevilles. Quand elle serait ligotée, il la hisserait sur son épaule et l'emmènerait jusqu'à l'arbre des amoureux. Là, il la violerait comme il avait violé Maggie. Une terreur folle se répandit en elle à cette idée.

Tandis que l'inconnu lui attachait les chevilles à l'aide du papier collant, elle parvint à le frapper dans le dos puis à lui tirer les cheveux. L'homme poussa un grognement mais ne lui lâcha pas les chevilles avant qu'elles ne soient fermement attachées.

Cependant, les idées se bousculaient dans la tête d'Allison. Cet homme était grand. Et son parfum était familier. Trop familier pour qu'elle ne le reconnaisse pas. Elle savait qui il était. Elle connaissait son nom.

Mais pourquoi ? Pourquoi se comportait-il d'une manière aussi inqualifiable ? Elle ne prit pas le temps de réfléchir à cette dernière question. Il fallait qu'elle lutte, qu'elle se défende.

Quand il essaya de lui reprendre les mains elle se débattit sauvagement. Elle n'allait quand même pas se laisser faire ! D'une main, elle chercha sur sa table de chevet un objet qui puisse lui servir d'arme. Elle entendit la lampe tomber sur le sol.

Elle commençait déjà à se fatiguer. L'homme allait avoir le dessus. Il était beaucoup plus grand et plus fort qu'elle.

Les doigts d'Allison se refermèrent enfin sur quelque chose. La sculpture en savon. L'objet n'avait rien d'une arme, cependant elle le laissa retomber à côté d'elle sur le lit. A cet instant, l'homme parvint à lui attraper les mains. Il les attacha solidement puis hissa Allison sur son épaule. La jeune femme fut alors saisie par une peur panique.

Jesse, Jesse, où es-tu ? Reviens, je t'en prie, reviens ! Délivre-moi avant qu'il ne me viole…

Les mots résonnèrent dans sa tête, sans qu'elle pût hurler véritablement. L'air frais de la nuit l'enveloppa. Elle recommença à se débattre. Si l'homme parvenait à l'emmener dans sa voiture, elle était perdue.

Mais ses mains énormes la maintenaient solidement.

Impossible de se dégager. Elle entendit la portière s'ouvrir. On la jeta sur le siège arrière et la portière se referma. Haletante, elle demeura prostrée sur le siège imprégné d'une odeur de nourriture de fast-food mêlée au parfum plus subtil de savon mentholé.

Allison avait du mal à respirer à travers son bâillon. Tandis que Casanova mettait le moteur en route, elle tenta une fois encore d'ôter les liens qui retenaient ses poignets.

De la maison de Jesse jusqu'au vieux chêne, il y avait environ quinze minutes de trajet. Quinze minutes pour se libérer et tenter de s'échapper. Si elle ne réussissait pas…

Elle refusa de considérer cette éventualité.

14

Jesse conduisait à la vitesse maximum, luttant contre la tentation d'utiliser sa sirène pour franchir plus vite les kilomètres. Quinze minutes de plus ou de moins… cela ne ferait aucune différence, se répéta-t-il pour refréner son impatience.

Il y avait longtemps qu'il ne s'était pas senti aussi bien. La vie lui semblait pleine d'espoirs, de possibilités. Il appuya sur la pédale d'accélérateur, flirtant avec la limitation de vitesse. Le nom d'Allison résonnait dans sa tête au rythme des battements de son cœur.

La jeune femme avait réussi à le faire douter de lui, de ses propres sentiments. Mais à présent qu'il avait vu Paul, il n'y avait plus de confusion possible.

Ce qu'il éprouvait pour elle n'avait strictement rien à voir avec le tragique accident dans lequel son ami avait perdu la vue. Il n'aimait pas Allison parce qu'elle était aveugle et qu'elle représentait pour lui une sorte de rédemption de ses fautes passées. Il l'aimait. C'était aussi simple et aussi compliqué que cela.

Et peut-être l'aimait-elle aussi. A cette pensée, son cœur se serra. Il n'était pas sûr qu'Allison l'aimât réellement. Si un jour elle recouvrait la vue, il était possible que son amour pour lui disparaisse…

On verrait bien. Même s'ils ne disposaient que de six mois… d'un an… cela valait le coup de prendre le risque.

Il sourit malgré lui. Il y avait à peine un mois, il aurait catégoriquement refusé de prendre un risque. Il n'en aurait pas eu le courage. Mais maintenant, il était prêt à tout tenter pour garder Allison. Il voulait croire que leur amour se fondait sur un désir mutuel, sur le respect, l'admiration.

Et il était bien obligé de courir des risques pour assurer son futur bonheur. D'une façon ou d'une autre, il parviendrait à convaincre Allison que son amour était sincère, profond.

Keller lui avait dit qu'il arriverait à Mustang à 9 heures. Il était près de 20 heures et il ne se trouvait plus qu'à quelques minutes de chez lui. Il disposait donc de treize heures pour persuader Allison de rester à Mustang avec lui.

Treize heures, se répéta-t-il en espérant que ce nombre lui porterait bonheur. Il ne pouvait plus imaginer sa vie sans Allison.

Mais quand il s'engagea dans l'allée du jardin, il fronça les sourcils, intrigué. La porte d'entrée était grande ouverte et la lumière du salon se répandait à l'extérieur. Il n'y avait pas de voiture garée devant la maison. Où était Shelly ? Pourquoi la porte était-elle ouverte ? En proie à un mauvais pressentiment, il descendit de son véhicule.

Avant d'entrer dans la maison, il remit son holster et arma son revolver. L'arme en main, il approcha de la porte. Il était parfaitement calme et maître de lui, comme toujours dans les situations critiques.

Dans le salon et la cuisine, tout paraissait normal. Mais la maison était trop silencieuse. Où diable était Shelly ?

Allison l'avait peut-être renvoyée chez elle. Elle savait qu'elle n'était plus menacée par les Huit Renégats. Elle était probablement allée se coucher tôt pour se préparer au voyage du lendemain.

Shelly n'avait pas bien fermé la porte d'entrée et celle-ci avait été ouverte par un courant d'air. Ces réflexions ne parvinrent pas à calmer l'inquiétude de Jesse. Il s'engagea dans le hall. Ses paumes de mains étaient moites et son cœur battait à tout rompre. « Tout va bien. Tout va bien, se répétait-il en progressant lentement dans le couloir. Allison dort tranquillement dans son lit. »

Mais quand il vit la porte de la chambre ouverte et la lumière allumée, il abandonna toutes ses illusions. La chambre était vide et il y avait d'évidentes traces de lutte.

Les draps étaient froissés, la lampe avait été jetée au sol. Jesse avait déjà vu trois autres chambres dans cet état : celles des victimes de Casanova.

Le cœur lui manqua. Casanova. Casanova avait-il enlevé Allison ? Tandis que cette pensée horrifiante faisait son chemin dans sa tête, il remarqua quelque chose sur le lit. Un objet qui n'était pas à sa place.

Rengainant son pistolet, il s'approcha et saisit la sculpture de savon. Que faisait-elle au milieu du lit ? Allison l'avait-elle laissée tomber intentionnellement ? Voulait-elle lui faire comprendre quelque chose ?

Vic.

Le nom résonna dans sa tête comme une explosion. Vic... était-ce possible ? Jesse rejeta le savon sur le lit et se précipita à l'extérieur. Si Allison avait été enlevée par Casanova, il la retrouverait sous le chêne.

Tout en faisant démarrer la voiture, il saisit la radio... et se figea. Bon sang. S'il utilisait la radio, Vic l'entendrait. Donc, il ne pouvait appeler de l'aide. Il était obligé de faire cavalier seul.

Vic. Non, ce n'était pas possible. Son adjoint, son bras droit... C'était donc lui, Casanova ? Peut-être le savon était-il tombé sur le lit par hasard, pendant qu'Allison se débattait ? Peut-être n'était-ce pas un indice laissé délibérément par la jeune femme ?

Mais le doute s'était infiltré dans son esprit et ne le quittait plus. Vic, le solitaire, qui ne parvenait pas à trouver une petite amie. Vic, trop gros, trop timide, balourd, dont aucune femme n'avait voulu...

Cela l'avait-il conduit à une haine irraisonnée du sexe féminin ? Une haine qui le poussait à violer ?

Vic connaissait toutes les victimes de Casanova car il était sorti avec elles au lycée. Et toutes les trois l'avaient repoussé. Vic était en patrouille chaque fois que Casanova avait commis son forfait. Il était champion quand il s'agissait de forcer une serrure. Et peut-être avait-il même les doubles des clés de chaque victime. Ces femmes lui faisaient totalement confiance, après tout il était un représentant de la loi.

Dans deux cas sur trois, Casanova était entré par la fenêtre. Mais chez Maggie, il avait tout simplement utilisé la porte d'entrée… Jesse frappa le volant de son poing. Comment avait-il pu être aussi aveugle ? Il pensait connaître Vic… et il n'avait pas voulu croire qu'un homme qui était son ami, son adjoint, puisse se comporter ainsi.

Ses doigts se crispèrent plus fortement sur le volant. Il eut l'impression qu'un poids d'une tonne pesait sur sa poitrine. Et maintenant, Allison était la victime de Casanova.

Elle qui avait déjà traversé tant d'épreuves ! Elle avait perdu sa famille, perdu la vue, et malgré cela elle était restée digne et courageuse. Si elle devait supporter une épreuve supplémentaire, elle s'effondrerait complètement.

Il l'imagina ligotée, bâillonnée, aveugle, incapable de se défendre. Une rage mortelle l'envahit. L'idée qu'un autre allait prendre de force ce qu'elle lui avait offert, à lui, par amour l'horrifia.

Il s'engagea dans l'allée de graviers qui menait jusqu'au chêne. Des cailloux jaillirent sous ses pneus. Il fallait qu'il arrive à temps. Il le fallait. Pourvu que Casanova n'ait rien changé à son plan d'action ! Pourvu qu'il n'ait pas décidé d'emmener ses victimes dans un autre lieu pour les torturer !

Allison sentit son cœur se gonfler d'espoir. Elle avait réussi à libérer une de ses mains ! Sa première idée fut d'arracher son bâillon afin de respirer à son aise, mais elle se ravisa. Ce serait une erreur.

L'homme s'apercevrait aussitôt que sa prisonnière s'était libérée. En outre, le plus important était de pouvoir courir. Lentement, avec prudence, elle approcha la main de ses chevilles. Il ne fallait pas que Vic voie ce qu'elle faisait. Il était resté silencieux tout le long du chemin et il croyait sans doute que ce silence le protégeait.

Tant que ses victimes ne le voyaient pas et ne l'entendaient pas, elles ne pouvaient l'identifier. Mais Allison n'avait pas le moindre doute. C'était bien Vic qui conduisait la voiture. Vic était Casanova.

Elle venait à peine d'arracher les liens qui maintenaient ses chevilles quand ils s'arrêtèrent. Vic descendit de voiture. Allison roula sur le dos et ramena les genoux sur sa poitrine. Vic ignorait qu'elle s'était libérée et elle avait une opportunité de le surprendre.

Elle retint sa respiration en priant pour qu'il vienne ouvrir la portière. Dans ce cas, elle pourrait lui envoyer un coup de pied en pleine poitrine. S'il ouvrait le hayon, près de sa tête, tout était fichu.

Les autres victimes avaient-elles essayé de se défendre ? Etaient-elles parvenues à lutter contre Vic ? Ou bien avaient-elles été trop terrifiées pour réfléchir ? Allison avait au moins un avantage sur elles : elle était habituée à l'obscurité.

Elle entendit le gravier crisser sous les pas de Vic et elle se prépara à attaquer. Elle n'avait aucune idée du moment exact où elle devrait agir, ni de la direction dans laquelle elle devrait frapper. Elle ne pouvait compter que sur la chance.

La portière s'ouvrit et elle résista à la tentation de frapper tout de suite. Elle attendit une seconde… deux… Et quand il se pencha pour l'attraper, elle projeta ses pieds en avant.

Le choc fut rude. Vic poussa un grognement de douleur et tomba en arrière. Allison sortit de la voiture comme un boulet de canon. Tête baissée, les bras tendus devant elle pour se protéger, elle se mit à courir.

Il n'y avait rien de plus terrifiant que de courir au hasard, dans une obscurité totale, sans savoir quels obstacles se présentaient. Et soudain, ce fut pire. Elle entendit les pas de Vic derrière elle. L'homme avançait à grandes enjambées. Allison arracha son bâillon et avala de grandes goulées d'air, en priant pour ne pas s'assommer contre un arbre.

Tout à coup le sol se déroba sous ses pieds et elle poussa un hurlement. Elle tomba et roula sur elle-même. Des branches lui écorchèrent le visage et les jambes, déchirèrent sa chemise.

La chute lui parut interminable. La douleur était presque insoutenable. Elle eut l'impression de rebondir contre des troncs d'arbres, de glisser sur des rochers. Finalement, elle s'immobilisa contre une racine. Malgré la douleur qui se propageait en vagues dans tout son corps, elle ne bougea pas et tenta de calmer les sanglots de terreur qui lui échappaient. Où était Vic ? L'avait-il regardée tomber ? Se dirigeait-il vers elle, à présent ?

Elle plaqua une main contre sa bouche et retint sa respiration. Un bruit de pas lui parvint, mais lointain. L'homme semblait hésiter, partir dans une direction, puis dans une autre.

Il ne l'avait pas vue. Cette pensée lui rendit un peu d'espoir. La nuit était peut-être épaisse, rendue plus dense par les nuages et le couvert des arbres. Dans ce cas, Vic et elle étaient à égalité.

Luttant contre une douleur intense, elle bougea les jambes, puis les bras et s'assura qu'elle n'avait rien de cassé. Puis, en faisant le moins de bruit possible, elle contourna l'arbre contre lequel elle avait atterri et se recroquevilla.

Le front posé contre l'écorce rugueuse, elle tendit l'oreille. Les pas étaient encore distants et hésitants. Vic s'arrêtait souvent pour écouter, avec l'espoir qu'un bruit lui indiquerait dans quelle direction chercher.

Jesse. Allison l'appela silencieusement à son aide. Le reverrait-elle jamais ? Comme leur querelle lui semblait stupide, à présent ! Il lui avait dit qu'il l'aimait, lui avait demandé de l'épouser. Et par orgueil, par peur aussi, elle l'avait repoussé.

« Mon Dieu, donnez-moi une deuxième chance », pria-t-elle. L'espace d'une seconde, elle se demanda s'il ne valait pas mieux appeler Vic, lui révéler qu'elle connaissait son identité. En lui parlant, peut-être parviendrait-elle à le convaincre que tout ça était ridicule et fou. A moins que ses paroles aient l'effet inverse ? Que de violeur, il se transforme en assassin ?

« Est-ce qu'il me voit ? S'il s'approche, verra-t-il mes cheveux ? Mes mains ? »

Les pas se rapprochèrent. Allison se remit à prier.

Jesse arriva enfin près du vieux chêne. Rien. Personne.

Une vague de désespoir l'envahit.

Casanova avait-il choisi un nouveau lieu où commettre ses forfaits ? Où diable était Allison ? Si Vic était Casanova, où avait-il emmené sa victime ?

Jesse coupa le contact et descendit de voiture. Une torche électrique à la main, il s'avança vers l'arbre sans savoir exactement ce qu'il cherchait.

Rien n'indiquait que quelqu'un était venu là récemment. Au pied de l'arbre, l'herbe était intacte. Pourtant, quelque chose sembla étrange à Jesse.

Le silence.

Jamais auparavant il n'avait perçu un tel silence dans le bois. Pas le moindre chant d'insecte, pas de bruissements dans les fourrés. Aucun signe de vie. Ce silence n'était pas naturel. A croire que tous les habitants invisibles de la forêt retenaient leur souffle.

Tout à coup, le rayon lumineux de sa torche éclaira un objet brillant, au loin. Jesse fronça les sourcils et marcha dans cette direction. Son cœur se mit soudain à battre plus fort. Ses doigts se resserrèrent sur la torche. Ce qu'il voyait là-bas, c'était l'arrière de la voiture de patrouille de Vic !

— Vic !

Il cria ce nom, avec un accent de rage et de désespoir.

— Allison…

Ce nom-là était sorti du plus profond de lui-même. Il écouta et n'entendit rien… hormis les battements de son propre cœur.

Il braqua la torche sur les sièges de la voiture. Celle-ci était vide et rien ne semblait anormal. Mais Jesse savait… son instinct lui criait qu'Allison s'était trouvée dans ce véhicule. Que Vic l'avait transportée là dans un accès de folie.

— Vic ! hurla-t-il en tirant son arme de l'étui.

Il songea à son adjoint, son bras droit, son confident. Se trompait-il en pensant que c'était lui, Casanova ? Vic n'avait peut-être rien à voir dans la disparition d'Allison. Peut-être patrouillait-il tout naturellement dans ce secteur ? Mais alors même qu'il se faisait ces réflexions, il savait tout au fond de lui que Vic et Casanova ne faisaient qu'un.

Il avait étudié suffisamment de cas de criminels pour savoir que Vic avait exactement le profil du violeur en série. Comment ne s'en était-il pas rendu compte plus tôt ?

— Vic, bon sang, où es-tu ?

— Jesse ? C'est toi ?

Vic surgit des buissons. Il était échevelé, haletant. Il brandit une main pour se protéger de la lumière.

— Content de te voir. Il se passe quelque chose de bizarre par ici.

Jesse rengaina son arme et se dirigea vers son adjoint en s'efforçant de ravaler sa colère.

— Où est-elle ? demanda-t-il avec un calme effrayant.

— De… de quoi… parles-tu ? Je passais dans le coin quand j'ai vu une voiture démarrer un peu trop vite sur la route. En même temps, j'ai aperçu une silhouette qui se faufilait dans les fourrés. Alors, je suis allé jeter un coup d'œil.

— Je te repose la question, Vic. Où est Allison ?

— Bon sang, Jesse… Comment le saurais-je ?

— Si tu l'as touchée, je te tuerai. Tu entends, Vic ? Si tu lui as fait du mal, tu iras rôtir en enfer ! lança Jesse d'une voix vibrant de colère et d'émotion.

Vic blêmit.

— Je ne comprends pas de quoi tu parles, répéta-t-il avec entêtement.

Ils se tournèrent d'un même mouvement en entendant un bruissement derrière eux. Allison apparut dans la clairière. Ses joues étaient en sang, sa chemise déchirée. Elle boitait légèrement. Elle tenait ses mains devant elle, comme pour éviter de se cogner à un obstacle invisible.

— Jesse ? murmura-t-elle.

Il se précipita vers elle, la serra dans ses bras.

— Je suis là. Tout va bien maintenant, tu n'as plus rien à craindre.

Elle blottit le visage contre sa poitrine et se mit à sangloter. Des mots, des lambeaux de phrases incohérents lui échappaient entre deux sanglots.

— Oh, mon Dieu ! s'exclama Vic. Que vous est-il arrivé, Allison ?

Il voulut faire un pas vers eux, mais Jesse sortit son arme et la dirigea contre lui.

— Ne fais pas un pas de plus, Vic.

— Jesse ! Tu ne penses tout de même pas que j'ai quoi que ce soit à voir dans cette histoire ? Je suis arrivé là par hasard, expliqua-t-il, les yeux écarquillés.

— Vic est Casanova.

Allison prononça les mots d'une voix claire.

— C'est idiot ! répliqua l'adjoint du shérif dans un chuchotement. Allison, vous ne savez pas ce que vous dites.

— Tu en es certaine ? demanda Jesse.

Elle recula, échappant à son étreinte, et inspira profondément, comme pour recouvrer la dernière parcelle de courage qui lui restait.

— Vic, vous êtes entré dans ma chambre et vous m'avez ligoté les chevilles et les poignets. Vous avez collé un bâillon sur ma bouche pour m'empêcher d'appeler à l'aide, puis vous m'avez transportée dans votre voiture.

— Non, protesta Vic, faiblement.

— J'ai su que c'était vous dès que vous avez pénétré dans ma chambre, poursuivit-elle. J'ai reconnu votre odeur. C'était vous, Vic.

Vic ouvrit la bouche, mais aucun son n'en sortit. Tout à coup, il parut s'effondrer.

— C'est à cause de la légende, dit-il d'une voix larmoyante.

— Jette ton arme, Vic, ordonna Jesse.

— Mais il faut que tu comprennes…

— Jette ton arme, nous parlerons ensuite.

Il regarda son adjoint défaire la boucle de son holster et le jeter sur le sol.

— Vic, je vais te passer les menottes.

— Oui… je comprends…, marmonna Vic d'une voix à peine audible.

Jesse posa la main sur l'épaule d'Allison.

— Ne bouge pas, lui dit-il. J'en ai pour une minute.

Après avoir menotté Vic, il lui ordonna de s'asseoir.

— Jesse, je voudrais au moins t'expliquer…

— Je vais d'abord envoyer un message radio à Shelly et Sam. Ensuite tu pourras me dire tout ce que tu voudras.

— Tu ne peux pas appeler quelqu'un d'autre ? demanda Allison. Shelly et Sam sont sortis ensemble ce soir.

L'espace d'un instant, Jesse ne sut que dire. Allison était là, le visage ensanglanté, les vêtements déchirés… et sa seule pensée était de ne pas déranger un couple d'amoureux !

— Ce n'est pas grave, répondit-il en envoyant le message. Comment te sens-tu ? ajouta-t-il sans quitter Vic des yeux.

— Bien. Je… j'ai réussi à m'enfuir. Je suis tombée et…

Elle s'interrompit, trop exténuée pour poursuivre.

— Je ne lui aurais pas fait de mal, dit Vic en levant la tête. Il faut que tu me croies, Jesse. Je ne voulais pas lui faire de mal. J'espérais seulement que la légende était vraie. Je les embrassais sous l'arbre, rien de plus…

— Et Maggie ? interrogea Jesse.

— Je n'ai rien à voir dans cette affaire ! protesta Vic avec véhémence. Je n'aurais jamais fait ça à une femme ! C'est quelqu'un d'autre qui a attaqué Maggie, quelqu'un qui voulait se faire passer pour Casanova. Moi, je me contentais de les embrasser, Jesse, un point c'est tout !

Jesse n'aurait su dire pourquoi, mais il croyait son adjoint. Une profonde tristesse l'envahit. Comment cette légende charmante avait-elle pu le pousser à agir d'une telle façon ?

— Tu croyais vraiment que, si tu embrassais une fille

sous cet arbre, elle t'aimerait pour toujours ? demanda-t-il doucement.

Vic haussa les épaules.

— On dit qu'il y a toujours un fond de vérité dans ces vieilles histoires. Et comme rien d'autre ne marchait, j'espérais…

Il se tut brusquement et baissa la tête.

A cet instant, Jesse perçut le bruit des sirènes au loin. Il aida Allison à se relever. Quand Sam et Shelly arrivèrent, il demanda à cette dernière d'emmener immédiatement Allison à l'hôpital.

— Demande-leur de la garder jusqu'à ce que je vienne la chercher.

— Que comptes-tu faire ? s'enquit Allison.

— Tout d'abord, ramener Vic au poste. Ensuite j'irai avec Sam arrêter le violeur.

15

— Shelly, je t'assure que je me sens bien, répéta Allison pour la centième fois. Les médecins n'ont rien décelé d'autre que quelques hématomes.

— Quand je pense que je t'ai laissée seule ! C'est ma faute ! s'exclama Shelly dans un nouvel accès de larmes.

— Tu ne pouvais pas savoir que l'homme censé me protéger était celui que nous redoutions. D'autre part, tout est bien qui finit bien. Grâce à cela, Jesse a arrêté Casanova.

Elle resserra les pans de la chemise d'hôpital devant elle et frissonna rétrospectivement en songeant à la peur qu'elle avait eue.

— Je n'arrive pas à croire que c'était Vic, reprit Shelly en se mouchant. J'aurais dû m'en douter. Il ne cessait de répéter que le type qui avait violé Maggie était un *copycat*.

— N'y pense plus, Shelly, conseilla Allison d'une voix lasse. C'est fini, maintenant.

Tout son corps était endolori. Mais ce qui la faisait le plus souffrir, c'était son cœur. Elle avait besoin de Jesse. Besoin de lui dire qu'elle s'était comportée comme une idiote en refusant ce qu'il voulait lui offrir.

Etait-il trop tard pour revenir en arrière ? Avait-il changé d'avis ? La perspective de passer le reste de sa vie sans lui était terrifiante.

— Pauvre Vic, dit-elle tout à coup. Comme il devait avoir besoin d'amour !

— Oui, c'est triste, n'est-ce pas ? Fallait-il qu'il se sente seul et désespéré pour agir aussi bêtement !

Allison pensa aux sentiments qu'elle éprouvait pour Jesse. Etait-elle désespérée ? Elle voulait construire une vie avec lui, lui faire partager ses rêves, passer des nuits dans ses bras. Etait-elle désespérée ? Non.

Si Jesse ne l'aimait pas autant qu'elle l'aimait, eh bien, elle survivrait. Elle souffrirait certes, et mettrait longtemps avant de s'en remettre. Mais une chose était certaine : elle ne serait plus la même qu'autrefois.

Avant la mort de John et d'Alicia, avant d'être venue à Mustang, Allison avait prudemment évité toute relation de peur de dépendre d'un homme. Mais Mustang et Jesse lui avaient permis d'ouvrir son cœur. Dorénavant elle ne se fermerait plus à l'amour.

— Quelle heure est-il ? demanda-t-elle.

— Presque minuit. Voilà Jesse.

Ce dernier entra dans la salle en coup de vent et se précipita vers Allison pour lui prendre les mains.

— Tu vas bien ? Qu'a dit le médecin ?

— Il m'a conseillé de prendre de l'aspirine et de me reposer. Je n'ai aucune blessure grave.

Elle fut tentée de se presser contre lui, de se fondre dans son étreinte. Mais Jesse relâcha ses mains et elle se laissa retomber dans son fauteuil.

— Alors, qui as-tu arrêté ? demanda Shelly avec impatience.

— Burt Landry.

Les deux femmes poussèrent des exclamations de surprise.

— C'est lui qui a violé Maggie. Ensuite, il est allé lui offrir de l'aide et du réconfort, expliqua Jesse avec une moue dégoûtée. Quand Maggie a rompu avec lui, il s'est retrouvé à la rue. C'est alors qu'il a eu l'idée d'imiter Casanova.

— Il fallait avoir l'esprit tordu, fit remarquer Allison.

— En effet. Mais Maggie était si bouleversée par ce qui était arrivé, qu'elle a accepté de le reprendre chez elle. Enfin, il a tout avoué. Quand nous l'avons emmené, il suppliait encore Maggie de lui pardonner !

Jesse passa un bras autour des épaules d'Allison et ajouta :

— Viens, rentrons. La soirée a été longue.

Shelly et Sam partirent de leur côté, pendant que Jesse ramenait Allison chez lui.

— Jesse, veux-tu me faire une faveur ? demanda Allison en chemin.

— Oui. Laquelle ?

— Ramène-moi jusqu'au chêne.

— Pourquoi ? s'étonna Jesse.

— J'ai besoin d'y retourner. Je t'en prie, Jesse.

Ce dernier accepta et ils roulèrent un moment en silence.

— Il n'y aura plus de crimes à Mustang, à présent, dit Allison au bout de quelques minutes.

— Grâce à toi.

— Je n'ai rien fait ! protesta-t-elle en riant.

— Détrompe-toi. Tu as identifié Vic. Si tu n'avais pas été si sûre de toi, Vic n'aurait pas avoué et tout aurait été très compliqué.

— C'est grâce au savon. Vic sentait toujours le même parfum que la sculpture qu'il m'avait offerte. Quand il s'est approché, j'ai su que c'était lui.

Elle frissonna involontairement en pensant à ces moments de terreur.

— Ce que j'ignorais, c'était s'il allait me violer ou non.

— Tu es la femme la plus courageuse que j'aie jamais rencontrée. Il fallait du cran pour faire ce que tu as fait, surtout dans ton état.

Allison sourit.

— Je n'avais pas le choix. Mieux valait m'assommer contre un arbre que rester entre ses mains. J'ai eu de la chance de tomber dans ce ravin, c'est ainsi que je lui ai échappé.

— Nous sommes arrivés, dit Jesse en s'arrêtant. Attends

que je t'ouvre pour descendre. Je ne veux pas que tu tombes encore une fois !

Elle attendit docilement qu'il vînt lui ouvrir la portière. Elle savait exactement ce qu'elle voulait faire. Ce qu'elle ignorait en revanche, c'était la réaction qu'aurait Jesse.

— Emmène-moi près de l'arbre, Jesse.

— D'accord.

Il ne protesta pas, mais elle perçut l'étonnement dans sa voix.

— Sommes-nous sous le chêne ? demanda-t-elle au bout de quelques pas.

— Juste sous les branches.

Allison tendit les bras et posa la paume de ses mains sur l'écorce rugueuse.

— Décris-moi cet arbre, Jesse.

— C'est un très grand chêne.

Elle sourit et lui effleura la joue du bout des doigts.

— Je suis sûre que tu peux faire mieux que cela.

Jesse lui prit la main et la posa sur sa poitrine.

— C'est un arbre immense, avec des branches noueuses qui forment une sorte de tente naturelle. Les feuilles sont larges et commencent à jaunir à l'approche de l'automne.

— C'est un très bel arbre, dit-elle doucement.

— Oui, très beau. Malheureusement, l'endroit a perdu un peu de son charme, dit-il avec un soupir. La légende en avait fait un lieu magique, où tous les espoirs étaient permis.

— Nous ne pouvons pas laisser cette belle légende se ternir. Il faut qu'elle reprenne le dessus.

Elle sentit le cœur de Jesse accélérer son rythme.

— La légende parle d'amour éternel, murmura-t-il. On embrasse une fille sous le chêne et son cœur vous appartient pour toujours. Que se passera-t-il si tu recouvres la vue ?

— Cela n'arrivera peut-être pas. Je serai peut-être aveugle toute ma vie. Tu crois que tu pourras supporter cela ?

— J'en suis sûr. Cet après-midi, j'ai revu un vieil ami. Je pense qu'il t'aidera à t'adapter à cet état, s'il le faut.

— Tu as revu Paul ! s'exclama-t-elle avec un sourire.

— Oui. Et grâce à lui j'ai compris que je t'aimais vraiment. Allison, je veux construire ma vie avec toi.

— Je ne veux pas être un fardeau pour toi, chuchota-t-elle.

— Un fardeau ? Le pire fardeau, ce serait de devoir vivre sans toi. Je t'aime, Allison.

— Je t'aime aussi, avoua-t-elle, les larmes aux yeux.

— Je veux t'épouser. Je veux vivre avec toi. Je veux…

— Tais-toi… et embrasse-moi, idiot ! s'exclama-t-elle.

Elle frissonna en sentant ses lèvres viriles prendre les siennes. Et elle sut que la magie de la légende les enveloppait. Elle sut que leur amour durerait toujours. Elle sentait l'amour de Jesse dans son baiser, dans les battements de son cœur, dans la chaleur de ses bras. Quand leurs lèvres se séparèrent, Jesse la souleva dans ses bras et dit :

— Rentrons chez nous.

Elle se blottit contre lui et se laissa emporter. Chez eux. Pour toujours.

Épilogue

Debout près du prêtre, Jesse attendait avec impatience de voir apparaître la mariée. Trois mois s'étaient écoulés depuis l'arrestation de Vic et de Burt, trois mois depuis que Jesse et Allison s'étaient embrassés sous le chêne.

Toute la ville de Mustang s'était rassemblée dans l'église pour assister au mariage. Millicent Creighton, assise au premier rang, paraissait aussi fière que si elle était personnellement responsable de l'événement. Jesse se rendit compte avec stupeur qu'elle portait une sorte de pièce montée en taffetas sur la tête.

Son attention se détourna de la journaliste au moment où Allison pénétra dans l'église au bras de Paul. Elle portait une longue robe de dentelle blanche et un voile de tulle cachait son visage. Son cœur se gonfla d'amour et de bonheur. Quand elle arriva près de lui, il lui prit la main, puis souleva son voile. Elle était radieuse.

— Merci de m'avoir appris à voir, lui chuchota-t-il.

Le prêtre s'éclaircit la gorge et lança :

— Nous allons commencer.

Jesse et Allison sourirent. Ils avaient déjà commencé. Cette cérémonie n'était qu'une formalité. Ils s'étaient déjà juré un amour éternel sous les branches du chêne. Ils étaient liés pour toujours par la magie de l'amour.

Allison s'éveilla lentement, en souriant dans un demi-sommeil. Jesse était près d'elle, leurs corps étaient intimement enlacés.

Ils étaient mariés depuis un mois déjà et elle s'émerveillait chaque matin de se trouver dans ses bras.

Elle ouvrit les yeux. Une lumière vive explosa devant elle et elle referma aussitôt les paupières. Son cœur s'emballa. Etait-ce son imagination ? Un rêve ? Elle eut peur de recommencer l'expérience, peur aussi de ne pas le faire. Puis elle inspira profondément et ouvrit les yeux de nouveau.

La lumière réapparut. Tout doucement, des formes se dessinèrent devant elle.

Des larmes lui piquèrent les yeux et elle les essuya rapidement. Jesse. Elle se tourna et regarda pour la première fois l'homme de sa vie.

Il dormait le visage tourné sur le côté. Un visage superbe. Exactement comme elle l'avait imaginé. Ses cheveux bruns étaient en désordre. Il avait des sourcils fournis, de longs cils noirs. Un nez droit, des lèvres pleines, sensuelles, bien dessinées. Elle avait épousé un homme splendide !

Elle l'aurait aimé de toute façon, quel que soit son physique, car leurs âmes étaient en totale communion. Mais elle savait à présent qu'elle ne se lasserait jamais de le regarder.

Le regarder !

Elle s'assit, regarda autour d'elle et poussa un grognement. Jesse tendit un bras et murmura :

— Reviens contre moi.

— Je ne peux pas.

— Non ? Pourquoi ?

— Parce que je ne pourrai plus jamais dormir dans cette chambre.

Jesse ouvrit les yeux, roula sur lui-même et repoussa ses cheveux en arrière.

— Qu'est-ce que tu racontes ?

— Cette tapisserie est la plus hideuse que j'aie jamais vue.

— Je t'avais prévenue…

Il se redressa brusquement et répéta, stupéfié :

— La plus hideuse que tu aies vue ? Allison… ?

— Oui, elle est affreuse. Elle est merveilleuse. Tu es merveilleux...

Elle se mit à genoux sur le lit et prit le visage de Jesse dans ses mains.

— Jesse Wilder, tu es l'homme le plus beau que j'aie jamais vu !

— Tu me *vois* ?

Elle éclata de rire et Jesse la prit dans ses bras et la serra contre lui.

Elle se dégagea, passa les doigts sur le visage de son bien-aimé. Dans le regard de celui-ci il y avait de la joie. Mais son bonheur semblait mêlé à l'inquiétude.

— Mon amour, je sais que tu es heureux pour moi. Et je sais aussi que tu es inquiet.

— Tout sera différent à présent. Et le changement est toujours un peu angoissant.

— Jesse, même si j'étais aveugle, je devinerais ce qui te tourmente. Je ne retournerai pas à Chicago. Je t'aime et ma place est ici, avec toi. En outre...

Elle s'interrompit, regarda autour d'elle et reprit d'un ton malicieux :

— Si tout le monde à Mustang a le même genre de papier peint que toi, il est grand temps que j'y ouvre une boutique !

Jesse partit d'un grand rire.

— Je t'aime, tu sais ! s'exclama-t-il.

— Prouve-le-moi.

Il s'empressa d'obéir.

DANI SINCLAIR

Un troublant témoignage

éditions Harlequin

Titre original : THE SILENT WITNESS

Traduction française de CHRISTINE MAZAUD

Ce roman a déjà été publié en juillet 2001

83-85, boulevard Vincent-Auriol, 75646 PARIS CEDEX 13.
Service Lectrices — Tél. : 01 45 82 47 47
www.harlequin.fr

Prologue

— Il sait où tu es !

A ces mots, Ilona se pétrifia. L'estomac noué, elle se mit à scruter la rue, le front collé à la fenêtre, tout en serrant le téléphone contre son oreille. Là ! dans le magasin d'électricité juste en face, quelqu'un devait l'épier. Mais comment en être sûre… il faisait si noir dans cette fichue boutique…

Elle demanda à voix basse dans le téléphone :

— Comment le sait-il ?

— Mystère, mais je te répète qu'il sait ! Il faut qu'on parle toi et moi, et tout de suite !

De plus en plus inquiète, elle continua de surveiller la rue. En face, une ombre furtive attira son attention. Pas de doute : quelqu'un la guettait dans l'obscurité. Et ce quelqu'un, elle l'aurait juré, elle le connaissait. Elle s'écarta de la fenêtre et, ce faisant, se cogna le bras, déjà tuméfié, contre l'huisserie. Le chat de Nicky se faufila entre ses jambes et elle faillit l'écraser. Si ses soupçons se vérifiaient, elle était en danger. Même chez Nicky chez qui elle s'était réfugiée depuis deux jours seulement !

— Il te faut combien de temps pour venir jusqu'ici ?

— Deux minutes, dit-il, surpris. Je suis au restaurant, dans Main Street.

— Alors viens, je t'attends. Mais presse-toi.

Elle éteignit son téléphone portable et continua à le serrer dans sa main comme si elle avait eu peur de le perdre. Puis, d'un geste nerveux, si nerveux qu'elle faillit renverser le vase d'iris sur le guéridon, elle attrapa son sac. Le poids du revolver dans sa petite besace en agneau plongé la rassura. Elle l'en sortit et l'examina. En fait, elle détestait les armes. Ce métal froid et noir… c'était sinistre ! Mais qu'importe ! Sinistre ou pas, c'était sacrément rassurant ! Avec une arme pareille, personne n'oserait l'attaquer de nouveau !

Elle entrebâilla la porte d'entrée, repoussa à l'intérieur le chat qui tentait de s'échapper et dévala les marches de l'escalier de service en s'efforçant de faire un minimum de bruit. Il était presque 9 heures du soir. Nicky n'allait pas tarder à fermer son atelier d'art, au rez-de-chaussée, et à remonter à l'appartement… Il fallait à tout prix qu'Ilona ait quitté les lieux avant son retour.

Arrivée en bas, Ilona traversa le parking situé derrière les boutiques et s'arrêta en jurant. Au lieu de prendre son portable, elle avait emporté celui de Nicky. Elle n'avait plus qu'à remonter !

Un moteur gronda dans la nuit et une voiture déboula à l'angle de la rue et s'engagea sur le parking. Ce n'était pas le moment de reculer !

Bravant sa peur, elle continua à avancer dans la nuit. Cette fois, cela ne faisait plus de doute, quelqu'un l'épiait dans l'ombre. La voiture s'arrêta devant elle. C'était maintenant ou jamais. Pas question de tergiverser ! Elle n'avait plus le choix.

Elle sortit de l'obscurité.

Des coups de feu déchirèrent la nuit en rafales, d'autant plus assourdissants que les murs de brique des immeubles qui encerclaient le parking les répercutaient en écho. Elle fit demi-tour et, en s'enfuyant, composa le 911.

— Police secours, j'écoute, dit une voix au bout du fil. Vous demandez la police, les pompiers ou le S.A.M.U. ?

Elle courut vers l'escalier et, arrivée au pied des marches, vit une silhouette se glisser entre deux voitures en stationnement. Sans hésiter, elle visa.

Raté !

L'ombre plongea derrière une auto mais elle avait eu le temps d'entrevoir l'individu — qui lui-même avait dû la voir. Elle grimpa l'escalier quatre à quatre, direction l'appartement. Le portable lui échappa de la main et rebondit sur la moquette. Elle ouvrit la porte et s'engouffra dans l'entrée, empoigna son téléphone et tapa un numéro. Son cœur battait à tout rompre.

1

— Nicky ? Tu as une voix bizarre… Que se passe-t-il ?

Le téléphone collé à l'oreille, Nicky ferma la porte de son atelier d'art à clé et éteignit. Puisqu'il n'y avait plus de clients, à quoi bon rester ouvert ? D'autant qu'elle se sentait un peu mal à l'aise… Sur le trottoir opposé, un homme, qui n'avait pas l'air très catholique, était appuyé depuis un moment contre le mur. Qui était-il et que pouvait-il bien vouloir ?

— Rien. Tout va bien, répondit Nicky.

Cherchant à se rassurer, elle tenta de se persuader que l'individu n'était pas un rôdeur mais attendait quelqu'un. La prochaine séance de cinéma commençant à 9 heures, sans doute avait-il donné rendez-vous à un ami dans la rue plutôt que dans le hall ? Ou, peut-être, attendait-il la fin de la séance précédente, tout simplement ? Mon Dieu ! Fallait-il qu'elle adore se faire peur pour toujours imaginer les pires scénarios !

— Et toi ? Quoi de neuf ?

— Je me demandais si après la fermeture de ton atelier tu ne pourrais pas aller regarder dans ta voiture si tu ne trouves pas mon bracelet en or. Je l'ai perdu l'autre soir et je me demande si, par hasard, il ne serait pas tombé dans ta Pontiac.

Bien qu'un peu surprise que sa demi-sœur ait égaré quelque chose — ce qui ne lui ressemblait pas — Nicky ne broncha pas et scruta de nouveau la rue. L'homme avait reculé dans l'ombre… mais il était toujours là.

— Pas de problème, Hope. Je t'appelle tout de suite si je le trouve.

— Merci. Au fait, Ilona t'a trouvée facilement l'autre jour ?

Interloquée par l'allusion à Ilona, Nicky oublia l'homme caché dans l'obscurité pour ne plus écouter que sa sœur.

— Elle m'a dit que vous êtes tombées nez à nez dans le centre commercial de Bethesda il y a quelques semaines et que vous deviez déjeuner ensemble ce mois-ci.

Ilona Toskov et Nicky avaient été colocataires à l'université du Maryland huit ans plus tôt et, lors de leur rencontre, s'étaient juré de se revoir. Mais, deux jours plut tôt, Ilona, affolée, le visage et les membres tuméfiés, avait fait irruption chez Nicky, en quête d'un refuge.

— C'est vrai, dit Nicky, d'un ton contrarié.

— J'ai fait une bêtise, Nicky ? s'inquiéta Hope. Elle m'a appelée l'autre soir et cherchait désespérément à te joindre. Alors, je lui ai donné tes coordonnées. J'ai bien fait, non ?

— Bien sûr. Ilona a quelques problèmes personnels en ce moment mais je ne savais pas que vous aviez parlé ensemble.

— Si. Mais elle ne m'a rien dit de particulier.

Pas étonnant, se dit Nicky. Elle ne va pas raconter à tout le monde son aventure avec un homme marié…

— Ecoute, Hope, j'aimerais autant que tu ne parles d'elle à personne pour l'instant. D'accord ?

— Pas de problème, sœurette. Tu me promets de penser à mon bracelet ?

— Promis.

— Merci, Nicky. A plus !…

Nicky reposa l'appareil et, à travers la vitrine de sa boutique, guetta de nouveau la rue. L'homme n'avait pas bougé.

Nerveuse, elle vérifia la serrure de la porte, tourna le panneau du côté « fermé », prit la caisse et se dirigea vers son bureau. Au même moment, elle entendit une voiture débouler sur le parking derrière son magasin et se raidit.

Nom d'un chien ! Si toutes les voitures qui passaient la faisaient sursauter de la sorte, il était urgent qu'elle prenne des tranquillisants ! C'était sûrement un client qui se dépêchait d'arriver avant la fermeture d'une boutique. « Pourvu que ce ne soit pas pour moi », se dit-elle, pressée de s'en aller.

En soupirant, elle ouvrit le coffre-fort. Fools Point ne s'était jamais fait remarquer par un fort taux de délinquance mais, depuis quelque temps, les choses semblaient vouloir se gâter. Quelques mois plus tôt, il y avait eu l'explosion de cette voiture, encore inexpliquée. Un homme y avait perdu la vie. La police pensait que c'était à mettre à l'actif d'un gang organisé. Œuvre d'un gang, ou crime isolé d'un désaxé, l'affaire avait secoué la population. Une succession de vols de voitures avait suivi, puis le meurtre de Fay Varny et la destruction du motel Wade Away. Un mois plus tard, au cours de l'attaque à main armée d'une banque, Jérôme Inglewood avait été tué. Les malfrats devaient être du coin car ils s'étaient ensuite rendus au domicile de Jérôme pour menacer sa veuve qui avait été témoin du meurtre.

Nicky soupira encore. Décidément, on n'était plus en sûreté nulle part. En cherchant asile chez elle pour échapper à un petit ami tortionnaire, Ilona en apportait une preuve supplémentaire. Mais pourquoi refusait-elle de porter plainte au commissariat pour menaces, coups et blessures ?

Nicky referma le coffre à double tour et prit un carton de fournitures qu'elle avait l'intention d'exposer dans sa vitrine. Mais son esprit était ailleurs… à mille lieues de l'agencement de sa prochaine devanture.

Un bruit de moteur rugit derrière son magasin et la fit sursauter. Trois jours plus tôt, elle n'y aurait même pas prêté attention.

Trois jours plus tôt, sa vie était un long fleuve tranquille.

Le carton serré contre elle, elle essayait de se raisonner quand soudain, dehors, une pétarade claqua dans le silence. Des coups de feu ? se dit-elle.

La peur au ventre, elle se précipita dans son arrière-boutique pour vérifier la serrure. Grâce au ciel, la porte était bel et bien verrouillée et comme il n'y avait pas de fenêtre sur l'arrière, elle n'avait pas lieu de s'inquiéter. Elle était en sécurité. Ilona aussi, à l'étage du dessus, si du moins elle ne s'aventurait pas à ouvrir la porte de l'appartement.

Angoissée malgré tout, Nicky jeta un coup d'œil par l'œilleton et vit une voiture qui filait dans la nuit. « Peut-être devrais-je téléphoner à la police ? » se dit-elle. Mais, pas vraiment sûre de ce qu'elle avait vu et entendu, elle décida de n'en rien faire. De plus, Ilona lui ayant demandé la plus grande discrétion, sans doute valait-il mieux ne pas attirer l'attention sur le magasin et ses alentours.

A cet instant, le téléphone se mit à sonner. Elle sursauta violemment et se précipita dans le bureau tout en éteignant les lumières au passage. Les deux lignes clignotaient sur le standard téléphonique, celle du magasin et celle de son appartement, au-dessus. Sans doute, là-haut, Ilona téléphonait-elle ?

Comme elle décrochait, Nicky entendit un « clic ». La ligne privée venait de s'éteindre. Ilona avait raccroché brusquement, comme si elle avait craint d'être surprise.

Intriguée, elle reposa le combiné, prit son sac dans un tiroir de son bureau et, dans son empressement à remonter chez elle, trébucha dans le carton qu'elle avait oublié de ranger. Pestant contre elle-même, elle écarta la boîte d'un coup de pied.

Pourquoi, elle d'habitude si posée, se laissait-elle subitement envahir par la panique ? Pourquoi, toutes affaires cessantes, fallait-il qu'elle s'assure que tout allait bien pour Ilona ?

Elle farfouilla dans son sac, trouva ses clés, les fit tomber, marcha dessus dans sa précipitation. Décidément, ce soir, rien ne lui réussissait. Comme elle fermait la porte de sa boutique-atelier, une silhouette sortit de l'ombre et traversa la rue en courant. Emplie de terreur, Nicky retint son souffle.

Etait-ce le même individu que celui qu'elle avait remarqué en train d'épier son magasin un peu plus tôt ? Bien qu'elle n'ait jamais très clairement vu son visage, elle eut l'impression que cette silhouette ne lui était pas inconnue.

La main tremblante, elle ouvrit la porte de l'escalier qui menait à son appartement. Le chat en profita pour essayer de filer mais elle le rattrapa au vol.

— Ilona ! Ilona ! appela-t-elle en grimpant les marches quatre à quatre.

Silence de mort.

— Ilona ! cria-t-elle encore.

Pas de réponse.

Cette fois, c'était certain — pas besoin de fouiller l'appartement qui était tout petit, pour s'en convaincre — Ilona avait disparu.

Elle déposa Ginger le chat sur la moquette, faillit piétiner son portable qui traînait par terre. Etait-ce Ilona qui l'avait fait tomber en s'enfuyant ? Mais pourquoi était-elle partie ? Nicky ramassa le téléphone et s'efforça de se calmer. Pourquoi s'affolait-elle alors qu'il n'y avait pas la moindre trace de lutte dans la pièce ?

Le téléphone se mit à sonner dans sa main, ce qui la fit sursauter.

— Allô ? dit-elle à voix basse.

— Nicky !

— Ilona ! Tu sembles essoufflée. Où es-tu ?

— Il m'a retrouvée !

Nicky serra le portable dans sa main.

— J'ai voulu sortir par-derrière mais un homme s'est mis à tirer.

— Ton petit copain t'a tiré dessus ? demanda Nicky, à demi étonnée seulement, compte tenu des coups et des menaces que son amie avait déjà reçus.

— Non ! L'autre type.

— Quel autre type ?

Au bout du fil, Ilona se mit à bafouiller.

— Du calme, Ilona.

— Oh, Nicky ! C'est affreux ! Je viens d'être témoin d'un meurtre.

— Quoi ? s'écria Nicky éberluée.

— Ça s'est passé devant moi. Un type s'est avancé vers une voiture et a tué le chauffeur à bout portant. J'ai tout vu.

C'était donc bien des coups de feu qu'elle avait entendus…

— Tu n'as rien, au moins ?

— Non ! Mais j'ai eu la peur de ma vie. L'homme s'est

approché d'une voiture qui roulait doucement et a ouvert le feu. J'étais juste là. Je n'ai jamais eu aussi peur.

— Tu es sûre que tu n'es pas blessée ?

Ilona sembla ne pas entendre.

— Je n'en reviens pas ! C'est fou ! Mais j'ai fait une bêtise : j'ai appelé la police.

— Tu as bien fait, Ilona.

— Non ! C'est absurde ! Mon appel a certainement été enregistré. Or je ne veux pas témoigner.

— Calme-toi, Ilona. As-tu reconnu l'assassin ?

— Quel assassin ?… Peu importe, de toute façon je ne témoignerai pas.

— Pourquoi m'as-tu dit que ton copain t'avait retrouvée ?

— Je ne sais plus ce que je dis, Nicky. Je suis sens dessus dessous. Ecoute-moi quand même une seconde.

Comme calmée, Ilona commença à décrire le tueur. Bizarre, se dit Nicky, on dirait l'homme qui me guettait sur le trottoir d'en face.

— Nicky, je ne peux pas dire à la police ce que j'ai vu, reprit Ilona.

— Pourquoi pas ? Il le faudra bien pourtant. S'il y a eu mort d'homme, tu devras tout raconter aux policiers.

— Non, tu leur raconteras à ma place.

— Mais enfin, Ilona, ce n'est pas moi qui ai assisté au meurtre, c'est toi !

— Je sais, mais la police n'en sait rien. Tu n'auras qu'à leur répéter ce que je vais te dire.

Nicky s'effondra sur le canapé et se pencha en avant pour recentrer le vase posé sur le guéridon.

— Voyons, tu n'y penses pas !

— Si, Nicky ! Il faut que tu fasses comme si c'était toi le témoin. De toute façon, ils croiront que c'est toi puisque j'ai appelé avec ton téléphone et que je ne leur ai pas donné mon nom.

— Mais…

— Dis-moi, ce sont des sirènes que j'entends ?

A ce moment seulement, Nicky prit conscience des hurlements des sirènes dans la nuit. La police arrivait.

— Tu me promets, Nicky ! Tu me promets !

— Ilona, c'est ridicule. Reviens et raconte-leur ce que tu as vu.

— Pas question ! C'est impossible ! En revanche, je compte sur toi pour leur décrire le meurtrier, sinon ils ne l'arrêteront pas. Tu ne voudrais pas qu'il disparaisse dans la nature ? En tout cas, en ce qui me concerne, je ne reviendrai pas.

Nicky serra le téléphone encore plus fort. Ginger sauta d'un bond sur le canapé et vint se pelotonner contre elle, les yeux mi-clos. En quête de réconfort, Nicky enfouit les doigts dans la fourrure tiède du chartreux. Comme c'était bon de caresser cette boule de poils ronronnante…

— Ecoute, Ilona, je comprends que tu aies peur, mais réfléchis un peu. Il suffit que tu racontes à la police ce que tu as vu. Ensuite, elle assurera ta protection. Je ne cesse de te dire qu'elle peut aussi te protéger de ton voyou de petit ami, alors, fais ce que je te dis.

Silence.

Un filet de voix se fit alors entendre :

— Mon petit ami est policier.

Interloquée, Nicky resta d'abord sans voix. Voilà pourquoi Ilona refusait d'aller au commissariat ! Elle se sentait coincée, piégée. Vers qui pouvait-elle se tourner en effet quand celui qui aurait été censé la protéger, la maltraitait ?

— Je ne voulais pas que tu le saches, poursuivit Ilona. J'avais peur que tu ne me refuses l'hospitalité si tu l'apprenais.

— Quelle drôle d'idée ! Bien sûr que je t'aurais tout de même accueillie ! Ecoute, Ilona…

— Non, ne me dis pas de porter plainte contre lui. De toute façon, je n'en ferai rien. Maintenant, réponds-moi une bonne fois pour toutes, acceptes-tu de témoigner à ma place ? C'est tout ce que je veux savoir.

— Comment pourrais-je témoigner alors que je n'étais même pas là ?

— Tu n'auras qu'à raconter ce que j'ai vu. Personne ne saura que ce n'était pas toi qui étais sur le parking. S'il te plaît, Nicky. J'ai tellement peur. Mais je ne veux pas non plus que cet homme reste impuni sous prétexte que je suis terrorisée.

Prise de court, Nicky ne répondit d'abord pas mais réfléchit très vite. Deux possibilités se présentaient. Ou bien elle refusait d'aider son amie, mais il faudrait tout de même qu'elle explique le coup de téléphone à la police. Ou bien elle acceptait de témoigner à la place de son amie et… Un flash lui traversa alors l'esprit : cette silhouette qu'elle avait vue traverser la rue en courant tout à l'heure… peut-être était-ce le tueur, après tout… ?

— Dis-moi exactement ce que tu as vu, concéda finalement Nicky.

La description correspondait à une bonne dizaine d'hommes de Fools Point. Jean foncé, T-shirt, cheveux noirs ondulés… comme l'homme qu'elle avait vu sur le trottoir d'en face, et dont la silhouette lui avait rappelé quelqu'un.

Mais non, ça ne pouvait pas être Alex. Cela faisait des années qu'il n'avait pas remis les pieds dans son quartier… même pas pour la revoir. Amère, elle ravala sa rancœur. Tout compte fait, les hommes étaient tout juste bons à vous tourmenter. Et dans ce domaine, Alex était le champion.

— Tu peux répéter ce que tu viens de me dire ? insista Nicky.

— Jean, chemise noire, cheveux noirs ondulés, 1,80 m, bien bâti.

Exactement Alex !

— Ilona, je ne me sens pas capable de te rendre ce service.

Nicky entendit son amie soupirer à l'autre bout du fil.

— En ce cas, tant pis ! Salut, Nicky.

— Une seconde ! Que vas-tu faire ?

— Pas de problème ! Je vais squatter ailleurs !

Nicky serra le téléphone comme si elle avait eu peur qu'il ne lui échappe des mains.

— Es-tu absolument certaine de ce que tu as vu, Ilona ?

— Evidemment ! Ça s'est passé sous mes yeux.

Non, elle ne pourrait jamais faire ça. Jamais !

— Il faut que je disparaisse avant qu'il ne me retrouve. Merci pour tout, Nicky.

— Attends !

Sans laisser le temps à son amie d'argumenter, Ilona raccrocha, plongeant Nicky dans le désespoir. A cet instant, un coup frappé à la porte la fit sursauter. Cette fois elle allait devoir choisir : trahir, soit son amie, soit son ancien amant.

Inspirant profondément, Nicky se leva et, sans se presser, alla ouvrir. C'était bien la police.

— Debout, Coughlin.

Alex avait une envie folle de flanquer son poing dans la figure du sergent Thad Osher mais il se contenta de le fixer d'un regard dur. Replet et suffisant, ce Osher était une vraie tête à claques…

— Allez, on se presse, grogna le sergent en agitant les clés de la cellule.

D'un bond, Alex se leva de sa banquette. Surpris, Osher porta automatiquement la main à son arme.

— On aimerait bien me tirer dessus, hein, Thad ? se moqua Alex.

— Je ne sais pas ce qui me retient ! menaça le sergent, rouge de colère.

— On dirait que tu as peur de moi, Thad. Pas vrai ? Attends un peu que mon avocat s'occupe de mon affaire. Je ne pense pas non plus que l'inspecteur Hepple apprécie de voir les droits des prévenus bafoués.

— La ferme !

D'un coup sec, Osher referma les menottes sur les poignets d'Alex et lui donna une bourrade si violente qu'il le projeta contre le mur d'en face.

En bas, dans le hall, un groupe d'hommes attendait devant une porte. Tout de suite, Alex reconnut Jake Collins, le patron du restaurant Perry. Des rumeurs couraient sur l'origine de l'argent qui avait servi à financer les travaux de son établissement. Des travaux pharaoniques… A côté de Collins, il y avait un autre homme, en jean et T-shirt, qu'Alex ne reconnut qu'après un moment d'hésitation. C'était le commissaire Derek Jackstone. « Il ferait un espion formidable, se dit Alex. Il suffit qu'il change de tenue pour se fondre dans la masse. »

Restait deux hommes, dont l'un qu'Alex avait vaguement l'impression de connaître.

La pièce devant laquelle ils se tenaient était la salle des confrontations. Alex avait déjà eu l'occasion d'y être présenté… Mais c'était de l'histoire ancienne, maintenant.

— Je vais te retirer les menottes pour la confrontation, Coughlin, mais pas un geste ou je…

— Quelle confrontation ?

— La ferme ! hurla Osher en le bousculant de nouveau.

Alertés par les éclats de voix, les quatre hommes se retournèrent. Jackstone se détacha alors du groupe et s'approcha. C'était un bon policier, ce Jackstone.

— Un problème, Thad ?

— Aucun. Pas vrai, Coughlin ?

Pâle de colère, Alex s'adressa à Jackstone.

— Osher m'a arrêté, mais j'aimerais qu'il me dise les charges qui pèsent contre moi. Il ne m'a pas non plus laissé appeler mon avocat.

Le commissaire Jackstone fronça les sourcils.

— T'auras tout le temps après la confrontation, s'empressa d'ajouter Osher.

Fou furieux, Alex se retourna d'un bloc.

— Quelle confrontation ? Je veux savoir pourquoi je suis en garde à vue.

— Tu lui as lu ses droits, Thad ?

— Bien sûr que oui.

— Osher ignore le mot harcèlement, lança Alex à Jackstone. Le harcèlement est illégal… Je sens que mon avocat va devoir lui faire un cours pour lui apprendre.

— Retire-lui les menottes, Thad, dit Derek. Je ne pense pas que M. Coughlin nous cause du souci. N'est-ce pas ?

— Erreur, rectifia Alex. J'ai bien l'intention de faire payer à Osher ce qu'il m'a fait. Mais qu'il se rassure… je ne ferai rien d'illégal. Promis.

Osher esquissa un geste envers Alex mais Jackstone s'interposa.

— C'est bon, Derek, dit Osher.

— Tu vois bien que tu le harcèles ! Fiche-lui la paix.

— Pas question. Jamais je ne le lâcherai !

Rouge de colère, Alex toisa Osher.

— Même si tu dois fabriquer des preuves pour me faire accuser ?

Osher bouscula Jackstone et agrippa Alex par le plastron de sa chemise. Le sergent sentait le tabac et le café.

— Je n'aurai pas besoin de fabriquer de faux témoignages, Coughlin. On a un témoin de la fusillade d'hier soir. Avec ça, on va te mettre au frais pour un bon bout de temps.

— Assez, Thad, lança Jackstone. Retire-lui les menottes et laisse-le tranquille. Ça va bientôt être notre tour, au cas où tu l'aurais oublié. Le chef ne sera pas content s'il voit ça.

Osher marmonna des insultes et ôta les menottes. Frottant ostensiblement ses poignets endoloris par le métal, Alex se mit à repenser à la soirée de la veille. Nicky dans son atelier et lui sur le trottoir d'en face… Qui donc était ce témoin qui prétendait l'avoir vu ? On avait beau reconnaître aujourd'hui que les témoins oculaires ne sont pas fiables, il n'empêche… Qu'adviendrait-il de lui si celui-ci le désignait ?

— Allez, avance, Coughlin, dit Jackstone avec calme. Qu'on en finisse !

Ce disant, il ouvrit la porte de la salle. Mis à part une table et trois sièges, la pièce était vide. L'un des murs était un miroir sans tain. Alex eut envie de faire un geste grossier en sa direction mais il réprima cette pulsion. Au lieu de cela, il s'assit sur le bord de la table, se regarda dans la glace en s'efforçant d'offrir au témoin installé de l'autre côté du miroir un visage aussi inexpressif que possible. Qui pouvait être ce témoin ? Et qu'avait-il vu au juste ?

Peut-être était-ce un commerçant, ou un client qui regagnait sa voiture sur le parking ou l'occupant d'un des appartements situés au-dessus des magasins ? En tout cas, ça ne pouvait pas être Nicky puisqu'il l'avait vue dans son atelier d'art au moment des coups de feu.

L'esprit chagrin, Alex hocha la tête.

Chère Nicky…

Dès qu'il avait appris l'existence de son atelier, il avait prudemment évité ce quartier de la ville et gardé ses distances. Tomber nez à nez avec Nicky Michaels était la chose qu'il redoutait par-dessus tout. Surtout après tout ce temps !… Et ce qui s'était passé entre eux !… Mais tout avait basculé la veille, à la suite d'un simple coup de téléphone. Envolées, les belles résolutions ! Il s'était précipité dans Main Street et avait stationné en face de chez elle d'où, l'esprit encombré de souvenirs qu'il aurait préféré garder enfouis à jamais, il l'avait regardée aller et venir au milieu des rayons.

— Debout, Coughlin, cracha un haut-parleur fixé dans l'angle de la pièce.

Alex reconnut la voix d'Osher.

— Tout le monde debout contre le mur du fond et on regarde le miroir. On avance d'un pas et on se présente de profil à la glace.

A tour de rôle, les cinq suspects s'exécutèrent.

— Quelle mascarade ! grommela Alex en rechignant.

Puisque la police n'accordait plus vraiment de crédit aux confrontations et préférait présenter des photos aux victimes ou aux témoins, à quoi rimait cette mise en scène sinon à satisfaire le sergent ?

La séance terminée, Alex recula et attendit la sentence. Il allait être désigné, cela lui pendait au nez !… Quelques minutes passèrent et la voix d'Osher, déplaisante, ordonna de nouveau.

— On recommence !

Alex poussa un soupir de soulagement. On ne l'avait pas désigné.

— Regardez bien, mademoiselle Michaels. Cette fois, il faut vous décider.

Nicky se renfrogna. Dès qu'elle avait vu les cinq hommes entrer, elle avait senti son estomac se nouer. Alex était là. Le bel Alex Coughlin. L'air arrogant, il avait traversé la pièce et s'était assis sur le rebord de la table. Puis, à travers la glace sans tain, sans le savoir, il l'avait fixée droit dans les yeux. A la seconde, elle avait fait un bond dans le passé… elle avait alors seize ans et était follement amoureuse de lui.

Il devait avoir près de trente-quatre ans maintenant. Une bonne coupe de cheveux et un coup de rasoir n'auraient pas été superflus. Mais cette désinvolture dans la tenue ne faisait peut-être qu'ajouter à sa séduction… Quoi qu'il en soit, émue de le revoir, elle se surprit à sourire et leva machinalement la main comme pour lui caresser la joue ; mais très vite elle se ravisa et se croisa les bras sur la poitrine.

— On ne bouge plus, hurla le sergent aux prévenus.

Comme si elle avait voulu se débarrasser des souvenirs doux-amers qui l'avaient envahie, Nicky hocha la tête. Ce n'était vraiment ni le moment ni l'endroit pour se laisser aller à la nostalgie.

— Mademoiselle Michaels, vous ne faites vraiment aucun effort, protesta Osher en lui prenant le bras. Si c'est parce que vous avez peur, sachez que vous ne craignez rien : nous assurerons votre sécurité.

— Je n'ai absolument pas peur, sergent, dit-elle en se dégageant de son emprise, mais je vous l'ai déjà dit, tout s'est passé très vite. Il faisait très sombre dehors — je me suis d'ailleurs plainte à la mairie de ce lampadaire derrière la boutique qui ne fontionne jamais. Mais personne ne vient le réparer.

— Mademoiselle Michaels, je sais qu'il faisait nuit mais vous étiez là. Vous avez assisté au meurtre.

Elle continua de hocher la tête.

— Je vous dis que je suis incapable de désigner qui que ce soit ! Je n'ai pas vraiment vu son visage.

Et elle disait vrai ! Elle n'avait pas plus assisté au meurtre que vu l'assassin ! Dans son for intérieur elle subodorait que c'était Alex qu'elle avait vu traverser la rue en courant. Mais cela ne signifiait pas obligatoirement que c'était lui qui avait appuyé sur la détente. Plutôt se laisser mettre en prison que faire accuser quelqu'un dont elle n'était pas certaine qu'il fût le meurtrier. Elle avait dit aux policiers ce que lui avait raconté Ilona, elle n'en savait pas plus. Quant à imaginer qu'Alex, l'homme qu'elle avait aimé, ait pu tuer à bout portant et de sang-froid le conducteur d'une voiture, c'était impensable.

Son Alex s'était souvent montré violent — c'était vrai — mais toujours pour se défendre, ou pour défendre quelqu'un de plus vulnérable. Quant à être un criminel… Jamais !

Elle se passa la main devant les yeux comme pour chasser une image gênante. N'empêche qu'Alex se trouvait bel et bien dans les parages au moment du meurtre. Sauf erreur, elle l'avait vu sur le trottoir d'en face juste avant les coups de feu. Il avait très bien pu traverser la rue en courant au moment où elle s'était retirée dans son arrière-boutique avec la caisse. Et tirer.

Scénario plausible. Mais qu'elle se refusait à accréditer.

Perplexe, elle se mit à se mordiller la lèvre.

— Faites un effort, mademoiselle Michaels. Regardez bien.

Agacée, elle jeta un regard mauvais au policier et se dit que même si elle avait vu le coupable de ses yeux, elle n'en aurait rien dit à cette tête de cochon. Décidément ce Osher lui faisait horreur. Elle détestait cette façon qu'il avait de la frôler et de la déshabiller du regard. Il devait se croire irrésistible.

— Je suis désolée, mais, franchement, je n'en sais rien.

Elle fixa Alex. Un sentiment de gâchis lui serra le cœur. A dix-neuf ans, il était incroyablement beau. Elle le revoyait encore sur la moto qu'il s'était offerte avec ses économies, fier et sûr de lui, sourd aux rumeurs détestables qui avaient circulé sur les circonstances de la mort de son père. S'il en avait nourri de l'amertume à l'époque, jamais sa gentillesse envers elle ne s'était démentie. Jamais elle n'avait oublié la balade au lac Bleu où il lui avait cueilli un bouquet de fleurs des champs. Ce jour-là, il avait évoqué les rêves qu'il faisait pour son avenir. Un avenir où la petite jeune fille de seize ans qu'elle était alors n'avait aucune place, avait-elle réalisé plus tard. N'empêche, elle avait toujours cru qu'il reviendrait pour elle. Hélas, elle se trompait…

— Alors, vous le reconnaissez ou pas ? s'impatienta Osher.

Elle se tourna vers lui et, à la vue de son regard glauque, eut envie de partir en courant. Mais elle se reprit, au contraire, et se campa solidement sur ses jambes.

— Inutile de me harceler, sergent, protesta-t-elle, d'un air de défi. Je vous ai dit ce que j'ai vu. J'ai bien observé les suspects. Maintenant, il est temps que j'aille ouvrir mon magasin.

Il était debout tout près d'elle. Trop près. Et la dévisageait de ses petits yeux vicieux. Réprimant avec difficulté une envie instinctive de s'enfuir, elle resta là, clouée au sol. Osher était du genre à profiter de la faiblesse des gens. Elle n'allait pas lui offrir ce plaisir.

— Vous savez, mademoiselle Michaels, dès qu'ils sauront qu'il y a eu un témoin, votre magasin ne sera plus un lieu sûr, surtout pour une femme.

— Est-ce une menace, sergent ? interrogea-t-elle d'une voix où se mêlaient la peur et le mépris.

Pris de court, il hésita avant de répondre.

— Pas du tout. Disons que c'est une mise en garde. Vous serez plus en sécurité quand le meurtrier sera sous les verrous.

— Dans ces conditions, je ne saurais trop vous recommander de vous dépêcher de le trouver.

Elle fit un pas vers la porte et, contrairement à son attente, il ne la retint pas.

Dehors, la chaleur de cet après-midi d'août la saisit de plein fouet. La colère la faisait trembler sur ses jambes. De quel droit s'était-il permis de la menacer ? Parce qu'il l'avait bel et bien menacée, elle ne l'avait pas rêvé. Pas étonnant, avec des représentants pareils, que la police ait mauvaise presse ! se dit-elle.

Pestant toujours, elle traversa la rue et passa sans s'attarder devant un petit supermarché. Derrière son comptoir, Bianca Tooley lui fit un signe de la main mais Nicky, contrairement à son habitude, passa son chemin sans s'arrêter. Elle n'avait qu'une idée en tête : retrouver au plus vite le havre de sa boutique.

Quel choc quand elle avait vu Alex ! C'était comme si une avalanche de souvenirs l'avait submergée. Leurs nuits brûlantes et les baisers encore plus brûlants. Il avait été le mauvais garçon de la ville et son premier amant. Ah ! Il pouvait se vanter de l'avoir fait pleurer, le voyou ! Que de larmes elle avait versées à cause de lui… Des torrents de larmes… à faire déborder le lac Bleu. Pourquoi, mais pourquoi l'avait-il quittée ?

Un coup de Klaxon la tira momentanément de sa rêverie. A sa connaissance, c'était la première fois qu'Alex revenait au pays. Même pour les funérailles de sa mère, il n'avait pas daigné faire le voyage. Quel sale type ! Qu'est-ce qui, aujourd'hui, avait bien pu le pousser à revenir ? Sa sœur ? Kayla était sur le point d'épouser un officier de police de Washington et le bruit courait que le futur beau-frère d'Alex allait arriver en renfort à Fools Point, comme adjoint de Hepple… Ironie du sort.

Elle ouvrit sa boutique le cœur lourd et repensa à la confrontation. Franchement, Alex avait-il pu abattre un homme de sang-froid ?

La question la tarauda toute la journée. Même ses occupations ne réussirent pas à la détourner de cette pensée. Une fois finis son cours de découpage, son cours de crochet, ses deux leçons de poterie, une fois ses derniers clients servis, la même interrogation la hantait toujours. Le dernier pinceau lavé et rincé, le dernier paquet d'argile rangé, le grand four chargé et allumé, Nicky ne songea plus qu'à aller se coucher. Une nuit qu'elle n'aurait pas volée !

Elle avala son dîner à la hâte. Non, ce soir, elle ne toucherait pas à sa tapisserie au petit point, comme elle le faisait d'habitude.

Le chat vint se lover contre sa jambe comme s'il avait compris qu'elle avait besoin de sa chaleur.

— Merci, Ginger. Si seulement Ilona voulait bien appeler pour me rassurer…

Mais le téléphone resta silencieux.

Ginger fit le dos rond et lui donna des coups de tête.

— Tu veux que je m'occupe de toi, petit bout ! lui dit-elle en lui grattant la fourrure entre les oreilles. Tout à l'heure…

Elle se leva, vérifia les verrous et alla se faire couler un bain dans lequel elle versa quelques gouttes d'huile parfumée à l'eucalyptus.

Comme elle adorait l'éclairage des bougies, elle en alluma quelques-unes et alla se poster devant le miroir. Là, elle remonta ses cheveux puis attrapa son roman sur la coiffeuse. Elle allait lire en faisant trempette dans la baignoire. Rien de tel pour dissiper les souvenirs douloureux qui l'assaillaient depuis le début de la journée.

Moins de vingt minutes plus tard, elle reposa son livre. A quoi bon insister ? Elle avait beau faire, les souvenirs étaient plus forts que sa volonté et s'imposaient malgré elle. Impossible de se concentrer sur les mots qu'elle lisait, son esprit s'évadait sans cesse. L'histoire, pourtant, ne manquait pas d'intérêt mais l'image d'Alex était obsédante. C'était un homme mûr, maintenant. Toujours sûr de lui, un rien suffisant même, mais ô combien séduisant !…

Rêveuse, elle se sécha et enfila sa robe de chambre de satin. Puis elle alla se servir un verre de sauvignon et s'installa devant le téléviseur, mais quelques instants plus tard, se sentant dodeliner de la tête, elle éteignit le poste et la lumière, se leva et alla à la fenêtre qui donnait sur la grand-rue. Son cœur se mit à battre la chamade. Rêvait-elle ou y avait-il encore quelqu'un dans l'ombre, près du magasin d'électricité ?

Intriguée, elle fixa l'obscurité avec une telle intensité que ses yeux se mirent à la piquer. Rien ne bougeait. Rien, ni personne. Encore son imagination qui l'égarait ! Qu'importe ! Il fallait qu'elle en soit sûre à cent pour cent. Elle se planta donc devant la fenêtre et observa la rue quelques minutes. Puis, se sentant un brin ridicule, elle alla revérifier ses serrures et fila vers sa chambre. Peut-être Ginger et elle feraient-ils mieux de s'offrir un chien ? Un vrai gros chien. Un chien de garde comme Spider, le labrador de Mlle Tooley.

Nicky posa son déshabillé sur le dossier de la chaise et s'écroula sur son lit. Les yeux au plafond, elle laissa son esprit vagabonder…

Ilona… Pourvu qu'elle soit en lieu sûr !…

Alex… Il était toujours aussi beau !… Avait-il vraiment pu tuer un automobiliste à bout portant ?… Non, c'était impossible…

Et pourtant…

De fil en aiguille, ses souvenirs finirent par la ramener quelque quinze ans en arrière et raviver des émotions qu'elle croyait à jamais éteintes. Ah, les baisers d'Alex ! Comme il l'embrassait bien ! Et avec quelle ardeur ! Quelle passion ! Il avait dans ces moments-là une façon de la serrer qui n'appartenait qu'à lui. Ses bras étaient tour à tour si forts et si tendres qu'elle s'y sentait à la fois en confiance et en danger, parce qu'elle savait que la passion est une forme de folie. Aujourd'hui, ces bras étaient devenus des bras d'homme… musclés et puissants. Son visage s'était buriné. Sa virilité s'était encore affirmée. Comme la maturité lui allait bien…

Elle ferma les yeux et sourit. Elle délirait et le savait, mais elle voulait s'accrocher à son rêve. Pourquoi fallait-il toujours se réveiller ? Elle se sentait si bien dans ce monde imaginaire… tellement mieux que dans la réalité.

Le craquement du parquet, à deux pas de son lit, la fit sursauter et rouvrir les yeux. Trop tard, elle sentit une présence dans sa chambre. Une main s'avança dans la pénombre et se plaqua sur sa bouche.

— Ne crie pas !

2

Empêtrée dans ses draps, terrorisée, Nicky se débattit. Hélas ! Son agresseur pesait de tout son poids sur elle.

— Nicky, arrête !

Surprise par cette voix — une voix qu'elle aurait reconnue entre mille — elle s'arrêta aussitôt.

— Alex ! dit-elle sans hésiter.

— Je crois que tu m'as cassé le nez.

Stupéfaite, elle resta allongée sous lui, immobile, en proie aux sentiments les plus contradictoires.

Mais d'abord, de quel droit l'effrayait-il ainsi ?

— Va-t'en ! s'écria-t-elle en le repoussant de toutes ses forces.

Alex ayant roulé sur le flanc, elle tendit le bras pour allumer mais il lui agrippa le poignet.

— Laisse éteint.

— Pourquoi ? Pour qui te prends-tu pour pénétrer ainsi chez moi au milieu de la nuit ? Réponds !

— Pour ton premier amant !

Les mots fusèrent dans le silence de la nuit.

— Salaud ! jura-t-elle.

— Je suis désolé, Nicky. Je n'aurais pas dû, dit-il en se relevant.

Elle s'assit sur son lit, les jambes repliées entre les bras.

— Qu'est-ce qui t'amène, Alex ?

Malgré les ténèbres, elle avait l'impression de le voir se balancer sur les talons de ses santiags.

— Ce soir ? Je veux savoir pourquoi Osher pense que tu as été témoin du meurtre commis hier soir.

Oubliant que l'obscurité l'enveloppait, elle tira les draps sur sa poitrine pour cacher ses seins nus.

— Pourquoi ne le lui demandes-tu pas directement ? Il a ma déposition.

Pendant d'interminables secondes, seul le souffle d'Alex troubla le silence.

— J'ai su par Osher ce que je voulais savoir. Mais je veux ta version. Dis-moi ce que tu as vu hier soir.

Autrefois, elle lui aurait tout raconté dans les moindres détails. A cette époque, elle aurait même menti pour lui. Et pire encore, le cas échéant. Cela ne lui aurait pas posé le moindre problème de conscience. Mais, aujourd'hui, elle n'avait plus seize ans et il n'était plus le jeune Alex Coughlin, son voyou adoré.

Non. Désormais, il avait mûri et cette maturité le rendait d'autant plus redoutable.

— Sors d'ici, Alex.

— Je ne peux pas, Nicky. Je sais que tu étais dans ton magasin hier soir quand les coups ont été tirés et que, matériellement, tu n'as pas eu le temps de remonter chez toi. Tu n'as donc pas pu assister au crime.

— Comment sais-tu ce que je faisais hier soir ?

— Tu devrais le savoir, répondit-il.

— Pas vraiment.

Il s'assit sur le lit. Trop près d'elle. Si près qu'elle sentait sa chaleur à travers le drap de coton. Jadis, elle aurait accueilli cette chaleur comme un cadeau et elle se serait jetée au cou de son jeune amant. Elle l'aurait fait rouler sur elle, ils auraient ri, joué, et se seraient, finalement, aimés comme deux chiens fous. Mais ce soir…

— Nicky, c'est important.

— Je sais, un homme est mort.

— Mais qu'as-tu vu exactement ?

Consciente du regard d'Alex posé sur elle, elle remonta le drap d'un coup sec.

— Dis-moi plutôt ce que tu faisais là ? Pourquoi surveillais-tu mon magasin, hier soir justement, alors que tu es revenu depuis plus de deux mois ?

— Tu le savais ?

— Que tu étais de retour ?

Elle avait beau tenter de cacher son dépit, il devait s'entendre à sa voix.

— Es-tu parti depuis si longtemps que tu aies déjà oublié comme les nouvelles vont vite dans une petite ville ? Une heure à peine après ton arrivée, j'ai su que tu étais là et que tu frimais sur ta moto comme à ton habitude ! J'ai du mal à penser qu'à ton âge tu joues encore au rebelle poursuivi par la police. Je pensais que tu avais dépassé ce stade. Si ton père te voyait !

L'attaque, habile, fit mouche. Le souffle coupé, il accusa le coup puis, se ressaisissant, il lui attrapa fermement les poignets. Dès qu'elle sentit ses mains rugueuses sur sa peau, elle frissonna. Etait-ce le souvenir passé de sa sensualité ou une peur diffuse qui la faisait frémir ?

— Laisse mon père tranquille, s'il te plaît. Maintenant, réponds-moi : qu'as-tu vu hier soir ? Vite, je n'ai pas de temps à perdre.

Nicky eut vraiment peur à ce moment-là. Les bras hérissés de chair de poule, elle se mit à trembler. S'il le voulait, Alex pouvait la tuer, ici, et personne n'en saurait rien. Comme il était devenu brutal ! Où était le jeune homme tendre qu'elle avait tant aimé ? Ne restait-il donc plus rien de lui ?

— Je ne te dirai rien, répondit-elle.

— Têtue ! Mon Dieu, que tu es têtue !

Alors qu'elle s'attendait à ce qu'il éclate de colère, elle sentit la main d'Alex sur sa joue et frémit.

— Tu es toujours aussi douce, murmura-t-il.

— Ne me touche pas.

— Pourquoi ? C'est vrai que tu es toujours aussi douce.

Elle eut envie de repousser sa main mais une force plus grande que sa volonté arrêta son geste. Les yeux grands ouverts, elle fixa l'obscurité.

— Nous ne sommes plus les mêmes, Alex.

— Si, nous sommes les mêmes.

Oubliant tout — le temps et les reproches — Nicky releva le visage et lui tendit ses lèvres. Il se pencha sur elle et les prit. Elles étaient plus tendres que la plus tendre des brises d'été. Comme Nicky se dégageait pour reprendre son souffle, il lui prit la tête à deux mains — oh ! ce parfum — et l'embrassa comme un fou. Quelle fougue ! Quelle rage ! Hélas ! Ce n'était ni le baiser de ses rêves, ni le baiser de ses souvenirs… et surtout, c'était de tendresse dont elle avait besoin.

Prenant soudain conscience qu'elle restait distante, Alex s'écarta d'elle.

Bon sang ! Il avait failli faire une bêtise ! Suffisait-il qu'un parfum l'entête pour qu'il se laisse guider par ses pulsions, comme ce fameux été… C'était il y a quinze ans, il était jeune alors et n'avait pu résister…

Fâché contre lui-même, Alex s'éloigna du lit et, du plat de la main, lissa son jean pour tenter de dissimuler les signes trop évidents de son désir.

— Que veux-tu de moi, Alex ? répéta Nicky d'une voix apeurée.

Alex grommela des mots inaudibles. Il était furieux. Contre lui. Contre son travail et cette fichue fatigue dont les effets retentissaient sur son comportement. Déçu, blessé, il regarda Nicky qui le fixait d'un air accusateur. Le drap avait glissé découvrant ses seins nus. Mon Dieu, qu'elle était désirable ! Mais il venait de tout gâcher en la brutalisant.

— Thad Osher veut ma peau, Nicky. Et il l'aura, peu importe comment.

— Et pourquoi ? Que lui as-tu fait ?

Sa voix tremblait toujours. Fallait-il qu'il lui ait fait peur pour la mettre dans cet état. Autrefois, pourtant, rien ne l'effrayait.

— C'est très compliqué, Nicky. Sache seulement — mais tu ne vas pas me croire — que j'avais de bonnes raisons de me tenir à l'écart de toi. En fait, je ne serais jamais revenu te voir si…

— Merci, c'est très aimable !…

— … si tu ne m'avais supplié de le faire.

— Pardon ?

Vexée, elle tira d'un coup sec sur le drap et le remonta sous son menton.

— Pourquoi m'as-tu appelé, Nicky ? Qu'attends-tu de moi ?

— Que veux-tu dire ? Je ne t'ai jamais appelé.

Elle avait dans la voix de tels accents de sincérité qu'il fut d'abord tenté de la croire. Mais non, elle le menait en bateau. D'ailleurs, elle avait toujours été bonne comédienne. Mais où voulait-elle en venir ?

Il se passa nerveusement la main dans les cheveux.

Nicky, sa Nicky pouvait-elle avoir manigancé tout cela ?

Non, jamais elle n'aurait fait une chose pareille. Elle en était incapable. A moins que… Une femme délaissée est capable de tout, se remémora-t-il.

Mais non, Nicky n'était pas de celles-là. Sauf si…

Après tout, que savait-il d'elle aujourd'hui ? Après tant d'années… Peut-être avait-elle connu Thorton Biggs ? Peut-être avaient-ils été amants, qu'en savait-il ? Elle avait très bien pu tuer Biggs, par jalousie par exemple, et faire venir Alex à l'heure du crime, pour lui faire porter le chapeau. L'idée n'était pas très plaisante mais il ne devait pas la rejeter sous prétexte que quinze ans plus tôt ils s'étaient aimés.

— Alors ; tu es formelle : tu ne m'as jamais appelé ? Tu ne te rappelles pas m'avoir dit qu'il fallait que nous parlions. Tu m'as demandé d'être à 9 heures devant ton magasin. Tu ne t'en souviens pas ?

— Non !

— Pour être sûr de ne pas te rater je suis même venu en

avance. Ne me dis pas que tu ne m'as pas vu attendre de l'autre côté de la rue.

Il savait qu'elle l'avait vu. Appuyé contre le mur de brique, il l'avait observée.

— Ne raconte pas d'histoires, je t'ai vue me regarder. Je me suis même imaginé que tu voulais que nous revivions quelque chose de fort ensemble.

— Tu rêves !

— C'est vrai ! Toujours mes vieux fantasmes !

Il baissa la voix.

— Je suis un rêveur impénitent, Nicky, tu le sais bien. Si je te disais qu'après ton coup de fil, je suis venu en courant. J'ai failli entrer dans ta boutique sans attendre, mais comme tu m'avais donné rendez-vous dehors, pour ne pas qu'on nous voie ensemble, j'imagine, j'ai respecté ton souhait. Dieu, que ça a été long !…

— Je ne sais pas de quoi tu parles, Alex. Je ne t'ai jamais appelé. Quant à te revoir… Si tu te souviens bien, c'est toi qui as tout gâché, il y a quinze ans. Moi je me moquais bien que l'on nous voie ensemble.

Elle semblait sincère mais il savait qu'elle mentait. Restait à découvrir pourquoi.

— Tu ne voulais pas que ton père sache que nous sortions ensemble, rectifia Alex.

Nicky fit une moue dubitative.

— Ne dis pas le contraire, Nicky. Ou je vais penser que tu es une menteuse.

— Arrête ! s'écria-t-elle en tapant du poing sur le lit. Et d'abord, va-t'en. Je ne veux plus jamais te revoir.

La tête dans les mains, elle se mit à sangloter. Quelle brute était-il pour la blesser de la sorte ? Ce qu'il lui avait fait il y a quinze ans n'avait-il pas suffi ?

Le cœur gros, il s'approcha d'elle et défit ses petits poings serrés sur lesquels coulaient de chaudes larmes. Tout ceci était absurde. Pourquoi se déchiraient-ils au juste ?

— Ne me mens pas, Nicky, l'implora-t-il.

Elle le fixa de ses grands yeux baignés de pleurs.

— Connaissais-tu Thorton Biggs ?

Silence.

— Est-ce toi qui l'as tué hier soir ? insista-t-il.

— Comment oses-tu ? réagit-elle. J'ai pris un risque énorme en te couvrant aujourd'hui. J'ai été assez idiote pour leur dire que je ne pouvais identifier personne. J'aurais dû leur dire la vérité. Mais je ne l'ai pas fait.

Déstabilisé par son chagrin, il tendit les bras pour l'enlacer mais elle recula contre la tête de lit. Vexé, il alla à la fenêtre et colla son front contre la vitre. Il se faisait horreur.

— Je n'ai pas tué Thorton Biggs, Nicky. Nous étions… copains.

— Copains ou… complices ?

Il ne se retourna pas.

— Comme tu voudras. Je me suis précipité derrière le magasin dès que j'ai entendu les coups de feu. Quelqu'un enjambait le grillage quand je suis arrivé, et a disparu dans le bosquet quand il m'a aperçu. Je me suis lancé à sa poursuite mais les barbelés m'ont arrêté. Alors je suis revenu vers Thorton. C'était trop tard. Je savais ce qui se passerait si j'étais vu ici, aussi me suis-je enfui.

— Pourquoi me dis-tu cela à moi ? Raconte-le au sergent Osher.

— Il ne m'écoutera pas, grommela Alex. Pas plus qu'il ne me croira. Je suis peut-être idiot, Nicky, mais je ne peux pas croire que tu m'aies tendu ce piège.

— Tu es trop bon.

— En revanche, je persiste à croire que tu m'as téléphoné pour que je vienne. Sinon, je ne serais jamais revenu vers toi.

— Merci. Tu l'as déjà dit.

Il étouffa un juron. Elle ne voulait pas comprendre et il était trop fatigué et ne pouvait pas lui expliquer.

— Je t'en prie, Nicky, dis-moi pourquoi tu m'as appelé, supplia-t-il.

— Mais je ne t'ai pas appelé.

Les bras croisés sur la poitrine, Nicky le défia du regard. Le drap glissa sur ses seins et elle le retint de justesse. Distrait, il la fixa dans l'obscurité.

— Mais… tu es nue ? s'étonna-t-il.

Il se rappelait la douceur de sa peau, plus douce que celle d'un ange. Ah ! la petite dévergondée, elle savait comment l'appâter. Elle avait toujours su…

— Va-t'en, Alex. Je ne veux pas de toi ici, répéta-t-elle.

A ces mots, Alex reprit ses esprits. L'heure n'était pas à la rêverie.

— Merci de n'avoir pas dit à Osher que tu m'avais vu. Si tu l'avais fait, je serais en prison. Il rêve de me voir derrière les barreaux.

— Pourquoi ?

— Bonne question, répondit Alex après une pause.

Il s'était parfois posé cette question mais n'y avait jamais répondu. En fait, Osher l'avait pris en grippe au premier regard. Si Alex n'y avait jamais prêté vraiment attention, le sergent, lui, n'avait eu de cesse de le poursuivre de sa haine. A y bien réfléchir, les causes d'une telle animosité méritaient d'être analysées, se dit Alex. Pour l'heure en tout cas, Nicky ne semblait pas décidée à lui avouer qu'elle l'avait appelé. Peut-être ne l'avait-elle pas fait, effectivement ? En ce cas, qui l'avait fait ? Viktor Unsdorf savait peut-être quelque chose. Si le meurtre de Thorton était un règlement de comptes entre truands, Unsdorf était sûrement au courant.

Dans le noir, quelque chose lui effleura la jambe. Réaction réflexe, Alex plaqua la main sur son arme et bondit en arrière, prêt à tirer.

— Ne touche pas à un poil de mon chat ! s'écria Nicky.

Inquiété par le déplacement brusque d'Alex, le petit animal disparut mais, reprenant confiance, réapparut et se frotta de nouveau à ses jambes. Alex, alors, se pencha pour le prendre dans ses bras.

— Désolé, minou, mais tu m'as fait peur.

Il gratta la tête du matou qui se mit à ronronner.

— Je me rappelle qu'à l'époque, déjà, tu voulais un chat. Comment s'appelle-t-il ?

— Ginger, répondit Nicky d'un ton sec.

— Bonjour, Ginger. Tu es aussi doux que les cheveux de ta maîtresse.

Craignant de déraper de nouveau, il posa le chat sur le lit. Il était plus que temps qu'il s'en aille.

— Je regrette, Nicky. Je ne voulais pas te faire de mal mais, décidément, j'ai un certain talent dans ce domaine ! J'ai beaucoup réfléchi à nous : finalement c'est ton père qui avait raison. Nous étions trop jeunes. Et aujourd'hui il est trop tard. Dommage ! Je te souhaite quand même bonne chance.

Bouleversé par les souvenirs, étreint par les regrets, il quitta la pièce sans se retourner. Son passé cesserait-il un jour de le hanter ?

Nicky se mordit la lèvre pour s'empêcher de le rappeler. Elle s'était rarement sentie aussi perdue. Pourquoi Alex voulait-il à tout prix qu'elle l'ait appelé ? Et que voulait-il dire à propos de son père ? A sa connaissance, ils ne s'étaient jamais rencontrés.

Qu'importe ! Cela ne changeait rien à l'affaire. Alex n'était plus le garçon de ses rêves et n'avait pas évolué comme elle l'aurait souhaité. Il s'était aigri, il était devenu agressif et, de toute façon, semblait regretter de l'avoir revue.

Ginger se frotta contre Nicky, en quête de nouvelles caresses, que sa maîtresse lui prodigua machinalement. Mais son esprit était ailleurs… avec Alex. Au fait, comment avait-il pu entrer dans l'appartement ?

La question la chiffonna tellement qu'elle finit par la tirer du lit. Elle enfila son déshabillé et passa chaque chambre en revue, chaque porte, chaque fenêtre. Tout était fermé, et pourtant Alex était parti. Avait-elle rêvé ?

Elle ne s'endormit pas tout de suite. Ses rêves s'étaient mués en cauchemars.

*
* *

Dès potron-minet, Nicky prit le volant en direction de la ferme de son père. La propriété se trouvait près du haras Huntington. Pendant des années, les Huntington avaient tenté d'acquérir la propriété, mais Bernie Michaels était têtu, très têtu même. Malgré ses problèmes cardiaques qui avaient ralenti ses activités, il menait toujours ferme et famille à la baguette.

Quand elle arriva, Nicky trouva sa sœur Hope dans la cuisine.

— Coucou ! lança Hope dès qu'elle l'aperçut. As-tu trouvé mon bracelet ?

— Bonjour, répondit Nicky. Excuse-moi, j'ai oublié de regarder. La voiture est devant si tu veux jeter un coup d'œil.

— Tu as oublié de regarder ?

Hope leva les yeux au ciel.

— Au cas où tu ne le saurais pas, il y a eu un crime derrière mon magasin avant-hier soir. Tout le quartier est sous haute surveillance.

— Qui a été tué ?

— Un certain Thorton Biggs.

Nicky ramassa distraitement une tasse du petit déjeuner qui traînait encore sur la table et la déposa dans l'évier.

— Je n'ai pas lu le journal depuis plusieurs jours, Nicky. On sait qui est l'assassin ?

— Thad Osher pense qu'il s'agit d'Alex Coughlin. Il l'a même interpellé pour l'interroger.

— Oh, non ! C'est impossible ! Osher doit se tromper.

Etonnée, Nicky dévisagea sa sœur.

— C'est drôle que tu dises cela : tu ne le connais même pas.

— Non, mais je sais que tu l'aimais bien, répondit Hope en évitant le regard de sa sœur. Tu as eu l'occasion de lui parler ?

— A peine…

Elle n'allait sûrement pas raconter à sa sœur la visite d'Alex…

Cela ne la regardait pas et, de toute façon, Hope-la-lunatique n'était pas dans un de ses bons jours ce matin.

— Où est papa ?

— Il prépare Big Man pour aller chez les Huntington. Notre cheval va couvrir une de leurs juments. Et Alex ?

— Quoi, Alex ?

Le dos tourné, Hope s'éclaircit la voix.

— Tu te rappelles comme tu étais amoureuse de lui, autrefois. Je me souviens quand tu sortais en cachette pour aller le retrouver !

— C'est vieux, tout ça ! C'est oublié ! lança Nicky.

— Oublié ? Je suis sûre que tu n'en penses pas un mot.

— Oh que si !

Hope commença une phrase mais la laissa en suspens.

— Tu veux bien me raconter ce qui se passe, Hope ?

— Il ne se passe rien !

Sa sœur mentait, c'était évident. Mais pourquoi ?

— Tu n'aurais pas essayé de me tendre un piège, l'autre soir, par hasard ?

— Pardon ?

Hope se retourna, l'air buté. Une tête que Nicky lui connaissait bien.

— Hope, il faut que nous parlions toutes les deux, insista-t-elle pourtant.

— Je te l'ai déjà dit, je ne sais pas de quoi tu parles et puis… il faut que je m'en aille.

Comprenant qu'elle n'obtiendrait rien de sa sœur de cette manière, Nicky changea de sujet.

— Attends une seconde. Pourquoi papa travaille-t-il de nouveau avec les Huntington ?

— Tu connais papa, répondit Hope. Jeff Huntington voulait nous acheter Big Man. Papa et moi nous sommes querellés pendant plusieurs jours à ce sujet, mais il a finalement renoncé à le vendre. Big Man va changer notre vie, Nicky. C'est un fabuleux étalon. Comme Jeff ne peut finalement pas l'acheter, il nous a offert beaucoup d'argent pour couvrir une de ses juments.

— Oh !

— Ecoute, je dois aller chercher la remorque, maintenant.

— Papa te confie cette tâche désormais ? C'est à cause de sa santé ?

Elles échangèrent un regard triste.

— Il me laisse faire la plupart des travaux.

— Cela ne t'ennuie pas ?

— Bien sûr que non. J'adore les travaux de la ferme. C'est ce que j'ai toujours voulu faire, tu sais bien.

— Je suis heureuse que papa reconnaisse enfin tes capacités. Au fait, et ton bracelet ?

— Euh… je le chercherai plus tard.

— A propos, pourrais-tu me rendre les boucles d'oreilles que je t'ai prêtées ?

— D'accord, je vais te les rendre. Tiens, voilà papa. Je te laisse.

Nicky regarda sa sœur s'éloigner. Hope avait un comportement pour le moins bizarre, mais Nicky entamerait son enquête plus tard. Elle voulait d'abord comprendre pourquoi Alex avait dit, la nuit dernière, que son père avait eu raison à leur sujet. Cette pensée lui avait trotté dans la tête dès son réveil.

— Je savais bien que j'avais entendu ta voiture, lança Bernie, heureux de voir sa fille. Tout va bien ?

Nicky sourit.

— Oui, papa. Tout va bien.

— Tu es sûre ?

M. Michaels alla se laver les mains à l'évier. Il avait beaucoup maigri et son visage était encore plus émacié que d'habitude. Etait-ce l'éclairage ? Sa peau semblait terreuse. Il n'aimait pas qu'on l'interroge sur sa santé, surtout depuis que son médecin avait diagnostiqué, l'an passé, des problèmes cardiaques. Mais, obstiné comme tout bon Michaels, il refusait toute intervention chirurgicale.

— J'ai appris le meurtre derrière ton magasin. Il paraît qu'ils ont arrêté le jeune Coughlin.

— Oui, mais ils l'ont relâché.

— Ah ?

C'était le moment ou jamais.

— Papa ? Alex m'a dit quelque chose qui me laisse... perplexe. Savais-tu que je... enfin... que je sortais avec lui quand nous étions au lycée ?

Son père lui jeta un regard impénétrable.

— Toi et moi n'avons jamais été proches, Nicky. C'est ma faute, j'imagine. Nous nous ressemblons trop. En plus, tu me rappelles ta mère.

Une bouffée de chagrin submergea Nicky. Sa mère... sa maman inconnue. Jamais son père ne lui avait fait part de ses sentiments. Jamais, depuis sa disparition dans un accident de la route, il ne l'avait évoquée. Pas même son nom. Nicky n'était encore qu'un nourrisson quand cette tragédie avait eu lieu.

— Mais tu es ma fille et j'ai toujours fait ce que j'ai cru bon pour toi.

— Je sais papa. Je t'aime aussi. Je...

— Tu avais à peine seize ans. Alex Coughlin aurait gâché ta vie. Je le lui ai dit et lui ai fait jurer de te laisser tranquille. Je savais que tu ne comprendrais pas. Si c'était à refaire, je le referais. Voilà, le sujet est clos. Où est ta sœur ?

— Mais, papa...

— Je suis là, coupa Hope.

Pas de doute, elle avait suivi toute la conversation depuis la pièce voisine, se dit Nicky.

— Approche le van : on va le charger. Mais je répète qu'il aurait été plus simple de vendre Big Man.

— Peut-être, mais nous gagnerons plus d'argent en vendant des saillies. Fais-moi confiance, papa.

Comme leur père se dirigeait vers la porte, Nicky l'interpella.

— Attends, papa, je n'ai pas fini de te parler. Après ce que tu viens de me dire tu ne vas pas t'en aller comme ça ! Ce serait trop facile !

— Je n'ai rien à ajouter, ma fille. C'est du passé.

— Peut-être ! N'empêche que moi j'ai encore des choses à dire.

— Je n'ai pas le temps. On en discutera plus tard.

Sur ces mots, il ouvrit la porte et sortit.

— Je te prie de croire qu'on va en discuter, lui lança-t-elle. Cette conversation est loin d'être terminée !

— Il faut que nous partions, Nicky, intervint Hope. Si jamais tu restes, tu verras sans doute Brent. Il doit venir.

— Pourquoi ?

— Il n'a rien dit. Tu vas l'attendre ?

— S'il arrive assez tôt, oui.

De trois ans l'aîné de Hope, Brent était juriste dans un prestigieux cabinet d'avocats de Washington. Comme son frère Gavin, il était grand et athlétique, et elle lui était très attachée.

Après une bonne heure d'attente, Nicky reprit la route sans avoir vu son frère, obsédée par les événements dont elle avait été témoin ces dernières vingt-quatre heures. D'abord, il y avait Alex. Il ne cessait de hanter son esprit. Elle sentait encore sur ses lèvres l'empreinte de sa fougue. Pourquoi s'était-il montré si irascible ? Si quelqu'un devait être en colère, c'était plutôt elle… Il y avait aussi son père. De quel droit avait-il agi ainsi quinze ans auparavant ?… Restait Ilona. Son histoire aussi était étrange… Elle en oubliait presque Hope et le sentiment que celle-ci lui cachait quelque chose. Sa demi-sœur et elle avaient la même voix, elle avait très bien pu se faire passer pour elle en appelant Alex, mais dans quel but ?

C'est une histoire de fou ! se dit Nicky en se garant à son emplacement habituel, derrière son magasin. Le parking était quasiment désert, hormis quelques voitures de commerçants. Comme elle marchait vers sa boutique, un mouvement brusque la fit se retourner.

— Mademoiselle Michaels !

Matt Williams, un garçon du voisinage, se dressa derrière la grande poubelle.

— Tu m'as fait peur, Matt. Que fais-tu ici ?

Le jeune homme regarda autour de lui. Sale, les yeux cernés, les coudes et le visage égratignés, il semblait nerveux.

— Ça va, Matt ?

Il acquiesça d'un mouvement de tête. Malgré sa haute taille et le duvet naissant qui ombrait sa lèvre supérieure, il avait gardé quelque chose de l'enfance. Mais on voyait déjà en lui l'adulte qu'il serait, « grand et athlétique comme mon frère Gavin », pensa Nicky.

— Je peux vous dire quelque chose, mademoiselle Michaels ?

— Bien sûr, Matt.

L'air craintif, il tournait la tête de droite à gauche comme s'il surveillait les alentours.

— Quelque chose ne va pas, Matt ?

— Tout le monde dit que vous avez vu la fusillade. C'est vrai ?

Nicky pâlit. Pourquoi avait-elle accepté de témoigner à la place d'Ilona ? C'était une bêtise. Elle aurait dû suivre son instinct et ne pas se laisser embarquer dans cette galère.

— Est-ce que c'est vrai ? Vous aussi vous avez vu ce qui s'est passé ?

Nicky fronça les sourcils.

— Comment ça, moi aussi ? Tu veux dire que tu as tout vu également, Matt ?

L'espace d'un instant, Nicky sentit une hésitation chez l'adolescent.

— Oui, répondit-il finalement, la peur dans les yeux.

— Pourquoi n'as-tu rien rapporté à la police ?

— Pas question ! Je ne veux pas finir comme lui.

— Lui qui ? Tu veux dire Thorton Biggs ?

Matt sembla ne pas entendre la question. Il semblait vouloir continuer sur sa lancée.

— Les policiers ne nous protègent pas, vous le savez bien.

Nicky pensa aussitôt à Thad Osher. Tout flic qu'il était, c'était aussi un ripou. C'était cela que Matt voulait dire.

— Ça va aller, maintenant, Matt.

— Non. C'est pour cela que je suis venu vous voir. Nous ne sommes plus en sécurité. Il faut que vous vous cachiez dans un endroit sûr.

— Mais Matt…

Soudain, debout au milieu du parking, elle se sentit exposée à un danger.

— Rentrons, dit-elle.

Au même instant une détonation déchira l'air. La balle siffla entre leurs deux têtes et alla se loger dans le mur de brique derrière eux.

— Cours !

Le garçon qui n'avait pas attendu pour détaler plongea derrière la poubelle.

Nicky entendit une deuxième détonation, puis une troisième. Une balle ricocha sur le mur. Affolée, elle se courba et courut se cacher à son tour vers l'escalier qui menait à son appartement. Elle cherchait ses clés dans ses poches quand un autre coup partit. Plus fort. Plus près.

Elle atteignit les marches. Entendit courir derrière elle. Les pas approchaient. Trop effrayée pour crier, elle commença à grimper. La clé lui glissa des doigts.

— Nicky !

Elle se retourna.

Derrière elle se tenait Alex, un revolver pointé sur sa poitrine.

3

Sans prendre le temps de s'expliquer, Alex fit volte-face et scruta les alentours. Rien ne bougeait.

— Tu vas bien ? demanda-t-il.

— Façon de parler ! Comptes-tu me tuer ?

Blême, Nicky le fixa sans ciller. Un silence de mort régnait maintenant sur le parking.

— Descends de là et entrons dans ta boutique, dit-il en ramassant les clés.

— Pourquoi ?

— Bon sang, Nicky. Veux-tu bien descendre et entrer ? Tu ne vois pas que tu es une cible idéale ?

L'argument était convaincant et Nicky entra dans son atelier, suivie d'Alex. La pièce était bien agencée : tables et chaises pour les élèves, étagères garnies d'objets de terre cuite tout autour. Une batterie de fours à céramique était alignée contre le mur.

— Maintenant, tu vas me dire la vérité, Nicky. Que se passe-t-il ?

— Dis-le-moi, toi plutôt. C'est toi qui as une arme, après tout.

— Oublie le pistolet, veux-tu, fit-il d'un ton exaspéré.

Le hurlement d'une sirène couvrit sa réponse.

— Prends cela, dit-il en tendant son revolver à Nicky.

— Je n'en veux pas ! rétorqua-t-elle en reculant.

— Cache-le pour moi. Si Osher me trouve en possession d'une arme, je suis fichu !

Une voiture de police déboula alors derrière le magasin.

— Je peux compter sur toi ?

Il crut d'abord qu'elle allait refuser, puis la vit prendre l'arme du bout des doigts et se diriger vers l'un des fours, en ouvrir la porte et l'y déposer.

— N'oublie pas de le retirer avant d'allumer le four, plaisanta-t-il.

A cet instant, un coup résonna sur la porte.

— Réponds, murmura-t-il. Mais je ne suis pas là.

Là-dessus, il l'embrassa sur le front et disparut dans les toilettes, laissant la porte entrebâillée.

— Commissaire Jackstone ! s'exclama-t-elle.

Alex se détendit. Il aimait bien Derek Jackstone.

— On nous a signalé des coups de feu sur le parking. Vous n'avez rien entendu ?

— Je viens tout juste de descendre. Je devais être dans la salle de bains.

« Quel aplomb ! » se dit Alex.

— Alors vous n'avez rien vu ? interrogea Jackstone.

— Non.

— Restez à l'intérieur, mademoiselle Michaels. Loin des fenêtres. Je vais examiner les environs. Attendez un peu avant d'ouvrir votre boutique et verrouillez la porte derrière moi.

Alex l'entendit enclencher le verrou et vint la retrouver. Elle avait l'air furieux.

— Alex, je veux que tu m'expliques. Que fais-tu avec un revolver ? Et qui me tirait dessus ?

— Si seulement je le savais, Nicky.

— Ce n'est pas une réponse.

— Je suis comme toi : j'ai entendu les coups de feu mais je n'ai pas vu qui tirait.

Il se frotta les yeux, plus fatigué qu'il se rappelait l'avoir jamais été. Les nuits blanches n'étaient plus de son âge !

— Prends ton revolver et va-t'en, Alex.

— Tu ne peux pas faire ça, Nicky. Ils vont m'arrêter.

Elle le fixa, inquiète.

— Dans quelle galère t'es-tu encore fichu, Alex ?

— Rien qui te concerne. Ouvre ton magasin et fais comme si je n'étais pas là, répondit-il d'un ton sec.

Nicky lui lança un regard noir. Décidément, avec lui, c'était la douche écossaise ! Tantôt fougueux, prêt à la dévorer et l'instant d'après, plus froid qu'un glaçon.

— Je devais être vraiment bête à seize ans, marmonna-t-elle tout bas.

Contrariée, elle alla vers sa vitrine. Là au moins, il ne risquait pas de la suivre, sous peine d'être aperçu de l'extérieur.

— Pourquoi as-tu ouvert cet atelier d'art, Nicky ? s'enquit-il soudain, radouci. Je croyais que tu voulais devenir professeur.

— Oui, mais on ne fait pas toujours ce que l'on veut dans la vie.

— Qu'est-ce qui t'en a empêchée ?

Elle eut envie de lui répondre puis se retint, estimant que ses affaires ne le regardaient pas. Jugeant finalement son attitude puérile, elle se ravisa :

— Quand ma belle-mère est décédée accidentellement, j'ai dû quitter l'université du Maryland pour aider papa. Hope n'avait que quatorze ans et Brent et Gavin étaient toujours au collège. Il fallait bien que quelqu'un s'occupe de la maison pendant que papa s'affairait à la ferme.

— Je suis désolé.

— Au début, j'étais triste de tout abandonner et finalement je ne regrette rien. A la suite de l'accident, papa a reçu une compensation financière dont il nous a donné à chacun une part. Avec la mienne j'ai racheté le magasin d'art de Millie qui prenait sa retraite. Millie m'a appris le métier et j'ai pris des cours du soir. Maintenant j'enseigne les arts plastiques au lieu de la littérature. Et toi, pourquoi n'es-tu pas allé à la faculté comme prévu ?

— Qui te dit que je n'y suis pas allé ?

Elle se retourna.

Il était adossé au mur, jambes croisées, et affichait une

décontraction incroyable. C'était vraiment le démon tentateur ! Comment un homme pouvait-il être aussi séduisant ?

Son regard dévorant, son sourire désarmant, son charme ravageur… tout en lui la bouleversait. Un désir farouche de se blottir dans ses bras l'étreignit.

— La vie ne s'est peut-être pas déroulée comme nous l'espérions, répondit-il, mais tu pourrais t'inscrire en faculté aujourd'hui.

— Toi aussi…

Il soupira, se passa la main dans les cheveux. Elle aimait cette tignasse épaisse, noire, vigoureuse, dans laquelle, autrefois, elle se plaisait à passer les doigts.

— Tu es toujours aussi belle, chuchota-t-il.

Le compliment la laissa sans voix. Interdite, elle le fixa. Il avait enfilé ses pouces dans les passants de son jean et la regardait, son irrésistible sourire au coin des lèvres.

— Cela t'arrive-t-il quelquefois de repenser à nous ?

Sa voix grave, avec des inflexions d'une sensualité incroyable, la fit frissonner.

— Non.

Le mensonge dut mal passer car il pencha la tête de côté, l'air dubitatif.

— Moi si. Plus d'une fois, même. Tu es mon seul bon souvenir de Fools Point.

Avant qu'elle n'ait pu répondre, quelqu'un frappa à la porte. Alex eut juste le temps de se précipiter dans les toilettes, et Nicky, qui s'attendait à voir le commissaire Jackstone, ouvrit. C'était Osher.

— Mademoiselle Michaels.

Sans même attendre d'y être invité, le sergent entra. Après un bref coup d'œil dans la pièce, il porta le regard sur Nicky. Un regard visqueux, lubrique.

— Bel endroit, commenta-t-il.

Nicky eut envie de répliquer mais ravala son dégoût. Rien ne servait de l'agresser. S'il venait pour la provoquer, elle lui offrirait le silence.

Osher se renfrogna.

— Que s'est-il passé tout à l'heure ? Dites-moi tout, ordonna-t-il.

— Je ne sais pas.

— Ne dites pas que vous n'avez pas entendu les coups de feu ! dit-il en haussant le ton.

— C'est pourtant la vérité.

— Mademoiselle Michaels, quelqu'un dans votre immeuble a tiré plusieurs balles, dont l'une s'est fichée juste derrière votre porte. Vous ne me ferez pas croire que vous n'avez rien entendu.

— Je devais être dans la salle de bains, avec le robinet d'eau ouvert.

Il s'approcha d'elle, trop près, plein de morgue. Malgré la répulsion qu'il lui inspirait, elle leva le menton vers lui et le défia du regard.

— Oui, c'est la vérité. Maintenant, sergent, si vous me touchez, ne serait-ce qu'à un cheveu, je vous préviens, je crie.

Osher la regarda, interloqué.

— Pourquoi faire un scandale, mademoiselle Michaels ?

— Parce que je ne tolère pas qu'on me touche, sergent.

Les traits déformés par la colère, il fulminait.

— Vraiment ? Vous n'aimez pas qu'on vous touche ? dit-il, levant la main. C'est ce qu'on va voir !

— Moi non plus je n'aime pas qu'on la touche !

La voix grave et traînante d'Alex la fit se retourner d'un bloc. Il était adossé au mur, négligemment, mais Nicky le connaissait suffisamment pour savoir qu'il bouillait intérieurement.

— Surtout pas toi, ajouta Alex.

— Ah, tu es là !

Osher fusilla Nicky du regard puis concentra toute son attention sur Alex.

— Tu es recherché, Coughlin.

— Il semblerait que tu m'aies trouvé.

Osher dégaina son arme.

— Que faites-vous ? s'écria Nicky affolée.

— Tu es en état d'arrestation, Coughlin, déclara le sergent.

— Pour quel motif ? s'enquit Nicky.

— Suspicion de meurtre, répondit-il sans même daigner la regarder. Je savais bien qu'il y avait une raison pour que vous ne le reconnaissiez pas, l'autre jour, lors de la confrontation.

— En effet. Je ne pouvais pas l'identifier.

— On a de sérieuses preuves, cette fois, ricana-t-il.

— Ce n'est pas possible, dit Alex calmement.

— Tu aurais dû être plus prudent, Coughlin. Tu as accroché ta chemise sur le grillage le soir du meurtre. On a comparé les fibres.

— Même si les tissus correspondent, ce dont je doute, prouvez que j'ai déchiré ma chemise à ce moment-là.

C'était bien en courant après la silhouette qu'il avait tenté d'enjamber le grillage et qu'il avait fait un accroc à sa chemise, il s'en souvenait.

— Tu diras cela à ton avocat. Pour l'heure, j'ai un mandat pour perquisitionner chez toi dès aujourd'hui, triompha-t-il. Ta voiture a été confisquée, ainsi que ta moto. Tu sais ce qu'on a trouvé dedans ?

— Des bonbons ?

— Un revolver, gros malin. Un revolver auquel il manquait plusieurs balles. Même calibre que celui qui a servi à tuer Biggs. Je parie que c'est le flingue du crime.

Alex se redressa.

— A moins que tu ne l'aies placé là toi-même.

— La ferme ! Tourne-toi. Mains au mur, ordonna Osher.

Sans se presser, Alex se retourna.

— Mais Alex n'a rien fait ! protesta Nicky, médusée.

Osher lui lança un regard méprisant.

— Je m'occuperai de vous ensuite, mademoiselle Michaels. Complicité de meurtre…

Animé d'une rage subite, Alex pivota sur lui-même. Nicky n'eut pas le temps de le voir partir que déjà le coup de pied frappait Osher en pleine poitrine. Les deux hommes s'empoignèrent. De toute évidence, le sergent ne faisait pas le poids. Alex lui donna un coup sec dans la main qui fit voler son arme aux pieds de Nicky qui la poussa sous un placard.

La bagarre fut très brève. Profitant de ce qu'Osher était sonné, Alex s'échappa en courant. Allongé par terre, le sergent gémit. Un filet de sang coulait de son nez. Nicky hésita une seconde puis courut ouvrir la porte. Jackstone était là et bavardait avec la coiffeuse sur le seuil de son salon.

— Commissaire, appela Nicky. Alex vient d'assommer le sergent Osher.

Jackstone se précipita et trouva Osher en train de se relever.

— Le salaud m'a volé mon arme, dit-il à Derek Jackstone.

— Non, elle a glissé sous l'armoire. C'est vous qui l'avez laissée tomber. Alex n'y aurait jamais touché si vous ne m'aviez pas menacée.

— Thad vous a menacée ? s'enquit Jackstone.

— Il m'a narguée. Je l'ai prévenu que s'il me touchait, je crierais. C'est alors qu'Alex est intervenu.

— Espèce de petite menteuse !

— Ferme-la Thad, dit Jackstone.

— Il a dégainé et dit à Alex qu'il était en état d'arrestation. Puis il m'a menacée ; alors Alex l'a frappé. Je veux déposer plainte contre le sergent Osher pour harcèlement sexuel et menaces.

— Elle ment, répéta Osher.

— Mademoiselle Michaels, que faisait Alex Coughlin chez vous ?

— Il est venu me demander si j'avais vu ou entendu quelque chose la nuit du crime. Il a le sentiment que le sergent Osher cherche à le coincer. Je crois savoir que M. Coughlin avait l'intention d'interroger tous les commerçants de la rue.

— Pour savoir qui d'autre l'a vu commettre le meurtre, grogna Osher.

— Tais-toi, Thad.

— On l'emmène et on lui fera cracher le morceau au commissariat, gronda le sergent.

— Non. Allons plutôt discuter dehors.

Jackstone se pencha pour récupérer le revolver du sergent.

— Mademoiselle Michaels, je dois vous demander de ne pas quitter la ville.

— Je travaille, commissaire. Je ne vois pas comment je pourrais m'absenter. En revanche, je maintiens ma plainte contre le sergent.

— Je reviendrai prendre votre déposition plus tard, mademoiselle Michaels. Allez, viens, Thad.

Thad sortit en jurant. En passant la porte il lança à Nicky un regard noir.

Avec soin, elle verrouilla la porte derrière eux et s'effondra sur une chaise. Elle avait froid et tremblait. Sans doute, à vouloir aider Alex, venait-elle de s'empêtrer davantage encore dans une aventure qui la dépassait totalement.

Etait-ce son amour de jeunesse pour lui, ou sa sensualité exacerbée, ou simplement sa crédulité, qui la poussaient à croire à l'innocence d'Alex ? Ou trouvait-elle là prétexte à déchaîner sa haine contre Osher ?

Nicky, soudain, se redressa. Ilona lui avait bien dit que son petit ami était policier et marié. Thad Osher était marié. Peut-être était-ce lui l'amant d'Ilona ? Et si Ilona avait vu Thad Osher tuer Thorton Biggs ? Cela pouvait expliquer la peur de son amie et son refus de témoigner.

Satisfaite de cette hypothèse, Nicky décida de la retenir. Mais à qui pouvait-elle confier ses soupçons ?

Si seulement elle avait pu parler à Ilona…

Sachant qu'il était devenu l'homme le plus recherché de Fools Point, Alex, plutôt que de chercher à fuir s'était tout bonnement réfugié chez Nicky.

L'appartement était chaleureux. Meubles anciens joliment

restaurés, terres cuites naturelles ou émaillées disposées çà et là sur des étagères, ce foyer dégageait un charme fou, à l'image de son occupante. Curieux de savoir qui était devenue son ancienne amie, Alex commença à fouiller l'appartement, sans bruit.

Bien sûr, il se sentait coupable d'agir ainsi mais il avait envie d'accéder à son jardin secret. Le salon n'ayant rien révélé d'exceptionnel, il alla dans la chambre. Dans le fond, Nicky n'était peut-être qu'une jeune femme toute simple. Limpide. Et ce qu'il prenait pour des secrets n'était sans doute que le fruit de son imagination. N'empêche ! Elle se comportait tout de même de façon étrange…

Poursuivant son enquête, il ouvrit un placard qui renfermait de la lingerie. Jeune fille, il s'en souvenait comme si c'était hier, elle portait des dessous de coton blanc, côtelé, à des années-lumière des froufrous de dentelle et de soie terriblement affriolants qui s'offraient à ses yeux. Comme il aurait aimé la contempler dans ces atours. Poursuivant sa douce flânerie, soudain, dans un tiroir, un soutien-gorge de satin rouge happa son regard. Il ferma les paupières et imagina son corps adorable dans la somptueuse étoffe. Comme elle devait être désirable. Il voulait le voir sur elle, flattant ses courbes parfaites qu'il espérait pouvoir admirer dans leur provocante nudité.

Mais pour qui le portait-elle ? se demanda-t-il, un pincement au cœur. Et qui était-elle au juste ?

Comme il poursuivait sa honteuse perquisition, ces deux questions le hantèrent sans relâche. La jeune fille naïve avait maintenant fait place à une femme, avec ses appétits et ses fantasmes. Une femme nouvelle qu'il ne soupçonnait pas. Intrigué il continua sa fouille, en quête de nouveaux indices.

Sur un cintre était accroché un fourreau rouge, long, moulant, largement fendu sur le côté et profondément décolleté. C'était l'explication du soutien-gorge de satin rouge ! Elle avait dû faire rêver plus d'un soupirant dans cette magnifique robe. Quel homme aurait pu résister à pareille beauté ?

S'enhardissant encore, Alex continua l'inspection. Il délogea du sommet du placard une boîte et en souleva le couvercle. Il était là son jardin secret, ses souvenirs, son trésor. Il en fouilla le contenu, trouva des lettres, des photos en vrac et s'apprêtait à le remettre en place, un peu déçu de n'avoir rien déniché, quand un petit album de photos capta son regard. Des fleurs sauvages, séchées, ornaient la première page. Puis, sur les pages suivantes, des photos de lui, jeune, rebelle, agressif, en révolte contre le monde.

C'est lui qui avait cueilli les fleurs pour elle, ce jour-là. Et c'est sous un soleil de plomb, qu'elle s'était offerte à lui en retour.

Honteux, Alex ferma l'album et remit la boîte en place. Il se sentait triste. D'un geste las, il se passa le bras sur le front, comme pour chasser les souvenirs qui encombraient son esprit. Si seulement il avait pu mettre ses souvenirs de côté. A jamais. Hélas !

Il sortit de la pièce et se dirigea vers la chambre d'amis. Dans le couloir, il faillit trébucher sur le chat.

— Pas maintenant, Ginger. Tu vois bien que je suis occupé.

Sous le lit traînaient une souris en peluche et un soutien-gorge beaucoup trop grand pour Nicky.

— Elle devait avoir une amie chez elle, dit-il tout haut au chat qui se frottait contre sa jambe. Dommage que tu ne parles pas, tu me dirais à qui ceci appartient.

Il prit le téléphone et passa quelques coups de fil rapides. Comme il raccrochait, la porte s'ouvrit en grand.

— Ilona ? appela Nicky.

— Non, c'est moi.

— Toi ? Que fais-tu ici ? La police te recherche.

— Justement. J'ai pensé qu'ils ne viendraient pas me chercher ici.

— Je rêve ! dit-elle en s'appuyant contre la cloison.

— Crois bien que je ne suis pas non plus ravi de cette situation. Mais je ne savais pas où aller. Sois sans crainte cependant, je ne te causerai aucun tort.

— Je sais à quoi m'en tenir avec tes promesses ! déclara-t-elle, glaciale.

— Je suis navré, Nicky.

— Navré ! C'est tout ce que tu trouves à dire ?

— Tu veux que je m'en aille ?

— Oui.

Désemparée, hésitant entre les sanglots et la colère, Nicky, le voyant partir, le rappela :

— Non ! Attends. Tu ne peux pas passer. Ils surveillent l'atelier.

Il s'arrêta, revint vers elle. Ils étaient si proches qu'il aurait pu la toucher. La caresser. L'envelopper de ses bras, la serrer contre lui et lui faire sentir combien il la désirait. Mais au lieu de cela, il enfonça ses pouces dans sa ceinture et bascula en arrière sur ses talons.

— Je n'ai jamais voulu te faire de mal, Nicky.

— Ne me fais pas ton numéro de charme, Alex Coughlin. Je ne marche plus. Tu peux rester là jusqu'à ce qu'il fasse nuit. Ensuite tu partiras. Je dois redescendre. Je donne un cours dans cinq minutes.

Elle se retourna alors, évitant son regard.

— Merci, Nicky.

— Ne me remercie pas. Je le fais pour moi, pas pour toi. Je n'ai pas l'intention de donner à Thad Osher une raison de m'arrêter.

A l'évocation du policier, il faillit répliquer mais ravala son commentaire, préférant lui poser la question qui lui brûlait les lèvres depuis trois minutes.

— Qui est Ilona ?

Nicky fit une halte dans l'escalier.

— C'était ma colocataire à l'université. Il faut que j'y aille. Ne fais pas de bruit car on entend tout d'en bas.

Nicky avait eu l'air embarrassée à propos d'Ilona. Alex connaissait ce nom mais ne se souvenait plus à quelle occasion il l'avait entendu. C'était un prénom inhabituel.

Alex s'allongea sur le lit et fouilla dans sa mémoire. Nicky ne serait pas de retour avant des heures et il tombait de sommeil…

Le téléphone le réveilla en sursaut. Il le fixa attendant que le répondeur se mette en marche.

— Mademoiselle Michaels, c'est moi. Matt. Ecoutez, il faut que vous sortiez de là. Vous n'êtes pas à l'abri. Ces types ne sont pas des amateurs. Il faut que vous m'écoutiez. Ne faites confiance à personne. Personne !

La ligne se coupa brusquement.

Reprenant brutalement pied dans la réalité, Alex se redressa. Qui était ce Matt ? Il alla se rafraîchir dans la salle de bains puis fila dans la cuisine, se prépara un sandwich et but une boisson fraîche.

— Alex ? lança alors une voix.

— Oui ?

— Je ne savais pas si tu serais encore là. Je viens d'avoir une conversation avec Jackstone. J'ai accepté de ne pas porter plainte contre Thad Osher s'ils le tenaient à l'écart de moi. L'inspecteur Hepple rentre demain et le fiancé de ta sœur prend ses fonctions comme adjoint dans trois jours. J'ai dit à Jackstone que tu étais venu frapper à ma porte dès qu'il avait tourné le dos. Il n'était pas content que je t'aie laissé entrer mais je lui ai expliqué que nous étions de vieilles connaissances.

— Connaissances ? releva Alex…

— Oui, dit-elle en rougissant.

— Qui est Matt, Nicky ? demanda Alex à brûle-pourpoint.

Elle pâlit.

— C'est un jeune voisin. Il était sur le parking ce matin et a filé comme une fusée lorsque la fusillade a éclaté. Je suis quasiment certaine qu'il n'a pas été touché. Il m'a dit qu'il avait vu le meurtre. Il peut identifier le meurtrier.

Alex serra les dents.

— Tu devrais écouter tes messages.

Hésitante, elle se dirigea vers la chambre à coucher et enclencha le répondeur.

— De quels « types » parle-t-il, Nicky ?

— Je ne sais pas.

— As-tu vraiment vu le meurtre, oui ou non ?

Elle détourna le regard.

— Non, je n'ai vu que toi qui partais en courant.

— Pourquoi as-tu dit à la police que tu avais vu le crime, alors ?

— Je l'ai presque vu.

— Nicky… Que se passe-t-il ? Parle-moi.

Nicky s'effondra sur le lit.

— Je ne peux pas. J'ai promis de ne rien dire.

— A qui ?

— Je ne peux pas te le dire.

Elle se leva d'un bond.

— Allons trouver Matt. Il a tout vu. Il sait qui est le tueur et connaît sûrement le mobile. Il vit avec sa tante et son oncle mais il traîne surtout dans la rue. Il aurait volé une voiture sur le parking d'un restaurant, ces jours-ci.

Elle s'arrêta.

— Pourquoi fais-tu cette tête ?

— Thorton Biggs possédait une casse, dit-il. C'est peut-être pour cela qu'il a été tué. Si Matt travaillait aussi pour lui, il sait certainement qui est impliqué. J'y vais.

— Je t'accompagne. De toute façon tu n'as plus de voiture, la police l'a confisquée.

— Et ton magasin ?

— J'ai fermé plus tôt aujourd'hui. Il n'y avait plus de clients. Prenons l'air naturel pour aller jusqu'à la voiture, il se peut qu'il y ait des gens sur le parking en ce moment.

Personne ne prêta attention à eux. Arrivés à la Pontiac, ils s'installèrent et Nicky démarra. Elle conduisait toujours comme une furie, constata Alex, heureux de remarquer que malgré les années, tout n'avait pas changé.

— Es-tu satisfait de ta vie, Alex ? dit-elle, rompant le silence.

La question le prit de court. Il repensa aux derniers mois et secoua la tête.

— Bof…

— Tu peux encore en changer. Pourquoi perds-tu ton temps avec des gens comme Viktor Unsdorf ? Tu vaux tellement mieux ! Est-ce à cause de ton père ? Parce qu'il a été accusé d'avoir volé et tué ?

— Ce qui est arrivé à mon père n'a aucun rapport avec ma vie.

— Si. Sa mort a influé sur toi et sur Kayla. Ta sœur a appris à détester la police. Mais elle s'est calmée. Elle va même se marier avec un policier. Quel effet cela te fait-il ?

— Lee est un bon flic. Celui qui a tué mon père n'était qu'un gosse. Excès de zèle et gâchette facile font mauvais ménage. Ça a été une bavure horrible. Papa était innocent. Lorsqu'il a tendu la main vers son portefeuille, l'agent a pris peur et a tiré. Ce sont les médias qui se sont mal conduits. Ce sont eux qui ont traité papa de meurtrier et de voleur.

— Alors pourquoi traînes-tu avec des ratés comme Unsdorf et Barry Fairval ? Tu sais que Barry a été arrêté le mois dernier à Washington, pour le braquage d'une banque ? Pourquoi ne reprends-tu pas tes études ? Tu es trop intelligent pour perdre ton temps avec cette bande.

Touché par l'intérêt qu'elle lui portait, il lui caressa la joue.

— Nous y voilà, dit-elle. J'y vais. Il n'ouvrira pas si c'est toi qui frappes.

Alex voulut protester mais sans doute avait-elle raison. Il la regarda monter le perron et, subitement, ressentit un malaise. Ce silence… Cette rue déserte… L'endroit transpirait le danger.

Inquiet, il sortit de la voiture.

— Nicky ! Eloigne-toi de la porte. Il y a quelque chose de louche.

— Quoi, Alex ?

— Remonte dans la voiture. Tout de suite.

Elle hésita puis redescendit les marches.

— Regarde, dit-elle, plongeant la main dans son fourre-tout. Je ne crains rien. Moi aussi je suis armée.

Surpris, Alex lui arracha son revolver des mains.

— Monte dans la voiture.

Nicky se glissa au volant et regarda Alex qui fixait la porte de la maison.

— Nom d'un chien ! jura-t-il. Une bombe !

Au même instant, l'engin explosait.

4

La déflagration déchira le silence et Nicky poussa un cri. Quand l'épais nuage de fumée se dissipa un peu, elle put constater qu'il ne restait que trois pans délabrés et noircis de la maison. Sans perdre une minute, Alex se précipita vers les décombres fumants. Quand Nicky le vit courir dans cette direction, elle se lança à sa poursuite mais Alex l'entendit approcher. Il se retourna et, sans lui laisser le temps de protester, la plaqua au sol.

Une seconde explosion résonna alors, achevant de pulvériser ce qui restait des murs de la maison.

Une pluie de gravats s'abattit tout autour d'eux et ils se protégèrent la tête entre leurs bras.

Une fois l'avalanche terminée, Alex se releva. Des bouts de bois, des fragments de verre, jonchaient le sol. Des langues de feu léchaient les fondations de la maison. Le spectacle était désolant.

Toujours étendue sur le ventre, Nicky commença à remuer.

— Ne bouge pas, lui ordonna Alex en la maintenant fermement au sol. Ce n'est peut-être pas fini.

— Pourquoi te lèves-tu, toi, dans ce cas ?

— Ne t'inquiète pas et fais ce que je vais te dire. Quand je te dirai « cours », file chez les voisins et appelle la police. Dis-leur que la maison brûle et qu'elle est piégée de toutes parts. Je protège ta fuite. Vas-y, Nicky. Cours, cours !

Terrorisée, Nicky se leva et courut.

Des badauds avaient eu le temps d'affluer. Parmi eux,

des adolescents qui ne semblaient pas le moins du monde effrayés.

— Reculez ! leur cria Nicky.

— C'est une fuite de gaz ?

— Non ! La maison est truffée d'explosifs.

Excités par cette animation inhabituelle, ils riaient aux éclats, incrédules.

— Des bombes ? Et puis quoi encore ?

— Reculez ! s'époumona-t-elle de nouveau.

— Si c'est une bombe, faut sortir Matt, déclara l'un d'eux.

— Tu es sûr qu'il est là ? cria-t-elle.

Sans attendre la réponse, elle se rua vers la maison qui n'était déjà plus qu'une torche. Si Matt était dedans, il fallait intervenir tout de suite, sans attendre les secours. A cet instant, Alex apparut.

— Je viens d'inspecter les sous-bois, dit-il. Je n'ai rien trouvé. Ils ont dû s'enfuir par les champs derrière.

Du sang coulait de son bras.

Un trio d'adolescents s'approcha d'eux.

— C'est Matt qui a fait ça ? demanda l'un des garçons.

— Pour quelle raison aurait-il fait cela ? demanda Alex.

— Comme il s'entendait pas bien avec son oncle… Mais c'est pas le genre de type à faire exploser une maison. Je veux dire, Matt est un pote. Il n'est pas déprimé, ni fou ni rien de ce genre.

— Vous croyez qu'il est dedans ? demanda la fille, glissant une mèche rousse derrière son oreille.

Nicky vit Alex hésiter puis, sans qu'elle ait pu s'y opposer, courir vers les restes en feu.

— Alex, non ! hurla-t-elle. Il y a peut-être d'autres bombes.

— Tant pis ! l'entendit-elle répondre.

— Alex !

Comme il disparaissait dans la fournaise, les marches

du perron de bois s'effondrèrent en provoquant une pluie d'étincelles.

— Alex ! Oh, non ! gémit-elle.

Puis se ressaisissant :

— Quelqu'un a-t-il appelé les pompiers ?

— Oui, moi, répondit une femme.

Au même moment, les gyrophares des secours brillèrent au loin. S'efforçant de garder son sang-froid, Nicky s'adressa aux badauds.

— Reculez ! ordonna-t-elle. Reculez !

Le groupe d'adolescents s'était approché du brasier tandis que des adultes, tout aussi inconscients, commentaient l'accident près des brandons brûlants.

— Ça peut encore sauter, leur dit-elle. Que tout le monde recule !

Mais pourquoi Alex ne sortait-il pas ? Pourquoi n'était-il pas réapparu ?

Ne contrôlant plus son angoisse, elle s'approcha du brasier. Soudain, une chaise vola par une fenêtre. Ignorant sa panique, Nicky se précipita.

— Nicky recule ! s'écria Alex qui s'affairait près de la fenêtre.

— Je vais t'aider.

— Je te le passe par la fenêtre. Attrape-le par les aisselles et tire.

Ayant recouvré son calme, Nicky s'exécuta. Blessé, couvert de coupures, Matt apparut alors, le visage noir de fumée. Mon Dieu, qu'il était lourd ! Après l'avoir chargé sur son épaule, Alex alla l'étendre loin des décombres, sur l'herbe.

Dans ce chaos, Nicky vit quelqu'un courir et prendre une photo. Les camions de pompiers arrivaient. Le vacarme et la confusion étaient à leur comble.

— Laissons-le là pour l'instant, dit Alex. Ça peut encore sauter.

Il se pencha sur Matt et chercha son pouls.

— Il est inconscient mais il respire, dit-il à Nicky.

— Poussez-vous, ordonnèrent les médecins.

— Il était à l'intérieur quand la bombe a explosé, expliqua Alex.

— La bombe ?

— Oui, quelqu'un a disposé des explosifs autour de la maison, dit-il, levant la tête.

Apercevant alors la silhouette d'Osher, il se redressa et partit se dissimuler derrière un groupe de badauds. Nicky, qui avait observé la scène, le rejoignit.

— Où est la voiture ? demanda Alex. Notre copain est arrivé.

— A cent mètres, mais on est bloqués par deux voitures de police.

— T'inquiète pas. Passe-moi les clés.

Quelques coups de volant habiles plus tard, Alex sortait la Pontiac de son fâcheux stationnement. Dans l'agitation qui régnait, personne ne prêta la moindre attention à eux. A peine avaient-ils tourné le coin de la rue qu'une nouvelle explosion secouait le quartier. Moite de peur, mais en même temps soulagée, Nicky s'enfonça dans son siège.

— Je n'y crois pas, dit-elle.

Visiblement préoccupé, Alex la regarda.

— Quelqu'un veut empêcher Matt de raconter ce qu'il a vu.

— Mais ce n'est qu'un enfant…

— Plus maintenant, répondit-il. Il joue dans la cour des grands. Rappelle-toi le message qu'il t'a laissé : il te dit lui-même que ces « types » sont des durs.

— Mais qui sont-ils ?

Alex haussa les épaules.

— Il y a tellement d'argent à se faire dans le vol de voitures, Nicky ! Tu l'as dit toi-même, sa situation familiale n'est pas facile et personne ne prend vraiment soin de lui. Terrain parfait pour la délinquance.

— Ils auraient pu commencer par un avertissement, soupira-t-elle.

— Penses-tu ! Ils ont même fait sauter un homme près de l'autoroute, il n'y a pas longtemps.

— J'ai cru entendre un des jeunes dire que Matt connaissait l'assassin.

Alex fronça les sourcils.

— Pour moi, tout est lié. Thorton Biggs tenait un magasin de pièces détachées et peut-être une casse et payait Matt pour lui voler des voitures. L'homme qui a sauté près de l'autoroute était un agent du FBI infiltré dans le réseau pour enquêter sur le trafic. Peu de gens le savent : ils ne l'ont pas dit dans les journaux. Alors motus, c'est secret-défense !

Comme il se garait derrière l'atelier de Nicky, elle se tourna vers lui, troublée.

— D'où tiens-tu toutes ces informations ?

— As-tu oublié qui je fréquente ? répondit-il, d'un ton provocant.

— Pourquoi traînes-tu avec eux, Alex ? Viktor est un voyou et Barry a été arrêté pour hold-up. Tu vaux mieux qu'eux. Va-t'en. Trouve-toi un travail honnête, ou reprends tes études. Fais quelque chose de positif de ta vie avant qu'il ne soit trop tard.

— Te ferais-tu du souci pour moi ?

— Ne te moque pas, Alex. Ce n'est pas le moment. Pas toi. Tu n'es pas comme eux. Moi, je crois en toi, tu ne te souviens donc pas ?

Il tendit la main vers elle et lui caressa le visage. Elle aurait voulu être une boule pelotonnée dans le creux tiède de sa main. Il avait une telle façon de la toucher… Et son sourire était si doux, si tendre… Il lui rappelait les chaudes journées d'été qu'ils avaient passées ensemble autrefois. Ah, ce passé maudit qui refusait de s'estomper !

— Comment pourrais-je oublier ? murmura-t-il. A part toi, personne ne croyait en moi… Si seulement je pouvais partir et t'emmener. Mais je ne peux pas. En tout cas, pas encore.

— Pourquoi pas ? dit-elle, posant la main sur son bras.

Alex grimaça de douleur.

— Oh, pardon ! C'est vrai que tu es blessé. Comme je suis égoïste.

— Non, Nicky, tu n'es pas égoïste.

— Alors, écoute-moi, Alex. Va-t'en. Pense à ta sœur. Kayla va bientôt épouser un policier qui travaillera ici à Fools Point. Si tu restes ici, tu vas la mettre dans une situation impossible… elle va se trouver prise comme dans un étau entre son mari et toi.

— Je ne partirai pas, répondit Alex avec fermeté. Lee est un type bien.

— Je ne te comprends pas.

— Tout ira bien, j'en suis sûr. Un jour, je t'expliquerai.

— Pourquoi pas maintenant ?

Il lâcha le volant qu'il serrait des deux mains et la regarda avec une infinie tendresse.

— Maintenant on va essayer de sortir d'ici vivants. Allez, viens.

Il descendit de voiture et scruta le parking. Peu rassurée, elle en fit autant. Le trafic se concentrait surtout du côté de la banque. Toujours sur le qui-vive, il contourna la Pontiac. Le voyant si inquiet, Nicky, malgré la chaleur moite de cette fin d'après-midi, frissonna.

— Tu ne penses quand même pas que ça va recommencer comme ce matin ?

— On n'est jamais trop prudent.

Alex poussa Nicky devant lui et ils montèrent l'escalier.

— Je suis gelée, dit-elle, lui tendant la clé de l'appartement.

— C'est le contrecoup du choc. Tu vas te reposer et ça ira mieux.

Dès qu'il eut ouvert la porte, il alluma. Déjà, dehors, le jour tombait, recouvrant la terre de son manteau d'ombre. Entendant du bruit, Ginger accourut à pas menus.

— Au fait, et Matt ? s'inquiéta soudain Nicky.

— Ça va aller. Je l'ai trouvé dans l'escalier du sous-sol.

Il devait tenter de s'échapper. Il est brûlé, mais je pense qu'il s'en sortira.

Alex posa la main sur le bras de Nicky. Ses doigts étaient chauds et réconfortants sur sa peau nue. Incapable de résister au besoin de la sentir contre lui, il l'enveloppa de ses bras et l'attira sur sa poitrine. Il sentait bon. Il sentait l'homme et le courage : la transpiration, le feu et la fumée. Comme c'était bon d'être tenue, serrée, protégée.

Ginger serpenta entre les jambes de sa maîtresse.

— Nicky, je pense que tu devrais quitter la ville quelque temps. Tu pourrais aller rendre visite à ta tante dans le Wisconsin, par exemple.

Elle bascula la tête en arrière. Pourquoi la serrait-il dans ses bras pour la chasser l'instant d'après ?

— Je ne peux pas partir. J'ai mon atelier, martela-t-elle.

— Tu as été témoin d'un meurtre, Nicky. Logiquement, tu es la prochaine sur la liste.

Glacée d'effroi, elle se blottit contre lui et remarqua du sang qui coulait sur son bras.

— Tu es blessé, dit-elle. Je vais te soigner.

— On n'a pas le temps, Nicky.

— Tu veux que ça s'infecte ?

— Matt t'a dit que ces types n'étaient pas des amateurs. Tu viens de voir de quoi ils sont capables. La prochaine étape pourrait avoir lieu ici.

Incrédule, Nicky alla à l'armoire à pharmacie et prit la teinture d'iode.

— Tu essaies de me faire peur ?

— Tu dois avoir peur, Nicky.

Refusant de céder à la panique, elle prit un coton et l'imbiba.

— Nicky, il faut que nous partions. C'est urgent.

— On verra ensuite. Tiens-toi tranquille : ça va piquer.

Agacé mais stoïque, il se laissa barbouiller de lotion violette puis de crème. Jamais jusqu'alors, elle n'avait eu le loisir de remarquer sa musculature. Sous une silhouette élancée, il cachait une puissance masculine insoupçonnée qui inspirait la sécurité.

— Rassure-moi, Alex, tu n'es pas impliqué dans ce trafic de voitures ?

Elle le regarda. Il avait l'air triste : sans doute l'avait-elle blessé ?

— Pas de la manière que tu crois.

— De quelle manière alors ?

Il ne répondit pas. Fâchée de son mutisme, elle banda la blessure en silence, en évitant avec soin le moindre frôlement.

— Pourquoi ne t'en vas-tu pas, Alex ?

— Tu dis que tu ne m'as pas téléphoné. Or quelqu'un m'a appelé. Une femme qui s'est fait passer pour toi. Cette femme sait pour nous deux. Qui pouvait se douter que j'accourrais si tu me le demandais ?

A cette remarque, Nicky sentit une douce chaleur l'envahir. « Quelqu'un… qui savait que j'accourrais si tu me le demandais. » C'était donc qu'il tenait à elle ?

— Réfléchis, Nicky. Combien de personnes autour de nous savent ? Rappelle-toi comme j'ai été prudent cet été-là. Notre relation… personne n'était au courant, ou presque. Il faut chercher parmi ces personnes-là celle qui avait intérêt à m'attirer sur les lieux du crime ce fameux soir. On ne m'ôtera pas de l'idée qu'on s'est servi de toi pour m'appâter.

— Qui ? Je ne vois vraiment pas qui !

Il se passa les mains sur le visage et, se rendant compte qu'il était encore tout couvert de fumée, alla se débarbouiller.

— J'ai besoin de téléphoner, pendant ce temps prépare ta valise.

— Je te dis que je ne peux pas partir.

Brusquement, son expression se durcit. Un tic agita sa mâchoire. « Je le reconnais bien là, songea-t-elle. Intraitable et hostile dès qu'on ne lui cède pas. »

— Tu n'as plus le choix, Nicky. Tu n'as perdu que trop de temps. Prépare un sac. On part dans cinq minutes.

Nicky écarquilla les yeux. Pour qui se prenait-il pour lui donner ainsi des ordres ?

— J'insiste, Nicky. Prépare tes affaires.

Elle se renfrogna mais finit par se diriger vers sa chambre. Alex l'entendit fourrager dans ses affaires tandis qu'il passait ses coups de fil.

— Faites vite. Il faut mettre le gosse à l'abri.

— A qui parlais-tu ? s'enquit Nicky, qui revenait en traînant une énorme valise.

— Ne t'en fais pas. Tu es prête ?

Cette fois, elle ne put contenir sa colère.

— N'essaie pas de jouer au macho avec moi. Je quitte cette maison à cause de toi mais…

— Non ! Tu déménages à cause de ton témoignage.

Vexée parce qu'il avait raison, elle baissa les yeux. Le téléphone se mit alors à sonner. De mauvais gré, il lui tendit le combiné.

— Dis que tu rappelleras.

Furieuse, elle lui arracha l'appareil des mains.

— Allô ? Oh, Ilona ! Je me suis fait un sang d'encre. Où es-tu ?… Comment ?… Oui, je l'ai fait… Oui, je leur ai dit.

Se sentant à la fois gênée et coupable, Nicky détourna les yeux. Alex, l'oreille aux aguets, ne perdait pas une miette de la conversation.

— Je ne pouvais pas ! Tu sais pourquoi Ilona… Non, écoute, c'est plus compliqué que cela.

Elle le regarda à la dérobée : il s'était plongé dans une revue, mais elle n'était pas dupe : il feignait de lire. Mal à l'aise, elle alla à la fenêtre et lui tourna le dos.

— Ilona, essaie de comprendre. Tu dois… Non ! Il faut que nous parlions. Mets-toi à ma place. J'ai besoin de plus de détails. Non ! Je te dis que je ne peux pas ! Tu as tort ! Il n'aurait pas pu !

De la main, elle froissait le rideau. Quelque chose effleura la jambe d'Alex qui le fit sursauter. Ginger leva la tête et miaula.

Incapable de lui résister, Alex le prit dans ses bras et se mit à lui caresser la tête.

— Ilona…

Nicky s'arrêta net. Comprenant qu'à l'autre bout du fil on avait raccroché, Alex reposa le chat, s'approcha d'elle et la prit par les épaules.

— Qu'y a-t-il ?

— Mon amie a des problèmes, soupira-t-elle. Son petit ami l'a tabassée.

— Et elle ne veut pas porter plainte, évidemment !

— Non. Je ne sais plus que faire.

— Si elle ne dépose pas à la police, tu ne peux pas l'aider. Les violences conjugales sont difficiles à résoudre car les victimes répugnent à porter plainte.

— Tu ne comprends pas.

— Si, je comprends. Mais son sort est entre ses mains.

— Il est marié.

— Raison de plus pour que tu te tiennes à l'écart.

Il balaya une mèche qui barrait son front. Soyeuse… Douce… Comme dans ses souvenirs. Sa main s'attarda dans ses cheveux. Non, il ne fallait pas. Il plongea sa main dans sa poche.

C'était toujours comme cela entre eux. Il n'avait qu'à la toucher, la frôler, l'effleurer pour se griser de sensualité.

— Tu ne peux pas régler les problèmes de la terre entière, Nicky. Ton amie doit se prendre en charge.

Un doigt dans la bouche, penaude, on aurait dit une gamine. Une envie de la prendre dans ses bras et de l'embrasser comme une enfant pour la consoler le submergea. De peur de l'effaroucher, il hésita, mais ne put s'empêcher de lui caresser la joue.

— Ta peau est toujours aussi douce, ma Nickette !

— Je croyais que nous étions pressés, rétorqua-t-elle.

— Tu as raison.

Leurs visages étaient tout proches l'un de l'autre. Soudain, l'envie de s'emparer des lèvres qu'elle lui offrait le saisit. Il l'embrassa. Doucement, tendrement, presque douloureusement. Oubliant sa mauvaise humeur, elle répondit de toute sa passion, exactement comme il se rappelait. Il avait de nouveau dix-neuf ans et la désirait de toute sa fureur adolescente, elle, la magicienne qui chaque fois le faisait se sentir unique.

Nicky garda les lèvres soudées aux siennes, dans un long et savoureux baiser où resurgit un flot d'émotions oubliées. Hors d'haleine, ils reprirent leur souffle mais leurs bouches se retrouvèrent aussitôt dans un nouveau baiser, plus fougueux, plus profond. Mêlant le passé et le présent. Nicky enroula ses bras autour de son compagnon et, le corps lové contre celui d'Alex, s'abandonna.

Ivre de sensualité, il se laissa emporter par cette puissante vague et, encouragé par la réciprocité de leur désir, il l'embrassa avec fougue. Il ne voulait plus s'arrêter. Il ne pouvait plus. Il mordilla sa joue, son menton, souffla ses cheveux de côté, découvrant la zone érogène de son cou où battait un cœur fou.

Répondant à son ivresse, elle se cambra et sentit contre elle la raideur de son désir. Dès lors, plus rien ne les retint. Le goût et l'odeur d'Alex attisaient la fièvre de Nicky et elle se mit à onduler contre lui. Qu'elle était loin Nicky-la-timide, Nicky-la-pudique ! Disparue ! Envolée ! Métamorphosée en cette louve exigeante, affamée, avide de sensations et de plaisirs.

Enhardi par l'excitation de sa compagne, Alex reprit ses lèvres et la serra contre lui puis, glissant les mains sur ses hanches, il empoigna ses fesses et la pressa contre ses cuisses.

— Tu es le diable, lui murmura-t-il à l'oreille. Tu as le goût du péché.

Les paupières mi-closes, il lui mordilla la pointe de l'oreille, l'excitant de sa morsure humide. Les nerfs à fleur de peau, Nicky frissonna comme une feuille.

— Tu m'aimes toujours autant, murmura-t-il.

— Alex !

— Tu ne vas pas me dire d'arrêter, non ?

Ses yeux sombres brillant d'un éclat sans équivoque, elle recula.

— Jamais ! s'écria-t-elle. Il ne faut jamais que ça s'arrête.

Alex grommela quelques mots inaudibles et prit son visage entre ses mains. Il allait la prendre, tout entière, la posséder jusqu'à son dernier souffle.

— Non, Alex, non ! Il ne faut pas !

— Si, ma chérie.

Ignorant son refus, Alex lui reprit les lèvres pour ne plus les lâcher. Mais bientôt, hors d'haleine, Nicky recula.

— Non ! répéta-t-elle.

Frustré, partagé entre l'envie de la brusquer et le respect qu'il lui devait, il s'écarta d'elle. Il avait les yeux fiévreux, les lèvres rouges et humides, le souffle court. A travers sa chemise, elle sentait les battements accélérés de son cœur. Bouleversée, elle vacilla.

— Excuse-moi, Nicky. Je croyais que tu voulais, dit-il en la retenant.

Des sentiments contradictoires se bousculaient en elle. Oui, elle voulait. Mais il ne fallait pas. Pourtant, comme elle avait envie…

Troublé, Alex balaya ses cheveux de la main. Il tremblait. Son corps, affolé, brûlait d'une faim dévorante.

— Je ne t'ai jamais oubliée, Nicky.

— Mais tu n'es pas revenu.

Le ton de reproche le frappa en plein cœur.

— Je ne pouvais pas. Ensuite, c'est toi qui es partie pour l'université et j'ai cru que tu m'avais oublié.

— Comment as-tu pu croire cela ?

Elle s'avança et posa la main sur sa joue.

— Crois-tu vraiment qu'une femme oublie son premier amour aussi facilement ?

— Je ne sais pas.

— Comment peux-tu remettre en doute ce que nous avons vécu ?

Il étreignit Nicky. Comme elle lui paraissait fragile, tout d'un coup. Fragile et vulnérable.

— Pourquoi m'as-tu quittée ?

Il caressa son visage.

— Tu avais seize ans. Moi, je me sentais vieux et blasé. Une mauvaise graine.

— Tu avais dix-neuf ans et tu avais peur, corrigea-t-elle.

— Oui.

Il posa les mains sur ses hanches, mais elle se déroba.

— Pourquoi n'es-tu pas revenu ?

Elle ne l'accusait pas, elle voulait comprendre.

— Je ne pouvais pas.

— Etais-tu en prison ?

Il ne réagit pas.

— Tu n'es même pas venu à l'enterrement de ta mère.

— J'ai appris son décès trop tard. Trop tard, une fois de plus…

— T'es-tu marié ?

— Non, mais il s'en est fallu de peu.

Il répugnait à en parler mais il y avait déjà tant de secrets qu'il ne pouvait lui livrer…

— Qu'est-il arrivé ?

— Elle n'avait ni le goût de la vie, ni le parfum des fleurs après la pluie.

Nicky ferma les yeux. Elle savait à quel souvenir il faisait allusion.

— On s'est séparés en toute amitié. Elle a épousé quelqu'un d'autre. Et toi, Nicky ? Pourquoi ne t'es-tu jamais mariée ? Chaque fois que je pensais à toi, je t'imaginais dans une maison joyeuse, pleine d'enfants, de chiens et de chats.

— J'ai le chat, plaisanta-t-elle. En fait, je me suis occupée de ma famille. Cela ne m'a guère laissé de temps libre pour rencontrer quelqu'un. Puis, lorsque les garçons sont partis en fac, je me suis lancée dans cette aventure d'arts plastiques.

Un silence plana entre eux.

— Partons, dit-il.

— Pour aller où ?

Avant qu'il n'ait pu répondre, le téléphone sonna encore.

— Allô, Hope ? lança Nicky. Quoi ?… Doucement, je ne te comprends pas. Quoi ? Quand ? Mais il est en vie ?

Il vit ses yeux s'emplir de larmes et comprit.

— D'accord, Hope. Où l'emmènent-ils ? Bien. Va avec Brent. Je te retrouve à l'hôpital. Il va s'en sortir, tu vas voir.

Malgré les paroles rassurantes, elle dissimulait mal son angoisse.

— C'est ton père ? demanda Alex comme elle raccrochait.

— Il a eu une crise cardiaque. Ils l'emmènent au Morgan Hospital.

— Allons-y.

— Non, Alex, la police risque de te trouver.

— On verra bien.

Bien décidé à l'accompagner, il prit la valise de Nicky et s'arrêta sur le seuil de la porte.

— Et Ginger ?

— On ne peut pas l'emmener à l'hôpital. On reviendra le chercher ensuite, répondit-elle.

En toute hâte, ils montèrent en voiture et, pour rejoindre l'autoroute, passèrent devant chez Matt où régnait toujours une folle effervescence : pompiers, police, tous les secours étaient encore sur place.

— Ouf ! soupira Alex, heureux d'avoir évité un face-à-face probable avec Osher.

Nicky ne réagit pas. Le regard perdu, elle semblait ailleurs. Comprenant sa détresse, il lui prit la main pour la rassurer.

— Ton père est solide, Nicky. Il va s'en sortir.

— Je sais… Mais pourquoi a-t-il toujours refusé de se laisser opérer ?

— Sois tranquille, maintenant ils ne vont pas lui demander son avis.

Le parking des urgences était plein. Devant l'entrée, une voiture de police stationnait.

— Je te dépose ici, Nicky, et je vais me garer. Je te rejoins dans deux minutes.

— Ne penses-tu pas que tu ferais mieux d'attendre dehors ?

Il était clair qu'elle aussi avait vu la voiture.

— Non, ça va aller. Je vais passer par l'entrée principale. Il y a de fortes chances pour qu'ils transfèrent ton père à l'étage quand son état se sera stabilisé. Je te retrouverai là-haut, d'accord ?

— D'accord.

Après s'être assuré qu'elle était bien entrée, il alla se garer sur le parking principal. Tout semblait calme. Pas d'Osher en vue. Heureusement, car si le sergent le voyait armé, il ne manquerait pas de l'arrêter. Mais comment protéger Nicky sans arme ? Quoique…

« Elle ne doit pas risquer grand-chose ici », réfléchit-il.

Confiant, il cacha l'arme sous le siège avant et descendit de voiture.

A l'accueil, une dame à cheveux gris renseignait les visiteurs.

— Je viens voir un patient qui vient d'arriver aux urgences, lui dit-il. Il a eu une crise cardiaque. Savez-vous s'il est encore en réanimation ou s'il a été transféré dans une chambre ?

— Je me renseigne, répondit-elle d'un ton compatissant. Quel est le nom du malade ?

Un instant plus tard, débarquant de l'ascenseur à l'étage de la cardiologie, Alex aperçut Nicky en pleine discussion avec une jeune femme aussi blonde qu'elle-même était brune. Hope ! Jamais il ne l'aurait reconnue. L'adolescente un peu gauche s'était muée en une jeune femme absolument charmante. Sous le flot de larmes qui noyait son visage, on devinait un ovale très pur.

— J'ai aussitôt appelé à l'aide, expliquait-elle, mais ses lèvres étaient déjà bleues, Nicky. Sans Brent, il serait mort. Comme j'ai eu peur !…

— C'est bien, Hope. Tu as fait exactement ce qu'il fallait.

Dans les bras de sa sœur, Hope sanglotait. Quelques pas derrière elles, Alex les observait en silence. Autant les deux sœurs étaient physiquement différentes, autant leurs voix se ressemblaient. Cela en était même troublant… Très troublant… Et si c'était Hope qui l'avait appelé, et non sa sœur ?

Mais pourquoi aurait-elle fait cela ? Elle devait avoir… voyons… vingt-trois ou vingt-quatre ans. Guère plus. Beaucoup trop jeune pour faire partie du gang des voitures volées. Matt aussi est jeune, se dit-il, perplexe.

— Pardon !

Alex se poussa pour laisser le passage. Un homme grand et mince entra dans la salle d'attente et alla droit vers les deux femmes. Lâchant sa sœur, Nicky se jeta dans les bras du nouveau venu. Un de ses frères, supposa Alex. Sans doute Brent. Cela faisait un bail qu'il n'avait pas revu les deux frères Michaels.

Comme Nicky et Brent s'embrassaient, Alex, par discrétion, s'éloigna. Dans le fond, il était venu pour soutenir Nicky mais puisque sa famille était là… Soucieux de ne pas s'immiscer dans leur intimité, il décida d'aller téléphoner à Matt. Manque de chance, le jeune garçon était encore aux urgences. Déçu de ne pouvoir interroger l'adolescent, Alex décida de retourner auprès de Nicky. Comme il s'apprêtait à entrer dans la salle d'attente, des voix qui ne lui étaient pas étrangères lui parvinrent de derrière la porte du couloir voisin.

Viktor Unsdorf ! Que faisait-il ici ? Et pourquoi parlait-il avec Nicky ? Intrigué, Alex entrouvrit la porte tout doucement. Viktor qui lui faisait face croisa son regard. Il discutait avec une grande blonde qui gesticulait nerveusement. Erreur ! Ce n'était pas Nicky mais Hope. Décidément, les deux sœurs avaient la même voix. C'était à s'y méprendre. Soulagé, il soupira. Hope semblait de plus en plus nerveuse et jetait des coups d'œil à droite et à gauche, comme si elle avait craint d'être vue en compagnie d'Unsdorf. Malheureusement, Alex n'arrivait pas à entendre ce qu'elle disait d'autant qu'elle s'éloignait maintenant vers l'ascenseur, toujours en compagnie d'Unsdorf.

Intéressant ! pensa Alex.

— Je m'en occupe, lança Unsdorf en entrant dans l'ascenseur.

Hope fit demi-tour et s'éloigna dans le couloir. Sans perdre une seconde, Alex dévala l'escalier dans l'espoir d'intercepter Viktor en bas. Hélas, quand il déboula devant la cabine, celle-ci était vide et Viktor avait disparu.

Alex fila dehors, regarda partout. Aucune trace de Viktor. Il fouilla le parking des yeux. Rien. Personne.

Dommage ! se dit-il.

Sans doute Viktor n'avait-il plus confiance en lui et préférait-il l'éviter ? A juste raison, il devait estimer que, depuis son retour, la police, Thad Osher en tête, s'intéressait de trop près à lui, et Viktor n'aimait pas ça du tout. Dorénavant, il ne lui restait que Hope pour remonter jusqu'à son ancien copain. Viktor avait toujours eu un faible pour les blondes et en comptait beaucoup parmi ses amies. Mais elles étaient d'habitude plus mûres et plus affriolantes que Hope. Peut-être, une fois n'est pas coutume, Viktor avait-il été attiré par la naïveté de Hope ? Mais Hope ? Que pouvait-elle avoir trouvé à un homme en âge d'être son père ?

La gorge nouée, Nicky quitta la chambre de son père et regagna la salle d'attente. Jamais elle n'avait vu son père dans un tel état, le visage si creux et si pâle dans la blancheur des draps… Comme il lui avait semblé fragile tout d'un coup ! Avait-il seulement senti leur présence ? En tout cas, il ne l'avait manifesté par aucun signe. Les seuls sons audibles émanaient des machines qui le maintenaient en vie. A peine entré dans la chambre, Brent en était ressorti en quête d'un médecin. Nicky était restée près de son père et n'avait cessé de lui parler. Peut-être l'entendait-il, malgré tout ? Que savait-on au juste du coma ?

Quand, finalement, l'infirmière lui avait suggéré de le laisser se reposer, Nicky avait trouvé la salle d'attente vide. Alex, qu'elle avait aperçu quand elle était venue accueillir son frère, avait disparu le temps qu'elle revienne le chercher.

Qu'allait-elle faire maintenant ?

Perplexe, elle inspecta le hall à la recherche de son frère ou de sa sœur quand, soudain, tout au fond, une cascade de cheveux blond platine attira son attention.

— Ilona ? s'exclama Nicky en courant vers elle. Que fais-tu ici ?

— Dis-moi plutôt ce que tu fais ici, toi ! rétorqua Ilona.

— Mon père vient d'avoir un infarctus.

— Désolée, Nicky. Mais… peux-tu venir avec moi ?

Etonnée, Nicky suivit son amie dans les toilettes. Ilona était très agitée. Ses poings étaient serrés, et elle se mordillait la lèvre frénétiquement. Que lui arrivait-il pour qu'elle soit si nerveuse ?

— Pourquoi n'as-tu pas désigné Alex Coughlin lors de la confrontation ? dit-elle d'un ton accusateur.

— Parce que je pense que tu t'es trompée.

— Trompée ? protesta Ilona. Comment peux-tu dire cela ? J'y étais. Je l'ai vu de mes yeux abattre le type en voiture.

Nicky balaya le local du regard. Elles étaient seules toutes les deux et Ilona devenait de plus en plus hystérique.

— Tu ne comprends donc rien ? s'emporta Ilona. Tu ne comprends pas qu'il a voulu me tuer ?

— Mais de qui parles-tu ?

— De lui. Il a vu que je l'avais vu et m'a poursuivie sur sa moto pour essayer de me descendre. Heureusement, j'ai réussi à lui échapper.

Effectivement, Alex avait une moto, et Ilona ne pouvait pas le savoir, sauf si elle l'avait vu.

Les paupières d'Ilona, largement barbouillées de mascara, s'emplirent de larmes. Elle avait peur, cela se voyait, mais Nicky ne désarma pas.

— Je pense que c'était quelqu'un d'autre, Ilona. Coughlin n'aurait jamais fait ça.

Comment Alex, qui n'avait pas hésité à foncer dans une maison sur le point d'exploser pour sauver un enfant qu'il ne connaissait pas, aurait-il fait une chose pareille ? Non, Alex ne pouvait pas avoir, de sang-froid, tiré sur un automobiliste. A bout portant, de surcroît.

— Tu me prends pour une idiote, ou quoi ? Je sais ce que j'ai vu, quand même ! gronda Ilona.

Elle ne parlait plus, elle hurlait. Ses yeux lançaient des éclairs de rage. Devant tant de colère, Nicky eut subitement un doute. Et si elle se trompait ? Elle avait encore à la mémoire le visage d'Alex, chez elle, ce soir-là… ses mâchoires crispées, son regard froid, cet air distant… si dur qu'il lui avait presque fait peur.

— Je sais qu'il a été ton amant, Nicky, je n'en suis donc que plus désolée. Mais c'est un…

— Comment sais-tu, d'abord, qu'il a été mon amant ? l'interrompit Nicky.

Ilona, les yeux plissés, fixa son amie.

— C'est toi-même qui me l'as dit.

Vraiment ? Nicky n'en avait pas le souvenir. Elle avait toujours tenu secrète sa relation avec Alex. Bien sûr, Ilona et elle, du temps où elles partageaient le même appartement, avaient échangé des confidences. Mais enfin…

— Peu importe ! s'énerva Ilona en arpentant les toilettes. Le problème est autrement plus grave : ce n'est plus un, mais deux hommes, que j'ai à mes trousses, dont l'un qui va nous tuer toutes les deux de peur qu'on ne témoigne.

— Je te dis que tu fais erreur, Ilona. Je ne sais pas exactement qui ou ce que tu as vu, mais je ne peux pas croire que ce soit Alex.

— Eh bien, bravo !

— Ecoute, Ilona, comment veux-tu que j'identifie l'assassin alors que je ne l'ai pas vu ? Et si je me trompe ? Tu n'as qu'à dire ce qui est vraiment arrivé à la police, toi. L'inspecteur

Hepple sera de retour demain. C'est un type bien. Tu peux lui faire confiance, je t'assure.

— Non, je ne fais confiance à personne.

Des larmes de rage se mirent à couler sur le visage encore tuméfié d'Ilona qui, malgré un maquillage habile, n'avait pu dissimuler complètement les traces de coups qu'elle avait reçus.

— Dis-moi, Ilona, l'homme qui t'a battue ne serait pas Thad Osher, par hasard ?

L'air buté, Ilona fit semblant de n'avoir rien entendu.

— Ecoute, Nicky, reprit-elle, têtue, tu as toujours été une bonne amie. Si tu ne peux pas m'aider, laisse tomber.

Et elle tourna les talons.

— Non, attends ! s'écria Nicky en tentant de la retenir par le bras.

Ilona fit alors volte-face.

— Tu vas l'identifier, oui ou non ? martela-t-elle.

— Je ne peux pas, répéta Nicky.

Qu'Ilona ait vu Alex était impossible… Elle faisait sûrement erreur sur la personne.

— Je suis convaincue que ce n'est pas lui que tu as vu ce soir-là. Il faisait tellement sombre… tu as dû te tromper. Alex est incapable de tuer, Ilona.

La tristesse assombrissait le visage de Nicky.

— Je souhaite que tu aies raison, répondit Ilona en dégageant son bras. Car si tu te trompes, tu pourrais bien être sa prochaine victime.

Elle haussa les épaules et fila dans le hall.

— Ilona ! Attends !

Mais Ilona pressa le pas en faisant claquer ses talons aiguilles. Nicky la regarda s'éloigner la mort dans l'âme. Elle se décida finalement à retourner dans le hall et, tout à coup, des bras se refermèrent sur elle. Avec un cri d'effroi, elle se retourna. C'était Alex ! Alex qui la serrait contre lui mais regardait au loin.

— Qui était-ce ? demanda-t-il.

— Ilona, répondit-elle.

Aussitôt, il lâcha Nicky.

— Attends ici, dit-il en se lançant à la poursuite d'Ilona.

— Alex ! appela Nicky, la peur au ventre.

Que voulait-il à Ilona ? Pourquoi la poursuivait-il ? Finalement, Ilona avait peut-être raison quand elle affirmait l'avoir vu le soir du meurtre…

— Nicky ? Ça va ?

La voix familière de Brent dissipa un instant son angoisse.

— Tu es inquiète pour papa ? s'enquit-il devant son air soucieux.

— Non, non. Les médecins m'ont rassurée.

— Tu as l'air épuisée, Nicky, lui dit-il avec affection. Tu devrais venir à la maison avec Hope et moi et te reposer. Ne reste pas seule chez toi, ce soir.

Il avait raison. D'ailleurs, elle s'en sentait incapable. Alex avait pris son amie Ilona en chasse, sans doute parce qu'il avait peur qu'elle ne le dénonce. Il savait où Nicky habitait… Faire sauter les serrures et les verrous était un jeu d'enfant pour lui. S'il faisait disparaître Ilona, il n'aurait de cesse de la faire disparaître elle aussi.

Brent prit sa sœur aux épaules.

— Nicky ?

Songeuse, elle regarda son frère. Comme il avait changé ! Le petit garçon dont elle s'était occupée naguère était devenu un homme. Mais ce n'était pas une raison pour lui faire partager ses soucis. De toute façon, mieux valait ne pas mêler sa famille à cette affaire. Surtout pas maintenant, avec son père hospitalisé.

— Nicky ? Que se passe-t-il ? Est-il arrivé quelque chose ? insista Brent.

Le voyant subitement regarder par-dessus son épaule, Nicky tourna la tête. Alex revenait, le visage fermé. La blessure qu'il s'était faite au bras en sortant Matt du brasier saignait.

A ce moment, un haut-parleur annonça la fin des visites

mais, troublée par l'arrivée d'Alex, elle ne l'entendit que vaguement.

— Tu saignes encore, dit-elle.

— Ce n'est rien, répondit-il.

— Je suis Brent Michaels, dit son frère en s'interposant.

— Alex Coughlin, répliqua-t-il.

Les deux hommes se serrèrent la main mais sans aucune chaleur. Brent, qui affichait un air supérieur, toisa Alex.

— Je crois me souvenir de toi, dit finalement Brent, d'un ton lourd de sous-entendus.

— Moi aussi, répliqua Alex, un sourire ironique aux lèvres.

Nicky, agacée, se tourna vers Alex.

— As-tu réussi à la rattraper ? demanda-t-elle d'un ton agressif.

— Qui ? Ilona ? Non.

Il ne fournit aucune explication mais passa le bras autour des épaules de Nicky qui n'esquissa pas un geste pour se dégager. Malgré tous les reproches et les doutes qu'elle nourrissait envers lui, malgré le danger qu'il incarnait, elle avait besoin de sentir sa chaleur et sa force. Envers et contre tout, il restait son Alex, le seul grand amour de sa vie. Quand elle l'avait vu approcher, un instant plus tôt, elle avait été bouleversée par sa silhouette, et s'était sentie attirée vers lui comme par un aimant. Il était grand, athlétique et se mouvait avec une sorte de nonchalance, dont elle n'aurait pu dire si elle était naturelle ou étudiée, mais qui avait toujours fait partie de son personnage. De plus, il avait beau s'habiller sans recherche, il avait cette élégance innée à laquelle elle était sensible.

— A mon avis, ta sœur ne devrait pas rester seule ce soir, dit Alex à Brent.

— C'est exactement ce que je viens de lui dire.

Brent parlait d'un ton aimable mais son regard en disait long sur ses sentiments vis-à-vis du jeune homme. De toute évidence, il ne lui accordait qu'une confiance limitée.

— Elle va venir dormir à la maison avec Hope et moi.

— Je la raccompagnerai tout à l'heure, le temps que l'on discute un peu ensemble.

— Quand tu la raccompagneras, j'aimerais te voir. J'ai quelques mots à te dire, répliqua Brent.

Nicky sentit la moutarde lui monter au nez. Pour qui ces hommes la prenaient-ils pour prendre de telles décisions sans la consulter ?

Contrariée, elle repoussa le bras d'Alex.

— Je suis assez grande pour décider de ce que je dois faire, messieurs. Cela fait un certain temps que je m'occupe toute seule de mes affaires. Je ne vois pas pourquoi cela changerait.

Sur ces mots, elle tourna les talons et disparut dans le couloir sous le regard médusé de Brent et d'Alex.

— Ne t'inquiète pas, je vais m'occuper d'elle, dit Alex en sortant ses clés de voiture de sa poche. Je la raccompagnerai vers 11 heures, cela te va ?

— Tâche d'être à l'heure, répondit Brent.

Incapable de savoir si Brent plaisantait ou s'il était sérieux — mais, en fait, il s'en moquait — Alex dévala l'escalier à la poursuite de Nicky. Pourquoi, tout d'un coup, cet accès de colère ? Etait-elle feinte ou réelle ? Et dans ce cas, qu'avait bien pu lui dire Dona qui la mette dans cet état ?

Arrivé en bas, il aperçut Nicky qui sortait et courut derrière elle. Son bras saignait toujours mais, cette fois, il ne s'attendait pas qu'elle le plaigne. Quel changement ! Depuis sa conversation avec Ilona, elle s'était montrée ombrageuse. Dommage qu'il n'ait pu rattraper cette femme, il lui aurait posé quelques questions bien senties !

Elle avait dû l'entendre approcher car Nicky finit par s'arrêter.

— Où est la voiture ? demanda-t-elle d'un ton sec.

— Au fond à gauche, dit-il en accompagnant sa réponse d'un signe du menton. Mais que se passe-t-il ? On dirait que tu cherches la bagarre ?

Elle eut envie de lui répondre du tac au tac et pivota sur elle-même mais, voyant un couple approcher, elle ravala sa colère et se tut. Imperturbable, la main sur sa blessure qu'il caressait d'un geste mécanique, Alex la suivait quand, soudain, une décharge électrique lui picota la nuque. Sur le qui-vive, il s'arrêta et posa la main sur l'étui de son arme. Zut ! Il l'avait oubliée dans la voiture.

— Nicky !

Alertée par la stridence du cri, elle s'arrêta net.

— Ne bouge plus ! s'écria-t-il.

Avant qu'elle n'ait eu le temps de protester, une grosse auto sombre fit rugir son moteur et, après une manœuvre nerveuse pour sortir de son emplacement, fonça sur eux, tous phares éteints. Nicky n'avait pas dû réaliser ce qui était en train de se produire car elle s'arrêta pour observer la voiture. Alex se jeta sur elle. Un cri fusa. Puis un autre.

— Attention ! hurla-t-il.

Trop tard.

Il n'eut que le temps d'attraper Nicky et de la coucher entre deux voitures. Le pare-chocs avant de la voiture folle le heurta à la jambe, le projetant contre Nicky. Déséquilibré, il entraîna Nicky dans sa chute, tandis que le véhicule s'éloignait à toute vitesse.

— Alex ? Tu n'as rien ?

Il était blessé à la hanche et son bras saignait. Son jean était déchiré au genou, ce qui laissait supposer que sa jambe était égratignée. Comme s'il avait eu besoin de blessures supplémentaires !

— Je vais bien, Nicky. Et toi ?

— Un peu assommée, mais tout va bien.

— Ça va, tous les deux ?

Deux policières à cheval arrivaient sur les lieux.

Nicky se releva. « C'est bon, elle bouge, pensa Alex. Rien de cassé, donc. » Rassuré, il se redressa à son tour, mais plus lentement.

— J'ai trente-quatre ans, moi ! Je suis trop vieux pour ce genre de plaisanteries, grommela-t-il en dépliant son long corps endolori.

— Pourquoi ? Tu pratiques souvent ce type d'exercices ? s'étonna Nicky.

— Non, c'est nouveau.

— Etes-vous blessé ? interrogea l'une des policières.

— Moi, non, mais mon honneur, oui, rétorqua Alex. J'ai manqué de réflexe.

— Ton jean est déchiré, la voiture t'a touché ! dit Nicky inquiète.

— Le pare-chocs m'a cogné, mais ça va.

Il refusait de le montrer mais la sollicitude de Nicky lui faisait chaud au cœur.

— Quelqu'un a-t-il eu le temps de relever le numéro de la plaque minéralogique ? s'enquit Alex.

— Il n'y en avait pas, j'ai regardé, dit la cavalière aux cheveux roux. Restez ici le temps que j'appelle du renfort.

— Merci, dit Alex, mais nous devons rentrer. La baby-sitter vient de nous téléphoner que notre bébé ne cesse de vomir. Nous n'avons pas le temps de remplir de déclaration pour la police. De toute façon, nous ne savons ni la marque ni le numéro de la voiture.

— C'était une vieille Buick bleu marine, déclara la policière. Encore un de ces chauffards sous l'emprise de la drogue.

Convaincu qu'elle faisait erreur, mais préférant ne pas s'éterniser, Alex se confondit en remerciements.

— J'espère que ce ne sera rien pour votre bébé, conclut-elle.

— Nous aussi. Tu viens, chérie ?

Alex prit Nicky par le bras et l'entraîna vers la voiture en boitant. Sa hanche et sa cuisse lui faisaient mal. Il était bon pour de nouvelles ecchymoses !

— Ainsi notre enfant est malade ? plaisanta Nicky. Quel aplomb tu as !

— Boucle ta ceinture. Elles nous regardent encore. J'aimerais mieux avoir quitté les lieux avant l'arrivée des renforts.

— Ton bras saigne toujours, Alex !

— Et mon genou aussi. Mais ne t'en fais pas, j'ai vu pire. Et toi ? Es-tu sûre que tu n'as rien ?

— Moi, je me porte comme un charme !

N'empêche, sa main tremblait tellement qu'Alex dut attacher sa ceinture de sécurité à sa place. Profitant de la situation, il prit ses doigts dans les siens et, sous prétexte de la rassurer, les serra tendrement. Enfin, il démarra.

— Ce qui vient de se passer est incroyable, dit-elle. Je me demande comment on peut conduire de la sorte sur un parking d'hôpital ?

« Quel sens de l'humour ! » se dit Alex se tournant vers elle.

Mais elle ne plaisantait pas.

— Parce que tu crois vraiment que c'était… accidentel ?

— Evidemment ! répondit-elle avec une candeur angélique.

Sidéré par tant de naïveté, il la regarda de nouveau avec gravité.

— Tu te trompes, Nicky, ce n'était pas un accident.

— Comment le sais-tu ?

Un léger tremblement dans sa voix trahissait son désarroi.

Alex ralentit pour emprunter la bretelle d'autoroute et, une fois la Pontiac de Nicky lancée sur le grand axe, il posa la question qui lui trottait dans la tête depuis un moment.

— Que faisait ton amie Ilona à l'hôpital, ce soir ?

Nicky ne broncha pas.

— Je sais qu'elle t'a dit quelque chose qui t'a bouleversée et je parierais qu'il s'agissait de moi.

— Qu'est-ce qui te fait croire cela ?

— Mon intuition. Quelle voiture a-t-elle ?

Au lieu de répondre, Nicky soupira.

— Je serais curieux de savoir pourquoi une femme que je n'ai jamais rencontrée me fait à ce point la tête.

— Elle est convaincue que tu as tué Thorton Biggs, avoua Nicky.

— Et pourquoi donc ?

L'air buté, Nicky se tourna vers la vitre. « Elle ne va pas me répondre », pensa Alex.

— Elle a été témoin de la fusillade, dit-elle finalement.

— Nom d'un chien ! C'est à croire que ton arrière-boutique est plus fréquentée que le métro aux heures de pointe ! Combien de personnes encore vont-elles prétendre qu'elles étaient là ce soir-là ?

— Je ne sais pas.

— Sais-tu pourquoi elle n'est pas allée immédiatement faire une déposition à la police, dans ce cas ?

Silence.

— Pourquoi ? Réponds-moi, insista-t-il.

— Je te l'ai déjà dit : elle s'est installée chez moi, parce que son petit ami la bat ; et comme c'est un policier… elle a peur. Moi, je pense que c'est Thad Osher.

Alex se mit à siffloter. Peu à peu, les morceaux du puzzle se mettaient en place.

— Tu penses qu'Osher peut être impliqué dans ce crime ?

— Je ne sais pas. La première chose qu'Ilona m'a dite ce fameux soir, c'est qu'il l'avait retrouvée. J'ai cru qu'il s'agissait de son petit ami. Mais, apparemment, ça n'était pas ça. Elle m'a ensuite raconté qu'elle venait d'assister à un meurtre.

— Je ne vois pas la relation entre Osher et Biggs.

— Tu as raison.

— Toi, Nicky, as-tu vu qui a tiré ?

— Moi, non. Mais Ilona, oui. Elle a aussitôt appelé police secours avant de se dire qu'elle ne pouvait pas témoigner.

— Ah ?

Alex ne réagit pas, préférant laisser Nicky poursuivre. Au fil du récit, le scénario prenait forme. Quant à Nicky, elle était restée la chic fille qu'il avait connue, toujours prête à aider une amie.

— Si elle a assisté à la fusillade, elle sait que ce n'est pas moi qui ai tiré, Nicky, déclara Alex.

— Elle dit qu'elle t'a vu traverser la rue en courant juste avant le meurtre. Elle est très perturbée en ce moment : elle passe les trois quarts de son temps à la fenêtre, sursaute au moindre coup de fil. Si elle t'a vu traîner dans le coin ce soir-là et pour peu que l'assassin te ressemble, elle a pu vous confondre.

— Cela m'étonnerait.

Il mit son clignotant et tourna à droite en direction de Fools Point.

— A dire vrai, cela me surprend moi aussi, finit-elle par admettre.

Alex se tut et Nicky poussa un soupir.

— Tu veux le fond de ma pensée, Alex ? Je pense qu'Ilona a vu son copain tirer sur Thorton Biggs mais comme elle a peur de lui, elle dit que c'est toi. Et comme elle t'a vu dans les parages…

Alex hocha la tête.

— Ça tient debout. Je vais lui parler, Nicky.

— Je ne sais plus où elle est. Quand elle m'a quittée, elle n'a pas voulu me dire où elle allait. En fait, je pense qu'elle n'en savait rien elle-même.

— Je la trouverai. Je vais te déposer chez ton père et ensuite…

— Attends. Il faut passer chercher Ginger.

— Je viendrai le chercher demain.

— Non, je ne veux pas le laisser seul toute la nuit. Et puis, il doit attendre ses croquettes.

— Tu ne penses pas qu'il a assez de réserves ? Il m'a semblé plutôt dodu… Enfin, si tu y tiens absolument, on va faire un stop. Tu l'attrapes, lui et ses boulettes, et tu sautes dans l'auto, O.K. ?

Ils étaient seuls à cette heure dans Main Street. Pas un piéton, pas une voiture. Après 9 heures du soir, Fools Point était un désert. Les allées et les ruelles étaient sombres. De vrais coupe-gorge. Comme à l'habitude, l'arrière des immeubles était aussi peu engageant qu'il l'était la nuit du meurtre. Pénombre et danger.

— Il faut absolument faire réparer le lampadaire, dit Alex à Nicky en s'engageant sur le parking derrière la boutique.

— J'ai appelé la mairie cinquante fois à ce sujet et personne ne bouge. Peut-être que, venant d'un homme, la demande aurait plus de poids ?

— Je vais voir ce que je peux faire, promit Alex.

Il ralentit et alla se garer juste derrière le magasin de Nicky.

— Tu ne coupes pas le moteur ? s'étonna la jeune femme.

— On n'en a pas pour longtemps, n'est-ce pas ?

Elle détachait sa ceinture quand il la plaqua contre son fauteuil.

— Attends une seconde.

L'air préoccupé, il se mit à scruter les alentours. Personne. Rien. Et pourtant… une impression dérangeante venait de l'effleurer. La même qu'il avait ressentie sur le parking de l'hôpital. Inquiet, il se pencha pour prendre son arme.

— Que fais-tu ?

— Je ne sais pas pourquoi… j'ai un drôle de pressentiment.

— A cause de la Buick tout à l'heure ? insista Nicky.

— Peut-être. Ecoute, Nicky. S'il se passe quelque chose tu reviens à toute allure à la voiture et tu démarres. Compris ?

— Tu m'inquiètes, Alex.

— Tant mieux ! Il faut que tu sois sur tes gardes. Matt t'a prévenue : quelqu'un te veut du mal.

— Attends, Alex. Si tu penses vraiment qu'il y a un danger, tant pis pour Ginger. Il attendra.

— C'est idiot… Maintenant que nous sommes ici !

Il lui sourit et, finalement, descendit de voiture avec elle, revolver au poing.

— Allez ! Allons-y. Mais ne traînons pas.

L'impasse était plongée dans l'obscurité. Tout était calme.

Trop calme. Un sentiment de malaise l'envahit. Aux aguets, l'un derrière l'autre, ils montèrent l'escalier, chacun de leurs pas résonnant sur les marches de fer. Tétanisée par la peur, Nicky épiait le parking quand, soudain, elle s'arrêta.

— Alex ! Regarde ! Ginger ! Il s'est enfui !

Elle fit demi-tour pour redescendre et Alex lui emboîta le pas. Au passage d'une marche, quelque chose lui effleura le mollet mais il ne s'arrêta pas. Bien lui en prit !…

5

Le souffle de l'explosion le projeta en bas des marches. Assourdi, à moitié assommé, il s'effondra brutalement sur la Pontiac.

— Alex ! Alex !

— Monte dans la voiture et prends le volant ! cria le jeune homme qui tentait de se relever. Sauvons-nous d'ici. Vite !

Sa tête lui faisait mal. C'est tout juste s'il voyait clair. Il sentit le bras de Nicky qui l'aidait à s'installer dans la Pontiac.

— Une seconde, Alex. Je vais attraper le chat.

Ce n'était vraiment pas le moment, mais il ne lui en fit pas le reproche. D'ailleurs, il avait à peine la force de parler.

Une fois Ginger récupéré, Nicky se glissa derrière le volant et démarra. Le chat tremblait pitoyablement dans ses bras.

— On sera à l'hôpital dans deux minutes, dit-elle en dévalant la rue.

— Pas d'hôpital.

— Mais tu es blessé !

— Pas d'hôpital ! répéta-t-il.

— D'accord, mais il faut absolument te soigner.

Une deuxième explosion ébranla la nuit. Affolée, elle accéléra. Toutes griffes dehors, le chat bondit sur le siège arrière. Nicky fonça sur le premier feu, le brûla et tourna à gauche. Où allait-elle ? La maison de ses parents était à droite !

Une sirène de police déchira l'air, non loin d'eux. Alex ferma les yeux. Son bras saignait à flots. A demi-inconscient, il se sentait flotter, détaché de tout. Indifférent à la vie et à la mort. Le corps ballotté de droite et de gauche, il fit un effort pour rouvrir les yeux et les garder ouverts. Impossible. Dommage pour Nicky ! se dit-il, dans le flou de son cerveau. Il ne pourrait plus rien pour elle. Elle allait se retrouver seule… Sans personne pour l'aider et la défendre. Non pas qu'il l'ait beaucoup aidée jusqu'à présent, pensa-t-il encore dans un éclair de lucidité.

— Il faut qu'on trouve un téléphone, murmura-t-il sans pouvoir en dire plus.

Il avait l'esprit complètement embrumé… vide. Pourtant, il avait quelque chose à dire à Nicky. C'était important…

— Alex ! Alex !

Nicky pila sur le parking de son médecin et coupa le moteur. Elle ne connaissait pas vraiment le Dr Leslie Martin mais plutôt son père qui avait été son médecin de famille quand elle était petite.

Alex avait glissé sur le côté, la tête contre la vitre de la portière. Il ne bougeait plus. Terrifiée, Nicky lui toucha le cou et, dès qu'elle trouva son pouls, fonça vers la maison. « Pourvu qu'elle soit là ! » se dit-elle en cognant à la porte.

Chaque seconde lui sembla durer des minutes, et chaque minute une éternité. La porte s'ouvrit enfin, laissant paraître une Leslie flamboyante dans son déshabillé de satin ivoire négligemment noué à la taille par un lien doré.

— S'il vous plaît. Venez vite ! pria Nicky hors d'haleine. Il est inconscient. Il est blessé et je crois que c'est grave.

— Où est-il ?

Sans perdre une seconde, le médecin, qui de toute évidence s'apprêtait à se coucher, repoussa ses cheveux défaits et sortit.

— Il est dans ma voiture. Sur votre parking.

— Je passe par le cabinet pour ouvrir, et on le fera entrer par-là.

— Vite, insista Nicky.

Comme elle courait vers sa Pontiac, une nouvelle explosion éclaira la nuit. Malgré la distance, la déflagration fut très nettement ressentie. Impossible de se tromper. Mais ce n'était pas le moment de se laisser impressionner. Il y avait plus urgent. Alex, dans la voiture, perdait son sang. Peut-être allait-il mourir ?

Comme Nicky ouvrait la portière côté passager, Alex lui tomba dans les bras.

— Alex ! appela-t-elle.

Un liquide tiède et poisseux s'échappait de sa tête et lui coula sur la main.

— Alex ! Réveille-toi ! Il faut que tu m'aides : je ne peux pas te porter. Lève-toi !

Il gémit faiblement, essaya de soulever ses paupières mais, en vain.

— Alex ! supplia-t-elle.

Comme un automate, il fit un effort surhumain pour tenter de se lever mais chancela. Elle prit alors son bras, l'enroula autour de ses épaules, priant le ciel qu'il lui donne la force de le soutenir.

Profitant de l'agitation, Ginger bondit hors de la Pontiac mais une nouvelle explosion le dissuada d'aller plus loin. Il remonta dans la voiture plus vite qu'il ne s'en était échappé. D'un coup de pied, Nicky claqua la portière. A ce moment, Alex flageola sur ses jambes, risquant de l'entraîner dans sa chute. Par chance, Leslie arrivait et eut tout juste le temps de les soutenir.

Tant bien que mal, elles réussirent à porter le blessé jusqu'à la salle d'examen.

— Il va falloir que vous m'aidiez à l'installer sur la table, demanda Leslie. Y a-t-il un lien entre ses blessures et les explosions que je viens d'entendre ?

— Avec la première, oui. Il était dans un escalier quand le souffle l'a projeté au bas des marches. Il a ensuite rebondi sur une voiture.

— Appelez tout de suite police secours pendant que je…

— Il ne veut pas aller à l'hôpital.

— Non, pas d'hôpital, marmonna Alex dans sa semi-inconscience.

Leslie le regarda alors avec plus d'attention et, surprise, soupira.

— Mais, je vous connais !… Bien, voyons un peu cela.

L'une aidant l'autre, Leslie et Nicky entreprirent de lui ôter ses vêtements.

— Ne bougez pas, insista le médecin. Je vais couper votre chemise.

Avec un détachement de professionnelle que Nicky lui envia, elle lui enleva son pantalon et tailla dans sa chemise, découvrant un buste ombré d'un fin duvet noir et bouclé. Nicky s'émut en silence. Cette poitrine nue qu'elle avait adorée ! Que de fois ses mains l'avaient caressée ! Que de fois elle l'avait embrassée, étreinte !… Quel bel athlète il était devenu. Muscles fuselés. Epaules larges, hanches minces. Superbe…

Tout en aidant Leslie, Nicky revoyait le garçon qu'elle avait aimé. Il était jeune, alors. Jeune et déjà beau. Et fier de cette beauté qui lui donnait de l'assurance. Aujourd'hui, son charme juvénile avait cédé la place à une virilité pleine de séduction. Mon Dieu ! Que la maturité lui allait bien…

— Dites-moi où vous avez mal, Alex, dit le médecin.

— Surtout à la tête, répondit-il en gémissant.

— Ne bougez pas, je vais vous examiner. Et votre vue ?

— Au début je voyais trouble, mais on dirait que cela s'arrange.

— Avez-vous perdu connaissance ?

— Pas complètement.

Le médecin leva les yeux vers Nicky.

— J'ai cru qu'il était évanoui pendant une ou deux minutes, mais peut-être avait-il simplement fermé les yeux ?

— C'est ça, confirma Alex.

— Parfait. Il a une blessure profonde à la nuque. C'est impressionnant car ça saigne toujours beaucoup, expliqua Leslie pour rassurer Nicky. Je vais y mettre de la glace.

— Il a aussi été heurté par une voiture en fin d'après-midi, ajouta Nicky. Sa jambe lui fait mal.

Leslie Martin fit une moue entendue.

— Toujours là où il y a du grabuge, Alex, hein ?

Pour toute réponse, Alex grogna.

— Il va falloir faire des radios du crâne et aussi de la hanche et du genou, dit-elle en le palpant sous l'élastique de son slip. Pour l'instant, je vais vous examiner le torse. Ce serait miraculeux que je ne découvre pas encore quelques fractures. Je croyais qu'il allait se calmer ! ajouta-t-elle à l'adresse de Nicky.

La jeune femme ne broncha pas.

— Alex est un de mes patients. J'imagine que c'est pour cela que vous me l'avez amené ?

Nicky hocha la tête sans rien dire.

— On va vous installer dans un fauteuil roulant et vous conduire à la radio.

— Mais je peux marcher maintenant, protesta Alex.

— Il n'en est pas question, répliqua le médecin. Je parie que vous n'êtes même pas capable de vous tenir assis sur la table d'examen.

Fatigué d'argumenter, Alex finit par accepter le fauteuil roulant et se laissa emmener. Une fois les clichés pris, Leslie pria Nicky de les rejoindre.

— Restez avec lui le temps que je développe les radios, ordonna-t-elle. Je ne voudrais pas qu'il tombe de la table.

— Il n'y a pas de risque, répondit Alex.

— Je me méfie de vous, dit le médecin.

Nicky s'approcha et lui prit la main.

— Pourquoi les femmes que je rencontre sont-elles toutes aussi autoritaires ?

— Je ne sais pas. Sans doute parce que tu les attires.

Il la regarda avec tendresse.

— Toi, en tout cas, tu m'as toujours attiré, Nicky.

Elle sentit qu'elle rougissait et détourna la tête.

— Es-tu sûr que tu n'as pas mal ailleurs ? insista-t-elle.

— Non, j'ai eu la chance d'être sous l'onde de choc quand la bombe a explosé. Tu sais qu'on doit une fière chandelle à Ginger, toi et moi ! Sans lui…

— Il aura droit à deux boîtes de thon.

Brusquement grave, Alex serra la main de son amie.

— Je suis désolé, Nicky.

— De quoi ?

— De t'avoir embarquée dans cette aventure.

— Je crois que tu inverses les rôles. C'est moi qui t'ai entraîné dans cette galère.

Elle dégagea sa main et lui caressa le front.

— Tu m'as sauvé la vie, Alex.

— Tu veux dire que j'ai failli te tuer. Ils avaient entouré la marche d'un fil de fer qui devait être relié à un détonateur.

— Ils ?

— Les poseurs de bombes sont généralement des hommes. J'aurais dû suivre mon intuition et ne pas y aller.

— C'est moi qui ai insisté.

Alex fit la moue.

— Je sentais bien qu'il y avait quelque chose de pas catholique.

— Encore ton intuition ? Au fait, dis-moi, pourquoi le médecin a-t-il dit qu'elle espérait que tu te sois calmé ?

Alex ferma les yeux. Nicky avait abandonné l'espoir d'obtenir une réponse quand il se décida à parler.

— J'ai eu des ennuis en juin. J'étais en train d'aider ma sœur et son fiancé quand deux types m'ont sauvagement agressé. Résultat : deux côtes cassées.

Il rouvrit les yeux.

— C'est drôle comme il t'arrive toujours des histoires ! conclut Nicky sans autre commentaire.

Pourquoi aurait-elle insisté ? Alex savait ce qu'elle pensait de ses anciennes fréquentations et il n'était pas en état d'entendre de nouveau une leçon de morale. Dans le cas d'Alex, de toute façon, les leçons de morale ne s'étaient jamais révélées très efficaces. Il n'en avait jamais fait qu'à sa tête.

— Tout va bien, Alex, annonça Leslie en revenant. Vous avez eu une chance insensée. Avez-vous un endroit où passer le reste de la nuit ?

— Pourquoi ? Quelle heure est-il ? s'inquiéta-t-il tout d'un coup.

— Presque 1 h 15.

— Ton frère va me tuer !

— Te tuer, peut-être pas. Mais il sera sûrement très contrarié.

— Je devais raccompagner Nicky chez son père, expliqua Alex au médecin qui le badigeonnait de lotion antiseptique.

Il était à moitié nu, ce qui troublait énormément Nicky mais ne semblait pas du tout le gêner, lui. En tout cas, il n'en laissait rien paraître. Son regard, peut-être… Oui, ses yeux brillaient d'un éclat étrange…

— Et alors ? relança Leslie.

Nicky imbiba un morceau de coton de teinture d'iode et tapota le genou d'Alex qui sursauta. Saisissant ce prétexte, il la prit par le poignet et le serra très fort. Comme sa peau était douce et tiède ! Exactement comme autrefois…

— Alors ?…, répéta Alex. Nous avons eu un empêchement.

Un bref silence s'installa dans la pièce.

— Dois-je comprendre que vous êtes à la rue ? dit alors Leslie. Je peux vous proposer deux chambres à l'étage.

— Je ne sais pas si c'est une bonne idée, hésita Alex.

— Pourquoi pas ? Je ne pense pas qu'ils nous trouvent ici, déclara Nicky.

Leslie regarda Nicky, puis Alex.

— Je ne sais pas à qui vous faites allusion mais si c'est à Hepple, je peux vous dire qu'il est revenu, lui dit-elle.

Alex et Leslie échangèrent un regard complice dont Nicky se sentit exclue. Jalouse, elle rougit. Quels liens les unissaient donc pour qu'ils se sourient ainsi ? A moins, se dit-elle… A moins qu'il n'y ait plutôt quelque chose entre Leslie et l'inspecteur ?

Nicky se souvenait maintenant avoir entendu des rumeurs concernant Leslie et Hepple, mais comme elle n'attachait pas d'importance aux ragots, elle n'y avait pas prêté attention. Elle aimait bien l'inspecteur Hepple.

— Nous irons le voir, demain, dit Alex. Nous avons des choses à lui dire. Pour l'instant, ce qui me préoccupe, c'est que la voiture de Nicky est en vue sur votre parking.

— C'est donc si grave ? s'étonna Leslie. Si cela vous arrange, je peux sortir mon auto du garage et vous mettrez la vôtre à sa place.

— Oh, mon Dieu ! Ginger ! s'exclama Nicky. Je l'avais complètement oublié ! Il est dehors dans la Pontiac.

— On y va, dit Leslie. Vous, Alex, ne bougez pas d'ici et maintenez la poche de glace sur votre tête.

— Merci de votre aide, docteur. Mais…

Il s'agita sur la table d'examen.

— Je n'aime pas l'idée que vous vous approchiez de cette Pontiac. Cela fait deux bonnes heures qu'elle est sur le parking et…

— Tu ne penses quand même pas que…, l'interrompit Nicky.

— Je pense que nous devons nous méfier, la coupa-t-il à son tour. Quelqu'un nous veut du mal, Nicky. C'est moi qui vais aller changer la voiture de place.

Les mains sur les hanches, elle se planta devant lui.

— Parce que, toi, tu es invulnérable ? dit-elle, sarcastique.

— Non, mais j'ai l'habitude. Je sais où regarder. Où est mon pistolet ?

— Aucune idée, répondit Nicky. Tu as dû le perdre au moment de l'explosion.

— Nom de nom ! jura Alex en tentant de se lever.

Mais il vacilla.

— Voyons, vous n'allez pas sortir en slip ! s'interposa Leslie.

— Qui voulez-vous qui me voie à cette heure ?

— Nous ! Laissez-moi regarder si j'ai un pantalon à vous prêter.

— Je ne pense pas que nous fassions la même taille, docteur !

Mais Leslie n'était pas d'humeur à plaisanter.

— Je reviens tout de suite, dit-elle.

Alex soupira.

— Si tu appelais ton frère pendant ce temps, Nicky. Explique-lui ce qui est arrivé.

— A cette heure ?

— Crois-moi : il sera debout. Mais surtout, pas un mot sur l'endroit où nous sommes.

— Pourquoi pas ?

— S'il l'ignore, il pourra répondre en toute bonne foi à la police quand elle viendra l'interroger. Car je peux t'assurer qu'elle va venir. Dans le fond, peut-être vaut-il mieux que ce soit moi qui l'appelle ?

— Non, je vais le faire, sinon il va s'inquiéter.

Sans perdre une seconde, elle emprunta le téléphone de Leslie et appela son frère qui décrocha dès la première sonnerie. Il ne devait pas dormir, en effet.

— Nicky ! Mais où es-tu ? Tu vas bien ? Je me suis fait un sang d'encre.

Alex avait vu juste. Une fois de plus.

— Brent, écoute-moi. Je vais bien mais quelqu'un a tenté de faire sauter mon appartement cette nuit.

— Quoi ? !

— Tout va bien. Je suis avec Alex.

— Je vais le tuer, ce fils de… !

— C'est grâce à lui que je suis encore en vie, Brent. Nous sommes sains et saufs mais il faut que l'on voie l'inspecteur Hepple. Je ne reviendrai pas à la maison avant demain mais je ne voulais pas que tu te fasses du souci. D'accord ?

— Non ! explosa Brent. Je ne suis pas d'accord du tout !

Leslie revenait avec un pantalon et une chemise blanche.

— Que veux-tu dire par « quelqu'un a voulu faire sauter mon appartement » ? hurla Brent dans l'appareil. Que…

— Il faut que je te laisse, Brent. Je te rappelle demain.

— Nicky ! Comment oses-tu…

Elle raccrocha et se retourna.

— Mon frère veut te tuer, dit-elle à Alex.

— Il faudra qu'il prenne son tour ! Quelle tenue me proposez-vous, docteur. Tout cela me semble bien solennel.

— Navrée, je n'ai pas trouvé de jean délavé et troué. Mais ce pantalon devrait faire l'affaire.

— Merci. De toute façon je suis sûr que Nicky appréciera que je change de style.

— Habillez-vous pendant que je sors ma voiture du garage.

Alex hocha la tête.

— Je pense qu'il vaudrait mieux que ce soit moi qui m'occupe des voitures et que vous restiez toutes les deux à l'intérieur.

Après une seconde d'hésitation, Leslie obtempéra.

— Je vais chercher mes clés.

Pendant ce temps, Alex finit d'enfiler maladroitement la chemise.

— Je vais t'aider à mettre ton pantalon, proposa Nicky. Reste assis, comme cela tu n'auras pas besoin de te pencher.

Alex protesta sans grande conviction.

— Sois raisonnable, voyons ! Laisse-moi faire, insista-t-elle.

Alex se résigna. Il se sentait peu solide sur ses jambes et savait qu'il en avait pour trois ou quatre jours avant de se remettre. Nicky enfila d'abord la jambe gauche, puis la droite. A mi-cuisses, elle s'arrêta. Une rougeur diffuse envahit ses joues trahissant une émotion qu'elle essayait pourtant de dissimuler.

— Prêt à te lever ? demanda-t-elle en fuyant son regard.

Il se redressa et ressentit un étourdissement. Il attendit que son malaise passe puis remonta son pantalon jusqu'à la taille. Leslie avait vu juste : il tombait à merveille.

— Crois-tu vraiment que quelqu'un nous guette dehors ? interrogea Nicky.

— Autant ne pas prendre de risques. Y a-t-il une torche dans la maison ?

— Voilà ! répondit le médecin qui revenait avec les clés et une lampe de poche.

— Je vais sortir par la porte de derrière, expliqua Alex.

— Ça m'ennuie vraiment que tu sortes seul. Tu n'es même pas armé !

— Armé ? Pour ce que cela m'a aidé ! Si tu veux, guette-moi près de la porte pendant que je vais à la voiture. Je te passerai Ginger dès que je serai sûr que ta Pontiac n'est pas piégée. Fais-moi confiance, dit-il en l'embrassant sur le bout du nez.

Il fit une pause sur la terrasse, scrutant la nuit et ses milliers de bruits. Une voiture de pompiers passa au loin, sirène hurlante. Des bourrasques de vent rabattaient sur lui une odeur âcre de fumée et de feu.

Ne remarquant rien d'anormal alentour, il s'approcha de la Pontiac, vérifia les portières, le coffre, le soubassement et souleva finalement le capot. Tout semblait correct. A l'intérieur, Ginger miaulait comme un malheureux, griffant des deux pattes avant la vitre du véhicule. Certain qu'il n'y avait aucun danger, Alex ouvrit la portière et attrapa le chat par la peau du cou.

— Fais-le rentrer, dit Alex en le déposant dans les bras de Nicky. Je vous rejoins dès que j'aurai échangé la place des voitures.

Il se glissa au volant et mit le contact. Comme il reculait, quelque chose glissa et heurta son pied. Son arme ! Il ne l'avait donc pas perdue ! Soulagé, il fit le tour jusqu'au garage, permuta les voitures, prit la valise de Nicky sur la banquette arrière, ferma le garage derrière lui et rentra dans la maison en boitant.

Nicky et Leslie avaient installé le chat dans la salle de bains sur une litière improvisée faite de journaux froissés. Une boîte de thon était ouverte devant lui.

— Je vois qu'il a trouvé un cinq étoiles ! plaisanta Alex.

— Il sera comme un roi, se réjouit Nicky. Je ne sais comment vous remercier.

— Pas besoin de me remercier, dit Leslie. Allez, il est temps que vous alliez vous coucher.

Alex se sentait à bout de forces. Courbatu. Une loque. Mais il ne voulait pas le montrer. Il pensait aussi au travail qu'il avait laissé en souffrance et qu'il était pourtant urgent qu'il règle…

Trois quarts d'heure plus tard, étendu dans un grand lit double, Alex attendait que les antalgiques fassent leur effet. Les yeux fixés au plafond, il se repassait le film de la journée quand, soudain, un frôlement contre le battant de la porte le sortit de ses pensées. Avant qu'il n'ait eu le temps de réagir, la porte s'entrebâilla.

Nicky !

Elle se tenait là, dans l'embrasure, juste vêtue d'une nuisette blanche, les cheveux épars sur ses épaules.

— Alex ? murmura-t-elle d'une voix hésitante.

— Je ne dors pas, Nicky. Tu peux entrer. Qu'y a-t-il ?

Elle se glissa dans la pièce et ferma derrière elle.

— Je sais ce que tu vas penser… enfin, non… je ne sais pas ce que tu vas penser.

Presque intimidée, elle claquait des dents.

— Je me demandais si tu voudrais bien que… Si je pourrais… heu…

Alex se poussa sur le côté et lui ouvrit son lit où elle se glissa sans se faire prier.

— Ce n'est pas pour ce que tu t'imagines, Alex.

Elle tremblait comme une feuille… alors, il la serra contre lui.

— J'avais tellement froid !... Je n'arrive pas à me réchauffer.

— Moi aussi, je suis glacé, répondit-il.

Il se pressa contre elle et lui frotta le dos très fort. Ses cheveux étaient encore humides et sentaient bon le shampooing. Quelle chance elle avait d'avoir pu prendre une douche. En ce qui le concernait, Leslie avait décrété que cela lui était interdit jusqu'au lendemain.

— Je sais que c'est bête, Alex, mais maintenant que tout est fini et que je suis en sécurité je me sens... vidée !

— C'est le contrecoup de la journée, Nicky. On a vécu sur les nerfs et maintenant on décompresse. C'est normal que tu te sentes... bizarre. Essaie de te relaxer. Pense à des choses agréables, à un endroit reposant. A un joli souvenir. Celui que tu préfères.

— On dirait que tu fais souvent cet exercice ?

— Parfois.

Il effleura sa joue, fit courir ses doigts le long de son cou. Fatigué et courbatu comme il l'était, ce corps de femme, pratiquement nu, pelotonné contre le sien, après toutes ces années, lui insufflait de nouvelles forces ! Comme elle était tendre ! Et excitante ! Comme il avait envie !... Son pouce toucha une chaîne fermée autour de son cou, descendit le long des maillons, rencontra un pendentif. On aurait dit un cœur. Le petit cœur en or piqué d'un minuscule rubis qu'il lui avait offert ? A cette pensée, son cœur se serra.

— Qu'est-ce que c'est ? dit-il. Le cadeau d'un admirateur ?

— Oui.

La seule réponse qu'il n'avait pas prévue... Brève mais cinglante comme une gifle... Sa poitrine se serra de nouveau. Pincement aigu. Douloureux.

Jaloux ? Lui ? A quel titre ? Quel droit avait-il d'être jaloux ?

— C'est toi qui me l'as offert, murmura-t-elle enfin.

Soulagement.

— Et tu l'as gardé tout ce temps ?

— Cet après-midi-là, au bord du lac, est resté l'un des plus beaux souvenirs de ma vie.

— Pour moi aussi.

Avec une infinie tendresse, il l'embrassa sur le front, impuissant à trouver les mots pour lui dire la vague d'émotions qui le submergeait soudain.

— Nos vies étaient compliquées à l'époque, dit-elle tout bas, comme pour elle-même.

— Oui, et pourtant, personne n'essayait de nous tirer dessus !

— C'est vrai.

Ils se turent mais leur silence était plus éloquent que les plus longs discours. Nicky, pensa-t-il, devait tout comme lui revivre le film de cette journée si particulière sur les rives du lac Bleu. C'était il y a longtemps… si longtemps.

Allongé contre elle, il continua de la caresser. Au bout d'un moment, il constata avec satisfaction qu'elle ne frissonnait plus.

— Je crois, Nicky, que tu n'as jamais compris à quel point tu étais importante pour moi. J'étais sans foi ni loi à l'époque, en révolte contre la terre entière. Tu étais mon seul repère. Mon point d'ancrage. A cause de toi… grâce à toi plutôt, je n'ai jamais outrepassé les limites : j'avais trop peur que mes erreurs ne se retournent contre toi et ne te nuisent. Indirectement, tu m'as empêché de faire les pires bêtises.

— Tu m'en vois ravie.

Elle se blottit contre lui. Le duvet de sa poitrine la chatouilla un peu à travers le linon de sa nuisette. Alex lui ôta une mèche de cheveux du visage. Elle ferma les yeux. Sa respiration se fit plus lente. A son tour, il ferma les yeux, savourant le bonheur indicible de la tenir dans ses bras. Elle gémit comme un bébé. Il la regarda mais elle garda les paupières closes. Et soudain, alors qu'il la croyait endormie, la tête au creux de ses bras, elle se mit à parler tout doucement.

— Alex, pourquoi n'es-tu jamais revenu ?

Aucun reproche dans la voix. Aucune agressivité.

— Si je te disais que c'est la question que je me pose, Nicky !

— C'est bien, dit-elle dans un souffle.

Il sourit de sa réplique. Il faudrait qu'ils parlent ! Et sérieusement ! Mais pas maintenant. Demain, ils auraient tout le temps.

Il gémit, entrouvrit les paupières, les souleva complètement. De minuscules particules de poussière voletaient dans les rais de soleil qui filtraient par la fenêtre. Il consulta le réveil. 8 heures passées. La panne d'oreiller… Il n'y avait plus une minute à perdre. Il fallait qu'il se lève, s'habille et file…

Mais nom d'un chien ! Comme il était fourbu ! Un rouleau compresseur lui serait passé sur le corps, ça n'aurait pas été pire, se dit-il.

Nicky dormait toujours, les cheveux sur la figure et le bras en travers de sa poitrine nue. Elle avait passé une jambe sur l'une des siennes, et leurs deux corps semblaient intimement mêlés. Quelle confiance ! Quel calme ! C'eût été un crime de la réveiller ; et pourtant… il avait mille et une choses à faire.

— Bonjour, lança Nicky en s'ébrouant.

Elle ôta les cheveux de ses yeux et le fixa.

— Bonjour.

Prenant tout à coup conscience de sa position, son regard se troubla. Avec quel naturel elle avait retrouvé ses habitudes d'antan !… Indifférente à ce qu'Alex pouvait penser, elle appuya encore davantage la jambe sur sa cuisse et lui prit le visage entre les mains.

Prenant ce geste pour une invitation à faire ce dont il rêvait depuis la veille, il commença par l'embrasser. Oh ! juste un petit baiser sans conséquence, rien que pour voir sa réaction. C'était mal la connaître. A peine avait-il recouvert les lèvres de Nicky que, loin de le repousser, elle lui rendit son baiser. Sa bouche était de braise, son corps de feu. Elle se serra contre lui, les seins écrasés contre le duvet de sa poitrine. Ses gémissements, ses ondulations ne laissaient planer aucun doute sur ses intentions… Comme elle ouvrait la bouche pour approfondir son baiser, il lui prit les seins à pleines mains. Elle gémit de nouveau, farouche comme une lionne éperdue de désir. Oubliant courbatures et plaies, Alex, la voyant s'offrir, seins tendus, pencha la tête pour en téter les pointes. Du bout de la langue, il s'amusa à les titiller. Elles étaient roses et grenues et se dressaient sous ses caresses humides. Totalement livrée à lui, elle frottait ses jambes nues contre les siennes, les remontait très haut sur ses cuisses, les repliait, les allongeait, sourde au supplice qu'elle lui infligeait. Le froissement du linon de sa nuisette contre la peau rugueuse de ses cuisses ajoutait encore au trouble déjà exacerbé qui le vrillait. Comme elle le mettait à l'épreuve ! Peu à peu, cédant aux va-et-vient incessants de cette danse initiatique, la fine étoffe s'enroula sur elle-même et remonta sous les bras de Nicky. Au bord du malaise, Alex étouffa un cri…

Un désir fou se mit à bouillonner en lui. Il allait contenter sa compagne, accorder à son corps affamé le répit qu'il réclamait. La rassasier de lui. Les nerfs à vif, débordée par une sensualité débridée, elle tressaillait au moindre frôlement. Ses petits cris d'excitation ajoutés à la frénésie de ce corps déchaîné qui se tordait sous les caresses, attisèrent à son tour l'excitation d'Alex. Il lâcha ses mamelons, dessina sur la chair pulpeuse de sa poitrine un chemin de baisers et mordilla son cou, là où, sous la peau fine, palpitait un sang fou.

Comme elle gémissait de bonheur, il posa la main sur sa cuisse, la fit glisser tout le long puis remonta. Elle était ferme et lisse comme un palet d'ivoire.

L'envie de se faire du bien lui traversa de nouveau l'esprit. Mais non, il fallait d'abord qu'il la comble, elle. Troublante Nicky ! Pourquoi réagissait-elle avec une telle violence dès qu'il la touchait ? Et ses petits cris !… Se rendait-elle compte qu'ils le rendaient fou ? Il mordilla encore la peau si tendre de son cou et elle frissonna de nouveau. Puis ses mains s'égarèrent… et trouvèrent leur chemin vers la moiteur humide que la nuisette ne cachait plus.

— Oh ! dit-elle, le souffle court.

— Déshabille-toi, Nicky, j'ai trop envie de te voir nue.

— Mais tes blessures ?

— Je crois que nous avons trouvé le traitement miracle.

— Vraiment ?

Il entreprit alors de lui ôter sa nuisette mais elle repoussa ses mains et s'assit. Croisant les bras devant elle, elle prit sa chemise de nuit par l'ourlet et, d'un geste, la passa par la tête.

— Que tu es belle, Nicky, murmura Alex.

Du bout du doigt, il caressa la pointe d'un de ses seins qui se raidit aussitôt puis, sans la quitter des yeux, posa son index sur son nombril et descendit vers la touffe soyeuse où était tapi son désir.

— Ne bouge pas, lui dit-elle. C'est moi qui vais t'embrasser.

Ne plus bouger ? C'était vite dit ! Quel homme normalement constitué aurait pu rester de glace sur des charbons ardents ?

Avec lenteur, inconsciente de la torture qu'elle lui infligeait, elle se pencha pour prendre ses lèvres, mais Alex, mû par une pulsion incontrôlable, l'agrippa par les hanches et répondit à son baiser avec une ardeur décuplée par l'attente. Nicky le saisit alors aux épaules et répondit avec la même fougue. Lèvres contre lèvres, ils se prirent, se lâchèrent, se reprirent, impatients et brouillons. Il entendait le sang cogner dans ses tempes et eut peur que son ardeur ne ravive ses douleurs. Mais qu'importe ! Elle était là, entre ses bras… Nicky ! Sa Nicky. La femme qu'il avait tant aimée. Qui avait vu et touché chaque creux et chaque courbe de son corps… Qui avait caressé et embrassé chaque centimètre carré de sa peau. Sa Nicky !

Du bout de la langue, il l'embrassa tout le long de son cou.

— Oui ! Oh, oui !… dit-elle, à fleur de peau.

Les ongles enfoncés dans la chair meurtrie de ses épaules, elle cambra les reins.

— Alex ! s'écria-t-elle, tendue comme un arc.

— Je vais te faire l'amour, Nicky.

Il l'embrassa passionnément et roula sur elle, avec elle. Il voulait sa bouche, il voulait son corps. Il voulait tout. Elle enroula les jambes autour de ses hanches et lui tendit son sexe humide et profond. Alors il la pénétra d'un trait. Le sentant chaud et dur entre ses jambes, elle se cambra davantage encore pour mieux l'accueillir.

Aucun mot n'aurait pu traduire ce qu'il ressentait tant son émotion était violente. Dans le brouillard de son esprit, il souhaita que cet instant ne finisse jamais, mais, impatiente, elle s'agita sous lui. Il la sentit se resserrer autour de lui et sut alors qu'ils avaient dépassé le point de non-retour. Emportés par l'élan de leur désir, ils accédèrent ensemble au sommet de la jouissance.

Peu à peu, sa respiration se ralentit et il reprit conscience ; mais avec la réalité, resurgirent aussitôt la douleur et les tourments. Il roula sur elle, sur le côté, sans la lâcher. Elle avait la tête sur les boucles brunes de son duvet. Il se sentait sans force, un peu comme s'il avait flotté entre deux eaux. C'était une impression étrange. Indéfinissable… Sans cesser de lui caresser le bras, Alex lui déposa un baiser d'une infinie tendresse sur la tempe. Comme il le faisait autrefois. Souvenir délicieux…

— Je ne pensais pas que ce serait encore possible, dit-elle. Et pourtant…

— Avais-tu déjà oublié ? murmura-t-il, surpris.

— Déjà ? releva-t-elle.

Il lui fit un câlin sur le bout du nez.

— J'aimerais rester des heures avec toi, Nicky, mais…

— Il faut que tu partes. Oui, je sais. Dommage !

— Je vais d'abord prendre une douche.

— Veux-tu que je te savonne le dos ? Nous pourrions…

— Il vaut mieux pas. Nous ne pourrions plus sortir de la salle de bains.

— Si nous devons mourir noyés, qu'importe, si c'est ensemble !

Il rit. Cela faisait des lustres qu'il n'avait pas eu envie de rire.

— Rien ne presse, tu ne crois pas ?

Il caressa la peau nacrée de sa gorge.

— Je suis désolé, je t'ai fait des bleus.

— Aucune importance : tu en as toi aussi !

Sur ces mots, elle s'assit au bord du lit et se leva.

— Que tu es belle, dit-il, admirant les courbes parfaites de son corps encore juvénile. Tu n'as pas changé.

Elle se pencha alors pour attraper sa nuisette qu'elle enfila sur-le-champ.

— Je vais prendre ma douche dans l'autre salle d'eau de peur de succomber de nouveau, dit-elle.

Avec un sourire mutin aux lèvres, elle ouvrit la porte.

— Tiens, Leslie a déposé des vêtements pour toi dans le couloir. Plus un rasoir. Regarde.

A l'idée de se lever, Alex, fasciné par cette silhouette de rêve, ronchonna.

— Tu n'as pas envie de te recoucher un peu, Nicky ?

— Si. Mais plus tard.

Et elle disparut.

Alors, à regret, il se leva à son tour.

Ce n'est qu'une fois sous la douche, réveillé par le picotement de l'eau sur sa peau meurtrie, qu'il réalisa qu'il avait oublié d'utiliser un préservatif.

— Crétin ! jura-t-il.

Jamais encore il n'avait oublié de se protéger. De cette façon, peu lui importait que sa partenaire prenne ou non la pilule. C'était une sécurité pour lui.

Les bras en l'air, il continua à faire mousser le shampooing sur ses cheveux et, curieusement, sentit peu à peu un certain bonheur l'envahir. Et si Nicky… ? Comme ce serait merveilleux de la voir peu à peu s'arrondir. Nicky, enceinte de leur enfant ? Ce serait fabuleux. Mais sans doute ne verrait-elle pas les choses sous le même angle ? En tout cas, pas maintenant.

Il arrêta l'eau et se sécha sans prêter attention aux courbatures que le moindre de ses gestes exacerbait. Nicky… Elle occupait toutes ses pensées. Il allait lui parler, mais l'explication risquait d'être houleuse.

Une fois séché, il s'empara du paquet de vêtements et, après s'être enduit de crème à l'arnica, les enfila. Plutôt satisfait de son look, il se contempla dans le miroir. Depuis combien de temps n'avait-il pas été aussi élégant ? Un bail !… Côté vestimentaire, il ne variait jamais : jean, T-shirt et, les grands jours, blouson de cuir. Les tenues plus habillées pourtant lui allaient bien. Avec une coupe de cheveux décente, il aurait pu passer pour un golden boy de Wall Street.

Il s'accroupit pour reprendre son arme sous le lit, voulut la glisser dans sa poche mais trouvant qu'elle y faisait un renflement, la fourra dans l'un de ses boots. Il refit le lit, rassembla ses effets et, en quête d'un téléphone, alla dans la cuisine où il trouva Leslie, plongée dans la lecture du journal.

— Bonjour. Je vous croyais déjà au chevet de vos patients.

— Deux rendez-vous ont été annulés alors je suis revenue boire un café et voir si je pouvais vous être utile. Comment vous sentez-vous ce matin ?

— Mal partout. Qu'est-ce que ce serait si vous ne m'aviez pas soigné ! A ce propos, je vous remercie encore.

— Pas de problème de vue ? Pas de bourdonnements d'oreilles ?

— Non, seulement mal à la tête et des courbatures partout. M'aideriez-vous à me préparer un café ?

— Bien sûr. Des tartines ?

— Ne vous inquiétez pas, j'achèterai un petit pain en route.

— Alex… Savez-vous que vous faites la une du journal, ce matin ?

— Pardon ?

Incrédule, il prit la gazette des mains de Leslie. Un photographe les avait saisis, Nicky et lui, en train de sortir Matt, inconscient, du brasier. La photo était très nette : il n'y avait aucun doute possible.

Furieux, Alex jura tout haut.

— Vous voyez John à midi ?

— Pourquoi ? s'étonna Leslie.

— Si vous le voyez, dites-lui que je vais venir mais je veux d'abord vérifier une ou deux choses.

— Savez-vous ce qu'on raconte à Fools Point, ce matin ? relança Leslie. Thad Osher aurait contrôlé un camion en panne près de chez les Huntington. Il transportait des voitures volées. C'était Viktor Unsdorf, le chauffeur.

Sans se rendre compte que Nicky était entrée, Leslie se leva, posa un trousseau de clés sur la table :

— Laissez donc la Pontiac de Nicky dans le garage et prenez ma voiture ; je n'en ai pas besoin aujourd'hui. La clé de la maison est sur le trousseau. Maintenant, je vais voir mes malades.

Sur ces mots, Leslie se retourna.

— Oh, Nicky ! Bonjour. J'ai nourri Ginger et je le laisserai un peu sortir à midi, à mon retour. Je vous laisse préparer votre petit déjeuner. Servez-vous. Il y a tout ce qu'il faut.

6

— Que veux-tu manger ? demanda Alex à Nicky, une fois le médecin parti.

— Je voudrais surtout des nouvelles de papa, répondit-elle.

— Allons-y si tu veux.

Agacé par la photo du journal, Alex prit le trousseau de clés et sortit. Feignant d'ignorer ce brusque changement d'humeur, Nicky le suivit jusqu'à la voiture. Il semblait soucieux. Regrettait-il déjà ce qui s'était passé entre eux ou était-il inquiet de l'arrestation d'Unsdorf ? Comment le savoir puisqu'il ne disait pas un mot ?

Discrètement, elle se mit à l'observer. C'était la première fois qu'elle le voyait rasé de frais, bien coiffé, vêtu d'autre chose que de son sempiternel uniforme « jean T-shirt ».

Son côté mauvais garçon avait beau être sexy, le chic classique lui seyait à ravir et lui donnait une image de sérieux à laquelle elle était sensible. Oui, décidément, l'élégance lui allait bien. Pourquoi perdait-il son temps avec des fripouilles comme Viktor Unsdorf ?

Elle s'apprêtait à lui poser cette question quand Alex tourna dans Main Street.

— Oh, mon Dieu ! s'écria-t-elle, découvrant son immeuble dont il ne restait que des pans de murs calcinés. C'est affreux, je n'ai plus rien.

Et elle éclata en sanglots. Emu par sa détresse, Alex lui prit la main.

— Tout est ma faute. Je n'aurais jamais dû mentir à la police, hoqueta-t-elle.

— Non, Nicky, tu n'es pas responsable. Ces gens-là sont des fous. Ce qu'il faut maintenant, c'est comprendre qui a intérêt à supprimer les témoins.

Poursuivant leur route, ils passèrent dans la rue de Matt puis devant le motel Wade Away qui n'était qu'un tas de cendres lui aussi. A ce rythme-là, Fools Point n'allait pas tarder à avoir les mêmes scores de criminalité que les pires villes du pays, pensa-t-elle.

— Comme je regrette d'avoir menti aux policiers, se lamenta-t-elle de nouveau. Je n'aurais pas dû.

— Ne t'inquiète pas, lui dit Alex pour la consoler.

— Mais j'ai fait un faux témoignage ! lança-t-elle, agacée.

— Ecoute, Nicky, pour l'instant, l'important n'est pas là.

Les yeux rivés sur la route, Alex replongea dans le silence.

Avec l'audace qu'elle lui connaissait déjà à l'époque, il doubla les véhicules qui le gênaient sans se soucier des limitations de vitesse.

— Comment Hope connaissait-elle Viktor Unsdorf, Nicky ? dit-il sortant soudain de son mutisme.

L'hôpital n'était plus qu'à quelques centaines de mètres.

— Elle ne le connaît pas.

Il ne dit rien mais à sa tête, elle sentit qu'il doutait de sa réponse.

— Elle ne le connaît pas ! répéta-t-elle.

— Ils parlaient pourtant ensemble, hier soir. Oh, on voyait bien qu'elle n'avait pas envie d'être vue avec lui, mais n'empêche…

— Tu as dû te tromper, Alex.

— Je sais que Viktor est attiré par les blondes. D'habitude, il les choisit platine, un peu mûres et bien en chair. Peut-être a-t-il fait une exception pour ta sœur ?

— Sûrement pas. Hope ne fréquente pas des voyous comme Unsdorf.

Alex fronça les sourcils et reprit son air ombrageux.

Mon Dieu, comme il était séduisant ! Peut-être même plus encore quand il était grave. Les yeux cernés, les joues creusées, les mâchoires anguleuses accusaient la virilité de ses traits et lui donnaient un air ténébreux et indomptable.

Irrésistiblement attirée, Nicky tendit le bras pour lui caresser le visage mais, à mi-chemin, retint son geste et croisa sagement les doigts sur les genoux. Dire qu'elle n'osait même pas lui prendre la main, cette main qui l'avait caressée si intimement cette nuit !

— Pourtant, ils semblaient avoir des choses urgentes à se dire, reprit Alex.

Nicky commença à se rendre compte qu'Alex prenait très au sérieux la piste de Hope. Quel intérêt aurait-il eu à mentir ? Et que penser d'un éventuel lien entre Hope et Viktor ?…

— Comment veux-tu que Hope connaisse un homme pareil ? s'énerva Nicky. Depuis la fin de ses études, elle vit coupée du monde, avec ses chevaux pour uniques compagnons. Je ne vois ni où, ni comment, elle aurait pu le rencontrer. De toute façon, il a l'âge d'être son père !

Ce n'était pas une raison, se dit Alex, mais il ne releva pas.

Il avait le visage fermé des mauvais jours : elle se souvenait très bien de cette tête-là. Sans doute avait-elle dit quelque chose qui l'avait contrarié ? Sans doute n'avait-il pas aimé qu'elle le contredise ? Quand donc apprendrait-elle à se taire ? D'un autre côté, il pouvait aussi faire un effort et essayer de se mettre à sa place. Hope était sa petite sœur, après tout. Et elle n'accepterait jamais qu'il la salisse… Après ce qu'ils avaient partagé ce matin, elle se serait attendue de sa part à plus de…

A quoi ? Qu'espérait-elle de lui au juste ? Une déclaration d'amour éternel ?

Allons… Avait-elle oublié qu'hier soir ce n'était pas lui qui était venu à elle mais elle qui s'était jetée dans ses bras ?

Qui s'était allongée dans son lit ? Qui avait mis ses jambes en travers du corps de l'autre et avait dormi ainsi toute la nuit ? Qui avait suggéré de lui faire l'amour au petit matin ? Alex ou elle ?

Peut-être, maintenant qu'il avait repris ses esprits, regrettait-il tout ce qui s'était passé ?

Un sentiment de honte s'empara d'elle. Comment avait-elle pu se conduire ainsi ? Comment avait-elle pu ressentir un tel besoin sexuel, cette nuit-là précisément, alors que son pauvre père était entre la vie et la mort et que les enquêteurs fouillaient les décombres de sa propre maison en quête d'indices ?

Rouge de confusion, elle baissa la tête.

— T'a-t-on déjà dit que tu avais la même voix que celle de ta sœur ? dit Alex qui suivait obstinément le fil de sa pensée.

Si on le lui avait dit ? Cela n'échappait à personne. Elle-même, depuis le début de cette affaire, y avait pensé à plusieurs reprises. Mais était-ce suffisant pour en tirer des conclusions… hâtives ?

— Personne ne me fera jamais croire que ma sœur est impliquée dans ce meurtre.

— Unsdorf l'utilise peut-être à son insu, qui sait ? Partons du principe qu'ils se connaissent un peu. Unsdorf peut très bien lui avoir demandé de me téléphoner pour m'attirer devant chez toi et me tendre un piège.

— Non ! s'écria Nicky.

— C'est pourtant la seule hypothèse qui tienne la route, Nicky.

En effet, qui d'autre que Hope connaissait sa relation avec Alex ? Et pourquoi Hope lui avait-elle demandé de regarder dans sa Pontiac, après la fermeture de son atelier, pour voir si elle retrouvait son bracelet ? En calculant juste, Nicky aurait dû sortir aux environs de 9 heures. Or, c'est à 9 heures que la correspondante d'Alex lui avait fixé ce fameux rendez-vous manqué. Comme par hasard !

— Je ne supporterai pas que ma famille soit mêlée à tout cela, Alex. Surtout en ce moment, avec mon père malade.

— Tout cela tombe très mal en effet, mais si Hope est sous l'emprise d'Unsdorf, mieux vaut le savoir pour la sortir de ses griffes. Tu préfères faire l'autruche ?

— Pourquoi ? Tu penses vraiment qu'elle puisse être en danger ?

— Oui, j'en suis même persuadé. Il faut absolument que je lui parle.

— Non, c'est moi qui lui parlerai, s'écria Nicky.

Bouleversé par le désarroi de sa compagne, Alex chercha sa main. Mais elle le repoussa et se croisa les bras sur la poitrine, frissonnante, se demandant si ce cauchemar allait enfin prendre fin.

— De quoi vit-il au juste, Unsdorf ? reprit-elle.

— De petits boulots et de magouilles ! répliqua Alex. Ces derniers temps, il était chauffeur pour les scieries Yosten.

— Gunnar Yosten ! ? Mais… il est mort. Il a été descendu par la police.

— C'est ce que je te dis : Viktor est le roi des magouilleurs. Au début, il travaillait pour lui à temps partiel. Il avait besoin de fiches de salaire officielles. Mais le reste du temps, il transportait des voitures volées à Baltimore.

— Et tu le savais ?

— Je le soupçonnais.

— Tu penses que c'est Unsdorf qui a tué Thorton Biggs ?

Alex hésita.

— C'est possible. Il peut s'agir d'un règlement de comptes entre truands. Quoi qu'il en soit, si ce n'est pas Unsdorf qui a tiré, je te fiche mon billet qu'il connaît l'assassin, martela Alex. Y a-t-il des garages ou des carrossiers près de chez tes parents ?

— Pas que je sache. Pourquoi ?

— Parce que je m'interroge sur ce qu'Unsdorf pouvait bien fabriquer avec son chargement de voitures au milieu de nulle part. Pour transporter des autos volées incognito, mieux vaut se fondre dans la masse. Tu prends l'autoroute et tu roules.

Ni vu, ni connu. Mais tu ne prends pas une petite route de campagne pour te faire remarquer.

« Tu prends l'autoroute et tu roules. Ni vu, ni connu. » Alex parlait comme quelqu'un qui sait. Et qui sait parce qu'il l'a fait !

En proie au doute, Nicky regarda Alex à la dérobée. Les mâchoires crispées, le visage tendu, il offrait un profil dur, inquiétant. Peut-être avec une caresse parviendrait-elle à le dérider ? Hésitante, elle tendit la main mais, devant son air buté, elle retint une nouvelle fois son geste et, le cœur serré, tourna la tête vers la vitre. Alex n'avait jamais été un ange et elle le savait. Pourquoi refusait-elle d'en prendre acte ? Une bonne fois pour toutes ? Parce que, quand il la caressait et lui faisait l'amour, il lui offrait des moments ineffables de bonheur où tout s'effaçait comme par magie ? Fallait-il qu'elle soit faible pour refuser d'admettre l'évidence !

Alex gara la voiture sur le parking de l'hôpital et se tourna vers Nicky.

— Il faut que je t'explique des choses, Nicky.

— Ça peut attendre ? Je voudrais voir mon père calmement d'abord.

Sans lui laisser le temps de répondre, elle descendit de voiture. Elle avait besoin de prendre du champ pour réfléchir.

— D'accord, dit-il à regret. Mais ensuite, il faudra que je te parle.

— Tu ne diras rien à ma sœur ?

Nerveux, il se passa la main dans les cheveux.

— Je ne ferai rien avant que tu n'aies vu ton père.

Côte à côte, ils se dirigèrent vers l'hôpital. A peine arrivés au service de cardiologie, ils tombèrent sur Hope et ses deux frères assis dans la salle d'attente. Hope, les traits tirés, semblait ne pas avoir dormi de la nuit. A la vue d'Alex, elle baissa les yeux. Pas de doute, elle n'avait pas la conscience tranquille.

— Il va être opéré ce matin, annonça Gavin à sa sœur tout en l'embrassant affectueusement. Le médecin dit qu'il est dans un état critique. L'infirmière nous autorise à le voir avant qu'elle ne le prépare pour le bloc opératoire.

— Est-il conscient ?

— Il l'était hier soir, en tout cas, affirma Brent.

Un claquement de sandales les fit se retourner.

— Monsieur Coughlin, peut-être ? dit une infirmière en s'avançant vers Alex.

— Oui.

— M. Michaels a demandé à voir sa famille, particulièrement vous et sa fille Nicky. Comme il s'agite beaucoup, le médecin souhaite que vous veniez le plus vite possible. Mais ne le fatiguez pas.

Alex regarda Nicky qui semblait bouleversée et lui prit la main.

— Viens, lui dit-il. Je t'accompagne.

Bernie Michaels était étendu sur un lit, blanc comme un linge, relié à la vie par un entrelacs de tuyaux et de fils. Vu sa pâleur, M. Michaels n'en avait plus pour très longtemps, se dit Alex. Qu'était-il advenu du robuste et terrible M. Michaels qui l'avait rejeté quinze ans plus tôt ? Il ne restait de lui que ses yeux bleus, toujours vifs malgré la fatigue.

— Bon sang ne saurait mentir, dit-il posant le regard sur Alex.

Il semblait épuisé mais sa voix, ferme, rappelait l'homme fort qu'il avait été.

Près de lui, Alex entendit renifler discrètement — Nicky ou Hope ? — il ne chercha pas à le savoir et s'avança vers le malade.

— Merci, monsieur, dit-il.

— Je savais que tu en valais la peine, murmura M. Michaels.

— Vous étiez le seul à le penser.

— Non, pas le seul.

Alex comprit à demi-mot.

— Mon erreur a été de t'éloigner si brutalement.

— Non, vous avez eu raison. Nous étions trop jeunes.

Bernie Michaels ferma les yeux en signe d'approbation.

— J'aurais dû m'y prendre autrement.

— Peut-être, dit Alex, songeur.

— Je ne pensais pas qu'un jour tu me rembourserais.

— Si. D'ailleurs sans votre argent, je n'aurais pas…

— Quel argent ? s'étonna Nicky. Mais de quoi parlez-vous enfin ?

D'un geste de la main, son père éluda la question.

— Mais si, répliqua Bernie. D'une façon ou d'une autre, tu l'aurais fait. Tu es comme mes fils. Intransigeant. Déterminé. Mais dis-moi, mon garçon, travailles-tu toujours pour le FBI ?

Le FBI ! Estomaqués, les quatre Michaels se regardèrent.

— Oui, monsieur, répondit Alex.

— Je savais que tu étais intelligent.

— Avec ce qui vient de se passer, je me le demande !

— Ah ? Même l'inspecteur Hepple t'aime bien. Mais ce n'est pas pour te dire cela que je t'ai fait venir. Ces fichus médecins ont décidé de faire joujou avec mon cœur. Cela me déplaît mais je n'ai plus voix au chapitre.

— Non, monsieur.

— En ce qui concerne mes enfants, je crois que je me suis complètement trompé.

Pour la première fois, il jeta un regard à ses enfants, en cercle autour de son lit.

— Je n'ai jamais su leur dire que je les aimais.

— Monsieur Michaels, l'interrompit une infirmière, il faut dire au revoir à vos visiteurs.

— Fichez-moi le camp, l'infirmière ! tonna le malade qui semblait avoir subitement récupéré toutes ses forces. Et que je ne vous revoie pas avant d'en avoir fini avec mes enfants.

Sidéré, Alex dévisagea M. Michaels. Il n'avait plus, sous les yeux, un homme affaibli mais le businessman inflexible qui l'avait chassé quinze ans plus tôt. Sans demander son reste, l'infirmière tourna les talons.

— Papa, s'il te plaît, économise-toi, supplia Nicky en lui prenant la main.

D'un geste furtif, elle sécha une larme qui coulait le long de sa joue.

— Mais je n'ai déjà plus de force, ma petite fille. Ah ! Tu es comme ta mère. Douce et tendre. Te l'avais-je déjà dit ?

Un énorme sanglot la secoua. A côté d'elle, Hope se mit à pleurer à son tour.

— Non ? J'aurais dû… A côté de cette douceur, moi, je t'ai donné ma rage de vaincre. Tu es pugnace, comme moi. C'est bien. Ah ! j'ai fait deux belles filles. Pas vrai, mon garçon ?

— Si, monsieur. Je l'ai toujours pensé.

Bernie Michaels sourit. Un sentiment de fierté illuminait son visage.

— J'ai aussi fait deux beaux fils. Mais j'ai commis des erreurs. Dont certaines, irréparables.

Il tourna son regard vers Alex.

— Il y en a une que j'aimerais réparer. Promets-moi que tu prendras soin de Nicky après moi.

— Mais, papa ! Tout va bien se passer, voyons.

Bernie ne quittait pas Alex des yeux.

— Promets-moi.

— Je ferai de mon mieux, répondit Alex en fixant les yeux bleus qui ne le lâchaient plus.

« Serai-je capable de tenir cette promesse ? » pensa-t-il.

— Quant à toi, Nicky, occupe-toi bien de ce gaillard, que je serai fier de compter dans ma famille. Toi, Hope, cesse de renifler et approche-toi.

Hope écouta religieusement son père, Nicky baissa la tête, Alex s'éloigna du lit.

M. Michaels avait vendu la mèche à propos de sa véritable activité ! Il était découvert maintenant ! Sans doute l'était-il depuis un certain temps déjà, car il y avait eu trop de ratés dans cette enquête qu'il avait pourtant parfaitement préparée. Il en était arrivé à la conclusion que tous les traquenards dans lesquels il était tombé avaient pour but de l'éliminer, et il se trompait rarement dans son travail. Et quelle plus sûre façon d'y parvenir que de le faire accuser de meurtre ?

Quoi qu'il en soit, il aurait préféré apprendre lui-même la vérité à Nicky dont il voyait bien, à sa mine, qu'elle était contrariée.

Des pas claquèrent dans le couloir ; l'infirmière poussa la porte.

— Les visites sont terminées. Vous reverrez votre famille après l'intervention, monsieur Michaels.

Bernie Michaels sourit. Il se sentait l'âme en paix. Il avait accompli sa dernière volonté.

— Alors comme ça tu es un agent du FBI ? demanda Gavin à peine sorti de la chambre de son père.

Alex hocha la tête.

— Oui, mais je vous demande de garder le secret. Pas un mot à quiconque ! Personne !

Il fixa Hope, qui pâlit puis verdit tellement qu'Alex crut qu'elle allait se trouver mal.

— Je travaille sous une fausse identité mais si cela se sait c'est toute mon enquête qui est fichue.

« Sans compter que je risque ma peau », ajouta-t-il tout bas.

A peine arrivée dans la salle d'attente, Hope s'effondra dans un fauteuil, la tête dans les mains.

— Ton enquête ? Tu travailles sur l'attentat contre la boutique de Nicky ? reprit Gavin.

Alex regarda le jeune homme.

— Tu es avocat, c'est ça ? s'enquit Alex.

Gavin fit oui de la tête.

— Tu devrais dire à ta famille ce qui s'est exactement passé, Nicky.

Nicky n'avait pas vraiment envie de parler, mais, pressée par ses frères, elle s'exécuta.

— Mentir à la police ! Tu es folle, ma pauvre sœur ! maugréa Gavin à la fin du récit.

— Tout le monde ment à la police, rétorqua Alex pour sa défense.

— Je me rappelle très bien Ilona, déclara alors Brent. Une belle blonde, culottée, le genre de fille qui n'a pas froid aux yeux.

— Tu te souviens d'elle ? s'étonna Nicky. Comme c'est curieux !

— Pourquoi ? J'avais déjà treize ou quatorze ans à l'époque. Les ados n'oublient pas des filles comme elle.

— Je me la rappelle très bien, moi aussi, confirma Gavin. Et alors, où voulez-vous en venir ?

— Où ? J'enquête sur cette affaire, répliqua Alex. La police de Fools Point ne va pas tarder à venir interroger Nicky. A part l'inspecteur Hepple, aucun des officiers ne sait qui je suis ni ce que je fais. Je vous demande de faire en sorte qu'ils n'en sachent pas plus après leur départ.

— Ah ! Je comprends. Compte sur nous, promit Gavin.

— Et ce n'est pas tout. Il faut que Nicky et Hope restent à tout instant sous votre garde. Normalement, après les incidents d'hier soir, elles devraient rester sous ma protection mais, compte tenu de l'arrestation d'Unsdorf ce matin, je pense que le danger est minimisé.

— Qui dit qu'Unsdorf est l'assassin ? intervint Hope.

Alex se tourna vers les deux frères.

— Soyez vigilants. Ne quittez vos sœurs des yeux sous aucun prétexte.

— Hope aussi ? interrogea Gavin.

— Oui. Maintenant, je vous laisse. Je dois absolument m'absenter.

Encore sous le choc de la révélation, Nicky ne leva même pas les yeux. Hope, qui pleurait à chaudes larmes, non plus. C'est Brent qui accompagna Alex à l'ascenseur.

— C'est sérieux ? Tu es vraiment du FBI ?

— Oui.

Alex s'engouffra dans la cabine.

— Prends soin de Nicky, recommanda-t-il avant que les portes ne se referment.

Dans le hall il trouva un téléphone et organisa aussitôt la protection des deux sœurs. Il prit ensuite la direction de l'antenne locale de Bethesda.

C'était bizarre ! Depuis le départ, toute cette enquête allait de travers. Il n'avait même pas réussi à pénétrer le premier cercle alors qu'il en connaissait tous les acteurs clés. C'était comme si quelqu'un savait qui il était et lui mettait des bâtons dans les roues. C'était à cause de la réputation de mauvais garçon qui lui collait autrefois à la peau qu'il avait été choisi pour cette mission. Parce qu'il aurait dû se fondre à merveille dans ce milieu. Or, depuis le début, il sentait que ses anciens « potes » se méfiaient de lui. Peut-être s'était-il trahi lui-même en aidant sa sœur Kayla et son fiancé ? Ses « anciens amis » n'avaient sans doute pas aimé le voir prêter la main à un flic et la raclée qu'il avait reçue ce jour-là tenait peut-être lieu de premier avertissement ?

Sa voiture garée, Alex monta l'escalier quatre à quatre et fila tout droit chez Darrin Lange, responsable du regroupement des informations.

— Toi ici ? dit le jeune homme surpris. Depuis quand es-tu là ? Je te croyais toujours en planque pour l'affaire des voitures volées.

— Oui, mais j'ai besoin de ton aide. Juste un coup de pouce pour accélérer les choses. Trouve-moi tout ce que tu peux sur une certaine Ilona Toskov.

Darrin Lange fronça le nez.

— D'accord, je sais que ce n'est pas la politique de la maison de travailler sans demande officielle mais j'ai besoin de cette information avant de rencontrer Lemmer. Si tu veux une autorisation, je…

— Non, ça ira. Je vais m'occuper de toi. Mais… qu'a-t-elle à voir avec ta mission ?

— C'est justement ce que je veux tirer au clair. Pour l'heure, elle n'est que témoin.

De toute évidence, l'idée de transgresser les règles de l'agence contrariait Darrin. Lange, pourtant, n'avait jamais semblé à Alex un agent particulièrement à cheval sur le règlement. Il est vrai qu'il ne le connaissait que pour avoir disputé quelques matchs de football avec lui.

— Assieds-toi, proposa Darrin, visiblement ennuyé.

— Pas le temps. Lemmer m'attend.

Un ventilateur pulsait de l'air frais en direction de Lange, soulevant à chacun de ses passages les documents empilés sur son bureau.

— A ce que je vois, ils n'ont jamais réparé l'air conditionné, ici.

— Ils sont en train de le faire, répondit Darrin sans lever le nez de son ordinateur.

— Pas trop tôt ! commenta Alex.

A ce moment, des papiers soufflés par le ventilateur se soulevèrent et atterrirent sous les yeux d'Alex. Kenholt, Joseph Jonah, lut tout bas Alex. Leur agent décédé.

— On t'a demandé de travailler sur la mort de Kenholt ? s'étonna Alex.

Darrin, cette fois, leva les yeux. D'un signe du menton, Alex désigna la feuille de papier devant lui.

— Non, c'est Lemmer qui a oublié son dossier. Tiens, regarde plutôt ici. Je l'ai. Elle est dans nos fichiers.

Décidément mal à l'aise, Darrin gesticula sur son siège.

Alex qui ne s'attendait pas vraiment à trouver un dossier sur Ilona au FBI n'afficha pourtant qu'une demi-surprise.

— Voilà, reprit Lange. Ilona Toskov. Famille russe immigrée dans les années 60. Parents décédés. Un frère ? : Pavel. Il y a une astérisque près du nom du frère. Tu veux que je consulte ?

— Imprime déjà ce que tu as sur la sœur et ouvre le fichier du frère.

— L'imprimante est près du bureau de Kirtle.

— J'y vais.

Quand l'imprimante eut fini de cracher ses feuilles de papier noircies, Alex revint vers Lange.

— Pavel Toskov est fiché à l'agence de lutte contre la drogue, lut-il. Il est chimiste. Je sais qu'il existe actuellement un projet visant à mettre sous contrôle tous les chimistes qui ont rôdé dans les parages ces derniers temps.

— Ilona aussi est chimiste.

— C'est ce que j'ai vu.

Les mots étaient justes mais la voix sonnait faux. Que se passait-il donc dans la tête de Lange ? Dès l'instant où Alex avait prononcé le nom d'Ilona, il avait ressenti une impression bizarre. Comme si Darrin… Quant à l'histoire de Lemmer oubliant le dossier de Kenholt sur son bureau, Darrin l'avait forgée de toutes pièces, Alex en était convaincu.

— Le frère Toskov aurait des liens avec la mafia russe par le biais d'un oncle et de cousins, ajouta Darrin.

— Rien sur les vols de voitures ?

— Non. Mais je vois une connexion avec le port de Baltimore.

— Bingo ! Donne-moi un double de ça, aussi.

— Pas de problème. Assieds-toi et lis le dossier d'Ilona, pendant ce temps je vais chercher la copie à l'imprimante. A force d'être assis, j'ai besoin de me dégourdir les jambes.

A peine Darrin fut-il sorti du bureau qu'Alex voulut en profiter pour consulter le dossier de Kenholt. Celui-ci avait disparu. Alex fouilla la pile, mais se découragea vite, il n'aurait jamais le temps de tout fouiller avant le retour de Darrin. C'est à ce moment que le ventilateur souleva le coin d'une feuille de papier dévoilant une photo. C'était Darrin. Darrin main dans la main avec une grande femme blonde, sous un cerisier en fleur.

La femme de Darrin n'était-elle pas une petite brune ?

— Ça alors ! s'exclama Alex.

Comme il se penchait pour mieux voir, il entendit des pas approcher.

— A propos, Darrin, toujours la lune de miel ? demanda Alex, l'air de rien.

Il avait entendu parler du mariage surprise du play-boy du département avec une jeune fille rencontrée lors de vacances au ski quelques mois plus tôt.

— Super. Le mariage c'est le paradis. A quand ton tour ?

— Ça viendra.

— Quelqu'un en vue, alors ? Je la connais ?

— Non. Mais dis-moi tu n'as pas de photo ?

— Si. Là, sur l'étagère.

Il ne s'était pas trompé, Mme Lange était bien une petite brune qui lui arrivait à peine à l'épaule. Evidemment, la grande blonde pouvait être une sœur ou une cousine ou que sais-je… ?

— Je parlais d'Ilona et de Pavel.

— Ah oui ! Mais l'ordinateur est planté. Est-ce que tu as le temps d'attendre ?

— Non, pas le temps. Je prends ça et je file chez Lemmer avant qu'il ne mette une horde de chacals à mes trousses. Merci, Darrin. Je te revaudrai ça.

— Je saurai m'en souvenir.

Assis à son bureau, Lemmer l'attendait bel et bien.

— On a un problème, lança Alex sans prendre le temps de s'asseoir.

— Oui, tu es découvert.

Alex hocha la tête.

— Je crois que c'est quelqu'un d'ici qui m'a donné.

— D'ici ? s'étonna Lemmer, les paupières plissées. Que veux-tu dire ?

— Darrin Lange avait un dossier sur Kenholt sur son bureau il y a une minute. C'est paraît-il vous qui l'avez oublié.

— Faux !

— C'est bien ce que je pensais.

Intrigué par ce qui venait de se dérouler sous ses yeux, Alex se mit à raconter les faits.

— Tu es sûr de ce que tu affirmes ?

— Je suis sûr d'une chose : c'est qu'il n'est pas réglo !

— Tout comme toi d'ailleurs, lança Lemmer, cinglant.

— Oui, monsieur. Je n'ai pas bien vu la photo cachée sur son bureau mais je suis sûr que ce n'était pas sa femme.

— A qui penses-tu alors ? Hope Michaels ?

— Plutôt Ilona Toskov.

A ce moment, un coup discret contre la porte les fit se retourner tous les deux.

— Monsieur, Darrin Lange vient de s'absenter pour la journée, dit un secrétaire.

Lemmer sur les talons, Alex fila vers le bureau de Lange. L'ordinateur était encore chaud, mais le dossier Kenholt s'était bel et bien volatilisé. Tout comme la photo.

Lemmer se tourna vers l'agent qui le regardait depuis le seuil de la porte.

— Rattrapez-le.

— Oui, monsieur, répondit l'homme en s'éclipsant.

— Quelle est ta théorie ? s'enquit Lemmer.

— Je manque d'informations pour avancer une vraie théorie. Pour l'instant. Mais mon flair me dit qu'il est temps que je retourne voir Nicky.

Il déposa les copies dans les mains de Lemmer.

— Puisque tu es découvert, prends ton badge avec toi, cette fois.

— Oui, monsieur.

Alex fit un saut à son bureau, collecta ce dont il avait besoin et appela l'inspecteur Hepple.

— Ici, Coughlin. Je suis découvert. Je reviens tout de suite. D'ici là, ne quittez pas Nicky ni Hope des yeux. Il y a du grabuge dans l'air… Je crains le pire… Je vous expliquerai à mon retour. Et, John, surtout, veillez à ce qu'Osher reste à l'écart.

7

Hope avait cessé de pleurer mais refusait toujours de parler. Nicky avait du mal à contenir son impatience tout en comprenant fort bien que sa sœur était trop bouleversée pour pouvoir répondre à ses questions. Le passage au bloc était anormalement long et cette attente était terriblement angoissante. Ses deux frères ne la quittaient pas des yeux et la traitaient comme une gamine, ce qui avait le don de l'exaspérer. Et pour couronner le tout, elle se sentait trahie par Alex. Pourquoi lui avait-il menti ? Pourquoi ne pas lui avoir dit ce qu'il faisait réellement dans la vie ? Ne lui faisait-il donc pas confiance ?

Quand elle aperçut Ilona à la porte, Nicky se sentit presque soulagée.

— Ilona ! s'exclama-t-elle en se précipitant vers son amie. Que fais-tu ici ?

— Je voulais prendre des nouvelles de ton père mais comme tu ne répondais pas je suis allée jusque chez toi. Mais quand j'ai vu ce qu'était devenu ton immeuble, j'ai foncé ici, persuadée que tu avais été blessée. Et puis…

Ilona hésita puis se tut.

— Brent, Gavin, je vous présente mon amie Ilona.

Gavin dévisagea la jeune femme avec toute la froideur dont l'avocat était capable.

— Je vois. C'est donc vous qui avez fait prendre ces risques insensés à ma sœur.

— Je ne vois pas à quoi vous faites allusion, répondit Ilona sur la défensive.

Puis elle se tourna vers Nicky et maugréa :

— Qu'est-ce que tu es allée leur raconter ?

— La vérité, dit Brent d'un ton qui n'appelait aucune réplique.

— Ne te méprends pas, Ilona, intervint Nicky. Ils n'ont rien contre toi. Tu es mon amie. De plus, Gavin est avocat et il peut t'aider.

— Avocat ? releva Ilona. Je crois qu'il vaut mieux que je parte avant que les choses ne se gâtent vraiment.

— Pas de panique, ce n'est pas contagieux, se moqua Gavin.

— De toute façon, il faut que je file, s'excusa Ilona. Je voulais seulement m'assurer que ton père et toi alliez bien, Nicky.

— Je t'en prie, ne pars pas comme ça, supplia Nicky. J'ai un tas de questions à te poser.

Elle prit la main de son amie et la fit asseoir près d'elle.

— Tu sais, Gavin et moi voulons seulement t'aider.

— C'est trop tard, répliqua Ilona sèchement.

— Battre une femme est un crime et doit être puni comme tel, intervint Gavin.

— Mais qu'as-tu raconté à tes frères, Nicky ?

— Je sais peu de chose de ta vie privée, en fait. Je leur ai dit que tu avais assisté au meurtre et que tu avais eu peur de témoigner.

— Pourquoi as-tu raconté cela ?

— Je suis désolée, Ilona, je croyais bien faire, s'excusa Nicky.

— Je sais que je n'aurais jamais dû te demander de témoigner à ma place. Tant pis pour moi, tu n'as qu'à tout avouer à la police maintenant.

— Personne n'est au-dessus des lois, pas même les policiers. Si quelqu'un vous a fait du mal, il peut être poursuivi.

Soudain, Ilona se pétrifia, comme si elle avait vu entrer le diable dans la pièce. Elle se mit à trembler de tous ses membres tout en gémissant :

— Oh ! Il est là ! Il va me tuer !

— Mais de qui parles-tu à la fin ?

Nicky se retourna. Thad Osher discutait à l'entrée de la salle d'attente avec un homme de dos. Il semblait nerveux.

— Est-ce qu'Osher a été votre amant ? interrogea Gavin.

— Oui, répondit-elle en allant se cacher à l'autre bout de la pièce.

— Ilona, attends, cria Nicky.

Entendant ce cri, Hope se leva pour suivre Ilona, mais Brent réussit à la retenir.

— Ne bougez pas d'ici, je vais aller parler à Osher.

— Non, dit Nicky saisissant son bras. N'y va pas ! Tu n'as pas à agresser un officier de police sous prétexte que son regard me déplaît. Tu te ridiculiserais…

— De toute façon, il s'en va.

Pivotant sur lui-même, Thad Osher balaya la salle des yeux et, après un regard féroce à l'attention de Nicky, il fit demi-tour. Son interlocuteur entra alors dans la pièce.

— Inspecteur Hepple !

Nicky poussa un soupir de soulagement.

— Nicky, Gavin, comment va votre père ?

— Rien de nouveau pour l'instant mais son passage en salle d'opération est plus long que prévu, répondit Nicky.

Gavin posa une main rassurante sur l'épaule de sa sœur. Si seulement cette main avait pu être celle d'Alex ! Alex qu'elle aurait tant aimé sentir à son côté en ce moment pour la réconforter. Hélas ! Il n'était pas là.

— Peut-on vous être utile, inspecteur ? demanda Gavin.

— Il faut que j'interroge Nicky sur les événements de la nuit passée. C'est en principe Osher qui mène cette enquête mais j'ai cru comprendre qu'entre elle et lui le courant ne passe pas. Je vais donc lui poser moi-même quelques questions.

— C'est vrai qu'il a un comportement que je supporte mal.

— Je me suis laissé dire que vous aviez même l'intention de déposer contre lui.

— Je vais d'abord en parler à mon frère.

— Asseyons-nous, suggéra l'inspecteur, et dites-moi, Nicky, ce que vous savez du meurtre de Biggs.

Nicky raconta ce qu'elle savait, en omettant de mentionner Alex. A quoi bon raconter à son frère ou à l'inspecteur la visite qu'Alex lui avait faite ce soir-là ?

— Ilona a-t-elle expressément fait allusion à une liaison avec Osher ? insista l'inspecteur Hepple.

— Elle a répondu oui quand nous lui avons demandé si Osher était son amant, affirma Gavin.

— Que fait cette photo de vous et de Coughlin à la une de la gazette ce matin ?

Avant qu'elle ait eu le temps de répondre, les portes au fond de la salle s'ouvrirent et le chirurgien apparut. Tout le petit groupe autour de la famille Michaels retint son souffle en attendant les commentaires du praticien.

— Votre père est dans un état critique, annonça-t-il. J'ai découvert une masse dans la poitrine, juste sous le cœur. Je crains qu'il ne s'agisse d'une tumeur maligne mais nous ne pouvons rien affirmer avant d'avoir les résultats de la biopsie.

— Vous n'en avez pas fait l'ablation ? se renseigna Brent.

— Hélas, la tumeur telle qu'elle se présente n'est pas opérable. Mais attendons les résultats.

Quand Alex arriva, il repéra tout de suite John Hepple, seul, devant une fenêtre de la salle d'attente.

— Que se passe-t-il ?

— Bernie Michaels a un cancer. C'est inopérable.

— Bon D… ! jura Alex.

— Le chirurgien a juste reçu les résultats de laboratoire. Il discute en bas avec la famille sur les options possibles. Mais ce n'est pas bon signe. Tu peux peut-être me donner quelques informations pendant ce temps.

Alex se passa la main dans les cheveux. Nicky devait être effondrée et avait certainement besoin de son réconfort.

— Alors ? insista Hepple.

Alex fit un rapport bref de la situation, mais son esprit était ailleurs.

— Tu penses donc que ce Darrin Lange a tiré sur Kenholt et sur toi ?

— C'est bien imité ! Quant à dire avec certitude si c'était intentionnel ou accidentel… Difficile, tant qu'on ne l'a pas cueilli. Le fait qu'il soit en fuite n'arrange pas nos affaires.

— Explique-moi, Coughlin, ce que vient faire Osher dans cette histoire.

— Si seulement je le savais ! Que pensez-vous de lui, inspecteur ?

— Personnellement, répondit Hepple après une légère hésitation, je ne l'apprécie guère. Je dois m'en accommoder car il fait partie de mon équipe. J'ai déjà reçu des plaintes à son encontre, mais rien qui justifie un blâme. Mais depuis que tu es là…

Alex afficha un air étonné.

— … c'est à se demander s'il ne sait pas, depuis le début, qui tu es, ajouta l'inspecteur.

— Et s'il n'est pas impliqué jusqu'au cou dans le gang des voitures volées ainsi que dans le meurtre de l'agent Kenholt.

— Dans ce cas pourquoi aurait-il arrêté Unsdorf ce matin ?

— C'est justement ce que je me demande aussi.

Alex se gratta le menton, l'air perplexe.

— Nicky n'est pas loin de penser que Biggs a été tué par Osher. Quant à son amie Ilona, elle le couvrirait. Par peur.

— J'ose espérer qu'elle se trompe et qu'il n'est simplement pas fait pour ce métier. C'est un coureur de jupons : la plupart des plaintes que j'ai reçues proviennent de femmes mais, heureusement pour lui, il a su ne pas aller trop loin. Au fait, Coughlin, le service de la balistique a confirmé que l'arme retrouvée dans ta voiture est bien l'arme du crime.

— A qui appartenait-elle ?

— Je te le donne en mille : à Lee Garvey. Tu te rappelles

qu'en juin sa voiture a été volée ? Eh bien, son arme était sous son siège.

— Voilà qui va lui faire plaisir !

— La bonne nouvelle c'est que les empreintes relevées sur la crosse ne proviennent pas de chez nous.

— Ravi d'apprendre que je ne suis plus le premier sur la liste des suspects !

— Ta présence sur les lieux au moment du crime n'est sûrement pas le fait du hasard.

— J'ai la conviction qu'ils savaient depuis le début qui j'étais… où j'habitais, quelle était ma voiture, et même que Nicky et moi avions été très… proches. Pas étonnant que depuis le départ toutes mes actions aient échoué.

Hepple hocha la tête.

— A propos, je t'annonce que ton futur beau-frère prend ses nouvelles fonctions demain.

— C'est des hommes comme lui dont la police a besoin.

— Je suis d'accord avec toi, Lee est un type bien.

— Où est parti Osher ?

— Il était venu pour parler au jeune Williams, mais je l'ai renvoyé à Fools Point.

— J'aimerais autant lui parler moi-même, déclara Alex.

— Il faudra d'abord le trouver. Il a trompé ses gardes et filé. Il vous glisse entre les doigts comme une couleuvre. N'empêche, il va falloir qu'il nous dise ce qu'il sait.

— Peut-être a-t-il peur que vous ne l'interpelliez pour vol de voitures ? A propos, qu'avez-vous obtenu d'Unsdorf ? demanda Alex.

— Le nom de son avocat ! ironisa Hepple. Il connaît bien la musique, celui-là.

— Je ne sais pas pourquoi, je pense que c'est lui qui m'a attiré dans ce guet-apens. Je vais le voir cet après-midi et lui proposer un marché.

— Bonne chance. Au fait, j'ai fait ramener votre voiture chez le Dr Martin et votre moto est à sa place. Appelez-moi quand vous aurez du nouveau.

Là-dessus l'inspecteur s'en alla. Alex patienta jusqu'au retour de Nicky et de ses frères. Même si elle avait les yeux secs, cela se voyait qu'elle avait pleuré.

Incertain de l'accueil qu'elle lui ferait, il s'avança vers elle.

— Oh, Alex ! dit-elle se jetant dans ses bras.

Il sentit contre lui son pauvre petit corps hoquetant de sanglots. Il avait beau caresser doucement ses cheveux, rien ne semblait pouvoir calmer ce flot de larmes silencieuses.

— Nous rentrons à la maison, fit soudain Gavin. Tu es le bienvenu si tu veux.

— Je raccompagnerai Nicky.

Elle leva les yeux vers lui et sécha d'un revers de la main son visage inondé de pleurs.

— Ça va, Alex. J'aimerais rentrer à la maison.

— Il faut que je passe chercher ma voiture chez Leslie. L'inspecteur Hepple me l'a fait ramener… Mais, donne-moi d'abord des nouvelles de ton père.

— C'est un cancer à un stade avancé. Je pense qu'il le savait et qu'il ne voulait pas être opéré du cœur pour cette raison. Ils nous ont autorisés à le voir mais il n'était pas encore réveillé. Nous reviendrons plus tard.

— Bien. Allons chercher ma voiture.

En chemin, Nicky parla beaucoup. De son père, de ses frères, de sa sœur. Elle avait un grand besoin de vider son cœur et Alex ne l'interrompit pas. Arrivée chez le médecin, elle s'excusa.

— J'ai dû te soûler avec mes histoires de famille.

— Pas du tout. J'en ai appris plus sur toi et les tiens en quinze minutes que pendant les années où je sortais avec toi.

— Tu aurais dû me dire de me taire.

Alex sourit.

— Sûrement pas ! J'aime trop t'écouter.

— Pourquoi ne me l'as-tu jamais dit ?

— Quoi ?

Il soupira, devinant ce à quoi elle faisait allusion.

— Parce que personne ne devait savoir que je suis un agent du FBI.

— Pas même ta sœur ?

— Personne. Seul Hepple le savait. C'est la première fois que j'ai une mission ici.

— Tu veux dire que Kayla n'en sait toujours rien ?

— Non.

— Pourquoi mon père le savait-il ? Et qu'est-ce que cette histoire d'argent dont je vous ai entendu parler ?

Mal à l'aise, Alex toussota.

— Quand ton père a découvert que nous sortions ensemble, nous devions passer le bac. Je ne sais pas si tu te rappelles mais j'étais un fichu énergumène à l'époque.

— Je m'en souviens, tu penses !

— Un jour, ton père m'a mis le marché en main. « Je finance tes études mais tu quittes cette ville. »

— C'est-à-dire tu quittes ma fille, conclut Nicky.

— Oui. Il a mis en avant le fait que tu étais jeune. Que nous étions tous les deux jeunes. Et il m'a offert la chance de faire quelque chose de moi.

— Pourquoi ne me l'as-tu jamais dit ?

— Mon silence faisait partie du marché. Je devais m'engager à partir sans retour.

— Et tu as tenu parole.

Il répugnait à la faire souffrir davantage.

— En fait je suis revenu une fois. J'ai parlé à ton père : il était très fier de toi, Nicky.

— C'est cette fois-là que tu lui as appris que tu appartenais au FBI ?

— Oui. Quand il y a deux mois on m'a confié cette mission, j'ai pensé que tu devais être mariée, avec des enfants…

Il haussa les épaules.

— Tu as remboursé mon père ? demanda-t-elle.

— Oui.

Le bipeur accroché à sa ceinture se déclencha.

— C'est mon bureau. Je vais demander à Leslie si je peux téléphoner de chez elle.

— Pendant que tu appelles ton agence, je récupère ma Pontiac et je rentre.

— Attends-moi, on va plutôt prendre ma voiture. Je ne tiens pas à ce qu'elle reste en évidence devant chez Leslie : cela risquerait de lui causer des ennuis.

Avant que Nicky ne descende de voiture, il lui prit la main. Mon Dieu, qu'elle était froide ! Nicky serra la sienne comme pour lui voler un peu de sa force. Que n'aurait-elle donné, à cet instant, pour se blottir contre lui, et se laisser rassurer, réchauffer par ce corps qu'elle n'avait jamais arrêté de désirer. Que n'aurait-elle donné pour qu'il l'embrasse… Mais l'heure n'était pas aux effusions.

Nicky claqua la portière et, suivie d'Alex, entra chez Leslie. Ginger les attendait derrière la porte et leur fit aussitôt la fête. Elle le prit dans ses bras et, pendant qu'Alex appelait son agence, le serra sur sa poitrine et le caressa, rien que pour l'entendre ronronner de plaisir.

— Ici Coughlin, annonça Alex à Lemmer dont il reconnut instantanément la voix.

— Darrin Lange est mort, lança Lemmer sans préambule. Tué sur le coup dans l'explosion de sa voiture. Il n'y a pas de blessés.

— Apparemment, ils éliminent tous les témoins. Il faut vite retrouver le jeune Williams.

Mais Nicky aussi était sur la liste…

— Je vais aller parler à Unsdorf et lui proposer un marché, reprit Alex. La mort de Lange va peut-être l'inciter à bouger. Pendant ce temps, peut-on interpeller les Toskov frère et sœur, et s'assurer que Hope Michaels est sous bonne garde ?

— C'est comme si c'était fait.

Comme il raccrochait, Nicky s'approcha de lui.

— Alex ? Que se passe-t-il encore ? Pourquoi fais-tu interpeller Ilona ? Je ne savais même pas qu'elle avait un frère.

Avec calme, pour ne pas la heurter, Alex raconta à Nicky l'attentat contre Darrin.

— Il faut se méfier Nicky, et surveiller tous ceux qui ont, de près ou de loin, un lien avec cette affaire. Ta sœur et Unsdorf y compris. Maintenant, viens, on va au commissariat.

Alex vérifia que sa voiture n'était pas piégée, ouvrit la portière à Nicky, s'installa au volant et démarra. La circulation était fluide et ils arrivèrent sans encombre.

— Salut, Unsdorf ! lança Alex dès qu'il vit le suspect.

— Ne me dis pas… que tu es… flic ? grogna Unsdorf, stupéfait.

— Si, mon pote. Du FBI, même !

— On m'avait bien dit de me méfier de toi ! vociféra Unsdorf en tapant du poing sur la table.

— Qui te l'avait dit ?

— Qu'est-ce que ça peut te fiche !

— Vic, j'ai besoin d'informations.

— Va te faire voir !

— Hope Michaels ? Elle se situe où dans le meurtre de Biggs ?

Viktor serra les dents.

— Tu sais que Toskov est en train d'éliminer les témoins, Vic.

Un éclat étrange éclaira le regard d'Unsdorf.

— Saloperie de vie ! grogna-t-il.

— Même dans cette prison tu n'es pas à l'abri d'une bombe, Vic.

— La ferme !

Viktor gesticulait sur son siège. « Il est nerveux, c'est bon signe », se dit Alex.

— Nous détenons presque assez de preuves pour faire tomber les têtes du réseau. Si j'étais toi, Vic, je coopérerais.

— La f…

— Tu l'as déjà dit, Vic !

Alex se leva, posa les mains à plat sur la table, et se pencha sur Unsdorf.

— Je te croyais plus malin que ça, Vic. Mais puisque tu veux jouer au plus fin, on sera deux. Maintenant, si tu changes d'avis, dis-leur de m'appeler.

— La f…

— A ta guise ! lança Alex en se redressant. Mais au rythme où ça va il n'y aura bientôt plus de témoins… si tu vois ce que je veux dire.

Unsdorf ne broncha pas mais à un clignement de cils, Alex comprit qu'il venait de marquer un point. Il suffisait maintenant que Viktor prenne toute la mesure de la menace. Abandonnant Unsdorf au commissaire Jackstone, Alex sortit rejoindre Nicky qui l'attendait à l'accueil.

— T'a-t-il dit quelque chose ? s'inquiéta-t-elle.

— Non, alors je le laisse ruminer. C'est un dur, mais il n'a pas plus envie de mourir qu'un autre. La seule charge qu'on a contre lui pour l'instant, c'est le recel de marchandises. S'il accepte de coopérer, sa peine sera réduite de moitié. Et il le sait.

— Que fait-on maintenant ?

— On va interroger ta sœur.

Brent s'en allait quand ils arrivèrent.

— Je vais chez le traiteur. Je vous rapporte quelque chose ?

— Bonne idée, déclara Nicky. Prends-nous comme pour toi.

— Hope est là. Elle est couchée. Gavin est dans le bureau de papa. Il t'expliquera.

— L'hôpital a appelé ?

— Non, nous avons l'intention d'y aller après le repas. A tout de suite.

Quand ils entrèrent dans la maison, Gavin s'affairait dans les dossiers de leur père.

— Je voulais payer une facture qui vient d'arriver mais je

constate que les comptes de papa sont vides. Tu étais au courant, Nicky ?

— Pas du tout. Hope disait que les affaires allaient bien.

— Elle mentait. Les comptes sont dans le rouge depuis tellement longtemps que je me demande même comment ils ont pu garder la maison. Sans les pensions des chevaux et l'argent que Hope dépose chaque mois, ils seraient déjà sur la paille.

— Non ! C'est impossible !

Assis devant l'ordinateur, Gavin pointa un doigt sur l'écran.

— Viens voir.

Effectivement les chiffres étaient là et ne laissaient place à aucun doute.

— Ce qui m'étonne, dit Nicky, ce sont ces sommes d'argent que Hope dépose régulièrement sur le compte.

— Que veux-tu dire ? Qu'elle fait du trafic ?

— Je ne dis pas ça, mais…

Inquiète, elle se tourna vers Alex qui les écoutait avec attention.

— Votre sœur connaît Unsdorf, dit-il. Or il est mouillé jusqu'au cou dans cette affaire de vols de voitures… au moins autant que Biggs.

— C'est là-dessus que tu travaillais ici sous couverture ?

— Là-dessus et sur l'explosion qui a tué Kenholt, le premier de nos agents à avoir essayé d'infiltrer le réseau.

— Je crois qu'il serait bon de réveiller notre sœur, suggéra Gavin.

— Je ne dors pas.

Nicky, Alex et Gavin se retournèrent d'un bloc. Hope était debout dans le couloir, pâle et défaite.

— Je ne sais rien des vols de voitures. Mon seul lien avec Unsdorf c'est l'argent qu'il me verse tous les mois.

Elle hocha la tête, faisant virevolter ses cheveux blond cendré autour de son visage.

— Je n'ai commis aucun crime. J'ai simplement loué une

partie de la propriété sans l'accord de papa. Viktor voulait l'acheter mais papa s'y est opposé. Alors je la lui ai louée. D'autant qu'il m'en offrait un bon prix…

— Mais enfin, Hope !… C'est insensé ! Pourquoi ne nous en as-tu rien dit ?

— Parce que c'était mon problème. Personne ne s'intéresse ni à cette propriété ni aux chevaux, sauf moi. Et comme je voulais que ça continue, j'ai trouvé ce moyen pour faire rentrer de l'argent.

— Tu te trompes, Hope, l'interrompit Brent, qui revenait avec les courses. Il n'y a pas que toi qui y sois attachée. Tu ne le sais peut-être pas mais depuis des mois j'économise le moindre centime comme un avare pour pouvoir acheter des parts à papa.

— Toi ? Mais tu n'as jamais vraiment mis la main à la pâte ici ! Tu ne connais presque rien à l'exploitation d'une ferme !

— J'ai découvert que je ne suis pas fait pour le travail sédentaire. J'ai besoin de grand air et de liberté. Moi aussi je rêve de m'occuper de chevaux.

Un silence pesant plana dans le bureau.

— Allons dîner, proposa Brent. Nous poursuivrons cette conversation à table.

— Je vous laisse en famille, lança Alex.

Personne ne répondit. Nicky jeta un regard à Gavin, puis à Brent.

— Non, se ravisa Gavin. Après ce que t'a dit papa sur son lit d'hôpital, je pense qu'il faut que tu restes. Et puis… j'ai quelques questions à te poser.

— Qu'est-ce que tu en penses, Nicky ? Je veux ton accord, déclara Alex.

Elle s'approcha de lui, glissa son bras autour de sa taille et plongea son regard dans le sien.

— Je te demande de rester, Alex. Peut-être aurons-nous besoin de ton arbitrage ? De plus, toi aussi tu dois avoir faim.

Il la regarda et lui sourit. Oh, ce sourire ! Oh ! ces lèvres…

Elle en aurait fondu de bonheur. Se sentant rougir, elle baissa les yeux. Mon Dieu, combien de temps faudrait-il pour qu'elle se guérisse de lui ?

Se rendant compte de son trouble, Alex s'approcha d'elle et glissa derrière son oreille une mèche de cheveux rebelle.

— J'aimerais être seul avec toi, lui chuchota-t-il à l'oreille.

— Moi aussi.

— Cela viendra.

— Tu crois ?

— Sois patiente.

8

— Tu aurais pu aller à l'hôpital avec tes frères, fit Alex à Nicky alors que la voiture de Gavin s'éloignait.

— Non, je voulais rester avec toi, répondit-elle.

— Attends avant de t'asseoir que je vérifie la voiture. On n'est jamais trop prudent.

Après l'avoir inspecté, il referma le coffre, puis revint à l'avant et se pencha pour regarder sous les sièges.

— Bon D… Eloigne-toi ! Vite !

Sans demander son reste, Nicky obéit. Alex empoigna son arme et, immobile, scruta l'obscurité. Devant lui, à l'infini, s'étendait une campagne paisible avec des granges et des écuries.

— Alex ? appela-t-elle de la terrasse où elle s'était réfugiée. Alex ?

— Il y a une bombe sous le siège avant, s'écria-t-il. Ah, le salaud !… Il connaissait ma voiture.

— Une bombe ? Mais nous n'avons pas bougé de la maison…, dit-elle comme il la rejoignait.

— Dépêche-toi, entre.

Elle se mit à trembler si fort qu'elle eut du mal à mettre la clé dans la serrure de la porte d'entrée. Une fois à l'intérieur de la maison, Alex se rua sur le téléphone. Ainsi, pendant qu'ils dînaient, un criminel avait calmement fixé l'engin explosif sous la voiture au risque que quelqu'un sorte de la maison et le surprenne. Fallait-il qu'il se sente sûr de lui pour agir ainsi ! pensa Nicky.

— Et la voiture de Brent ? S'il y avait une bombe sous la tienne…

— Je l'avais inspectée, la rassura Alex tout en composant un numéro.

— Ici, Coughlin. Envoyez tout de suite l'équipe de déminage chez les Michaels… Oui, la ferme Michaels… Non, sous le siège de ma voiture… Ils sont en route vers l'hôpital. Prévenez-les… Non, rien. J'ai vérifié avant leur départ. Oui. Mettez-la en garde à vue. Le frère est avocat mais je ne pense pas qu'il s'y oppose… J'ai ma petite idée… J'arrive.

Il se retourna et fixa Nicky.

— Je ne serais pas étonné que le poseur de cette bombe soit encore sur les lieux. Accroupis-toi derrière la chaise et cesse de t'inquiéter, ma Nicky.

Mais Nicky était au bord de la panique. Quand Alex comprit à quel point elle était terrorisée, il s'approcha d'elle et la serra dans ses bras. Alors, malgré la peur affreuse qui la tenaillait, elle ferma les yeux. Combien de temps ? Elle n'aurait su le dire. Des secondes ? Des minutes ? Ce temps béni lui parut une éternité. Elle aurait bien prié pour qu'il ne s'arrêtât jamais…

Mais des sirènes déchirèrent la nuit, la privant brutalement de cette merveilleuse béatitude. Elle frissonna et rouvrit les yeux.

— Ça va aller, Alex.

Il lui embrassa les cheveux. Son souffle était chaud près de son oreille. Il ne s'écarta d'elle que lorsque des pas se firent entendre sur la terrasse. Il partit à la rencontre des policiers non sans lui avoir recommandé de ne pas bouger. C'était Hepple : elle reconnut sa voix ; mais il n'était pas seul.

— C'est plus fort que toi, tu trouves toujours le moyen de te mettre dans des situations impossibles ! lui lança l'inconnu. Cette fois, je le concède, ce n'est pas ta faute ! J'aime mieux ça ! Parce que ta sœur n'apprécierait pas…

Ça doit être son futur beau-frère, se dit Nicky. Lee Garvey.

— Tu penses que le suspect est encore dans les parages ? s'enquit Hepple.

— Peut-être. Il faudrait organiser une battue.

— Reste avec Mlle Michaels le temps que Garvey et moi fouillions les lieux.

— O.K. Mais où est Osher ?

Les trois hommes se regardèrent.

— Aucune idée. Personne ne l'a vu depuis le déjeuner. La secrétaire a essayé de le joindre par radio mais il n'a pas répondu à l'appel. Sa femme non plus ne l'a pas vu.

Les trois hommes parurent embarrassés.

— Tu penses qu'il peut être le poseur de bombes ? interrogea Garvey.

— Tout est possible, rétorqua Alex. Vous feriez bien de mettre votre prison en alerte maximum car quelqu'un est bien décidé à se débarrasser de ceux qui sont mêlés de près ou de loin à cette affaire.

Hepple empoigna son talkie-walkie et lança des ordres puis, flanqué de Garvey, il sortit.

— Comment te sens-tu ? s'inquiéta Alex en regardant Nicky.

— Je vais mieux, dit-elle.

Il la serra contre lui et, du bout des lèvres, embrassa ses cheveux qui flottaient autour de son visage.

— Comme c'est bon de te sentir, lui murmura-t-il tout bas.

Imperceptiblement, son étreinte se fit plus pressante. Elle crut entendre les battements de son cœur s'accélérer mais ne dit rien. Elle savait qu'il fallait qu'il rejoigne ses coéquipiers mais qu'une force plus puissante que sa volonté le retenait.

Egoïstement, elle se mit à jubiler dans son for intérieur avant d'être prise de remords. Non, elle ne pouvait se réjouir d'entraver sa vie professionnelle. Surtout pas dans ces circonstances.

— Va les rejoindre, Alex. Je vais t'attendre ici.

— Pourquoi ne m'aides-tu pas plutôt à inspecter la maison ?

Inspecter la maison !

— Tu penses qu'il a pu entrer ? dit-elle, soudain prise de panique.

— Non, mais comme je dis toujours mieux vaut être trop prudent que pas assez. Allez, viens. Guide-moi. Montre-moi ta chambre de jeune fille que je voie où tu dormais en rêvant de moi !

Rassurée par son humour, Nicky sourit.

— Tu aurais bien aimé que je rêve de toi, avoue-le.

— Parce que… ce n'est pas ce que tu faisais ?

— Crois ce que tu veux, rétorqua-t-elle.

Alex sourit à son tour.

— Allons-y mais reste derrière moi.

— Sois sans crainte. Les engins explosifs font de moi la pire des lâches.

— Tant mieux ! Je vais savourer le plaisir d'être, pour une fois, obéi par une femme.

L'un derrière l'autre, ils parcoururent toute la maison, se frôlant, se touchant plus franchement par moments. Malgré les circonstances, elle se sentait heureuse et se dit que c'était incongru de sa part. Les lits de son père et de sa sœur n'étaient pas faits mais le reste de la maison était en ordre.

— Alex ? appela Hepple du bas de l'escalier.

— Tout est clair, ici, commissaire. Et vous ? Vous avez trouvé quelque chose ?

Il écrasa les doigts de Nicky dans sa main.

— Rien si ce n'est des bêtes à quatre pattes. L'équipe de déminage va prendre le relais.

— On arrive, dit Alex.

Frustré, il vola un baiser à Nicky et l'entraîna dehors à regret. Les démineurs avaient investi les lieux et discutaient avec Hepple et Lee Garvey.

— L'opération va prendre du temps, dit alors Alex. Si nous allions voir ton père à l'hôpital ?

— Je peux vous emmener, proposa Garvey.

— Volontiers. Arrête-nous devant chez le Dr Martin où nous reprendrons la Pontiac de Nicky.

Alex s'assit sur le siège arrière de la voiture, derrière Nicky, et ne cessa de lui caresser la nuque tout le temps que dura le trajet. De temps à autre, Lee leur jetait un regard en coulisse.

— Que dois-je dire à ta sœur ? demanda Lee.

— La vérité, tout simplement. Je sens que je vais avoir droit à une discussion houleuse.

— Détrompe-toi ! Kayla sera trop heureuse d'apprendre ce que tu fais vraiment. Cela lui enlèvera plutôt un poids.

— Tourne à droite, indiqua Alex. C'est là. Merci et à plus. On prend la voiture et on file à l'hôpital avec Nicky.

— Comment va papa ? demanda Nicky en arrivant au service de cardiologie.

— Il est conscient et même bien réveillé mais ils n'autorisent que des visites très brèves. Nous nous sommes fait refouler, répondit Brent qui tenait Hope par les épaules.

— L'intervention s'est bien passée, ajouta Gavin, mais la tumeur est maligne. Le pronostic n'est pas bon.

Hope, accablée, retint un sanglot.

— C'est une question de mois d'après le chirurgien.

Le cœur serré, Hope regarda sa sœur.

— Peut-on le ramener à la maison, Nicky ? Je sais qu'il ne veut pas rester ici.

— Tu sais bien que ce n'est pas possible tout de suite, Hope, ils vont le garder encore quelques jours, intervint Gavin.

— Moi, je dois rentrer à la maison pour les chevaux, expliqua Hope.

— C'est impossible pour le moment, le service de déminage y est, rétorqua Alex avant d'expliquer, devant l'air stupéfait de Hope et de ses frères : nous avons failli exploser ; celui qui nous en veut avait placé une bombe sous le siège de ma voiture. Si je n'avais pas d'abord inspecté minutieusement tout le véhicule, Nicky et moi ne serions plus de ce monde. Et tant que le service de déminage n'aura pas fouillé de fond en comble toute la maison, ils ne laisseront personne approcher. D'ailleurs, puisque je ne suis d'aucune utilité ici, je vais voir où ils en sont et je m'occuperai des chevaux par la même occasion.

— Je t'accompagne, dit Nicky spontanément.

— Non, Nicky, je préfère que tu restes avec ta famille, sous la protection des deux gardes qui sont à la porte.

— Mais c'est ma voiture. Et je suis sûre que tu ne connais rien aux chevaux !

— Ecoute, Nicky…

Alex hésita comme s'il se rendait compte qu'elle avait raison en ce qui concernait les chevaux et pour finir il se rendit à son argument.

— Parfait, dit-il. Vous autres, restez bien sous la surveillance des deux gardes. Ils sont là pour veiller sur vous. Nicky m'accompagne. Je réponds de sa sécurité.

— Je voudrais quand même voir papa avant de partir, dit-elle.

Après avoir parlementé avec l'infirmière chef, Alex poussa la porte de la chambre de Bernie Michaels. Il était éveillé mais des tubes l'empêchaient de parler. En le voyant, Nicky eut du mal à retenir ses pleurs, mais elle trouva le courage de sourire. C'était à son tour de rassurer son père.

— Tu vas bientôt sortir d'ici, papa. Penses-tu pouvoir tenir encore un jour ou deux sans faire tourner les infirmières en bourrique ?

M. Michaels sourit et tourna ses yeux fatigués vers Alex.

— J'ai cru comprendre que vous m'autorisiez maintenant à voir votre fille, monsieur, mais je vous pose la question très officiellement aujourd'hui : m'y autorisez-vous vraiment ?

Un sourire malicieux éclaira le visage du vieil homme.

— Je n'ai pas mon mot à dire ? s'insurgea Nicky.

— Non, répliqua Alex. Tu serais capable de dire non.

— Qui sait ? fit-elle, d'un air mutin.

Alex s'adressa de nouveau à M. Michaels.

— Vous rendez-vous compte que vous me confiez un

petit cheval rebelle ? Pour l'instant, j'en viens encore à bout, mais…

Nicky bourra les côtes d'Alex de coups de coude, lui arrachant de petits cris de douleur.

— Vous voyez, votre fille est un petit monstre ! plaisanta Alex. Elle n'en fait qu'à sa tête mais je l'adore.

Un claquement de pas énergiques le fit se retourner.

— Voilà l'infirmière. Elle va nous mettre dehors pour vous laisser vous reposer.

— A demain, papa, murmura Nicky en embrassant son père.

Et, sans se retourner, elle sortit dans le couloir où elle fondit en larmes.

— Oh, Alex ! Il va mourir.

Bouleversé, il la prit dans ses bras et la serra contre lui.

— Je ne veux pas qu'il meure, Alex. Je ne veux pas.

— Les médecins ne sont que des êtres humains, mon ange, ils peuvent se tromper ; on peut toujours espérer un miracle. Ton frère l'a dit : il existe de nouveaux traitements, aujourd'hui. Vivons au jour le jour, veux-tu ? Maintenant, viens, allons voir les chevaux.

— Et ma…

— … ta famille est en sécurité avec les gardes.

— Et nous ?

— Je vais assurer moi-même ta sécurité… A moins que tu ne préfères passer la nuit avec les tiens ?

— Non, répondit-elle fermement. Mais ce serait sans doute plus… raisonnable.

— En ce cas, viens, je m'occupe de tout.

Quelques personnes, dont Derek Jackstone, s'agitaient encore sur les lieux quand ils arrivèrent chez les Michaels. Après avoir discuté avec le commissaire, Alex le raccompagna à son 4x4 et revint chercher Nicky qui n'avait pas osé descendre de voiture.

— Viens, on peut y aller, dit-il en posant sa main sur l'épaule de Nicky.

Il l'avait à peine effleurée et pourtant ce simple contact, si anodin fût-il, l'avait fait frissonner. Quelle ensorceleuse était-elle donc ? Il avait toujours aimé la toucher. Chaque caresse qu'il lui avait prodiguée avait toujours été un instant magique. Etait-ce la tiédeur de son corps ? Le grain de sa peau ? Son parfum ? Ou la fausse innocence qu'il lisait dans ses yeux quand ses doigts la frôlaient ? « Qu'importe, se dit-il… Qu'importe, elle est là. »

La porte franchie, la maison, tout d'un coup, sembla calme. Etrangement vide. Comme si rien ne s'y était passé. Déconcertés par ce silence, ils se turent eux aussi et restèrent là, immobiles. Elle se sentait comme au réveil d'une longue sieste estivale, quand le jour est encore clair et s'étire lentement dans la sérénité d'une soirée rafraîchissante.

— Suis-moi, dit-elle, reprenant pied dans la réalité. Tu ne vas pas nettoyer l'écurie dans cette tenue.

Lui prenant la main, elle l'entraîna vers l'escalier.

— Pourquoi ? Tu vas me faire récurer l'écurie ?

— Graine de trottoir ! se moqua-t-elle. Citadin, va !

— Et fier de l'être ! rétorqua-t-il sur le même ton.

Arrivée à l'étage, n'entendant plus les pas d'Alex derrière elle, Nicky se retourna. Il s'était arrêté sur le palier et, les yeux posés sur ses hanches, la regardait monter.

— Es-tu sûr que tu es venu pour t'occuper des chevaux ? demanda-t-elle, rougissante.

— Tu es une voyante, Nicky ! Décidément, on ne peut rien te cacher.

Dans la pénombre du couloir, une vague de sensualité, presque palpable, déferla soudain sur eux. Quatre à quatre, Alex avala les quelques marches qui le séparaient d'elle et la prit par le cou. Une mèche de cheveux lui barrait le front et la joue : il l'écarta. Comme sa peau était douce… Il allait le lui dire…

— Toi et Gavin êtes à peu près de la même taille, déclara-t-elle alors, essayant de tromper le malaise qui planait.

— C'est possible, répondit-il machinalement.

Mais son esprit était ailleurs.

— Je vais te prêter un jean de Gavin, alors.

Elle semblait faire semblant de ne pas comprendre les intentions d'Alex, mais elle s'humecta les lèvres et battit des paupières. Alex, qui avait resserré son étreinte, se mit à dessiner du bout du doigt le contour de son oreille, puis il prit son visage dans ses mains et la sentit frémir contre lui.

— Es-tu sûre que Gavin n'y verra pas d'inconvénient ?

Elle le regarda. Une lueur sans équivoque brillait dans son regard.

— On ne le lui dira pas…, chuchota-t-elle d'une voix douce comme une berceuse.

Il se pencha sur elle, la vit entrouvrir les lèvres.

— Je t'attends dans le couloir, le temps que tu te changes.

Il entendit son souffle s'accélérer, s'affoler, preuve que la petite flamme qui sommeillait en elle n'attendait qu'une étincelle pour s'embraser. Elle recula mais cala son dos contre le mur.

— Je n'ai rien à cacher, dit Alex, faisant un pas vers elle.

— Oh !

Comme il posait la main sur le mur à droite de son visage, elle leva le menton.

— Tu aimes qu'on te regarde, on dirait !

— Oui, quand le voyeur est une femme comme toi et qu'elle me regarde avec ces yeux-là.

— Quels yeux ?

— Allez… ne joue pas les naïves.

Elle se passa une nouvelle fois la langue sur les lèvres. Se rendait-elle compte de la torture qu'elle lui infligeait ? Qu'il avait envie de mordre dans cette bouche ? D'en savourer la chair pulpeuse ?

— Les chevaux ne seront jamais soignés si j'entre avec toi dans la chambre, dit-elle.

Alex appuya son autre main contre le mur, la piégeant entre la cloison et lui. Elle était maintenant sa proie.

— C'est vrai. Mais on pourrait les laisser dehors pour la nuit. Ils mangeront de l'herbe… D'ailleurs, j'ai faim moi aussi… Si je commençais par ce croquembouche… ?

Joignant le geste à la parole, il lui prit les lèvres, qu'elle entrouvrit sans résistance, et les embrassa avec fougue. Comme elles avaient envie, elles aussi… Grisée, elle lui entoura la nuque de ses bras, se lova contre lui, reins cambrés et, sentant se durcir contre elle l'évidence de son désir, elle frissonna.

Enflammé par son excitation, Alex insinua une jambe entre les siennes pour s'approcher plus près, là où brûlait un feu ardent.

Hagarde, en proie aux émotions les plus extrêmes, Nicky s'affola.

— Alex !

— Quoi ? dit-il glissant les mains sur ses hanches pour l'attirer plus encore contre son sexe que le désir rendait douloureux.

En guise de réponse, elle sourit, puis, dans un gémissement de plaisir, soupira.

— Ah, tu aimes ça ! dit-il.

— Oui, murmura-t-elle tout bas.

Elle enfonça ses ongles dans ses épaules et se raidit contre lui. A cet instant, le bipeur d'Alex se déclencha. Comme s'ils avaient été frappés par la foudre, ils se séparèrent.

— Bon sang ! pesta Alex.

— Tu n'as qu'à le jeter dans les toilettes ! grogna Nicky.

Saisissant son appareil, il lut le message qui y était affiché.

— C'est Lemmer, mon boss. Il faut que j'y aille.

Le désir fou qui troublait leurs regards s'évanouit aussitôt.

— Il y a un téléphone dans la chambre de Hope, dit-elle. Juste là.

Alex poussa la porte et appela son agence.

— Ici, Coughlin.

A l'autre bout du fil, Lemmer répliqua sèchement.

— Dis donc, Coughlin, la brigade des stupéfiants est mécontente. Il y a eu du grabuge dans un garage de Baltimore cet après-midi, à cause de Pavel Toskov et de son fichu cabriolet…

— Que lui est-il arrivé, à Toskov ?

Toskov… Nicky tendit l'oreille et entra à son tour dans la chambre, une chemise et un jean sur le bras. Elle avait encore les joues rouges et les lèvres gonflées. Excité à sa vue, Alex détourna les yeux.

— Rien. C'est un livreur qui en perdant le contrôle de sa camionnette a défoncé sa voiture. Les experts essaient de comprendre pourquoi cette collision a déclenché une explosion. Par chance, il n'y a que des blessés légers.

— Je ne comprends pas pourquoi les stups sont en pétard.

— Parce qu'ils avaient installé un micro sur la voiture qui devait leur indiquer l'endroit où il revend sa drogue. Ils pensent maintenant qu'avec notre enquête parallèle, on a tout gâché. Actuellement, ils interrogent le livreur.

— Et pas Toskov ?

— Envolé ! Il leur a filé entre les doigts !

— Ce n'est pas notre faute si les stups font mal leur boulot ! vociféra Alex.

— D'accord, mais on aurait dû les prévenir qu'on le surveillait nous aussi… En tout cas, le cabriolet a explosé et je pense que c'est Toskov lui-même qui l'avait piégé. Ce type-là est une brute mais personne n'a jamais osé porter plainte contre lui.

— Il me faudrait une photo des deux Toskov, demanda Alex.

— Je m'en occupe. A plus tard.

Alex raccrocha et se tourna vers Nicky.

— Tu penses que c'est son frère qu'Ilona a vu sur le parking cette fameuse nuit ? interrogea-t-elle.

— Je ne suis pas loin de le penser. Cela expliquerait qu'elle ait eu si peur. Selon Lemmer, Pavel n'est pas du genre à avoir des scrupules en cas de besoin.

— Pauvre Ilona, murmura Nicky en s'approchant de la fenêtre.

Comme elle rêvait, le front contre la vitre, elle sursauta.

— Alex ! Regarde ! Il y a quelqu'un !

Alex se leva d'un bond et la rejoignit juste à temps pour voir une silhouette se profiler sur la grange.

— J'y vais, lança Alex.

— Je te suis.

— D'accord, mais restons ensemble.

Ils sortirent. Tout était calme. Pas un bruit.

Comme ils se faufilaient dans le bâtiment, un chat leur fila entre les jambes. Rien d'autre ne bougeait. Il faisait sombre. Aucun cheval n'était là.

— Où est la lumière ? chuchota Alex.

Nicky trouva l'interrupteur et alluma.

— Où donne cette porte ?

— Sur la sellerie.

— Y a-t-il une autre sortie ?

— Non.

Une odeur âcre les fit tousser.

— Tu sens cette fumée ? s'inquiéta Alex.

— Oui, ça vient de la sellerie.

— Vite, sors d'ici, Nicky, va appeler les pompiers. Si on attend, c'est toute la grange qui va prendre feu.

Un bruit sourd les fit sursauter. Il provenait de la sellerie. L'odeur était de plus en plus forte. Il devait y avoir quelqu'un dans le local. Quelque chose tomba. Alors, Alex voulut ouvrir la porte.

Fermée.

— Ici. Voici la clé, lui dit Nicky.

— Je t'ai dit d'aller appeler les pompiers.

— Non, laisse-moi t'aider : je vais prendre l'extincteur. Toi tu risques d'avoir besoin de ton arme.

— D'accord. Tu sais t'en servir ?

Elle fit oui de la tête.

Alex introduisit la clé dans la serrure de la sellerie et entra, méfiant. Une fumée épaisse le prit à la gorge. Aveuglé, toussant, il fit un pas dans le local s'attendant à être agressé. Rien. Le feu provenait d'une poubelle bourrée de papiers et de bouts de chiffons qui se consumaient en dégageant une odeur suffocante. Sur le sol gisait un corps qui respirait faiblement. Matt ! Alex s'agenouilla près du garçon. Il était ligoté. Une blessure à la tête saignait abondamment et ses yeux étaient révulsés. Alex l'appela par son nom mais l'adolescent ne répondit pas. Sa tête roula sur le côté : il avait perdu connaissance. Alex dénoua ses liens.

— Comment va-t-il ? s'inquiéta Nicky.

— Son pouls est irrégulier. Il faudrait l'emmener d'urgence à l'hôp… Mais pourquoi fermes-tu la porte ?

— Ce n'est pas moi, je n'y ai pas touché.

Alex jura et se releva, son arme pointée vers la porte. Il y eut un coup de feu. Puis deux autres qui traversèrent le battant de bois et ricochèrent tout près d'eux. L'agresseur de Matt sans doute qui tentait de les tuer à leur tour !

— Aide-moi à porter Matt, chuchota-t-il à Nicky. Vous allez tous les deux vous cacher dans le fond de la pièce, derrière les selles. Pendant ce temps, je vais tenter de surprendre notre agresseur.

Quand Matt et Nicky furent à l'abri, Alex rampa vers la porte, l'arme au poing. Des bruits de pas étouffés lui parvinrent de la grange, puis cessèrent. Rassuré, il actionna la poignée pour sortir. Impossible, le loquet était bloqué. Ils étaient prisonniers : on les avait attirés dans un piège et Matt n'avait été qu'un appât.

Soudain, un nouveau bruit suspect attira son attention. Il colla l'oreille à la porte et écouta.

Tic-tac, tic-tac…

Son sang ne fit qu'un tour. Il étouffa un juron.

— Alex ? appela Nicky à voix feutrée. Alex, enfin ! Qu'y a-t-il ?

— Je crois qu'on a accroché une bombe de l'autre côté de la porte.

9

— Tu en es sûr ? murmura Nicky, terrifiée.

— Certain. Il faut sortir d'ici très vite.

— Mais comment ? Il n'y a pas d'autre issue.

— Il faudra pourtant en trouver une.

— Les aérateurs ! suggéra Nicky qui connaissait l'endroit comme sa poche. On peut essayer de passer par les aérateurs !

— C'est trop étroit, Nicky ; et trop haut.

— De toute façon, nous n'avons pas le choix. A moins que tu ne puisses désamorcer la bombe.

— Comment veux-tu que je la désamorce ? Elle est de l'autre côté de la porte !

— Alors, aide-moi. Je vais me glisser par l'aérateur.

Nicky fourragea dans une caisse à outils et en sortit un tournevis.

— Je suis prête : fais-moi la courte échelle.

Alex la fit grimper sur ses épaules puis, s'inquiéta :

— Comment vas-tu descendre de l'autre côté ? Tu vas te casser le cou !

— Je connais les lieux : il y a du fourrage en bas. Je n'aurai qu'à me laisser tomber.

Très vite, elle dévissa l'aérateur.

— O.K., Alex. Tout va bien, dit-elle en s'engageant dans l'ouverture. Un ange doit être en train de veiller sur nous ! Je suis juste au-dessus des balles de foin.

Elle finit de se hisser à travers le trou s'efforçant de vaincre sa peur. Quand elle était petite, après tout, elle adorait sauter sur la paille. Elle n'avait qu'à ne pas réfléchir !

Elle se tortilla dans l'ouverture et d'un coup de reins énergique se jeta dans le vide.

— Nicky ! Parle-moi, Nicky.

— Tout va bien, j'ai atterri sur du fourrage, dit-elle.

Elle se précipita alors vers la porte et son cœur faillit s'arrêter.

— Il y a une bombe, Alex. Tu avais raison.

— Appelle Hepple ! Dis-lui qu'il nous envoie tout de suite les démineurs.

Son cœur cognait comme un sourd.

— Va-t'en, Nicky. Sauve-toi. Vite ! Et appelle les secours !

Nicky se rua sur le téléphone, fit le 911 — police secours — et essaya de reprendre son calme.

— Ici Nicky Michaels, au 1255, route des Cigales. Envoyez-nous les pompiers, des démineurs et une ambulance. L'agent Alex Coughlin du FBI et un jeune homme sont enfermés dans une grange qui ne va pas tarder à exploser. Il faut très vite des secours.

Sitôt le téléphone raccroché, elle porta les yeux sur le hangar. Il fallait qu'elle trouve une idée pour sortir Alex de là. Et vite ! Elle ne savait pas désamorcer une bombe. Et il n'y avait plus de temps à perdre…

Animée d'un sang-froid qu'elle ne se connaissait pas, elle examina de nouveau les lieux et eut, soudain, la révélation. Le tracteur ! Si elle n'entendait rien aux explosifs, du moins savait-elle conduire un tracteur. Surtout celui-là, que son père lui avait appris à manier presque en même temps qu'elle avait appris à faire du vélo.

— Alex ! Prends Matt et allez vous cacher dans le coin gauche de la sellerie. Mettez-vous sous les selles ou sous ce que vous voudrez. Je vais enfoncer le mur.

— Quoi ? Non, Nicky ! Ecoute-moi…

— Pas le temps ! Fais-moi confiance et dépêchez-vous.

Tout en bénissant son père d'avoir laissé les clés sur le contact, comme à son habitude, Nicky sauta sur le tracteur. Quand elle entendit le moteur ronfler, elle remercia intérieurement son ange gardien. Tout cela ressemblait à un film de série B, mais elle s'en moquait. Tant pis ! Elle allait essayer ! Et si elle réussissait à faire comme à Hollywood, c'est tout le mur qui allait s'écrouler. Mais comment faire pour prendre de la vitesse ? Pourvu qu'il ne s'arrête pas devant l'obstacle, pria-t-elle.

Vissée sur le siège, elle recula le plus loin possible puis visa l'angle opposé à celui où Alex et Matt étaient supposés être cachés.

Le tracteur prit plus d'élan qu'elle ne l'aurait imaginé. Après tout, l'engin pesait un bon poids. Avec un fracas impressionnant il enfonça le mur de la sellerie en soulevant des nuages de poussière. Sous l'effet du choc, Nicky fut projetée en l'air et retomba sur le dos, à moitié assommée. Des myriades d'étoiles illuminaient la voûte céleste. C'était fantastique.

— Nicky ! Nicky ! Tu m'entends ?

Alex se pencha sur elle.

— Ça a marché ?

— Oui, mon amour, oui, tu as réussi ! Il faut vite s'éloigner d'ici avant que la bombe explose. Est-ce que tu te sens capable de marcher ?

— Bien sûr, mentit-elle.

Mais le seul fait de se redresser était au-dessus de ses forces. Le sol se mit à tourner autour d'elle. Elle entendit vaguement parler de choc. Elle avait du mal à respirer. C'était normal après ce qu'elle venait de subir. L'important c'était qu'Alex soit sauvé. Rien d'autre ne comptait.

— Allez, Coughlin, active !

Nicky tourna la tête en direction de la voix et reconnut l'uniforme de la police de Fools Point.

— Appuyez-vous sur moi, Nicky, il faut nous éloigner d'ici très vite.

L'officier déposa Matt dans les bras d'un pompier qui s'éloigna de la grange en courant.

Mesurant la faiblesse de sa compagne, Alex la prit dans ses bras.

— Pose-moi à terre, je suis trop lourde.

Alex ne répondit pas. Toutes sirènes hurlantes, un autre camion de pompiers déboulait dans l'allée. Une théorie de voitures stationnaient devant la maison. Elle sentit qu'elle allait s'évanouir. A cet instant, tel un feu d'artifice, la sellerie explosa dans la nuit.

Nicky ouvrit les yeux et resta immobile, se demandant où elle était. Les événements de la nuit passée lui revinrent peu à peu à la mémoire. Ginger vint se frotter contre le chevet, détendit paresseusement ses deux pattes arrière puis les deux de devant et, d'un bond, grimpa sur le lit pour aller se nicher dans les bras de sa maîtresse.

— O.K., Minouchat.

Elle câlina la petite bête entre les oreilles, sous le menton et, peu à peu, elle sentit les brumes qui avaient envahi son esprit se dissiper.

— Dis-moi, Ginger, j'ai dû me casser en morceaux hier soir ? Tu le sais toi ? J'ai tellement mal partout…

— Miaou…

Le chat lui fit trois tapes sur le bras.

— Désolée, Minouchat, il vaudrait mieux que tu t'adresses au médecin pour tes croquettes.

Au même instant, Leslie Martin entrait dans la chambre.

— Nicky, comment allez-vous ?

— Mal ! Combien de temps me faudra-t-il pour récupérer ?

— Moins que vous ne pensez. Il vous faut surtout du repos.

— Où est Alex ?

— Il dort dans l'autre chambre. Vous avez eu beaucoup de chance, tous les deux.

— Dites-moi, docteur, comment avons-nous atterri chez vous ?

— Pourquoi ? Un reproche à me faire sur mon hospitalité ?

— Oh, loin de moi cette pensée...

— Je plaisantais ! Alex et John ont décidé qu'ici vous seriez en lieu sûr. Vous sou venezvous d'avoir été transportée en ambulance à l'hôpital, cette nuit ?

— Pas vraiment. Et Matt ?

— Matt Williams ? John Hepple ne m'a pas du tout parlé de lui. En revanche, je peux vous dire que votre père se remet peu à peu.

— La grange doit être dans un sale état... Et les animaux ? Mon Dieu, je les avais oubliés...

— La sellerie n'existe plus, mais la grange a assez bien résisté. Les Huntington ont pris le bétail. Ils s'occupent aussi des chats.

— Quelle chance nous avons eue, soupira Nicky.

— Oui, vraiment... Tiens, voilà John qui vient aux nouvelles.

Le Dr Martin fit un signe de la main par la fenêtre.

— Vous sentez-vous assez en forme pour répondre à l'interrogatoire de John ou préférez-vous que je lui demande de repasser ?

— Ça va aller, merci Leslie.

Un magnétophone à la main, l'inspecteur Hepple entra, flanqué de l'agent Lemmer.

— Je me présente : Lemmer. Je suis le patron de Coughlin. C'est moi qui l'ai choisi pour cette mission temporaire.

— Temporaire ?

— Oui, tant que durera cette affaire.

— Vous savez… il a été formidable ! lança Nicky. Sans lui je ne serais plus en vie.

Lemmer se gratta la gorge et se décida à sourire.

— J'ai cru comprendre que c'est vous qui l'avez tiré d'affaire.

— Pas du tout. La nuit dernière, ce sont nos efforts conjugués qui nous ont sauvés.

— En fait, reprit-il, je faisais allusion à son passé.

Contrariée d'entendre évoquer ces souvenirs, Nicky lui jeta un regard noir. Comment osait-il parler ainsi de son Alex ? De cet homme qu'elle aimait tellement. Pour lequel elle vibrait comme au premier jour.

— Mademoiselle Michaels, intervint alors Hepple pour détendre l'atmosphère, je vais devoir enregistrer tous vos propos à partir de maintenant. Etes-vous prête ?

— Oui, mais je ne me rappelle pas grand-chose après le choc du tracteur.

— Je m'en doute. Mais si vous le voulez bien, reprenons depuis votre arrivée dans la grange.

S'efforçant d'être précise, Nicky rassembla ses souvenirs, évitant de livrer les détails qui n'appartenaient qu'à sa vie privée.

Le bruit de la porte qui s'ouvrait les fit se retourner.

Echevelé, Alex apparut, avec sa dégaine de bad boy des grands jours. Une barbe d'un jour bleuissait son visage, creusant ses joues, et lui donnant un air plus sexy que jamais. Il était vivant… vivant. Elle en aurait pleuré de bonheur.

— Comment vas-tu ? dit-il en s'avançant vers Nicky.

— Mieux que toi, apparemment, répondit-elle.

— Ai-je l'air si mal en point ? dit-il, se frottant machinalement la mâchoire.

Comme elle aurait aimé lui dire qu'elle le trouvait beau. Magnifique. Plus séduisant qu'un prince. Plus attirant qu'une star. Mais au lieu de cela, elle pencha la tête et se moqua :

— Je pense qu'un S.D.F. te donnerait cent sous !

Il portait encore ses vêtements de la veille et ceux-ci étaient sales et déchirés. Triste rappel de leur soirée…

— Alors, où en sommes-nous ? demanda Alex.

— Nous avons lancé un ordre de perquisition chez Pavel Toskov. L'un de ses cargos est en train d'être fouillé. Quant aux stups, ils sont très intéressés par les nouveaux développements de l'affaire et la brigade s'est décidée à collaborer avec nous.

— Vous pensez qu'elle va trouver de la drogue ?

— Pas impossible. Après les voitures, les armes, pourquoi pas la drogue ? Tout est bon pour Toskov pourvu qu'il fasse de l'argent.

— Où est-il ?

— Selon nos sources, la dernière fois qu'il a été vu, il était en compagnie d'une superbe blonde, sa sœur probablement. Le bureau de Baltimore nous en dira plus à la fin de son enquête.

— Et Matt Williams ?

Lemmer se tourna vers l'autre policier.

— Impossible de lui arracher un mot, répondit Hepple.

— On compte sur toi pour le faire parler, Coughlin. Comme tu lui as sauvé la vie…

— Pas moi, protesta Alex. Nicky.

Les regards se tournèrent vers elle. Gênée, elle toussota. Une rougeur diffuse colora ses joues.

— Grâce à nous deux, corrigea-t-elle.

— Accepterais-tu de lui parler, Nicky ?

— Bien sûr, si cela peut vous rendre service. Mais qu'allez-vous faire de lui ?

Hepple haussa les épaules.

— Tout dépend de son rôle dans cette affaire. Pour l'instant, il fait partie des victimes. En revanche, si nous obtenons la preuve qu'il est impliqué…

— Le FBI n'est pas intéressé par un gosse de quinze ans qui pique des voitures, expliqua Lemmer. Ce qui nous intéresse, c'est d'arrêter ceux qui le paient et organisent le trafic vers l'Afrique et l'Asie.

— Autrement dit : Toskov ! répliqua Alex.

— Exact ! Si le gamin est impliqué dans des vols et qu'on peut le prouver, il sera poursuivi, évidemment. En revanche, s'il accepte de coopérer en donnant des noms, il bénéficiera d'une réduction de peine. D'autant qu'il n'a pas de casier judiciaire.

— Et Osher ? demanda Alex. On l'a retrouvé ?

Hepple hocha la tête.

— Sa voiture, oui. Sur une aire d'autoroute près de Dulles, il y a environ une heure.

— A votre avis, c'est lui qui l'a laissée là ?

— Cela serait étonnant. On a trouvé des taches de sang sur les sièges, ajouta Hepple. On ne sait pas encore à qui appartient le sang, mais il était frais.

— Qu'attendez-vous de moi au juste ? demanda enfin Alex à son supérieur.

— Nous n'avons pas encore obtenu officiellement la permission de perquisitionner l'appartement d'Ilona Toskov. Si tu pouvais user de ton charme auprès de la gardienne pour qu'elle te laisse entrer…

— Je vais voir ce que je peux faire. Pour l'instant, je vais prendre une douche.

— Tant que tu y es, change aussi de vêtements, ajouta Nicky, sinon, au lieu de t'ouvrir la gardienne te fera arrêter pour vagabondage.

Ilona habitait à deux pas du Morgan Hospital dans un immeuble cossu. Sa gardienne, après avoir dévisagé Alex, pointa vers lui une poitrine avantageuse. Amusé par l'effronterie de cette allumeuse, il fit un clin d'œil à Nicky.

— Agent Coughlin du FBI, dit-il en présentant sa carte.

Sidérée, la gardienne rentra la tête dans les épaules. Deux

agents du FBI dans son immeuble ! Que pouvaient-ils bien lui vouloir ?

Piquée dans sa curiosité, elle les fit entrer dans le hall.

— Nous venons chez Mlle Toskov. Elle a dû vous prévenir de notre visite. Nous allons l'attendre chez elle. Pouvez-vous nous ouvrir ? dit Alex.

Visiblement sous le charme, la gardienne obtempéra sans peine.

— Je vois bien que vous êtes des gens comme il faut, commenta-t-elle, obséquieuse, en ouvrant l'appartement.

Et elle redescendit.

— Je suis surprise qu'elle nous laisse seuls chez quelqu'un, s'étonna Nicky. On pourrait tout voler ici !

Alex fit le tour du salon. Décor moderne qui sentait l'argent.

— Pour qui m'as-tu dit qu'elle travaille ?

— Elle ne me l'a jamais dit.

— Officiellement, elle est chimiste. Apparemment, ça paie mieux que le FBI !

Comme Alex commençait à fouiller dans le secrétaire, Nicky se tourna vers lui.

— Que cherches-tu ?

— Tout ce qui peut nous éclairer sur les agissements de son frère. Ou sur les siens.

— Tu ne penses quand même pas qu'elle fait partie du gang ?

— Tout est possible.

Il alla dans la chambre, ouvrit le placard.

— A ce que je vois, elle aime la mode.

— Elle s'habille toujours avec beaucoup de goût.

La main plongée dans un tiroir, il en sortit une enveloppe pleine de photos.

— Je ne les ai jamais vus, ces Toskov. Toi qui les connais, peux-tu me dire si ce sont eux ?

Nicky saisit le paquet et regarda.

— Ça, c'est Ilona. A côté d'elle, je crois que c'est Pavel. En tout cas, il lui ressemble.

Alex prit la photo et l'examina. Le frère d'Ilona était de petite corpulence mais l'expression de son visage était dure, presque cruelle.

— Dis donc, Alex, ce ne serait pas Matt, ça ?

Un groupe d'adolescents posait autour d'une grosse Buick.

— Difficile à dire mais cela se pourrait.

— A part eux, je ne connais personne, dit Nicky en rendant les photos à Alex qui se mit à les feuilleter à son tour.

— Tiens, dit-il, s'arrêtant sur l'une d'elles. Darrin Lange, notre agent du FBI, avait la même cachée dans son bureau. Je l'ai vue par hasard mais elle a disparu juste avant sa mort.

— C'est Ilona, dit Nicky penchée sur la photo. Je n'y comprends rien.

— Cela veut dire qu'ils se connaissaient, mais leur relation était peut-être innocente. Lange n'est, hélas, plus là pour nous en parler. Il ne reste qu'elle.

Il haussa les épaules et poursuivit :

— Je me demande si son frère, sachant qu'elle avait une liaison avec Darrin ne s'est pas servi d'elle pour obtenir des informations. Ou si Lange ne lui confiait pas des choses qu'elle répétait naïvement à son frère. N'oublions pas qu'elle était sous sa coupe et qu'il la frappait à l'occasion. Peut-être justement pour obtenir d'elle des renseignements ?

Leur visite terminée, ils redescendirent chez la gardienne et lui posèrent encore quelques questions.

— Vous devez connaître le frère d'Ilona, non ?

Littéralement subjuguée par Alex, la femme battit des cils.

— Bien sûr ! Difficile de passer à côté de lui sans le voir. Il est mignon, un peu comme Brad Pitt ! L'acteur, vous savez bien ! Il était encore là-haut hier.

— Il était seul ?

— Je crois bien que oui. En tout cas, Ilona n'était pas avec lui si c'est ce que vous voulez dire.

— Vous ne savez pas si quelqu'un est venu la chercher ?

— Pas que je sache. Oh, vous savez, c'est difficile à dire ! Elle reçoit tellement de monde. C'est une jolie fille, ajouta-t-elle d'un air entendu.

— Vous connaissez les hommes qui viennent la voir ? insista Alex.

— J'y fais pas trop attention, vous savez. Il n'y a jamais eu d'histoires avec elle, alors... C'est une locataire tranquille. Et qui paie son loyer en temps et en heure.

— Eh bien, merci.

La gardienne eut un dernier battement de cils et referma sa loge.

A peine assise dans la voiture, Nicky se tourna vers Alex et, le fixant, se mit à battre des cils en imitant la gardienne.

— Heureusement que je ne suis pas jalouse ! Elle te regardait avec des yeux de biche ! Que dis-je ? Elle te dévorait du regard comme si elle n'avait pas mangé depuis huit jours ! A ce propos... je meurs de faim, déclara-t-elle.

— Moi aussi, mais arrête de te mordre la lèvre comme ça. Qu'as-tu pour être aussi nerveuse ?

Nicky resta un instant silencieuse.

— Sois franc, Alex, dit-elle gravement. A quoi joues-tu ?

— A quoi je joue ? Que veux-tu dire ?

— Ton directeur a dit tout à l'heure que tu n'étais ici que temporairement. Explique-moi.

— Cela ne veut rien dire de plus que ce qu'il a dit. J'ai été désigné pour cette mission parce que je suis d'ici et que je connaissais certains des noms cités dans le dossier. Vu mes antécédents, ils ont pensé que j'étais mieux placé que quiconque pour m'infiltrer dans le réseau des voitures volées.

— Ce qui veut dire que tu travailles où, officiellement ?

— Au bureau de Denver.

— Tu retourneras donc dans le Colorado une fois cette enquête terminée ?

Il fit oui de la tête.

— Il n'y a aucune chance pour que tu aies un poste permanent ici ?

— En principe, non. Mais qui sait ?

En lisant de la tristesse dans les yeux de Nicky, il tendit la main vers elle. Comme elle avait l'air accablé, soudain. Il allait la prendre dans ses bras, la serrer contre lui, sécher ces larmes qu'il sentait monter dans sa poitrine… Mais à quoi bon ? Pour lui laisser croire quoi ? La bercer d'illusions ?

10

— En fait, je ne pense pas être un jour affecté ici, Nicky, dit Alex, rompant finalement le silence. Mais tu aimeras le Colorado. C'est un Etat superbe, renchérit-il, sentant sa déception.

— C'est loin d'ici.

Négligeant un instant sa conduite, il évita de justesse un pick-up.

— Tu vas donc t'en aller ?

Elle eut envie d'ajouter : encore, mais ravala ce mot maudit.

— Quand ma mission sera terminée, je n'aurai pas le choix mais… tu pourrais repartir avec moi.

— Tu sais bien que c'est impossible.

— Peut-être pas maintenant, mais…

— Ma famille est ici, Alex. Ma boutique, mes amis.

— A une époque tu m'aurais suivi au bout du monde.

— Oui, et à cette époque tu es parti sans même me jeter un regard.

— C'est vrai.

Il serra les mains sur son volant et accéléra nerveusement.

— Pardon, Alex. C'est mesquin de ma part.

— Non, je comprends que tu m'en veuilles, et j'aurais beau m'excuser des milliers de fois pour le mal que je t'ai fait, cela ne changera rien. La blessure est toujours ouverte.

— Je ne te demande pas d'excuses, se défendit-elle.

— Tu en es sûre ? Moi pas ! Je suis convaincu que tu

voudrais que je te demande pardon. Que je te dise que j'ai commis une faute abominable et que je la regrette. Mais ton père m'avait offert la possibilité de me sortir du bourbier où je m'enfonçais, comme Unsdorf, et cette chance, je l'ai saisie à deux mains. Je ne regrette rien, Nicky. Et si c'était à refaire aujourd'hui, je…

Il serra le volant encore plus fort. Il fixait la route devant lui mais sentait son regard le transpercer. Un regard dur, sans pitié, sans pardon. Et qu'il comprenait.

Quinze ans… Quinze ans de souffrance muette. Abandonnée comme un animal blessé par un maître sans cœur…

— Quand je te sens près de moi, Nicky, c'est comme si toutes ces années n'avaient pas existé, reprit-il d'une voix douce. Depuis toi, il n'y a eu personne. Je veux dire… je ne me suis plus jamais senti bien avec personne. Je sais pourtant que ces années ont existé. Elles sont là, derrière nous, et elles nous ont changés. Elles ont fait de nous ce que nous sommes aujourd'hui. Je ne suis plus ce chien fou. Cette terreur qui faisait trembler la région. Ce punk qui traînait dans les rues, sans foi ni loi. Toi aussi tu es différente. Tu n'es plus la fille impulsive, à fleur de peau, prête à défier le monde, à bousculer la vie. De toute façon, il n'y a pas de retour en arrière possible, même si nous le voulions. Ce qui est fait est fait. Ce qui est pris est pris. Tant pis ! Ou tant mieux !

— Mais je ne veux pas !

— Tu ne veux pas quoi ?

Murée dans son silence, elle fixa la nuit. Alors il poursuivit.

— Je me demande une chose, Nicky… L'attirance que nous ressentons aujourd'hui l'un pour l'autre ne serait-elle pas…

Il hésita.

— … qu'une résurgence de notre passé ?

Il la vit réagir et comprit qu'il l'avait blessée. Bon sang ! Pourquoi l'accablait-il ? Pour se punir lui-même et régler définitivement ses comptes avec un souvenir peu glorieux ?

— Parle, voyons ! Dis quelque chose !

— Est-ce… cela, pour toi, notre relation ? Un pèlerinage sur la colline aux souvenirs ?

— Non ! Bien sûr que non ! Et puis zut ! Je ne sais pas ! s'énerva-t-il.

Déconcerté, il la regarda. Pourquoi la brutalisait-il ? Elle était innocente, elle. Justement ! C'est parce qu'elle était innocente qu'il s'acharnait. Pour qu'elle se venge à son tour et l'abandonne comme il l'avait abandonnée. Pour provoquer un juste retour des choses.

A la fois furieux contre lui-même et malheureux, il se tourna de nouveau vers elle. Les bras croisés sur la poitrine, elle fixait toujours la route, les yeux secs.

— Tu ne comprends donc pas ! dit-il. Tu ne vois pas qu'il suffit que je pense à toi… que je te regarde… pour te désirer ? Un simple contact avec ta peau et je frissonne… et j'oublie tout…

— Excepté ton travail à Denver, persifla-t-elle.

Il s'engagea sur le parking, attendit qu'un pick-up libère un emplacement et se gara à sa place.

— Penses-tu que ce soit de l'amour, Nicky ? Ou juste un relent d'affection, quinze ans plus tard ? Un peu comme la tendresse qui unit un vieux couple qui s'est beaucoup aimé autrefois ?

Interloquée, elle écarquilla les yeux.

Conscient de la maladresse de ses propos, il soupira. Il n'avait jamais été très habile à exprimer des sentiments et il le savait. Alors pourquoi s'égarait-il sur ce terrain ?

— Nous ne devrions pas avoir cette conversation maintenant, dit-il.

— Pourquoi pas ?

— Si je te demandais de m'épouser, là, comme ça, sachant que tu dois me suivre à Denver demain ou après-demain, que ferais-tu, Nicky ?

— Tu sais que je ne peux pas. Mon père…

— Je sais.

Il posa la main sur la portière.

— Jamais je ne te demanderai une chose pareille, c'est pourquoi cette conversation est parfaitement inutile. Depuis le coup de téléphone de ta sœur qui m'a conduit dans cette impasse, nous sommes tous les deux sur le fil du rasoir.

— Qui te dit que c'est ma sœur qui t'a appelé ?

Il ne répondit rien mais son silence parlait pour lui.

— En tout cas, si elle l'a fait, reprit-elle, c'était pour nous… rapprocher.

— C'était peut-être son intention mais pourquoi avoir choisi, comme par hasard, ce jour et cette heure-là ? Je pense qu'elle a agi sur ordre d'Unsdorf. On parie ?

Nicky détourna le regard.

— Non.

— Hier, tu as risqué ta vie pour moi, dit-il d'une voix douce. Pourquoi ?

— Tu as bien sauvé la mienne ! Comme ça, nous sommes quittes.

Elle lui tournait ostensiblement le dos et il n'aurait pu dire ce qu'elle pensait vraiment.

— Quand tout sera fini…, reprit-il, nous parlerons de l'avenir. D'ici là…

— D'ici là, marmonna-t-elle en se dégageant, lâche-moi.

Il n'avait pas réalisé qu'il la tenait par le bras, comme s'il avait eu peur qu'elle ne s'enfuie. Ils se défièrent du regard, de ce même regard qu'ils avaient eu la nuit où il s'était introduit chez elle et il relâcha son emprise. Nicky descendit alors de voiture. Sans hâte, il sortit à son tour. Il avait mal partout mais ce n'était pas la seule raison de son manque d'empressement. Imbécile, pensa-t-il, une fois de plus, tu as tout gâché.

— Allons voir Matt et finissons-en avec cette affaire, dit-elle, glaciale.

Désolé de sa maladresse, il la suivit vers l'hôpital. Il aimait Nicky. Mais l'aimait-il au point de laisser tomber un métier qu'il adorait aussi ? C'était grâce à son travail acharné qu'il avait fini par acquérir la respectabilité qu'il recherchait depuis le jour où les affaires louches — ou supposées telles — de son père l'avaient une fois pour toutes catalogué comme fils de voleur et d'assassin.

— Et puis tant pis ! dit-il, las de ne savoir se faire comprendre.

Pour l'heure, il devait se concentrer sur sa mission. Quant à sa vie privée, il verrait plus tard comment achever de la… gâcher complètement.

Quand Matt Williams, bien pâle dans son lit blanc, aperçut Nicky, son regard s'illumina, mais il s'assombrit tout aussi vite dès qu'il vit la silhouette d'Alex se profiler dans l'embrasure de la porte.

— Salut, Matt. Je te présente Alex Coughlin, un ami.

— Je travaille pour le FBI, ajouta Alex. Nous avons besoin de ton aide, Matt. Nicky dit que tu as vu le meurtrier de Thorton Biggs. Nous devons mettre cette personne hors d'état de nuire, avant qu'il ne tue encore quelqu'un.

Matt se mit à trembler et ferma les yeux.

— Je te remercie d'être venu hier soir chez mon père me prévenir de…

— Je ne suis pas venu vous prévenir, coupa Matt le visage fermé.

— Alors, pourquoi es-tu venu ?

Le garçon, les yeux toujours clos, ne répondit pas.

— Tu ne crains rien, Matt. Le FBI sait ce qui s'est passé. Ils vont te prendre sous leur protection.

Matt rouvrit les yeux, un air de mépris plaqué sur le visage. Nicky comprit alors qu'il ne dirait rien. Mais Alex insista.

— Quand tu seras décidé à parler, tu nous le feras savoir, lança-t-il à l'adolescent.

Et il fit signe à Nicky de sortir avec lui.

— Je me demande pourquoi il se tait, s'étonna Alex.

— C'est un enfant. Il est seul et terrorisé. A sa place, je

serais dans le même état. N'empêche, je ne comprends pas ce qu'il est venu faire à la ferme.

— Moi non plus, répliqua Alex.

Il hésita une seconde, puis :

— Nicky, à propos de ce que je t'ai dit tout à l'heure…

— Tu penses que Matt poursuivait quelqu'un ? l'interrompit Nicky, coupant court à sa tentative de justification.

Contrarié par sa réaction, Alex se raidit.

— Pourquoi aurait-il fait ça ?

— Je n'en sais rien. C'est toi le professionnel. Mais où m'emmènes-tu ?

— Je pensais que tu voudrais voir ton père.

— Mais ce n'est pas l'heure des visites !

— Ne t'en fais pas, mon badge est un excellent laissez-passer.

Ils traversèrent l'hôpital sans dire le moindre mot en se dirigeant vers l'unité de cardiologie. Arrivé devant la chambre de M. Michaels, Alex laissa Nicky entrer seule.

— Nicky ! s'écria son père quand il la vit entrer.

— Bonjour, papa. Tu vas mieux, on dirait.

— Toi, tu n'as pas l'air brillante ! Que t'a-t-il fait, encore, ce garçon ?

Sa voix était un peu rauque à cause de l'intubation mais son visage avait repris des couleurs. Et si les médecins avaient fait un faux diagnostic ?

— Rien, papa, c'est moi qui suis une incorrigible rêveuse.

— Il refuse de t'épouser ?

— Oh, non ! C'est un sujet que nous n'avons même pas abordé. De toute façon, comme Alex vit à Denver…

— J'espère que tu ne te crois pas obligée de rester ici sous prétexte que je suis malade et que tu veux m'assister jusqu'à mon dernier jour !

— Papa ! s'offusqua Nicky.

— C'est comme ça, ma petite fille. Je sais que je vais mourir. Mais je me suis fait à cette idée.

— Non ! s'écria sa fille.

— La mort fait partie de la vie, Nicky. Il ne faut pas en avoir peur. Quant à ce garçon, il t'aime. Il t'aimait déjà autrefois et il t'aime toujours.

— Tu te trompes, papa.

Les yeux pleins d'amour, Bernie Michaels regarda sa fille.

— Toute ma vie, je me suis reproché de t'avoir rendue malheureuse. Si le devoir d'Alex l'appelle à Denver, je te demande de le suivre. Et, qui sait… peut-être vivrai-je assez longtemps pour connaître mes petits-enfants ?

— C'est du chantage, papa, répliqua Nicky entre rire et pleurs. De toute façon, il ne m'a rien demandé.

Il lui avait bien demandé ce qu'elle ferait si… Mais en même temps il lui avait aussi asséné qu'il pensait que ce qu'ils éprouvaient l'un pour l'autre n'était peut-être qu'une résurgence du passé…

Bernie fronça les sourcils et, soudain, se détendit.

— Voyons, Nicky. C'est l'homme que tu désires, que tu as toujours désiré. Toutes ces années, je ne t'ai jamais vu regarder un homme comme tu le regardes avec admiration, lui.

— Mais…

— Il t'aime, Nicky.

— Il ne me l'a jamais dit.

— Je vois bien ses yeux quand il te regarde, grommela son père. Cela me rappelle comment ta mère me regardait… Les mêmes yeux…

Une vague de nostalgie assombrit le visage de Bernie Michaels.

— Laisse-moi maintenant. Je vais faire un petit somme avant l'arrivée de tes frères et sœur.

— Je t'aime, papa.

— Moi aussi, ma petite fille. Maintenant, va-t'en.

Elle remit en place une mèche de ses cheveux gris, l'embrassa sur le front et sortit. Au bout du couloir, appuyé à la cloison de la cabine, Alex téléphonait. L'air décontracté, terriblement attirant. Il dégageait quelque chose d'incroyablement sensuel. Un magnétisme puissant, irrésistible, qui affola les battements de son cœur. S'avisant qu'elle était là, Alex continua à parler tout en l'observant. Elle semblait absorbée dans de sombres réflexions. Comme elle approchait, il raccrocha.

— Comment va-t-il ?

— Un peu grincheux.

— C'est bon signe.

— A qui téléphonais-tu ?

— A mon directeur. Pour lui dire que Matt refuse de parler. Il va voir avec son oncle et sa tante s'ils ont une idée pour le faire sortir de son mutisme.

— Et s'ils ne veulent pas collaborer ?

— Il le faudra. On a absolument besoin des informations que détient Matt.

Ils descendirent en silence, plongés dans leurs pensées. Nicky sentait la présence d'Alex à son côté et cette présence lui donnait du courage. Son père avait raison : aucun homme ne l'avait jamais subjuguée comme lui. Mais l'aimait-elle suffisamment pour le suivre ?

— Et maintenant ?

— Maintenant je te ramène chez Leslie, dit Alex en mettant la voiture en marche.

— Aurais-tu un moment à me consacrer ? J'aimerais d'abord que nous allions voir le bout de propriété que Hope a loué à Unsdorf.

— Pas question que tu y ailles, Nicky.

— Je voudrais pourtant savoir ce qu'Unsdorf fricotait là-bas.

— Je te dépose chez Leslie et j'y vais ensuite. Mais seul.

— Ah !

— Comment cela, « ah ! » ?

— Tu ne vas pas recommencer à jouer les héros !

— Ce n'est pas un jeu, Nicky, mais une enquête du FBI. Que tu le veuilles ou non, je suis un agent.

— Mais je n'ai rien dit ! Je sais bien que tu travailles avec le FBI, mais, maintenant qu'Unsdorf a été arrêté, je pense qu'il n'y a plus aucun danger là-bas.

— Au contraire ! Si c'est là qu'ils maquillaient les voitures volées, l'endroit doit être truffé de pièges.

— Et tu y vas, toi ?

— Juste pour jeter un coup d'œil mais de loin. Lemmer doit envoyer une équipe de démineurs demain matin pour inspecter les lieux.

— Dans ce cas, je peux t'accompagner.

— Non.

— Je pourrais peut-être t'aider, qui sait ?

— Non, pas question !

— Quand je pense que je me suis laissé faire, grommela Alex. Tu es forte, tu sais.

— Tu as dit que tu te contenterais d'inspecter les lieux à distance, je ne vois pas où est le danger. De toute façon, je ne bougerai pas de la voiture.

— Je parie tout ce que tu veux que tu ne tiendras pas parole.

Une grosse chaîne bloquait l'allée qui menait aux bâtiments.

— Reste là, ordonna Alex.

A peine descendu de voiture, il se pencha sur le gravier pour examiner de plus près les empreintes laissées par les pneus d'un camion dans la poussière. Les spécialistes n'auraient sûrement aucun mal à identifier le poids lourd qu'Unsdorf avait conduit ici. D'autres traces fraîches indiquaient que les passages dans l'allée étaient fréquents. Il examina ensuite la chaîne et le cadenas en prenant garde de ne pas y toucher, puis il se redressa. Au-delà de la pinède, s'étendaient une forêt d'érables et un verger. Un vieux pommier, près duquel s'élevait un silo, frôlait la maison.

— Je vais faire le tour du hangar, dit Alex. Attends-moi

ici. Si par hasard il se passe la moindre chose, cours appeler les secours, d'accord ?

— Tu ne crois pas que ça pourrait attendre demain, Alex ? dit Nicky, angoissée.

— Ne t'inquiète pas. Je n'ai pas l'intention d'entrer.

A peu près certain de ce qu'il allait découvrir, Alex s'avança vers la grange : c'était sûrement ici que les véhicules étaient dépouillés, trafiqués puis chargés sur les semi-remorques direction Baltimore où ils étaient embarqués vers l'étranger.

— Alex ?

Il se retourna.

— Sois prudent, cria-t-elle.

Touché par cette marque d'attention, il lui sourit. Tout compte fait, la situation entre eux n'était peut-être pas aussi désespérée qu'il l'avait cru.

— Promis, jura-t-il tendrement.

Elle l'aimait !... Malgré ses torts et tous ses défauts, elle l'aimait !

Le jour tombant, il se dépêcha de contourner le hangar. Les portes et les serrures sont neuves, nota-t-il au passage. Comme il s'apprêtait à entrer, il aperçut une voiture garée sous un arbre. Tiens, tiens, se dit-il, une auto bleu marine...

La main sur la crosse de son revolver, Alex s'en approcha. Hormis le piaillement des oiseaux, aucun bruit ne troublait le silence. Il posa la main sur le capot : il était froid. Un téléphone portable traînait sur le siège du passager. S'agissait-il d'un véhicule volé récemment, en attente d'être maquillé ou y avait-il quelqu'un dans le bâtiment ?

Alex revint vers la grange en restant sur ses gardes. Les gonds de la porte semblaient bien huilés : personne ne l'entendrait ouvrir. Arme au poing, il poussa le battant juste assez pour se faufiler.

Il faisait suffisamment clair à l'intérieur pour voir que le local avait été transformé en atelier de pièces détachées... L'œuvre de Thorton Biggs, sans aucun doute ! L'homme avait été un bon mécanicien. Trois voitures de luxe, qui avaient encore leur plaque d'immatriculation, attendaient pour être désossées.

Intrigué, Alex s'avança vers les véhicules quand un bruit de pas le fit sursauter.

Zut ! Il n'était donc pas seul. Soudain, la lumière s'alluma. Craignant d'être surpris, il plongea entre deux voitures. Les pas approchaient. L'inconnu traversa la grange. Alex compta jusqu'à cinq et leva la tête : plus personne ! La porte claqua bruyamment.

Nicky ! Si l'individu empruntait l'allée principale, il allait voir la voiture avec elle dedans ! Bon D… ! jura-t-il, tapant du poing sur l'aile de la voiture. Mais à cet instant son regard se porta sur une chose recroquevillée sur la banquette arrière. Son cœur se mit à cogner comme un sourd. La chose sur le siège avait forme humaine… Non, ce n'était pas possible ! Thad Osher !

L'homme, en uniforme, avait un engin explosif scotché sur sa chemise et relié à sa montre. Il était bâillonné et entièrement ficelé de papier collant. Seuls ses yeux bougeaient et exprimaient l'effroi le plus total.

Alex posa la main sur la poignée pour ouvrir la portière mais se ravisa. Peut-être la voiture était-elle piégée ?

— Je vais aller chercher de quoi te libérer, dit Alex en s'éloignant, je reviens tout de suite.

Des coups de feu tirés non loin de là le firent alors tressaillir.

Nicky ! L'amour de sa vie ! Sa raison de vivre ! Nicky était en danger, peut-être était-elle même déjà morte.

Fou d'angoisse, il se rua vers la porte. Dehors, un mouvement près du silo attira son attention. Il y avait quelqu'un dedans. Quelqu'un qui venait d'y entrer. Alex tira son arme. Au même instant, il vit une silhouette passer en courant, cheveux au vent.

— Nicky ! appela-t-il en hésitant. Nicky, c'est toi ?

Elle s'arrêta, pivota sur elle-même.

— Alex ! s'écria-t-elle.

— Nicky ! Merci, mon Dieu ! Mais tu devais m'attendre dans la voiture.

— Je sais, mais viens vite : il y a un homme dans le silo.

11

— Qui est-ce ?

— Je ne sais pas son nom mais je suis sûre qu'il était avec toi le jour de la confrontation au commissariat.

— Retourne à la voiture et appelle la police.

— Je ne peux pas, Alex, quelqu'un a mitraillé la voiture. Tout est détruit.

— Tu n'es pas blessée au moins ?

— Non, je venais de sortir pour me dégourdir les jambes quand j'ai entendu des coups de feu, alors j'ai couru jusqu'ici pour te rejoindre.

Alex jura. Sans doute y avait-il un téléphone dans la grange, mais comment être sûr qu'elle n'allait pas exploser, cette maudite grange ?

— Osher est dans la grange, avec une bombe scotchée à sa chemise, dit Alex à Nicky. Il faut aller téléphoner de chez ton père.

Mais, se rappelant le portable qu'il avait vu dans l'une des voitures volées, il se ravisa.

— Viens, dit-il. J'ai une autre idée.

Il s'approcha de la voiture, en brisa la vitre de la crosse de son revolver et débloqua la portière.

— Je vais la faire démarrer sans clé et nous sortir de là. Couche-toi au fond et appelle la police pendant que je manœuvre. Quoi qu'il arrive, ne te montre pas, compris ?

— Et toi ? protesta-t-elle.

— J'ai une arme pour riposter. Fais-moi confiance, Nicky.

Les yeux agrandis par la peur, elle grimpa à bord, attrapa le téléphone et se tapit devant le siège du côté passager. L'auto démarrait à peine qu'une balle traversa la vitre arrière pour ressortir par le pare-brise. Une deuxième balle suivit aussitôt, frôlant de peu sa tête. Puis, coup sur coup, deux projectiles déchirèrent le métal du capot. Un homme se tenait au coin de la grange et les visait. Alex arrêta la voiture.

— Ne bouge pas, ordonna-t-il à Nicky sans remuer les lèvres.

— Sors de l'auto, hurla Pavel Toskov.

Les bras levés, Alex descendit de voiture et referma la portière derrière lui d'un coup de pied. A moins que le frère d'Ilona ne lui tire dessus tout de suite, il fallait gagner du temps jusqu'à ce que la police appelée par Nicky arrive.

— C'est fini, Pavel.

— Lâche ton arme, hurla Toskov.

Alex s'exécuta d'un geste lent.

— L'autre, aussi.

Alex sortit un couteau de ses boots.

— L'autre arme ! tonna Pavel.

— C'est tout ce que j'ai.

Pavel fit une moue incrédule.

— Où est ton amie ?

— En sécurité avec Williams. Il a parlé, Pavel, et Viktor aussi. C'est fini, Pavel. Tu es cuit. Tu devrais te rendre.

Une grimace terrible déforma son visage.

— Merci, mais j'ai d'autres projets.

— Lesquels ? Faire sauter Osher et le mécanicien caché dans le silo ?

Pavel regarda le silo et se tourna de nouveau vers Alex.

— T'as tout compris, dit-il en haussant les épaules.

Soudain, dans un nuage de vapeur provenant du capot, le moteur se mit à ronfler. Puis, en marche arrière, le véhicule fonça sur eux. Une touffe de cheveux noirs dépassait du volant. Le canon pointé sur Nicky, Pavel allait appuyer sur la détente quand, d'un bond, Alex le plaqua au sol. Le coup partit.

Nicky perdit le contrôle de la limousine qui alla s'encastrer dans le mur. Le choc fut si violent que l'airbag se déploya dans un claquement sec.

Malgré leur chute, Pavel avait gardé la main sur son fusil. Alex sentit soudain la brûlure du canon sur son dos. Au même moment, une détonation d'une force inouïe l'assourdit. Mal maîtrisé, le coup de fusil rata sa cible.

Avant qu'Alex ait eu le temps de désarmer Pavel, un deuxième coup partit. Une odeur d'essence emplit aussitôt le hangar. Alex frappa Pavel qui chancela mais réussit à rétablir son équilibre. Il regarda la voiture : Nicky avait le visage enfoui dans l'airbag dégonflé. Un filet d'essence coulait sous le moteur. Si la bombe fixée sur Osher explosait maintenant, c'était la mort assurée pour Nicky. Avec tout le sang-froid qui lui restait, Alex se redressa et, revolver au poing, courut vers la voiture dont Nicky essayait de se dégager en forçant sur la portière bloquée.

Pavel se mit aussi à courir, mais en sens opposé, comme s'il avait voulu se réfugier chez les Michaels. Cette fois, l'odeur d'essence devenait intolérable. Une étincelle et tout sauterait. Et le moteur qui tournait toujours !...

— Vite, Nicky, viens, dit-il en la tirant de la voiture.

La poussière blanche de l'airbag recouvrait les sièges.

— Tu n'es pas blessée au moins ?

— Non, juste un peu choquée.

— Il faut sortir d'ici au plus vite.

— Attends ! J'ai oublié le portable dans la voiture.

— Tu as appelé les secours ?

— Oui.

— Parfait.

— Et Pavel ?

— Il est parti vers la maison mais il n'ira pas loin à pied.

A cet instant une explosion déchira l'air et les projeta au sol.

— C'est la maison, Nicky, s'écria Alex. Ce fou a fait sauter la maison !

— Non, corrigea-t-elle, c'est la remise près de la maison.

— Sauvons-nous : la grange et le silo risquent aussi d'exploser.

Alex prit Nicky par la main et l'entraîna. Les sirènes hurlaient déjà au loin, annonçant l'arrivée des secours. Ce fut Lee Garvey qu'Alex accueillit en premier.

— Je ne sais pas ce qu'est devenu Pavel, lui expliqua Alex. Peut-être a-t-il réussi à s'enfuir, peut-être a-t-il été tué dans l'explosion ? En tout cas, il est armé.

Lee jura tout haut.

— Tu t'y connais en explosifs ? s'inquiéta Alex.

— J'ai suivi un entraînement quand j'étais dans l'armée mais cela fait un bail.

— J'espère que ça va te revenir, parce qu'il faut absolument qu'on tire de leur fâcheuse position Osher et le type que Nicky a aperçu dans le silo.

— Allons-y.

— Non ! s'écria Nicky. C'est trop dangereux.

Alex comprenait d'autant mieux sa terreur qu'il la ressentait lui-même. L'espace d'un éclair, il eut envie de suivre son instinct et de fuir avec elle le plus loin possible.

— Mais non, la rassura-t-il. Nous n'avons pas l'intention de mourir : Lee va épouser ma sœur et moi j'ai l'intention de te demander ta main.

— Alex ! Non !

— C'est ainsi que tu acceptes ma demande en mariage ?

Elle était trop paniquée pour avoir le cœur à plaisanter.

— Attendez au moins que les démineurs arrivent.

— Impossible, Nicky. C'est mon travail.

Il lui remit son revolver, l'embrassa sur la bouche et rattrapa Lee.

— Si tu te fais tuer, lui cria-t-elle alors qu'il s'éloignait, jamais je ne te le pardonnerai !

Merveilleuse Nicky, se disait-il en courant. Elle l'aimait et s'il survivait à cet enfer, il l'épouserait tout de suite, Denver ou non.

*
* *

— Bonjour. Je devrais dire bon après-midi !

Tout sourires, Leslie Martin accueillit Nicky qui entrait dans la cuisine.

— Alex dort toujours ?

Nicky se sentit rougir.

— Non, il finit de prendre sa douche.

En fait, ils avaient partagé la même douche, mais était-il vraiment indispensable de fournir tous ces détails ?... Quand ils étaient arrivés à l'aube, sales et hagards, le médecin leur avait spontanément proposé la même chambre. Heureuse initiative, car Nicky avait passé le reste de la nuit blottie contre Alex, à savourer le bonheur d'être l'improbable rescapée de cette tragédie. Elle était en vie... En vie... Vi-vante... n'avait-elle cessé de se répéter.

Quelle nuit ! Elle venait sûrement de vivre la nuit la plus longue de sa vie. Et la plus angoissante !

Quand Alex avait ouvert les yeux ce matin et l'avait rejointe sous la douche, il lui avait prouvé qu'il était bien vivant lui aussi... si vivant que — elle l'aurait juré — Leslie devait pouvoir lire sur son front qu'ils avaient fait l'amour tant ils rayonnaient intérieurement.

— Alex et vous faites encore la une de la gazette aujourd'hui, dit Leslie en souriant.

Nicky regarda la première page du journal. Le photographe l'avait surprise dans les bras d'Alex. Son regard exprimait à la fois toute la frayeur et tout l'amour du monde. Mais le plus frappant, c'était le visage rayonnant d'Alex.

— Au fait, dit Leslie, votre père se remet de façon inespérée. Vos frères demandent que vous les appeliez tout de suite.

— Qui ? intervint Alex qui venait d'arriver à pas de loup.

Nicky sursauta.

— Mes frères.

— Apparemment, les autorités ont identifié le cadavre de Toskov, poursuivit le médecin. Le FBI estime qu'il n'y a plus aucune raison maintenant d'assurer la protection de votre famille.

— Savent-ils pourquoi la remise a sauté ? s'enquit Nicky.

— Je suppose qu'ils stockaient les bombes dans le sous-sol. D'où la violence de l'explosion, expliqua Alex.

— Il paraît que vous avez été héroïques, Lee et toi, d'après l'article dans le journal, enchaîna Leslie. Que vous êtes restés près d'Osher jusqu'à l'arrivée des secours.

Alex haussa les épaules.

— Et qui était l'homme du silo ? interrogea Nicky.

— Un mécanicien qui maquillait les voitures. Il est toujours en état de choc. Ni lui ni Osher ne sortiront indemnes de cette aventure.

— J'espère que après cette expérience, Osher changera de comportement, dit Nicky, tendant à Alex une tasse de café.

— Sur ce, dit Leslie, je vous laisse, j'ai des patients à voir. Servez-vous. Il y a tout ce qu'il faut dans le réfrigérateur. Mes clés de voiture sont sur le guéridon.

Alex hocha la tête.

— Je ne sais comment vous remercier.

Sur un petit signe de la main, Leslie disparut dans l'escalier.

— Pourquoi me regardes-tu ainsi ? demanda alors Nicky.

— Moi ? dit Alex en lui adressant un sourire ravageur.

— Je crois qu'il n'y a que nous ici, ironisa-t-elle.

Fallait-il qu'elle soit vulnérable pour fondre dès qu'il lui souriait ! Un seul regard de lui, un seul sourire et elle se sentait presque défaillir. Il y avait aussi cette boule qui se formait dans sa gorge, ce nœud au creux de l'estomac, et ce sang, ce sang fou qui se mettait à battre dans ses tempes, et cette chaleur… Oh ! cette chaleur qui remontait à la surface de sa peau comme une lame de fond venue des profondeurs des océans, et qui la submergeait totalement.

— T'ai-je dit ce matin que je te trouve très belle ?

— Ce matin, pas encore.

Il prit un air faussement grave.

— Aimerais-tu que je te le dise chaque jour, aussi longtemps que nous vivrons ?

— Oui, Alex.

— Dans ce cas, c'est promis… Je t'aime, Nicky.

— Mais…

— Pas de mais.

Elle sourit.

— Moi aussi je t'aime, Alex.

A cet instant, sentant un frôlement sur sa jambe, il sursauta.

— C'est Ginger ; il veut qu'on s'occupe de lui, expliqua Nicky.

Alex posa sa tasse et se pencha pour caresser le chat.

— Désolé, Ginger, il va falloir, maintenant, apprendre à partager ta maîtresse avec moi.

Sentant la joie de Nicky, il la serra contre lui.

— J'aime que tu sois heureuse, dit-il.

— Et moi je veux te voir rire toute notre vie, Alex. J'aime trop quand tu ris.

— Alors je rirai plus souvent. Je t'aime, mon ange. Plus que tout au monde. Même plus que Denver !

— Mais je ne veux pas que tu démissionnes…

Un pouce sur ses lèvres, il la fit taire.

— Si je n'étais pas obligé d'aller faire mon rapport à l'agence, je te ferais encore l'amour.

— Je ne dis pas non, approuva-t-elle de sa voix la plus suave.

— Comment ai-je fait pour rencontrer une femme aussi insatiable ? dit-il, lui tapotant tendrement la joue.

Il leva sa tasse et but une longue gorgée de café.

— Nous avons beaucoup de choses à voir ensemble, dit-elle subitement.

— Absolument ! Il faudra que tu me dises pourquoi tu n'obéis jamais.

— Et toi, pourquoi tu prends des risques aussi insensés ?

Un sourire narquois au bord des lèvres, Alex hocha la tête.

— Et si nous discutions de tous ces sujets ce soir ? Je t'invite à dîner.

— Serait-ce un rendez-vous ?

— Oui.

Alex lui tendit alors la main.

— Il serait temps que tu appelles tes frères.

— Je préfère plutôt les rejoindre.

— Alors, allons-y.

— Dis-moi, reprit Nicky une fois installée dans la voiture, pourquoi faisais-tu cette drôle de tête tout à l'heure ?

Il ne répondit pas et lui jeta un regard de côté.

— Réponds-moi, tu veux bien, insista-t-elle.

— Quelque chose ne colle pas dans toute cette affaire. Il manque un morceau du puzzle.

Il mit son clignotant et tourna dans Perry Road.

— C'est Ilona ? demanda Nicky. Tu crois que son frère a pu la tuer ?

Alex hocha la tête.

— On n'en sait rien pour l'instant, Nicky. Pour ma part, je pense qu'elle va refaire surface maintenant que son frère est mort. Je suis certain qu'elle joue un rôle dans cette affaire. Mais dis-moi : cela ne t'ennuie pas que je te dépose chez tes frères sans descendre les voir ?

— Et voilà ! L'homme qui veut m'épouser m'abandonne déjà !

Mais elle se blottit contre son épaule. Il la sentait toute tiède contre lui et amoureuse.

— Dis-moi, ma chérie, souhaites-tu de longues fiançailles ?... Et si on se mariait demain ? A la mairie, vers 6 heures ?

— C'est peut-être un peu précipité ; et je voudrais me marier à l'église...

— Tu as raison : ton père sera si heureux de te conduire à l'autel.

Un flot de larmes affleura à ses paupières.

Comme il tournait dans le chemin qui menait chez son père, elle lui posa la question qui lui trottait dans la tête.

— Alex, avec qui Ilona avait-elle une liaison ? Darrin Lange ou Thad Osher ?

— Avec les deux, je pense. Peut-être aussi avec Unsdorf, mais Lange, c'est sûr.

— Tu penses que c'est Pavel qui la frappait ?

— C'est une supposition : il avait la réputation de cogner dès que quelque chose n'allait pas comme il voulait.

— Elle a donc menti là-dessus aussi ? dit-elle avec amertume.

Surpris par la réaction de Nicky, Alex leva les sourcils.

— Je te le répète, tout cela n'est que supposition. Je sais qu'Ilona est ton amie et…

— Mon amie ? Je commence à me le demander. Elle m'a tellement menti… Mais dis-moi, tu crois vraiment qu'elle aidait son frère ?

— Aider : le mot est peut-être un peu fort. Je pense qu'elle collectait les informations et les lui rapportait. Peut-être l'y a-t-il obligée ? Elle n'est peut-être qu'une victime, en partie du moins.

— Accordons-lui le bénéfice du doute… J'aimerais bien parler avec Matt, mais en tête à tête cette fois.

Alex éteignit le moteur et resta silencieux quelques instants. De toute évidence, quelque chose le chiffonnait.

— Tu penses qu'elle a tué Thorton Biggs ? dit-il brutalement.

Nicky fit oui de la tête.

— J'ai toujours trouvé suspect qu'elle insiste tant pour que je te désigne comme le coupable. Je pense aussi que Matt l'a vue tuer Biggs et qu'elle l'a su. Matt l'aura reconnue car elle travaillait avec Pavel. Il savait qu'elle allait le dire à son frère. Ce qu'elle a fait. Pavel décide alors de descendre le gosse ou, du moins, de s'assurer de son silence en le terrorisant. Pour ce faire, il fait sauter la maison de sa tante.

Alex approuva de la tête.

— Tout cela tient debout Nicky, mais quel peut être le mobile d'Ilona pour tuer Biggs ?

— Tu l'as dit toi-même : un règlement de comptes entre malfrats. Ou, pourquoi pas, entre amants. Elle a dit que quelqu'un la frappait : c'était peut-être Biggs.

— J'aime la façon dont toute cette histoire s'enchaîne, dit Alex.

— Manque de chance, ce soir-là, Ilona te voit en train d'attendre sur le trottoir d'en face.

— A moins que ce ne soit elle qui ait tout manigancé pour, justement, me faire venir ?

— Elle a parlé à ma sœur quelques jours avant de s'installer chez moi. Elle a très bien pu la convaincre de te téléphoner en se faisant passer pour moi, sous prétexte de nous réconcilier.

— Ilona savait par Lange que je travaillais sous couverture pour le FBI. Si tu m'avais désigné comme le meurtrier, on m'aurait mis hors circuit le temps de l'enquête, ce qui aurait permis à son frère de faire partir sa prochaine cargaison sans être inquiété.

— En me faisant passer pour le témoin du meurtre de Biggs, elle se fabriquait un alibi en béton, constata Nicky.

— Bien sûr, Nicky : tout cela n'est que supputation. Nous n'avons aucune preuve.

— Si, nous en avons une : Matt !

— A condition qu'il accepte de parler ! J'espère que la police le protège car Ilona court toujours ! Finalement, ajouta-t-il, je vais entrer avec toi pour téléphoner et m'en assurer.

Alex ralentit et se gara devant la maison. Un grand calme enveloppait la propriété.

— Gavin ? Brent ? Hope ? appela Nicky en ouvrant la porte.

Aucune réponse.

— Ils ont dû se rendre à l'hôpital, dit-elle à Alex.

— Regarde, Nicky, il y a un mot sur la table. Tu avais raison, ils sont partis voir ton père.

— Téléphone pendant que je monte chercher les boucles d'oreilles que ma sœur m'a empruntées.

Quatre à quatre, Nicky avala les marches, sans trop savoir pourquoi elle se sentait mal à l'aise. Encore un effet de son imagination. C'était stupide : la maison était vide. Point.

Et pourtant… Elle avait une drôle d'impression. Comme si…

Elle entra dans la chambre de Hope, inspira, sentit une odeur de parfum vraiment très présente. Un parfum encore plus lourd que celui que Hope portait d'habitude. Intriguée, elle farfouilla dans la boîte à bijoux de sa sœur et y trouva les boucles qu'elle se mit tout de suite aux oreilles.

Une lame de parquet craqua derrière elle. Apeurée, elle pivota sur elle-même si vite qu'elle fit tomber une bouteille d'huile de bain sur la moquette.

— Bonjour, Nicky, dit Ilona.

Revolver à la main, elle visait son amie. A cette distance, elle ne risquait pas de la rater.

— Va sur le lit.

Le visage couvert de bleus, les cheveux hirsutes, elle sortait de la penderie. Elle portait une robe de Hope, à demi boutonnée seulement, comme si l'irruption de Nicky avait interrompu sa séance d'habillage.

— Enfin, Ilona ! Que se passe-t-il ? lança Nicky à son amie.

Ilona avait l'œil gauche à moitié fermé et la lèvre inférieure tuméfiée.

— T'occupe pas ! Fais ce que je te dis !

Nicky ne bougea pas.

— C'est Pavel, dis-le. C'est ton frère qui t'a fait ça.

— Va sur le lit.

— D'accord, mais tu ne risques plus rien, Ilona. Pavel ne te fera plus de mal, il a été tué dans l'explosion, hier soir.

Ilona éclata de rire, d'un rire si affreux que Nicky en eut la chair de poule.

— Je le sais, dit Ilona. A ton avis, qui donc a déclenché l'engin ?

Devant l'expression de satisfaction sauvage d'Ilona, Nicky frissonna de peur.

— Ne prends pas cette mine effrayée. Il méritait de mourir.

Elle rit encore.

— Que veux-tu dire ? Que c'est toi qui as fabriqué ces bombes ?

Ilona pencha la tête vers un sac à dos qui traînait à ses pieds.

— Ex-ac-te-ment ! Toutes, sans exception.

Nicky fixa son amie avec horreur.

— Nous pensions que Pavel…

— Pavel ne savait faire qu'une chose : frapper les plus faibles.

Le visage d'Ilona se durcit.

— Tous ces fiers-à-bras qui ne pensaient qu'à coucher avec moi, mais se dégonflaient quand il s'agissait de me défendre contre mon frère ! Ah ! Je me suis bien vengée ! Mon goût pour les explosifs avait toujours inquiété Pavel : il n'avait pas tort !

Elle toisa Nicky et ricana.

— Allez, arrête de faire cette tête ! Tu ne vois donc pas que tu as l'air idiot !

— Mais pourquoi as-tu… ?

— Parce que je le haïssais, tu comprends ? Je les déteste tous. Tous, tu m'entends ? Mais cette fois je savais comment ça allait finir. Les colères de Pavel devenaient de plus en plus fréquentes. Il se prenait pour un caïd sous prétexte qu'il fréquentait certaines personnes. Il en devenait grotesque. J'en avais marre.

Ses yeux brillaient de rage.

— D'accord, il avait les contacts. Mais il a vite oublié grâce à qui… Tout ce qu'il savait faire, c'était gérer les expéditions.

C'était moi qui supervisais tout, jusqu'au recrutement de ce petit agent du FBI qui m'a souvent rendu de grands services.

Elle éclata d'un rire nerveux.

— Je savais exactement, grâce à cet imbécile qui me tournait autour, à qui je pouvais faire confiance. Dans ces circonstances, cela m'a bien servi d'être une femme. Dommage pour toi que tu n'aies jamais su utiliser cette arme.

— Tu as voulu faire passer Alex pour l'assassin de Biggs, avoue-le !

— Bien sûr ! Avec Unsdorf, on a fini par convaincre Hope qu'Alex en pinçait pour toi. Le plus délicat a été d'organiser la rencontre entre vous pile au bon moment.

— Je ne comprends toujours pas. Pourquoi as-tu tué Biggs ?

Ilona rejeta en arrière une mèche de cheveux qui lui tombait dans les yeux.

— Il devenait un amant embarrassant. Il avait peur de Pavel. Comme Unsdorf me courait après, je n'avais plus besoin de Biggs. Tout aurait fonctionné à merveille si tu avais bien voulu jouer correctement ton rôle. Malheureusement, tout a foiré à cause de toi. Tu comprends pourquoi tu vas payer maintenant !

Nicky savait qu'il fallait qu'elle continue à parler, même pour dire n'importe quoi. Tôt ou tard Alex allait s'étonner de son absence et monter. Et comme Ilona pensait qu'elles étaient seules dans la maison…

— Pourquoi me tuer, moi ?

— Parce que tu peux témoigner que j'étais chez toi le soir du meurtre.

— Mais je l'ai déjà dit à…

— … à ta famille. Oui, je sais. D'ailleurs, dès que j'en aurai fini avec toi, elle va avoir de mes nouvelles, ta famille. J'ai encore des bombes en réserve pour elle. Tu vois, ton père finalement survivra à tous ses enfants. Ironie du sort, non ? Pour l'instant grimpe sur ton lit.

Nicky tremblait comme une feuille mais ne bougea pas.

L'odeur de l'huile de bain répandue à ses pieds était écœurante. Soudain, elle crut voir quelque chose bouger derrière la porte mais ne broncha pas et continua de fixer Ilona.

— Pourquoi veux-tu que j'accède à tes volontés ? De toute façon je suis morte.

— C'est exact. Fais comme tu veux.

Alerté par un bruit curieux à l'étage, Alex leva les yeux au plafond.

— Ne quittez pas, John, j'ai un drôle de pressentiment.

Souple comme un chat, il s'avança vers l'escalier, le portable à la main. Un rire diabolique le glaça, alors. Ce n'était pas celui de Nicky.

— John ? Envoyez-moi du renfort, dit-il tout bas. Surtout pas de sirène. Je pense qu'Ilona est dans la maison.

Alex coupa le téléphone et, pieds nus, monta les marches. Arrivé à l'étage, il tendit l'oreille.

— Une dernière fois, monte sur le lit ou je te tire dessus. Je ne le redirai pas.

Alex dégaina son arme. Dans la chambre, dont la porte était entrouverte, Nicky répondait le plus calmement du monde. Sans doute essayait-elle de gagner du temps ? A sa voix, Alex se demanda si elle était bien consciente de la réalité du danger. A pas de loup, il avança dans le couloir.

— Pourquoi devrais-je te faciliter la vie ? De toute façon, je suis morte, répétait Nicky.

Alex réussit à jeter un coup d'œil dans la pièce. Les deux femmes se tenaient chacune d'un côté de la porte et, apparemment, Nicky l'avait vu.

— Comme tu veux, répondit de nouveau Ilona.

— D'accord, je vais obéir, dit Nicky en faisant un pas vers le lit. Mais si je te promets de mentir pour toi, me laisseras-tu vivre ?

— Tu ne vas pas mendier comme cet imbécile de policier quand j'ai ordonné à Pavel de le ligoter ? ricana Ilona.

En expert, Alex analysa très vite la situation. Nicky, près du lit, lui faisait face. Ilona lui tournait le dos. Il ne lui restait plus qu'à agir.

Il rengaina son arme et, d'un bond, se jeta sur Ilona qu'il maîtrisa malgré l'énergie qu'elle déployait pour lui échapper.

— Mon bras ! Tu m'as cassé le bras ! hurla Ilona.

— N'essaie pas de t'enfuir ou je te jure que ce sera plus grave qu'un bras cassé ! menaça Alex.

Teint pétale de fleur relevé d'une touche de nacre, petite jupe évasée au genou, légère et sexy, façon nuisette, Nicky entra au restaurant. Alex l'attendait. Radieuse, elle s'assit sur le bord de sa chaise et plongea les yeux dans ceux de l'homme qu'elle n'avait jamais cessé d'aimer. Les clients commençaient à arriver mais il avait eu soin de réserver une table à l'écart pour pouvoir se parler en amoureux.

— Ma hiérarchie, à Denver, s'est montrée compréhensive : elle étudie la possibilité de me transférer ici. Lemmer est d'accord pour me garder, lança Alex, triomphant.

— Si tu avais bien voulu me faire part de tes projets, je t'aurais épargné toutes ces démarches, observa Nicky.

— Comment cela ?

— J'ai bavardé longuement avec ma famille. A condition de me marier ici et de revenir régulièrement, il n'y a aucun obstacle à ce que je vive à Denver. Brent a l'intention de démissionner de sa société pour s'occuper des chevaux avec Hope. Gavin et moi leur apporterons notre soutien financier. Apparemment, ce plan satisfait tout le monde.

— Et ta boutique ?

— Je vais être dédommagée par l'assurance. Comme je suis encore en âge d'apprendre, je vais reprendre mes études à l'université. Qu'en penses-tu ?

Alex se pencha vers elle et lui prit les mains.

— Seul ton bonheur m'importe, Nicky chérie. Je peux vivre n'importe où pourvu que tu y sois heureuse.

— Moi aussi, répondit-elle le cœur battant. Il y a une très bonne faculté à Denver, non ?

— J'en suis sûr.

— Alors, c'est bien. Je t'aime, Alex.

— Moi aussi, je t'aime. Tu es ma fée.

— Bonsoir !

Surprise par la voix, Nicky leva les yeux. Jake Collins, le patron du restaurant, se tenait devant leur table.

— Je vois que tout va comme vous voulez, ce soir.

— Nous faisons ce qu'il faut pour…, déclara Alex.

— Ravi de l'entendre, dit Collins. Passez une bonne soirée, les amoureux.

— Collins est un chic type, dit Nicky. Il gagne à être connu.

Alex pencha la tête de côté.

— Comme moi ?

— Comme toi ! dit-elle en souriant et en serrant sa main dans les siennes. Au fait, t'ai-je dit que mon père est impatient de devenir grand-père ?

Alex fronça les sourcils.

— Tout de suite ?

— Je crois qu'il aimerait bien que nous nous pressions.

— Et tes études alors ? Il faudrait que tu saches ce que tu veux au juste, Nicky.

— Je te veux toi, mon amour. Mais je me sens capable d'assumer à la fois des cours et une maternité. Nous ne sommes pas âgés mais nous ne rajeunissons pas, tu le sais. Une fille et un garçon, ce serait parfait. Le choix du roi, comme on dit. Mais je ne ferai pas d'histoires, je prendrai ce qui viendra.

Alex repoussa son assiette.

— Désires-tu du dessert ?

— Oh, oui !

Elle fit une mimique diablement suggestive.

— Mais je ne veux pas choquer la sensibilité des habitants de Fools Point en le dégustant ici !

Alex appela le serveur.

— L'addition, s'il vous plaît.

— Ça y est, dit-elle, le cœur en miettes, notre soirée est déjà finie ?

— Mais non, ma princesse, elle ne fait que commencer.

Le 1er février

Black Rose n°148

L'île des mystères - Gayle Wilson

Embauchée comme secrétaire chez Suzanne Gerrard, Caroline est mal à l'aise en arrivant sur l'île des Saintes, où vit sa patronne. Tout, ici, l'oppresse. Et surtout la présence de Julien, le frère de Suzanne. Julien qui, sans qu'elle sache pourquoi, l'effraie. Comme si elle l'avait connu avant la terrible épreuve qui, six ans plus tôt, l'a privée de tout souvenir...

Une troublante mission - Marie Ferrarella

Elle devra protéger le juge Blake Kincannon ? Gail O'Brien est désemparée. Elle n'a jamais demandé à côtoyer cet homme aussi séduisant qu'arrogant vingt-quatre heures sur vingt-quatre ! D'autant que celui-ci n'a pas l'air plus enchanté qu'elle à cette perspective, persuadé qu'une femme ne peut pas faire un bon garde du corps...

Black Rose n°149

Pour sauver mon enfant - Paula Detmer Riggs

Nous avons votre fille. Faites acquitter Santalucci si vous voulez la revoir vivante.
Lorsqu'elle reçoit ce message anonyme, la juge Amanda Wainwright sent la terreur s'emparer d'elle. On a osé s'en prendre à Jessica, dans le seul but qu'elle relâche Santalucci, le parrain de la mafia locale ! Révoltée, elle se résout à demander son aide à Devlin Buchanan, un ancien agent du FBI qui, elle le sait, s'est juré de tuer Santalucci...

Course-poursuite - Judy Christenberry

Doit-elle croire Steve Carter quand il affirme être poursuivi par des policiers corrompus ? Barbara n'a guère le temps de s'appesantir sur cette question quand, blessé par balle, Steve monte dans sa voiture et lui ordonne de l'aider. Décidée à faire confiance à son instinct, qui lui souffle qu'il lui dit la vérité, elle accepte de le cacher...

Black Rose n°150

L'ombre du mensonge - Anne Woodard

Le jour où Rick Dornier vient la trouver, Maggie est troublée. Il est sans nouvelles de sa sœur Tina, lui explique-t-il, et il sait qu'elle fréquentait le bar de Maggie.... Comment rester indifférente à l'angoisse qu'elle lit dans son regard ? Maggie accepte de l'aider... en sachant qu'elle prend un risque : Rick ne doit pas découvrir qu'elle travaille en réalité pour le FBI...

Ne m'abandonne pas - Anna De Stefano

Jure-moi que, si je meurs, tu prendras soin de notre enfant...
Lorsque Samantha lui souffle ces mots, alors qu'il vient d'arriver sur le lieu de l'accident où elle a été blessée, Randy Montgomery, chef des pompiers, est bouleversé. Il n'avait pas revu Sam depuis la nuit où, neuf mois plus tôt, elle l'a quitté sans une explication, et ignorait qu'elle était enceinte de lui !

BLACK ROSE

BestSellers

A paraître le 1er janvier

Best-Sellers n°448 • thriller

Mortel Parfum - Lisa Jackson

Quand il ouvre les yeux dans sa chambre d'hôpital à La Nouvelle-Orléans, l'inspecteur Rick Bentz croît reconnaître un parfum familier – celui de Jennifer, sa première épouse. Jennifer qu'il aperçoit ensuite, dans l'embrasure de la porte, d'où elle lui envoie un baiser avant de disparaître. Or tout cela ne peut être réel, il le sait, car Jennifer est morte dans un accident, douze ans auparavant. Pourtant, à peine sorti de l'hôpital, Bentz continue de la voir partout, même si elle s'évanouit dès qu'il essaie de s'approcher d'elle. Est-il en train de devenir fou ? Mais voilà qu'il reçoit bientôt de Los Angeles une photo récente de Jennifer et son certificat de décès barré de rouge. Un envoi qui, pour Bentz, remet tout en question. Car si Jennifer est encore vivante, alors qui était la femme qu'il a identifiée après l'accident ? Saisi d'effroi, Bentz décide de dissiper au plus vite ce terrible doute et se rend en Californie. Mais à peine est-il arrivé qu'une série de meurtres s'enclenche et le suit, tel un sillage mortel. Des meurtres dont chacune des victimes a jadis été une personne proche de Jennifer.

Best-Sellers n°449 • suspense

Le voile de la trahison - Laura Caldwell

En quelques heures à peine, la vie d'Izzy McNeil, une pétulante avocate de Chicago, s'effondre brutalement : non seulement Forester Pickett, un client qu'elle aime comme un père, est mystérieusement assassiné, mais Sam, son fiancé, se volatilise à quelques semaines de leur mariage. Et dire qu'Izzy pensait tout savoir de son futur époux ! Comment a-elle pu être naïve à ce point ? Certes, elle avait des doutes quant au bien-fondé de leur mariage. Mais elle aimait profondément Sam et ne pouvait imaginer pareille trahison. Partagée entre la colère et l'incompréhension, Izzy décide alors de tout entreprendre pour retrouver Sam et démasquer le meurtrier de Forester. Sans savoir que les ennuis ne font que commencer pour elle, et que mensonges et tromperies sèment son chemin de pièges...

Best-Sellers n°450 • suspense

Les nuits du bayou - Stella Cameron

En s'installant dans la jolie petite ville de Toussaint, en Louisiane, où elle vient tenir un restaurant plein de charme, Annie Duhon rêve de couler des jours paisibles et heureux. Mais au cœur de l'été, dans le bayou écrasé de chaleur, ce sont de terribles visions de meurtres qui hantent ses nuits. Désemparée, elle envisage de confier son secret à Max Savage, un chirurgien, lui aussi nouvel arrivant à Toussaint et pour qui elle éprouve une attirance spontanée. Mais de sinistres rumeurs se répandent bientôt sur Max et sur la disparition de plusieurs de ses ex-compagnes. Pis encore : certains éléments de ces rumeurs corroborent les pires visions d'Annie, donnant à ses cauchemars une dimension atrocement réelle ...

Best-Sellers n°451 • roman

Sur les rives du bonheur - Sherryl Woods

Lassée de sa carrière de femme d'affaires, Gracie MacDougal quitte Cannes et le monde fastueux qu'elle a toujours connu pour se ressourcer dans une pittoresque bourgade de Virginie. Dès son arrivée, elle tombe sous le charme d'une ancienne demeure victorienne en bordure de fleuve et elle se prend à rêver : et si elle redonnait vie à ces vieilles pierres pour transformer ce lieu en chambres d'hôtes raffinées et chaleureuses ? Mais à peine ses idées prennent-elles forme qu'un obstacle se dresse entre Gracie et son rêve… un obstacle inamovible. Car Kevin Daniels, le neveu de la propriétaire, un séduisant sudiste à l'allure nonchalante, n'a pas du tout l'intention de la laisser acheter cette maison. Qui plus est, il tente effrontément de la séduire, par simple jeu. Résolue à ne pas se laisser impressionner, Gracie décide de réaliser son projet coûte que coûte – et, surtout, de chasser de son esprit cette étrange fascination que Kevin exerce sur elle depuis le premier instant.

Best-Sellers n°452 • paranormal

La vengeance de la nuit - Rachel Vincent

Depuis que son père l'a convaincue de quitter le monde des humains pour rejoindre sa caste de félins et se former au combat, Faythe Sanders n'a pas l'esprit tranquille. Aurait-t-elle commis la pire erreur de sa vie en renonçant à son indépendance et à sa liberté ? Malgré ses doutes, Faythe sait que cette expérience parmi les siens est nécessaire pour comprendre qui elle est vraiment. Et surtout, c'est le seul moyen de venger la mort tragique de son amie d'enfance. Une mort qui l'a ébranlée au plus profond d'elle-même et qui a fait voler en éclat ses convictions les plus intimes – au point de la pousser aujourd'hui à relever les défis les plus audacieux. Dans cette quête, il lui reste aussi à prouver à Marc Ramos, un félin au regard d'émeraude qui la protège depuis toujours, qu'elle est capable de prendre elle-même en main sa destinée.

Best-Sellers n°453 • suspense

Sombre présage - Heather Graham

Voilà deux mois, Genevieve O'Brien a été sauvée de justesse des griffes d'un tueur grâce au détective privé Joe Connolly. Mais à peine est-elle tirée d'affaire qu'elle replonge dans l'angoisse, car tout la porte à croire que sa propre mère, Eileen, est elle aussi en danger. En effet, un meurtrier s'en prend aux membres de l'association des Corbeaux, tous fans du célèbre écrivain Edgar Poe. Une association dont Eileen fait partie, et dont le président vient d'être assassiné par un mystérieux tueur qui a signé son crime de cette note manuscrite : *Meurs, dit le Corbeau*. Un crime dont chacun des membres de l'association pourrait être l'auteur… Alors que la police enquête, Genevieve, elle, décide de faire appel à Joe pour mener avec lui leurs propres investigations. Les indices sont rares, et l'enquête piétine, jusqu'au moment où d'étranges signes leur parviennent : des visions, mais aussi des voix venues d'outre-tombe, qui semblent vouloir les aider. Et les prévenir du terrible danger qui les menace…

Best-Sellers n°454 • historique

La maîtresse de Clarewood - Brenda Joyce

Angleterre, Régence

Après le décès de sa mère, Alexandra Bolton a abandonné sa vie insouciante de jeune fille pour se consacrer entièrement à l'éducation de ses sœurs. Une tâche d'autant plus ardue que son propre père préfère, lui, noyer son chagrin dans l'alcool et dilapider le peu d'argent qui leur reste dans les salles de jeu. Pour Alexandra, bientôt, le seul moyen de sauver les siens de la ruine est d'accepter la demande en mariage d'un vieil aristocrate fortuné. Un sacrifice auquel elle consent sans ciller… jusqu'à sa rencontre avec Stephen Mowbray, le très convoité duc de Clarewood. Dès le premier instant, en effet, celui-ci ne cache pas son désir de faire d'elle sa maîtresse, une parmi tant d'autres. Mais, si Alexandra ne peut nier la passion que le duc éveille en elle, elle refuse toutefois de céder à ses avances car aujourd'hui, l'honneur de sa famille passe avant tout. Hélas, Stephen, habitué à obtenir ce qu'il veut, ne renonce jamais…

GRATUITS !

2 ROMANS*et 2 CADEAUX surprise !

OUI ! Envoyez-moi mes **2 romans offerts*** de la collection que j'ai choisie et mes **2 cadeaux surprise gratuitement**.
Sauf contrordre de ma part, j'accepte ensuite de recevoir chaque mois les romans de la collection choisie, simplement en consultation.

* 1 roman pour les collections Jade, Mira, Audace et Nocturne.

☛ COCHEZ la collection choisie et renvoyez cette page au Service Lectrices Harlequin – BP 20008 – 59718 Lille Cedex 9

❑ **AZUR**	ZZ1F56	6 romans par mois 25,40€
❑ **HORIZON**	OZ1F54	4 romans par mois 18,66€
❑ **AUDACE**	UZ1F52	2 romans par mois 12,60€
❑ **BLANCHE**	BZ1F53	3 volumes doubles par mois 20,72€
❑ **LES HISTORIQUES**	HZ1F53	3 romans par mois 20,72€
❑ **BEST SELLERS**	EZ1F53	3 romans par mois 22,82€
❑ **NOCTURNE**	TZ1F52	2 romans par mois 12,78€
❑ **PRÉLUD'**	AZ1F54	4 romans par mois 23,82€
❑ **PASSIONS**	RZ1F53	3 volumes doubles par mois 21,29€
❑ **BLACK ROSE**	IZ1F53	3 volumes doubles par mois 21,29€
❑ **MIRA**	MZ1F53	3 romans tous les 2 mois 41,39€
❑ **JADE**	JZ1F52	2 romans par mois 28,56€

N° d'abonnée Harlequin (si vous en avez un) ____________

Mme ❒ Mlle ❒ Nom : ____________

Prénom : ____________ Adresse : ____________

____

Code Postal : ____________ Ville : ____________

Tél. : ____________

E-mail : ____________

❒ Oui, je souhaite recevoir par e-mail les offres promotionnelles des éditions Harlequin.
❒ Oui, je souhaite recevoir par e-mail les offres promotionnelles des partenaires des éditions Harlequin.

Date limite : 20 octobre 2011. Vous recevrez votre colis environ 20 jours après réception de ce bon. Offre soumise à acceptation et réservée aux personnes majeures, résidant en France métropolitaine, dans la limite des stocks disponibles. Offre limitée à 2 collections par foyer. Prix susceptibles de modification en cours d'année. Conformément à la loi Informatique et libertés du 6 janvier 1978, vous disposez d'un droit d'accès et de rectification aux données personnelles vous concernant. Par notre intermédiaire, vous pouvez être amenée à recevoir des propositions d'autres entreprises. Si vous ne le souhaitez pas, il vous suffit de nous écrire en nous indiquant vos nom, prénom et adresse à : Service Lectrices Harlequin BP 20008 59718 LILLE Cedex 9.

Harlequin® est une marque déposée du groupe Harlequin. Harlequin SA – 83/85, Bd Vincent Auriol – 75646 Paris cedex 13. SA au capital de 1 120 000€ – R.C. Paris. Siret 31867159100069/APE5811Z.

Composé et édité par les

éditions Harlequin

Achevé d'imprimer en France (Malesherbes)
par Maury-Imprimeur
en décembre 2010

Dépôt légal en janvier 2011
N° d'imprimeur : 159669 — N° d'éditeur : 15441